SCIENCE FICTION

Herausgegeben
von Wolfgang Jeschke

Von Michael Moorcock erschienen in der Reihe
HEYNE SCIENCE FICTION & FANTASY:

Miß Brunners letztes Programm · 06/3348
INRI oder: Die Reise mit der Zeitmaschine · 06/3399
Die Zeitmenagerie · 06/3492
Gloriana oder die unerfüllte Königin · 06/3808

ELRIC-ZYKLUS:

Elric von Melniboné · 06/3643
Die See des Schicksals · 06/3657
Der Zauber des weißen Wolfs · 06/3692
Der verzauberte Turm · 06/3727
Im Banne des schwarzen Schwertes · 06/3753
Sturmbringer · 06/3782

Elric von Melniboné (der Elric-Zyklus in einem Band) · 06/4101

DIE ABENTEUER CAPTAIN OSWALD BASTABLES:

Der Herr der Lüfte · 06/3876
Der Landleviathan · 06/3903
Der Stahlzar · 06/4122

Zeitnomaden (›Die Abenteuer Captain Oswald Bastables‹ in einem Band) · 06/4820

In der BIBLIOTHEK DER SCIENCE FICTION LITERATUR:

INRI oder: Die Reise mit der Zeitmaschine · 06/63

MICHAEL MOORCOCK

ZEITNOMADEN

Drei Romane in einem Band

DER HERR DER LÜFTE
DER LANDLEVIATHAN
DER STAHLZAR

Science Fiction

Illustrierte Sonderausgabe

WILHELM HEYNE VERLAG
MÜNCHEN

HEYNE SCIENCE FICTION & FANTASY
Band 06/4820

Titel der englischen Originalausgabe
THE WARLORD OF THE AIR
THE LAND LEVIATHAN
THE STEEL TSAR
Deutsche Übersetzungen von Sylvia Pukallus
Das Umschlagbild malte Patrick Woodroffe
Die Illustrationen zeichnete Themistokles Kanellakis

Sonderausgabe in einem Band
der drei HEYNE-BÜCHER

06/3876 · Der Herr der Lüfte
06/3903 · Der Landleviathan
06/4122 · Der Stahlzar

Redaktion: Wolfgang Jeschke und Friedel Wahren

Printed in Germany 1991
Satz: Schaber, Wels
Druck und Bindung: Elsnerdruck, Berlin

ISBN 3-453-05009-6

Inhalt

ERSTER ROMAN

Der Herr der Lüfte

Originaltitel: THE WARLORD OF THE AIR

Deutsche Übersetzung von Sylvia Pukallus

»Der Krieg ist endlos.
Das Beste, was wir erhoffen können,
sind gelegentliche Augenblicke
der Ruhe inmitten des Kampfes.«

Lobkowitz

Inhalt

VORWORT DES HERAUSGEBERS

Ich hatte meinen Großvater Michael Moorcock niemals kennengelernt und wußte sehr wenig von ihm, bis mir mein Vater nach dem Tode meiner Großmutter im vergangenen Jahr eine Schachtel mit seinen Aufzeichnungen gab. »Das liegt wohl mehr auf deiner Linie als auf meiner«, sagte er. »Ich wußte nicht, daß wir schon einmal einen Schreiberling in unserer Familie hatten.« Bei den meisten Unterlagen handelte es sich um Tagebücher, die Anfänge von Aufsätzen, Kurzgeschichten, ein paar konventionelle Gedichte — und es war ein maschinengeschriebenes Manuskript darunter, das wir hier ohne weiteren Kommentar und vielleicht ein wenig später, als er es sich erhofft hatte, veröffentlichen.

MICHAEL MOORCOCK
Ladbroke Grove
London, Januar 1971

ERSTES BUCH

Wie ein englischer Armeeoffizier die Welt der Zukunft betrat und was er dort zu sehen bekam

— 1 —

Der Opiumraucher von Rowe Island

IM FRÜHLING DES JAHRES 1903 hatte ich die Gelegenheit, auf Anraten meines Arztes jenes weit entfernte, zauberhafte Stückchen Land mitten im Indischen Ozean zu besuchen, das ich Rowe Island nennen will. Ich hatte mich völlig überarbeitet und mir, wie die Quacksalber das bezeichnen, einen ›Erschöpfungszustand‹ oder sogar eine ›Nervliche Zerrüttung‹ zugezogen. Mit anderen Worten, ich war total erledigt und benötigte eine Ruhepause fernab von allem Trubel. Ich besaß einen kleinen Anteil an der Bergwerksgesellschaft, welche — abgesehen von der Religion — die einzige Industrie der Insel darstellt und wußte, daß ihr Klima ebenso günstig war wie ihre Lage — einer der gesündesten Flecken auf der Welt und 2400 km von jeglicher Zivilisation entfernt. Also besorgte ich mir meine Fahrkarte, packte meine Koffer, verabschiedete mich von meinen Nächsten und Liebsten und schiffte mich auf dem Überseedampfer ein, der mich nach Djakarta bringen sollte. Von Djakarta aus nahm ich nach einer angenehmen, ruhigen Reise eines der Handelsschiffe nach Rowe Island. Ich hatte die Reise in knapp einem Monat hinter mich gebracht.

Rowe Island hat an dieser Stelle eigentlich gar nichts zu suchen. Nichts liegt in seiner Nähe. Nichts, das seine Existenz ankündigen würde. Plötzlich stößt man auf die Insel, die sich wie die Spitze eines Unterwasserberges aus dem Wasser erhebt (und genau das ist sie auch). Sie ist ein großer Keil vulkanischen Gesteins, umgeben von schimmernder See, die poliertem Metall ähnelt, wenn sie ruhig ist, und brodelndem Silber oder geschmolzenem Blei bei Seegang. Der Felsen ist etwa 20 Kilometer lang und acht Kilometer breit, an einigen Stellen dicht bewaldet, an anderen öd und kahl. Das Gelände steigt unablässig an, bis es von dem höchsten Punkt herab auf der anderen Seite des Hügels 250 m schroff zur See hin abfällt.

Rund um den Hafen erbaut liegt eine größere Siedlung, die bei erstem Ansehen einem wohlhabenden Fischerdorf der Grafschaft Devon ähnelt — bis man hinter den Fassaden der Hotels und Büros an der Uferfront die malaiischen und chinesischen Gebäude erkennt. Der Hafen bietet ausreichend Platz für einige ansehnliche Dampfer und eine Vielzahl von Segelschiffen, vorwiegend einheimische Daus und Dschunken, die zum Fischfang benutzt werden. Weiter oben am Hügel erblickt man die Anlagen des Bergwerks, wo der größte Teil der Bevölkerung beschäftigt ist, die sich aus malaiischen und chinesischen Arbeitern, ihren Frauen und Familien zusammensetzt. Die Uferfront wird beherrscht von den Lagerhäusern und Büros der Welland Rock Phosphate Mining Company und der breiten weiß-goldenen Fassade des Royal Harbour Hotels, dessen Eigentümer ein gewisser Minheer Olmeijer, ein Holländer aus Surabaya, ist. Außerdem existiert eine gottlose Menge Missionen, buddhistischer Tempel, malaiischer Moscheen und Schreine noch mysteriöseren Ursprungs. Darüber hinaus existieren noch ein paar weniger prunkvolle Hotels als das von Olmeijer, einige Läden, Hütten und Gebäude, die zu der winzigen Eisenbahn gehören, welche das Erz vom Berg an die Kais befördert. Zu der Stadt gehören drei Krankenhäuser, wovon zwei nur Einheimische behandeln. Ich sage ›Einheimische‹ im lockeren Sinne. Als sich nämlich vor dreißig Jahren die Leute, die das Welland-Unternehmen gründeten, auf der Insel niederließen, fanden sie keinerlei einheimische Bevölkerung vor; alle Arbeiter wurden von der Halbinsel, vor allem aus Singapur, geholt. Auf einem Hügel südlich des Hafens erhebt sich abseits von der Stadt, die es zugleich dominiert, die Residenz des offiziellen Repräsentanten, Brigadekommandeur Bland, an welche sich Kasernen anschließen, in denen die kleine Garnison einheimischer Polizei unter dem Oberbefehl eines getreulichen Dieners der Krone, Oberleutnant Allsop, untergebracht ist. Über dieser geschniegelten Ansammlung weißen Putzes flattert ein stolzer Union Jack als Symbol für Schutz und Gerechtigkeit, die er allen Bewohnern der Insel garantiert.

Wenn man nicht gerade Wert legt auf die endlosen Einladungen zu anderen Engländern, von denen die meisten nur über den Bergbau oder das Missionswesen zu sprechen verstehen, gibt es auf Rowe Island nicht eben viel zu unternehmen. Es existiert eine Laienspielgruppe, die alljährlich zu Weihnachten ein Stück in der Residenz des Repräsentanten zur Aufführung bringt und so eine Art Club, wo man Billard spielen kann, falls eines der ältesten Mitglieder einen dazu einlädt (mich hat man einmal eingeladen, aber ich habe ziemlich schlecht gespielt). Die Tageszeitungen aus Singapur, Sarawak oder Sydney sind mindestens vierzehn Tage alt, ehe man sie in die Finger bekommt, die *Times* vier bis sechs Wochen und die illustrierten Wochen- oder Monatszeitschriften aus der Heimat gut und gern ein halbes Jahr, bis man einen Blick in sie werfen kann. Diese spärliche Versorgung mit aktuellen Nachrichten ist natürlich zur Erholung eines Mannes, der einen Zusammenbruch hinter sich hat, hervorragend geeignet. Man kann sich kaum über einen Krieg ereifern, der ein oder zwei Monate stattfand, bevor man davon gelesen hat, oder über eine Börsenerschütterung, die sich auf die eine oder andere Weise in der vergangenen Woche erledigt haben wird. Man ist gezwungen, sich zu entspannen. Schließlich hat man so keine Möglichkeit, in den Verlauf dessen einzugreifen, was zur Geschichte geworden ist. Doch wenn man dann wieder zu körperlichen und geistigen Kräften kommt, begreift man bald, wie sehr man sich langweilt — und diese Erkenntnis hatte mich nach zwei Monaten massiv getroffen. Ich begann, üble Hoffnungen zu hegen, daß etwas auf Rowe Island geschehen möge — eine Bergwerksexplosion, ein Erdbeben oder gar ein Aufstand der Einheimischen.

In dieser Stimmungslage machte ich einen Bummel durch den Hafen und sah zu, wie die Schiffe be- und entladen wurden, wobei lange Reihen von Kulis Säcke mit Mais und Reis vom Kai wegschleppten oder Loren mit Phosphat die Laderampen hinaufschoben, um die Erze in die leeren Laderäume zu kippen. Voller Überraschung sah ich viele Frauen dort Arbeiten verrichten, die man in England einer Frau nicht nur nicht zugemutet hätte, sondern bei denen man gar nicht auf die Idee gekommen wäre, daß Frauen dazu überhaupt *in der Lage* sein könnten! Einige dieser Frauen waren sehr jung, manche fast schön. Der Lärm war nahezu ohrenbetäubend, wenn ein oder gar mehrere Schiffe im Hafen lagen. Nackte braune und gelbe Körper wimmelten wie ein wogendes Meer und schwitzten in der sengenden Hitze, welche nur der Wind von See her milderte.

An einem solchen Tag befand ich mich wieder einmal im Hafen, nachdem ich in Olmeijers Hotel, wo ich auch wohnte, zu Mittag gegessen hatte und beobachtete, wie ein Dampfer sich seinen Weg zum Kai bahnte, indem er tutete, um die umherwimmelnden Daus und Dschunken zu vertreiben. Wie viele der Schiffe, die diesen Teil der Welt befahren, war dieser Dampfer stabil und von wenig elegantem Aussehen. Rumpf und Aufbau waren zerschrammt und benötigten einen neuen Anstrich, und seine Mannschaft, vorwiegend Laskaren, sah so aus, als gehöre sie eher auf irgendein malaiisches Piratenschiff. Ich sah, wie der Kapitän, ein älterer Schotte, sie von seiner Brücke herunter schalt und zusammenhanglos durch ein Megaphon bellte, während ein Mischlingsmaat einen kuriosen Tanz zwischen den Seeleuten aufführte. Bei dem Schiff handelte es sich um die *Maria Carlson,* die Lebensmittel und, wie ich hoffte, Post brachte. Schließlich legte sie an, und ich bahnte mir meinen Weg durch die Kulis in der Hoffnung, sie habe mir einige Briefe und die Zeitschriften mitgebracht, die mir mein Bruder aus London schicken sollte.

Die Vertäuung war gesichert, der Anker geworfen und die Gangway herabgelassen, dann kam der Maat mit der Mütze im Genick und offenem Jackett herabgesprungen, schrie die Kulis an, die sich dort versammelten und mit Papierfetzen wedelten, die man ihnen in den Agenturen ausgehändigt hatte. Während er herumbrüllte, sammelte er die Papiere ein, gestikulierte wild in Richtung des Schiffes und erteilte offensichtlich Anweisungen. Ich winkte ihm mit meinem Spazierstock.

»Irgendwas an Post?« rief ich.

»Post? Post?« Er schenkte mir einen Blick voller Haß und Verachtung, den ich als verneinende Antwort auf meine Frage auslegte. Dann rannte er wieder die Laufplanke hinauf und verschwand. Ich wartete trotzdem in der Hoffnung, den Kapitän zu sehen und mir von ihm bestätigen zu lassen, daß er tatsächlich keine Post dabeihatte. Dann sah ich oben an der Laufplanke einen Weißen auftauchen, der stehenblieb und fassungslos um sich schaute, als hätte er nicht damit gerechnet, auf der anderen Seite der Reling überhaupt Land zu erblikken. Irgend jemand gab ihm von hinten einen Schubs, worauf er die schwankende Planke hinabstolperte, unten hinfiel und gerade rechtzeitig wieder auf die Beine kam, um einen kleinen Seesack zu fangen, welchen der Maat ihm vom Schiff herab zuwarf.

Der Mann war mit einem schmutzigen Leinenanzug bekleidet und trug weder Hut noch Hemd. Er war unrasiert und hatte Eingeborenensandalen an den Füßen. Typen wie ihn hatte ich schon öfter getroffen. Irgendein armer Teufel, den der Osten ruiniert hatte, der eine Schwäche in sich entdeckt hatte, auf die er vielleicht niemals gestoßen wäre, wäre er ruhig zu Hause in England geblieben. Als er sich jedoch aufrichtete, erschreckte mich ein Ausdruck intensiven Leidens in seinen Augen, eine gewisse Würde, die bei diesem Typus keineswegs geläufig war. Er hängte seinen Sack über die Schulter und schlug den Weg in die Stadt ein.

»Und versuchen Sie nicht, wieder an Bord zu kommen, Mister, sonst werden wir Sie anzeigen!« kreischte der Maat der *Maria Carlson* hinter ihm her. Der Heruntergekommene schenkte ihm keine Beachtung. Er trottete weiter am Kai entlang und stieß gelegentlich mit den emsig arbeitenden Kulis zusammen.

Nun erblickte mich der Maat und winkte ungeduldig. »Keine Post! Keine Post!«

Ich beschloß, ihm zu glauben, und rief: »Wer ist dieser Bursche? Was hat er getan?«

»Blinder Passagier«, lautete die knappe Antwort.

Ich fragte mich, warum jemand auf einem Schiff mit dem Ziel Rowe Island als blinder Passagier mitreisen wollte, und drehte mich auf einen Impuls hin um und folgte dem Mann. Aus irgendeinem Grund hielt ich ihn nicht für einen Gestrauchelten, und er hatte meine Neugier angestachelt. Außerdem war meine Langeweile so groß, daß ich jede Ablenkung bereitwillig aufgenommen hätte. Und ich war auch sicher, daß er etwas Besonderes im Blick und in seinem Gebaren hatte und daß er, sofern ich ihn dazu bewegen konnte, sich mir anzuvertrauen, mir eine interessante Geschichte zu erzählen hatte. Vielleicht hatte ich auch Mitleid mit ihm. Doch was auch immer der Grund war, ich beeilte mich, ihn einzuholen und anzusprechen.

»Nehmen Sie es mir bitte nicht übel«, sagte ich, »aber Sie machen auf mich den Eindruck, als könnten Sie eine anständige Mahlzeit und einen Drink gebrauchen.«

»Einen Drink?«

Er wandte mir diese seltsamen, gequälten Augen zu, als hätte er den Leibhaftigen in mir erkannt. »Drink?«

»Sie wirken ziemlich erschöpft, mein Junge.« Ich konnte den Anblick dieses Gesichts kaum ertragen, so groß war das Leid, das ich darin sah. »Sie kämen besser mit mir mit.«

Ohne zu zögern ließ er sich von mir die Hafenstraße hinabführen, bis wir an Olmeijers Hotel anlangten. Die indischen Diener in der Hotelhalle waren nicht begeistert, daß ich einen so offensichtlich heruntergekommenen Typ mitbrachte, doch ich geleitete ihn direkt die Treppe hinauf zu meiner Suite und hieß meinen Hausboy, sogleich ein Bad vorzubereiten. In der Zwischenzeit ließ ich meinen Gast im besten Sessel Platz nehmen und fragte ihn, was er trinken wollte.

Er zuckte die Achseln. »Egal. Vielleicht Rum?«

Ich goß ihm einen ordentlichen Schuß ein und reichte ihm das Glas. Er leerte es mit ein paar Zügen und nickte zum Dank. Er saß friedfertig mit im Schoß gefalteten Händen im Sessel und starrte auf den Tisch.

Sein Akzent, wenn er auch nur gedankenverloren und zurückhaltend sprach, war der eines gebildeten Mannes, eines Gentleman, und das stachelte meine Neugier nur noch weiter an.

»Von wo kommen Sie?« fragte ich ihn. »Singapur?«

»Von wo?« Er sah mich merkwürdig an und runzelte dann die Stirn. Er murmelte etwas, das ich nicht verstehen konnte, dann trat der Hausboy ein und sagte mir, daß er das Bad vorbereitet hätte.

»Das Bad ist fertig«, erklärte ich. »Wenn Sie es nehmen wollen, werde ich einen von meinen Anzügen heraussuchen. Wir haben ja ungefähr die gleiche Größe.«

Er erhob sich wie ein Automat und folgte dem Boy ins Badezimmer, doch fast sogleich tauchte er wieder auf. »Meine Tasche«, sagte er.

Ich hob den Sack vom Boden auf und reichte ihn ihm. Er ging zurück ins Badezimmer und schloß die Tür hinter sich.

Der Hausboy blickte mich neugierig an. »Ist er ein ... ein Verwandter, Sahib?«

Ich lachte. »Nein, Ram Dass. Er ist einfach ein Mann, den ich am Kai aufgelesen habe.«

Ram Dass lächelte. »Aha! Es ist die christliche Nächstenliebe.« Er schien damit zufrieden zu sein. Als einer, der erst kürzlich konvertiert war (der Stolz einer der hiesigen Missionen!), übersetzte er ständig alle mysteriösen Verhaltensweisen der Engländer in gute, schlichte, christliche Begriffe. »Dann ist er also ein Bettler? Sind Sie der Samariter?«

»So selbstlos bin ich nicht«, erklärte ich ihm. »Würdest du für den Herrn einen meiner Anzüge heraussuchen, daß er ihn nach dem Bad anziehen kann?«

Ram Dass nickte begeistert. »Und Hemd, Schlips, Socken, Schuhe — alles?«

Ich mußte lächeln. »Sehr schön. Alles.«

Mein Gast ließ sich lange Zeit für seine Waschungen; doch als er schließlich aus dem Bad trat, wirkte er viel adretter als vorher. Ram Dass hatte ihm meine Kleider angelegt, die ihm außergewöhnlich gut paßten, sie saßen nur ein wenig locker, denn ich war erheblich besser genährt als er. Ram Dass schwenkte hinter ihm ein Rasiermesser, das so hell blitzte wie sein breites Grinsen. »Ich habe den Gentleman auch rasiert, Sahib!«

Der Mann vor mir war ein gut aussehender, junger Mann Ende zwanzig, obwohl etwas in seinen Zügen ihn gelegentlich viel älter wirken ließ. Er hatte goldblondes, gewelltes Haar, ein massiges Kinn und einen entschlossenen Mund. Er zeigte keines der üblichen Anzeichen von Schwäche, wie ich sie bei anderen seiner Art, die ich kennengelernt hatte, oft beobachten konnte. Etwas von dem Schmerz war aus seinen Augen gewichen, hatte jedoch einem noch entfernteren, fast träumerischen Ausdruck Platz gemacht. Ram Dass war es, der vielsagend schnüffelte und hinter dem Mann eine lange, geschnitzte Pfeife emporhob, der mir die Lösung lieferte.

Das war es also! Mein Gast war Opiumraucher! Er war abhängig von einer Droge, welche einige den Fluch des Orients getauft hatten und die viel zu der bekannten, fatalistischen Haltung beitrug, die wir für den Osten als typisch erachten, eine Droge, die Menschen um ihren Willen zum Essen, zum Arbeiten, ihrer Neigung für alle gewöhnlichen Vergnügungen beraubt, mit welchen die anderen die Stunden zubringen — eine Droge, die sie letztlich das Leben kostet.

Mit einiger Anstrengung gelang es mir, mein Entsetzen oder mein Mitleid nicht spüren zu lassen, statt dessen sagte ich:

»Nun, alter Junge, was würden Sie zu einem späten Mittagessen sagen?«

»Wenn Sie es wünschen«, antwortete er zurückhaltend.

»Ich hätte gedacht, daß Sie Hunger haben.«

»Hunger? Nein.«

»Nun, jedenfalls werden wir etwas bringen lassen. Ram Dass? Könntest du etwas zu essen besorgen? Vielleicht etwas Kaltes. Und sag Mr. Olmeijer, daß ich einen Gast habe, der über Nacht bleiben wird. Man soll das zweite Bett beziehen und so fort.«

Ram Dass ging, und mein Gast trat unaufgefordert zur Anrichte, um sich einen großen Whisky einzuschenken. Er zögerte einen Augenblick, ehe er etwas Soda dazugoß. Es war fast, als müßte er sich erinnern, wie man einen Drink mischt.

»Wohin wollten Sie denn, als Sie als blinder Passagier

an Bord gingen?« erkundigte ich mich. »Doch wohl kaum nach Rowe Island?«

Er drehte sich um, nippte an seinem Glas und starrte durch das Fenster über den Hafen auf das Meer hinaus. »Das hier ist Rowe Island?«

»Ja. Das Ende der Welt in vielerlei Hinsicht.«

»Das was?« Er schaute mich mißtrauisch an, und ich sah in seinen Augen wieder eine Spur dieser Qualen.

»Ich meinte das im übertragenen Sinne. Auf Rowe Island kann man nicht viel unternehmen. Von hier aus kommt man nirgendwo hin, außer dorthin, wo Sie herkamen. Woher kommen Sie übrigens?«

Er machte eine vage Handbewegung. »Ich verstehe. Ja. Oh, vermutlich von Japan.«

»Japan? Waren Sie dort vielleicht im auswärtigen Dienst?«

Er sah mich so intensiv an, als vermutete er in meinen Worten einen Hintersinn. Dann sagte er: »Davor in Indien. Ja, davor in Indien. Ich war bei der Armee.«

»Wie ...?« Es war mir peinlich. »Wie kamen Sie denn an Bord der *Maria Carlson* — des Schiffes, das Sie hierhergebracht hat?«

Er zuckte die Achseln. »Ich fürchte, ich weiß es nicht mehr. Seit ich fort bin ... seit ich zurückgekehrt bin, ist alles wie ein Traum gewesen. Nur das verdammte Opium hilft mir zu vergessen. Diese Träume sind weniger furchterregend.«

»Sie nehmen Opium?« Ich kam mir wie ein Scheinheiliger vor, als ich die Frage so formulierte.

»Soviel, wie ich beschaffen kann.«

»Sie haben wohl ein recht schreckliches Erlebnis hinter sich«, sagte ich und vergaß völlig meine guten Manieren.

Darauf lachte er, mehr zum Spott seiner selbst als auf meine Frage. »Ja, ja. Es hat mich um den Verstand gebracht. Das glauben Sie ja ohnehin. Welches Datum haben wir eigentlich?«

»Den 29. Mai«, erklärte ich ihm.

»Welches Jahr?«

»Nun, 1903!«

»Das dachte ich mir schon. Das dachte ich mir.« Er sprach nun voller Abwehr. »1903, natürlich. Der Beginn des strahlenden, neuen Jahrhunderts, vielleicht des letzten Jahrhunderts der Welt.«

Bei einem anderen Mann hätte ich diese zusammenhanglosen Bruchstücke für die wirren Äußerungen eines Opiumsüchtigen gehalten, doch aus seinem Munde klangen sie seltsam überzeugend. Ich kam zu der Auffassung, daß es Zeit wäre, mich vorzustellen und tat dies dann auch.

Er reagierte auf ganz eigentümliche Art auf diese Vorstellung. Er erhob sich aus seinem Sessel und sagte: »Hauptmann Oswald Bastable, früher beim 53. Ulanenregiment.« Er lächelte über seinen Scherz, machte ein paar Schritte und nahm wieder in einem Lehnstuhl am Fenster Platz. Einen Augenblick später, als ich immer noch versuchte, mich wieder zu sammeln, wandte er den Kopf und schaute erheitert zu mir empor. »Entschuldigen Sie, aber Sie sehen, ich bin nicht in der Stimmung, meinen Wahnsinn zu verheimlichen. Sie sind sehr freundlich.« Er hob sein Glas, um mir zuzuprosten. »Ich danke Ihnen. Ich muß versuchen, mich an mein gutes Benehmen zu erinnern. Es war sogar einmal recht gut. Wirklich sehr gutes Benehmen. Ich wage zu behaupten, ich war unschlagbar. Aber ich könnte mich auf verschiedene Arten vorstellen. Was wäre, wenn ich sagen würde, mein Name ist Oswald Bastable, Luftschiffkommandant.«

»Sie fliegen Ballons?«

»Ich habe *Luftschiffe* geflogen, Sir. Schiffe von dreihundert Metern Länge mit *Höchstgeschwindigkeiten von hundertsechzig Kilometern in der Stunde!* Sie sehen also, ich bin verrückt.«

»Nun, ich würde sagen, Sie haben zumindest eine

rege Phantasie. Wo haben Sie diese Luftschiffe geflogen?«

»Oh, in den meisten Teilen der Welt.«

»Ich bin wohl absolut nicht mehr auf dem laufenden. Ich wußte, daß ich hier die Nachrichten ziemlich spät mitbekomme, aber ich fürchte, von diesen Schiffen habe ich noch nie gehört. Wann haben Sie diese Flüge absolviert?«

Bastables opiumbenommene Augen starrten mich so hart an, daß mir ein Schauer über den Rücken lief.

»Möchten Sie es wirklich gerne hören?« fragte er mit leiser, unbeteiligter Stimme.

Mein Mund fühlte sich trocken an, und ich überlegte, ob er gewalttätig werden würde. Ich trat zum Klingelseil. Doch er begriff, was in meinem Kopf vorging, denn er lachte wieder und schüttelte den Kopf. »Ich werde nicht auf Sie losgehen, Sir. Aber Sie verstehen nun, warum ich Opium rauche, warum ich mich für verrückt halte. Wer sonst als ein Verrückter würde behaupten, schneller als die schnellsten Ozeanriesen durch die Himmel geflogen zu sein? Wer sonst als ein Verrückter würde behaupten, dies im Jahre 1973 A. D. getan zu haben, fast ein Dreivierteljahrhundert in der Zukunft?«

»Und Sie glauben, das sei Ihnen widerfahren? Und keiner will Sie anhören. Ist es das, was Sie so verbittert?«

»Das? Nein! Warum sollte es? Der Gedanke an meine eigene Tollheit quält mich so. Ich sollte tot sein — das wäre gerecht. Statt dessen bin ich halb am Leben, und kann kaum einen Traum vom anderen, eine Realität von der anderen unterscheiden!«

Ich nahm ihm das leere Glas aus der Hand und goß ihm neu ein. »Schauen Sie!« sagte ich. »Wenn Sie etwas für mich tun wollen, bin ich bereit, mir anzuhören, was Sie zu sagen haben. Ich habe ohnehin nichts anderes vor.«

»Was soll ich für Sie tun?«

»Ich möchte gern, daß Sie ein wenig essen und versuchen, das Opium für eine Weile nicht anzurühren — zumindest, bis Sie bei einem Arzt waren. Dann möchte ich gerne, daß Sie sich meiner Pflege anvertrauen, vielleicht sogar mit mir nach England zurückkehren, wenn ich abreise. Werden Sie das tun?«

»Vielleicht.« Er zuckte die Achseln. »Aber diese Laune könnte vorübergehen, ich warne Sie. Ich hatte niemals den Wunsch, mit jemandem über die … über die Luftschiffe und all das zu sprechen. Aber vielleicht ist Geschichte veränderbar …«

»Ich kann Ihnen nicht folgen.«

»Wenn ich Ihnen sagen würde, was ich weiß, was mir widerfahren ist — was ich erlebt habe —, könnte das einen Unterschied ausmachen. Wenn Sie einverstanden wären, es niederzuschreiben und — falls Sie können — es zu publizieren, wenn Sie heimfahren.«

»Wenn *wir* heimfahren«, sagte ich unumstößlich.

»Wie Sie wollen.« Sein Ausdruck veränderte sich und wurde finster, als wohne seinem Entschluß eine Bedeutung inne, die ich nicht begriffen hatte.

Und dann wurde das Mittagessen aufgetragen, und er aß etwas kaltes Huhn und Salat. Die Mahlzeit schien ihm gut zu tun, denn seine Aussagen wurden nun klarer.

»Ich will versuchen, von vorne anzufangen«, erklärte er, »und der Reihe nach alles bis zum Schluß zu erzählen, genauso, wie es sich zugetragen hat.«

Ich hatte ein Notizbuch und mehrere Bleistifte bei mir. In den ersten Anfängen meiner Laufbahn hatte ich meinen Lebensunterhalt als Parlamentsreporter bestritten, und meine Kenntnisse in Kurzschrift kamen mir zugute, als Bastable zu erzählen begann.

Während der folgenden drei Tage erzählte er mir seine Geschichte; in dieser Zeit verließen wir kaum das Zimmer und schliefen so gut wie gar nicht. Gelegentlich frischte Bastable sich mit Hilfe einiger Tabletten auf —

er schwor mir, daß es sich nicht um Opium handelte —, doch ich benötigte kein anderes Stimulans als Bastables Geschichte selbst. Mit der Entfaltung der Erzählung wurde die Atmosphäre im Hotelzimmer immer unwirklicher. Anfänglich dachte ich den phantastischen Träumereien eines Irren zu lauschen und glaubte zum Schluß ohne den geringsten Zweifel, die Wahrheit gehört zu haben — oder zumindest *eine* Wahrheit. Es liegt bei Ihnen, ob Sie das Folgende für Fiktion oder Wirklichkeit halten. Ich kann lediglich versichern, daß Bastable sagte, es sei keine Fiktion, und daß ich zutiefst überzeugt bin, daß er recht hatte.

MICHAEL MOORCOCK
Three Chimneys
Mitcham, Surrey.
Oktober 1904

— 2 —

Der Tempel in Teku Benga

Ich weiss nicht, ob Sie jemals in Nordost-Indien waren (begann Bastable), aber wenn ja, wissen Sie, was ich meine, wenn ich sage, daß dort alte und unermeßlich traditionsreiche Welten aufeinandertreffen. Wo Indien, Nepal, Tibet und Bhutan zusammenstoßen, etwa 320 km nördlich von Darjeeling und 150 km westlich vom Mount Kinchunmaja, liegt Kumbalari: ein Staat, der sich rühmt, älter als die Zeit zu sein. Es handelt sich um eine, wie sie es nennen, ›Theokratie‹ — eine umfassende Herrschaft von Priestern, voll finsteren Aberglaubens und noch finsterer Mythen und Legenden, wo alle Götter und Dämonen verehrt werden, um sicherzugehen, daß man auf der richtigen Seite steht. Die Leute sind grausam, unwissend, gemein und stolz — sie blikken voller Hochmut auf alle anderen Rassen herab. Sie stören sich an der britischen Präsenz in der Nähe ihres Hoheitsgebiets, und im Verlauf der letzten zwei Jahrhunderte hatten wir ein paarmal Zusammenstöße mit ihnen, jedoch niemals etwas Ernstes. Glücklicherweise überschreiten sie niemals weit ihre eigenen Grenzen, ihre Bevölkerung wird dank ihrer eigenen barbarischen Praktiken niedriggehalten. Bei solchen Gelegenheiten macht dann ein religiöser Führer von sich reden, der sie von der Notwendigkeit eines heiligen Krieges gegen die Briten oder die unter britischem Protektorat stehenden Völker überzeugt, ihnen weismacht, unsere Kugeln könnten ihnen nichts anhaben und so weiter, bis wir uns dann aufmachen müssen, um ihnen eine Lektion zu erteilen. Bei der Armee hält man sie nicht für eine ernste Gefahr, was zweifellos der Grund dafür war, daß man mich zum Leiter der Expedition ernannt hat, die 1902 in Richtung Himalaya und Kumbalari aufbrach.

Es war das erstemal, daß ich so viele Männer zu befehligen hatte, und ich nahm meine Verantwortung sehr ernst. Ich hatte eine Schwadron von einhundertfünfzig indischen Kavalleristen der berühmten Punjabi-Ulanen und zweihundert stolze, treue Sepoys vom 9. Ghurka-Infanterieregiment. Ich war ausgesprochen stolz auf meine Armee und hatte das Gefühl, daß sie ganz Bengalen erobern könnte, falls dies notwendig wäre. Ich war natürlich der einzige weiße Offizier, doch ich gestand mir sehr bereitwillig ein, daß die einheimischen Offiziere Männer mit weit größerer Erfahrung waren als ich, und folgte, wann immer dies möglich war, ihrem Ratschlag.

Mein Befehl lautete, Stärke zu demonstrieren und, wenn möglich, eine militärische Auseinandersetzung zu vermeiden. Wir wollten diesen Leuten nur zeigen, mit wem sie es zu tun bekämen, wenn wir anfingen, sie ernst zu nehmen. Ihr damaliger Führer — ein alter Fanatiker mit Namen Sharan Kang — war gleichermaßen König, Erzbischof und Oberbefehlshaber dieses Gesindels. Sharan Kang hatte bereits einen unserer Grenzposten niedergebrannt und zwei Sonderkommandos einheimischer Polizei massakriert. Rache interessierte uns nicht, doch wir wollten dafür sorgen, daß diese Übergriffe nicht weitergingen.

Wir verfügten über ein paar anständige Karten und zwei recht vertrauenswürdige Führer — entfernte Gefolgsleute der Ghurkas —, und wir schätzten, daß wir zwei bis drei Tage nach Teku Benga brauchten, dem Sitz von Sharan Kang, hoch oben in den Bergen und über eine Reihe schmaler Pässe zu erreichen. Da wir also eher in diplomatischer denn in militärischer Mission unterwegs waren, entfalteten wir sorgfältig eine Friedensfahne, als wir die Grenze nach Kumbalari überschritten, dessen kahle, schneebedeckte Berge uns bald auf allen Seiten umgaben.

Es dauerte nicht lange, bis wir die ersten Kumbalari zu sehen bekamen. Sie ritten auf zottigen Ponies, die wie Ziegen über die hohen Felsvorsprünge kletterten; gedrungene, gelbhäutige Krieger ganz in Leder, Schafsfell und bemaltem Eisen, aus ihren Schlitzaugen blitzten Haß und Mißtrauen. Wenn sie nicht die Nachfahren Attilas des Hunnenkönigs waren, so zumindest die eines frühen Kriegervolkes, das ein oder zwei Jahrtausende lang an diesen Hängen und Schluchten gekämpft hatte, ehe die Geißel Gottes seine Horden nach Osten und Westen getrieben hatte, um Dreiviertel der bekannten Welt zu plündern. Wie ihre Vorfahren waren sie mit Bogen, Lanzen und Breitschwertern bewaffnet, doch sie besaßen auch ein paar Karabiner, vermutlich russischer Herkunft.

Ich tat so, als sähe ich diese reitenden Beobachter gar nicht, und führte meine Soldaten das Tal hinauf. Einen Augenblick lang war ich überrascht, als oben ein paar Schüsse ertönten und von Gipfel zu Gipfel widerhallten, doch die Führer versicherten mir, daß dies nur Signale waren, um unsere Ankunft in Kumbalari anzukündigen.

Auf dem steinigen Grund kamen wir nur langsam voran, und zeitweise mußten wir absteigen und unsere Pferde am Zügel führen. Als wir höher und höher kamen, wurde die Luft viel kälter, und wir waren froh, als der Abend hereinbrach und wir ein Lager aufschlagen konnten, um uns am Feuer die Hände zu wärmen und auf unseren Karten nachzusehen, wieviel des Weges wir noch zurückzulegen hatten.

Die jeweiligen Kommandeure von Kavallerie und Infanterie waren Risaldar Jenab Shah und Subadar J. K. Bisht, beides Männer mit Erfahrung bei solchen Expeditionen. Doch abgesehen von ihrer Erfahrung waren sie noch weit vorsichtiger gegenüber den Kumbalari, und Subadar Bisht riet mir, zwei Wachen vor dem Lager aufzustellen, was ich dann auch tat.

Subadar Bisht war besorgt wegen, wie er dies nannte, ›dem Geruch des Windes‹. Er wußte einiges über die

Kumbalari, und wenn er sprach, sah ich in seinen Augen etwas flackern, das ich bei jedem außer einem Ghurka für Angst gehalten hätte. »Das ist ein verschlagenes und betrügerisches Volk, Sir«, erklärte er mir, als wir gemeinsam in meinem Zelt zusammen mit Jenab Shah speisten, einem schweigsamen Riesen. »Sie sind die Erben eines althergebrachten Übels — eines Übels, das bestand, ehe die Welt geschaffen wurde. In unserer Sprache heißt Kumbalari das Königreich des Teufels. Erwarten Sie nur nicht, daß die unsere weiße Fahne achten. Das werden sie lediglich tun, wenn es in ihre Pläne paßt.«

»Wie wahr«, sagte ich. »Aber ich wage zu behaupten, daß sie unsere Zahl und unsere Waffen respektieren werden.«

»Vielleicht.« Subadar Bisht schaute zweifelnd drein. »Sofern Sharan Kang sie nicht überzeugt hat, daß sie durch seine Zauberei geschützt sind. Er ist bekannt dafür, von unbekannten Göttern Stärke zu bekommen und Teufel unter sich zu haben.«

»Moderne Gewehre«, erklärte ich, »erweisen sich gewöhnlich als den mächtigsten Teufeln überlegen, Subadar Bisht.«

Der Ghurka sah mich ernst an. »Gewöhnlich, Hauptmann Bastable. Aber da ist noch ihre Vergangenheit. Sie versuchen vielleicht, unsere Marschkolonne mit den verschiedensten Tricks zu spalten — dann könnten sie uns einzeln angreifen und hätten größere Erfolgschancen.«

Ich akzeptierte das. »Wir werden uns gewiß vor dieser Art Taktik hüten«, stimmte ich zu. »Aber glauben Sie nicht, daß ich mich vor ihrer Zauberei fürchte.«

Risaldar Jenab Shah sprach nüchtern mit seiner tiefen, dröhnenden Stimme. »Es geht nicht so sehr darum, wovor *wir* uns fürchten, sondern darum, was *sie* glauben.« Er strich über seinen glänzenden, schwarzen Bart. »Ich stimme mit Subadar überein. Wir müssen uns darüber im klaren sein, daß wir es mit Verrückten zu tun haben — rücksichtslosen Fanatikern, denen der Verlust ihres Lebens nichts ausmacht.«

»Die Kumbalari hassen uns zutiefst. Sie haben nicht angegriffen. Das finde ich suspekt. Könnte es sein, Sir, daß sie uns in eine Falle locken wollen?«

»Möglich«, antwortete ich. »Aber auch dann, Subadar Bisht, haben sie eventuell Furcht vor uns — Furcht vor der Macht der britischen Herrschaft, die andere ausschicken wird, sie zu bestrafen, falls uns irgend etwas passieren sollte.«

»Falls sie überzeugt sind, daß keine Bestrafung erfolgen wird, wenn Sharan Kang ihnen das eingeredet hat, wird es uns wenig nützen.« Jenab Shah lächelte finster. »Wir werden dann tot sein, Hauptmann Bastable.«

»Und wenn wir hier warteten«, schlug Subadar Bisht vor, »und sie näher kommen ließen, um zu hören, was sie sagen, und ihre Gesichter zu sehen, dann fiele uns die Entscheidung leichter, was als nächstes zu tun ist.«

Ich stimmte mit seiner Logik überein. »Unsere Vorräte reichen uns zwei weitere Tage«, sagte ich. »Wir werden hier also zwei Tage lang lagern. Wenn sie in dieser Zeit nicht auftauchen, setzen wir weiter unseren Weg nach Teku Benga fort.«

Beide Offiziere waren einverstanden. Wir beendeten unsere Mahlzeit und zogen uns in unsere jeweiligen Zelte zurück.

Und so warteten wir. — Am ersten Tag sahen wir ein paar Reiter am Hang des Passes und bereiteten uns auf ihren Empfang vor. Doch sie beobachteten uns nur ein paar Stunden lang, ehe sie wieder verschwanden. Bis zum nächsten Abend war die Spannung im Lager spürbar angestiegen.

Am nächsten Tag kam einer unserer Späher herangaloppiert, um zu melden, daß sich über hundert Kumbalari auf der anderen Seite des Passes versammelt hatten

und auf uns zu ritten. Wir nahmen eine Verteidigungsstellung ein und warteten weiterhin ab. Als sie schließlich auftauchten, ritten sie langsam, und ich konnte durch meinen Feldstecher einige prachtvolle Roßhaarstandarten erkennen. An einer Standarte flatterte eine weiße Fahne. Die Standartenträger ritten zu beiden Seiten einer rot-goldenen Sänfte, die zwischen zwei Ponies schaukelte. Eingedenk Subadar Bishts Warnung gab ich der Kavallerie Befehl aufzusitzen. Es gibt kaum einen beeindruckenderen Anblick als hundertfünfzig Punjabi-Ulanen mit ihren Lanzen beim Salut. Risaldar Jenab Shah war an meiner Seite. Ich hielt ihm mein Fernglas hin. Er nahm es und starrte eine Zeitlang hindurch. Als er den Feldstecher sinken ließ, runzelte er die Stirn. »Sharan Kang selbst scheint bei ihnen zu sein«, sagte er. »Er sitzt in der Sänfte. Vielleicht kommen sie wirklich in der Absicht zu verhandeln. Aber warum so viele?«

»Es könnte eine Demonstration der Stärke sein«, meinte ich. »Aber er wird wohl mehr als hundert Krieger haben.«

»Das kommt darauf an, wie viele zu religiösen Zwekken ihr Leben gelassen haben«, erklärte Jenab Shah finster. Er drehte sich im Sattel um. »Da kommt Subadar Bisht. Was hältst du denn davon, Bisht?«

Der Ghurka-Offizier sagte: »Sharan Kang wäre gewiß nicht an ihrer Spitze, wenn sie die Absicht hätten, anzugreifen. Die Priester-Könige der Kumbalari kämpfen nicht an der Seite ihrer Krieger.« Er sprach voller Verachtung. »Aber ich warne Sie, Sir, das könnte ein Trick sein.«

Ich nickte.

Doch die Punjabi-Ulanen und die Ghurka-Sepoys waren ganz versessen darauf, die Kumbalari zwischen die Finger zu bekommen. »Sie sollten ihre Leute lieber daran erinnern, daß wir hier sind, um einen Frieden auszuhandeln, wenn möglich, und nicht um zu kämpfen«, mahnte ich sie.

»Sie werden nicht kämpfen, solange sie nicht die entsprechenden Befehle haben«, erklärte Jenab Shah voller Überzeugung. »Aber dann *werden* sie kämpfen.«

Die Masse der Kumbalari-Reiter rückte näher und blieb hundert Meter vor unserer Linie stehen. Die Standartenträger scherten aus und geleiteten die Sänfte zu der Stelle herauf, wo ich an der Spitze meiner Männer zu Pferde saß.

Vorhänge verhüllten das Innere der rot-goldenen Sänfte. Ich warf einen fragenden Blick auf die reglosen Gesichter der Standartenträger, doch keiner sprach ein Wort. Schließlich wurde der Vorhang an der Vorderseite von innen heraus geteilt, und ich sah mich plötzlich dem Hohepriester selbst gegenüber. Er trug prächtige, mit winzigen Spiegeln bestickte Brokatgewänder. Auf seinem Kopf saß ein hoher Hut aus bemaltem Leder mit Gold- und Elfenbeineinlegearbeiten. Und unter dem Spitzhut erblickte ich sein runzliges, altes Gesicht. Das Gesicht eines besonders bösartigen Teufels.

»Seien Sie gegrüßt, Sharan Kang«, sagte ich. »Wir sind hier auf Befehl des großen Königs und Kaisers von Britannien. Wir sind gekommen, um zu fragen, weshalb Sie seine Häuser angreifen und seine Untertanen töten, da er Ihnen doch keinerlei Feindseligkeiten entgegengebracht hat.«

Einer der Führer begann zu übersetzen, doch Sharan Kang winkte unduldsam mit der Hand. »Sharan Kang spricht Englisch«, erklärte er mit seltsamer, hoher Stimme. »Wie er *alle* Sprachen spricht. Denn alle Sprachen stammen von der Sprache der Kumbalari als der ersten und ältesten ab.«

Ich muß zugeben, daß mir ein Schauer über den Rükken lief, als er sprach. Fast hätte ich glauben mögen, daß er der mächtige Zauberer war, für den ihn seine eigenen Leute hielten.

»Ein so altes Volk muß auch sehr weise sein.« Ich versuchte, den Blick der grausamen, intelligenten Augen zu erwidern. »Und ein weises Volk würde nicht den König und Kaiser erzürnen.«

»Ein weises Volk weiß, daß es sich vor dem Wolf schützen muß«, sagte Sharan Kang, wobei ein schwaches Lächeln seine Mundwinkel verzog. »Und der britische Wolf ist ein besonders gefräßiges Tier, Hauptmann Bastable. Er hat sich in den Ländern des Südens und Westens reichlich gütlich getan, nicht wahr? Bald wird er seinen Blick auf Kumbalari richten.«

»Was Sie fälschlicherweise für einen Wolf halten, ist in Wahrheit ein Löwe«, erklärte ich und versuchte, mir meine Verblüffung darüber nicht anmerken zu lassen, daß er meinen Namen kannte. »Ein Löwe, der Frieden, Sicherheit und Gerechtigkeit jenen gewährt, die zu schützen er erwählt. Ein Löwe, der weiß, daß Kumbalari seines Schutzes nicht bedarf.«

Das Gespräch verlief einige Zeit weiter in diesen reichlich verschnörkelten Floskeln, bis Sharan Kang sichtlich ungeduldig wurde und plötzlich sagte:

»Warum sind so viele Soldaten in unser Land gekommen?«

»Weil Sie unsere Grenzstationen angegriffen und unsere Männer getötet haben«, sagte ich.

»Weil Sie Ihre ›Grenzstationen‹ innerhalb unseres Territoriums errichtet haben.« Sharan Kang vollzog in der Luft eine merkwürdige Handbewegung. »Wir sind kein habgieriges Volk. Das haben wir nicht nötig. Wir hungern nicht nach Land wie die Völker des Westens, denn wir wissen, daß Land unbedeutend ist, wenn die Seele eines Mannes in der Lage ist, das Universum zu durchstreifen. Sie können nach Teku Benga kommen, wo alle Götter heimisch sind, dort will ich Ihnen erklären, was sie diesem barbarischen Emporkömmling von einem Löwen sagen können, der sich mit großartigen Titeln schmückt.«

»Sind Sie bereit, einen Vertrag auszuhandeln?«

»Ja — in Teku Benga, falls Sie mit höchstens sechs Ihrer Männer kommen.« Er machte eine Handbewegung, ließ den Vorhang fallen, worauf die Sänfte gedreht wurde. Die Reiter zogen wieder das Tal hinauf.

»Das ist ein Trick, Sir«, bemerkte Bisht schließlich. »Er hofft, indem er Sie von uns trennt, der Armee den Kopf abgeschlagen zu haben und sie so leichter angreifen zu können.«

»Sie könnten recht haben, Subadar Bisht, aber Sie wissen sehr gut, daß ein solcher Trick nicht funktionieren würde. Die Ghurkas fürchten den Kampf nicht.« Ich drehte mich nach den Sepoys um. »Vielmehr scheinen sie nur allzu bereit zu sein, sogleich in die Schlacht zu ziehen.«

»Der Tod ängstigt uns nicht, Sir — der saubere Tod in der Schlacht. Mich schreckt nicht der Gedanke an die Schlacht. Ich fühle in meinem Innern, daß etwas Schlimmeres geschehen könnte. Ich kenne die Kumbalari. Es sind abgrundtief bösartige Menschen. Ich denke daran, was Ihnen in Teku Benga zustoßen könnte, Hauptmann Bastable.«

Herzlich legte ich meinem getreuen Subadar die Hand auf die Schulter. »Es ehrt mich, daß Sie sich solche Sorgen um mich machen, Subadar Bisht. Aber es ist meine Pflicht, mich nach Teku Benga zu begeben. Ich habe meine Befehle. Ich muß diese Angelegenheit friedlich beilegen, wenn es nur irgendwie möglich ist.«

»Aber wenn Sie nicht innerhalb eines Tages von Teku Benga zurückkehren, werden wir auf die Stadt vorrükken. Und falls man uns dann nicht den eindeutigen Beweis erbringen kann, daß Sie am Leben und bei guter Gesundheit sind, werden wir Teku Benga angreifen.«

»An diesem Plan ist nichts auszusetzen«, stimmte ich zu.

Und so ritt ich am nächsten Morgen mit Risaldar Jenab Shah und fünf weiteren indischen Ulanen nach Teku Benga und erblickte schließlich die von einer Mauer umschlossene Bergfeste, die seit tausend Jahren kein Fremder hatte betreten dürfen. Natürlich war ich mißtrauisch gegenüber Sharan Kang. Natürlich fragte ich mich, warum er nach tausend Jahren plötzlich bereit war, die heilige Stadt durch unsere Präsenz besudeln zu lassen. Aber was konnte ich tun? Wenn er sagte, daß er bereit war, einen Friedensvertrag auszuhandeln, dann mußte ich ihm glauben.

Ich konnte mir absolut nicht vorstellen, wie eine Stadt, die sich wie diese auf den Klippen des Himalaya erhob, erbaut worden war. Ihre verrückten Turmspitzen und Kuppeln straften das Gravitationsgesetz Lügen. Ihre schiefen Mauern liefen an den Berghängen entlang, und viele Gebäude erweckten den Eindruck, als seien sie vorsichtig auf Felsplatten hochgezogen, die kaum das Gewicht eines Menschen tragen konnten. Viele Dächer und Mauern waren mit komplizierten Schnitzereien unermeßlich detailfreudiger Kunstfertigkeit geschmückt und mit Juwelen, Edelmetallen, seltenen Hölzern, Jade und Elfenbein besetzt. Kreuzblumen ringelten sich über und über. Monströse Steinungeheuer starrten von Dutzenden Simsen herab. Die ganze Stadt glitzerte im kalten Licht und wirkte tatsächlich älter als irgendein Bauwerk, das ich jemals gesehen oder von dem ich gelesen hatte. Doch trotz all seiner Pracht und seines Alters wirkte Teku Benga auf mich wie ein ziemlich schäbiger Flecken, so als hätte die Stadt schon bessere Tage gesehen. Vielleicht hatten gar nicht die Kumbalari sie erbaut. Vielleicht war die Rasse, welche sie erbaut hatte, auf mysteriöse Weise verschwunden, wie dies auch anderswo geschehen war, und die Kumbalari hatten sie nur besetzt.

»Puh! Was für ein Gestank!« Risalda Jenab wedelte mit seinem Taschentuch angeekelt vor seiner Nase herum. »Sie halten ihre Schafe und Ziegen wohl in den Tempeln und Palästen.«

Teku Benga roch wie ein verlotterter Bauernhof, und

der Gestank wurde noch stärker, als wir unter den finsteren Blicken der Wachen durch das Haupttor zogen. Unsere Pferde trotteten durch ungleichmäßig gepflasterte, mit Dung und anderem Unrat verschmutzte Straßen. Keine einzige Frau war zu sehen. Alles, was wir zu sehen bekamen, waren ein paar kleine Jungen und eine Anzahl Krieger, die sich offenbar sorglos um ihre Ponies herumtrieben. Wir ritten weiter die steile Hauptstraße hinauf, an der sich lediglich Tempel entlangreihten, auf einen weiten Platz zu, der die Mitte der Stadt darstellen mußte. Die Tempel selbst waren von umwerfender Scheußlichkeit, in einem Stil, den ein Gelehrter wohl dekadentes östliches Barock genannt hätte. Jeder Zentimeter war geschmückt mit Darstellungen von Göttern und Dämonen aus offenbar allen vorhandenen Mythologien des Ostens. Da waren Mischungen aus Hindu- und Buddhismus-Symbolik, moslemische und einige christliche Ornamente, und solche, die ich als ägyptisch, phönizisch, persisch, sogar griechisch und als noch ältere auslegte; doch keine dieser Zusammenstellungen war für das Auge gefällig. Doch zumindest verstand ich nun, warum man diese Stadt als einen Ort bezeichnete, wo ›alle Götter heimisch sind‹ — obwohl ihre Anwesenheit nebeneinander ziemlich unbehaglich wirkte.

»Das ist ganz eindeutig kein gesunder Flecken Erde«, erklärte Jenab Shah. »Ich werde froh sein, wenn wir der Stadt den Rücken kehren. Hier würde ich nicht gerne sterben, Hauptmann Bastable. Ich hätte Angst darum, was aus meiner Seele wird.«

»Ich verstehe, was Sie meinen. Wollen wir hoffen, daß Sharan Kang sein Wort hält.«

»Ich bin gar nicht so überzeugt, gehört zu haben, wie er sein Wort gab«, meinte Risaldar vielsagend, als wir auf dem Platz angelangten und unsere Pferde zügelten. Wir waren vor einem riesigen, reich verzierten Gebäude angelangt, das zwar viel größer war als die übrigen, doch die gleiche ekelerregende Stilmischung aufwies.

Kuppeln, Minarette, spiralartig aufsteigende Spitztürme, Gitterwände, pagodenähnliche Terrassendächer, geschnitzte Säulen, schlangenartige Schnörkel, Fabelungeheuer, die von jeder Ecke herabgrinsten oder finster dreinschauten, Tiger und Elefanten, die an jedem Eingang Wache standen. Das Gebäude war vorwiegend in Grün und Safrangelb gehalten, doch waren auch Rot-, Blau-, Orange- und Goldtöne zu sehen, und einige Dächer waren mit Silber und Blattgold überzogen. Es schien der älteste Tempel von allen zu sein. Darüber strahlte der blaue Himmel des Himalaya, an dem graue und weiße Wolken brodelten. Der Anblick ähnelte nichts, was ich jemals erlebt hatte. Er erfüllte mich mit einer Art tiefen Vorahnung, als befände ich mich in der Anwesenheit von Gegenständen, die überhaupt nicht von menschlicher Hand geschaffen waren.

Allmählich tauchten aus allen Türen Priester in safranfarbenen Gewändern auf und blieben stocksteif stehen, um uns von Treppen und Laufgängen des Gebäudes, welches Tempel oder Palast oder beides darstellte, zu beobachten.

Diese Priester sahen ein wenig anders aus als die Krieger, die wir vorher gesehen hatten, doch sie waren gewiß nicht reinlicher. Es kam mir in den Sinn, daß die Kumbalari, die das Land schon nicht mochten, das Wasser verabscheuen mußten. Ich erzählte diesen Einfall Risaldar Jenab Shah weiter, der seinen großen, mit einem Turban bekleideten Kopf zurückwarf und herzlich lachte — ein Verhalten, auf das die Priester mit haßerfüllten und verächtlichen Blicken reagierten. Diese Priester waren nicht kahlrasiert wie die meisten anderen Priester in safrangelben Roben. Das Haar hing ihnen lang in vielen fettigen Zöpfen ins Gesicht, und einige trugen Schnauz- oder Vollbärte, die ähnlich geflochten waren. Es war ein finsterer, widerwärtiger Haufen. Nicht wenige hatten sich Gürtel oder Schärpen um den Leib geschlungen, in denen scharfe Dolche und Schwerter steckten. Sie warteten und beobachteten uns. Wir erwiderten ihre Blicke und versuchten, weniger sorgenvoll zu erscheinen, als wir es in Wirklichkeit waren. Unsere Pferde waren unruhig unter uns, warfen die Mähnen zurück und schnaubten, als sei der Gestank der Stadt selbst ihnen zuviel.

Dann schließlich tauchte die goldene Sänfte, von vier Priestern getragen, aus dem, wie es schien, Haupteingang auf. Die Vorhänge wurden zur Seite geschoben, und da saß Sharan Kang.

Er grinste.

»Hier bin ich, Sharan Kang«, begann ich, »um alles anzuhören, was Sie mir über Ihre Überfälle auf unsere Grenzstationen sagen wollen und um die Bedingungen für einen Vertrag auszuhandeln, nach dem wir in Frieden zusammenleben können.«

Sharan Kangs Grinsen wurde nicht schwächer, was wahrscheinlich nicht für meine Stimme galt, als ich in dieses runzlige, böse Gesicht sah. Niemals zuvor hatte ich je das sichere Gefühl gehabt, mich in Gegenwart des absolut Bösen zu befinden, in diesem Augenblick aber wohl.

Nach einer kurzen Pause ergriff er das Wort. »Ich höre Ihre Worte und muß darüber nachdenken. In der Zwischenzeit werden Sie hier Gäste« — er deutete hinter sich — »im Tempel des Kommenden Buddha sein, der zugleich mein Palast ist. Das älteste all dieser alten Gebäude.«

Ein wenig nervös stiegen wir vom Pferd. Die vier Priester hoben Sharan Kangs Sänfte an und trugen sie in das Gebäude zurück. Wir folgten ihnen. Im Innern hing dick der Duft von Räucherwerk, es herrschte das unzureichende, flackernde Licht von Öllampen, die an Ketten von der Decke herabhingen. Hier war nirgendwo eine Abbildung des Buddha zu sehen, doch ich hielt das für normal, da der ›Kommende Buddha‹ noch nicht geboren war. Wir folgten der Sänfte durch ein labyrinthar-

tig verzweigtes Netz von Gängen, bis wir in einen kleinen Raum gelangten, in dem auf einen niedrigen Tisch, umgeben von Sitzkissen, Speisen aufgestellt waren. Hier wurde die Sänfte zu Boden gesenkt, die Priester zogen sich zurück, offensichtlich, um uns mit Sharan Kang allein zu lassen. Er lud uns mit einer fordernden Handbewegung ein, auf den Kissen Platz zu nehmen, was wir dann auch taten.

»Sie müssen essen und trinken«, hob Sharan Kang an, »dann werden wir alle besser in Stimmung sein, um zu reden.«

Nachdem wir unsere Hände in Silberschüsseln mit warmem Wasser gewaschen und mit seidenen Handtüchem getrocknet hatten, machten wir uns, wenn auch ziemlich vorsichtig, ans Essen. Sharan Kang bediente sich von den gleichen Platten und langte kräftig zu, was uns einigermaßen beruhigte. Als wir die Speisen kosteten, waren wir froh, daß sie anscheinend nicht vergiftet waren, denn sie schmeckten köstlich.

Ich machte dem Hohepriester aufrichtige Komplimente für seine Gastfreundschaft, die er recht wohlwollend entgegennahm. Er wirkte allmählich weit weniger finster. Ehrlich gesagt, begann ich ihn beinahe gern zu haben.

»Es ist recht ungewöhnlich«, sagte ich, »daß ein Tempel gleichzeitig als Palast dient — und dazu noch mit so merkwürdigem Namen.«

»Die Hohepriester von Kumbalari«, erklärte Sharan Kang mit einem Lächeln, »sind auch Götter, also müssen sie einen Tempel bewohnen. Und da der Kommende Buddha noch nicht da ist, um sich einen Wohnsitz zu nehmen, welcher Platz wäre da besser geeignet als dieser Tempel?«

»Die Menschen müssen schon sehr lange auf die Ankunft des Buddha warten. Wie alt ist denn dieses Gebäude?«

»Einige Teile sind wenig mehr als fünfzehnhundert

bis zweitausend Jahre alt. Die frühen Teile sind weit, weit älter.«

Ich glaubte ihm natürlich nicht, nahm seine Äußerung jedoch als typisch orientalische Übertreibung hin. »Und haben die Kumbalari die ganze Zeit über hier gelebt?« erkundigte ich mich höflich.

»Sie leben hier schon lange, lange Zeit. Davor lebten hier ... andere Wesen ...«

Ein beinahe furchtsamer Blick trat in seine Augen, und er lächelte rasch. »Ist das Essen nach Ihrem Geschmack?«

»Es ist ganz köstlich«, antwortete ich. Ich empfand ihm gegenüber allmählich eine Zuneigung wie ein Kind gegenüber einem netten Onkel. Ich warf einen Blick zu den anderen — und in diesem Augenblick wurde ich mißtrauisch, denn in aller Gesicht stand ein blödes, leeres Grinsen. Und ich fühlte mich benommen! Ich schüttelte den Kopf, um ihn wieder klarzubekommen. Schwankend stand ich auf. Ich schüttelte Risaldar Jenab Shahs Schulter. »Ist alles in Ordnung, Risaldar?«

Er sah zu mir herauf und lachte, dann nickte er artig, als hätte ich einen besonders klugen Satz von mir gegeben.

Nun begriff ich, warum ich dem verschlagenen, alten Hohepriester so wohlgesonnen gewesen war.

»Sie haben uns unter Drogen gesetzt, Sharan Kang! Warum? Denken Sie, irgendwelche Konzessionen, die wir in diesem Zustand machen, würden respektiert, wenn wir begreifen, was Sie mit uns angestellt haben? Oder haben Sie vor, uns zu hypnotisieren, damit wir unseren Leuten Befehle erteilen, die sie in eine Falle lokken?«

Sharan Kangs Blick war hart. »Setzen Sie sich, Hauptmann! Ich habe Sie nicht unter Drogen gesetzt. Ich aß von den gleichen Speisen wie Sie. Stehe ich etwa unter Drogen?«

»Möglicherweise ...« Ich taumelte und konnte mich

nur unter großer Anstrengung auf den Beinen halten. Der Raum begann sich um mich zu drehen. »Wenn Sie an die Droge gewöhnt sind, und wir nicht. Was ist es? Opium?«

Sharan Kang lachte. »Opium! Opium! Warum denn, Hauptmann Bastable? Wenn Sie sich benommen fühlen, dann nur, weil Sie soviel von den üppigen Speisen der Kumbalari verzehrt haben. Sie sind nur die kargere Soldatenration gewohnt. Warum legen Sie sich nicht ein Weilchen schlafen und ...?«

Mein Mund fühlte sich trocken an, und meine Augen tränten. Sharan Kang murmelte leise vor sich hin und schien wie eine angriffsbereite Kobra vor mir hin- und herzuschaukeln. Ich beschimpfte ihn, knöpfte mein Halfter auf und zog meinen Revolver. — Sogleich erschienen ein Dutzend Priester mit gezogenem Schwert. Ich versuchte, auf Sharan Kang zu zielen.

»Einen Schritt näher, und er stirbt«, erklärte ich mit heiserer Stimme.

Ich war nicht überzeugt, ob sie die Worte verstanden, aber jedenfalls begriffen sie, was ich meinte.

»Sharan Kang.« Meine Stimme klang, als käme sie aus weiter Ferne. »Meine Männer werden morgen auf Teku Benga marschieren. Wenn ich mich ihnen nicht lebend und bei guter Gesundheit zeige, werden sie die Stadt angreifen, dem Erdboden gleichmachen und alle Einwohner töten.«

Sharan Kang lächelte bloß. »Selbstverständlich werden Sie lebendig und wohlauf sein, Hauptmann. Darüber hinaus werden Sie die Dinge sogar aus einer erfreulicheren Perspektive sehen, davon bin ich überzeugt.«

»Mein Gott! Sie werden mich doch nicht hypnotisieren! Ich bin ein englischer Armee-Offizier — keiner Ihrer unwissenden Anhänger!«

»Bitte, ruhen Sie sich aus, Hauptmann. Am Morgen ...«

Aus dem Augenwinkel beobachtete ich eine Bewegung. Zwei weitere Priester stürzten von hinten auf mich los. Ich drehte mich um und schoß. Einer ging zu Boden. Der andere stürzte sich auf mich und versuchte, mir die Waffe zu entringen. Ich drückte ab und schoß ihm ein großes Loch in den Leib. Mit einem Schrei ließ er mein Handgelenk los und fiel zuckend nieder. Nun standen die Punjabis neben mir, ebenfalls mit gezogenen Pistolen und taten ihr Bestes, einander zu stützen, denn sie standen ebenso schlimm unter Drogen wie ich.

Jenab Shah stieß mühsam hervor: »Wir müssen versuchen, ins Freie zu gelangen, Hauptmann. Vielleicht hilft das. Und falls wir es bis zu unseren Pferden schaffen, gelingt uns vielleicht die Flucht ...«

»Sie wären Narren, diesen Raum zu verlassen«, erklärte Sharan Kang sogleich. »Selbst wir kennen nicht jeden Teil des Labyrinths, welches den Tempel des Kommenden Buddha bildet. Einige behaupten, daß einige Teile davon nicht einmal in unserer Zeit existieren ...«

»Schweigen Sie!« befahl ich, und richtete erneut meine Pistole auf ihn. »Ich werde nicht länger auf Ihre Lügen hören.«

Wir begannen, vor Sharan Kang und den restlichen Priestern zurückzuweichen und hielten die Revolver bereit, während wir uns nach der Tür umsahen, durch welche wir gekommen waren. Doch alle Türen sahen gleich aus. Schließlich entschieden wir uns für eine und taumelten hindurch, worauf wir uns in fast völliger Dunkelheit befanden.

Als wir so umhertappten und nach der Tür suchten, die uns herausgeführt hatte, fragte ich mich erneut, aus welchem Grund Sharan Kang uns unter Drogen gesetzt hatte. Doch ich werde wohl niemals erfahren, welche Pläne er genau hatte.

Plötzlich stieß einer unserer Männer einen Schrei aus und feuerte ins Dunkel. Zuerst sah ich nur eine kahle

Wand, doch dann kamen wie aus der Luft zwei Priester auf uns zugelaufen, die offensichtlich unbewaffnet — doch auch unverletzlich für die Kugeln des Mannes waren.

»Hören Sie auf zu schießen!« keuchte ich in der Überzeugung, daß es sich um eine optische Täuschung handelte. »Folgt mir!« Ich stolperte eine Treppenflucht hinab, schob mich durch eine Plane und befand mich in einem anderen Raum, wo ebenfalls Speisen angerichtet waren — doch es war nicht der gleiche Raum, in dem wir gegessen hatten. Ich zögerte. Befand ich mich bereits in der Umklammerung des Drogenrausches? Ich durchquerte den Raum, trat einen kleinen Schemel um, als ich am Tisch vorüberkam und schlug eine Reihe seidener Vorhänge zurück, bis ich einen Ausgang entdeckte. Ich trat durch den Bogen und stieß mich böse an der Schulter, als ich im Korridor von einer Seite zur anderen taumelte. Noch ein Raum, genau wie der erste mit angerichteten Speisen. Ein anderer Ausgang und wieder eine Treppenflucht nach unten. Ein Durchgang.

Ich weiß nicht, wie lange ich so ziellos umherschwankte, doch ich hatte den Eindruck, daß es eine Ewigkeit war. Wir verirrten uns völlig, und unser einziger Trost bestand darin, daß unsere Feinde offenbar unsere Verfolgung aufgegeben hatten. Wir befanden uns tief in einem nicht erleuchteten Teil des Tempels des Kommenden Buddhas. Hier hing nicht der Duft nach Rauchkerzen — hier war nur kalte, dumpfe Luft. Alles, was ich berührte, fühlte sich kalt an; aus dem Fels gemeißelt und mit rohen Juwelen und Edelsteinen besetzt schien jeder Zentimeter der Wände von Wasserspeiern bedeckt. Manchmal strichen meine Finger über Teile einer solchen Skulptur, und ich zuckte vor der schrecklichen Vision zurück, die diese Berührung in mir auslöste.

Die Droge steckte immer noch in uns, doch die körperliche Anstrengung hatte ihre Wirkung gemindert.

Mein Kopf wurde klarer, als ich schließlich keuchend stehenblieb und auszumachen versuchte, wo wir uns befanden.

»Ich denke, wir befinden uns in einem nicht genutzten Teil des Tempels«, sagte ich, »und nach all den Treppen, die wir hinabgelaufen sind, vermutlich tief unter der Erde. Ich frage mich, warum sie uns nicht verfolgt haben. Wenn wir hier eine Weile warten und versuchen, unbemerkt den Rückweg anzutreten, haben wir eine Chance, zu unseren Leuten zu gelangen und sie vor Sharan Kangs Betrügereien zu warnen. Irgendwelche anderen Vorschläge, Risaldar?«

Es herrschte Stille.

Ich spähte in die Dunkelheit. »Risaldar?«

Keine Antwort.

Ich langte in meine Tasche und holte eine Schachtel Streichhölzer heraus. Ich strich eines an.

Alles, was ich sah, waren die schrecklichen Skulpturen — weit scheußlicher als jene in den oberen Teilen des Bauwerks. Sie wirkten zugleich unmenschlich und unvorstellbar alt. Ich begriff nun, warum man uns nicht gefolgt war. Mit einem Keuchen ließ ich das Streichholz fallen. Wo waren meine Leute?

Ich wagte, nach ihnen zu rufen. »Risaldar? Jenab Shah?«

Nur Stille.

Ich schauderte und glaubte allmählich alles, was man mir über Sharan Kangs Macht erzählt hatte. Kopflos stolperte ich weiter, versuchte zu rennen, halb wahnsinnig vor Entsetzen, bis ich völlig erschöpft auf den tödlich kalten Boden des Tempels des Kommenden Buddha niederfiel.

Ich mag wohl für eine kurze Zeit die Besinnung verloren haben, aber das nächste, an das ich mich erinnern kann, war ein ganz eigentümliches Geräusch — unverkennbar ein entferntes, gackerndes Lachen.

Sharan Kang? Nein.

Ich streckte die Hände aus im Versuch, mich an den Wänden entlangzutasten. Doch zu beiden Seiten war Leere. Ich hatte den Korridor hinter mich gebracht, nahm ich an, und befand mich nun in einer größeren Kammer. Mich schauderte. Und wieder das eigentümliche, gackernde Gelächter.

Und dann erblickte ich ein winziges Licht vor mir. Ich stand auf und begann, darauf zuzulaufen, doch es mußte sehr weit entfernt sein, denn es wurde nicht größer.

Ich blieb stehen.

Dann begann das Licht, *sich auf mich zuzubewegen!*

Und während es näher kam, schwoll das unheimliche Lachen an, bis ich gezwungen war, meine Pistole wegzustecken, um mir die Ohren zuzuhalten. Das Licht wurde greller. Ich kniff vor Schmerzen die Augen zusammen. Der Boden unter meinen Füßen begann zu schwanken. Ein Erdbeben?

Ich getraute mich, für einen Augenblick die Augen zu öffnen, und im blendend weißen Licht hatte ich den Eindruck, noch unmenschlichere Skulpturen zu erkennen, die von den alten Hindu-Göttern erbaute Maschinen hätten sein können.

Und dann schien der Boden unter mir nachzugeben, ich stürzte nach unten, wurde von einem Sog erfaßt und nach oben geschleudert, um meine eigene Achse gewirbelt, bis ich auf dem Kopf stand, von einer Seite zur anderen geworfen und wieder nach unten gerissen, bis meine Sinne mich völlig verließen, so daß ich nichts mehr empfand als die eisige, bittere Kälte.

Dann spürte ich gar nichts mehr, nicht einmal die Kälte. Ich gelangte zu der Überzeugung, daß ich tot war, niedergemetzelt von jener Macht, die seit Anbeginn der Zeiten unter dem Tempel gelauert hatte und der gegenüberzutreten sogar Sharan Kang, der Zaubermeister von Teku Benga, sich gefürchtet hatte.

Dann vermochte ich gar nichts mehr zu denken.

— 3 —

Der Schatten, der vom Himmel fiel

MEIN BEWUSSTSEIN KEHRTE ZUERST als eine Reihe vager Eindrücke wieder: Armeen von Millionen Soldaten, die vor dem Hintergrund grauer und weißer Bäume marschierten, zwischen denen schwarze Flammen loderten; ein junges Mädchen in weißem Kleid, das von Dutzenden langer Pfeile durchbohrt war. Ich sah viele Bilder dieser Art, sie wurden stärker, die Farben zunehmend intensiver. Ich begann meinen Körper wahrzunehmen. Er war kälter als Eis — sogar kälter als vor dem Moment, da ich die Besinnung verloren hatte. Und merkwürdigerweise empfand ich trotzdem keinerlei Unbehagen. Ich empfand überhaupt nichts — ich *wußte* nur, daß mir kalt war.

Ich versuchte, die Finger meiner rechten Hand zu bewegen (ich konnte immer noch nichts sehen) und meinte, daß der Zeigefinger sich vielleicht ein paar Millimeter hob.

Die Bilder in meiner Vorstellung wurden immer gräßlicher. Leichname beherrschten mein Denken — brutal verstümmelte Leichname. Sterbende Kinder streckten hilfesuchend ihre Hände nach mir aus. Bestialische Soldaten in farblosen Uniformen vergewaltigten Frauen. Und überall sah ich Feuer, schwarzen Rauch und niederstürzende Gebäude. Ich mußte diesen Bildern entfliehen und gab mir gewaltige Mühe, um meinen Arm zu bewegen.

Schließlich ließ der Arm sich abbiegen, doch er war überraschend steif. Und als ich ihn schließlich angewinkelt hatte, durchzuckte mich ein derartiger Schmerz, daß ich aufschrie — ein seltsamer, knirschender Laut. Meine Augen öffneten sich, und zuerst sah ich nichts als milchigen Dunst. Ich drehte meinen Hals. Wieder dieser entsetzliche Schmerz. Doch die Bilder begannen allmählich zu verblassen. Ich winkelte mein Bein an und stöhnte. Plötzlich schien mich Feuer zu erfüllen, welches das Eis zum Schmelzen brachte, das mein Blut hatte gefrieren lassen. Ich begann, am ganzen Leibe zu zittern, doch der Schmerz ließ nach. Und dann erkannte ich, daß ich auf dem Rücken lag und in den blauen Himmel emporstarrte. Ich schien mich am Grunde einer Grube zu befinden, denn zu allen Seiten erhoben sich steile Wände.

Nach sehr langer Zeit war ich in der Lage, mich aufzusetzen und meine Umgebung zu betrachten. Ich befand mich *tatsächlich* in einer Art Grube — und zwar in einer von Menschenhand geschaffenen, denn der Gang bestand aus gemeißeltem Stein. Die Skulpturen waren die gleichen, wie ich sie auf meiner Flucht erblickt hatte, ehe ich zusammengebrochen war. Bei Tageslicht wirkten sie nicht ganz so furchterregend, doch es waren nach wie vor scheußliche Gestalten.

Ich lächelte über meine Angst. Ganz offensichtlich hatte ein Erdbeben stattgefunden und den Tempel des Kommenden Buddha zum Einsturz gebracht. Die anderen Dinge, die ich gesehen hatte, gehörten zu den Auswirkungen der Droge auf mein verängstigtes Gehirn. Auf irgendeine Weise war ich dem Schlimmsten des Erdbebens entgangen und so gut wie unverletzt. Ich bezweifelte, daß Sharan Kang und seine Leute soviel Glück gehabt hatten, doch ich mußte mich vorsichtig bewegen, als ich mich überzeugt hatte, daß sie nicht oben auf mich lauerten. Vermutlich waren der arme Risaldar Jenab Shah und die Ulanen in den Katakomben ums Leben gekommen. Doch wenigstens hatte die Natur vollbracht, was meine Aufgabe gewesen wäre — das Erdbeben würde sogar Sharan Kang befriedet haben. Selbst wenn er noch am Leben war, so hatte er sein Ansehen nun eingebüßt, denn jene seiner Leute, die noch lebten, würden das Erdbeben als Zeichen der Götter ansehen.

Ich stand auf und warf einen Blick auf meine Hände. Sie waren so von Schmutz verkrustet, daß es aussah, als sei die Schicht nicht nur dick, sondern habe seit Jahrzehnten darauf gelegen. Und meine Kleidung hing in Fetzen. Als ich den Staub abklopfen wollte, fielen kleine Stoffetzen herab. Ich befühlte meine Jacke. Der Stoff war — wie *verfault!* Einen Augenblick lang war ich verwirrt, doch dann dachte ich mir, daß das Material vielleicht von einem Gas angegriffen war, das sich in den tieferliegenden Kammern des Tempels befand — ein Gas, das vielleicht in Verbindung mit der Droge verursacht hatte, daß ich unter solch seltsamen Halluzinationen litt.

Als ich mich etwas besser in Form fühlte, trat ich so vorsichtig wie möglich meinen Weg zum oberen Rand der Grube an, die sich etwa zehn Meter über meinem Kopf befand. Ich war äußerst schwach und vor Furcht ganz steif, der Fels war nachgiebig und bröckelte häufig herab, wenn ich ihn prüfte, um einen Halt für meine Füße zu bekommen. Doch indem ich die Wasserspeier als Stufen benutzte, gelang es mir schließlich, bis zum Rand der Grube zu klettern, mich darüberzuhieven und vorsichtig um mich zu spähen.

Nicht das geringste Anzeichen von Sharan Kang oder seinen Leuten war zu erkennen. Ehrlich gesagt, es war überhaupt nichts Lebendiges zu sehen, wo ich auch hinschaute, erblickte ich Ruinen. Kein einziges der Häuser von Teku Benga hatte das Erdbeben überdauert. Viele der Tempel waren wie vom Erdboden verschluckt.

Ich stand auf und begann, über die gesprungenen Reste der Bodenfliesen zu gehen.

Und dann blieb ich plötzlich stehen, denn ich bemerkte zum erstenmal, seit ich wach war, etwas, das ich mir nicht erklären konnte.

Es waren keine Leichen zu sehen, wie man doch hätte erwarten können, wenn das Erdbeben sich vergangene Nacht ereignet hatte, wie ich dachte. Aber vielleicht war es den Leuten gelungen, aus der Stadt zu fliehen. Das leuchtete mir noch ein.

Was mich jedoch stutzig machte, war nicht die Tatsache, daß Risse im Pflaster waren — *sondern daß üppig Unkraut aus diesen Rissen gewachsen war!*

Und jetzt, da ich genauer hinschaute, erkannte ich überall auf den Ruinen Ranken, winzige Bergblumen und Flecken von Heidekraut. Diese Ruinen waren alt! Es mußte Jahre her sein, daß jemand sie bewohnt hatte!

Ich leckte mir über die Lippen und versuchte, mich zusammenzureißen. Vielleicht befand ich mich überhaupt nicht in Teku Benga? Vielleicht hatte man mich von der Stadt Sharan Kangs fortgeschleppt, um mich zwischen den Ruinen einer anderen Stadt sterben zu lassen?

Doch dies war sehr wohl Teku Benga. Ich erkannte die Ruinen mehrerer Gebäude wieder. Und es gab wohl kaum eine zweite Stadt wie Teku Benga, selbst im geheimnisvollen Himalaya.

Abgesehen davon erkannte ich auch die umliegenden Berge und die Straße, die zu der früheren Stadtmauer emporführte. Und es war eindeutig, daß ich mich auf dem zentralen Platz befand, an dem der Tempel des Kommenden Buddha gestanden hatte.

Erneut überkam mich ein Schauer der Angst. Wieder blickte ich auf meinen staubverkrusteten Körper hinab, auf die Gräser unter meinen rissigen Stiefeln und auf meine zerfallenen Kleider, auf die ganzen Anzeichen, Anzeichen, die meinen gesunden Menschenverstand verhöhnten, denn sie besagten, daß nicht Stunden, sondern Jahre verstrichen waren, seit ich geglaubt hatte, der Falle zu entrinnen, die Sharan Kang für mich vorbereitet hatte!

Ob ich vielleicht immer noch träumte? Doch falls dies ein Traum war, so ähnelte er in keiner Weise jenen Dingen, die ich zuvor geträumt hatte. Und man kann einen Traum immer von der Realität unterscheiden, wie deutlich und schlüssig der Traum auch sein mochte. (So dachte ich damals, aber heute habe ich Zweifel, berechtigte Zweifel ...)

Ich setzte mich auf ein Stück herabgestürztes Mauerwerk und versuchte nachzudenken. Wie konnte es möglich sein, daß ich noch am Leben war? Seit dem Erdbeben mußten mindestens zwei Jahre vergangen sein — falls es sich um ein Erdbeben handelte —, und während meine Kleidung den normalen Prozessen der Zeit ausgesetzt gewesen war, zeigte mein Körper keinerlei solcher Veränderungen. Konnte ein Gas, wie ich es zuvor für die Fäulnis verantwortlich gemacht hatte, mich erhalten haben? Dies war die einzige Erklärung — und dazu eine ziemlich absurde. Diese Angelegenheit mußte sich schon ein gewitzter Wissenschaftler vornehmen, ich war dem nicht gewachsen. Meine Aufgabe war es nun, mich zurück in die Zivilisation durchzukämpfen, mit meinem Regiment Verbindung aufzunehmen und herauszufinden, was vorgefallen war, seit ich das Bewußtsein verloren hatte.

Während ich über die Ruinen kletterte, versuchte ich, die unfaßbaren Gedanken aus meinem Kopf zu verdrängen und mich auf mein unmittelbares Problem zu konzentrieren. Doch es war schwierig, und ich konnte mich nicht ganz von dem Gedanken befreien, daß ich völlig den Verstand verloren haben könnte.

Schließlich gelangte ich bei den bröckelnden Mauern an und stemmte meinen schmerzenden Körper darüber. Oben angekommen, schaute ich auf der anderen Seite hinunter und suchte nach der Straße, die dort verlaufen war. An ihrer Stelle klaffte ein gähnender Abgrund, als sei der Fels weit aufgebrochen und als sei der Teil des Berges, auf dem die Stadt gestanden hatte, mindestens dreißig Meter verrutscht. Es bestand absolut keine Möglichkeit, auf die andere Seite zu gelangen. Ich begann zu lachen — ein heiseres, erschöpftes Gackern, dann packte mich ein trockenes, würgendes Schluchzen. Irg wie hatte das Schicksal mein Leben verschont, nur um mich jetzt der Aussicht auszusetzen, eines langsamen, quälenden Hungertodes auf diesem leblosen Berg zu sterben.

Erschöpft legte ich den Kopf nieder und mußte ein oder zwei Stunden lang tief geschlafen haben, denn als ich wieder erwachte, stand die Sonne tiefer am Himmel. Es war etwa drei Uhr am Nachmittag.

Ich rappelte mich hoch, drehte mich um und begann, durch die Ruinen zurückzulaufen. Ich würde versuchen, zum anderen Ende der Stadt zu gelangen, um dort zu überprüfen, ob es nicht eine andere Möglichkeit gab, den Berg hinabzuklettern.

Rings um mich her erhoben sich die schneebedeckten Berghänge des Himalaya: gleichgültig und unberührt. Und über mir spannte sich der blaßblaue Himmel, an dem nicht einmal ein Falke seine Bahn zog. Es war fast, als sei ich das letzte Lebewesen auf der Welt.

Ich riß mich von dieser Gedankenkette los, denn ich wußte, daß Wahnsinn die Folge wäre, wenn ich mich solchen Theorien hingab.

Als ich schließlich die andere Seite der Stadt erreichte, packte mich erneut Verzweiflung, denn an allen verbliebenen Mauerteilen fielen nackte Felswände mindestens mehrere hundert Meter tief hinab. Dies war sicher der Grund gewesen, warum man die Stadt hier errichtet hatte. Es gab nur einen Zugang — oder hatte ihn gegeben —, und das bedeutete, daß Teku Benga nur durch einen Frontalangriff zu nehmen war. Ich zuckte verzweifelt die Achseln und machte mir Gedanken, welche von den Pflanzen wohl genießbar waren. Nicht daß ich momentan hungrig gewesen wäre. Ich lächelte bitter. Warum sollte ich auch, nachdem ich mindestens zwei Jahre überlebt hatte, ohne zu essen? Der Witz ließ mich lachen. Es war ein irres Lachen. Ich riß mich zusammen. Die Sonne ging allmählich unter, und die Luft war kalt geworden. Letztendlich kroch ich in den Schutz zweier aneinander gelehnter Stücke Mauerwerk und fiel sofort in einen tiefen, traumlosen Schlaf.

Der Morgen dämmerte, als ich wieder erwachte. Ich fühlte neue Zuversicht und hatte eine Art Plan entwikkelt. Mein lederner Gürtel und meine Schulterriemen hatten durch die Zeit nicht gelitten, und waren noch, wenn auch ein wenig rissig geworden, recht zuverlässig. Ich würde die Ruinen nach weiteren Lederfetzen absuchen. Irgendwo mußten noch Vorratstruhen sein; und selbst den Überresten der Kumbalari-Krieger, die im Erdbeben umgekommen waren, würde ich meine verbliebene Kraft widmen, um genügend Leder zusammenzubekommen, daß ich ein Seil flechten konnte. Mit Hilfe eines Seiles konnte ich den Abstieg am Berg versuchen. Und wenn ich bei dem Versuch ums Leben käme, wäre das nicht schlimmer als die alternative Todesart, die mir vorbestimmt war.

Ich brachte die folgenden Stunden damit zu, in und aus den Ruinen zu klettern, wo ich einige Totenschädel und das Skelett eines Kumbalari-Kriegers entdeckte, das noch völlig in Pelz, Eisen und Leder gekleidet war. Um seine Taille war ein anständiger Lederriemen geschlungen. Ich prüfte ihn, er war noch stabil. Meine Zuversicht wuchs, ich setzte die Suche fort.

Ich kauerte gerade in der Ruine einer der Tempel und versuchte, ein anderes Skelett herauszuzerren, als ich das Geräusch zum erstenmal vernahm. Anfänglich dachte ich, es stammte von den Knochen, die über den Boden schleiften, aber dazu klang es zu weich. Dann fragte ich mich, ob ich schließlich doch nicht allein in den Ruinen war. Konnte ich das Schnurren eines Tigers hören? Nein, obwohl das Geräusch dem eher ähnelte. Ich hielt inne, neigte den Kopf und versuchte, angestrengter zu lauschen. Vielleicht eine Trommel? Ein Trommelschlag, der in den Bergen widerhallte? Der mochte aber fünfzig Meilen entfernt sein. Ich kroch der Öffnung, und währenddessen begann sich ein Schatten über den Schotter vor mir zu schieben. Ein riesiger, schwarzer Schatten, der von einem gewaltigen Vogel hätte stammen können, wäre seine Form nicht zu lang, regelmäßig und gerundet gewesen.

Wieder zweifelte ich an meinem Verstand und zwang mich bebend, den Blick nach oben zu wenden.

Ich keuchte vor Erstaunen. Dies war kein Vogel, sondem ein gigantischer, zigarrenförmiger Ballon! Und doch ähnelte er keinem Ballon, den ich jemals gesehen hatte, denn die Außenwände schienen starr aus irgendeinem silbernen Metall erbaut, und an dieser Außenhülle angebracht (und nicht etwa an Seilen hängend!) befand sich eine Gondel, die fast die gesamte Länge des Ballons einnahm. Was mich noch mehr erstaunte, war eine Aufschrift, die mit riesigen Lettern am Rumpf geschrieben stand:

ROYAL INDIAN AIR SERVICE*

Von seinem Heck ragten vier dreieckige ›Flügel‹ hervor, die nichts so sehr ähnelten wie den flachen Schwanzflossen eines Wals. Und auf jede war in glänzenden Rot-, Weiß- und Blautönen ein großer Union Jack gemalt.

Einen Augenblick lang war ich zu nichts anderem in der Lage, als das fliegende Monstrum fassungslos anzustarren. Und dann begann ich zwischen den Ruinen umherzuhüpfen, zu winken und aus Leibeskräften zu brüllen.

---

* KÖNIGLICH-INDISCHER LUFTDIENST

ROYAL INDIAN AIR
SERVICE
PERICLES
PERICLES
PERICLES

— 4 —

Ein Amateurarchäologe

Ich muss einen recht seltsamen Anblick geboten haben, schmutzig, wie ich war, dazu in den zerfetzten Kleidern und wie ein Verrückter zwischen den Ruinen der zerfallenen Stadt herumschreiend, wie ein Schiffbrüchiger von anno dazumal, der schließlich einen Schoner erblickte, welcher seine Rettung sein konnte. Aber es sah nicht so aus, als ob dieser Schoner in den Lüften mich gesehen hatte. Ungerührt segelte er weiter auf die fernen Berge im Norden zu, die vier Motoren stampften ihren regelmäßigen Rhythmus und drehten die gewaltigen, kreisenden Schrauben, welche das Schiff offensichtlich antrieben.

Es überflog die Ruinen und schien seinen Kurs beizubehalten, es beachtete mich so wenig, wie es eine Fliege beobachtet hätte, die sich auf seinem Rumpf niederläßt.

Die Maschinen stoppten. Gespannt wartete ich ab. Was würde der Ballon nun tun? Durch seinen Schwung bewegte er sich noch immer weiter in Fahrtrichtung.

Als die Motoren wieder zu arbeiten begannen, war ihr Geräusch schriller. Verzweifelt sank ich nieder. Vermutlich hatte der Flieger (falls *überhaupt* Menschen in dem Ballon waren) geglaubt, sie hätten etwas gesehen, war dann aber doch zu dem Schluß gekommen, daß es nicht die Sache wert war, zu wenden und nachzusehen. Ein Beben lief durch den großen, silbernen Rumpf, dann begann das Schiff ganz langsam rückwärts zu fliegen — bis zu jener Stelle, wo ich keuchend und kummervoll am Boden saß. Die Flügelschrauben drehten sich in Gegenrichtung, fast so wie die Schrauben eines Dampfers zurückdrehen können.

Wieder sprang ich auf, ein breites Grinsen trat auf mein Gesicht. Gleich würde ich gerettet — wenn auch von der seltsamsten Flugmaschine, die jemals erfunden worden war.

Bald befand sich der riesige Rumpf — tatsächlich in der Größe eines kleinen Dampfers — direkt über meinem Kopf, so daß er den Himmel verdunkelte. Halb verrückt vor Freude winkte ich immer noch. Ich vernahm von oben entfernte Rufe, konnte die Worte aber nicht verstehen. Eine Sirene begann zu heulen, ich legte dies jedoch als einen Gruß aus wie das Tuten eines Schiffes.

Dann fiel plötzlich etwas vom Himmel. Ich wurde heftig im Gesicht getroffen und gegen den Felsen hinter mir geschleudert. Ich schnappte nach Luft und war unfähig, den Grund des Angriffs zu begreifen oder gar, welche Art von Geschoß benutzt worden war.

Blinzelnd setzte ich mich auf und spähte um mich. Meterweise ringsumher war alles mit einem feuchten Schimmer überzogen — und nun waren auch mehrere, riesige Pfützen zu erkennen. Ich war völlig durchnäßt. Das war ein ziemlich übler Scherz auf meine Kosten — war das ihre Art, mir mitzuteilen, daß ich ein Bad nötig hatte? Das war unwahrscheinlich. Zitternd stand ich auf und rechnete schon halbwegs damit, daß das Luftschiff mir noch einen Guß herabschickte.

Doch dann bemerkte ich, daß das Schiff rasch auf die Ruinen herabsank, tiefer am Himmel schwebte und immer noch die Sirene ertönen ließ. Es war ein Glück für mich, daß sie nicht Sand als Ballast mitführten — denn das Wasser war Ballast gewesen! Um vieles leichter war der Ballon in der Lage, mir weit schneller zu Hilfe zu kommen.

Bald war er kaum mehr als zwanzig Fuß über mir. Ich heftete meinen Blick starr auf die Aufschrift an der Seite des Rumpfes und auf die Union Jacks auf den Schwanzflossen. An ihrer Realität konnte es keinen Zweifel geben. Ich hatte einmal ein Luftschiff gesehen, das von Mr. Santos-Dumont geflogen worden war, aber verglichen mit diesem Riesen war das ein grober Klotz gewesen. In den beiden vergangenen Jahren mußten gewaltige Fortschritte erzielt worden sein, dachte ich bei mir.

Nun wurde am Boden der Metallgondel eine runde Luke geöffnet, und erheiterte, britische Gesichter spähten über den Rand.

»Entschuldigen Sie wegen der Dusche, alter Junge«, rief einer in vertrauten Cockney-Tönen, »aber wir haben versucht, Sie zu warnen. Verstehen Sie Englisch?«

»Ich *bin* Engländer!« krächzte ich.

»Du lieber Himmel! Warten Sie eine Minute!« Das Gesicht verschwand. »In Ordnung«, erklärte das Gesicht, sobald es wieder auftauchte. »Bleiben Sie stehen, wo Sie sind!«

Ich trat nervös einen Schritt zurück und machte mich auf einen neuen Schrecken gefaßt, aber diesmal schob sich eine Strickleiter aus der Luke. Ich rannte darauf zu und ergriff sie voller Erleichterung, doch als meine Hand sich um die unterste Sprosse schloß, hörte ich von drinnen einen Schrei:

»Noch nicht! Noch nicht! O Murphy, dieser Idiot! Der ...«

Den Rest der Schimpfkanonade bekam ich nicht mehr mit, weil ich über die Felsen geschleift wurde, bis es mir gelang, die Sprosse loszulassen und voll aufs Gesicht zu fallen. Die Flugmaschine hatte sich am Himmel ein Stück gedreht und mich für eine Sekunde heruntergelassen. Ich stand auf und unternahm keinen Versuch, die Leiter nochmals zu packen.

»Wir kommen runter!« rief das Gesicht. »Bleiben Sie, wo Sie sind!«

Bald kletterten zwei elegant gekleidete Männer durch die Luke und begannen, die Leiter herabzusteigen. Sie trugen weiße Uniformen, die stark jenen von Matrosen in den Tropen ähnelten, doch ihre Jacken und Hosen waren mit breiten Bordüren in Hellblau paspeliert, und die Rangabzeichen auf ihren Ärmeln erkannte ich nicht. Ich bewunderte ihr selbstverständliches Geschick und die Geschwindigkeit, mit welcher sie die schwankende Leiter herabkletterten und ein Seil abrollten, das ins Innere des Schiffes führte. Als sie ein paar Sprossen über mir standen, warfen sie mir das Seil zu.

»Jetzt ganz locker, Alter!« rief der Mann, der als erster mit mir gesprochen hatte. »Binden Sie sich das um die Brust, direkt unter den Armen — dann holen wir Sie rauf! Verstanden?«

»Ich verstehe.« Rasch befolgte ich ihre Anweisungen.

»Hängen Sie sicher?« rief der Mann.

Ich nickte und schlang die Hände um das Seil.

Der ›Himmelsmatrose‹ gab dem Schiffsmaat im Hintergrund Zeichen. »Hol ein, Bert!«

Ich vernahm das Surren eines Motors, dann wurde ich auch schon hochgezogen. Erst drehte ich mich wild im Kreis, daß mir ganz übel und schwindelig wurde, bis einer der Männer auf der Leiter sich vorbeugte, eins meiner Beine packte und so meinen Weg nach oben ruhigstellte.

Nach etwa einer Minute, die mir wie eine Stunde vorkam, wurde ich über den Rand der Luke gezerrt und befand mich in einem runden Raum von zwölf Fuß Durchmesser und etwa acht Fuß Höhe. Der Raum bestand ganz aus Metall und ähnelte eher einem Geschützturm auf einem modernen Panzerschiff. Die kleine, motorbetriebene Winch, die mich hochgezogen hatte, wurde nun von einem weiteren Uniformierten, zweifellos ›Bert‹, ausgeschaltet. Die beiden anderen kletterten an Bord, holten mit geübten Bewegungen die Strickleiter ein und schlossen die Luke, indem sie sie fest verschraubten.

Im Raum befand sich noch ein Mann, der in der Nähe der ovalen Tür stand. Er trug ebenfalls Weiß, dazu jedoch einen Tropenhelm und Majorsterne auf den Epauletten seines Hemdes. Er war ein kleiner Mann mit scharfgeschnittenen, fuchsartigen Zügen, einem sauberen, kleinen, schwarzen Schnauzbart, den er mit dem

Knauf seines Offiziersstöckchens glattstrich, während er mich mit undurchdringlicher Miene anstarrte.

Nach einer langen Weile, in der seine großen, dunklen Augen mich von Kopf bis Fuß gemustert hatten, sagte er schließlich: »Willkommen an Bord. Sie sind Engländer?«

Gerade hatte ich das Seil von meiner Brust abgestreift und salutierte. »Ja, Sir. Hauptmann Oswald Bastable, Sir.«

»Armee, wie? Bißchen merkwürdig, wie? Ich bin Major Powell, Königlich-Indische Luftpolizei — wie Sie wahrscheinlich bemerkt haben, wie? Das hier ist das Patrouillenschiff *Pericles.*« Er kratzte sich seine lange Nase mit dem Offiziersstöckchen. »Erstaunlich — erstaunlich. Nun, wir werden uns später unterhalten. Zuerst einmal ins Schiffslazarett mit Ihnen, würde ich sagen, was?«

Er öffnete die ovale Tür und trat zur Seite, während mir die beiden Männer hindurchhalfen.

Nun befand ich mich in einem langen Korridor, der auf der einen Seite kahl war, auf der anderen befanden sich jedoch große Bullaugen. Durch sie konnte ich zusehen, wie die Ruinen von Teku Benga langsam unter uns verschwanden. Am Ende des Gangs war eine zweite Tür, und dahinter lagen, nachdem wir um eine Ecke gebogen waren, mehrere Türen mit verschiedenen Aufschriften. Auf einer stand SCHIFFSLAZARETT.

Drinnen standen acht Betten, die alle leer waren. Hier existierten alle Geräte eines modernen Krankenhauses, einschließlich einiger Apparate, deren Zweck ich nicht einmal erraten konnte. Man gestattete mir, mich hinter einem Wandschirm zu entkleiden und ein ausgiebiges Bad in einer Wanne zu nehmen, die sich dort befand. Ich fühlte mich danach schon viel besser, schlüpfte in einen Pyjama (ebenfalls weiß und himmelblau) und ging zu dem Bett, das man mir auf der gegenüberliegenden Seite des Raumes vorbereitet hatte.

Ich muß zugeben, daß ich mich in einer Art Trance

befand. Es fiel mir schwer, nicht zu vergessen, daß ich mich in einem Raum befand, der in diesem Augenblick vermutlich mehrere hundert Meter über dem Himalaya flog.

Gelegentlich gab es ein leichtes Schlingern von einer Seite zur andern oder einen seltsamen Ruck, wie man dies schon mal im Zug erlebte, und tatsächlich hatte ich eher das Gefühl, mich in einem Zug zu befinden, etwa in einem recht luxuriösen 1.-Klasse-Expreß.

Nach ein paar Minuten betrat der Schiffsarzt den Raum und wechselte ein paar Worte mit dem Sanitäter, der gerade den Wandschirm zusammenfaltete. Der Doktor war ein jüngerer Mann mit großem, rundem Kopf und einer Mähne roten Haars. Wenn er sprach, hörte man den weichen, schottischen Akzent heraus.

»Hauptmann Bastable, nicht wahr?«

»Jawohl, Doktor. Ich glaube, mir geht es soweit gut. Jedenfalls körperlich.«

»Körperlich? Und was meinen Sie, ist mit Ihrem Kopf nicht in Ordnung?«

»Ehrlich gesagt, Sir, ich glaube, daß ich träume.«

»Das dachten *wir*, als wir Sie da unten entdeckten. Wie um alles in der Welt haben Sie es geschafft, in diese Ruinen hinaufzukommen?« Während er mir diese Fragen stellte, überprüfte er meinen Puls, sah sich meine Augen an und machte eben alles, was ein Arzt so tut, wenn er nichts Besonderes feststellen kann.

»Ich bin mir nicht sicher, ob Sie mir glauben würden, wenn ich Ihnen sagte, daß ich zu Pferd dort hinaufgeritten bin«, antwortete ich.

Er stieß ein seltsames Lachen aus und steckte mir ein Thermometer in den Mund. »Nein, das würde ich Ihnen wohl nicht glauben! Hinaufgeritten! Ha!«

»Tja«, sagte ich vorsichtig, nachdem er das Thermometer wieder herausgenommen hatte, »ich bin aber hinaufgeritten.«

»Aha.« Ganz offensichtlich glaubte er mir nicht.

»Wahrscheinlich glauben Sie das nur. Und das Pferd ist über den Abgrund gesprungen, wie?«

»Der Abgrund war noch nicht da, als ich hinaufritt.«

»Kein Abgrund ...?« Er lachte laut hinaus. »Liebe Zeit! Kein Abgrund! Da war immer ein Abgrund seit — na, seit verdammt langer Zeit jedenfalls. Deshalb überflogen wir ja auch die Ruinen. Das Luftschiff bietet die einzige Möglichkeit, dorthin zu gelangen. Major Powell ist so etwas wie ein Amateurarchäologe. Er hat die Genehmigung erhalten, dieses Gebiet zu erkunden, um Teku Benga eines Tages zu erforschen. Er weiß mehr über die untergegangenen Kulturen des Himalaya als irgend jemand auf der Welt. Er ist ein richtiger Gelehrter, unser Major Powell.«

»Die Kumbalari würde ich kaum als untergegangene Kultur bezeichnen«, sagte ich. »Nicht im strengen Sinne. Das Erdbeben hat sich höchstens vor zwei Jahren zugetragen. Das war der Zeitpunkt, als ich dort ankam.«

»Vor zwei Jahren? Sie haben sich zwei Jahre an diesem gottverlassenen Flecken aufgehalten? Sie armer Bursche. Dafür sind Sie aber bemerkenswert fit, würde ich sagen.« Plötzlich runzelte er die Stirn. »Ein Erdbeben. Ich habe von keinem Erdbeben in Teku Benga gehört. Meinen Sie ...«

»In unserer Generation hat es kein Erdbeben in Teku Benga gegeben.« Es war die scharfe, klare Stimme von Major Powell, der eingetreten war, während wir uns unterhielten. Er betrachtete mich mit einer gewissen vorsichtigen Neugier. »Und ich bezweifle sehr, daß jemand dort zwei Jahre lang überleben könnte. Zum einen gibt es dort nichts Eßbares. Andrerseits gibt es keine andere Erklärung, wie Sie dorthin gelangt sein könnten, als mit einer privaten Expedition, die vor zwei Jahren dahin *geflogen* sein soll.«

Nun mußte ich lächeln. »Das ist recht unwahrscheinlich, Sir. Vor zwei Jahren existierte noch kein solches Schiff. Vielmehr ist es verwunderlich, wie ...«

»Ich denke, Sie sollten ihn besser hier untersuchen«, meinte Powell und tippte mit dem Stöckchen an seinen Kopf. »Der arme Teufel hat alles Zeitgefühl verloren — oder so etwas Ähnliches.«

»Wann brachen Sie denn nach Teku Benga auf, Hauptmann Bastable?«

»Am 25. Juni, Sir.«

»Hm. In welchem Jahr?«

»Nun, 1902, Sir.«

Der Doktor und der Major warfen sich einen fassungslosen Blick zu. »Na schön, in jenem Jahr ereignete sich das Erdbeben«, erklärte Major Powell. »1902. Fast alle kamen ums Leben. Und es waren *tatsächlich* ein paar englische Soldaten darunter ... Lieber Gott, das ist doch einfach lächerlich!« Er wandte seine Aufmerksamkeit wieder mir zu. »Sie befinden sich in einem ernsten Zustand, junger Mann. Ich würde es nicht Gedächtnisverlust nennen — es ist eher eine Art falsches Gedächtnis, Ihr Kopf spielt Ihnen Streiche, wie? Vielleicht haben Sie wie ich viel historische Bücher gelesen? Vielleicht sind Sie ebenfalls Amateurarchäologe? Nun, ich nehme an, wir können Sie bald heilen und erfahren, was wirklich geschehen ist.«

»Was ist an meiner Geschichte denn so seltsam, Major?«

»Nun, zum einen, mein Bester, sind Sie ein wenig zu gut erhalten, um im Jahre 1902 die Reise nach Teku Benga angetreten zu haben. Das liegt nämlich über siebzig Jahre zurück. Wir haben den 15. Juli. Und zwar, wie ich Ihnen leider mitteilen muß, des Jahres 1973, natürlich nach Christi Geburt. Sagt Ihnen das etwas?«

Ich schüttelte den Kopf. »Tut mir leid, Major. Aber in einem Punkt gehe ich mit Ihnen konform. Ich bin offensichtlich völlig wahnsinnig.«

»Hoffen wir, daß es nicht von Dauer sein wird«, sagte der Doktor lächelnd. »Wahrscheinlich haben Sie ein bißchen zuviel H. C. Wells gelesen, was?«

— 5 —

Mein erster Blick auf Utopia

Offensichtlich aus einem unangebrachten Sinn für Rücksichtnahme heraus ließen der Doktor und Major Powell mich allein. Ich hatte eine Spritze mit einer Art Droge bekommen, die mich zwar benommen machte, einschlafen konnte ich jedoch nicht. Ich war inzwischen absolut überzeugt, daß irgendeine Kraft in den Katakomben des Tempels des Kommenden Buddha mich durch die Zeit geschleudert hatte. Ich *wußte,* daß es stimmte. Ich *wußte,* daß ich nicht verrückt war. Wäre ich tatsächlich verrückt gewesen, so hätte es wenig Sinn gehabt, einen so detaillierten und schlüssigen Wahn zu bekämpfen — genausogut konnte ich ihn akzeptieren. Doch nun wollte ich weitere Informationen über die Welt, in die ich hineingeworfen worden war. Ich wollte die bestehenden Möglichkeiten mit dem Doktor und dem Major besprechen. Ich wollte erfahren, ob es Beweise gab, daß etwas Derartiges bereits vorgekommen war — irgendwelche unerklärlichen Berichte von Menschen, die behaupteten, aus einer anderen Zeit zu stammen. Doch dieser Gedanke bedrückte mich. Zweifellos *gab* es solche Berichte. Und ebenso zweifellos hatte man diese Menschen für verrückt erklärt und Irrenhäusern, Scharlatanen oder Gefängnissen überantwortet. Wenn ich frei bleiben wollte, um mehr von dieser Welt der Zukunft zu erleben und eine Möglichkeit zu entdecken, wie ich in meine eigene Zeit zurückkehren konnte, dann wäre es nicht allzu geschickt von mir, lauthals auf der Wahrheit zu bestehen. Es wäre besser für mich, eine Amnesie anzuerkennen. Das würden sie eher begreifen. Und wenn sie sich eine Erklärung zurechtbasteln konnten, wie ich siebzig Jahre, nachdem ein Mensch das letztemal in der Lage gewesen war, einen Fuß nach Teku Benga zu setzen, dorthin gelangt war, dann viel Glück!

Nachdem ich zu einem Entschluß gekommen war, fühlte ich mich in der ganzen Angelegenheit viel wohler, lehnte mich in meine Kissen zurück und sank in den Schlummer.

»Das Schiff wird gleich landen, Sir.«

Die Stimme des Sanitäters riß mich aus meiner Trance. Ich kämpfte mich im Bett hoch, doch er hielt mich mit der Hand zurück. »Keine Sorge, Sir. Legen Sie sich einfach zurück und genießen Sie den Flug. Sobald wir sicher vertäut sind, überführen wir Sie in ein Krankenhaus. Ich wollte Ihnen nur Bescheid sagen.«

»Danke«, antwortete ich schwach.

»Sie müssen ja allerhand durchgemacht haben, Sir«, meinte der Sanitäter mitfühlend, »Bergsteigen ist in so einem Land eine heikle Aufgabe.«

»Wer hat Ihnen denn erzählt, daß ich Bergsteiger sei?«

Er war verwirrt. »Nun, keiner, Sir. Wir dachten nur … nun, es war die naheliegendste Erklärung.«

»Die naheliegendste Erklärung? Ja, warum eigentlich nicht? Nochmals herzlichen Dank!«

Er runzelte die Stirn und wandte sich ab. »Reden Sie nicht darüber, Sir!«

Ein wenig später wurden die Schrauben gelöst, mit denen mein Bett auf dem Boden festgemacht gewesen war. Ich hatte kaum bemerkt — abgesehen von einem leichten Gefühl zu sinken und ein paar Erschütterungen —, daß das Schiff gelandet war. Man schob mich Korridore entlang bis zu jenem Teil des Schiffes, der meiner Meinung nach die Mitte bilden mußte. Die riesigen Falttüren waren herabgelassen worden und bildeten eine Treppe zur Erde; darüber hatte man eine Rampe gelegt, um mein Bett hinunterschieben zu können.

Wir kamen in frische, warme Luft, und mein Bett holperte ein wenig, als es über den Rasen zu einem Wagen gefahren wurde, bei dem es sich offenbar um einen Krankenwagen handelte, nach den großen roten Kreuzen auf den weißen Seitenflächen zu schließen. Der Wagen war motorisiert, so wie es aussah. Jedenfalls waren nirgendwo Pferde zu sehen. Als ich mich umschaute, erhielt ich einen zweiten Schock vor Verblüffung. Über ein riesiges Feld verteilt stand eine Anzahl von Türmen, die zwar kleiner waren, doch große Ähnlichkeit mit dem Pariser Eiffelturm aufwiesen. Ungefähr die Hälfte dieser Türme waren in Betrieb — gewaltige Pyramiden aus Stahlverstrebungen, an welchen fast ein Dutzend Luftschiffe vertäut lagen, die meisten davon weit größer als der Gigant, der mich hierhergebracht hatte. Es war offensichtlich, daß es sich nicht bei allen Schiffen um Militärflugmaschinen handelte. Einige waren Handelsschiffe, und die Namen ihrer Linien, die auf den Seitenwänden prangten, waren reich verziert und weit kunstvoller als beispielsweise bei der *Pericles.*

Der Doktor lief nebenher, während das Bett über den Rasen holperte. »Wie fühlen Sie sich?«

»Danke, besser. Wo sind wir hier?«

»Erkennen Sie es nicht wieder? Das ist Katmandu. Hier befindet sich unser Hauptquartier.«

Katmandu! Als ich die Stadt zum letztenmal gesehen hatte, war es eine typisch östliche Hauptstadt mit einem jahrhundertealten Architekturstil gewesen. Doch nun konnte ich in der Ferne hinter den großen Anlegetürmen riesige, weiße Gebäude aufragen sehen, die sich immer weiter, Stockwerk um Stockwerk, in die Höhe erhoben, daß sie fast die Wolken zu berühren schienen. Gewiß gab es auch einige nepalesische Bauwerke darunter, doch die wirkten neben den hoch emporragenden, weißen Türmen verschwindend klein. Ehe man mich in den motorisierten Wagen hob, bemerkte ich noch etwas anderes — ein langes Stahlband, das hoch auf einer Reihe grauer Pfeiler lag und von der Stadt wegführte, um am Horizont zu verschwinden.

»Und was ist das?« fragte ich den Doktor.

Er sah mich verblüfft an. »Was? Die Einschienenbahn? Nun, eben eine Bahn.«

»Sie wollen sagen, daß auf diesem einen Gleis ein Zug fährt?«

»Genau.« Er verstummte, während er neben mir in den Wagen stieg, mit einem leisen Zischen von Luft schlossen sich die Türen. »Wissen Sie, Bastable, Ihre Überraschung ist verdammt überzeugend. Ich wünschte, ich wüßte, was wirklich mit Ihnen nicht ganz stimmt.«

Ich beschloß, nun meine Lüge an den Mann zu bringen. »Könnte es sich um eine Amnesie handeln, Doktor?« Es gab ein leichtes, sanftes Rucken, als der Wagen sich in Gang setzte. Doch ich vernahm nicht das vertraute Rattern eines Verbrennungsmotors. »Womit wird dieses Ding denn angetrieben?«

»Was dachten Sie denn? Mit Dampf natürlich. Das ist ein ganz gewöhnlicher Stanley-Blitzzündungsdampfwagen.«

»Kein Benzinmotor?«

»Das will ich doch nicht hoffen! Primitive Dinger! Der Dampfmotor ist weit leistungsfähiger. Das alles müssen Sie doch wissen, Bastable. Ich will ja nicht behaupten, daß Sie mich absichtlich zu täuschen versuchen, aber ...«

»Ich glaube, Sie sollten besser davon ausgehen, daß ich alles bis auf meinen Namen vergessen habe, Doktor. Alles andere entspringt wahrscheinlich den Wahnvorstellungen, die ich durchlebt habe. Ergebnis von Erschöpfung und Verzweiflung, das jederzeit wieder auftreten kann. Wahrscheinlich werden Sie herausfinden, daß ich zu einer Bergexpedition gehört habe, die vor einiger Zeit verschwunden ist.«

»Ja.« Aus seiner Stimme klang eine gewisse Erleichterung. »Ich dachte schon an Bergsteiger. Erinnern Sie sich wirklich nicht mehr an den Aufstieg? An die Namen der anderen Teilnehmer — oder etwas Derartiges?«

»Ich fürchte, nein.«

»Na schön«, sagte er und gab sich damit zufrieden, »wir machen jetzt jedenfalls einen Anfang.«

Schließlich hielt der Wagen an, ich wurde wieder herausgerollt, diesmal auf eine hochgestellte Ladeplattform, die eigens zu diesem Zweck geschaffen worden war. Durch zwei Türen (welche sich offensichtlich ohne menschliches Zutun öffneten) gelangte ich in einen sauberen, hellen Korridor, bis zu einem Raum, der ebenso sauber und hell wirkte — und völlig nichtssagend.

»Da wären wir«, sagte der Doktor.

»Und wo ist da?«

»Im Churchill-Krankenhaus — benannt nach dem letzten Vizekönig Lord Winston. Hat eine Menge für Indien getan, unser Churchill.«

»Ist das der gleiche Churchill, der Bücher geschrieben hat? Die Kriegsberichte? Der Bursche, der mit den 1898-Ulanen 1898 in Omdurman den Angriff gestartet hat?«

»Ich glaube schon. Das war ganz zu Beginn seiner Laufbahn. Sie kennen sich aber gut aus in Geschichte!«

»Tja, da muß er sich sehr angestrengt haben«, lächelte ich, »um noch Vizekönig von Indien geworden zu sein!«

Der Doktor warf mir wieder einen seltsamen Blick zu. »Nun schön, Hauptmann Bastable. Sie werden nur ein oder zwei Tage in Katmandu bleiben — bis der Lazarettzug nach Kalkutta abgeht. Ich denke, Sie benötigen einen Spezialisten für — Amnesien. Der nächste sitzt in Kalkutta.«

Ich verkniff mir eine Antwort. Ich hatte mich gerade gefragt, ob Kalkutta sich ebenso verändert hatte wie Katmandu.

»Und es geht heutzutage recht friedlich hier zu, nicht wahr?« sagte ich.

»Friedlich? Das will ich hoffen. Ach, wir haben von

Zeit zu Zeit ein klein bißchen Ärger mit extrem nationalistischen Gruppen, aber es ist nichts Ernstes. *Kriege* hat es seit über hundert Jahren nicht mehr gegeben.«

»Dann ist mein Gedächtnisverlust wirklich gravierend«, sagte ich lächelnd.

Er stellte sich unbehaglich neben mein Bett. »Äh, nun ja ... Ah!« rief er erleichtert aus. »Da kommt Ihre Schwester. Leben Sie wohl, Bastable! Halten Sie die Ohren steif! Ich will nur noch ...« Er nahm die Krankenschwester beim Ellbogen und schob sie nach draußen, die Tür schloß sich hinter ihnen.

Ich wäre kein Mann mit den Instinkten eines Mannes, würde ich nicht zugeben, daß die Erscheinung meiner Schwester zugleich Freude und Überraschung in mir auslöste. Ich hatte nur einen Blick auf sie werfen können, doch der hatte mir gezeigt, wie sehr sich alles seit dem Jahre 1902 verändert hatte. Die Schwesterntracht bestand aus weiß-blauem, gestärktem Tuch und einer steifen Haube, die säuberlich auf ihr kastanienbraunes Haar geklammert war. Eine ganz gewöhnliche Schwesterntracht bis auf einen Umstand: ihr Rocksaum war mindestens 25 cm vom Boden entfernt und enthüllte das hübscheste Waden- und Knöchelpaar, das ich jemals außerhalb der Bühne vom Empire-Theater am Leicester Square gesehen hatte! Gewiß gab das der Krankenschwester größere Bewegungsfreiheit und war im wesentlichen praktischer. Ich fragte mich, ob alle Frauen auf diese praktische und anziehende Weise gekleidet waren. Wenn ja, so sah ich ungeahnte Freuden, die sich mit meiner ungewollten Reise in die Zukunft auftaten!

Ich glaube, die Krankenschwester war etwas besorgt, als sie zurückkehrte, denn ich war von ihrer Erscheinung gleichermaßen in Verlegenheit versetzt wie fasziniert. Es fiel schwer, in ihr eine gewöhnliche, ehrbare — in Wirklichkeit recht spröde — junge Frau zu sehen, da sie für die Begriffe meiner Zeit wie ein Revuegirl gekleidet war! Ich nehme an, daß ich gut sichtbar rot geworden war, denn als erstes fühlte sie mir den Puls.

Eine kleine Weile später betrat Major Powell den Raum und zog sich den Metallstuhl neben mein Bett. »Na, wie fühlen Sie sich jetzt, alter Knabe?«

»Viel besser«, antwortete ich. »Ich nehme an, ich leide unter einem Gedächtnisverlust.« (Ich hatte diesen Satz so oft wiederholt, daß es schon fast so war, als wollte ich mich selbst überzeugen!)

»Der Doktor sagte das schon. Sehr wahrscheinlich. Und Sie erinnern sich an eine Bergtour, wie?«

»Ich glaube, mich an den Aufstieg in die Berge zu erinnern«, sagte ich wahrheitsgemäß.

»Hervorragend! Es wird nicht lange dauern, dann kehrt Ihr Erinnerungsvermögen zurück. Wissen Sie, ich interessiere mich gewaltig für das, was Sie erzählt haben. Für mich wäre es ein reiner Glücksfall gewesen, wenn Sie tatsächlich aus dem Jahre 1902 stammten, wie?«

Ich lächelte schwach. »Warum das, Major?«

»Es wäre nützlich gewesen für meine Forschungen. Teku Benga interessiert mich ganz besonders. Wissen Sie, die Stadt stellt in architektonischer und historischer Hinsicht ein Rätsel dar. Nach allen logischen Gesetzen dürfte es sie gar nicht geben. Und eine Luftaufnahme, die wir davon anfertigen konnten, zeigt ein solch architektonisches Stilgewirr, daß man davon ausgehen muß, daß die Stadt eine Zeitlang Treffpunkt der unterschiedlichsten Kulturen aus aller Welt war. Kaum zu glauben, ich weiß.«

»Trotzdem stimme ich mit Ihnen überein«, sagte ich. »Und ich glaube außerdem, daß dort einige Kulturen vertreten sind, die aus Epochen vor jeglicher Geschichtsschreibung stammen. Es sind wirklich sehr, sehr alte Gebäude.«

»Es existieren natürlich einige Mythen darüber. Allerdings erstaunlich wenige. Die meisten Kumbalari-Priester kamen bei dem Erdbeben von 1902 ums Leben, und die restliche Bevölkerung der Gegend ist reichlich ungebildet. Nach dem Erdbeben sprachen sie überhaupt nicht mehr über Teku Benga, und die meisten mündlichen Überlieferungen waren verlorengegangen, bis ausgebildete Wissenschaftler in die Gegend kamen. Ich nehme an, das war Ihr Anliegen, was? Die Suche nach einer Erklärung. Eine verdammt gefährliche Expedition. So gefährlich, daß ich es mich nicht getrauen würde, nicht einmal per Luftschiff. Die Wetterverhältnisse schlagen so schnell um. Die bestausgerüstete Expedition könnte scheitern.« Er runzelte die Stirn. »Und doch ist es merkwürdig, daß ich von Ihrem Unternehmen niemals etwas gelesen habe. Ich dachte, ich hätte alles gelesen, was mit Teku Benga in Zusammenhang steht. Ich habe übrigens unsere Archivleute auf Sie angesetzt. Um herauszufinden, zu welchem Regiment Sie gehört haben und dergleichen. Bald werden Sie wissen, wer Sie sind. Und falls es sich herausstellt, daß Sie zu Hause Verwandte haben, werden wir Sie dorthin zurückschikken.«

»Das ist sehr freundlich von Ihnen«, sagte ich.

»Das mindeste, was wir tun können. Sind Sie eigentlich Archäologe? Können Sie sich daran erinnern?«

»Ich nehme an, in gewisser Hinsicht schon«, gab ich zu. »Ich weiß offensichtlich viel über die Vergangenheit und absolut nichts über ... die Gegenwart.«

Er lachte kurz. »Ich glaube, ich verstehe Sie. So ist es wirklich. Man gräbt ständig in der Vergangenheit. In vieler Hinsicht war es damals ein Stück besser als heute, wie?«

»Diese Frage könnte ich besser beantworten, wenn ich mich an irgend etwas über die Gegenwart erinnern könnte.« Nun lachte ich.

»Ja, natürlich.« Sein Gesichtsausdruck wurde wieder ernst. »Sie wollen sagen, Sie können sich an alles erinnern, was sich bis zum Jahre 1902 zugetragen hat —

was also weit vor Ihrer Geburt lag —, und wissen nichts von der Zeit danach. Das ist der eigentümlichste Fall von Gedächtnisschwund, von dem ich jemals gehört habe. Sie müssen ein sehr guter Gelehrter gewesen sein, wenn Ihr ›Gedächtnis‹ so detailliert ist. Kann ich vielleicht auf irgendeine Weise helfen ... um Ihr Gedächtnis wieder anzuregen?«

»Sie könnten mir einen kurzen Abriß der Geschichte seit 1902 geben.« Ich dachte, ich hätte ihn sehr geschickt hierauf gelenkt.

Er hob die Schultern. »Eigentlich hat sich nicht viel getan. Siebzig Jahre eines ruhmreichen Friedens, alles in allem. Ziemlich langweilig.«

»Keinerlei Kriege?«

»Nichts, was den Namen Krieg verdienen würde, nein. Ich glaube, die letzte schwere Auseinandersetzung war der Burenkrieg.«

»In Südafrika?«

»Ja — im Jahre 1910. Die Buren versteiften sich auf ihre Unabhängigkeit. Schätze, waren dabei auch nicht ganz im Unrecht. Aber wir haben Sie wieder beruhigt, haben sechs Monate lang gekämpft und dann einen Haufen Zugeständnisse gemacht. Nach allem, was ich gelesen habe, muß es aber ein ziemlich blutiger Krieg gewesen sein.« Er zog eine Zigarette aus seiner Jackentasche. »Stört es Sie, wenn ich rauche?«

»Keineswegs.«

»Möchten Sie vielleicht auch eine?«

»Danke.« Ich nahm mir eine.

Er grinste schief, während er meine Zigarette mit einem Gegenstand anzündete, der wie eine zischende Zunderbüchse aussah — eine Art tragbarer Flammenwerfer, nahm ich an. Ich bemühte mich, das Ding nicht anzugaffen, während ich mich nach vorn beugte, um mir Feuer geben zu lassen. »Ich komme mir ein wenig wie ein Schulmeister vor«, sagte er, und steckte den tragbaren Flammenwerfer ein. »Ich meine, wenn ich Ihnen das alles so erzähle. Aber wenn es Ihnen etwas nützt ...«

»Das tut es ganz bestimmt«, versicherte ich ihm. »Was ist denn mit den übrigen Großmächten — Frankreich, Italien, Rußland, Deutschland ...«

»Und Japan«, fügte er fast widerwillig hinzu.

»Welche Schwierigkeiten hatten die denn mit ihren Kolonien?«

»Nichts von Bedeutung. Dabei hätten es einige durchaus verdient. Die Art und Weise, wie die Russen und Japaner ihre chinesischen Gebiete verwalten!« Er räusperte sich. »Ich kann nicht behaupten, daß ich ihre Methoden gutheiße. Wenngleich die Chinesen natürlich auch ein ziemlich unregierbarer Haufen sind.« Er tat einen tiefen Zug an seiner Zigarette. »Die Amerikaner sind ein bißchen lasch — insbesondere in ihren indochinesischen Kolonien, aber das ist mir immer noch lieber als das andere Vorgehen.«

»Die Amerikaner haben Kolonien?«

Er mußte über meine Frage lachen. »Klingt merkwürdig, nicht wahr? Kuba, Panama, Hawaii, die Philippinen, Vietnam, Korea, Taiwan — o ja, sie haben ein recht ansehnliches Imperium, da gibt es nichts zu sagen. Natürlich nennen Sie es nicht so. Das Größere Amerikanische Commonwealth. Seine Beziehungen zu Rußland und Frankreich waren einigemal ziemlich angespannt, aber gegenüber England ist man seinen Verpflichtungen bislang immer nachgekommen. Soll ruhig alles so weiterlaufen, würde ich sagen. Unser Empire — und die Pax Britannica — werden sie meiner Ansicht nach letztlich alle überdauern.«

»Es gab da einige Leute«, warf ich vorsichtig ein, »in den Jahren um 1902, die das Britische Empire schon zusammenbrechen sahen ...«

Major Powell lachte von Herzen. »Zusammenbrechen? Sie meinen Schwarzseher wie Rudyard Kipling, Lloyd George und solche Leute? Ich fürchte, Kipling genießt heute kein allzu großes Ansehen mehr. Er hatte zwar das Herz auf dem rechten Fleck, aber ich glaube, daß er in letzter Minute den Glauben verloren hat. Wäre er nicht in den Burenkriegen ums Leben gekommen, so hätte er schätzungsweise seine Ansicht noch geändert. Nein, ich glaube, man kann rechtens sagen, daß das alte Empire der Welt eine Stabilität beschert hat, wie sie sie zuvor niemals kannte. Das Kräftegleichgewicht wird sehr gut erhalten — und letztlich ist das nicht zum Schaden der Eingeborenen.«

»Katmandu hat sich jedenfalls gewaltig verändert seit dem Jahre 1902 ...«

Er warf mir wieder einen seiner merkwürdigen, argwöhnischen Blicke zu. »Wissen Sie, Bastable, wenn ich es nicht besser wüßte, könnte ich fast glauben, daß Sie tatsächlich siebzig Jahre lang auf diesem verdammten Berg waren. Es ist ganz merkwürdig, einen jungen Burschen wie Sie derartig über die Vergangenheit reden zu hören.«

»Es tut mir leid.«

»Sie brauchen sich nicht zu entschuldigen. Es ist ja nicht Ihre Schuld. Ich muß schon sagen, die Gehirnspezialisten werden Ihre Freude an Ihnen haben!«

Ich lächelte. »Was Sie so sagen, stimmt mich nicht gerade optimistisch.« Ich deutete zum Fenster. »Würden Sie so freundlich sein, die Jalousie hochzuziehen?«

Er griff nach dem kleinen Kästchen, das auf meinem Nachttisch lag. Es befanden sich drei Knöpfe darauf. »Drücken Sie auf diesen hier!« riet er mir. Ich tat wie geheißen und beobachtete voller Erstaunen, wie die Jalousie sich langsam von selbst aufrollte und den Blick auf die weißen Türme von Katmandu und auf einen Teil des Aeroparks dahinter freigab.

»Sie sind wunderschön«, sagte ich, »diese Luftschiffe.«

»Nun, ja«, erwiderte er. »Ich glaube schon. Wissen Sie, für uns sind sie schon selbstverständlich. Doch das

Luftschiff hat Indien eine Menge gebracht. Dem Empire und letztlich der ganzen Welt, wenn Sie so wollen. Schnellere Kommunikationsmöglichkeiten. Schnelleren Handelsaustausch. Größere Truppenmobilität.«

»Was mich erstaunt«, gestand ich ihm, »ist, daß sie oben bleiben. Ich meine, die Gasbehälter bestehen doch schließlich aus Metall.«

»Metall!« Er schüttelte sich vor Lachen. »Ich wünschte, ich könnte glauben, daß Sie mich auf den Arm nehmen wollen, Bastable. Metall! Die Hülle besteht aus Borfiber. Es ist haltbarer als Stahl und weitaus leichter. Das Gas ist Helium. In den Gondelteilen wird etwas Metall benötigt, doch meist bestehen sie aus Plastik.«

»›Plastik‹ — Plastik — was?« erkundigte ich mich neugierig.

»Hm — Plastikmaterial ... wird aus Chemikalien hergestellt ... Lieber Gott, Sie müssen doch schon von Plastik gehört haben, Mann! Ich schätze, es ist eine Art Gummi, doch man kann es in verschiedenen Stärken, verschiedenen Formen und Graden von Elastizität herstellen ...«

Ich gab den Versuch, Major Powell zu verstehen, auf. Selbst zu meinen besten Zeiten war ich kein großer Naturwissenschaftler gewesen. Ich nahm das Geheimnis seiner ›Plastik‹ hin wie ein Schuljunge die Rätsel des elektrischen Lichts. Doch es war mir angesichts all dieser neuen Wunder ein Trost, daß sich einige Dinge nur wenig verändert hatten. In Wahrheit hatten sie sich sogar verbessert.

Den bissigen Kritikern des Imperialismus aus meinen Tagen hätte es sehr rasch die Sprache verschlagen, hätten sie das vernommen, was ich gerade gehört hatte — und den Beweis für Wohlstand und Stabilität erblickt, wie ich ihn vor meinem Fenster liegen sah. Ich glühte in diesem Augenblick vor Stolz und dankte der Vorsehung für diesen Blick auf Utopia. Im Lauf der letzten siebzig Jahre hatte der weiße Mensch seine Bürde ganz gut getragen, wie ich den Eindruck hatte.

Major Powell stand auf, trat ans Fenster und blickte wie zum Echo auf meine Gedanken hinaus, während seine Hände hinter seinem Rücken das Offiziersstöckchen umfaßten. »Wie gerne die Viktorianer dies alles erlebt hätten«, murmelte er. »Wo all ihre Ideale und Träume so ganz verwirklicht sind. Doch es gibt noch genug für uns zu tun.« Er drehte sich um, schaute mich scharf an, sein Gesicht lag zur Hälfte im Schatten. »Und ein grundlegendes Studium dessen, was uns die Vergangenheit lehrt, hilft uns bei dieser Arbeit, Bastable.«

»Ich bin sicher, daß Sie recht haben.«

Er nickte. »Ich weiß, daß ich recht habe.« Er nahm Haltung an und grüßte mit seinem Offiziersstöckchen. »Nun, alter Freund, ich muß weg. Die Pflicht ruft.«

Er trat zur Tür. Da geschah plötzlich etwas Seltsames. Ein dumpfes Beben, das das ganze Gebäude zu erschüttern schien. In der Ferne hörte ich Sirenen heulen und Glocken klingeln.

Major Powells Gesicht wirkte plötzlich finster, er war blaß geworden, und seine Augen blitzten vor Zorn. »Was ist das, Major?«

»Eine Bombe.«

»Hier?«

»Anarchisten. Verrückte. Europäische Aufwiegler mit großer Gewißheit. Keinesfalls die Inder. Deutsche, Russen, Juden, sie alle haben ein begründetes Interesse an der Zerstörung der Ordnung.«

Er stürmte aus dem Zimmer. Nun rief ihn tatsächlich die Pflicht.

Der plötzliche Wechsel von Ruhe zu Gewalttätigkeit hatte mir den Atem stocken lassen. Ich lehnte mich ins Bett zurück und versuchte zu sehen, was draußen vor sich ging. Ich sah Armeewagen über den Luftpark rasen. Ich hörte das Geräusch einer weiteren Explosion in der Ferne. Wer in aller Welt konnte so verrückt sein, die Zerstörung eines solchen Utopia zu planen?

— 6 —

Ein Mann ohne Ziel

Es hatte ebensowenig Sinn, über die Gründe der Explosionen nachzudenken wie darüber zu brüten, wie ich es angestellt hatte, durch die Zeit ins Jahr 1973 zu reisen. Die Ereignisse, die auf die Bombenzwischenfälle in Katmandu folgten, spulten sich rasch vor meinem Auge ab, während ich wie ein seltenes Museumsexponat in der Welt herumgeschoben wurde. Am nächsten Morgen wurde ich an Bord des Einschienenbahn-Zuges nach Kalkutta verfrachtet. Der Zug hatte eher die Form eines Luftschiffes — nur daß er wirklich aus Stahl bestand und vor Messing und farbiger Lackierung nur so blitzte. Er zog fünfzig Waggons hinter sich her und fuhr mit furchterregender Geschwindigkeit, die auf geraden Strecken der hochgelegten Spur an die hundert Meilen pro Stunde heranreichte. Die Antriebskraft dieser unglaublichen Maschine war, wie ich erfuhr, elektrischer Strom. Mit wenigen Zwischenhalten erreichten wir Kalkutta innerhalb eines Tages. Mein Eindruck von Kalkutta war der einer riesigen Stadt — viel weitflächiger als das Kalkutta, das ich kannte — mit blitzenden Hochbauten aus Beton, Stahl und Glas, neben denen alles, was ich zuvor in Katmandu bestaunt hatte, verschwindend klein wirkte. Im Allgemeinen Krankenhaus von Kalkutta wurde ich von zwanzig Fachleuten untersucht, die sich alle für ratlos erklärten, und man beschloß, mich schnellstens auf dem nächsten Luftschiff nach England einzuschiffen. Die Vorstellung, eine so gewaltige Entfernung in der Luft zurückzulegen, erfüllte mich anfänglich mit einer gewissen Unruhe — ich konnte einfach noch nicht die Existenz eines Materials hinnehmen, das zugleich leichter und stärker als Stahl sein sollte, und es fiel mir ebenso schwer, dem Menschen zuzutrauen, daß er viertausend Meilen ohne Zwischenlandung fliegen konnte.

Aus einer Reihe von Gründen sahen die Behörden mich lieber in England, einer davon war natürlich, daß es ihnen nicht gelungen war, in den Akten einen Hauptmann Bastable ausfindig zu machen, der innerhalb des letzten Jahrzehnts bei seinem Regiment als verschollen galt. Sie hatten jedoch ebenfalls die Akten meines eigenen Regiments bis ins Jahr 1902 zurückverfolgt und natürlich festgestellt, daß *tatsächlich* ein Hauptmann Bastable in Teku Benga ums Leben gekommen war. Nun war ich nicht nur ein Rätsel für die Ärzte, sondern stellte auch ein Problem für den Abwehrdienst der Armee dar, der unbedingt wissen wollte, wie der ›Geheimnisvolle‹ (wie sie mich nannten) die Identität einer Person angenommen haben konnte, die seit siebzig Jahren tot war. Ich glaube, sie hatten mich im Verdacht, eine Art ausländischer Spion zu sein, doch wie ich später erfuhr, waren ihre Erklärungen zu dieser Angelegenheit ebenso vage wie die meinen.

Also buchte ich einen Platz auf dem großen Linienschiff der Wolken, der A. S. (für ›Air Ship‹) *Lichter von Dresden,* einem Schiff, das von der deutschen Firma Krupp Luftschiffahrt A.G. und dem britischen Unternehmen Vickers Imperial Airways gemeinsam betrieben wurde. Eingetragen war die *Lichter von Dresden* unter rein britischer Eignerschaft, und sie trug das entsprechende Hoheitszeichen auf den Schwanzflossen, doch der Kapitän und mindestens die halbe Mannschaft waren Deutsche. Wie sich herausstellte, hatten die Deutschen als erste die Luftschiffahrt in größerem Maßstab eingeführt, und die inzwischen eingegangene Zeppelin-Gesellschaft hatte die Luftschiffentwicklung auf der ganzen Welt angeführt, bis Großbritannien in Zusammenarbeit mit Amerika die Borfiberhülle entwickelten und eine Methode, die Schiffe steigen und sinken zu lassen ohne Ballast im eigentlichen Sinne. Die *Lichter von Dresden* war mit einem solchen Gerät ausgestattet, das gleichzeitig das Helium bei großen Geschwindigkeiten und aufwendigen Manövern wärmte und kühlte. An Bord des riesigen Linienschiffes befand sich ebenfalls die neueste Entwicklung einer elektrisch betriebenen Rechenmaschine, welche die Menschen des Jahres 1973 ›Komputer‹ nannten, und welche in der Lage war, den Kurs des Schiffes automatisch und ohne menschliches Eingreifen zu korrigieren. Die Natur des Antriebs konnte ich nie ganz durchschauen. Es war ein einziger riesiger Gasturbinenmotor, der eine einzige, riesenhafte Schraube betrieb — oder besser einen Propeller am Ende des Schiffes. Dieses Gerät befand sich zwischen den großen Schwanzflossen. Daneben befanden sich ebenfalls ölbetriebene Ersatzmotoren, die dazu dienten, den Schiffskurs zu korrigieren, und die Schwenkungen von 360 Grad und sämtliche Neigungswinkel und Umkehrmanöver sowie das Ansteigen oder Absinken des Schiffes zu ermöglichen.

Doch ich habe noch gar nicht richtig den unmittelbaren, überwältigenden Eindruck dieses mächtigen Luftschiffes beschrieben; es war gut tausend Fuß lang und dreihundert hoch (wobei ein Großteil der Höhe natürlich der Gasbehälter einnahm). Sie besaß drei Decks übereinander, unten lag die erste Klasse, die dritte ganz oben. Diese einzige Gondel war tatsächlich untrennbar mit der Hülle (wie man den Gasbehälter nannte) verbunden. Vorne in der sich verjüngenden Nase des Schiffes lag die Brücke, wo für die ganze komplizierte, maschinelle ›Denkarbeit‹ des Schiffes ständig mehr als ein Dutzend Offiziere Dienst taten.

Drei Anlegemaste benötigte die *Lichter von Dresden*, um sie am Boden zu sichern, und als ich sie auf dem Aeropark von Kalkutta (der eigentlich zehn Meilen außerhalb der Stadt liegt) zum erstenmal erblickte, blieb mir die Luft weg, denn neben ihr wirkten alle anderen Schiffe — und es lagen durchaus ein paar größere in der

Nähe — wie Elritzen, die sich um einen Wal tummeln. Ich hatte bereits gehört, daß sie 400 Passagiere und 50 Tonnen Fracht befördern konnte. Als ich sie sah, konnte ich es glauben.

Ein Lift beförderte mich mit einigen anderen Passagieren durch die Metallkäfige der Anlegetürme zur Einschiffung nach oben, von wo aus eine überdachte Gangway in den Korridor unterhalb der Schiffsbrücke führte. Ich reiste Erster Klasse zusammen mit meinem ›Begleiter‹, einem gewissen Leutnant Jagger, unter dessen Aufsicht ich bis zu unsrer Ankunft in London gestellt worden war. Die Annehmlichkeiten auf diesem Schiff waren so erstaunlich luxuriös und stellten alles in den Schatten, was man auf den erstklassigsten Ozeanriesen unserer Tage fand. Als ich mich umsah, begann ich mich ein wenig zu entspannen. Und als die *Lichter von Dresden* die Taue löste und so wunderbar würdevoll zum Himmel emporschwebte, fühlte ich mich fast sicherer als an Land.

Die Fahrt von Kalkutta nach London dauerte mit kurzen Landungen in Karatschi und Aden nur 72 Stunden! Drei Tage, in welchen wir Indien, Afrika, Europa und drei große Ozeane bei allem möglichen Wetter überflogen. Ich sah Städte sich unter mir entfalten, sah Wüsten, Berge und Wälder, die unter mir vorbeizogen. Ich sah Wolken, die wie Lebewesen aussahen, schwebte über den Wolken, während es darunter regnete, zog ruhig am sonnigen, blauen Himmel davon, während die Menschen unter uns durchnäßt wurden! Ich speiste an einem Tisch, der so fest stand wie im Ritz (und man servierte mir ein Mahl, das fast ebenso köstlich war wie dort), während wir den Indischen Ozean überflogen, und ich genoß mein Abendessen, während wir hoch über dem sengenden Sand der Wüste Sahara dahinzogen!

Bis wir in London ankamen, war das Fliegen für mich ganz selbstverständlich geworden. Sicher war es die bequemste Art zu reisen — und gleichzeitig die vornehmste.

Ich begann mich allmählich, wie ich durchaus zugeben will, für den glücklichsten Menschen in der Geschichte unserer Welt zu halten. Ich war dem Zugriff eines tödlichen Erdbebens im Jahre 1902 entrissen und in den Schoß des luxuriösen Lebens von 1973 gelegt worden — eine Welt, die anscheinend ihre meisten Probleme gelöst hatte. War das nicht der größte — und unglaublichste — Glücksfall? Ich muß eingestehen, daß ich damals so dachte. Den Kortschenowski und die anderen sollte ich erst noch kennenlernen.

Entschuldigen Sie die Abschweifung. Ich muß versuchen, die Geschichte zu erzählen, wie sie sich zugetragen hat, Ihnen eine Vorstellung meiner Gefühle zu der jeweiligen Zeit der Geschehnisse zu geben, und nicht, was ich später darüber dachte.

Nun, bei Sonnenaufgang des dritten Tages überflogen wir den Kanal, und ich konnte die weißen Klippen von Dover weit unter mir auftauchen sehen. Kurz darauf kreisten wir über dem unbeschreiblich riesigen Aeropark von Croydon in Surrey und begannen mit dem Anlegemanöver. Croydon war der größte Aeropark von London, denn selbstverständlich läßt sich ein so riesiger Hafen nicht auf dem Picadilly anlegen. Der Croydon-Aeropark war, wie ich später herausfand, der größte auf der Welt und hatte einen Umfang von über zwölf Meilen. Hier herrschte reger Verkehr, was wohl kaum betont werden muß, von Dutzenden größerer und kleinerer, alter und neuer Militär- und Linienschiffe. Jene unter uns, die die ganze Reise von Indien zurückgelegt hatten, mußten keine Zollinspektion über sich ergehen lassen, und wir schritten durch das Empfangsgebäude und nahmen unsere Plätze in dem Sonderschienenzug nach London ein. Ich war wieder einmal wie benommen von all dem, was sich rings um mich abspielte, und war dankbar für die ruhige, ermutigende Präsenz von Leutnant Michael Jagger, der mich zu meinem Sitz geleitete und neben mir Platz nahm.

Leutnant Jagger hatte in Croydon eine Zeitung erworben und reichte sie mir nun. Ich nahm sie dankbar entgegen. Die Größe und Art der Zeitung war ungewohnt, ebenso wie ein Teil der Abkürzungen, doch ich begriff den Inhalt der meisten Artikel. Dies war die erste Zeitung, die ich seit meiner Ankunft im Jahre 1973 zu sehen bekam. Ich hatte zehn Minuten Zeit, sie zu überfliegen, ehe wir in London ankamen. In dieser Zeit erfuhr ich von einem neuen Vertrag, den alle Großmächte unterzeichnet hatten, welcher für viele Waren gemeinsame Preise festschrieb (wie sehr hätten die Vertreter der Freien Wirtschaft das verabscheut!) und verschiedene grundlegende Gesetze vereinbarte, die für die Bürger aller Unterzeichnerstaaten nun gültig waren. In Zukunft wäre es nicht mehr möglich, so erklärte die Zeitung, daß ein Krimineller in Taiwan ein Verbrechen beging und über das Meer beispielsweise in die Japanische Mandschurei oder nach Britisch-Kanton floh. Das Gesetz war offensichtlich von allen Großmächten einstimmig angenommen worden, Anstoß dazu hatte die zunehmende Zahl von Gesetzesverstößen durch Gruppen von Nihilisten, Anarchisten oder Sozialisten gegeben, welche, wie mich die Zeitschrift belehrte, nur die Zerstörung um ihrer selbst willen zum Ziele hatten. Es waren noch einige andere Nachrichten zu lesen, von denen ein Teil unverständlich, andere unbedeutend waren. Doch ich überflog alle Hinweise auf Nihilisten, denn sie standen in gewissem Zusammenhang zu meinem Erlebnis am ersten Tag im Krankenhaus in Katmandu. Nach Auffassung der Zeitung erschienen diese Akte von Gewalttätigkeit völlig sinnlos in einer Welt, die sich unaufhaltsam zu Frieden, Ordnung und Gerechtigkeit für jedermann hinentwickelte. Was konnten diese Verrückten im Sinn haben? Bei einigen handelte es sich natürlich um irgendwelche Nationalisten, die die Unabhängigkeit für ihre Region forderten. lange ehe sie dafür vorbereitet war. Doch die übrigen — was wollten sie? Wie ist es möglich, Utopia zu verbessern? fragte ich mich voller Zweifel.

Und dann waren wir am Victoria Station angekommen, der im wesentlichen noch als der viktorianische Bahnhof erhalten war, wie ich ihn aus dem Jahre 1902 kannte.

Als wir aus dem Zug stiegen und auf den Ausgang zugingen, sah ich, daß die Stadt, obwohl es Nacht war, in allen Lichtern erstrahlte.

Elektrische Beleuchtungen in allen vorstellbaren Farben und Farbzusammenstellungen strahlten von jedem schmalen Turm und von jeder runden Kuppel. Hell erleuchtete Rampen trugen motorisierten Verkehr auf vielen Ebenen um diese Türme und wanden sich hinauf und herab, als würden sie nur von der Luft getragen!

In diesem London gab es keine häßlichen Plakatwände, keine erleuchteten Reklameschriften und keine geschmacklosen Slogans, und als wir in den Dampf-Brougham kletterten und eine der Rampen hinauffuhren, stellte ich fest, daß es auch nicht mehr die schäbigen Slums gab, die ich vom London 1902 vielerorts kannte. Die Armut war niedergerungen! Krankheiten ausgerottet! Gewiß war Not völlig unbekannt!

Ich hoffe, es ist mir gelungen, ein wenig von dem Hochgefühl zu vermitteln, das ich bei meiner ersten Begegnung mit dem London des Jahres 1973 empfand. Es besteht nicht der geringste Zweifel an seiner Schönheit, seiner Sauberkeit und seinen wunderbar geordneten Annehmlichkeiten für die Bürger. Zweifellos waren alle Menschen wohlgenährt, fröhlich, gut gekleidet und alles in allem überaus zufrieden mit ihrem Schicksal. Während des nächsten Tages führte mich ein Dr. Peters in London herum in der Hoffnung, ein vertrauter Anblick könnte mein Gehirn aus seinem Schlaf erwecken.

Ich spielte das Spiel mit, denn es gab nicht viel anderes, das ich hätte tun können. Letztendlich, dessen war ich mir im klaren, würden sie aufgeben. Dann wäre ich frei, mir einen Beruf auszusuchen — vielleicht ginge ich wieder zur Armee, denn schließlich war ich das Soldatenleben gewohnt. Doch bis dahin war ich ein Mann ohne Ziel, und ich konnte genausogut tun, was die anderen von mir erwarteten. Wo ich auch hinkam, erstaunte mich die Veränderung, die mit dieser einstmals schmutzigen, nebelverhangenen Stadt vor sich gegangen war. Nebel gehörte der Vergangenheit an, die Luft war sauber und frisch. Bäume, Sträucher und Blumen blühten überall, wo nur ein bepflanzbarer Flecken war. Schmetterlinge und Vögel in großer Zahl flogen umher. Auf hübschen Plätzen plätscherten Springbrunnen, und manchmal stießen wir auf ein Blasorchester, welches das Publikum unterhielt, ein Kasperltheater oder auch irgendwelche Niggersänger. Nicht alle alten Gebäude waren verschwunden. Ich erblickte die Tower Bridge und den Tower selbst so blitzsauber, als seien sie gerade erst erbaut worden, ebenso die St.-Paul's-Kathedrale, die Houses of Parliament und den Buckingham Palace (wo ein neuer König Edward — König Edward VIII., inzwischen auch schon ein alter Mann — seine Residenz hatte). Das britische Volk nahm wie immer die besten Neuerungen an und erhielt das Beste vom Althergebrachten.

Ich betrachtete meinen Aufenthalt im Jahre 1973 allmählich als wunderbaren Urlaub. Ein Urlaub, der, wenn ich Glück hatte, für immer dauern würde.

Zweites Buch

Weitere merkwürdige Begebenheiten
Eine Entdeckung
Und mehrere Katastrophen

— 1 —

Die Frage einer Anstellung

Die nächsten sechs Monate führte ich, wie ich zugeben muß, ein bequemes Leben. Ich täuschte weiter eine Amnesie vor, und natürlich vermochte nichts, was die Ärzte unternahmen, mein ›Gedächtnis‹ zurückzubringen. Manchmal kam es mir sogar so vor, als sei die Welt von 1902 nicht mehr als ein äußerst detaillierter Traum gewesen. Dies beunruhigte mich anfänglich, aber letztlich spielte es keine Rolle mehr für mich, in welche Epoche ich eigentlich ›gehörte‹.

Ich wurde als eine Art Phänomen betrachtet und war für kurze Zeit eine Berühmtheit. Zeitungsartikel über mein mysteriöses Auftauchen in den Bergen des Himalaya wurden verfaßt, und die Spekulationen, besonders in der Regenbogenpresse, wurden wilder und immer wilder. Einige waren so phantastisch, daß sie an die Wahrheit heranreichten! Ich wurde für den Kinematografen (dessen farbige Bilder inzwischen sprechen und sich bewegen können) interviewt wie auch für das Marconiphon — eine Version des Telefons, das von zentralen Sendern aus Nachrichten, Stücke und Unterhaltungsmusik in fast jedes Haus ausstrahlt, wo sie von Empfängern so laut verstärkt werden, daß man sie nicht mehr ans Ohr halten muß, sondern sogar von einem anderen Raum aus hören kann, wenn man dies wünscht. Ich nahm an einem Empfang teil, dem auch der liberale Premierminister, Sir George Brown, beiwohnte (die Liberalen waren seit über dreißig Jahren an der Regierung, und die Konservativen waren eine weitgehend dem Untergang geweihte Partei), und stellte fest, daß die sozialistischen Forderungen des späten 19. und frühen 20. Jahrhunderts positive Einflüsse auf die vernünftigeren politischen Parteien wie die Liberalen gehabt und tatsächlich den Anstoß für viele gesellschaftliche Verbesserungen, deren Zeuge ich geworden war, gegeben hatten. Erst in jüngster Zeit hatte — fast unvorstellbar — die Schlange des Sozialismus begonnen, ihr Haupt im politischen Leben wieder zu heben. Nicht daß diese Anschauung beim britischen Volk viele Anhänger gefunden hätte. Wie gewöhnlich nutzten einige wenige Fanatiker und neurotische Intellektuelle diese Ideologie als Mittel zur Durchsetzung ihrer persönlichen, verrückten Ideen.

Im Lauf des ersten halben Jahres wurde ich per Schienenbahn, Luftschiff, Dampfwagen oder Elektromobil in alle Teile Großbritanniens gebracht, und natürlich war kaum etwas wiederzuerkennen. Die größeren Städte waren nach dem Vorbild Londons angelegt, und zwischen diesen großen ›Ballungsräumen‹, wie sie das nennen, herrschte ständige und schnelle Verbindung. Wo der Handel einst bessere Reise- und Kommunikationsmöglichkeiten geschaffen hatte, kam dies nun jedermann zu seiner Bequemlichkeit und seinem Vergnügen zugute.

Die Bevölkerung war beachtlich gewachsen, doch der Arbeiter war so wohlhabend wie viele Mittelschichtbürger im Jahre 1902, und er mußte lediglich 30 Wochenstunden arbeiten, um ein echt luxuriöses Leben zu führen. Es war keinerlei Problem, ein gut eingerichtetes

Haus und eine Arbeit zu finden, denn die Überbevölkerung der Nation war nur allzu gerne bereit, sich über die britischen Inseln auszubreiten. Jedes Jahr brachen Tausende von Menschen auf, um in alle Winkel des Empire zu ziehen: nach Afrika, Indien, in die Protektorate in China, die Hoheitsgebiete in Australien, Neuseeland und Kanada. Auf der ganzen Welt ließen sich Briten nieder und erschlossen — also zivilisierten — selbst die unzugänglichsten Gebiete dank der Erfindung des Luftschiffes.

Das ländliche England zu Hause blieb unberührt und so makellos, wie es immer gewesen war. Keine Dampflokomotiven spien Rauchwolken über Bäume und Pflanzen, und Reklamewände gab es schon längst nicht mehr, sie waren wie alle häßlicheren Züge des englischen Alltags vom Beginn des 20. Jahrhunderts ausgemerzt worden. Selbst Leute mit dem bescheidensten Einkommen konnten sich ein elektrisch betriebenes Fahrrad leisten, was bedeutete, daß die Stadtmenschen die Landschaft genießen konnten, wann immer sie wollten. Die Preise waren niedrig und die Löhne hoch (einige geschickte Arbeiter verdienten tatsächlich 5 Pfund pro Woche!), und wenn man ein paar Extragroschen sparen konnte, war eine Luftreise nach Frankreich oder Deutschland nichts Außergewöhnliches. Durch geschickte Einsparungen konnte sich der Mann von der Straße sogar eine Luftschiffspassage leisten, um Angehörige in abgelegeneren Ländern des Empire zu besuchen.

Was nun die Schattenseiten des Lebens betrifft — nun ja, es gab kaum welche, da man die sozialen und moralischen Mißstände, welche sie hervorgerufen hatten, beseitigt hatte. Die Suffragetten meiner Tage hätten mit Vergnügen gehört, daß die Frauen über 30 das Wahlrecht hatten, die Herabsetzung des Stimmrechtes für Frauen auf 21 war im Gespräch. Nebenbei bemerkt war die Länge der Frauenkleider in London kein bißchen anders, als ich es zuerst in Katmandu gesehen hatte. Nach einigen Monaten brachte ich schließlich den Mut auf, ein oder zwei hübsche Mädchen ins Theater oder zum Konzert einzuladen. Gewöhnlich handelte es sich um die Töchter der Ärzte oder Armeeoffiziere, mit denen ich meine Freizeit zubrachte, und für unsere Begriffe waren die Mädchen ziemlich ›forsch‹ und nahmen ganz selbstverständlich und unverblümt die gleiche Stellung wie der Mann in der Gesellschaft ein. Nach meiner anfänglichen Verblüffung fand ich das höchst erfrischend — so wie ich die Stücke, die ich sah, häufig auf shawsche Weise recht gewagt fand (wenngleich, gottlob, keine politischen Anspielungen vorkamen).

Schließlich verblaßte mein Ruhm, und allmählich fühlte ich mich nicht mehr so wohl mit diesen langen ›Ferien‹ in der Zukunft. Angebote von Verlegern, meine Memoiren zu schreiben, lehnte ich ab (was ja auch reichlich schwierig geworden wäre, wenn ich an Gedächtnisverlust litt!) und zog die verschiedenen Möglichkeiten beruflicher Tätigkeit, die sich mir boten, in Erwägung. Da ich ursprünglich eine Laufbahn bei der Armee eingeschlagen hatte, kam ich zu dem Schluß, daß ich, wenn möglich, weiterhin auf diese Weise meinem Land dienen wollte. Nichtsdestotrotz hätschelte ich auch die Vorstellung, auf einem Luftschiff zu fliegen, und stellte nach mehreren Erkundigungen fest, daß ich ohne große Ausbildung in den verschiedenen Formen von Luftschiffflug und -navigation einen Posten bei der neu gebildeten Sonderluftpolizei einnehmen konnte. Ich hätte mehrere Examen abzulegen und müßte eine Mindestausbildung von sechs Monaten hinter mich bringen, doch ich war recht zuversichtlich, daß ich dies ohne große Schwierigkeiten schaffen könnte. Beispielsweise würde ich gewiß nicht lange brauchen, um die Dienstdisziplin zu lernen!

Der neue Dienstzweig, die Sonderluftpolizei, war ursprünglich aus der Armee rekrutiert worden, aber es gab auch Freiwillige aus Marine und Luftdienst. Sie war aus der Notwendigkeit heraus geschaffen worden, Luftschiffe gegen Akte der Luftpiraterei, potentielle Saboteure (es hatte einige Drohungen von Fanatikern gegeben, jedoch war niemals etwas Ernstliches geschehen) und um Passagiere zu beschützen, die auf dem Flug von Dieben oder anderen Verbrechern hätten bedroht werden können.

Also bewarb ich mich und wurde angenommen. Ich wurde zur Luftdienst-Ausbildungsschule nach Cardington geschickt und lernte einige Geheimnisse des drahtlosen Telefons — mit welchem man sich an Bord und wenn notwendig auch mit dem Boden verständigte. Man vermittelte mir ein wenig konkrete Flugpraxis — was der einzig aufregende Teil meiner Ausbildung war — und brachte mir Meteorologie usw. bei. Obwohl ein Luftpolizist eher Armeeoffizier als Flieger war, weshalb auch kaum damit zu rechnen war, daß er in die Lage käme, ein Schiff zu fliegen, hielt man es für notwendig, daß er im Notfall wußte, was zu tun war. Und so erhielt ich gegen Ende meines ersten Jahres in der Zukunft (ein seltsamer Widerspruch!) mein Patent als Leutnant in Seiner Majestät Luftpolizei und wurde auf die A. S. *Loch Ness* kommandiert.

Trotz aller Assoziationen, die dieser Name hervorrufen mag, war die *Loch Ness* kein Ungeheuer, sondern ein schmuckes, kleines Luftschiff von nicht mehr als 80 Tonnen mit einer Ladefähigkeit von 60 Tonnen und war wunderbar zu handhaben. Ich war froh, auf ihr eingesetzt zu sein, wenn auch der Kapitän etwas die Nase rümpfte über die Notwendigkeit, mich an Bord zu haben und anfänglich etwas kühl mir gegenüber war. Je größer ein Luftschiff normalerweise ist, um so umgänglicher ist es auch, doch die kleine *Loch Ness* war wendig, gutmütig und zuverlässig. Sie flog niemals große Strekken. Ich glaube, die längste Reise, die wir jemals unternommen haben, führte nach Gibraltar; die *Loch Ness* war dafür eigentlich nicht ausgerüstet, denn sie war ein sogenanntes ›Weichhüllenschiff‹ (ihre Hülle bestand aus Tuch statt aus Plastik), und sie besaß keine automatische Temperaturkontrolle, so daß man verflixt aufpassen mußte, daß ihr Gas sich in der Mittelmeerhitze nicht so sehr ausdehnte. Auf ihr habe ich eine Menge über Luftschiffe gelernt. Es tat ein bißchen weh, sie zu verlassen, denn man hängt schließlich an einem Luftschiff wie ein Seemann an einem gewöhnlichen Schiff. Man hatte mich jedoch nur auf sie abkommandiert, damit ich einige Erfahrungen sammelte, und ich habe die Aufgabe wohl ziemlich gut bewältigt, denn das Macaphee-Unternehmen (dem die *Loch Ness* gehörte) schickte mich an Bord der eben fertiggestellten *Loch Etive,* dem Stolz ihrer Linie.

Die *Loch Etive* ähnelte dem ersten Handelsschiff, auf dem ich geflogen war, der *Lichter von Dresden.* Nun jedoch, da ich mit den Einzelheiten von Luftschiffen vertraut war, konnte ich all ihre Wunder angemessen bestaunen. Sie war 1000 Fuß lang mit vier Dieselmotoren auf jeder Seite und reversiblen Propellern. Ihr Heliumfassungsvermögen lag bei 12 Millionen Kubikfuß, aufgeteilt auf 24 Einzelbehälter innerhalb der Hülle. Ihr Rahmen bestand aus ›Duraluminium‹. Sie konnte 400 Passagiere und 50 Tonnen Ladung befördern. Sie erreichte ohne Schwierigkeiten 100 Meilen pro Stunde, und ihre Spitzengeschwindigkeit bei gutem Wetter lag bei 150. Ihre ganzen Apparaturen befanden sich innerhalb der Hülle, bis auf die Motorgondeln und ihre Propeller. Die Inspektionsgänge oberhalb und an der Seite des Rumpfes waren eingelassen, für Notfälle führten wir Fallschirme, Boote, Schwimmwesten und zwei Weichballons mit. Zur Unterhaltung der Passagiere standen Kinematographen, Ballsäle, Phonographen, Decksportanlagen, Partyspiele und Restaurants zur Verfügung — alles was man auf einer Fläche von einer

Viertelmeile dreitausend Fuß über der Erdoberfläche sich nur wünschen kann!

Wir befanden uns auf einer Weltreise auf der Roten Route, wie wir dies nannten (nach der Farbe der Länder auf den Karten), mit einem Abstecher über die USA. Wir flogen von Großbritannien über Kanada und die USA hinunter nach Britisch-Ecuador, über Australien, Hongkong, Kalkutta, Aden und Kairo zurück nach London. Meine Aufgabe bestand darin, ein Auge auf suspekte Reisende zu werfen. Durchsuchungen nach Waffen und Bomben vorzunehmen, all so etwas, und, was am erfreulichsten war, Anzeigen der Passagiere entgegenzunehmen von Verdächtigungen wegen kleiner Diebstähle und Falschspielerei bis hin zu angeblichen Sabotageversuchen. Es war ein Job, der mir letztendlich viel Zeit ließ, den Flug zu genießen, und es gab kaum irgendwelche ernsten Zwischenfälle. Wir hatten einen interessanten Querschnitt von Passagieren aller Völker, Hautfarben und Weltanschauungen — indische Prinzessinnen, afrikanische Stammesfürsten, britische Diplomaten, amerikanische Kongreßabgeordnete, ranghohe Soldaten, und einmal beförderten wir den alternden Präsidenten der Chinesischen Republik (die, wie ich leider sagen muß, kaum mehr war als ein Haufen Provinzen unter der Gewalt verschiedener Kriegsherren). Vor allem beeindruckte mich die Bildung und Weisheit der Eingeborenenführer, insbesondere der Afrikaner, von denen man sicher viele für englische Gentlemen hätte halten können, wäre da nicht ihre Hautfarbe gewesen.

Der Mann, der die Gesamtverantwortung für jede Einzelheit beim Flug der *Loch Etive* wie auch für jeden Menschen an Bord trug, war der alte Kapitän Harding, der fast von Anfang an Luftschiffe geflogen hatte, als das noch ein weit gefährlicheres Geschäft gewesen war. Er war, so erfuhr ich, einer der letzten gewesen, der eine ›fliegende Bombe‹ kommandierte, wie man die Schiffe nannte, welche mit explosiven Gasen wie Wasserstoff gefüllt waren, bis zur Katastrophe der *Elephant* 1936, wonach alle wasserstoffgefüllten Schiffe nach internationaler Vereinbarung aus dem Verkehr gezogen und zerlegt wurden. Ich hatte den Eindruck, daß er nicht ganz glücklich war, ein Passagierschiff zu kommandieren, insbesondere ein so modernes wie die *Loch Etive,* andrerseits war ihm aber auch der Gedanke an den Ruhestand zuwider. Die Luft, so sagte er, war sein natürliches Element, und er wollte verflucht sein, wenn er mehr als nötig von seinem Leben in irgendeinem verfluchten Affenkäfig in Balham zubringen müßte. Ich hatte den Eindruck, daß er sterben würde, wenn man ihn zwänge, die Fliegerei aufzugeben. Er war einer der anständigsten Menschen, die ich je kennengelernt habe, und ich entwickelte ihm gegenüber eine große Zuneigung und verbrachte viel Zeit in seiner Gesellschaft in den langen Perioden, da es für mich an Bord nichts zu tun gab. »Die brauchen doch gar keinen Kapitän auf dieser komputergesteuerten Brücke«, sagte er gewöhnlich ein bißchen bitter. »Wenn sie wollten, könnten sie die Kiste von London aus übers Telefon kommandieren.«

Ich schätze, es war meine starke Zuneigung zu Kapitän Harding, die zur ersten Katastrophe in meinem neuen Leben führte. Eine Katastrophe, die andere nach sich zog, die folgenschwerer waren bis hin zum endgültigen Desaster ... Aber ich eile meiner Geschichte schon wieder voraus.

Es begann alles mit einem launischen Wetterwechsel, nachdem wir San Francisco mit Kurs auf Britisch-Ecuador, Tahiti, Tonga und weiter westlich liegende Ziele verlassen hatten. Sie könnten dafür die Elemente oder auch mich verantwortlich machen — aber ich bin eher dazu geneigt, einen aggressiven, kleinen kalifornischen ›Pfadfinderführer‹ namens Reagan für den Schuldigen zu halten. Gewiß wäre ich ohne Reagan an Bord der *Loch Etive* nicht in die folgenden Ereignisse verwickelt worden, Ereignisse, die das Schicksal einer beträchtlichen Anzahl Leute, wenn nicht gar der ganzen Welt verändern sollten.

— 2 —

Ein Mann mit einem großen Stock

Wir lagen am Berkeley-Luftpark vertäut und luden Passagiere und Waren zu. Durch eine Verzögerung bei der Suche nach einer Anlegestelle hatten wir unseren Zeitplan etwas überzogen und beeilten uns, die Zeit wieder aufzuholen. Ich behielt Ladung und Passagiere im Auge, während ich zusah, wie die riesigen Lattenkisten durch die Ladeluken unterhalb des untersten Decks ins Schiffsinnere gehoben wurden. Das Schiff war mit etwa fünfzig dicken Stahlkabeln vertäut und lag völlig ruhig an seinem Mast. Ich kam nicht dagegen an: Wenn ich zu ihr emporschaute, erfüllte mich ein gewisser Stolz. Ihr Rumpf schimmerte silberblau, und die runden Union-Jack-Platten auf ihren Schwanzflächen glänzten. Ihre Angaben waren auf die Haupthülle aufgemalt: RMA 801 (ihre Registernummer) *Loch Etive,* London. Macaphee-Linien, Edinburgh.

Rings um mich her lagen Schiffe der American Imperial Airways, der Versailles-Linie, der Königlich Österreichisch-Preußischen Luftfahrtgesellschaft, der Kaiserlich Russischen Luftschiff-Gesellschaft, der Air Japan, der Königlich Italienischen Luftlinien und vieler kleinerer Gesellschaften, doch die *Loch Etive* war meiner Ansicht nach das schönste. Sie war gewiß eines der berühmtesten Passagierluftschiffe.

In einiger Entfernung von den Luftpark-Gebäuden konnte ich einen grünen Elektrobus erkennen, der über den Rasen auf unseren Mast zuholperte. Das waren wohl unsere letzten Passagiere. Ziemlich spät, dachte ich. Man hatte mir schon angekündigt, daß die *William Randolph Hearst* wegen eines Maschinenschadens ausgefallen war und wir, da wir im großen und ganzen die gleiche Route flogen, einige ihrer Passagiere übernehmen würden. Das waren sie vermutlich. Wir waren so gut wie abflugbereit. Ich sah, wie das letzte Stück Ladung mit Winchen an Bord gehievt wurde, wie die Luken am Schiffsbauch sich schlossen, und kehrte mit einer gewissen Erleichterung zum Mast zurück.

Obwohl im Zentrum des Anlegemastes ein Fahrstuhl auf- und abfuhr, war dieser nur für Passagiere und Offiziere bestimmt. Die Bodenbelegschaft benutzte die Wendeltreppe, die sich um den Fahrstuhlschacht wand. Ich sah zu, wie sie hinaufhasteten, um ihre Posten zu besetzen. Die Treibstofftanks waren schon längst wieder weggeschleppt worden.

Ich stand neben den Einschiffungsoffizieren, die rechts und links vom Fahrstuhleingang die Bordkarten und Tickets prüften. Die wohlhabenden Amerikaner, die hier an Bord kamen, hatten absolut nichts Suspektes an sich, obwohl sie ein wenig verärgert darüber schienen, mit einem anderen Schiff fliegen zu müssen.

Ich mußte lächeln, als ich am Ende der Schlange einen Mann erblickte: Er war um die fünfzig und ziemlich albern gekleidet in khakifarbenen Shorts, Kniestrümpfen und einem grünen, über und über mit Abzeichen geschmückten Hemd. Er trug eine polierte Stange mit einem kleinen Fähnchen, und auf seinem Kopf saß ein breitrandiger, brauner Hut. Der komische Eindruck wurde noch verstärkt durch seine finstere, wichtigtuerische Miene in dem rot angelaufenen, knolligen Gesicht. Seine Knie glänzten so rot wie seine Nase, und ich fragte mich, ob er vielleicht Komiker oder Schauspieler war, und nicht mehr die Zeit gehabt hatte, sich umzuziehen. Hinter ihm scharten sich etwa zwanzig gleichgekleidete zwölfjährige Jungen mit Rucksäcken auf den Rücken und Fahnenstangen in den Händen, die ebenso todernst dreinschauten wie der Mann.

»Warum, um alles in der Welt, ist der so angezogen?« fragte ich den Offizier neben mir.

»Das ist die amerikanische Version der Baden-Powell-Jugend-Brigade«, erklärte der Mann. »Waren Sie denn niemals in der Brigade?«

Ich schüttelte den Kopf. »Und was für welche sind das?«

»Die Roosevelt-Scouts«, erklärte er mir. »Ich glaube, man nennt sie die jungen Rauhreiter.«

»Ihr Anführer sieht aber nicht so jung aus.« Der Mann hatte mir inzwischen den Rücken zugedreht und zeigte mir ein ausladendes Hinterteil, das den Khakistoff zu sprengen drohte.

»Ein Haufen dieser Leute bleiben Scouts«, sagte der Offizier. »Die werden nie erwachsen. Sie kennen sicher die Typen, die gerne Kinder herumkommandieren.«

»Ich bin froh, daß ich nicht auf die Bande aufpassen muß«, sagte ich mitfühlend, während mein Blick über die pickligen Gesichter streifte, die nervös unter den Huträndern hervorlugten. Sie waren ganz offensichtlich noch nie auf einem Luftschiff gewesen.

Dann bemerkte ich etwas, das mir zeigte, daß ich meine Pflichten vergaß. Um die ziemlich stattliche Taille des Pfadfinderführers war ein Ledergürtel geschlungen, an dem ein riesiges Pistolenhalfter baumelte. Als er zu dem Offizier trat, der die Karten inspizierte, wartete ich, bis er fertig war, und grüßte dann höflich.

»Es tut mir leid, Sir, aber ich fürchte, alle Waffen müssen uns übergeben werden, bis Sie von Bord gehen. Wenn Sie so freundlich wären, mir Ihre Pistole auszuhändigen ...«

Der Mann fuchtelte ärgerlich mit seiner Fahnenstange und versuchte, sich an mir vorbeizudrängen. »Kommt mit, Jungs!«

»Tut mir leid, Sir, aber ich darf Sie nicht an Bord gehen lassen, bis ...«

»Es ist mein Recht, eine Waffe zu tragen, wenn ich das will! Was für ein Einfaltspinsel ...?«

»Internationale Luftschiffahrtsbestimmungen, Sir.

Wenn Sie mir die Waffe aushändigen, besorge ich Ihnen eine Quittung, und Sie können Sie wieder abholen, wenn ...« — ich warf einen Blick auf seine Tickets — »wenn wir in Sydney sind, Mr. Reagan.«

»Hauptmann Reagan«, schnauzte er mich an. »Rauhreiter.«

»Hauptmann Reagan. Wenn Sie mir nicht Ihre Pistole geben, kann ich Sie nicht mitfliegen lassen.«

»Auf einem amerikanischen Schiff hätte ich diesen ganzen Ärger nicht. Warten Sie, bis ...«

»Internationale Bestimmungen gelten für amerikanische Schiffe ebenso wie für britische, Sir. Dann werden wir ohne Sie starten müssen.« Ich warf einen demonstrativen Blick auf meine Uhr.

»Rotznasiger Emporkömmling!« Er war puterrot vor Zorn und murmelte etwas Unverständliches vor sich hin, dann fummelte er an seiner Gürtelschließe und streifte das Halfter von seinem Gürtel. Er zögerte, dann reichte er es mir. Ich klappte es auf und besah mir die Waffe.

»Ich weiß«, sagte er. »Es ist eine Luftpistole. Aber sie ist sehr stark.«

»Auch dafür gelten die Bestimmungen, Sir. Sind weitere ... äh ... Ihrer Burschen auf diese Art bewaffnet?«

»Natürlich nicht. Ich war bei den Rauhreitern. Den echten Rauhreitern. Einer der letzten, die entlassen wurden. Kommt weiter, Männer!« Er deutete mit seiner Stange nach vorn und stapfte in den Fahrstuhl, die ernste Truppe hinter ihm starrte mich zornig an, weil ich schuld war, daß ihr Anführer sein Gesicht verloren hatte. Im Lift wäre noch Platz für mich gewesen, doch ich beschloß, die Treppe zu nehmen. Ich war nicht sicher, wie lange ich mich noch hätte zusammenreißen können.

Sowie ich an Bord war, händigte ich die Waffe dem Zahlmeister aus und erhielt dafür eine Empfangsbestätigung. Die gab ich dem ersten Stewart, der mir über den Weg lief und sagte ihm, er sollte sie zu Hauptmann

Reagans Kabine bringen. Dann machte ich mich auf den Weg zur Brücke. Wir waren im Begriff abzulegen. Dieser Augenblick lohnte sich auf der Brücke mitzuerleben, und es wurde mir niemals langweilig. Die Ankertaue wurden eines nach dem anderen gelöst, und ich spürte, wie das Schiff einen kleinen Satz machte, als warte es voller Ungeduld darauf, wieder völlig frei zu sein und in die Lüfte aufzusteigen. Die Motoren begannen zu dröhnen, und in den Seitenspiegeln konnte ich erkennen, wie die Propeller sich langsam drehten. Der Kapitän schaute nach vorn und unten und warf dann einen Blick durch sein Periskop, um nachzusehen, ob am Heck alles klar war. Er erteilte die Befehle; die Gangway wurde vom Mast eingezogen und im Rumpf verstaut. Nun hing das Schiff nur noch mit zwei Kupplungsketten am Mast.

Kapitän Harding sprach ins Telefon. »Fertigmachen zum Ablegen!«

»Alles bereit, Sir«, antwortete die Stimme des Mastkontrolleurs durch den Empfänger.

»Ablegen!«

Es gab einen leichten Ruck, als die Kupplungsketten sich lösten. Die *Loch Etive* begann sich zu drehen, ihre Nase steckte noch im Anlegekegel.

»Alle Maschinen halbe Kraft zurück!« Aus Kapitän Hardings Ton war zu schließen, er war froh, wieder unterwegs zu sein. Er strich sich über seinen weißen Walroßbart wie eine zufriedene Katze ihre Barthaare. Die Dieselmotoren begannen zu dröhnen, als wir uns rückwärts aus der Anlegestelle schoben. Das Schiff neigte sich stärker.

»Halbe Kraft voraus!« sagte der Kapitän. »Zwei Grad backbord, Steuermann!«

»Ay, ay Sir! Zwei Grad backbord!«

»Auf fünfhundert Fuß, Höhensteuermann! Und halten Sie die Höhe!«

»Fünfhundert Fuß, Sir.« Der Höhensteuermann kurbelte an dem großen Rad, an dem er stand. Rings um uns her auf der großen Brücke surrten und tickten Instrumente, und wir sahen uns einer Menge ausgeworfenen Zahlenmaterials gegenüber, die den Kapitän eines altmodischen Schiffes gewiß verwirrt hätte.

Der riesige Luftpark unter uns wurde immer kleiner, und wir flogen auf den funkelnden Ozean der San Francisco Bay zu. Unter uns erkannten wir die Rümpfe von Seeschiffen immer winziger werden. Die *Loch Etive* manövrierte so glänzend wie immer und flog fast von allein.

Nun waren wir über dem Ozean.

»Fünf Grad backbord, Steuermann!« sagte Kapitän Harding und beugte sich über die Komputerschalttafel.

»Fünf Grad backbord, Sir.«

Wir begannen uns zu drehen, so daß wir durch die Bullaugen auf der Steuerbordseite die Wolkenkratzer von San Francisco in allen Farben schillern sahen.

»Zieh sie auf fünfzehnhundert Fuß hoch, Höhensteuermann!«

»Fünfzehnhundert Fuß. Sir.«

Und wir stiegen weiter auf durch ein paar Wolkenfetzen in die weite, blaue See des Himmels.

»Alle Maschinen volle Kraft voraus!«

Unter gewaltigem Aufheulen warfen die mächtigen Motoren das Schiff nach vorn. Mit gleichmäßigen 120 Meilen pro Stunde flog sie nun mit 385 Personen und 48 t Ladung an Bord so ganz ohne alle Anstrengung in Richtung Südamerika wie ein Adler, der eine Maus trägt.

Bis zum Abend hatte sich meine Auseinandersetzung mit dem Pfadfinderführer in der ganzen Mannschaft herumgesprochen. Offizierskollegen sprachen mich an, wie ich denn mit ›Rauhreiter Ronnie‹, wie ihn jemand getauft hatte, klar käme, doch ich versicherte ihnen, daß ich ihm für den Rest der Reise sorgsam aus dem Weg gehen würde, sofern er sich nicht als gefährlicher Saboteur herausstellen sollte. Es stellte sich jedoch bald heraus, daß er meinen Wunsch nicht teilte.

Meine zweite Begegnung mit ihm erfolgte am gleichen Abend, als ich meinen Kontrollgang durchs Schiff absolvierte, was normalerweise langwierige und langweilige Routine ist.

Die Ausstattung der *Loch Etive* war in den Prospekten der Gesellschaft als ›aufwendig‹ bezeichnet, und in den 1.-Klasse-Unterkünften waren sie gewiß verschwenderisch. Überall wirkte das Plastikmaterial wie Marmor, Eiche, Mahagoni und Teak, wie Stahl, Messing oder Gold. Seiden- und Plüschvorhänge waren vor den breiten Panoramafenstern, die am Schiff entlangliefen, zurückgezogen, tiefe Teppiche in Blau, Rot und Gelb bedeckten den Boden, in den Hallen und auf den Decks standen bequeme Lehnsessel. Die Vergnügungsdecks mit den Restaurants, Rauchsälen, Bars und Bädern waren alle mit den modernsten, elegantesten Apparaten ausgestattet und erstrahlten in elektrischem Licht. Dieser Luxus war es, der die *Loch Etive* zu einem der kostspieligsten Linienschiffe am Himmel machte, doch die meisten Passagiere waren der Ansicht, daß sie den Preis wert war.

Bis ich in der dritten Klasse angelangt war, sehnte ich mich danach, ins Bett zu kommen. Da stürmte plötzlich aus einem Seitenkorridor, der zu den Speiseräumen führte, der Hauptmann der Rauhreiter persönlich. Sein Gesicht war scharlachrot angelaufen. Er sprühte vor Zorn und packte mich am Arm.

»Ich habe eine Beschwerde!« brüllte er.

Mit einem Kompliment hatte ich auch nicht gerechnet. Ich hob die Augenbrauen.

»Über das Restaurant«, fuhr er fort.

»Das müssen Sie mit den Stewarts abklären, Sir«, erwiderte ich erleichtert.

»Ich habe mich bereits beim Chefstewart beschwert,

und der hat sich geweigert, etwas zu unternehmen.« Er beäugte mich von Nahem. »Sie sind doch Offizier, nicht wahr?«

Ich gab es zu. »Aber meine Aufgabe besteht darin, für die Sicherheit des Schiffes zu sorgen.«

»Und was ist mit der Moral?«

Ich war ehrlich erstaunt. »Die Moral, Sir?« stotterte ich.

»Genau das sagte ich, junger Mann. Ich trage die Verantwortung für meine Scouts. Ich hatte kaum damit gerechnet, daß sie solchen Würdelosigkeiten, solchem Schauspiel von Schamlosigkeit ausgesetzt würden ... Kommen Sie mit!«

Mehr aus Neugier als aus einem anderen Grund gestattete ich ihm, mich zum Speisesaal zu geleiten. Dort spielte eine ziemlich fade Jazzband, und einige Paare tanzten. An den Tischen aßen die Leute und unterhielten sich, und nicht wenige starrten zu dem Tisch, wo alle zwanzig jugendlichen Rauhreiter ihre Mahlzeit einnahmen.

»Da!« zischte Reagan. »Da! Was sagen Sie nun?«

»Ich kann nichts Besonderes sehen, Sir.«

»Keiner hat mich aufgeklärt, daß ich mich hier an Bord eines fliegenden Sodom und Gomorrha begebe! Schamlose Frauen stellen sich hier zur Schau — sehen Sie doch! Sehen Sie!« Ich mußte zugeben, daß einige Mädchen recht gewagte Abendkleider trugen, aber nichts, was man nicht jeden Abend in London auch sehen könnte. »Und diese widerliche Musik — Urwaldmusik!« Er deutete auf die gelangweilt wirkende Band auf dem Podium. »Und was noch schlimmer ist«, er rückte näher und tuschelte mir ins Ohr, »direkt neben uns, junger Mann, direkt neben uns nehmen *Nigger* ihr Essen zu sich. Soll das ein anständiges Schiff sein?«

Am Tisch neben den Pfadfindern saß eine Gruppe indischer Verwaltungsbeamter, die gerade in London ihre Examen abgelegt hatten und nun auf dem Weg nach

Hongkong waren. Sie waren gut gekleidet und unterhielten sich ruhig miteinander.

»Weiße Knaben werden gezwungen, Ellbogen an Ellbogen mit Niggern zu essen«, fuhr Reagan fort. »Sie wissen, daß wir ohne unsere Einwilligung auf dieses Schiff umgebucht wurden. Auf einem sauberen amerikanischen Schiff ...«

Der Chefstewart tauchte auf. Er warf mir einen erschöpften, wehmütigen Blick zu. Ich dachte über eine Lösung nach.

»Vielleicht könnte dieser Passagier mit seinen Jungen in den Kabinen essen«, schlug ich dem Stewart vor.

»Das wird kaum eine Lösung sein!« Ein harter, irrer Glanz stand in Reagans Augen. »Ich muß sie überwachen. Dafür sorgen, daß sie sauber essen und sich nicht schmutzig machen.«

Ich wollte schon aufgeben, als der Stewart mit verschlagenem Gesicht vorschlug, man könnte ja Wandschirme um den Tisch stellen. Die würden zwar die Musik nicht abhalten, aber der Hauptmann und seine Bürschchen wären zumindest nicht gezwungen, weiterhin den Anblick der knapp bekleideten Damen und der indischen Verwaltungsbeamten zu ertragen. Reagan akzeptierte diesen Kompromiß ungnädig und wollte gerade zu seinem Tisch zurückkehren, als einer der Jungen mit grünem Gesicht und Serviette vor dem Mund auf ihn zugelaufen kam. Ein anderer Junge folgte ihm. »Ich glaube, Dubrowski ist luftkrank, Sir.«

Ich machte mich schnell davon und ließ Reagan stehen, der lauthals nach einem Sanitäter schrie.

Obwohl Luftkrankheit vorwiegend psychisch bedingt ist, kann sie ansteckend wirken, und bald erfuhr ich zu meiner Erleichtemng, daß Reagan mit seiner ganzen Truppe darniederlag. Als wir dann zwei Tage später in Quito in Britisch-Ecuador ankamen, hatte ich von dem Scoutmaster nichts mehr gehört, dafür soll er aber einen der Schiffsärzte ziemlich in Schwung gehalten haben.

Wir machten einen kurzen Halt in Quito, und nahmen ein paar Passagiere, einige Luftpostsendungen und zwei Käfige mit Affen für einen Zoo in Australien an Bord.

Bis wir über dem Pazifik schwebten, war Reagan bei Mannschaft und Passagieren schon gleichermaßen bekannt, und wenn es auch einige gab, die ihn verkraften konnten, war er doch für die meisten zu einer Gestalt von hohem Unterhaltungswert geworden.

Kapitän Harding war Reagan noch nicht selbst über den Weg gelaufen und zeigte sich ein wenig erheitert über die Berichte, die ihm über meine Verlegenheit zu Ohren gekommen waren. »Sie müssen ihn härter anpacken, Leutnant Bastable! Es ist eine besondere Aufgabe, einen schwierigen Passagier im Zaum zu halten, wissen Sie.«

»Der Kerl ist doch verrückt, Kapitän.« Wir tranken zusammen ein Glas in der kleinen Bar über dem Kontrollraum, die Offizieren vorbehalten war. »Sie müßten mal seine Augen sehen«, sagte ich.

Harding lächelte mitfühlend, aber offensichtlich rechnete er einen Großteil meiner Probleme meiner Unerfahrenheit zu und der Tatsache, daß ich im Grunde genommen eine Landratte war.

Der erste Teil unserer Kreuzfahrt von Südamerika zu den ersten Südseeinseln war friedlich wie immer, und wir flogen an blauen, sonnigen Himmeln.

Als jedoch Puka Puka in Sicht kam, erhielten wir über Funk die Nachricht von einem unberechenbaren Sturm, der über Papeete ausgebrochen war. Bald unterbrachen schwere elektrische Störungen die Verbindung, doch zu dieser Zeit hatten wir noch keine Schwierigkeiten, das Schiff in Gleichgewichtslage zu halten. Die Stewarts warnten die Passagiere, daß es vermutlich ein wenig böig werden würde, wenn wir uns Tahiti näherten, doch wir hofften, die Insel rechtzeitig zu erreichen. Wir zogen das Schiff auf 2500 Fuß hoch und hofften, den schlimmsten Winden so aus dem Weg zu gehen. Die Ingenieure in den Dieselkammern erhielten Befehl, die *Loch Etive* mit voller Kraft geradeaus zu treiben, als wir in das Unwetter gerieten.

Ein paar Minuten später wurde es seltsam dunkel, und ein eigenartiges, kaltes, graues Licht strömte durch die Panoramascheiben. Das elektrische Licht wurde eingeschaltet.

Im nächsten Augenblick befanden wir uns mitten in einem Gewitter und hörten das Prasseln der Hagelkörner auf der riesigen Hülle. Das Geräusch klang, als ob tausend Maschinengewehre auf einmal abgefeuert würden, so daß man kaum ein Wort verstehen konnte. Die Temperatur sank drastisch ab, und wir schauderten vor Kälte, bis das Heizungssystem des Schiffes sich unseren Bedürfnissen anpaßte. Als Blitz und Donner um uns wüteten und zuckten, bebte die *Loch Etive* ein wenig, doch ihre Motoren grollten trotzig zurück, und wir tauchten tiefer in die wogende, schwarze Wolke. Es bestand keine Gefahr, daß der Blitz in unsere vollisolierte Hülle schlug. Schließlich rissen die Wolken auf, und wir sahen unter uns die brodelnde See.

»Ich bin froh, daß ich nicht da unten bin«, sagte Kapitän Harding mit einem Grinsen. »Da ist man immer wieder froh, daß das Luftschiff erfunden worden ist.«

Sanfte Musik begann aus den Telefon-Empfängern auf der Brücke zu klingen. Der Kapitän hieß seinen Zweiten Offizier, es abzuschalten. »Wozu das gut sein soll, habe ich niemals begriffen.«

Mein Magen drehte sich um, als das Schiff ein paar Meter fiel, um sich dann wieder zu stabilisieren. Allmählich empfand ich eine Spur von Angst. Dies war das erstemal, daß ich an Bord eines Luftschiffes nervös wurde, seit Major Powell mich in Teku Benga an Bord genommen hatte. Dies schien inzwischen Jahrhunderte zurückzuliegen.

»Wirklich ein ekliges Wetter«, murmelte der Kapitän. »Das schlimmste, das ich jemals zu dieser Jahreszeit erlebt habe.« Er knöpfte seine Jacke zu. »Wie ist unsere Höhe, Höhensteuermann?«

»Wir halten sie unbeirrt, Sir.«

Die Tür zur Brücke wurde aufgerissen, und der Dritte Offizier trat wütend ein.

»Was gibt es?« fragte ich ihn.

»Der Teufel soll's holen!« fluchte er. »Ich habe gerade einen Zusammenstoß mit Ihrem Busenfreund gehabt, Bastable. Diesem Scheißtyp Reagan! Der brüllte nach Rettungsbooten und Fallschirmen. Der hat völlig durchgedreht. So einen Passagier habe ich noch nie erlebt. Sagte, er wollte abspringen. Ich habe eine ganz scheußliche Brüllerei mit ihm durchgestanden. Er will Sie sprechen, Sir. Sofort.« Der Dritte Offizier hatte sich an den Kapitän gewandt.

Ich lächelte Harding an, der verschlagen zurückgrinste. »Was haben Sie ihm gesagt, Nummer Drei?«

»Ich glaube, ich habe ihn nur so beruhigen können, Sir.« Der Dritte Offizier runzelte die Stirn. »Es war das einzige, was mir noch einfiel, damit ich ihm nicht einen Kinnhaken verpaßte.«

»Das tun Sie besser nicht, Nummer Drei.« Der Kapitän zog seine Pfeife heraus und begann sie anzuzünden. »Wäre nicht sehr gut für die Gesellschaft, falls er uns verklagt, wie? Außerdem tragen wir eine besondere Verantwortung — Höflichkeit gegenüber dem imperialistischen Amerika und so etwas.«

Der Dritte Offizier drehte sich zu mir um. »Vermutlich hat er Ihnen auch schon erzählt, daß er gute politische Verbindungen zu den höchsten Stellen in Amerika hat und Sie feuern lassen wird.«

Ich mußte lachen. »Nein, damit ist er mir bis jetzt noch nicht gekommen.«

Dann prasselte der Hagel noch heftiger auf uns nieder, und der Wind heulte so wütend, als sei er beleidigt, daß wir noch immer in der Luft waren. Das Schiff sank ein erschreckendes Stück, dann fing es sich wieder. Es bebte von der Spitze bis zum Heck. Draußen war es stockfinster. Blitze zuckten rings um uns her. In der Absicht, die Passagiere zu beruhigen, ging ich zur Tür, denn auf der Brücke gab es eigentlich nichts für mich zu tun.

In diesem Augenblick wurde die Tür aufgestoßen, herein rauschte Reagan, das Bild nackten Entsetzens, seine Scouts mit bleichen Gesichtern im Gefolge.

Reagan fuchtelte wild mit seiner Fahnenstange, als er auf Kapitän Harding zutrat. »Ich bin für diese Jungen verantwortlich, Kapitän. Ihre Eltern haben mir ihr Leben anvertraut! Ich verlange, daß uns sofort Rettungsboote und Fallschirme ausgehändigt werden!«

»Bitte gehen Sie in Ihre Kabine zurück, Sir!« sagte Harding fest. »Das Schiff ist vollkommen sicher. Jedenfalls ist es aber besser, wenn die Passagiere nicht herumwandern — insbesondere nicht auf der Brücke. Wenn Sie nervös sind, wird einer der Schiffsärzte Ihnen gerne ein Beruhigungsmittel geben.«

Als Erwiderung darauf brüllte Reagan zusammenhangloses Zeug. Kapitän Harding steckte sich seine Pfeife in den Mund und kehrte ihm den Rücken zu.

»Bitte, verlassen Sie nun meine Brücke, Sir!«

Ich trat auf ihn zu. »Ich glaube, Sie sollten nun besser ...«

Aber Reagan hatte seine fleischige Hand auf Kapitän Hardings Schulter gelegt. »Nun sehen Sie mal, Kapitän! Ich habe ein Recht ...«

Der Kapitän drehte sich um und sprach mit eisiger Stimme: »Ich frage mich, ob wohl einer der Herren so freundlich wäre, diesen Passagier zu seiner Kabine zurückzubegleiten?«

Der Dritte Offizier und ich packten Reagan und zerrten ihn zurück. Er leistete überraschend wenig Widerstand. Er zitterte am ganzen Leibe. Wir brachten ihn von der Brücke und in den Gang, wo ich zwei Matrosen herbeirief, die ihn übernehmen sollten, denn ich war so wütend über die Art, wie Reagan Harding bedroht hatte und war mir nicht mehr sicher, ob ich noch in aller Ruhe mit dem Mann umgehen konnte.

Als ich auf die Brücke zurückkehrte, zog Harding an seiner Pfeife, als ob nichts geschehen wäre. »Verdammt hysterisches Weib«, knurrte er vor sich hin. »Ich hoffe, daß der Sturm bald über uns hinweg ist.«

— 3 —

Desaster — und Schmach und Schande!

Als wir schliesslich Tahiti erreichten und durch die Wolken in der Hoffnung herabstießen, dort anlegen zu können, wurde offensichtlich, daß ein verheerender Taifun über der Insel getobt hatte. Das Schiff bebte und schwankte am Himmel, wir konnten nicht mehr tun, als es in Gleichgewichtslage zu halten.

Unten waren ganze Palmenhaine vom Wind zu Boden gedrückt, und eine Reihe Gebäude war schwer beschädigt worden. Nur die drei Anlegetürme auf dem Aeropark standen noch, und an diesen lagen bereits zwei Schiffe vor Anker. Das gesamte Netz der zusätzlichen Kabel war gebraucht worden, um sie zu sichern.

Nachdem der Kapitän die Lage voll erfaßt hatte, befahl er dem Steuermann, über dem Aeropark zu kreisen und verließ die Brücke. »Bin gleich zurück«, sagte er.

Der Dritte Offizier blinzelte mir zu. »Es sollte mich nicht wundern, wenn er sich einen kleinen Rum genehmigt. Kann man ihm nicht verübeln bei dem Sturm und noch dazu an Bord diesen Reagan.«

Das große Schiff kreiste weiter mit voller Geschwindigkeit gegen den gewaltig heulenden Sturm, der keinerlei Anstalten machte, nachlassen zu wollen. So oft ich auf den Aeropark hinabschaute, fegten immer noch die Winde darüber hinweg.

Eine Viertelstunde verstrich, ohne daß der Kapitän wieder auf der Brücke auftauchte. »Es sieht ihm nicht ähnlich, so lange fortzubleiben«, sagte ich.

Weitere fünf Minuten verstrichen, dann hieß der Dritte Offizier einen Matrosen, in der Kabine des Kapitäns nachzusehen, ob mit ihm alles in Ordnung war.

Kurz darauf kam der Matrose zurückgelaufen, totale

LOCH ETIVE

Fassungslosigkeit stand in seinem Gesicht. »Der Kapitän, Sir. Droben in der Fallschirmkammer — verletzt, Sir. Der Doktor ist schon unterwegs.«

»In der Fallschirmkammer? Was kann er denn da oben gewollt haben?« Da es keinem der anderen Offiziere möglich war, seinen Platz auf der Brücke zu verlassen, folgte ich dem Matrosen über den schmalen Gang und die kurze Niedergangstreppe hinauf zu den Offiziersquartieren. Wir kamen an der Kabine des Kapitäns vorüber und gelangten an eine zweite kurze Leiter, die zu der Gangway zwischen den Spinden führte, wo die Lebensrettungsausrüstungen gelagert waren. Das Licht war hier düster, doch ich erkannte den Kapitän, der mit schmerzverzerrtem Gesicht am Fuße der Leiter lag. Ich kniete mich neben ihm zu Boden.

»Bin die verdammte Leiter heruntergefallen.« Das Sprechen fiel dem Kapitän sichtlich schwer. »Ich glaube, ich habe das Bein gebrochen.« Das Schiff bebte, als ein weiterer kräftiger Windstoß es beutelte. »Dieser verfluchte Reagan — habe ihn entdeckt, als er versuchte, die Fallschirmspinde zu öffnen. Bin hochgeklettert, um ihn runterzuholen. Hat mich zurückgestoßen ... ah!«

»Wo ist Reagan jetzt, Sir?«

»Weggelaufen. Hat es vermutlich mit der Angst bekommen.«

Der Arzt kam und besah sich das Bein. »Ich fürchte, eine Fraktur. Da werden Sie wohl eine ganze Weile an Land gehen müssen, Kapitän.«

Ich sah den Blick in den Augen des Kapitäns, als er die Worte des Doktors hörte. Es war die nackte Furcht. Denn wenn er jetzt lange unten bleiben mußte, dann würde er auch nicht wieder in den Dienst zurückkehren können. Er hatte das Pensionsalter ohnehin schon überschritten. Pfadfinderführer Reagan hatte Hardings Fliegerkarriere erfolgreich beendet — und damit sein Leben. Wäre ich in diesem Augenblick in Reagans Nähe gewesen, ich glaube, ich hätte ihn umgebracht!

Schließlich legte sich der Sturm, und innerhalb einer halben Stunde manövrierten wir das Schiff in den Anlegekegel am Aeroparkmast. Der Himmel war völlig klar, die Sonne schien, und Tahiti sah so wundervoll aus wie immer. Abgesehen von einigen Sturmschäden an ein paar Bauten und einigen umgestürzten Bäumen ließ nichts erkennen, daß hier ein Taifun gewütet hatte.

Später sah ich zu, wie die Sanitäter die Bahre mit dem Kapitän anhoben und zum Mast trugen. Ich beobachtete, wie der Fahrstuhl den Kapitän zur Erde hinuntertrug, wo ein Krankenwagen auf ihn wartete.

Mir war jämmerlich zumute. Und ich war fest davon überzeugt, daß ich den Kapitän niemals wiedersehen würde. Lieber Gott, wie sehr haßte ich diesen Reagan für das, was er getan hatte! Niemals in meinem Leben habe ich jemanden so sehr gehaßt. Harding war einer der wenigen Menschen in der Welt der Zukunft, zu denen ich eine echte Beziehung entwickelt hatte — vielleicht weil Harding ein alter Mann war und deshalb mehr meiner Welt als seiner eigenen angehörte —, und nun war er fort. Ich fühlte mich schrecklich einsam, kann ich Ihnen sagen. Ich beschloß, nun ein besonders wachsames Auge auf ›Hauptmann‹ Reagan zu haben.

Tonga tauchte auf und verschwand, und plötzlich waren wir auf Kurs nach Sydney mit einer Geschwindigkeit von 120 Meilen in einem Gegenwind, der im Vergleich zu dem Taifun, den wir erst erlebt hatten, nicht mehr war als eine sanfte Brise.

Seit unserer Ankunft in Tahiti verließen Reagan und seine Pfadfinder die Kabinen nur noch, um die Mahlzeiten hinter ihren albernen Wandschirmen einzunehmen.

Zumindest schien ihm seine eigene Dummheit bange gemacht zu haben, und er wußte, daß er in bezug auf die Angelegenheit mit den Fallschirmschränken gut davongekommen war. Als wir uns einmal auf dem Korridor begegneten, senkte er den Blick und sprach kein Wort, während wir aneinander vorübergingen.

Doch dann kam der Zwischenfall, der zu den Katastrophen in den kommenden Monaten führte.

Am letzten Abend vor unserer Ankunft in Sydney erreichte ein Anruf aus dem Speisesaal der dritten Klasse die Brücke. Es gab irgendwelche Schwierigkeiten. Es war meine Aufgabe, mich darum zu kümmern.

Widerwillig verließ ich die Brücke und machte mich auf den Weg zum Speisesaal. In der Ecke neben der Tür zur Kombüse herrschte Chaos. Stewarts in weißen Jakken, Matrosen in Nachtblau, Männer im Abendanzug und Mädchen in kurzen Kleidern drängten sich und zerrten an einem Mann in den allzu bekannten Khakishorts und dem grünen Hemd der jungen Rauhreiter. Am Rande dieses Auflaufs standen ein paar verängstigte Pfadfinder. Dann erblickte ich Reagans Gesicht. Er hielt mit den Händen seine Fahnenstange umklammert und schlug damit nach jedem, der ihn packen wollte. Sein Blick war starr, sein Gesicht puterrot angelaufen, und er ähnelte einem albernen Gemälde von Custer beim Sieg am Little Big Horn. Er schrie zusammenhangloses Zeug, und ich verstand nur ein einziges, abscheuliches Wort:

»Nigger! Nigger! Nigger!«

An der Seite unterhielten sich die indischen Verwaltungsbeamten mit dem jungen Offizier, der mich gerufen hatte.

»Was hat das alles zu bedeuten, Muir?« wollte ich wissen.

Muir schüttelte den Kopf. »Soweit ich das mitbekommen habe, hat dieser Herr« (er wies auf den Beamten) »gefragt, ob er sich von Hauptmann Reagans Tisch das Salz ausleihen könnte. Daraufhin hat Mr. Reagan ihn geschlagen und sich dann auf die mit ihm befreundeten Herren gestürzt ...«

Nun sah ich, daß sich auf der Stirn des Inders ein rotes Mal abzeichnete.

Ich riß mich, so gut ich konnte, zusammen und rief:

»So, Herrschaften, nun ist es aber gut. Laßt ihn los! Würden Sie bitte zurücktreten? Zurücktreten, bitte!«

Dankbar wichen Passagiere und Mannschaftsmitglieder von Reagan zurück, der keuchend und mit irrem Blick, offensichtlich völlig außer sich, dastand. Plötzlich sprang er auf den nächsten Tisch und duckte sich mit seiner Stange in Angriffsstellung.

Ich bemühte mich, vernünftig mit ihm zu reden eingedenk der Tatsache, daß es meine Pflicht war, sowohl den guten Namen der Schiffsgesellschaft wie den Ruf meiner Einheit zu schützen und Mr. Reagan keine Gelegenheit zu geben, jemanden zu verklagen oder seine politischen Verbindungen zu nutzen, um jemandem zu schaden. Es war schwer, all dies nicht zu vergessen, insbesondere weil ich den Kerl so sehr haßte. Ich gab mir alle Mühe, ihm gegenüber Mitleid aufzubringen, ihn zu besänftigen. »Es ist nun vorbei, Hauptmann Reagan. Wenn Sie sich bei dem Gentleman entschuldigen, den Sie geschlagen haben ...«

»*Ich* mich entschuldigen? Bei solchem Abschaum?« Mit einem Knurren schwang Reagan seine Stange gegen mich. Ich packte sie und riß ihn vom Tisch. Wenn ich ihn schlagen mußte, um ihn zu beruhigen, so konnte man mir dies nicht zum Vorwurf machen. Aber es war, als sei seine Verrücktheit ansteckend.

Reagan schob mir sein wutverzerrtes Gesicht entgegen und knurrte: »Her mit meiner Stange, Sie gottverdammter niggerschwuler britischer Waschlappen!«

Das war zuviel für mich.

Ich kann mich wirklich nicht mehr erinnern, wie ich den ersten Schlag geführt habe. Ich weiß nur noch, daß ich immer und immer wieder zuschlug und schließlich zurückgezerrt wurde. Ich erinnere mich an den Anblick seines übel zugerichteten, blutenden Gesichts. Ich weiß noch, daß ich irgend etwas darüber gebrüllt habe, was er dem Kapitän angetan hatte. Ich weiß noch, daß ich seine Stange in Händen hielt und immer wieder auf ihn eindrosch, dann rissen mich mehrere Matrosen zurück, und plötzlich war alles ganz still, erschreckend still, und Reagan lag zerschunden, blutig und reglos am Boden, vielleicht war er tot.

Ich drehte mich benommen um und sah die entsetzten Gesichter der Pfadfinder, Passagiere und Mannschaftsmitglieder.

Ich sah, wie der Zweite Offizier, der nun das Kommando hatte, herbeigeilt kam. Ich sah, wie er Reagan betrachtete und fragte: »Ist er tot?«

»Müßte er eigentlich sein«, antwortete jemand. »Aber er lebt noch.«

Der Zweite Offizier kam zu mir, Mitleid stand in seinem Gesicht. »Bastable, Sie armer Teufel«, sagte er. »Das hätten Sie nicht tun dürfen, alter Bursche. Ich fürchte, jetzt werden Sie allerhand Schwierigkeiten bekommen.«

Natürlich wurde ich vom Dienst suspendiert, sowie wir in Sydney landeten und beim örtlichen SLP-Hauptquartier gemeldet. Keiner reagierte verständnislos, insbesondere, nachdem man die gesamte Geschichte von den anderen Offizieren der *Loch Etive* gehört hatte. Doch Reagan hatte seine Darstellung bereits an die Abendzeitungen weitergegeben. Das Schlimmste geschah. AMERIKANISCHER TOURIST VON POLIZEIOFFIZIER BRUTAL MISSHANDELT hieß es im *Sydney Herald*, und die meisten Berichte waren übelste Sensationsmache und standen auf den Titelseiten. Natürlich waren Name und Gesellschaft des Schiffes genannt. Die kürzlich ins Leben gerufene Sonderluftpolizei seiner Majestät wurde erwähnt. (»Ist es das, was wir von den Leuten erwarten dürfen, die zu unserem Schutz berufen sind?« fragte eine Zeitung.) Passagiere waren interviewt worden, und man zitierte eine erste, nicht offizielle Erklärung vom Sydneyer Büro der Schiffahrtsgesellschaft. Ich sagte gegenüber der Presse natürlich kein Wort, was einige der

Zeitungen als ein Eingeständnis auslegten, daß ich grundlos auf Reagan losgegangen war und ihn zu töten versucht hatte. Dann erhielt ich ein Telegramm von meinem Vorgesetzten aus London: SOFORT ZURÜCKKEHREN.

Niedergeschlagenheit befiel mich und hielt sich hartnäckig und kalt, und auf der ganzen Heimreise nach London an Bord des Kriegsschiffes *Relentless* bedrückten mich die düstersten Gedanken. Was die Armee betraf, gab es keinerlei Entschuldigung für mein Verhalten. Ich wußte, daß ich vor ein Kriegsgericht gestellt und vermutlich entlassen würde. Das war keine angenehme Aussicht.

In London angekommen, wurde ich sofort zum SLP-Hauptquartier neben dem kleinen Militäraeropark in Limehouse gebracht. Ich wurde in einer Kaserne in Gewahrsam genommen, bis die Entscheidung meines Vorgesetzten und des Kriegsministeriums fiel, was mit mir geschehen sollte.

Wie sich herausstellte, hatte man Reagan überredet, seine Anzeigen gegen jedermann fallenzulassen und zuzugeben, daß er mich ernsthaft provoziert hatte; trotzdem hatte ich mich natürlich unmöglich benommen, und ein Kriegsgerichtsprozeß stand mir bevor.

Mehrere Tage, nachdem ich von Reagans Entscheidung erfahren hatte, wurde ich zum Büro des Kommandeurs bestellt, wo man mich Platz nehmen hieß. Generalmajor Fry war ein anständiger Typ und ganz von der alten Schule. Er verstand, was geschehen war, erklärte mir jedoch frei heraus seinen Standpunkt:

»Schauen Sie, Bastable, ich weiß, was Sie durchgemacht haben. Erst der Gedächtnisverlust und nun dieser … na dieser Ausbruch von Ihnen, wenn Sie so wollen. Wutanfall, wie? Ich weiß. Aber Sie verstehen, daß wir nicht sicher sein können, ob sich das nicht wiederholt. Ich meine, der alte Hirnkasten und all das — ein bißchen durcheinander, was?«

Ich lächelte ihn schmerzlich an, wie ich mich erinnere. »Sie meinen, ich sei verrückt, Sir?«

»Nein, nein, nein, natürlich nicht. Sagen wir, nervös. Jedenfalls, kurz und gut, Bastable: Ich möchte Ihren Abschied.«

Er hüstelte verlegen und bot mir eine Zigarre an, ohne mich anzuschauen. Ich lehnte ab.

Darauf stand ich auf und salutierte. »Ich verstehe vollkommen, Sir, und ich weiß Ihr Vertrauen zu schätzen. Es ist höchst entgegenkommend von Ihnen, Sir. Natürlich werde ich meinen Abschied einreichen. Ist Ihnen morgen recht, Sir?«

»Schön. Lassen Sie sich Zeit. Tut mir leid, Sie zu verlieren. Viel Glück, Bastable. Ich schätze, Sie werden sich keine Sorgen machen müssen, daß Macaphee etwas unternimmt. Kapitän Harding hat sich bei den Inhabern für Sie eingesetzt. Die anderen Offiziere sicher auch.«

»Danke, daß Sie mich das haben wissen lassen.«

»Nichts zu danken. Leben Sie wohl, Bastable!« Er stand auf und schüttelte mir die Hand. »Ach, übrigens, Ihr Bruder möchte Sie sprechen. Man hat mich benachrichtigt. Er will Sie heute abend im Königlichen Aeronauten-Club treffen.«

»Mein Bruder, Sir?«

»Wußten Sie nicht, daß Sie einen haben?«

Ich hatte einen Bruder. Drei sogar. Aber die hatte ich im Jahr 1902 zurückgelassen.

Im Gefühl, völlig den Verstand verloren zu haben, verließ ich das Amtszimmer, kehrte in mein Quartier zurück, packte meine paar Habseligkeiten in eine Tasche, zog mich in Zivil um und nahm einen elektrischen Hansom zum Picadilly und zum Königlichen Aeronauten-Club.

Warum sollte irgend jemand behaupten, mein Bruder zu sein? Vermutlich gab es eine einfache Erklärung. Natürlich ein Irrtum, aber ganz sicher sein konnte ich nicht.

— 4 —
Ein Bohémien-Bruder

Als ich mich in dem weichgefederten Wagen zurücklehnte, starrte ich aus dem Fenster und versuchte, meine Gedanken zu sammeln. Seit dem Zwischenfall mit Reagan war ich wie betäubt, und erst jetzt, als ich meine Quartiere verließ, begann ich, sämtliche Folgen meiner Tat zu begreifen. Mir wurde ebenfalls bewußt, daß ich alles in allem recht glimpflich davongekommen war. Doch es schien, als seien meine Bemühungen, von der Gesellschaft des Jahres 1974 akzeptiert zu werden, nun völlig gescheitert. Nun war ich ein schlimmerer Außenseiter als bei meiner ersten Ankunft. Ich hatte meine Uniform entehrt und mich jenseits der Grenzen des Erlaubten gestellt.

Schlimmer war jedoch, daß der euphorische Traum sich allmählich in einen irrsinnigen Alptraum verkehrte. Ich zog meine Uhr heraus. Es war erst drei Uhr nachmittags. Das konnte keiner als Abend interpretieren. Ich war mir nicht sicher, welchen Empfang man mir im Club bereiten würde. Ich war dort natürlich Mitglied, aber es war sehr gut möglich, daß man mir dort meinen Austritt nahelegte, nachdem ich bei der SLP meinen Abschied genommen hatte. Das konnte ich niemandem verargen. Schließlich brachte ich vielleicht die übrigen Mitglieder in Verlegenheit. Ich würde meinen Besuch dort bis zum letztmöglichen Augenblick hinausschieben. Ich klopfte gegen das Dach und sagte dem Fahrer, er sollte mich beim nächsten Fußgängerzugang aussteigen lassen, kletterte heraus, zahlte meine Gebühr und begann, ziellos unter den Arkaden und zwischen den schlanken Säulen umherzuschlendern, welche die Verkehrsrampen trugen. Ich begaffte den Überfluß exotischer Waren in den Schaufenstern; Waren aus allen Ekken des Empire, die mich an Gegenden erinnerten, die ich wahrscheinlich nie mehr wiedersehen würde. Auf der Suche nach einer Ablenkung ging ich in ein Kino und sah mir einen Musikfilm an, der im 16. Jahrhundert spielte und in dem ein amerikanischer Filmschauspieler namens Humphrey Bogart Sir Francis Drake darstellte und eine Schwedin (soviel ich weiß Bogarts Frau) namens Greta Garbo die Königin Elizabeth. Merkwürdigerweise ist das eine meiner klarsten Erinnerungen an jenen Tag.

Gegen sieben Uhr kehrte ich dann zum Club zurück, schlüpfte unbemerkt in den angenehmen Dämmerschein der Bar, die mit Dutzenden von Luftschifferinnerungen ausgestattet war. Ein paar Burschen saßen schwatzend an den Tischen, aber glücklicherweise erkannte mich keiner. Ich bestellte einen Whisky-Soda und stürzte ihn ziemlich schnell hinunter. Ich hatte noch ein paar davon getrunken, als jemand mich auf den Arm tippte und ich mich sogleich umdrehte in der Erwartung, daß man mich zum Gehen aufforderte.

Statt dessen sah ich mich dem fröhlichen Grinsen eines jungen Mannes gegenüber, der, wie ich inzwischen wußte, nach der Manier der wildesten Erstsemester von Oxford gekleidet war. Das schwarze Haar trug er ziemlich lang und scheitellos zurückgekämmt. Er hatte tatsächlich einen Gehrock mit Samtrevers an, eine scharlachrote Krawatte, eine Brokatweste und Hosen, die an den Oberschenkeln eng geschnitten waren, unterhalb des Knies jedoch sehr weit wurden. Im Jahre 1902 wäre diese Aufmachung der der sogenannten Ästheten ziemlich nahegekommen. Es war ganz offensichtlich bohémien- und dandyhaft, und ich stand Leuten in solchen ›Uniformen‹ mit gewissem Mißtrauen gegenüber. Sie waren ganz und gar nicht mein Fall. So unbeachtet, wie ich geblieben war, zog der junge Mann den mißbilligenden Blick aller auf sich. Es war mir außerordentlich peinlich.

Er schien die Reaktion, die er im Club hervorgerufen

hatte, nicht zu bemerken. Er nahm meine schlaffe Hand und schüttelte sie herzlich. »Sie sind Bruder Oswald, nicht wahr?«

»Ich bin Oswald Bastable«, stimmte ich zu, »aber ich glaube nicht, daß ich der bin, den Sie suchen. Ich habe keinen Bruder.«

Er stützte seine Hand in die Hüfte und lächelte. »Woher wollen Sie das wissen? Ich meine, Sie leiden doch an Gedächtnisverlust, oder?«

»Nun, ja ...« Es war völlig richtig, daß ich kaum behaupten konnte, mein Gedächtnis verloren zu haben, und andererseits leugnete, daß ich einen Bruder hatte. Ich hatte mich selbst in eine aberwitzige Situation gebracht. »Warum haben Sie sich denn nicht früher gemeldet?« gab ich zurück. »Als das ganze Zeug von mir in den Zeitungen stand?«

Er rieb sich das Kinn und sah mich spöttisch an. »Ich war im Ausland zu jener Zeit«, sagte er. »Um genau zu sein, in China. Da ist man ein bißchen abgeschnitten von hier.«

»Schauen Sie«, sagte ich ungeduldig, »Sie wissen verdammt gut, daß Sie nicht mein Bruder sind. Ich weiß nicht, was Sie wollen, aber es wäre mir lieber, wenn Sie mich in Ruhe ließen!«

Wieder grinste er. »Sie haben ganz recht. Ich bin nicht Ihr Bruder. Ich heiße Dempsey — Cornelius Dempsey. Ich dachte, ich gebe mich als Ihr Bruder aus, um Ihre Neugier anzustacheln und sicher zu sein, daß Sie auch kommen. Aber trotzdem ...« — und wieder sah er mich spöttisch an — »ist es seltsam, daß Sie an einem völligen Gedächtnisverlust leiden wollen und doch genau wissen, daß Sie keinen Bruder haben. Wollen Sie hierbleiben und sich eine Weile unterhalten, oder wollen wir anderswo hingehen und etwas trinken?«

»Ich bin gar nicht überzeugt, auch nur eines von beidem zu wollen, Mr. Dempsey. Schließlich haben Sie mir immer noch nicht erklärt, wie Sie dazu kamen, mich auf solche Weise irrezuführen. Es wäre ein grausamer Trick gewesen, wenn ich Ihnen geglaubt hätte.«

»Vermutlich«, gab er unbefangen zu. »Andrerseits haben Sie wahrscheinlich einen guten Grund, eine Amnesie *vorzutäuschen.* Vielleicht haben Sie etwas zu verbergen? Haben Sie deshalb den Behörden Ihre wahre Identität nicht enthüllt?«

»Was ich zu verbergen habe, geht nur mich etwas an. Und ich kann Ihnen versichern, Mr. Dempsey, daß Oswald Bastable der einzige Name ist, den ich schon immer getragen habe. So — ich wäre dankbar, wenn Sie mich nun in Ruhe ließen. Ich habe genügend andere Probleme zu bewältigen.«

»Aber deshalb bin ich ja hier, Bastable. Um Ihnen bei der Lösung Ihrer Probleme zu helfen. Es tut mir leid, wenn ich Sie beleidigt haben sollte. Ich bin wirklich gekommen, um Ihnen zu helfen. Geben Sie mir eine halbe Stunde.« Er schaute sich um. »Um die Ecke ist ein nettes Lokal, wo wir etwas trinken könnten.«

Ich seufzte. »Na schön.« Letzten Endes hatte ich nichts zu verlieren. Einen Augenblick lang fragte ich mich, ob dieser dünkelhafte, so kühle und selbstbeherrschte junge Mann wirklich wußte, was mir widerfahren war. Doch dann verwarf ich den Gedanken wieder.

Wir verließen den KAC und betraten die Burlington-Passage, einen der wenigen Flecken, der sich seit 1902 nicht sehr verändert hatte, und bogen in die Jermyn Street ein. Schließlich blieb Cornelius Dempsey an einer schmucklosen Tür stehen und betätigte mehrmals den Messingtürklopfer, ehe geöffnet wurde. Eine alte Frau spähte heraus, erkannte Dempsey und ließ uns in einen düsteren Korridor treten. Irgendwo von unten erklangen Stimmen und Gelächter, und nach dem Geruch zu urteilen, mußte es sich um eine Art Clubbar handeln. Wir stiegen einige Stufen hinab und betraten einen schwach erleuchteten Raum, in dem ein paar rohe Tische aufgestellt waren. Daran saßen junge Männer und Frauen, die nach der gleichen Mode wie Dempsey gekleidet waren. Ein paar grüßten ihn, während wir uns unseren Weg zwischen den Tischen hindurchbahnten und in einer Nische Platz nahmen. Sogleich kam ein Kellner, und Dempsey bestellte eine Flasche roten Tischwein. Ich fühlte mich äußerst unbehaglich, allerdings nicht ganz so jämmerlich wie in meinem eigenen Club. Dies war mein erster Blick auf eine Seite des Londoner Lebens, deren Existenz ich bislang kaum wahrgenommen hatte. Als der Wein kam, stürzte ich ein großes Glas auf einen Zug hinab. Wenn ich schon ein Ausgestoßener sein sollte, dachte ich bitter, dann mußte ich mich wohl an diese Art Lokal gewöhnen.

Dempsey beobachtete mich beim Trinken mit einer Miene insgeheimer Erheiterung. »Sie waren wohl noch nie in einer Kellerbar, hm?«

»Nein.« Ich schenkte mir aus der Flasche ein neues Glas ein.

»Hier können Sie entspannen. Die Atmosphäre ist recht frei und ungezwungen. Schmeckt Ihnen der Wein?«

»Danke, gut.« Ich lehnte mich in meinem Stuhl zurück und versuchte, Selbstsicherheit zur Schau zu tragen. »Und was soll das nun alles, Mr. Dempsey?«

»Ich gehe davon aus, daß Sie im Augenblick arbeitslos sind.«

»Das wäre untertrieben. Vermutlich bin ich unvermittelbar.«

»Eben, genau darum geht es. Ich weiß zufällig einen Job, falls es Sie interessiert. Auf einem Luftschiff. Ich habe mit dem Kapitän schon gesprochen, und er ist bereit, Sie zu nehmen. Er kennt Ihre Geschichte.«

Ich wurde mißtrauisch. »Was für eine Art Job, Mr. Dempsey? Kein anständiger Kapitän würde ...«

»Der Kapitän ist einer der anständigsten Männer, die jemals ein Schiff kommandiert haben.« Er gab seine scherzhafte Sprechweise auf und wurde nun ernst. »Ich verehre ihn tief und weiß, daß Sie ihn mögen würden. Er ist aufrecht wie ein Ladestock«

»Aber warum ...?«

»Sein Schiff ist ein ziemlich alter Kasten. Mit keinem der großen Linienschiffe oder so etwas zu vergleichen. Es ist altmodisch und langsam und befördert hauptsächlich Fracht. Waren, an denen andere Leute kein Interesse zeigen. Kleine Aufträge. Manchmal auch gefährliche Aufträge. Sie kennen diese Art von Schiff.«

»Ich habe sie gesehen.« Ich nippte an meinem Wein. Diese Chance war das beste, was ich mir erhoffen konnte, und ich hatte verdammtes Glück, daß sie sich mir bot. Es war logisch, daß kleine Tramp-Luftschiffe nur schwer ausgebildete Luftschiffer bekamen, wo die Gehälter auf den großen Schiffen um so vieles höher lagen. Und doch hatte ich im Augenblick nicht das rechte Interesse. Ich steckte noch so voller Bitterkeit über meine eigene Dummheit. »Aber sind Sie überzeugt, daß der Kapitän die ganze Geschichte kennt? Wissen Sie, ich bin aus gutem Grund bei der Armee gefeuert worden.«

»Ich kenne den Grund«, entgegnete Dempsey ernst. »Und er imponiert mir.«

»Er imponiert Ihnen? Warum das?«

»Sagen wir einfach, ich mag Reagans Typ nicht. Und ich bewundere, was Sie für die Inder getan haben, die er angegriffen hat. Das beweist, daß Sie ein anständiger Kerl sind, der das Herz auf dem rechten Fleck hat.«

Ich weiß nicht so recht, ob ich solches Lob aus dem Munde des jungen Mannes gern hörte. Ich zuckte die Achseln. »Ich haßte Reagan für das, was er meinem Kapitän angetan hatte.«

Dempsey lächelte. »Drehen Sie es, wie Sie wollen, Bastable. Jedenfalls können Sie den Job haben. Wollen Sie?«

Ich leerte mein zweites Glas Wein und runzelte die Stirn. »Ich weiß nicht so recht ...«

Dempsey schenkte mir neu ein. »Ich möchte Sie zu nichts überreden, was Sie nicht wirklich wollen — aber ich darf darauf hinweisen, daß nur wenige Leute Sie zu etwas anderem als Matrose einstellen würden — zumindest für eine ganze Weile.«

»Darüber bin ich mir im klaren.«

Dempsey zündete sich eine lange Zigarre an. »Vielleicht haben Sie Freunde, die Ihnen einen Job an Land angeboten haben?«

»Freunde? Nein. Ich habe keine Freunde.« Das stimmte. Kapitän Harding war von allen am ehesten mein Freund geworden.

»Und Sie besitzen Erfahrung mit Luftschiffen. Sie könnten doch im Ernstfall mit einem umgehen?«

»Vermutlich. Ich habe ein Examen abgelegt, das dem Patent eines Zweiten Offiziers gleichkommt. Wahrscheinlich bin ich allerdings in bezug auf die Praxis ein bißchen schwach.«

»Das werden Sie aber schnell lernen.«

»Wie kommen Sie denn zu der Bekanntschaft mit dem Kapitän eines Luftfrachters?« fragte ich. »Sind Sie nicht Student?«

Dempsey senkte den Blick. »Sie meinen Erstsemester? War ich einmal. Aber das ist eine ganz andere Geschichte. Wissen Sie, ich habe Ihren Werdegang verfolgt, seit man Sie auf dem Berggipfel gefunden hat. Ich muß schon sagen, daß Sie meine Phantasie beherrscht haben.«

Hierauf mußte ich lachen, wenn auch ohne große Erheiterung. »Nun, wahrscheinlich ist es großzügig, daß Sie mir helfen wollen. Wann kann ich Ihren Kapitän denn kennenlernen?«

»Heute abend?« Dempsey grinste beflissen. »Wir könnten mit meinem Wagen nach Croydon fahren. Was meinen Sie dazu?«

Ich hob die Schultern. »Warum nicht?«

— 5 —
Kapitän Korzeniowski

DEMPSEY FUHR MIT EINIGER Geschwindigkeit nach Croydon, doch ich mußte zugeben, daß er den altmodischen Mordan-Dampfwagen auf bewundernswürdige Weise beherrschte. Wir waren innerhalb einer halben Stunde in Croydon.

Croydon ist eine typische Aeropark-Stadt. Sie verdankt ihre Existenz dem Aeropark, und wohin man auch blickt, wird man daran erinnert. Viele Hotels sind nach berühmten Luftschiffen benannt, und in den Straßen wimmelt es von Fliegern aus aller Herren Länder. Es ist eine freche, laute Stadt im Vergleich zu anderen und muß den alten Seehäfen meiner Zeit ganz ähnlich gewesen sein. (Vielleicht sollte ich für all dies das Futur benutzen und sagen, ›wird sein‹ und so fort, aber das fällt mir schwer, denn diese Ereignisse haben sich natürlich in meiner persönlichen Vergangenheit zugetragen.)

Dempsey steuerte uns in den Vorhof eines kleinen Hotels in einer von Croydons Nebenstraßen. Das Hotel hieß *The Airman's Rest* und war offensichtlich in früheren Tagen eine Postkutschenstation gewesen. Es befand sich, was eigentlich keiner Erläuterung bedarf, im alten Teil der Stadt und bildete einen recht ausgeprägten Gegensatz zu den Stein- und Glastürmen, die den größten Teil Croydons beherrschten.

Dempsey führte mich durch den großen Aufenthaltsraum, in dem sich Flieger der alten Generation drängten, die ganz offensichtlich die Atmosphäre im *Airman's Rest* der der luxuriöseren Hotels vorzogen. Wir stiegen eine hölzerne Treppenflucht hinauf und schritten einen Flur entlang, bis wir an eine Tür am Ende gelangten. Dempsey klopfte.

»Kapitän? Würden Sie Besucher empfangen, Sir?«

Ich war überrascht über den aufrichtig ehrerbietigen

Ton, mit dem der junge Mann sich an den Kapitän wandte.

»Treten Sie ein!« Die Stimme klang heiser und kehlig. Eine ausländische Stimme.

Wir betraten einen behaglichen Wohn-Schlafraum. Im Kamin brannte ein Feuer, das das einzige Licht spendete. In einem hohen, ledernen Ohrensessel saß ein Mann von ungefähr sechzig Jahren. Er hatte einen eisengrauen Knebelbart und ebensolches Haar. Seine Augen waren blaugrau, sein Blick fest, durchdringend und absolut vertrauenserweckend. Er hatte eine riesige Hakennase und einen kräftigen Mund. Als er aufstand, sah ich, daß er relativ klein, aber kräftig gebaut war. Als Dempsey uns einander vorstellte, war sein Händedruck trocken und fest.

»Kapitän Korzeniowski, das ist Leutnant Bastable.«

»Wie geht es Ihnen, Leutnant?« Er sprach mit starkem Akzent, doch die Worte waren klar verständlich. »Ich freue mich, Sie kennenzulernen.«

»Wie geht es Ihnen, Sir? Ich glaube, Sie sprechen mich besser schlicht mit ›Mister‹ an. Ich habe heute meinen Abschied bei der SLP eingereicht. Ich bin jetzt Zivilist.«

Korzeniowski lächelte und drehte sich zu einem schweren Eichensideboard. »Darf ich Ihnen etwas zu trinken anbieten — *Mister* Bastable!«

»Danke, Sir. Einen Whisky?«

»Gut. Und Sie, Dempsey?«

»Ein Glas von dem Chablis da, wenn es Ihnen recht ist, Kapitän.«

»Gut.«

Korzeniowski trug einen dicken, weißen Rollkragenpullover. Seine nachtblauen Hosen gehörten zu der Ausgehuniform eines Fliegers. Über einem Stuhl am Schreibtisch an der gegenüberliegenden Wand sah ich sein Jackett mit den Kapitänsabzeichen und auf der Schreibplatte seine ziemlich abgetragene Mütze.

»Ich habe Mr. Bastable den Vorschlag vorgetragen, Sir«, erklärte Dempsey, als er sein Glas entgegennahm. »Und deshalb sind wir auch hier.«

Korzeniowski strich sich über die Lippen und betrachtete mich nachdenklich. »Zweifellos«, murmelte er. »Zweifellos.« Nachdem er uns unsere Getränke gegeben hatte, kehrte er zu dem Sideboard zurück und schenkte sich selbst einen bescheidenen Whisky ein, den er mit Soda auffüllte. »Sie wissen, daß ich dringend einen Zweiten Offizier benötige. Ich könnte einen Mann mit mehr Flugerfahrung gebrauchen, doch ich kann in England keinen bekommen, und den Typ, den man anderweitig findet, will ich nicht. Ich habe von Ihnen gelesen. Sie sind ein Hitzkopf, wie?«

Ich schüttelte den Kopf. Plötzlich hatte ich den Eindruck, daß ich sehr gerne unter Kapitän Korzeniowski dienen wollte, denn ich hatte zu dem Mann eine spontane Zuneigung gefaßt. »Normalerweise nicht, Sir. In diesem Falle waren es ... nun, besondere Umstände, Sir.«

»Das dachte ich mir schon. Bis vor kurzem hatte ich einen sehr guten Zweiten Offizier. Ein Bursche namens Marlowe. Hat in Macao irgendwelche Schwierigkeiten bekommen.« Der Kapitän runzelte die Stirn und nahm eine Zigarre von seinem Schreibtisch. Er bot mir ebenfalls eines der harten, schwarzen Tabakstäbchen an, das ich dankend annahm. Dempsey lehnte grinsend ab. Als Kapitän Korzeniwoski sprach, wandte er kein Auge von mir, und ich hatte das Gefühl, er ergründete dabei meine Seele. Er sprach ziemlich gewichtig, und all seine Bewegungen waren langsam und berechnet. »Man hat Sie im Himalaya entdeckt. Sie haben Ihr Gedächtnis verloren. Wurden für die Luftpolizei ausgebildet. Gerieten mit einem Passagier der *Loch Etive* in eine Schlägerei. Haben ihn schwer verletzt. Der Passagier war ein Querulant, wie?«

»Ja, Sir.« Die Zigarre schmeckte überraschend süß und mild.

»Hatte sich geweigert, zusammen mit ein paar Indern zu essen, wie ich gehört habe?«

»Unter anderem, Sir.«

»Gut.« Korzeniowski warf mir noch einen seiner scharfen, forschenden Blicke zu.

»Reagan war schuld, daß unser Kapitän sich das Bein brach, Sir. Das bedeutete, daß der alte Mann endgültig in den Ruhestand treten mußte. Den Gedanken konnte der Kapitän einfach nicht ertragen, Sir.«

Korzeniowski nickte. »Weiß, was er empfindet. Kapitän Harding. Habe ihn mal kennengelernt. Ein erstklassiger Flieger. Dann bestand Ihr Verbrechen also in übersteigerter Loyalität, hm? Das *kann* unter gewissen Umständen ein recht gravierendes Vergehen sein, wie?«

Seine Worte schienen eine besondere Bedeutung zu haben, die ich nicht ganz erfaßte. »Ich glaube schon, Sir.«

»Gut.«

Dempsey sagte: »Sir, ich glaube, daß er zumindest emotional einer von uns ist.«

Korzeniowski hob die Hand, um den jungen Mann zum Schweigen zu bringen. Der Kapitän starrte tief in Gedanken versunken ins Feuer. Ein paar Augenblicke später wandte er sich um und sagte: »Ich bin Pole, Mr. Bastable. Naturalisierter Brite, aber gebürtiger Pole. Wenn ich in mein Heimatland zurückkehrte, würde ich erschossen. Wissen Sie, warum?«

»Sie leben im Exil, Sir? Die Russen ...?«

»Genau. Die Russen. Polen ist Teil ihres Kaiserreiches. Ich war der Ansicht, daß das falsch wäre und daß den Völkern die freie Entscheidung über ihr Schicksal zustünde. Das habe ich nicht verschwiegen — vor vielen Jahren. Und das hat jemand gehört. So wurde ich ausgewiesen. Damals trat ich dem Britischen Handels-Luftdienst bei. Weil ich polnischer Patriot war.« Er zuckte die Achseln. Ich fragte mich, wozu er mir das erzählte, spürte aber, daß er damit eine bestimmte Absicht verfolgte und lauschte respektvoll. Schließlich sah er mich an. »Sie sehen also; Mr. Bastable, wir sind beide Ausgestoßene, jeder auf seine Art. Nicht, weil wir es wollten, sondern weil wir keine andere Wahl hatten.«

»Ich verstehe, Sir.« Ich war noch immer etwas ratlos, sagte jedoch nichts weiter.

»Ich habe ein eigenes Schiff«, sagte Korzeniowski. »Es ist nicht mehr sehr ansehnlich, aber es ist immer noch ein gutes, kleines Schiff. Möchten Sie mitkommen, Mr. Bastable?«

»Sehr gerne, Sir. Ich bin sehr dankbar ...«

»Sie brauchen nicht dankbar zu sein, Mr. Bastable. Ich brauche einen Zweiten Offizier, und Sie brauchen eine Arbeit. Der Lohn ist nicht sehr hoch. Fünf Pfund die Woche, alles in allem.«

»Danke, Sir.«

»Gut.«

Ich wunderte mich immer noch, welche Verbindung es wohl zwischen dem jungen Bohémien und dem alten Luftschiffkapitän geben mochte. Sie schienen einander sehr gut zu kennen.

»Ich nehme an, Sie können heute nacht in diesem Hotel unterkommen, wenn Sie das wollen«, fuhr Kapitän Korzeniowski fort. »Melden Sie sich morgen an Bord. Paßt Ihnen acht Uhr?«

»Bestens, Sir.«

»Gut.«

Ich hob meine Tasche auf und warf Dempsey einen erwartungsvollen Blick zu. Der junge Mann schaute den Kapitän an, grinste und tätschelte mir den Arm. »Richten Sie sich hier erst einmal ein. Ich komme später zu Ihnen. Ich habe noch ein paar Dinge mit dem Kapitän zu besprechen.«

In einer Art Benommenheit verabschiedete ich mich von meinem neuen Kapitän und verließ das Zimmer. Als ich die Tür hinter mir schloß, hörte ich Dempsey sagen: »Und nun zu den Passagieren, Sir ...«

Am nächsten Morgen nahm ich den Omnibus zum Aeropark. Dort lagen Dutzende Luftschiffe an den Masten, sie landeten und starteten wie Bienen in einem riesenhaften Stock. In der Herbstsonne schimmerten die Schiffshüllen wie Silber, Gold oder Alabaster. Dempsey hatte mir am vorangegangenen Abend noch den Namen des Schiffes gegeben, wo ich mich einzufinden hatte. Sie hieß *The Rover** (ein ziemlich romantischer Name, dachte ich noch), und die Beamten vom Aeropark hatten mir erklärt, daß sie an Mast 14 vertäut läge. Ich begann mich im kalten Tageslicht allmählich zu fragen, ob ich nicht ziemlich überstürzt gehandelt haben mochte, als ich den Posten angenommen hatte, doch für neue Erwägungen war es nun zu spät. Ich konnte das Schiff ja auch jederzeit verlassen, wenn es sich herausstellen sollte, daß die Arbeit dort nicht meinen Erwartungen entsprach.

Als ich am Mast 14 angelangte, mußte ich feststellen, daß man *The Rover* zugunsten eines russischen Frachters mit verderblicher Ladung, die schnell gelöscht werden mußte, verlegt hatte. Niemand schien jedoch zu wissen, wo *The Rover* nun vor Anker lag.

Schließlich riet man mir, nachdem ich eine halbe Stunde ergebnislos herumgewandert war, zum Mast Nr. 38 zu gehen, der sich genau auf der anderen Seite des Parks befand. Ich trottete unter den riesigen Hüllen der Passagier- und Handelsschiffe dahin, duckte mich zwischen den schaukelnden Anlegetauen hindurch und machte weite Bögen um die Stahlträger der Masten, bis ich schließlich die Nummer 38 und mein neues Schiff erblickte.

The Rover war ziemlich mitgenommen und benötigte einen frischen Anstrich, aber sie war so proper wie das feinste Passagierschiff. Sie hatte eine starre Hülle, offensichtlich ein Umbau von einer weichen Tuchhülle des al-

---

* *Der Streuner*

ten Typus. Sie schwankte ein wenig an ihrem Mast und wirkte nach der Art, wie sie an ihren Kabeln schaukelte, schwer beladen. Ihre vier großen, altmodischen Motoren waren außen angebracht und nur über halbüberdachte Laufplanken zugänglich, ihre Inspektionsgänge waren völlig den Elementen ausgesetzt. Ich fühlte mich wie einer, der von einem Ozeanriesen auf ein Vergnügungsdampferchen versetzt worden war. Und da ich aus einer Zeitepoche stammte, in der man das Luftschiff noch gar nicht als praktisches Reisemittel erkannt hatte, war *The Rover* für mich fast von historischem Interesse. Natürlich war sie ziemlich verwittert. An einzelnen Stellen blätterte der Silberanstrich von ihrer Hülle und die Nummer (806), Heimathafen (London) waren nicht mehr gut zu lesen. Da das nicht zulässig war, besserten zwei Matrosen von einer Flaschenzugplattform am obersten Inspektionsgang aus die Schriftzüge mit schwarzem Kreosot aus. *The Rover* war sogar älter als mein erstes Schiff, die *Loch Ness*, und weit primitiver, so daß sie ein wenig wie ein Piratenschiff aussah. Ich bezweifelte, daß sie Geräte wie Komputer, Temperaturregulatoren oder irgend etwas an Bord hatte, was über die primitivste Form des drahtlosen Telefons hinausging, und ihre Geschwindigkeit konnte kaum über 80 Meilen liegen.

Ich durchlebte einen Augenblick der Angst, als ich so dastand und beobachtete, wie sie sich träge in ihren Leinen wand, um dann widerwillig in ihre Ausgangsposition zurückzuschaukeln. Sie war etwa 600 Fuß lang, und kein Zoll erweckte den Eindruck, als könne sie sich in der Luft halten. Ich begann den Mast emporzusteigen und hoffte, daß das Schiff durch meine Verspätung nicht aufgehalten worden war.

Ich erreichte die Spitze des Mastes und trat in den Anlegekegel. Eine schmale Laufplanke mit Handläufen aus Seilen führte zum Schiff. Sie bog sich durch, als ich den Fuß draufsetzte, um sie zu überqueren. Keine besonderen, geschlossenen Gangways für *The Rover*, keine dicken Plastikwände, damit die Passagiere nicht den Boden 100 Fuß tiefer sehen mußten. Ein eigentümliches Gefühl der Befriedigung begann in mir zu keimen. Nach meinem anfänglichen Schock gefiel mir allmählich der Gedanke, mit diesem zerschrammten, alten Streuner der Himmelsbahnen zu fliegen. *The Rover* besaß einen eigenen Stil, ihr Inventar war schlicht. Sie hatte etwas von der Ausstrahlung der frühen Pionierschiffe, von denen Kapitän Harding mir oft vorgeschwärmt hatte.

Als ich auf die runde Einschiffungsplattform gelangte, begrüßte mich ein Luftschiffmatrose in schmutzigem Pullover. Er wies mit dem Daumen auf eine kurze Aluminiumleiter, die sich von der Mitte der Plattform aus in die Höhe wand. »Sind Sie die neue Nr. Zwei, Sir? Der Kapitän erwartet Sie schon auf der Brücke.«

Ich bedankte mich und kletterte die Stufen empor, um auf die Brücke zu gelangen. Niemand war da außer dem kleinen, stämmigen Mann in der gutgebügelten, aber abgewetzten Uniform eines Kapitäns vom Handelsluftdienst. Er drehte sich um, der Blick seiner blaugrauen Augen war so fest und nachdenklich wie tags zuvor, im Mund hatte er eine seiner schwarzen Zigarren, sein grauer Knebelbart ragte nach vorn, als er auf mich zutrat und mir die Hand schüttelte.

»Ich freue mich, Sie an Bord zu haben, Mr. Bastable.«

»Danke, Sir. Ich freue mich auch, an Bord zu sein. Entschuldigen Sie die Verspätung, aber ...«

»Ich weiß, sie haben uns verlegt wegen dieses verdammten russischen Frachters. Sie haben uns nicht aufgehalten. Wir malen unsere Beschriftung außenbords noch ein wenig nach, und unsere Passagiere sind auch noch nicht da.« Er deutete zum Ende der Brücke, wo eine Treppe zu einer Tür führte. »Ihre Kabine liegt da hinten. Sie werden sie auf dieser Reise mit Mr. Barry teilen, doch Sie werden Ihre eigenen Quartiere bekommen, sobald wir unsere Passagiere absetzen. Wir nehmen selten welche mit — wir haben allerdings ein paar Deckpassagiere, die in Saigon an Bord kommen — und Ihre Kabine ist die einzig annehmbare. Sind Sie einverstanden?«

»Ja, danke, Sir.«

»Gut.«

Ich hob meine Tasche auf.

»Die Kabine liegt zur Rechten«, erklärte Korzeniowski. »Meine ist geradeaus, und die der Passagiere, die Sie dann bekommen werden, liegt auf der linken Seite. Ich glaube, Barry erwartet Sie. Bis in fünfzehn Minuten also. Ich hoffe, daß wir dann ablegen können.«

Ich kletterte die Leiter hinauf und öffnete die Verbindungstür, die auf einen kurzen Gang führte, von dem die drei Türen abgingen. Die Wände waren in schlichtem Grau gestrichen und ziemlich zerschrammt und abgeblättert. Ich klopfte an der Tür zu meiner Rechten.

»Herein!«

Drinnen saß ein großgewachsener, dünner Mann mit einem wilden, roten Haarschopf in Unterbekleidung auf einer ungemachten Koje. Er goß sich einen großzügig bemessenen Gin ein. Als ich eintrat, schaute er auf und nickte freundlich. »Bastable? Ich bin Barry. Einen Drink?« Er streckte mir die Flasche entgegen, doch dann, als ob er sich seiner guten Manieren erinnerte, hielt er mir das Glas hin.

Ich lächelte. »Ein bißchen zu früh für mich. Ich liege in der oberen Koje, wie?«

»Ich fürchte schon. Vermutlich nicht das, was Sie nach der *Loch Etive* gewöhnt sind.«

»Es ist mir schon recht.«

»Im Spind finden Sie ein paar Uniformen. Marlowe hatte glücklicherweise etwa Ihre Statur. Dort hinten können Sie auch Ihr anderes Zeug verstauen. Ich habe von Ihrer Schlägerei gehört. Spricht nur für Sie. Das ganze verdammte Schiff hier ist voller Eigenbrötler. Nicht sehr stark, was die formale Disziplin betrifft, aber wir arbeiten hart, und der Kapitän ist einer der besten.«

»Mir hat er gefallen«, sagte ich. Ich begann, meine Hose in den Spind zu räumen und nahm eine zerknitterte Uniform heraus. Barry schlüpfte in seine Hosen und eine Strickjacke.

»Einer der besten«, wiederholte er. Er leerte sein Glas und räumte es zusammen mit der Flasche sorgfältig fort. »Aha, ich glaube, eben sind unsere Passagiere gekommen. Dann kann's ja endlich losgehen. Bis nachher auf der Brücke, wenn wir ablegen.«

Als er die Tür öffnete, konnte ich einen kurzen Blick auf den Rücken eines der Passagiere erhaschen, der die gegenüberliegende Kabine betrat. Eine Frau. Eine Frau in einem dunklen, schweren Reisemantel. Es war seltsam, daß Kapitän Korzeniowski Passagiere an Bord nahm. Er sah nicht aus wie der Typ, dem Landratten ans Herz gewachsen waren. Aber wahrscheinlich war *The Rover* ganz froh über ein paar Extraeinkünfte, wenn sich die Gelegenheit bot. Schiffe ihresgleichen hatten gewöhnlich eine sehr knappe Gewinnspanne.

Kurz darauf gesellte ich mich zum Kapitän und Mr. Barry auf der Brücke. Höhensteuer- und Steuermann standen an ihren Posten, der Funker hockte in seinem Kabuff und hielt Kontakt mit dem Hauptkontrollgebäude, um zu hören, wann ihr Start freigegeben wurde.

Ich betrachtete durch die Rundumscheibe der Brücke all die vornehmen Schiffe. Unser kleiner Frachter schien so völlig fehl am Platze, daß ich sehr froh gewesen wäre, wenn es endlich hätte losgehen können.

Kapitän Korzeniowski nahm das Sprechrohr zur Hand. »Kapitän an Maschinenraum. Klarmachen zum Start!«

Ein paar Sekunden später vernahm ich das Brummen der Dieselmotoren, als die Maschinisten sie zum Warmlaufen angeworfen hatten.

Dann kam der Befehl von der Bodenkontrolle. Wir konnten abheben.

Der Kapitän nahm seinen Platz am Bug ein und spähte nach unten, daß er die Hauptanlegekabel und die Laufplanke im Blick hatte. Barry trat ans Durchsagegerät und stand mit dem Sprechrohr in der Hand bereit. Der Bootsmann stand auf der Mitte der Treppe zur Einschiffungsplattform, so daß nur sein Oberkörper von der Brücke aus zu sehen war.

»Gangway einziehen!« sagte der Kapitän. »Eingangstüren verschließen und versiegeln, Bootsmann!«

Der Bootsmann gab den Befehl an einen Mann unten weiter, der nicht zu sehen war. Laute Geräusche, Dröhnen und Rufe erfüllten das Schiff. Dann tauchte der Bootsmann wieder auf der Leiter auf. »Alles klar zum Ablegen, Sir.«

»Leinen los!« Der Kapitän richtete sich auf, und steckte beide Hände in seine Jackentaschen, zwischen den Lippen seine unvermeidliche Zigarre.

»Leinen los!« rief Barry in das Sprechrohr.

Es gab einen Ruck, als wir uns vom Mast lösten.

»Alle Kabel lösen!«

»Alle Kabel lösen!« wiederholte Barry.

Die Anlegekabel glitten herab, und wir schwebten frei in die Luft hinauf.

»Volle Kraft backbord!«

Barry kippte einen Schalter. »Volle Kraft backbord!« Er sprach nun mit den Maschinisten, die draußen in den Motorengondeln hockten und ihre Diesel versorgten.

Das Schiff bebte und bockte ein wenig, als die Motoren es rückwärts vom Mast wegschoben.

»Zweihundertfünfzig Fuß, Höhensteuermann«, sagte der Kapitän, der immer noch aus der Kanzel schaute.

»Zweihundertfünfzig Fuß, Sir.« Der Steuermann drehte sein riesiges Metallrad.

Langsam krochen wir zum Himmel hinauf, unser Steigungswinkel stieg leicht an, während der Steuermann seine Anzeigen kontrollierte und die Schwanzflossen justierte.

Und zum erstenmal hatte ich das Gefühl, etwas zu

verlieren. Ich hatte das Gefühl, alles zurückzulassen, was ich mir letztendlich über die Welt der siebziger Jahre angeeignet hatte, um zu einer Reise aufzubrechen, die für mich neue Entdeckungen bereithielt. Ich fühlte mich ein wenig wie einer jener alten elisabethanischen Navigatoren, der aufgebrochen war, um die andere Seite unseres Planeten zu erkunden.

Der Aeropark Croydon fiel hinter uns zurück, wir überflogen die Felder von Kent mit Kurs auf die Küste, erreichten allmählich eine Höhe von 1000 Fuß und hielten eine Geschwindigkeit unter 50 Meilen. Das Schiff reagierte überraschend geschmeidig, und ich begriff allmählich, daß *The Rover* ungeahnte Qualitäten besaß. Ich lernte, ein Luftschiff nicht nach seinem Äußeren zu beurteilen. So primitiv ihre Ausrüstung sein mochte, sie flog geschmeidig und ruhig und fast völlig gleichmäßig ihre Bahn am Himmel. Barry, den ich für einen Trunkenbold am Ende seiner glanzlosen Laufbahn gehalten hatte, entpuppte sich als fähiger Offizier, und ich stellte bald fest, daß er nur schwer trank, wenn er nicht in der Luft war. Ich hoffte, daß meine Kollegen mich wegen meiner steifen Manieren nicht für eine Art Pinkel hielten.

Im Laufe des ersten Reisetages und -abends tauchten unsere Passagiere nicht aus ihrer Kabine auf. Dies kam mir nicht besonders auffällig vor. Vielleicht waren sie luftkrank oder hatten einfach keine Lust herumzulaufen. Schließlich gab es auf der *Rover* keine Promenadendecks oder Kinos. Wenn man die ganze Länge des Schiffes abschreiten und etwas außer der im Halbdunkel gestapelten Ladung sehen wollte, mußte man hinaus auf die freiliegenden Gangways und sich an die Seile klammern aus Furcht, über Bord gepustet zu werden.

Ich versah meinen Dienst voller Begeisterung, wenn auch anfänglich etwas ungeschickt, doch immer darauf bedacht, Kapitän Korzeniowski meinen Eifer zu demonstrieren. Ich glaube, sowohl der Kapitän wie auch Barry hatten dafür Verständnis, und bald stellte ich fest, daß meine Spannungen sich lösten.

Bis wir über den strahlenden, blauen Gewässern des Mittelmeeres mit Kurs auf Jerusalem kreuzten, unserem ersten Anlaufhafen, hatte ich den Draht zur *The Rover* bekommen. Man mußte sie sanft behandeln und mit etwas, das sich nur als ›Würde‹ beschreiben läßt. Ging man derart mit ihr um, konnte man ihr fast alles abverlangen. Das klingt vielleicht gefühlsduselig und albern, doch auf diesem Schiff herrschte ein Gefühl der Herzlichkeit — ein Hauch Menschlichkeit, der für Mannschaft und Schiff gleichermaßen gültig war.

Doch noch immer hatte ich die Passagiere nicht gesehen. Sie nahmen ihre Mahlzeiten in ihrer Kabine ein, anstatt in der kleinen Messe neben der Kombüse, wo Offiziere und Matrosen aßen. Allmählich glaubte ich, daß sie sich scheuten, sich zu zeigen, außer gegenüber Kapitän Korzeniowski oder Mr. Barry, die sie beide gelegentlich besuchten.

Wir hatten keinen speziellen Offizier für Navigation oder Meteorologie an Bord. Diese Aufgaben wurden zwischen dem Kapitän, Barry und mir geteilt. In der Nacht vor unserer Landung in Jerusalem hatte ich den Plattfuß übernommen, die Spaltwache, und überprüfte gerade unseren Kurs anhand der Karten und Instrumente, als unser Funker hereinschlenderte und ein Gespräch anfing. Schließlich fragte er:

»Was halten Sie denn von unseren Passagieren, Bastable?«

Ich zuckte die Achseln. »Was soll ich von ihnen halten, Johnson? Ich habe nur auf einen einen kurzen Blick geworfen. Eine Frau.«

»Ich glaube, es sind Flüchtige«, erklärte Johnson. »Der Alte sagt, sie würden in Brunei von Bord gehen.«

»Tatsächlich. Das ist bestimmt nicht der sicherste Flecken auf der Welt. Haben Sie denn hier irgendwelche krummen Dinger gedreht?«

»Irgendwelche Terroristen. Vermutlich gut organisiert. Ich habe gehört, sie würden von den Deutschen und den Japanern unterstützt. Würde mich nicht wundern, wenn die Interesse an ein paar von unseren Kolonien hätten.«

»Es gibt doch Verträge. Das würden sie nicht wagen.«

Johnson lachte. »Wissen Sie, Bastable, Sie sind ein bißchen blauäugig. Der ganze Osten brodelt. Nationalismus, mein Alter. In Indien, China, Südostasien. Die Leute werden unruhig.«

Johnson war ein Pessimist, der solche düsteren Aussichten genoß. Ich machte mir auf alles, was er sagte, meinen eigenen Reim.

»Es würde mich nicht wundern, wenn unsere Passagiere Landsleute des Alten wären. Polnische Emigranten. Oder sogar russische Anarchisten, was?«

Ich mußte laut lachen. »Nun langt's aber, Johnson. Mit solchen Leuten hat der Kapitän doch nichts zu schaffen!«

Spöttisch schüttelte Johnson den Kopf. »O Junge, Junge, Bastable. Sie sind aber *wirklich* blauäugig! Entschuldigen Sie, wenn ich Sie gestört habe.«

Er trollte sich von der Brücke. Ich lächelte und dachte nicht mehr über seine Scherze nach. Er versuchte ganz offenkundig, mich aufzuregen. Die Art von Streich, wie man sie jedem Neuling an Bord eines Schiffes spielte. Doch die Passagiere wollten sich tatsächlich nicht sehen lassen.

Am nächsten Morgen legten wir in Jerusalem an, und ich schlüpfte in meine weiße Ausgehuniform, ehe ich mir die Ladung besah, die hauptsächlich aus landwirtschaftlichen Geräten für jüdische Palästina-Einwanderer bestand. Es war heiß und trocken, und es gab einigen Wirbel um zwei Kisten, die man erwartet, aber nicht erhalten hatte.

Da ich mich noch nicht an Bord befunden hatte, als die Fracht geladen worden, war, schickte ich nach dem Kapitän.

Während ich wartete, kaufte ich von einem Zeitungsjungen auf dem Aeropark eine englischsprachige Zeitung. Beiläufig warf ich einen Blick hinein. Die einzigen wirklichen Neuigkeiten betrafen eine Bombenexplosion vor ein paar Tagen im Hause von Sir George Brown. Glücklicherweise war Sir George Brown nicht zu Hause gewesen; ein Diener war als einziger leicht verletzt worden. Doch die Zeitungen waren natürlich ziemlich erregt über die Untat. Man hatte die Worte FREIHEIT FÜR DIE KOLONIEN an eine Wand des Hauses geschmiert. Das Ganze war offenkundig das Werk von Fanatikern, und ich fragte mich, welche Verrückten ein solches Vorgehen für sinnvoll hielten. In der Zeitschrift waren sechs oder acht Fotografien von Leuten abgebildet, die mit dem Attentat in Zusammenhang gebracht wurden, unter ihnen der berühmt-berüchtigte Graf Rudolf von Dutschke, der schon lange in seinem Heimatland gesucht wurde und von dem man bis zu dem Attentat angenommen hatte, er sei in Dänemark untergetaucht. Keiner konnte begreifen, warum ein preußischer Adeliger sich gegen seinesgleichen und sämtliche Ideale, nach denen er erzogen worden war, auflehnte.

Endlich kam der Kapitän, um das Durcheinander zu klären. Ich faltete die Zeitung zusammen und steckte sie in meine Gesäßtasche, um mich wieder meinen Pflichten zu widmen.

Die Wege des Schicksals sind in der Tat seltsam. Es fällt schwer, ihren Verlauf zu begreifen — dabei hätte ich doch bei meiner Erfahrung den einen oder anderen kennen müssen. Was dann geschah, ist ein typisches Beispiel.

Einer der Schauerleute hatte in einer Lattenkiste einen Haken stecken lassen, und als ich in den Frachtraum trat, blieb ich mit dem Hemd daran hängen und riß es mir quer über den ganzen Rücken auf. Ich tat mir nicht sonderlich weh dabei und setzte meine Arbeit fort, bis der Kapitän sah, was geschehen war.

»Sie werden einen Sonnenbrand auf dem Rücken bekommen, wenn Sie nicht vorsichtig sind«, sagte er. »Gehen Sie sich lieber umziehen, Mr. Bastable.«

»Wenn Sie meinen, Sir.« Ich ließ einen unserer Mechaniker auf die Ladung aufpassen, ging zwischen den Frachträumen zum Hauptkorridor hindurch und kletterte die Leiter zur Brücke und von dort aus zu meiner Kabine hinauf. Es war brutheiß in dem kleinen Gang, und alle Kabinentüren standen offen. Zum erstenmal konnte ich im Vorbeigehen die Passagiere richtig erkennen. Ich konnte nicht stehenbleiben und sie angaffen, doch es kostete mich eine gewaltige Willensstärke, dies nicht zu tun.

Ich trat in meine Kabine und schloß die Tür.

Ich zitterte, als ich mich auf das untere Bett setzte und zog langsam die zusammengefaltete Zeitung aus meiner Tasche. Ich hatte in der Kabine einen Mann und eine Frau gesehen. Die Frau hatte ich nicht erkannt, aber das Gesicht des Mannes war nur allzu vertraut. Ich schlug die Zeitung auf und betrachtete noch einmal die Fotografien der im Zusammenhang mit dem Attentat auf Sir George Brown gesuchten Anarchisten. Hundert verschiedene Gedanken rasten mir durch den Kopf, als ich eines der Bilder ganz genau musterte. Es bestand nicht der geringste Zweifel. Der große, gutaussehende Mann, den ich in der Kabine erblickt hatte, war Graf Rudolf von Dutschke, der berühmte Anarchist und Attentäter.

Angesichts der vielen Konsequenzen, die sich aus dieser Enthüllung ergaben, kamen mir die Tränen.

Der freundliche, alte Luftschiffkapitän, der mich so sehr als Mann von Charakter und Integrität beeindruckt hatte, dem ich so bereitwillig mein Schicksal anbefohlen hatte, war ein mieser Sympathisant der Sozialisten!

Ein tiefes Gefühl, verraten worden zu sein, überwältigte mich. Wie hatte ich jemanden derartig falsch einschätzen können?

Ich mußte natürlich Verbindung zu den Behörden aufnehmen und sie sogleich warnen. Aber wie konnte ich das Schiff verlassen, ohne Mißtrauen zu erregen? Zweifellos teilten alle Offiziere und Mannschaftsmitglieder die verhängnisvolle Weltanschauung ihres Kapitäns. Es war unwahrscheinlich, daß ich die Polizei in Jerusalem lebend erreichen würde. Und doch war es meine Pflicht, es zu versuchen.

Die Zeit muß rasch verstrichen sein, während ich so hin und her überlegte, denn plötzlich fühlte ich das Schiff rucken und begriff, daß wir bereits vom Mast ablegten.

Nun konnte ich nichts mehr unternehmen in einem Schiff voller gefährlicher Fanatiker, die gewiß vor nichts zurückschreckten, mich zum Schweigen zu bringen, wenn sie bemerkten, daß ich Verdacht geschöpft hatte.

Mit einem Stöhnen grub ich mein Gesicht in die Hände.

Was für ein Narr war ich gewesen, Dempsey zu trauen — ganz offensichtlich, wie es nun schien, einer vom gleichen Haufen! Ich führte meine Arglosigkeit darauf zurück, daß ich völlig fassungslos gewesen war, nachdem ich meinen Abschied hatte nehmen müssen.

Plötzlich ging die Tür auf, und ich fuhr nervös hoch. Es war Barry. Er lächelte. Ich schaute ihn entsetzt an. Wie konnte er seine wahre Natur nur so gut verbergen?

»Was ist los, alter Junge?« fragte er sanft. »Einen Sonnenstich? Der Alte hat mich geschickt, nach Ihnen zu sehen.«

»Wer ...?« Ich konnte nur mit großer Mühe sprechen. »Die ... die Passagiere — warum sind sie an Bord?« Ich hoffte auf eine Antwort, die seine und Kapitän Korzeniowskis Unschuld beweisen würde.

Er sah mich einen Augenblick lang überrascht an, ehe

er sagte: »Was — die überm Flur? Nun, das sind alte Freunde vom Kapitän. Er tut ihnen einen Gefallen.«

»Einen Gefallen?«

»Genau. Hören Sie, legen Sie sich lieber ein wenig hin. Sie hätten einen Hut tragen sollen. Wollen Sie ein kleines Schlückchen, das Sie wieder auf die Beine bringt?« Er trat an seinen Spind.

Wie konnte er so harmlos tun? Ich konnte nur annehmen, daß ein so langes Leben jenseits der Legalität eine Gleichgültigkeit sowohl gegenüber den Leiden, die man anderen zufügte, wie auch gegenüber der Schlechtigkeit der eigenen Seele erzeugte.

Was für eine Chance hatte ich gegen einen Mann wie Barry?

Drittes Buch

Die Kehrseite der Medaille
Der Spieß wird umgedreht
Auftritt des Herrn der Lüfte
und Abgang des Zeitreisenden ...

— 1 —

General O. T. Shaw

Als ich so in meiner Kabine lag und über die Geschehnisse der vergangenen Tage nachdachte, verstand ich, wie Cornelius Dempsey und später seine Gesinnungsgenossen zu der Auffassung gelangt waren, ich wäre einer der Ihren. Aus ihrer Sicht war mein Angriff auf Reagan ein Angriff auf die Art Autorität, die er verkörperte. Man hatte mehrere Andeutungen gemacht, da ich sie jedoch falsch interpretiert hatte, hatte ich mich selbst in diese widerliche Situation hineinziehen lassen.

»Wir sind beide Ausgestoßene, jeder auf seine Art«, hatte Kapitän Korzeniowski gesagt. Erst jetzt war mir die Bedeutung dieser Worte klar! Er hielt mich für einen ebenso verwegenen Charakter, wie er selbst es war! Einen Sozialisten! Einen Anarchisten gar!

Doch dann dämmerte mir, daß ich in der glücklichen Lage war, meine Ehre wiederherzustellen, so daß alle Schmach vergessen wäre und ich wieder in den Dienst, den ich so sehr liebte, eingestellt würde.

Denn sie hatten mich nicht im Verdacht. Noch glaubten sie, ich wäre einer der Ihren. Wenn es mir gelänge, das Schiff irgendwie in meine Gewalt zu bekommen und sie zur Rückkehr auf einen britischen Aeropark zu zwingen, könnte ich die Bande der Polizei übergeben. Ich würde zum Helden (nicht daß ich den Ruhm um seiner selber willen wollte) und würde mit größter Wahrscheinlichkeit gefragt, ob ich nicht wieder meinem alten Regiment beitreten wollte. Und dann sah ich vor meinem geistigen Auge Kapitän Korzeniowskis Gesicht, seinen festen Blick — und spürte einen fürchterlichen Stich. Konnte ich diesen Mann in Gefangenschaft bringen? Einen Mann, der mir seine Freundschaft entgegengebracht hatte? Einen Mann, der äußerlich so anständig wirkte?

Ich verschloß mein Herz. Deshalb war er wohl so lange in Freiheit geblieben — weil er so anständig *aussah.* Er war ein Teufel. Zweifellos hatte er in seiner langen Laufbahn als Anarchist und Verbrecher viele andere getäuscht und ebenso zum Narren gehalten wie mich.

Ich stand auf und bewegte mich so steif, als stünde ich unter einem Betäubungsmittel. Ich trat an Barrys Spind, der dort einen großen Dienstrevolver aufbewahrte. Ich öffnete den Spind. Ich nahm den Revolver heraus und überzeugte mich, daß er geladen war. Ich steckte ihn in meinen Gürtel und zog meine Uniform darüber, so daß die Waffe nicht mehr zu sehen war.

Dann setzte ich mich wieder und versuchte, einen Plan zu schmieden.

Unser nächster Anlaufhafen war Kandahar in Afghanistan. Afghanistan war, wenn auch nominell mit Großbritannien verbündet, stets schwankend in seiner Treue. In Kandahar gab es Russen, Deutsche, Türken und Franzosen, die sich alle verschworen hatten, den Bergstaat auf ihre Seite zu ziehen und alle, wie Kipling dies nennt, das Große Spiel von Politik und Intrige spielen. Selbst wenn es mir gelingen sollte, mich von Bord zu schleichen, bestand keinerlei Gewißheit, daß ich in Kandahar ein offenes Ohr finden würde. Was dann? Das Schiff nach Jerusalem zurückzwingen? Auch dort gab es

Schwierigkeiten. Nein, ich mußte warten, bis wir vom Aeropark Kandahar ablegten und Kurs auf unseren dritten Anlaufhafen Lahore in Britisch-Indien nahmen.

Also mußte ich versuchen, mich bis nach Kandahar normal zu verhalten. Widerwillig legte ich Barrys Revolver in seinen Spind zurück. Ich atmete tief ein, versuchte, meine Züge zu entspannen und ging auf die Brücke.

Ich werde wohl niemals begreifen, wie es mir gelang, meine neuen ›Freunde‹ zu täuschen. In den folgenden Tagen führte ich meine normalen Aufgaben aus und arbeitete so zuverlässig wie immer. Nur im Gespräch mit Korzeniowski, Barry oder den anderen hatte ich Schwierigkeiten. Ich konnte mich einfach nicht dazu überwinden, mich belanglos mit ihnen zu unterhalten. Sie dachten, ich litte immer noch ein wenig unter den Nachwirkungen des Hitzeschlages und waren sehr verständnisvoll. Hätte ich sie nicht entlarvt gehabt, so hätte ich ihre Besorgnis für echt gehalten. Vielleicht war sie sogar echt — wenn man davon ausging, daß sie sich um das Wohlbefinden eines ihrer Männer sorgten.

Kandahar war erreicht — eine in Stadtmauern eingeschlossene Stadt aus kahlen Steinbauten, die sich seit meinen Tagen nicht verändert hatte, dann hatten wir auch schon wieder abgelegt. Die Spannung in mir wuchs. Wieder bemächtigte ich mich Barrys Revolver. Mit Akribie prüfte ich die Karten und wartete auf den Augenblick, da wir die Grenze überflogen hatten und uns in Indien befanden (welches selbstverständlich völlig unter britischer Herrschaft stand). In einem Tag sollten wir in Lahore ankommen. Wieder einmal täuschte ich Übelkeit vor und blieb in meiner Kabine, um mir die abschließenden Details meines Plans zurechtzulegen.

Ich hatte mich davon überzeugt, daß in der Regel keiner von den Offizieren oder Mannschaftsmitgliedern eine Waffe bei sich führte. Von diesem Faktum hing mein Plan ab.

Die Stunden verstrichen. Gegen Mittag sollten wir in Lahore anlegen. Um elf Uhr verließ ich meine Kabine und betrat die Brücke.

Kapitän Korzeniowski stand mit dem Rücken zur Tür und starrte durch die Wolkenfetzen auf die braunen, sonnenversengten Ebenen, die unter uns dahinzogen. Barry stand am Komputer und suchte die beste Einflugschneise für den Aeropark von Lahore aus. Der Funker stand über seine Geräte gebeugt. Die Steuerleute studierten ihre Anzeigen und Skalen. Keiner sah mich, als ich leise eintrat, den Revolver aus meinem Gürtel zog und hinter meinem Rücken versteckte.

»Alles klar für Lahore?« fragte ich.

Barry schaute hoch und runzelte die Stirn. »Hallo, Bastable. Fühlen Sie sich besser?«

»Absolut Spitze«, sagte ich und hörte selbst den eigentümlichen Unterton in meiner Stimme.

Barrys Ausdruck wurde noch finsterer. »Hervorragend«, sagte er. »Wenn Sie sich noch etwas ausruhen wollen, wir brauchen noch eine Dreiviertelstunde, bis wir anlegen ...«

»Mir geht es gut. Ich wollte mich nur überzeugen, daß wir auch nach Lahore kommen.«

Korzeniowski drehte sich lächelnd um. »Warum sollten wir nicht? Haben Sie etwas aus dem Kaffeesatz gelesen?«

»Nicht aus dem Kaffeesatz ... Ich fürchte, Sie haben mich falsch eingeschätzt, Kapitän.«

»Tatsächlich?« Er hob die Augenbrauen und paffte weiter an seiner Pfeife. Seine Gelassenheit machte mich rasend. Ich holte den Revolver hervor und spannte den Hahn. »Ja«, sagte er, ohne Ton oder Gesichtsausdruck zu verändern. »Vielleicht haben Sie recht. Es ist wohl mehr als ein Sonnenstich, hm?«

»Mit der Sonne hat das nichts zu tun, Kapitän. Ich habe Ihnen vertraut — Ihnen allen. Wahrscheinlich ist es gar nicht Ihre Schuld — schließlich dachten Sie, ich wäre einer von Ihnen, ›zumindest emotional‹, um Ihren Freund Dempsey zu zitieren. Aber das bin ich nicht. Ich beging den Irrtum, Sie für einen anständigen Menschen zu halten — und Sie begingen den Irrtum, mich für einen solchen Schurken zu halten, wie Sie selbst einer sind. Ironie des Schicksals, wie?«

»Und ob.« Korzeniowskis Haltung war immer noch unverändert. Doch Barry wirkte verstört und schaute erst mich und dann den Kapitän an, als wenn wir beide den Verstand verloren hätten.

»Sie wissen doch wohl, wovon ich rede«, sagte ich zu Korzeniowski.

»Ich muß zugeben, daß ich mir nicht ganz sicher bin, Bastable. Wenn Sie offen meine Meinung hören wollen, ich glaube, Sie haben eine Art Anfall. Ich hoffe, Sie haben nicht vor, jemanden zu verletzen.«

»Ich bin bei äußerst klarem Verstand«, sagte ich, »ich habe entdeckt, was Sie und Ihre Mannschaft sind, Kapitän. Ich muß dieses Schiff nach Lahore bringen — auf den Militärteil des Aeroparks —, um Sie und das Schiff den Behörden zu übergeben.«

»Etwa wegen Schmuggelei?«

»Nein, Kapitän, wegen Hochverrats. Sie haben mir erklärt, daß Sie britischer Staatsbürger seien. Weil Sie gesuchte Kriminelle verbergen — Ihre beiden Passagiere, Dutschke und das Mädchen. Sie sehen, ich weiß, wer sie sind. Und ich weiß, was Sie sind — ein Sympathisant der Anarchisten bestenfalls. Und schlimmstenfalls … nun ja …«

»Ich sehe, ich habe Sie falsch beurteilt, mein Junge.« Korzeniowski nahm seine Pfeife aus dem Mund. »Ich wollte nicht, daß Sie die Wahrheit über die Passagiere erfahren, weil ich nicht wollte, daß Sie die Bürde mitzutragen haben — für den Fall, daß wir erwischt werden. Meine Sympathien gelten tatsächlich Leuten wie Graf Dutschke und Miß Persson — sie ist die Freundin des Grafen. Sie sind, wie ich sehr wohl weiß, Radikale. Aber glauben Sie denn allen Ernstes, die hatten etwas mit dem Bombenanschlag zu tun?«

»Die Zeitungen glauben es, und die Polizei auch.«

»Weil sie alle über den gleichen Kamm scheren«, erwiderte Korzeniowski. »Genauso wie Sie es zweifellos tun.«

»Sie können sich hier nicht mehr herausreden, Kapitän.« Meine Hand hatte zu zittern begonnen, und einen Augenblick lang fühlte ich meine Entschlossenheit wanken. »Ich habe erkannt, was für ein Heuchler Sie sind.«

Korzeniowski zuckte die Achseln. »Das ist albern. Aber ich gebe Ihnen recht, es ist auch ein gutes Stück Ironie. Ich hielt Sie für — nun, zumindest neutral.«

»Was immer ich sonst sein mag, Kapitän, ich bin ein Patriot«, erklärte ich.

»Das bin ich, glaube ich, auch«, lächelte er. »Ich glaube ganz fest an die britischen Ideale von Gerechtigkeit. Aber ich würde gerne sehen, daß sich diese Ideale etwas weiter über die Grenzen einer kleinen Insel hinaus verbreiten. Ich würde sie gerne auf der ganzen Welt angewandt sehen. Ich bewundere vieles, was Britannien repräsentiert. Aber mir gefällt nicht, was es mit seinen Kolonien anstellt, denn ich weiß aus persönlicher Erfahrung, was es heißt, unter einer Fremdherrschaft zu leben, Bastable.«

»Rußlands Eroberung von Polen ist wohl kaum mit der britischen Verwaltung von Indien zu vergleichen«, entgegnete ich.

»Ich kann keinen großen Unterschied feststellen, Bastable.« Er seufzte. »Aber Sie müssen tun, was Sie für richtig halten. Sie haben die Waffe in der Hand. Und der Mann mit der Waffe ist immer im Recht, stimmt's?«

Ich wollte mich nicht hierin verstricken lassen. Wie die meisten Slawen hatte er sich als vorzüglicher Haarspalter erwiesen.

Barry mischte sich nun ein, sein irischer Akzent kam stärker denn je zum Ausdruck. »Eroberung — Verwaltung — oder mit amerikanischen Begriffen, das Bereitstellen von ›Beratern‹ — das ist alles das gleiche, Bastable, mein Junge: Und es ist durch die gleiche Unart gezeichnet, wie die Motive für solche Eroberungen: durch das Laster der Habgier. Ich möchte mal eine einzige Kolonie sehen, die besser dran ist als das Land, welches sie kolonisiert hat. Polen, Irland, Siam ...«

»Wie die meisten Fanatiker«, fiel ich ihm kühl ins Wort, »teilen Sie zumindest eine Eigenheit mit Kindern — Sie wollen alles *auf der Stelle.* Alle Verbesserungen beanspruchen Zeit. Man kann die Welt nicht über Nacht vollkommen machen. Den meisten Leuten geht es heute erheblich besser als in meiner ... als in den frühen Jahren dieses Jahrhunderts.«

»In gewisser Hinsicht«, meinte Korzeniowski. »Doch die alten Mißstände bestehen fort. Und sie werden so lange bestehen, bis man den Herrschenden zu verstehen gegeben hat, daß alle Übel von *ihnen* ausgehen.«

»Und das wollen Sie beweisen, indem Sie Bomben zünden, unschuldige Männer und Frauen umbringen und unwissende Eingeborene agitieren, an Aufständen teilzunehmen, bei denen sie zwangsläufig den kürzeren ziehen? So stelle ich mir nicht die Menschen vor, die das Böse bekämpfen können.«

»So gesehen, ich auch nicht«, sagte Korzeniowski.

»Dutschke hat niemals in seinem Leben eine Bombe hochgehen lassen!« erklärte Barry.

»Er hat jenen seinen Segen gegeben, die es tun. Das kommt aufs gleiche raus«, konterte ich.

Ich hörte hinter mir ein schwaches Geräusch und versuchte, mich zurückzuschieben, um zu sehen, was es verursacht hatte. Doch dann spürte ich, wie mir etwas Hartes zwischen die Rippen gepreßt wurde. Eine Hand tauchte auf und legte sich um den Zylinder meines Revolvers, und eine leise, leicht erheitert klingende Stimme sagte:

»Sie haben wohl recht, Herr Bastable. Wir sind, wie

wir sind. Je nach unserem Temperament schlagen wir uns auf die eine oder die andere Seite, Und ich fürchte, daß Ihre Seite heute keinen glücklichen Tag hat.«

Ehe ich überlegen konnte, hatte man mir den Revolver abgenommen, und als ich mich umdrehte, schaute ich in das zynisch lächelnde Gesicht des Erzanarchisten persönlich. Hinter ihm stand ein hübsches Mädchen in einem langen, schwarzen Reisemantel. Ihr kurzes, dunkles Haar umrahmte ihr herzförmiges, ernstes, kleines Gesicht, und sie sah mich neugierig mit einem ruhigen Blick der grauen Augen an, die mich sogleich an die Korzeniowskis erinnerten.

»Das ist meine Tochter, Una Persson«, sprach der Kapitän über meine Schulter hinweg. »Graf von Dutschke kennen Sie ja bereits.«

Wieder einmal war es mir nicht gelungen, mein Ziel in der Welt der Zukunft zu erreichen. Ich gelangte allmählich zu der Überzeugung, daß ich dazu verdammt war, bei allen meinen Unternehmungen zu scheitern. Bestand der einzige Grund hierfür in der Tatsache, daß ich in einer Geschichtsperiode lebte, die nicht meine eigene war? Oder hätte ich in vergleichbaren Situationen in meiner Zeit ebenso versagt wie jetzt?

Um diese Fragen kreisten meine Gedanken, als ich als Gefangener in meiner Kabine saß, während das Schiff Lahore anlief und wieder ablegte mit Kurs auf sein nächstes Ziel Kalkutta. Nach Kalkutta kam Saigon, wo die ›Deckpassagiere‹ an Bord kommen sollten, danach Brunei, wo Dutschke und seine wunderschöne Freundin von Bord gehen sollten (zweifellos um sich mit Terroristen zu treffen, die der britischen Herrschaft dort ein Ende machen wollten). Nach Brunei sollten wir Kanton anfliegen, wo die Pilger, nämlich unsere Deckpassagiere (wahrscheinlich eher Terroristenfreunde von Korzeniowski) abgesetzt werden sollten; dann ging es zurück über Manila und Darwin. Ich fragte mich, welche dieser Häfen ich noch miterleben würde, ehe die Anarchisten entschieden, was sie mit mir vorhatten. Vermutlich würden sie diese Entscheidung bald treffen. Es würde nicht schwerfallen zu behaupten, ich sei irgendwo versehentlich über Bord gegangen.

Barry brachte mir mein Essen, sein Revolver befand sich nun wieder in seinem Besitz. Sein Blickpunkt war derartig verzerrt, daß es ihn aufrichtig zu bekümmern schien, weil ich mich als ›Verräter‹ entlarvt hatte. Auf jeden Fall zeigte er mehr Mitleid als Zorn. Es fiel mir immer noch schwer, in Barry und Korzeniowski die Schurken zu sehen, und einmal fragte ich Barry, ob Una Persson, die Tochter des Kapitäns, als Geisel benutzt würde, um sich den Kapitän gefügig zu machen. Barry lachte darüber und schüttelte den Kopf. »Nein, mein Junge. Sie ist die Tochter ihres Vaters, das ist alles!« Doch sie stellte offensichtlich die Verbindung dar, warum sie *The Rover* für ihre Flucht aus Großbritannien benutzt hatten.

Daß die moralischen Wertungen des Kapitäns etwas umnebelt waren, zeigte mir auch die Tatsache, daß er seiner Tochter erlaubte, die Kabine mit einem Mann zu teilen, mit dem sie offensichtlich nicht verheiratet war. (Wo mochte überhaupt Mr. Persson sein, fragte ich mich — bestimmt ein weiterer Anarchist, den man *gefaßt* hatte.) Offenbar hatte ich keine großen Chancen, die nächsten Stunden zu überleben.

Ich hatte eine Hoffnung. Johnson, der Funker, hatte über Dutschke gewiß nicht Bescheid gewußt. Wenn er auch andere Gründe haben mochte, auf der *Rover* zu dienen, so war er doch nicht überzeugter Sozialist wie die anderen. Vielleicht konnte ich Johnson irgendwie bestechen: Oder ihm meine Hilfe anbieten, falls er sie brauchen konnte, wenn er mir dafür half. Aber wie sollte ich zu Johnson Verbindung aufnehmen? Und falls mir das gelänge, geriete er nicht unter Verdacht, so daß man ihn nicht mehr an das Gerät ließ, um an einen britischen Aeropark einen entsprechenden Funkspruch durchzugeben?

Ich starrte durch das winzige Bullauge meiner Kabine. Als wir in Lahore angelegt hatten, hatte Dutschke mich mit der Pistole bedroht, daß ich nicht schreien oder eine Botschaft aus dem Fenster werfen konnte. Meilenweit sah ich nur Wolken vorbeiziehen. Und ich hörte nichts als das ständige Dröhnen der schwerfälligen Motoren der *Rover,* die mich unaufhaltsam meinem Ende näherzuführen schienen.

In Kalkutta kam Dutschke wieder in meine Kabine und richtete seinen Revolver auf meine Brust. Ich blinzelte hinaus in den Sonnenschein und auf eine Stadt in der Ferne, die ich zu meiner Zeit gekannt und geliebt hatte, doch nun war sie mir fremd. Wie konnten diese Anarchisten behaupten, die britische Herrschaft sei schlecht, da sie so stark zur Modernisierung Indiens beigetragen hatte? Das hielt ich Dutschke vor, der darauf nur lachte.

»Wissen Sie, was in England ein Paar gute Stiefel kosten?«

»Etwa zehn Shilling«, antwortete ich.

»Und hier?«

»Vermutlich weniger.«

»In Kalkutta etwa dreißig Shilling — wenn Sie Inder sind. Etwa fünf Shilling für einen Europäer. Wissen Sie, die Europäer kontrollieren den Schuhmarkt. Während sie sie beim Hersteller kaufen können, muß der Inder sie im Laden erwerben. Der Einzelhandel muß dreißig Shilling berechnen, das ist soviel, wie ein Inder im Durchschnitt pro Monat verdient. Lebensmittel kosten in Delhi mehr als in Manchester, doch der indische Arbeiter verdient nur ein Viertel vom Lohn eines englischen Arbeiters. Wissen Sie, warum sich das so verhält?«

»Nein.« Das Ganze erschien mir nichts als ein Haufen Lügen zu sein.

»Weil die englischen Preise und Gehälter künstlich aufrechterhalten werden auf Kosten der Kolonien. Alle

Handelsabkommen begünstigen Großbritannien. Es setzt die Preise fest, zu denen es einkauft, verfügt über die Produktionsmittel, so daß der Preis unabhängig von den Marktfluktuationen stabil bleibt. Der Inder verhungert, damit der Brite tafeln kann. Das gilt für alle Kolonien, ›Besitzungen‹ und Protektorate, wie immer sie auch aufgezogen sein mögen.«

»Aber es gibt doch Krankenhäuser, Wohlfahrtsprogramme und Arbeitslosenunterstützungen«, widersprach ich. »Indien hungert doch nicht.«

»Das ist wahr — man hält es am Leben. Es wäre ja auch dumm, eine Reserve von verfügbaren Arbeitskräften ganz aussterben zu lassen, wenn man nie weiß, was man als nächstes benötigt. Sklaven bedeuten Reichtum, oder nicht?«

Ich weigerte mich, auf solche Propaganda zu reagieren. Zum einen war ich nicht überzeugt, daß seine Wirtschaftstheorien richtig waren, zum anderen war ich überzeugt, daß er alles durch seine Weltanschauung verzerrt sah.

»Ich weiß nur, daß es dem Durchschnittsinder heute besser geht als um die Jahrhundertwende«, sagte ich.

»Ja, besser als vielen englischen Menschen in jenen Tagen.«

»Sie haben nur die Städte gesehen. Wissen Sie, daß die Inder nur in die Städte kommen dürfen, wenn sie eine staatliche Genehmigung dafür besitzen? Sie müssen eine Art Passierschein bei sich tragen, aus dem hervorgeht, daß sie hier eine Arbeit haben. Wenn sie keinen Job haben, werden sie aufs Land zurückgeschickt, wo Schulen, Krankenhäuser und all die anderen Vorteile britischer Herrschaft kaum vorhanden und weit voneinander entfernt sind. Dieses System gilt für Afrika wie für den Fernen Osten. Es wurde im Laufe der Jahre entwickelt und wird nun sogar in einigen europäischen Kolonien angewandt — im russisch besetzten Polen etwa und im deutsch besetzten Böhmen.«

»Ich kenne das System«, erwiderte ich. »Es ist nicht unmenschlich. Es ist lediglich ein Mittel, um die Fluktuation der Arbeitskräfte unter Kontrolle zu halten und dafür zu sorgen, daß die Städte sich nicht wieder in die Slums verwandeln, die sie einmal waren. Jeder zieht daraus seinen Nutzen.«

»Es ist ein Sklavenhaltersystem«, sprach der adelige Anarchist. »Es ist ungerecht. Es führt zu weiteren Befreiungsbewegungen. Sie stützen Tyrannen, mein Freund, wenn Sie ein solches System unterstützen.«

Ich lächelte und schüttelte den Kopf. »Fragen Sie den Inder auf der Straße nach seiner Meinung. Ich bin ganz sicher, daß er Ihnen sagen wird, wie zufrieden er ist.«

»Weil er es nicht besser weiß. Weil die Briten sich verschworen haben, ihm gerade ein klein wenig beizubringen — genug, um sein Denken zu verwirren und ihn ihre Propaganda schlucken zu lassen, mehr nicht. Es ist doch seltsam, daß ihre Bildungsaufwendungen konstant bleiben, während für andere Formen der ›Wohlfahrt‹ ständig mehr ausgegeben wird, um den Bedürfnissen zu entsprechen. So bricht man das Rückgrat derer, die man beherrscht. Sie reden selbstzufrieden von freier Unternehmerschaft, vom Mann, der auf eigenen Füßen steht, der sich aus eigener Kraft ›verbessern‹ kann — und dann sind sie entsetzt, wenn die von ihnen Kolonisierten sich gegen ihr System der ›Fluktuation der Arbeitskräfte‹ auflehnen — Pah!«

»Ich darf Sie daran erinnern, daß diese Welt im Vergleich zu der vor siebzig Jahren eine nie geahnte Stabilität besitzt. Es hat keine größeren Kriege gegeben. Fast auf der ganzen Welt blickt man auf eine hundertjährige Zeit des Friedens zurück. Das ist doch kein Verbrechen?«

»Ja — denn Ihre Stabilität wurde auf Kosten der Würde anderer erkauft. Sie haben die Köpfe, nicht die Leiber vernichtet, und das ist meiner Meinung nach ein Verbrechen der schlimmsten Art.«

»Genug davon!« schrie ich ungeduldig. »Sie langweilen mich, Graf von Dutschke. Sie sollten sich damit zufriedengeben, daß Sie meine Pläne vereitelt haben. Ich will nichts mehr hören! Ich halte mich für einen anständigen Menschen — einen humanen Menschen, ja, einen liberalen Menschen, aber Typen wie Sie wecken in mir den Wunsch, daß ... das will ich lieber nicht sagen ...« Ich versuchte mich zu beherrschen.

»Sehen Sie!« lachte Dutschke. »Ich bin die Stimme Ihres Gewissens. Die, die Sie nicht hören wollen. Und Sie sind so fest entschlossen, sie nicht zu hören, daß Sie jeden vernichten würden, der versucht, Sie sie hören zu lassen! Sie sind ein typischer Vertreter dieser ›anständigen‹, ›humanen‹ und ›liberalen‹ Menschen, die zwei Drittel der Weltbevölkerung versklavt haben.« Er fuchtelte mit seiner Pistole herum. »Es ist eigentümlich, wie alle Autoritäten davon ausgehen, daß der Freigeist ihnen seine eigenen Standpunkte aufzwingen möchte, wenn der nichts anderes vorhat, als an die bessere Natur des Autoritären zu appellieren. Aber wahrscheinlich können Sie autoritärer Typ nur in Ihren eigenen Kategorien denken.«

»Sie können mich mit Ihren Argumenten nicht verwirren. Gewähren Sie mir zumindest das Vorrecht, meine letzten Stunden in Ruhe zu verleben!«

»Wie Sie wollen.«

Bis wir vom Anlegemast ablegten, sprach er kaum etwas, außer daß er etwas von der ›Würde des Menschen‹ murmelte, die sich am Schluß lediglich als die ›Arroganz des Eroberers‹ entlarve. Doch ich hörte nicht länger auf seine Phantastereien. Er war doch arrogant, wenn er glaubte, mir mit seinen revolutionären Gedanken beikommen zu können.

Während der nächsten Reiseetappe unternahm ich verzweifelte Versuche, mit Johnson in Kontakt zu treten, indem ich sagte, ich sei es leid, daß immer Barry mir mein Essen brachte und wollte einmal ein anderes Gesicht sehen.

An Barrys Stelle schickten sie mir dann die Tochter des Kapitäns. Sie war so schön und so graziös, daß ich ihr gegenüber kaum den finsteren Blick zur Schau tragen konnte, mit dem ich die anderen begrüßt hatte. Ein paarmal versuchte ich herauszufinden, was ihr Vater mit mir vorhatte, doch sie sagte nur, er dächte sich noch etwas aus. Ich fragte sie direkt, ob sie mir helfen würde. Sie schien darüber erstaunt und gab keinerlei Antwort, verließ die Kabine jedoch in einer gewissen Hast.

In Saigon — ich erkannte es am Schimmern der vergoldeten Tempel aus der Ferne — vernahm ich das Gebrabbel der indochinesischen Pilger, die ihre reservierten Plätze zwischen den Ballen der Ladung einnahmen. Ich beneidete sie nicht um diese heißen, engen Unterkünfte, aber falls es sich wirklich um echte buddhistische Pilger handelte, hatten sie natürlich Glück, überhaupt eine Luftschiffpassage zu bekommen.

Wieder einmal — obwohl Saigon ein ›freier‹ Hafen unter amerikanischer Herrschaft war — wurde ich von Graf Rudolf von Dutschke sorgsam bewacht, der mir nun weniger selbstsicher vorkam als bei unseren früheren Begegnungen. Ihm war ganz offensichtlich unbehaglich zumute, und mir kam in den Sinn, daß die amerikanischen Behörden vielleicht Wind von der Mission der *Rover* bekommen hatten und an Bord unangenehme Fragen stellten. Auf jeden Fall starteten wir recht eilig und machten kaum drei Stunden, nachdem wir angelegt und aufgetankt hatten, unter voller Kraft schon wieder die Leinen los.

Später am Abend vernahm ich von der gegenüberliegenden Seite des kleinen Gangs laute, streitende Stimmen. Ich erkannte die Stimmen von Dutschke, dem Kapitän, Barry und Una Persson — außerdem hörte ich eine andere, leisere und ruhigere Stimme, die ich nicht kannte.

Ich verstand ein paar Worte — ›Brunei‹, ›Kanton‹, ›Japaner‹, ›Shantung‹ — vorwiegend geographische Namen, die ich erkannte, doch es gelang mir nicht, den Anlaß des Streits herauszufinden.

Ein Tag verging, und mir wurde nur einmal Essen gebracht — durch Una Persson, die sich entschuldigte, daß es eine kalte Mahlzeit war. Sie wirkte erschöpft und ziemlich besorgt. Ich fragte aus reiner Höflichkeit. Sie schaute mich verblüfft an und schenkte mir ein kleines, verwirrtes Lächeln. »Ich weiß nicht so recht«, war ihre Antwort, ehe sie wieder ging und die Tür wie üblich von außen verschloß.

Es war Mitternacht, und wir mußten auf Kurs nach Brunei gewesen sein, als ich den ersten Schuß vernahm. Zuerst glaubte ich, daß einer der Motoren das Geräusch verursacht hätte, doch sogleich begriff ich, daß ich mich getäuscht hatte.

Ich setzte mich auf — ich war immer noch voll bekleidet — und taumelte zur Tür, drückte mein Ohr dagegen und lauschte angestrengt. Nun hörte ich weitere Schüsse, Gebrüll, hastende Schritte. Was, um alles in der Welt, ging da vor sich? Hatten sich die Schurken untereinander zerstritten? Oder war, ohne daß wir es bemerkt hatten, eine amerikanische oder britische Polizeieinheit an Bord geschmuggelt worden?

Ich trat an das Bullauge. Wir befanden uns nach wie vor in der Luft und flogen hoch über dem Chinesischen Meer, wenn meine Schätzung stimmte.

Der Lärm eines Kampfes dauerte mindestens eine weitere halbe Stunde an. Dann fielen keine Schüsse mehr, nur zornige Wortwechsel waren noch zu hören. Dann verstummten auch sie. Ich hörte Schritte im Gang und wie der Schlüssel im Schloß zu meiner Tür umgedreht wurde.

Licht brach herein und blendete mich.

Ich blinzelte zu einer hohen Gestalt im Türrahmen

empor, die in einer Hand einen Revolver, in der anderen den Türknauf hielt. Der Mann trug ein fließendes, asiatisches Gewand, doch sein hübsches Gesicht war eindeutig eurasisch — halb Chinese, halb Engländer —, wenn ich mich nicht täuschte.

»Guten Morgen, Leutnant Bastable«, sagte er in perfektem Oxford-Englisch. »Ich bin General O. T. Shaw, dieses Schiff steht nun unter meinem Kommando. Ich glaube, Sie haben einige Flugerfahrung. Ich wäre Ihnen sehr dankbar, wenn Sie mir diese zur Verfügung stellen würden.«

Vor lauter Erstaunen fiel mir das Kinn herab.

Ich kannte diesen Namen. Wer kannte ihn auch nicht? Der Mann, der hier mit mir sprach, war weit und breit als der stolzeste Bandenchef bekannt, der die Zentralregierung der Chinesischen Republik bedrängte. Dieser Mann war Shuo Ho Ti — der Kriegsherr von Chihli!

— 2 —

Das Tal der Morgendämmerung

Mein erster Gedanke war, daß ich vom Regen in die Traufe geraten war. Aber dann fiel mir ein, daß es Gewohnheit vieler chinesischer Kriegsherren war, europäische Gefangene um des Lösegeldes willen gefangenzunehmen. Mit etwas Glück würde meine Regierung für meine Freilassung bezahlen. Ich lächelte innerlich bei dem Gedanken, daß Korzeniowski und seine Gesellschaft ahnungslos eine Bande noch schlimmerer Halunken als sie selbst an Bord genommen hatten. Das war die schönste Ironie des Schicksals überhaupt.

General O. T. Shaw (oder Shuo Ho Ti, wie er sich für seine chinesischen Anhänger titulierte) hatte eine so große Armee von Banditen, Renegaten und Deserteuren zusammengestellt, daß sie weite Gebiete der Provinzen Chihli, Shantung und Kiangsu unter ihrer Kontrolle hielt und Shaw die Straßen zwischen Peking und Shanghai im Würgegriff hatte. Er forderte von den Zügen und Automobilen, die durch sein Gebiet kamen, eine so unmäßige Summe als ›Zoll‹, daß der Handel und Verkehr zwischen den beiden Städten fast nur noch per Luftschiff erfolgte — und nicht jedes Luftschiff war sicher, wenn es niedrig genug flog, um von Shaws Kanonen beschossen zu werden. Die Zentralregierung war machtlos gegen ihn und zu ängstlich, um die Unterstützung der Fremdmächte zu erbitten, die weite Teile Chinas außerhalb der Republik verwalteten. Denn diese Fremdmächte — vorwiegend Russen und Japaner — hätten dann endlich den ersehnten Vorwand gehabt, in das Land einzumarschieren und würden nicht mehr abziehen. Dies war es, was Shaw — und ähnlichen Kriegsherren — so gewaltige Macht verlieh.

Ich war verblüfft gewesen, eine so berühmte und legendäre Person in Fleisch und Blut kennenzulernen.

Doch jetzt fand ich die Sprache wieder. »Aus welchem Grund … aus welchem Grund sollten Sie den Wunsch hegen, daß ich das Schiff fliege?«

Der große Eurasier strich über sein glattes, schwarzes Haar und ähnelte nun mehr denn je einem Teufel, als er leise antwortete: »Ich muß leider sagen, daß Mr. Barry tot ist. Kapitän Korzeniowski ist verwundet. Sie sind als einziger an Bord in der Lage, diese Aufgabe zu erfüllen.«

»Barry ist tot?« Ich hätte frohlocken sollen, doch statt dessen hatte ich das Gefühl, einen großen Verlust erlitten zu haben.

»Meine Männer haben schnell reagiert, als sie sahen, daß er eine Waffe hatte. Wissen Sie, sie haben Angst so hoch in der Luft. Sie glauben, daß sich, wenn sie sterben, die Geister der oberen Regionen — allesamt Dämonen — ihrer Seelen bemächtigten. Meine Anhänger sind unwissende, abergläubische Menschen.«

»Und wie schwer ist Kapitän Korzeniowski verwundet?«

»Eine Kopfverletzung. Nichts Ernstes. Aber er ist natürlich zu benommen und nicht in der Lage, das Schiff zu kommandieren.«

»Und seine Tochter, und Graf Dutschke?«

»Die sind zusammen mit dem Kapitän in ihre Kabine eingesperrt.«

»Johnson?«

»Der wurde zuletzt auf dem äußeren Inspektionsgang gesehen. Tut mir leid, aber ich glaube, er ist beim Kampf mit einem meiner Leute über Bord gefallen.«

»Mein Gott!« murmelte ich. »Mein Gott!« Mir war hundeelend. »Das ist Piraterei! Mord! Ich kann es kaum glauben.«

»Vermutlich trifft das alles zu, wie ich bedauernd feststellen muß«, sagte Shaw. Nun erkannte ich natürlich die leise Stimme. Ich hatte sie vorher beim Streit in der gegenüberliegenden Kabine gehört. »Doch wir wollen keinen mehr töten, nun, da wir das Schiff in unserer Gewalt haben und nach Shantung fliegen können. Das alles wäre nicht geschehen, hätte Graf Dutschke nicht darauf bestanden, nach Brunei zu fliegen, obwohl ich ihn gewarnt habe, denn die Briten wußten, daß er sich an Bord der *Rover* befand, und erwarteten ihn.«

»Woher wußten Sie das?«

»Es ist die Pflicht eines Führers, alles nur Mögliche zu wissen, daß dieses Wissen seinem Volk zugute kommt«, lautete seine ziemlich zweideutige Antwort.

»Und was wollen Sie für mich tun, wenn ich bereit bin, das Schiff zu fliegen?« wollte ich wissen.

»Was wir mit den anderen machen, dürfte Sie mehr interessieren. Wir werden davon absehen, sie langsam zu Tode zu foltern. Das wird Sie vielleicht nicht sonderlich beeindrucken, da es sich ja um Ihre Feinde handelt. Aber es sind *immerhin* ...« — und hierbei hob er zynisch eine Augenbraue — »Mitmenschen ihrer weißen Rasse.«

»Was immer sie auch sein mögen — und ich bringe ihnen nur Abscheu entgegen —, ich möchte nicht, daß Ihre Rohlinge sie foltern!«

»Wenn alles gutgeht, wird niemandem etwas zustoßen.« Shaw sicherte seinen Revolver, ließ ihn sinken, steckte ihn aber noch nicht in das Halfter zurück. »Ich versichere Ihnen, daß ich nicht gerne jemanden töte, und ich gebe Ihnen mein Wort, daß das Leben aller an Bord der *Rover* geschont wird — *falls* wir das Tal der Morgendämmerung wohlauf erreichen.«

»Wo liegt dieses Tal?«

»In Shantung. Es ist mein Hauptquartier. Wir werden Ihnen den Weg erklären, wenn wir in Wuchang sind. Es ist von Vorteil, wenn wir schnell dorthin gelangen. Ursprünglich hatten wir vor, nach Kanton zu reisen und von dort aus den Landweg zu nehmen, aber jemand hat über Funk durchgegeben, daß wir uns an Bord befinden — Johnson, nehme ich an —, und es war klar, daß wir ohne Verzug den direkten Weg zu unserer Operationsbasis einschlagen mußten. Wenn Graf Dutschke sich diesem Plan nicht widersetzt hätte, wäre es zu den ganzen Schwierigkeiten erst gar nicht gekommen.«

Also war Johnson auf meiner Seite gewesen! Indem er mich retten wollte und versuchte, die Behörden zu warnen, was an Bord der *Rover* vor sich ging, hatte er die ganze Katastrophe heraufbeschworen und seinen eigenen Tod verursacht.

Es war schrecklich. Johnson hatte tatsächlich versucht, mich zu retten. Und nun bat mich sein Mörder, ihn in Sicherheit zu bringen. Doch wenn ich es nicht tat, würden weitere Menschen sterben. Wenn auch einige von ihnen den Tod verdienten, so verdienten sie nicht, auf die Art zu sterben, die Shaw für sie vorgesehen hatte. Ich seufzte tief und ließ die Schultern hängen, als ich meine Antwort gab. Alle Heldentaten schienen jetzt sinnlos.

»Und ich habe Ihr Wort, daß niemandem etwas geschieht, wenn ich tue, was Sie wollen?«

»Sie haben mein Wort.«

»Nun gut, General Shaw. Ich werde dieses verdammte Luftschiff fliegen.«

»Das ist sehr vernünftig von Ihnen, alter Junge«, erklärte Shaw strahlend und hieb mir auf die Schulter. Er steckte seinen Revolver weg.

Als ich auf der Brücke ankam, wuchs mein Entsetzen nur noch angesichts des vielen Blutes, das auf Boden, Schott und Instrumenten verspritzt war. Zumindest einer war hier aus nächster Nähe erschossen worden — wahrscheinlich der arme Barry. Die Steuerleute standen auf ihren Posten. Sie sahen blaß und verstört aus. Jeder Steuermann wurde von zwei Banditen flankiert, die Patronengurte kreuzweise über die Brust geschlungen trugen, ihre Gürtel strotzten vor Messern und Handfeuerwaffen. Niemals in meinem Leben hatte ich eine mörderischere Bande als Shaws Anhängerschaft erlebt. Man hatte keinerlei Versuch unternommen, das Chaos zu säubern, Karten und Logbücher lagen noch am Boden herum, teilweise blutdurchtränkt.

»Ich kann gar nichts unternehmen, solange das hier nicht gesäubert ist«, erklärte ich finster. Shaw sagte etwas in Kantonesisch, worauf zwei der Banditen die Brücke verließen und mit Eimern und Wischlappen zurückkehrten. Solange sie an der Arbeit waren, besah ich mir die Instrumente, um mich zu überzeugen, daß sie noch funktionstüchtig waren. Abgesehen von ein paar Schrammen durch die Kugeln war nichts ernsthaft beschädigt bis auf das Funkgerät, das aussah, als hätte es jemand sachkundig zerstört, vielleicht Johnson selbst, ehe er zum Außengang lief.

Endlich waren die Banditen fertig. Shaw deutete auf die Hauptkontrollgeräte. Wir flogen sehr tief, kaum höher als 300 Fuß — eine gefährliche Höhe.

»Ziehen Sie sie auf 700 Fuß hoch, Höhensteuermann«, sagte ich finster. Ohne ein Wort tat der Höhensteuermann, wie ihm geheißen. Die Nase des Schiffs neigte sich steil nach oben. Shaw kniff die Augen zusammen, seine Hand fuhr an sein Halfter, doch dann hatten wir auch schon die richtige Höhe erreicht. Ich fand die passenden Chinakarten und studierte sie.

»Ich denke, ich kann uns nach Wuchang bringen«, sagte ich. Falls nötig konnten wir der Eisenbahnlinie folgen, doch ich zweifelte daran, daß Shaw bereit war, eine Verzögerung hinzunehmen. Er schien es eilig zu haben, sich bis zum Morgen auf seinem eigenen Gebiet zu befinden. »Aber vorher möchte ich mich überzeugen, daß Kapitän Korzeniowski und die anderen noch am Leben sind.«

Shaw schürzte die Lippen und warf mir einen bösen Blick zu. Dann machte er auf dem Absatz kehrt. »Nun gut. Folgen Sie mir!« Wieder ein Befehl in Kantonesisch, und einer der Banditen folgte mir.

Wir kamen an die mittlere Kabine, Shaw zog einen Schlüssel von seinem Gürtel und öffnete die Tür.

Drei gequälte Gesichter starrten uns aus der Kabine entgegen. Um Kapitän Korzeniowskis Kopf war ein grober Verband geschlungen. Er war blutdurchtränkt. Sein Gesicht war aschfahl, und er sah viel älter aus, als ich ihn in Erinnerung hatte. Er schien mich nicht zu erkennen. Seine Tochter hatte seinen Kopf in ihren Schoß gelegt. Ihr Haar war zerzaust, und sie schien geweint zu haben. Sie warf Shaw einen verächtlichen, haßerfüllten Blick zu. Dutschke sah uns und schaute weg.

»Geht es ... Ihnen gut?« fragte ich reichlich dämlich.

»Wir leben noch, Mr. Bastable«, antwortete Dutschke bitter, stand auf und drehte uns den Rücken zu. »Haben Sie das gemeint?«

»Ich versuche, Ihnen das Leben zu retten«, erklärte ich ein wenig dünkelhaft unter diesen Umständen, aber ich wollte sie wissen lassen, daß ein Bursche meines Schlages zu Großzügigkeit gegenüber seinen Feinden fähig war. »Ich werde dieses Schiff zu General Shaws Basis fliegen. Er sagt, er wird keinen von uns umbringen, wenn ich das mache.«

»Nach allem, was heute nacht geschehen ist, kann man auf sein Wort nicht allzuviel geben«, meinte Dutschke. Er stieß ein seltsames, heiseres Lachen aus. »Merkwürdig, daß Sie unsere Politik so widerlich finden und dann in aller Ruhe gemeinsame Sache mit ihm machen!«

»Er ist kaum ein Politiker«, erklärte ich. »Abgesehen davon würde das keine Rolle spielen. Er hält alle Karten in der Hand — bis auf die, die ich nun ausspiele.«

»Gute Nacht, Mr. Bastable«, sagte Una Persson und streichelte den Kopf ihres Vaters. »Ich glaube, daß Sie es gut meinen. Danke.«

Verlegen trat ich wieder aus der Kabine und kehrte auf die Brücke zurück.

Am Morgen hatten wir Wuchang erreicht, und Shaw war ganz offensichtlich weit entspannter als in der Nacht. Er ging so weit, mir ein Opiumpfeifchen anzubieten, was ich kategorisch ablehnte. In jenen Tagen hielt ich Opium für ziemlich abscheuliches Zeug — das zeigt, wie sehr ich mich verändert habe, was?

Wuchang war eine ziemlich große Stadt, doch wir überflogen sie, ehe sie richtig zum Leben erwacht war, hinweg über Terrassendächer, Pagoden und kleine, blaugedeckte Häuser, während Shaw sich orientierte und in die Richtung deutete, die wir einschlagen sollten.

Nichts ähnelt einem chinesischen Sonnenaufgang. Eine große, wäßrige Sonne erschien am Horizont, das ganze Land war in weiche Rosa-, Gelb- und Orangetöne getaucht, als wir uns den sandfarbenen Bergen näherten. Ich hatte das Gefühl, daß wir solche Schönheit mit unserem alten, zerschrammten Schiff voller Schurken der verschiedensten Nationalitäten beleidigten.

Dann überflogen wir die Berge selbst, und Shaw hieß uns, unsere Geschwindigkeit zu drosseln. Er erteilte ein paar raschere Befehle in Kantonesisch, worauf einer seiner Männer die Brücke in Richtung der Leiter verließ, die ihn auf den obersten Außeninspektionsgang führte; gewiß sollte der Mann Zeichen geben, daß wir keine Feinde waren.

Dann befanden wir uns plötzlich über dem Tal. Es war ein tiefes breites Tal, durch das sich ein Fluß schlängelte. Es war ein grünes, üppiges Tal, das zwischen der felsigen Landschaft völlig fehl am Platze schien. Ich sah grasende Viehherden. Ich sah kleine Bauernhäuser, Reisfelder, Schweine und Ziegen.

»Ist das das Tal?« fragte ich.

Shaw nickte. »Das ist das Tal der Morgendämmerung. Und schauen Sie, Mr. Bastable, dort liegt mein Lager …«

Er deutete nach vorn. Ich erblickte ein hohes, weißes Gebäude, das von Grünflächen umgeben lag. Ich sah

Springbrunnen plätschern und die winzigen Gestalten spielender Kinder.

Über dieser modernen Siedlung flatterte eine große, scharlachrote Fahne — zweifellos Shaws Kriegsfahne. Ich war erstaunt, in dieser Wildnis eine solche Siedlung zu finden, und noch erstaunter, zu erfahren, daß es sich um Shaws Hauptquartier handelte. Es schien alles so friedlich, so zivilisiert!

Shaw grinste mich an, meine Überraschung erheiterte ihn sehr.

»Nicht schlecht für einen barbarischen Kriegsherrn, wie? Wir haben alles selbst aufgebaut. Es gibt dort jede Annehmlichkeit — und sogar einige, die nicht einmal London zu bieten hat.«

Ich sah Shaw mit neuen Augen. Er mochte ein Bandit, Pirat und Mörder sein — doch er mußte auch mehr sein, um eine solche Stadt in der chinesischen Wildnis zu errichten.

»Haben Sie meine Reklame nicht gesehen, Mr. Bastable? Vielleicht haben Sie den *Shanghai Express* in letzter Zeit nicht zu Gesicht bekommen. Dort nennt man mich jetzt den chinesischen Alexander! Dies hier ist mein Alexandria. Das ist Shawtown, Mr. Bastable!« Er kicherte wie ein Schuljunge vor Freude über seine eigenen Erfolge. »Ich habe es erbaut! Ich habe es selbst erbaut!«

Mein erster Schock der Verwunderung ließ nach. »Vielleicht«, murmelte ich, »aber Sie haben es mit dem Fleisch jener erbaut, die Sie ermordet haben, und ihr Blut besudelt Ihre Fahne.«

»Eine ziemlich theoretische Erklärung für Sie, Mr. Bastable. Zufälligerweise bin ich normalerweise nicht Handlanger für Morde. In Wirklichkeit bin ich Soldat. Ist Ihnen der Unterschied bewußt?«

»Der Unterschied ist mir sehr wohl bewußt, doch meine Erfahrung hat mir gezeigt, daß Sie nicht mehr sind als ein Mörder, *General* Shaw.«

Wieder lachte er. »Wir werden sehen. Jetzt schauen

Sie mal dort hinüber! Erkennen Sie sie? Dort — am anderen Ende der Stadt? Da!«

Schließlich sah ich sie, ihr riesiger Rumpf schaukelte sanft im Wind, ihre Leinen hielten sie dicht am Boden. Und natürlich erkannte ich sie.

»Mein Gott!« rief ich aus. »Sie haben die *Loch Etive* geschnappt!«

»Ja«, antwortete er eifrig wie ein Schuljunge, der seiner Sammlung eine ziemlich gute, neue Briefmarke einverleibt hat.

»So heißt sie. Sie ist mein bestes Flaggschiff. Bald werde ich meine eigene Luftflotte besitzen. Was würden Sie davon halten, Mr. Bastable? Bald bin ich nicht nur Herr des Landes, sondern auch der Lüfte. Was für ein Kriegsherr werde ich sein! Was für ein *mächtiger* Kriegsherr!«

Ich starrte in sein eifriges, glühendes Gesicht, mir fiel keine Antwort ein. Er war nicht verrückt. Er war nicht naiv. Er war kein Narr. Er war tatsächlich einer der intelligentesten Männer, denen ich jemals begegnet bin. Er verblüffte mich völlig.

Er hatte seinen Kopf zurückgeworfen und lachte erfreut über seine eigene Schläue — über seinen eigenen ungeheuren, unverfrorenen Streich, das vielleicht schönste und größte Linienluftschiff vom Himmel zu stehlen!

»Oh, Mr. Bastable!« Im Gesicht des Halbchinesen stand immer noch Fröhlichkeit. »Was für ein Spaß, Mr. Bastable! Was für ein Spaß!«

— 3 —

Chi'ng Che'eng Ta-Chia

Auf dem flachen Gelände vor der Stadt gab es keine Anlegemaste, so daß die Leinen bereitstehenden Männern zugeworfen werden mußten, die das Schiff herunterholten, bis die Gondel den Boden berührte. Dann wurden Kabel und Leinen in die Erde gepflockt und hielten *The Rover* auf die gleiche Weise, wie auch etwas weiter die *Loch Etive* vertäut lag.

Als wir unter den mißtrauischen Blicken von Shaws Banditen von Bord gingen, erwartete ich Kulis heranhuschen zu sehen, die das Schiff entladen würden; doch die Männer, die dann kamen, waren kräftige, gut gekleidete Burschen, die ich irrtümlicherweise anfänglich für Büroangestellte oder Händler hielt. Shaw sprach kurz mit ihnen, worauf sie an Bord gingen; sie hatten nichts von der Unterwürfigkeit an sich, wie sie normalerweise Bandenführern von ihren Leuten entgegengebracht wird. Vielmehr wirkten die Piraten mit ihren Revolvern, Messern und Patronengurten in zerfetzten Seidengewändern, Sandalen und mit Perlen besetzten Kopftüchern entschieden fehl am Platze. Kurz nach der Landung kletterten sie in einen großen Motorwagen und dampften über die Stadt in Richtung der anderen Seite des Tals davon. »Sie stoßen zum Rest der Armee«, erklärte mir Shaw. »Chi'ng Che'eng Ta-Chia ist vorwiegend eine zivile Siedlung.«

Ich half Kapitän Korzeniowski, indem ich seinen Ellbogen stützte, während Una Persson den anderen hielt. Dutschke trollte mürrisch vor uns her, als wir auf die Stadt zugingen. Korzeniowski war heute in besserer Verfassung; seine alte Klarsicht war zurückgekehrt. Hinter uns liefen die Mannschaftsmitglieder der *Rover*, die sich sichtlich erstaunt umsahen.

»Wie war doch gleich der Name, den sie nannten?« fragte ich den ›General‹.

»Chi'ng Che'eng Ta-Chia — das ist schwer zu übersetzen. So heißt die Stadt hier.«

»Ich dachte, Sie hätten sie Shawtown getauft.«

Wieder brach er in Lachen aus, daß seine große Gestalt bebte, die Hände hatte er in die Hüften gestemmt. »Das war doch ein Scherz von mir, Mr. Bastable! Die Siedlung heißt ... Stadt der demokratischen Morgendämmerung vielleicht? Oder unser aller Morgendämmerungsstadt? Irgend etwas in diese Richtung. Nennen Sie sie ›Stadt des Sonnenaufgangs‹, wenn Sie wollen. Im Tal der Morgendämmerung. Die erste Stadt des Neuen Zeitalters.«

»Was für ein Neues Zeitalter sollte das sein?«

»Shuo Ho Ti — sein Neues Zeitalter. Möchten Sie die Übersetzung meines chinesischen Namens wissen, Mr. Bastable? Sie lautet ›Der-den-Frieden-bringt‹ — der Friedensbringer.«

»Das ist wirklich kein schlechter Witz«, sagte ich finster, als wir über das Gras auf die ersten, eleganten Bauten der Stadt des Sonnenaufgangs zuschritten. »Wenn man bedenkt, daß Sie gerade zwei englische Offiziere umgebracht und ein britisches Schiff gestohlen haben. Wie viele Menschen mußten Sie denn töten, um in den Besitz der *Loch Etive* zu gelangen?«

»Nicht viele. Sie müssen meinen Freund Uljanow kennenlernen — er wird Ihnen sagen, daß der Zweck die Mittel rechtfertigt.«

»Und was genau sind Ihre Ziele?« Ich wurde allmählich ungeduldig, als Shaw seinen Arm um meine Schulter legte, sein ausdrucksloses asiatisches Gesicht strahlte.

»Als erstes — die Befreiung Chinas. Die Vertreibung aller Fremden — Russen, Japaner, Engländer, Amerikaner, Franzosen — *aller!*«

»Ich bezweifle, daß Ihnen das gelingen wird«, sagte

ich. »Und selbst wenn, so würden Sie vermutlich verhungern. Sie brauchen ausländische Gelder.«

»Nicht wirklich. Nicht wirklich. Ausländer — insbesondere die Briten mit dem Opiumhandel — haben unsere Wirtschaft zugrunde gerichtet. Es wird schwer sein, sie allein wieder aufzubauen, aber wir werden es schaffen.«

Ich erwiderte nichts darauf. Er pflegte offensichtlich messianische Träume, die denen Sharan Kangs nicht unähnlich waren — er hielt sich selbst für weit mächtiger, als er es tatsächlich war. Da tat er mir fast leid. Es bedurfte lediglich einer Flotte von Seiner Majestät Luftschlachtschiffen, um seine Träume in Alpträume zu verwandeln. Nun, da er Akte der Piraterie gegen Großbritannien durchgeführt hatte, war er mehr geworden als ein lokales Problem, das man den chinesischen Behörden überlassen konnte.

Als ob er meine Gedanken lesen könnte, sagte er: »Die Passagiere und Mannschaftsmitglieder der *Loch Etive* geben nützliche Geiseln ab, Mr. Bastable. Ich bezweifle, daß wir bald von Ihren Schlachtschiffen angegriffen werden, was meinen Sie?«

»Vielleicht haben Sie recht. Und wie sind Ihre Pläne, *nachdem* Sie ganz China befreit haben?«

»Natürlich die Welt.«

Nun war es an mir zu lachen. »Oh, ich verstehe.«

Er lächelte in sich hinein. »Wissen Sie, wer in der Stadt des Sonnenaufgangs lebt, Mr. Bastable?«

»Woher sollte ich? Mitglieder Ihrer zukünftigen Regierung?«

»Ja, ein paar. Aber die Stadt des Sonnenaufgangs ist eine Stadt der Ausgestoßenen. Hier leben Emigranten aus jedem unterdrückten Land der Erde. Es ist eine internationale Siedlung.«

»Eine Verbrecherstadt?«

»Einige würden es gewiß so nennen.« Nun schlenderten wir durch breite Straßen, die von Weiden und

Pappeln gesäumt wurden, von üppigen Rasenflächen und strahlenden Blumenbeeten. Aus einem offenen Fenster erklang Violinmusik von Mozart. Shaw blieb stehen und lauschte, die Mannschaft der *Rover* kam stolpernd zum Stehen hinter uns. »Wundervoll, nicht wahr?«

»Sehr schön. Ein Phonograph?«

»Ein Mensch. Professor Hira. Ein indischer Physiker. Wegen seiner Sympathien für die nationale Befreiungsbewegung wurde er ins Gefängnis gesteckt. Meine Leute waren ihm bei der Flucht behilflich, nun setzt er seine Forschungen in einem unserer Laboratorien fort. Wir haben viele Laboratorien — viele neue Entdeckungen. Tyrannen verabscheuen eigenständiges Denken. So werden eigenständige Denker in die Stadt des Sonnenaufgangs getrieben. Wir haben hier Naturwissenschaftler, Philosophen, Künstler, Journalisten — sogar ein paar Politiker.«

»Und eine Menge Soldaten«, fügte ich hart hinzu.

»Ja, eine Menge Soldaten — und Waffen und Munition«, sagte er vage, als habe ihn mein Einwurf leicht aus dem Konzept gebracht.

»Und das wird alles vergeudet sein«, erklärte plötzlich Dutschke und wandte den Kopf, um uns anzusehen. »Weil du zuviel Macht konzentrieren willst, Shaw.«

Shaw winkte gelangweilt ab. »In der Beziehung habe ich doch Glück gehabt, Rudi. Ich besitze Macht, ich muß sie einsetzen.«

»Gegen andere Genossen. Man hat mich in Brunei erwartet. Ein Aufstand war geplant. Ohne meine Führung ist er vermutlich zusammengebrochen. Inzwischen wird er schon gescheitert sein.«

Ich starrte ihn an. »Sie kennen sich?«

»Sehr gut«, antwortete Dutschke ärgerlich. »Viel zu gut.«

»Dann sind Sie auch Sozialist?« fragte ich Shaw.

Shaw hob die Schultern. »Ich ziehe den Begriff Kommunismus vor, aber eigentlich spielen Begriffe keine Rolle. Darin liegt Dutschkes Problem — er macht sich viel zuviele Gedanken über Definitionen. Ich sagte dir doch, Rudi, daß die britischen Behörden schon warteten, um dich zu verhaften, daß die Amerikaner schon wußten, daß mit der *Rover* etwas nicht stimmte, als ihr in Saigon angekommen seid. Euer Funker muß heimlich Nachrichten an sie abgesetzt haben. Aber du wolltest ja nicht hören — und Barry und der Funker mußten wegen deines Starrsinns sterben!«

»Du hattest kein Recht, das Schiff zu kapern!« rief der deutsche Graf. »Nicht das geringste Recht!«

»Wenn ich es nicht getan hätte, säßen wir nun alle in irgendeinem britischen Gefängnis — oder wären tot.«

Korzeniowski sagte schwach: »Es ist alles vorbei. Shaw hat uns mit einem *fait accompli* konfrontiert, und da haben wir es. Aber ich wünschte, Sie hätten Ihre Leute besser unter Kontrolle, Shaw... Der arme Barry hätte nicht auf Sie geschossen, das wissen Sie.«

»Aber Sie wußten es nicht. Meine Armee ist eine demokratische Armee.«

»Wenn Sie nicht aufpassen, werden sie Sie vernichten«, fuhr Korzeniowski fort. »Sie dienen Ihnen nur, weil Sie sie für den besten Banditen von ganz China halten. Wenn Sie versuchen, sie zu disziplinieren, werden sie Ihnen bestimmt die Kehle durchschneiden.«

Shaw nahm das hin. Er ging vorneweg, um uns auf einem Asphaltweg zu einem flachen Gebäude im Pagodenstil zu führen. »Ich habe nicht vor, mich ihrer noch länger zu bedienen. Sobald meine Luftflotte bereit ist...«

»Luftflotte!« höhnte Dutschke. »Zwei Schiffe?«

»Ich werde bald mehr haben«, sagte Shaw zuversichtlich. »Viel mehr.«

Wir betraten das kühle Dämmerlicht einer Eingangshalle. »Es ist überholt, sich auf Armeen zu stützen, Rudi«, fuhr Shaw fort. »Ich stütze mich auf die Wissen-

schaft. Wir haben viele Projekte, die kurz vor der Vollendung stehen — und falls das NFB-Projekt sich als erfolgreich erweist, werde ich wahrscheinlich meine gesamte Armee auflösen.«

»NFB?« Una Persson runzelte die Stirn. »Was ist das?«

Shaw lachte. »Sie sind Physikerin, Una — Ihnen würde ich das als Letzte in diesem Stadium auf die Nase binden.«

Ein Europäer in sauberem, weißem Anzug betrat die Eingangshalle. Er lächelte uns entgegen. Er hatte graues Haar und ein faltiges Gesicht.

»Ah, Genosse Spender. Könnten Sie diese Leute hier für eine Weile unterbringen?«

»Mit Vergnügen, Genosse Shaw.« Der alte Mann trat an ein Stück kahle Wand und strich mit der Hand darüber. Sogleich erschien an der Wand eine Reihe bunter Lichter. Einige waren rot, die meisten jedoch blau. Genosse Spender betrachtete die blauen Lichter einen Augenblick lang nachdenklich, dann drehte er sich wieder zu uns um. »Wir haben die ganze Sektion Acht frei. Einen Augenblick, ich werde die Zimmer vorbereiten.« Er berührte eine Reihe blauer Lämpchen, die daraufhin in Rot erstrahlten. »Fertig. Nun funktioniert alles.«

»Danke, Genosse Spender.«

Ich fragte mich, was dieses besondere Ritual zu bedeuten haben mochte.

Shaw geleitete uns einen Korridor mit großen Fenstern entlang, die den Blick auf einen Hof freigaben, wo Springbrunnen plätscherten. Die Springbrunnen waren im modernsten Architekturstil erbaut — nicht ganz nach meinem Geschmack. Wir gelangten an eine Tür, auf der eine große Acht stand. Shaw drückte seine Hand auf die Zahl und sagte: »Öffnen!« und sogleich glitt die Tür nach oben und verschwand in der Decke. »Ich fürchte, Sie werden sich Räume teilen müssen«, erklärte Shaw. »Jeweils zu zweit in einem Zimmer. Sie finden alles, was Sie brauchen, und Sie können sich miteinander über die Telefone, die Sie vorfinden werden, verständigen. Vorläufig also auf Wiedersehen, meine Herren.« Er drehte sich um, und die Tür schloß sich wieder hinter ihm. Ich trat hinzu und legte meine Handfläche darauf.

»Öffnen!« sagte ich.

Wie ich erwartet hatte, rührte sich nichts. Irgendwie war die Tür so ausgestattet, daß sie Shaws Hand und Stimme erkannte! Das war wirklich eine Stadt technischer Wunder!

Nach kurzer Diskussion, allgemeinem Auf- und Abgehen und dem Erproben aller Fenster und Türen begriffen wir, daß eine Flucht nicht so leicht möglich war.

»Am besten nehmen Sie ein Zimmer mit mir zusammen«, sagte Dutschke, als er mir auf die Schulter tippte. »Una und der Kapitän können das Zimmer nebenan nehmen.« Die Besatzungsmitglieder suchten bereits ihre Räume auf und stellten fest, daß die Türen sich auf Kommando öffneten und schlossen.

»Sehr schön«, sagte ich verächtlich.

Wir gingen in unser Zimmer und stellten fest, daß es mit zwei Betten, einem Schreibtisch, Schränken, Kommoden, Bücherregalen mit einer großen Vielfalt belletristischer und anderer Literatur, einem Telefonapparat und einem ovalen, nicht identifizierbaren Gegenstand mit milchiger blauer Oberfläche ausgestattet war. Unsere Fenster lagen zu einem duftenden Rosengarten hin, doch die Scheiben waren unzerbrechlich und ließen sich nur soweit öffnen, daß die Luft und der Rosenduft hereinströmen konnten. Auf den Betten lagen hellblaue Schlafanzüge ausgebreitet. Ohne sie zu beachten, warf Rudolf von Dutschke sich in voller Bekleidung auf sein Bett, drehte den Kopf und lächelte mich traurig an.

»Tja, Bastable, nun haben Sie einen richtigen Vollblutrevolutionär kennengelernt. Dagegen muß ich doch richtig blaß wirken, was?«

Ich setzte mich auf die Bettkante und begann, meine

Stiefel auszuziehen, die mich inzwischen drückten. »Sie sind genauso schlimm«, sagte ich. »Der einzige Unterschied besteht darin, daß Shaw noch viel verrückter und tausendmal wahnsinniger ist als Sie! Sie haben Ihre Aktivitäten zumindest auf das Machbare beschränkt. Er träumt vom Unmöglichen.«

»Das denke ich auch gerne«, sprach er ernst. »Aber andrerseits — er hat die Stadt des Sonnenaufgangs gewaltig ausgebaut, seit ich zum letztenmal hier war. Und wer hätte es für möglich gehalten, ein so großes Passagierschiff zu stehlen wie die *Loch Etive!* Und es besteht kein Zweifel, daß seine technischen Apparate — beispielsweise dieses Apartmenthaus hier — allem überlegen sind, was sonst auf der Welt existiert.« Er runzelte die Stirn. »Ich frage mich, worum es sich bei dem NFB-Projekt handeln könnte?«

»Das ist mir gleichgültig«, antwortete ich. »Mein einziger Wunsch besteht darin, in die mir vertraute Zivilisation zurückzukehren — eine normale Welt, wo die Menschen sich mit einem Gutmaß Anstand bewegen!«

Dutschke lächelte gönnerhaft. Dann setzte er sich auf und streckte sich. »Liebe Zeit, habe ich einen Hunger! Ich frage mich, ob wir wohl etwas zu essen bekommen.«

»Essen«, sagte eine Stimme aus dem Nichts. Ich beobachtete fasziniert, wie in dem milchigblauen Oval ein Mädchengesicht erschien. Es war eine junge Chinesin. Sie lächelte und sprach weiter. »Was wülden Sie gelne essen, Gentlemen? Chinesische oder eulopäische Gelichte?«

»Bringen Sie uns auf jeden Fall etwas Chinesisches«, sagte Dutschke, ohne mich zu Rate zu ziehen. »Ich mag das sehr gerne. Was haben Sie denn?«

»Wil welden Ihnen eine Auswahl schicken.« Das Gesicht des Mädchens verschwand von dem Bildschirm.

Ein paar Augenblicke später, als wir uns noch immer von dem gerade Erlebten erholten, öffnete sich ein Stück der Wand, um einen Alkoven erkennen zu lassen, wo sich auf einem Tablett alle Arten chinesischer Köstlichkeiten befanden. Eifrig sprang Dutschke auf, holte das Tablett und stellte es auf unseren Tisch.

Für einen Augenblick vergaß ich alles, bis auf den Duft der Speisen, der einem den Mund wäßrig machte, und begann zu essen, wobei ich mir wieder einmal die Frage stellte, ob dies nicht vielleicht ein phantastisch detaillierter Traum war, den Sharan Kangs Drogen bewirkten.

— 4 —

Wladimir Iljitsch Uljanow

Nach dem Essen wusch ich mich, zog den Schlafanzug an und schlüpfte unter die gesteppte Bettdecke. Das Bett war das bequemste, in dem ich jemals geschlafen hatte, und bald schon war ich fest eingeschlafen.

Ich muß den Rest des Tages und die ganze Nacht durchgeschlafen haben, denn als ich am nächsten Morgen erwachte, fühlte ich mich großartig! Ich war fähig, die Ereignisse der letzten Tage mit einer philosophischen Gelassenheit hinzunehmen, die mich selbst erstaunte. Noch immer hielt ich Korzeniowski, Dutschke, Shaw und die übrigen für völlig irregeführt, doch ich begriff, daß sie keine unmenschlichen Ungeheuer waren. Sie waren tatsächlich überzeugt, zum Wohl der Menschen zu arbeiten, die sie für ›unterdrückt‹ hielten.

Ich fühlte mich so ausgeruht, daß ich mich fragte, ob das Essen vielleicht Drogen enthalten hatte, doch als ich meinen Kopf zur Seite drehte, sah ich, daß Dutschke offensichtlich nicht so gut geschlafen hatte. Seine Augen war rot gerändert, und er trug immer noch seine Straßenkleider; er hatte die Arme unter dem Kopf verschränkt und starrte mißmutig zur Decke.

»Sie sehen nicht gerade glücklich aus, Graf von Dutschke«, sagte ich, stand auf und trat ans Waschbekken.

»Warum sollte einer von uns Grund zum Glücklichsein haben, Mr. Bastable?« Er stieß ein scharfes, heiseres Lachen hervor. »Ich sitze hier eingesperrt zu einer Zeit, da ich in der Welt unterwegs sein und meine Pflicht tun sollte. Ich habe keinen Sinn für Shaws theatralische, revolutionäre Posen. Ein Revolutionär sollte schweigsam, unauffällig und vorsichtig sein ...«

»Sie sind ja auch nicht gerade unbekannt in der Welt«, erklärte ich und machte einen kleinen Satz, weil mich das heiße Wasser aus dem Hahn erschreckte. »Ihr Bild ist häufig in Zeitungen zu sehen. Ihre Bücher finden weite Verbreitung, wenn ich das richtig sehe.«

»Das habe ich nicht gemeint.« Er schaute mich an, dann schloß er die Augen, als wolle er meine Anwesenheit aus seinem Denken verdrängen.

Ich amüsierte mich ein wenig über die Rivalitäten, die zwischen den Anarchisten herrschten — oder Sozialisten oder Kommunarden oder wie immer sie sich nennen mochten. Jeder schien seinen eigenen Traum zu haben, wie die Welt zu ordnen sei, und lehnte jede andere Version heftig ab. Wenn sie sich nur in einigen wenigen Punkten einigen könnten, dachte ich, könnten sie weit größere Erfolge zeitigen.

Ich schaute aus dem Fenster, während ich mir das Gesicht abtrocknete. Shaw hatte durchaus Erfolge. Im Rosengarten sah ich Kinder der verschiedensten Altersstufen und Nationalitäten miteinander spielen und fröhlich lachen, während sie durch die Morgensonne liefen. Und auf den Wegen schlenderten Männer und Frauen, unterhielten sich in aller Gemütsruhe miteinander und lächelten häufig. Einige waren offensichtlich verheiratet, und ich sah, daß eine Reihe Menschen farbiger Rassen mit weißen Partnern verheiratet war. Dies schockierte mich keineswegs, wie man hätte erwarten sollen. Es kam mir ganz natürlich vor. Ich dachte daran, wie die Stadt nach Shaws Auskunft genannt wurde: die Stadt der demokratischen Morgendämmerung, die Stadt der Gleichheit. Aber war solche Gleichheit in der Welt draußen möglich? War Shaws Traumstadt nicht ein völlig künstlich konzipiertes Projekt? Ich äußerte diese Gedanken Dutschke gegenüber, der die Augen wieder aufgeschlagen hatte und fügte hinzu: »Es *wirkt* ganz friedlich — aber ist diese Stadt nicht auf die gleiche Weise auf Piraterie und Mord gebaut, wie London nach Ihren Aussagen auf Ungerechtigkeit?«

Er zuckte die Achseln. »Ich lege keinen großen Wert

darauf, mich über Shaws Ziele zu unterhalten.« Dann blieb er eine Weile stumm. »Aber um fair zu sein«, sagte er dann, »kann man, glaube ich, schon sagen, daß die Stadt des Sonnenaufgangs ein Anfang ist. Sie ist nach Begriffen der Zukunft gebaut. London bedeutet ein Ende — die Abschlußkonzeption einer sterbenden Ideologie.«

»Was meinen Sie damit?«

»Europa hat seinen Traum ausgeträumt. Es besitzt keine Zukunft. Die Zukunft liegt hier in China, das einen neuen Traum, eine neue Zukunft besitzt. Sie liegt in Afrika und Indien, im Mittleren und im Fernen Osten — vielleicht auch in Südamerika. Europa liegt im Sterben. Einerseits bedaure ich das. Doch ehe es stirbt, bietet es einige Vorstellungen dessen, was jenen Ländern möglich ist, das es entehrt hat ...«

»Wollen Sie sagen, daß wir dekadent sind?«

»Wenn Sie so wollen, ja. Aber so habe ich es nicht gesagt.«

Da ich seiner Überlegung nicht ganz folgen konnte, gab ich sie auf. Ich fand meine Kleider frisch gereinigt und gebügelt am Fußende meines Bettes vor und zog sie an.

Ein paar Minuten später klopfte es an der Tür, und ein sehr alter Mann trat ein. Sein Haar war völlig weiß, und er hatte einen langen, weißen Kinnbart nach Art der Chinesen. Er trug einfache Baumwollkleidung und stützte sich auf einen Stock. Er sah aus, als sei er hundert Jahre alt und hätte eine Menge von der Welt gesehen. Als er das Wort ergriff, klang seine Stimme heiser, hoch und hatte einen starken, wie ich feststellte, russischen Akzent.

»Guten Morgen, junger Mann. Guten Morgen, Dutschke.«

Dutschke richtete sich von seinem Bett auf, all seine Trübsal war vergessen, so strahlte er.

»Onkel Wladimir! Wie geht es dir?«

»Ganz gut, doch in letzter Zeit macht mir mein Alter etwas zu schaffen.«

Dutschke machte uns miteinander bekannt, als der alte Mann in einem der bequemen Sessel Platz nahm. »Mr. Bastable, das ist Wladimir Iljitsch Uljanow. Er war schon Revolutionär, als wir noch gar nicht geboren waren!«

Ich korrigierte ihn in diesem Punkte nicht, sondern reichte dem alten Russen die Hand.

Dutschke lachte. »Mr. Bastable ist überzeugter Kapitalist, Onkelchen. Er mißbilligt uns alle — nennt uns Anarchisten und Mörder!«

Uljanow kicherte ohne Groll. »Es ist immer ulkig zu hören, wie der Massenmörder den anklagt, den er zu vernichten trachtet. Ich werde niemals die tausend Beschuldigungen vergessen, die man mir in Rußland in den zwanziger Jahren angehängt hat, ehe ich ins Exil mußte. Seinerzeit war Kerenski Präsident — ist er immer noch im Amt?«

»Er ist letztes Jahr gestorben, Onkelchen. Sie haben jetzt einen neuen Präsidenten gewählt. Prinz Suchanow ist jetzt Vorsitzender der Duma.«

»Und zweifellos genauso ein Speichellecker der Romanows wie sein Vorgänger. Die Duma! Ein Zerrbild der Demokratie. Ich war ein Narr, mich dort hineinwählen zu lassen. Das ist nicht der Weg, um Ungerechtigkeiten zu beseitigen. Noch immer regiert der Zar Rußland — wenn auch heutzutage durch sein sogenanntes Parlament.«

»Das ist wahr, Wladimir Iljitsch«, murmelte Dutschke, und ich gewann allmählich den Eindruck, daß er dem alten Mann seinen Willen ließ. Zweifellos bewunderte er in ihm den ehemaligen Revolutionär, doch heute ertrug er ihn als einen, der in seiner Zeit Großes vollbracht hatte und nun ein wenig senil geworden war.

»Oh, wenn ich nur die Gelegenheit gehabt hätte«, fuhr Uljanow fort, »ich hätte Kerenski schon gezeigt, was Demokratie heißt. Ich hätte die Macht des Zaren beschränkt — vielleicht ihn ganz hinausgeworfen. Ja, ja, das wäre möglich gewesen, wenn das ganze Volk aufgestanden wäre und sich gegen ihn gestellt hätte. Es muß einen Augenblick in der Geschichte gegeben haben, als dies hätte geschehen können, und ich habe ihn verpaßt. Vielleicht habe ich geschlafen, vielleicht war ich zum richtigen Zeitpunkt noch in Deutschland im Exil, vielleicht« (hier lächelte er verträumt) »habe ich gerade mit einer Frau im Bett gelegen! Ha! Aber eines Tages *wird* Rußland frei sein, was Rudolf? Aus diesen Romanows werden wir ehrliche Arbeiter machen, und Kerenski und sein Parlament schicken wir nach Sibirien, wie sie es mit mir gemacht haben, was? Die Revolution muß bald kommen!«

»Gewiß, Onkelchen.«

»Sollen sie die Menschen nur noch eine Zeitlang hungern lassen. Sollen sie sie noch ein bißchen härter arbeiten lassen. Sollen sie sie Krankheiten, Angst und Tod nur noch ein bißchen besser kennenlernen lassen — so werden sie sich erheben. Eine Woge der Menschlichkeit wird über die Prinzen und Händler hinwegschwappen und sie in ihrem eigenen Blute ertränken!«

»Du sagst es, Onkelchen.«

»Oh, wenn ich nur meine Chance bekommen hätte. Wenn ich hätte die Duma beherrschen können — aber die Ratte Kerenski hat mich ausgetrickst, mich diskreditiert und aus meinem Heimatland, meinem Rußland, vertrieben.«

»Du wirst gewiß eines Tages zurückkehren.«

Uljanow zwinkerte Dutschke verschlagen zu. »Ein paarmal war ich schon wieder dort. Ich habe meinen reichen, politischen Freund Bronstein besucht und ihn in Angst und Schrecken versetzt, daß man ihn ebenfalls für einen Revolutionär halten würde, wenn die Ochrana mich in seinem Haus fände. Das *war* er natürlich früher einmal gewesen, doch er zog es vor, seine Ansichten zu revidieren und seinen Sitz in der Duma zu behalten. Juden! Die sind doch alle gleich.«

Angesichts dieses plötzlichen Ausbruchs schaute Dutschke etwas mißbilligend drein. »Es gibt Juden und Juden, Onkelchen.«

»Richtig, aber Bronstein ... Ach, was soll's? Er ist 97 Jahre alt — bald wird er sterben, und bald werde auch ich sterben.«

»Aber deine Schriften, Wladimir Iljitsch, werden immer lebendig bleiben. Sie werden jede neue Generation von Revolutionären inspirieren, all jene, die gelernt haben, Ungerechtigkeit zu hassen.«

Uljanow nickte. »Ja«, sagte er. »Wollen wir es hoffen. Aber du wirst dich nicht daran erinnern ...« Und nun setzte er zur Erzählung einer weiteren Reihe politischer Anekdoten aus der Vergangenheit an, während Dutschke seine Ungeduld verbarg und höflich zuhörte, sogar als der alte Mann ihn einmal streitsüchtig angriff, nicht den wahren Weg der Revolution zu verfolgen.

In der Zwischenzeit stieß ich das Zauberwort ›Essen‹ hervor, und wieder erschien das chinesische Mädchen in dem milchig blauen Oval. Ich bat um ein Frühstück für drei Personen, das sogleich geliefert wurde. Dutschke und ich langten kräftig zu, doch Uljanow war es verhaßt, Zeit überm Essen zu verlieren. Er sprach weiter, während wir unser Frühstück genossen. Uljanow erinnerte mich irgendwie an die alten Heiligen Männer, die Lamas, die mir in meinem früheren Leben als Offizier in der indischen Armee gelegentlich über den Weg gelaufen waren. Häufig wirkten seine Äußerungen ebenso abstrakt wie die ihren. Und doch hatte ich vor Uljanow die gleiche Achtung wie gegenüber den Lamas — wegen seines Alters, wegen seiner Überzeugung, wegen der Art, auf die er seine Prinzipien immer und immer wiederholte. Er erschien mir als freundlicher, harmloser, alter Mann — ganz anders als mein früheres Bild von einem überzeugten Revolutionär.

Die Tür ging auf, während er erneut zu seiner Phrase von vorhin anhob ... »Sollen sie die Menschen nur noch eine Zeitlang hungern lassen. Sollen sie sie noch ein bißchen härter arbeiten lassen. Sollen sie Krankheiten, Angst und Tod nur noch ein bißchen besser kennenlernen lassen — so werden sie sich erheben! Eine Woge ...« Shaw stand im Türrahmen. Er war mit einem weißen Leinenanzug bekleidet und einem Panamahut. Er rauchte eine Zigarre. »Eine Woge der Menschlichkeit wird die Ungerechtigkeit hinwegtragen, was, Wladimir Iljitsch?« Er lächelte. »Aber wie immer bin ich andrer Meinung als Sie.«

Der alte Russe schaute auf und drohte mit dem Finger. »Du solltest nicht mit so einem alten Mann wie mir streiten, Shuo Ho Ti. Das ist nicht die Art der Chinesen. Du solltest meine Worte respektieren.« Er lächelte zurück.

»Was meinen Sie, Mr. Bastable?« fragte Shaw mich scherzhaft. »Bringt Verzweiflung die Revolution hervor?«

»Ich verstehe nichts von Revolutionen«, erwiderte ich. »Allerdings neige ich zu der Auffassung, daß in der Tat ein paar Reformen an der Zeit wären — in Rußland vor allem.«

Uljanow lachte. »Ein paar Reformen! Ha! Genau das wollte Kerenski. Aber die Reformen gingen über Bord, sobald es opportun erschien, sie zu vergessen. Mit den ›Reformen‹ ist es stets das gleiche, das *System* muß sterben!«

»Aus der Hoffnung, nicht aus der Verzweiflung, Mr. Bastable, erwachsen Revolutionen«, erklärte Shaw. »Geben Sie dem Volk *Hoffnung*, zeigen sie den Menschen, was *machbar* ist, was sie *erwarten* dürfen — dann sind sie vielleicht in der Lage, etwas zu bewirken. Verzweiflung gebiert nur größere Verzweiflung — die Menschen verlieren den Mut und sterben innerlich ab. In diesem Punkt irrt sich Genosse Uljanow und jene, die ihm folgen. Sie glauben, daß die Menschen sich erheben, wenn ihr Unbehagen unerträglich wird. Aber das stimmt nicht. Wenn ihr Unbehagen völlig unerträglich wird — dann *geben sie auf!* Ihr Widerstand zerbricht! Sie *unterwerfen* sich! Bieten Sie ihnen hingegen etwas zusätzliche Bequemlichkeit — und als typisch menschliches Verhalten werden sie mehr verlangen — und mehr und mehr! Dann kommt die Revolution! So bemühen wir von der Stadt des Sonnenaufgangs uns, unter die chinesischen Tagelöhner Wohlstand zu tragen. Wir arbeiten, um in China ein Beispiel zu schaffen, das die Unterdrückten der ganzen Welt ermutigt.«

Uljanow schüttelte den Kopf. »Bronstein hegte dererlei Gedanken — aber seht, was aus ihm geworden ist!«

»Bronstein? Ihr alter Feind.«

»Er war einmal mein Freund«, antwortete Uljanow plötzlich traurig. Er erhob sich mit einem Seufzen. »Und doch sind wir hier alle Genossen, auch wenn unsere Methoden sich unterscheiden mögen.« Er warf mir einen langen, harten Blick zu. »Glauben Sie nicht, wir seien gespalten, weil wir miteinander streiten, Mr. Bastable.«

Und doch hatte ich genau das gedacht.

»Sehen Sie, wir sind alle Menschen«, fuhr Uljanow fort. »Wir haben phantastische Träume. Aber das menschliche Denken ist in der Lage, zu planen, die Wirklichkeit zu gestalten. Zum Nutzen oder zum Schaden. Zum Nutzen oder zum Schaden.«

»Vielleicht zum Nutzen *und* zum Schaden«, sagte ich.

»Wie meinen Sie das?«

»Jede Medaille hat ihre Kehrseite. Jeder Traum von Vollkommenheit trägt seinen Alptraum von Unvollkommenheit in sich.«

Uljanow lächelte zögernd. »Deshalb sollten wir vielleicht keine Vollkommenheit anstreben, was? Weil Vollkommenheit sich selbst ebenso vernichtet wie uns?«

»Vollkommenheit und Abstraktionen«, sagte ich. »Es

gibt kleine Akte von Gerechtigkeit genauso wie große, Wladimir Iljitsch Uljanow.«

»Sie meinen, wir Revolutionäre legten unsere Menschlichkeit ab, um Phantastereien und Utopien nachzujagen?«

»Sie vielleicht nicht ...«

»Sie haben hier das ewige Problem des überzeugten Anhängers einer jeden Weltanschauung angesprochen, Mr. Bastable. Dafür wird es niemals eine Lösung geben.«

»Ich urteile nach meiner persönlichen Erfahrung«, sagte ich. »Für menschliche Probleme wird es niemals eine Patentlösung geben. Wahrscheinlich werden Sie *diese* Philosophie ›britischen Pragmatismus‹ nennen. Dann nehmen Sie es, wie's kommt ...«

»Die Briten nehmen es gewiß so hin«, lachte Dutschke. »Sie werden mir sicher recht geben, daß es ein besonderes Vergnügen ist, nach Alternativen zu suchen und zu sehen, ob sie funktionieren und besser sind.«

»Es muß zu dieser Welt eine bessere Alternative geben«, sprach Uljanow gefühlvoll. »Es *muß* sie einfach geben.«

Shaw war gekommen, um uns zu einem Rundgang durch die Stadt abzuholen. Wir vier — Kapitän Korzenowski, der sich inzwischen völlig erholt hatte, so daß nicht einmal eine Narbe auf seiner Stirn zu sehen war, Una Persson, Graf von Dutschke und ich — folgten Shaw aus dem Apartmenthaus eine breite, sonnenbeschienene Straße hinunter.

In der Stadt des Sonnenaufgangs lernte ich nach wie vor sehr viel Neues. Revolutionäre waren für mich immer nur verbohrte Nihilisten gewesen, die Gebäude in die Luft sprengten, Leute umbrachten und keinerlei Vorstellung besaßen, was sie auf den Ruinen der Welt, die sie zerstörten, erbauen wollten. Und hier war ihr Traum Wirklichkeit geworden!

Aber war es nicht eine etwas unechte Realität? fragte ich mich. Konnte man sie über die ganze Welt ausbreiten?

Anfänglich, nachdem ich in die Welt der Jahre 1970 geschleudert worden war, hatte ich geglaubt, Utopia gefunden zu haben. Und nun stellte ich fest, daß es nur für einige wenige Utopia war. Shaw strebte ein Utopia an, das für alle seine Gültigkeit hatte.

Ich erinnerte mich an das Blut, das ich auf der Brücke der *Rover* verspritzt gesehen hatte. Barrys Blut. Es war schwer, dieses Bild mit dem, was ich hier vor mir hatte, in Einklang zu bringen.

Shaw schleppte uns zur Besichtigung von Schulen, Gemeinderestaurants, Werkstätten, Laboratorien, Theatern, Ateliers, die alle voll waren mit glücklichen, ausgeglichenen Menschen Hunderter verschiedener Nationalitäten, Rassen und Überzeugungen. Ich war beeindruckt.

»So könnte der gesamte Osten — und Afrika — aussehen, wäre da nicht die Raffgier der Europäer gewesen«, erklärte mir Shaw. »Inzwischen könnten wir wirtschaftlich stärker sein als Europa. Das wäre ein wirkliches Gleichgewicht der Stärke. Dann würden Sie sehen, was es mit der Gerechtigkeit auf sich hat!«

»Aber Sie verfolgen hier ein europäisches Ideal«, gab ich ihm zu bedenken. »Hätten wir nicht ...«

»Wir wären selbst auch darauf gekommen. Die Menschen lernen durch Beispiele, Mr. Bastable. Es ist nicht nötig, ihnen Meinungen aufzuzwingen.«

Wir hatten eine abgedunkelte Halle betreten. Vor uns befand sich eine breite Projektionsleinwand. Shaw bat uns, Platz zu nehmen, dann kam flackernd Leben auf die Leinwand.

Wie gebannt vor Entsetzen sah ich zu, wie Dutzende von chinesischen Männern und Frauen enthauptet wurden.

»Das Dorf Shihnan in der japanischen Mandschurei«,

erklärte Shaw mit harter, ausdrucksloser Stimme. »Es war den Dorfbewohnern nicht gelungen, das jährliche Soll an Reis zu produzieren, also wurden sie bestraft. Das geschah im vergangenen Jahr.«

Ich sah japanische Soldaten lachen, als ihre Schwerter immer wieder niedersausten und die Köpfe rollten.

Ich war wie betäubt. »Aber das sind die Japaner ...«, war alles, was ich sagen konnte.

Eine neue Bildsequenz. Kulis bei der Arbeit an einer Eisenbahnstrecke. Uniformierte Männer trieben sie mit Peitschenhieben an, härter zu arbeiten. Es handelte sich um russische Uniformen.

»Jeder weiß, wie grausam die Russen die von ihnen unterworfenen Völker behandeln ...«

Shaw nahm keine Stellung dazu.

Eine Gruppe von Chinesen — viele davon Frauen und Kinder —, mit Sicheln und Dreschflegeln bewaffnet, stürmte auf eine Steinmauer zu. Die Leute waren in Lumpen gekleidet und halb verhungert. Hinter der Mauer wurde das Feuer aus Maschinengewehren eröffnet, die Menschen fielen zuckend, blutend und vor Todesschmerz schreiend zu Boden. Ich konnte kaum hinsehen. Das Maschinengewehrfeuer verstummte erst, als alle Leute tot waren.

Männer in braunen Uniformen und mit breitrandigen Hüten tauchten hinter der Mauer auf, gingen zwischen den Leichen umher und versicherten sich, daß auch keiner mehr am Leben war.

»Amerikaner!«

»Um fair zu sein«, erklärte General Shaw mit tonloser Stimme, »muß man dazu sagen, daß sie auf Bitten der siamesischen Regierung handelten. Diese Szene spielte sich ein paar Kilometer vor Bangkok ab. Amerikanische Truppen helfen der Regierung, die Ordnung aufrechtzuerhalten. In jüngerer Zeit gab es in einigen Teilen Siams ein paar kleinere Aufstände.«

Das nächste Bild zeigte eine indische Siedlung. So

weit das Auge blicken konnte, standen Betonbaracken in säuberlichen Reihen.

»Die Siedlung ist leer«, sagte ich.

»Warten Sie ab!«

Die Kamera führte uns durch die verlassenen Straßen bis vor die Siedlung. Hier standen Soldaten in den roten Uniformen Großbritanniens. Sie schwangen Spaten und schaufelten Leichen in kalkgefüllte Gruben.

»Cholera?«

»Es herrschte dort Cholera, ebenso wie Typhus, Malaria und Pocken, aber nicht daran ist das ganze Dorf gestorben. Schauen Sie!«

Die kinematographische Kamera holte die Bilder näher heran, und ich sah viele Schußverletzungen an den Leichnamen.

»Sie sind ohne Passierscheine auf Delhi marschiert und wollten die Stadtgrenze überschreiten«, erzählte Shaw. »Sie wollten nicht stehenbleiben, als man ihnen den Befehl erteilte. Daraufhin wurden sie niedergeschossen.«

»Aber das kann keine offizielle Entscheidung gewesen sein«, widersprach ich. »Ein Offizier wird durchgedreht haben. Das passiert manchmal.«

»Hatten die Russen, Amerikaner und Japaner auch durchgedreht?«

»Nein.«

»So wird Macht ausgeübt, wenn sie von anderen bedroht wird, Mr. Bastable«, sagte Shaw. Ich sah ihm in die Augen. Tränen standen darin.

Ich wußte ungefähr, was er empfand. Ich hatte ebenfalls Tränen in den Augen.

Ich redete mir ein, die kinematographischen Aufnahmen seien gestellt — von Schauspielern gespielt, um Leute wie mich zu beeindrucken. Aber ich wußte, daß es keine Fälschungen waren.

Ich verließ die Halle. Ich zitterte. Mir war schlecht. Und ich weinte immer noch.

Schweigend gingen wir durch die stille Stadt des Sonnenaufgangs, keiner von uns konnte sprechen, nach dem, was wir gerade mit angesehen hatten. Wir gelangten an den Rand der Siedlung und sahen den provisorischen Aeropark vor uns. Nun befanden sich dort Menschen und arbeiteten an Stahlträgern, die offenbar einen beachtlich großen Anlegemast ergeben sollten. Wir sahen *The Rover* immer noch im Spinnennetz ihrer Kabel und Leinen am Boden verankert, doch das größere Schiff war verschwunden.

»Wo ist die *Loch Etive?*« Korzeniowski hatte diese Frage gestellt.

Shaw blickte abwesend hoch und lächelte dann, als habe er sich an eine Pflicht erinnert. »Oh, die ist auf dem Rückweg. Ich hoffe, ihre zweite Mission wird ebenso erfolgreich verlaufen wie die erste.«

»Missionen?« fragte Dutschke. »Was für Missionen?«

»Ihre erste Mission war, das Kaiserliche Luftschiff *Kanazawa* abzuschießen. Wir hatten sie mit einigen Versuchswaffen ausgerüstet. Sie waren hervorragend. Keinerlei Rückstoß. Das ist ja immer das Problem mit großen Schiffsgeschützen, wie?«

»Richtig.« Korzeniowski nahm seine Pfeife heraus und begann sie umständlich anzuzünden. »Ganz richtig.«

»Und ihr zweiter Auftrag war, eine Teilstrecke der Transsibirischen Eisenbahn zu bombardieren und die Ladung eines Zuges in Richtung Moskau zu erbeuten. Wenn sie enthält, was ich denke, werden wir in der Lage sein, unser NFB-Projekt zu beschleunigen.«

»Was *ist* denn nun dieses mysteriöse Projekt?« fragte Una Persson. — General O. T. Shaw deutete auf ein großes, fabrikähnliches Gebäude auf der gegenüberliegenden Seite des Aeroparks. »Dort drüben. Ein sehr kostspieliges Projekt, wie ich gerne zugeben will. Aber mehr kann ich Ihnen nicht verraten, fürchte ich. Ich verstehe es selbst kaum. Die Mehrzahl unserer deutschen und ungarischen Flüchtlinge arbeitet daran. Auch ein oder zwei Amerikaner und ein Engländer — lauter politische Flüchtlinge. Aber brillante und geniale Wissenschaftler. Die Stadt des Sonnenaufgangs profitiert vom Druck, der im Westen auf die Neugier ausgeübt wird.«

Ich konnte nicht glauben, daß er die Konsequenzen solcher Taten außer acht gelassen hatte. »Nun haben Sie sich den Zorn der Großmächte eingehandelt«, sagte ich. »Sie stahlen ein britisches Luftschiff, um ein japanisches Kriegsschiff und eine russische Eisenbahnlinie zu zerstören. Die Betroffenen werden sich zwangsläufig zusammenschließen. Die Stadt des Sonnenaufgangs kann froh sein, wenn sie noch einen Tag zu leben hat!«

»Wir haben immer noch die Geiseln von der *Loch Etive*«, sagte Shaw heiter.

»Wird das die Japaner oder die Russen abhalten, Sie in Grund und Boden zu bomben?«

»Es wirft ein ernstes diplomatisches Problem auf. Die drei Nationen werden eine Weile darüber zu diskutieren haben. In der Zwischenzeit vervollkommnen wir unsere Abwehr.«

»Selbst Sie können sich nicht gegen die verbündeten Luftflotten Britanniens, Japans und Rußlands verteidigen!« sagte ich.

»Das werden wir ja sehen«, entgegnete Shaw. »Nun, Mr. Bastable, was halten Sie von meiner Laterna-Magica-Vorführung?«

»Sie haben mich davon überzeugt, daß die Behandlung der Einheimischen strenger überwacht werden muß«, antwortete ich.

»Und das ist alles?«

»Es gibt *andere* Möglichkeiten, Ungerechtigkeiten ein Ende zu bereiten als Revolutionen und blutige Kriege«, sagte ich.

»Nicht, wenn das Krebsgeschwür ganz herausgebrannt werden muß«, sagte Korzeniowski. »Das habe ich nun begriffen.«

»Aha«, sagte Shaw, den Blick zu den Bergen gerichtet. »Da kommt die *Fei-chi* ...«

»Die was?«

»Die Flugmaschine.«

»Ich kann sie nicht sehen«, erklärte Korzeniowski.

Auch ich konnte kein Anzeichen für die *Loch Etive* erkennen, doch ich vernahm ein Summen wie von einer Stechmücke.

»Sehen Sie«, rief Shaw mit einem Grinsen. »Da!«

Ein Pünktchen erschien am Horizont, und das Summen wurde zu einem schrillen Pfeifen.

»Da!« Er kicherte aufgeregt. »Ich meine kein Luftschiff, ich meine die *Fei-chi* — die kleine Hornisse —, da kommt sie!«

Instinktiv duckte ich mich, als etwas über meinem Kopf hinwegschwirrte. Ich hatte einen Eindruck von langen, vogelähnlichen Schwingen, die sich mit rasender Geschwindigkeit wie Windmühlenflügel drehten, dann verschwand das Ding in der Ferne, nur das zornige Sirren war immer noch zu vernehmen.

»Mein Gott!« rief Korzeniowski aus, riß die Pfeife aus dem Mund und zeigte zum erstenmal, seit ich ihn kannte, so etwas wie Verblüffung. »Es ist eine Flugmaschine, die schwerer ist als Luft. Ich dachte stets ... man sagte mir immer, dergleichen sei unmöglich.«

Shaw grinste und vollführte vor Begeisterung fast einen Freudentanz. »Und ich habe davon fünfzig Stück, Kapitän! *Fünfzig* kleine Hornissen, die böse stechen! Verstehen Sie nun, warum ich so sicher bin, die Stadt des Sonnenaufgangs gegen alles verteidigen zu können, was die Großmächte schicken?«

»Sie kommen mir ein bißchen empfindlich vor«, sagte ich.

»Das sind sie auch«, gab Shaw zu. »Aber sie erreichen eine Geschwindigkeit von fast 500 Meilen in der Stunde. Und darin liegt ihre Stärke. Wer sollte in der Lage sein, auch nur eine Waffe auf sie zu richten, bevor eine *Fei-chi* bereits mit ihren Spezialgeschossen die Hülle eines Panzerschiffs durchschlagen hat?«

»Wie ... wie bist du denn auf diese Erfindung gestoßen?« wollte Dutschke wissen.

»Nun, die Idee stammt von einem meiner amerikanischen Exilanten«, berichtete Shaw leichthin. »Ein paar meiner französischen Ingenieure haben sie verwirklicht. Innerhalb einer Woche war die erste Maschine gebaut und flugbereit. Innerhalb eines Monats hatten wir sie auf den Stand entwickelt, wie du sie eben gesehen hast.«

»Ich bewundere die Männer, die da hineinsteigen«, sagte Dutschke. »Werden sie bei solchen Geschwindigkeiten denn nicht zerquetscht?«

»Sie müssen natürlich gepolsterte Spezialanzüge tragen. Und ihre Reaktionen müssen so schnell sein wie die Maschinen, wenn sie sie richtig bedienen wollen.«

Korzeniowski schüttelte den Kopf. »Also, ich glaube, ich bleibe bei den Luftschiffen«, sagte er. »Sie sind jedenfalls vertrauenswürdiger als diese komischen Dinger. Ich habe sie gesehen — aber ich kann immer noch nicht an eine Maschine glauben, die schwerer als Luft ist und doch fliegen soll.«

Shaw schaute mich fast verschmitzt an. »Nun, Mr. Bastable? Sind Sie immer noch der Überzeugung, daß ich verrückt bin?«

Ich starrte immer noch in den Himmel, wo die *Fei-chi* verschwunden war. »Sie sind nicht auf diese Weise verrückt, wie ich zuerst glaubte«, gab ich zu. Eine fürchterliche Vorahnung überkam mich. Ich sehnte mich von ganzem Herzen in meine eigene Zeit zurück, wo Flugmaschinen schwerer als Luft, drahtlose Telefone, bunte, sprechende Kinematographen, die lebendige Bilder produzierten, nur in den Phantastereien von Kindern und Irren existierten. Ich dachte dabei an Mr. H. G. Wells, drehte mich um und sah zu dem Gebäude hinüber, wo das NFB-Projekt untergebracht war. »Sie haben doch wohl nicht zufällig eine Zeitmaschine erfunden?«

Der Kriegsherr grinste. »Noch nicht, Mr. Bastable. Aber wir machen uns auch darüber unsere Gedanken. Warum fragen Sie?«

Ich schüttelte den Kopf und gab keine Antwort.

Dutschke klopfte mir auf die Schulter. »Sie wollen erfahren, wo das alles hinführt, stimmt's? Sie möchten in die Zukunft reisen, um General Shaws Utopia zu besichtigen!« Er war inzwischen völlig auf Shaws Seite übergelaufen.

Ich zuckte die Achseln. »Ich glaube, ich habe nun die Nase von allen Utopien voll«, murmelte ich.

— 5 —

Die Ankunft der Luftflotte

In den folgenden Tagen unternahm ich keinen Versuch, aus der Stadt des Sonnenaufgangs zu fliehen. Der Gedanke an sich wäre schon völlig sinnlos gewesen. General O. T. Shaws Leute kontrollierten alle Straßen und bewachten sowohl die Luftschiffe, wie die Hangars, wo die *Fei-chi*-›Hornissen‹ lagen. Manchmal konnte ich beobachten, wie die *Fei-chi* von ihren großgewachsenen chinesischen Piloten getestet wurden — kräftige, zuversichtliche, junge Männer, die sich Shaws Sache völlig verschrieben hatten und die fliegenden Maschinen schwerer als Luft einfach hinnehmen konnten, was mir niemals gelang.

Schon frühzeitig überzeugte ich mich, daß die Geiseln aus der *Loch Etive* gesund und munter waren, schwatzte mit ein paar Burschen, die ich an Bord kennengelernt hatte, und erfuhr auf diese Weise, daß Kapitän Harding tatsächlich kurze Zeit, nachdem man ihn in jenes kleine Haus in Balham geschickt hatte, in dem er seine Landurlaube zu verbringen pflegte, gestorben war. Eine weitere Bekanntschaft war ebenfalls gestorben. In einer alten Zeitung las ich, daß Cornelius Dempsey bei einer Straßenschlacht mit bewaffneten Polizisten erschossen worden war. Dempsey hatte zu einem Anarchistenring gehört, den man in einem Haus im Osten Londons ausgehoben hatte. Bislang war seine Leiche nicht gefunden worden, aber mehrere Zeugen bestätigten, daß er tot gewesen war, als seine Freunde ihn forttrugen. Ich spürte, wie Trauer mich überwältigte und jene bittere, niedergedrückte Stimmung verstärkte, die mich beim Betrachten dieser schrecklichen kinematographischen Aufnahmen befallen hatte.

Neuere, von Shaws Leuten besorgte Zeitungen waren

voll von Berichten über Shuo Ho Tis gewagte Überfälle und seine Raubzüge und Morde. Ein paar der Zeitungen sahen ihn als ›den ersten modernen Banditen‹, und sie waren es meiner Meinung nach auch, die ihm den Titel ›Herr der Lüfte‹ verliehen. Und während England russische und japanische Militärluftschiffe davon abhielt, unverzüglich Rache zu nehmen und die chinesische Zentralregierung vergeblich versuchte, Kriegsluftschiffe von ihrem Hoheitsgebiet fernzuhalten, verwirklichte Shaw eine Reihe erstaunlicher Raubzüge, indem er vom Himmel aus Züge, Motorkonvois, Schiffe, militärische und wissenschaftliche Einrichtungen angriff, um sich alles Notwendige zu beschaffen. Was er nicht benötigte, verteilte er an die chinesische Bevölkerung — dazu erschien sein umgespritztes ›Flaggschiff‹, nicht mehr *Loch Etive,* sondern *Shan-tien* (Blitz) mit der bekannten scharlachroten Beflaggung am Himmel über einem verarmten Dorf und warf Geld, Waren und Lebensmittel ab — und Flugblätter, auf welchen die Menschen aufgefordert wurden, sich Shuo Ho Ti, dem Friedensbringer, zur Befreiung Chinas aus der Fremdherrschaft anzuschließen. Tausende kamen, um die Reihen seiner Armee am Ende des Tales der Morgendämmerung zu vergrößern. Und Shaw fügte seiner Flotte neue Schiffe hinzu, zwang mit Waffengewalt Handelsschiffe zur Landung, ließ Mannschaft und Passagiere frei und flog das Schiff zurück zur Stadt des Sonnenaufgangs, wo er es mit seinen neuen Kanonen ausrüstete. Das einzige Problem bestand darin, daß es unter seinen Anhängern zu wenige gab, die ausgebildet waren, Schiffe zu fliegen. Unerfahrene Flieger hatten ihre Schiffe mehr als einmal in Gefahr gebracht, und zwei waren durch Unfähigkeit eingebüßt worden. Zweimal machte Shaw den Vorschlag, daß ich sein Verbündeter werden und ein Schiff meiner Wahl fliegen sollte; doch der einzige Grund, aus dem ich an Bord eines Luftschiffes ginge, so hatte ich mir geschworen, wäre, um die Flucht zu versuchen, aber ich wollte mich nicht in die Piraterie verwickeln lassen, nur um meine Freiheit wiederzuerlangen.

Immer wieder erzählte mir Shaw in vielen Gesprächen von seiner Vergangenheit, weil er fest daran glaubte, mich doch noch gewinnen zu können.

Seine Geschichte war interessant. Er war der Sohn eines englischen Missionars und seiner chinesischen Ehefrau gewesen, die jahrelang in einem abgelegenen Dorf der Provinz Shantung gearbeitet hatten, bis ein Räuberhauptmann — ein ›traditioneller Bandit‹, wie Shaw sagte — auf ihren Teil der Welt aufmerksam wurde. Der ›Kriegsherr‹ Lao-Shu hatte seinen Vater getötet und seine Mutter als Mätresse genommen. Er war als eines von Lao-Shus vielen Kindern großgezogen worden und lief schließlich davon nach Peking, wo der Bruder seines Vaters als Lehrer tätig war. Er war nach England zur Schule geschickt worden, wo er sehr unglücklich war und den seiner Ansicht nach typisch englischen Hochmut gegenüber anderen Rassen, Klassen und Religionen hassen lernte. Später ging er nach Oxford, wo er mit gutem Erfolg studierte und allmählich ›begriff‹, wie er sagte, daß der Imperialismus ein Übel war, das die Mehrheit der Weltbevölkerung ihrer Würde und des Rechtes beraubte, ihre Angelegenheiten selbst zu regeln. Dies waren, wie er bereitwillig zugab, englische Begriffe, doch was er ablehnte, war die Tatsache, daß sie den Engländern allein vorbehalten bleiben sollten. »Der Eroberer behauptet stets, daß seine moralische Überlegenheit — und nicht seine wilde Habgier — ihn zum Sieger gemacht hat.« Nach seinem Abgang aus Oxford war er zur Armee gegangen und hatte mit gutem Erfolg gedient, so viel wie möglich über englische Militärangelegenheiten in Erfahrung gebracht und war dann zum Polizeidienst in die Kronkolonie Hongkong versetzt worden — denn er sprach natürlich fließend chinesisch und kantonesisch. Kurze Zeit später war er von der Polizei desertiert und hatte das gesamte Korps einheimischer

Polizisten, zwei Dampfwagen und eine beachtliche Menge Waffen mitgenommen. Darauf war er nach Shantung zurückgekehrt, wo noch immer der alte Kriegsherr herrschte und ...

»Dort tötete ich den Mörder meines Vaters und nahm seinen Platz ein«, erklärte er unverblümt. Seine Mutter war in der Zwischenzeit gestorben. Mit seinen Verbindungen zu Revolutionären auf der ganzen Welt hatte er den Plan für die Stadt des Sonnenaufgangs gefaßt. Er wollte all jene aus Europa abziehen, die dieser Erdteil in seinem Hochmut verwarf — seine brillanten Naturwissenschaftler, Ingenieure, Politiker und Schriftsteller, die zu klarsichtig waren, als daß sie von ihren eigenen Regierungen geduldet worden wären — und er setzte sie zum Nutzen Chinas ein.

»Dies ist ein Teil dessen, was Europa uns schuldet«, erklärte er. »Und bald werden wir in der Lage sein, den Rest der Schuld einzufordern. Wissen Sie, Mr. Bastable, wie sie den Untergang Chinas in die Wege leiteten? Es waren hauptsächlich die Engländer, aber auch die Amerikaner. Sie bauten in Indien Opium an — auf riesigen Feldern — und brachten es per Schiff heimlich nach China, wo es offiziell verboten war. Dies schuf eine derartige Inflation (denn jene, die es einführten, wurden in chinesischem Silber bezahlt), daß die ganze Wirtschaft zugrunde ging. Als die chinesische Regierung sich dagegen aussprach, schickten die Fremden ihre Armeen ins Land, um den Chinesen ›eine Lektion‹ zu erteilen, weil sie den Hochmut besessen hatten, sich zu beschweren. Diese Armeen fanden ein wirtschaftlich ruiniertes Land und weite Teile der Bevölkerung als Opiumraucher vor. Die Ursache hierfür konnte natürlich nur eine angeborene Dekadenz, eine moralische Unterlegenheit sein ...« Shaw lachte. »Die Opiumschiffe waren eigens für den Handel mit China gebaut, daß sie mit ihren Ladungen schnell von Indien aus das Land erreichten, und häufig brachten sie neben dem Opium auch Bibeln für die Missionare mit, die darauf bestanden, daß sie, wenn sie schon, weil sie Pidginchinesisch sprachen, für die Opiumschmuggler als Dolmetscher dienen mußten, auch Bibeln verteilen wollten. Danach war eine Umkehr natürlich nicht mehr möglich. Und die Europäer halten den Haß der Chinesen für unvernünftig!«

In solchen Augenblicken pflegte Shaw sehr ernst zu werden und sagte zu mir: »Fremde Teufel? Glauben Sie, daß das Wort ›Teufel‹ stark genug ist, Mr. Bastable?«

Nun gingen seine Ambitionen dahin, ganz China zurückzuerobern:

»Und bald werden die großen, grauen Fabriken von Shanghai unser sein. Die Laboratorien, Schulen und Museen Pekings werden uns gehören. Die Handels- und Produktionszentren Kantons werden unser sein. Die fruchtbaren Reisfelder — all dies wird wieder in unserem Besitz sein!« Seine Augen strahlten. »China wird vereinigt sein. Die Fremden werden aus dem Land vertrieben, und alle Bürger gleich sein. Wir werden der Welt ein Beispiel geben.«

»Wenn Sie Erfolg haben«, sagte ich leise, »so zeigen Sie der Welt auch Ihre Menschlichkeit. Freundlichkeit macht auf die Menschen ebensolchen Eindruck wie Fabriken und militärische Stärke.«

Shaw warf mir einen eigentümlichen Blick zu.

Nun lagen etwa fünfzehn Luftschiffe an den Anlegemasten des Aeroparks hinter der Stadt und fast hundert *Fei-chi* in den Hangars. Das ganze Tal war mit Artillerie und Infanterie gesichert und könnte einem Angriff von allen Seiten standhalten; und wir wußten, daß dieser Angriff kommen mußte.

Wir? Ich weiß nicht, wie ich dazu gekommen war, mich mit Banditen und Revolutionären zu identifizieren — und doch gab es nichts daran zu deuteln, daß es der Fall war. Ich lehnte es ab, mich ihnen anzuschließen —

und doch hoffte ich, daß sie gewinnen würden. Gewinnen gegen die Schiffe meines eigenen Volkes, die zweifellos kommen würden, sie anzugreifen, und die ebenso zweifellos von ihnen vernichtet werden würden. Wie sehr hatte ich mich in den letzten Wochen verändert! Ich konnte ohne Entsetzen dem blutigen Tod britischer Soldaten entgegensehen. Dem Tod von Kameraden!

Doch ich mußte der Tatsache ins Auge sehen, daß die Menschen von der Stadt des Sonnenaufgangs meine Kameraden geworden waren — auch wenn ich mich ihrer Sache nicht anschließen wollte. Ich wollte nicht, daß die Stadt des Sonnenaufgangs und alles, was sie repräsentierte, zerstört wurde. Ich wollte, daß General O. T. Shaw — der ›Herr der Lüfte‹ — die Fremden aus seinem Land vertrieb und es zu neuer Stärke führte.

Bangend wartete ich auf die Ankunft des Feindes — meiner Landsleute.

Ich lag in meinem Bett und schlief, als die Nachricht über den *tien-ying* (den ›elektrischen Schatten‹) kam. Auf dem milchig-blauen Oval erschien das Gesicht von General Shaw. Er wirkte finster und erregt. »Sie sind unterwegs, Mr. Bastable. Ich dachte, vielleicht würden Sie das Schauspiel gerne miterleben.«

»Wer ...?« murmelte ich benommen. »Was ...?«

»Die Luftflotten — Amerikaner, Briten, Russen, Japaner und ein paar Franzosen. Ich glaube ... sie nehmen Kurs auf das Tal der Morgendämmerung — sie kommen, um John Chinaman zu bestrafen ...«

Ich sah, wie er den Kopf drehte, dann sprach er schneller.

»Ich muß nun gehen. Werden wir Sie auf der Tribüne sehen — im Hauptquartier?«

»Ich werde da sein.« Sowie das Bild verblaßte, sprang ich aus dem Bett, wusch mich und kleidete mich an; dann eilte ich durch die ruhigen Straßen der Stadt des Sonnenaufgangs, bis ich an den runden Turm kam, wo die Hauptverwaltung der Stadt ihren Sitz hatte. Dort herrschte natürlich hektische Betriebsamkeit. Man hatte einen Funkspruch vom britischen Flaggschiff *Victoria Imperatrix* empfangen, der besagte, daß den Frauen und Kindern von Shaws Leuten kein Leid geschähe, wenn er die Geiseln der *Loch Etive* unverzüglich freiließe. Shaw antwortete knapp. Die Geiseln wurden bereits zum anderen Ende des Tales gebracht, wo man sie freilassen konnte. Die Menschen aus der Stadt des Sonnenaufgangs würden gemeinsam kämpfen und — wenn nötig — gemeinsam sterben. Die *Victoria Imperatrix* verkündete, daß hundert Luftschiffe auf dem Weg zur Stadt der Dämmerung waren, und daß die Stadt deshalb nicht hoffen könne, länger als eine Stunde gegen eine solche Übermacht Widerstand zu leisten. Shaw antwortete, daß er der Ansicht sei, die Stadt des Sonnenaufgangs werde ein wenig länger durchhalten, und er deshalb die Ankunft der Schlachtflotte mit Gelassenheit erwarte. In der Zwischenzeit, so sagte er, habe er Nachricht erhalten, daß zwei japanische fliegende Kanonenboote ein Dorf zerstört hatten, das von Shaw Hilfe erhalten hatte, und die Briten planten ähnliche Vergeltungsmaßnahmen. Danach unterbrach H.M.A.S. *Victoria Imperatrix* die Verbindung mit der Stadt des Sonnenaufgangs. Shaw lächelte traurig.

Nun erblickte er mich im Raum. »Hallo, Bastable. Bei Gott, die Japaner haben bezüglich China eine Menge auf dem Kerbholz. Ich würde gerne ... Was ist das?« Ein Assistent reichte ihm ein Blatt Papier. »Schön. Schön. Das NFB-Projekt geht mit großen Schritten voran.«

»Wo ist Kapitän Korzeniowski?« Ich sah Rudolf von Dutschke und Una Persson auf der anderen Seite mit einem von Shaws wattegepolsterten ›Majoren‹ reden, aber Mrs. Perssons Vater konnte ich nirgendwo entdecken.

»Korzeniowski hat wieder das Kommando über die *Rover*«, erklärte Shaw und deutete auf den Aeropark, der von seinem Tower aus voll zu überschauen war. Ich sah kleine Gestalten hin- und herlaufen, als ihre Schiffe sich zum Start bereitmachten. Die *Fei-chi*-Flugmaschinen waren nirgends zu sehen. »Sehen Sie«, fügte Shaw hinzu, »da kommt die Schlachtflotte!«

Zuerst glaubte ich, eine riesige schwarze Wolkenbank über den Horizont ziehen und die Sonne verdunkeln zu sehen. Mit den Wolken rückte ein dröhnendes Geräusch näher, als würden viele, tiefe Gongs schnell und gleichzeitig geschlagen. Das Geräusch schwoll an, und die Wolke bedeckte bald den ganzen Himmel, wobei sie über das Tal der Morgendämmerung einen unheildrohenden Schatten warf.

Es war die alliierte Flotte von fünf Nationen.

Jedes Schiff war tausend Fuß lang. Jedes besaß eine Hülle so widerstandsfähig wie Stahl. Jedes strotzte vor Bordgeschützen und Granaten, die es auf seine Feinde verschießen konnte. Jedes schob sich ungerührt durch die Lüfte und bewegte sich synchron zu den anderen. Jedes war dazu bestimmt, Rache zu nehmen an jenen Emporkömmlingen, die es gewagt hatten, die Macht seiner Eigner in Frage zu stellen. Ein Schwarm ungeheurer, fliegender Haie, die fest überzeugt waren, die Lüfte und von ihnen aus das Land zu beherrschen.

Schiffe aus Japan mit der scharlachroten, kaiserlichen Sonne auf den strahlend weißen Hüllen. — Schiffe aus Rußland,von deren Hüllen große, schwarze, doppelköpfige Adler herabstarrten, die Krallen zum Angriff gespreizt.

Schiffe aus Frankreich, deren Trikoloren auf blauem Untergrund eklatante Heuchelei waren; eine Schande für die Republikaner und ein Affront gegenüber den Idealen der Französischen Revolution.

Schiffe aus Amerika, deren Stars and Stripes längst kein Banner der Freiheit mehr waren.

Schiffe aus Großbritannien.

Schiffe mit Kanonen, Bomben und Mannschaften, die in ihrem Hochmut glaubten, die Stadt des Sonnenaufgangs und alles, was sie darstellte, sei so einfach auszulöschen.

Haie, gefräßig, grausam und arrogant, ihre dröhnenden Motoren wie verfrühtes Triumphgelächter.

Konnten wir ihnen auch nur einen Augenblick lang widerstehen? Ich bezweifelte es. Nun hatten unsere Bodentruppen das Feuer eröffnet. Geschosse sausten in den Himmel und explodierten um die Schiffe der mächtigen Luftflotte, doch diese rückte durch Rauch und Feuer stolz und furchtlos immer näher auf die Stadt des Sonnenaufgangs zu. Und nun stieg unsere winzige Flotte vom Aeropark auf, um sich den Invasoren entgegenzuwerfen - fünfzehn umgerüstete Handelsschiffe gegen einhundert schwerbewaffnete Panzerschiffe. Sie hatten den Vorteil der rückstoßfreien Gewehre, konnten in der Luft anhalten und viel schneller und genauer schießen als die großen Schiffe, doch diese Panzerschiffe hatten nur wenige Schwachstellen, und die meisten Granaten schwärzten bestenfalls die Hüllen oder durchschlugen die Fenster der Gondeln.

Ein Krachen ertönte, und Feuer schlug aus dem führenden britischen Luftschiff, H.M.A.S. *Edwardus Rex*, als seine Kanonen das Feuer erwiderten. Ich sah, wie die Hülle eines unserer Schiffe schrumpfte und das ganze Schiff dann auf die steinige Erde zu Füßen der Berge herabstürzte, winzige Gestalten sprangen über Bord in der Hoffnung, auf diese Weise den schlimmsten Auswirkungen des Aufpralls zu entgehen. Schwarzer Rauch ringelte sich ringsumher. Es erfolgte eine Explosion, und ein Feuer brach aus, als das Schiff aufschlug und die Motoren explodierten, wobei sich der Treibstoff sofort entzündete.

Shaw starrte mit finsterem Blick durchs Fenster und hörte die Meldungen von unseren Schiffen über ein drahtloses Telefon ab. Wie schwer war es gewesen, die feindliche Flotte anzugreifen, und wie leicht hatten sie unser Schiff zerstört!

Bumm! Bumm!

Wieder brüllten die großen Kanonen. Wieder überschlug sich ein getroffenes Handelsschiff in der Luft und sackte zu Boden.

Jetzt erst wünschte ich, ich hätte das Kommando über eines der Schiffe angenommen. Erst jetzt empfand ich das Bedürfnis, am Kampf teilzunehmen, mich um alles in der Welt zu rächen aus einem Wunsch nach Fairness heraus.

Bumm!

Es war die *Rover,* die in spiralförmigen Bewegungen zur Erde stürzte, nachdem zwei ihrer Motoren Feuer gefangen hatten und die Hülle zusammenschrumpfte, als das Helium in die Atmosphäre entwich. Ich beobachtete angespannt, wie sie fiel, und betete inständig, sie möchte noch genügend Gas haben, daß sie relativ leicht aufsetzte. Aber hier fielen schließlich hundert Tonnen Metall, Plastik, Geschütze und Menschen vom Himmel. Ich schloß die Augen und zuckte zusammen, als ich die Erschütterung des Aufpralls zu spüren glaubte.

Ich hatte keinerlei Zweifel über Korzeniowskis Schicksal.

Doch dann verpaßte die *Shan-tien* (die alte *Loch Etive*) dem japanischen Flaggschiff *Jokomoto* eine Breitseite und mußte sie direkt ins Munitionslager getroffen haben, denn die *Jokomoto* explodierte in tausend brennende Einzelteile, und als sich die Wolke der Explosion verzogen hatte, war nichts mehr von ihr übrig.

Nun sahen wir zwei weitere Schiffe abstürzen — ein amerikanisches und ein französisches —, und wir jubelten. Wir alle jubelten bis auf Una Persson, die traurig hinaussah zu der Stelle, wo die *Rover* verschwunden war. Dutschke unterhielt sich angeregt mit dem Major und schien die Trauer seiner Geliebten nicht zu bemerken.

»Vielleicht ist er nur verwundet«, sagte ich.

Sie lächelte mich durch ihre Tränen hindurch an und

schüttelte den Kopf. »Er ist tot«, sagte sie. »Er ist tapfer gestorben, nicht wahr?«

»Wie er gelebt hat«, antwortete ich.

Sie schien erstaunt. »Ich dachte, sie haßten ihn.«

»Das dachte ich auch. Aber ich habe ihn geliebt.«

Daraufhin riß sie sich zusammen und nickte, streckte ihre schlanke Hand aus und ließ ihre Fingerspitzen einen Augenblick lang auf meinem Ärmel ruhen. »Danke, Mr. Bastable. Ich hoffe, mein Vater ist nicht umsonst gestorben.«

»Wir zeigen dem Gegner ganz schön die Zähne«, sagte ich.

Doch ich sah, daß von unseren ursprünglich fünfzehn Schiffen nur noch fünf übrig waren, und es standen fast noch neunzig alliierte Luftschiffe am Himmel.

Shaw blickte hoch und lauschte angestrengt. »Infanterie und motorisierte Kavallerie greifen das Tal von allen Seiten an«, berichtete er. »Unsere Männer halten stand.« Er lauschte noch ein wenig länger. »Von daher haben wir meiner Ansicht nach im Augenblick nicht viel zu befürchten.«

Die heranrückenden Schiffe hatten die Stadt des Sonnenaufgangs noch nicht ganz erreicht. Sie waren gezwungen gewesen, sich gegen unseren ersten Luftangriff zu wehren und nun, da sie in die Schußweite unserer Artillerie gerieten, wurden einige weitere getroffen.

»Ich glaube, es ist an der Zeit, die *Fei-chi* loszuschikken.« Shaw gab den Befehl telefonisch durch. »Die Großmächte denken, sie hätten gewonnen! Jetzt werden wir ihnen unsere wahre Stärke zeigen!« Er telefonierte mit den Soldaten, die das Gebäude des NFB-Projektes bewachten, und erinnerte sie nochmals, daß dieses Gelände keinesfalls von einem Luftschiff angegriffen werden durfte. Das mysteriöse Projekt hatte in seiner Strategie offensichtlich eine überragende Bedeutung.

Ich konnte die Hangars, wo die ›Hornissen‹ untergebracht waren, nicht sehen und erblickte die geflügelten, surrenden kleinen Flugmaschinen erst, als sie durch den schwarzen Rauch in den Himmel kletterten, die Hüllen der Panzerschiffe mit ihrer Sprengstoffmunition zu beschießen begannen und sich von oben herab auf ihre Feinde stürzten, die gewiß noch kaum bemerkt hatten, was eigentlich vor sich ging.

Die *Victoria Imperatrix* stürzte ab. Die *Theodore Roosevelt* stürzte ab. Die *Alexander Newski* stürzte ab. Die *Tshijawa* stürzte ab. Die *Kaiser Napoléon* und die *Pyat* stürzten ab. Eine nach der anderen fiel vom Himmel, kreiste langsam oder sackte schnell herab, aber fiel; sie fielen alle ohne jeden Zweifel. Und es sah nicht so aus, als wäre eine einzige der zerbrechlichen *Fei-chi*, die nur von je zwei Männern — einem Piloten und einem Bordschützen — geflogen wurden, getroffen worden. Die Bordwaffen der fremden Schiffe waren einfach nicht dazu konstruiert, so winzige Ziele zu beschießen. Sie spuckten und würgten ihre Geschosse in alle Richtungen, doch sie waren verwirrt wie plumpe Seekühe unter einem Angriff von Piranjas mit scharfem Gebiß; sie wußten einfach nicht, wie sie sich wehren sollten. Überall im Tal der Morgendämmerung lagen ihre Überreste verstreut. Tausend Feuer brannten in den Bergen und zeigten, wo die stolzen Panzerschiffe ihr Ende gefunden hatten. Die halbe Alliiertenflotte war vernichtet worden, und fünf unserer Luftschiffe (einschließlich der *Shantien*) kehrten nun zu den Anlegemasten zurück, um den Kampf den *Fei-chi* zu überlassen. Offensichtlich war der Schock, sich winzigen Flugmaschinen gegenüberzusehen, die schwerer als Luft waren, für die Angreifer zuviel. Sie hatten miterleben müssen, wie ihre besten Schiffe innerhalb von Minuten vom Himmel gepustet worden waren. Die schwerfälligen Kriegsschiffe traten den Rückzug an. Keine einzige Bombe war auf die Stadt des Sonnenaufgangs gefallen.

— 6 —

Eine weitere Begegnung mit dem Amateurarchäologen

Wir hatten die erste Schlacht mit einigen Verlusten gewonnen, doch es sollten noch viele kommen, ehe wir wissen konnten, ob wir die Großmächte endgültig aus dem Feld geschlagen hatten. Wir erfuhren, daß auch ihre Landangriffe gescheitert waren und die alliierten Streitkräfte sich zurückgezogen hatten. Wir frohlockten.

Während der nächsten paar Tage warteten wir, erholten uns, und in dieser Zeit bot ich dem Herrn der Lüfte endlich meine Dienste an, die er ohne Kommentar annahm und mir das Kommando über mein altes Schiff, die jetzige *Shan-tien,* übertrug.

Leider bestätigte sich, daß Kapitän Korzeniowski und seine gesamte Mannschaft beim Abschuß der *Rover* ums Leben gekommen waren. Dann begann der Angriff von neuem, und ich machte mich bereit, an Bord meines Schiffes zu gehen, doch Shaw bat mich, im Tower des Hauptquartiers zu bleiben, denn es war schnell klar geworden, daß die Schiffe der Großmächte eine vorsichtigere Strategie anzuwenden gedachten. Sie flogen bis zu den Bergen am Horizont und schwebten dort, während sie versuchten, den Hangar der *Fei-chi* mit Granaten zu beschießen. Wieder einmal bemerkte ich, daß Shaw sich weit besorgter um die Sicherheit des NFB-Projekt-Gebäudes zeigte als für die Halle mit den Flugmaschinen, doch wie sich herausstellte, wurden beide nicht ernsthaft beschädigt.

In mir erwachte jedoch ein überwältigender Zorn, als einige der Granaten in der Stadt des Sonnenaufgangs explodierten, hübsche Häuser beschädigten, Fensterscheiben zerschlugen, Bäume und Blumenbeete zerrissen, und ich erwartete ungeduldig den Befehl, an Bord meines Schiffes zu gehen. Doch Shaw blieb kühl und ließ den Feind mindestens eine Stunde lang seine Feuerkraft entfalten, ehe er die *Fei-chi* in den Himmel schickte.

»Und was ist mit mir?« fragte ich bekümmert. »Wollen Sie mich ihnen nicht eins vor den Bug knallen lassen? Ich habe mehrere Todesfälle zu rächen — nicht zuletzt den von Korzeniowski.«

»Wir alle haben viel zu rächen, Kapitän Bastable.« (Gemäß seiner Gewohnheit hatte er mir einen hochklingenden Rang verliehen.) »Und ich fürchte, daß es noch nicht ganz an der Zeit ist, Sie Ihre Rache nehmen zu lassen. Die *Shan-tien* hat die allerwichtigste Mission auszuführen. Aber jetzt noch nicht ... noch nicht ...«

Mehr konnte ich nicht aus ihm herausbringen.

Unsere Flugmaschinen stellten die feindlichen Schiffe in den Bergen und zerstörten dabei sieben. Doch diesmal hatten auch wir Verluste, denn die Luftschiffe hatten sich mit schnell feuernden Maschinengewehren ausgerüstet, die in hastig gebauten Türmen oder auf der Hülle installiert waren, von wo aus sie das Feuer unserer Maschinen erwidern konnten. Die empfindlichen Zwei-Mann-Maschinen waren schnell zerstört, wenn sie erst einmal getroffen waren, und wir verloren sechs bei dieser zweiten Kampfhandlung. Der Angriff hielt zwei Wochen lang mit zunehmender Hartnäckigkeit an, wobei der Feind ständig Verstärkung herbeischleppte, unsere Reserven jedoch allmählich schwanden. Ich glaube, nicht einmal Shaw hatte damit gerechnet, daß die Großmächte soviel Entschlossenheit an den Tag legen würden, ihn zu vernichten. Es war, als wüßten sie, daß die Herrschaft über ihre Territorien ins Wanken geriet, wenn sie vom Herrn der Lüfte geschlagen würden. Doch wir hörten auch ermutigende Neuigkeiten. In ganz China standen Bauern, Arbeiter und Studenten gegen ihre Unterdrücker auf. Die gesamte Nation war von der Revolution erfaßt. Shaws Hoffnung bestand darin, daß in so vielen Gebieten Unruhen aufkommen würden, daß die alliierten Streitkräfte gezwungen waren, sich zu spalten und zu verzetteln.

So wie es aussah, hatte die Stadt des Sonnenaufgangs die Großmächte gezwungen, ihre Kräfte an einem Punkt zu konzentrieren, so daß erfolgreiche Revolten in Shanghai (nun unter der Gewalt des Revolutionskomitees) und Peking (wo die herrschenden Japaner blutig niedergeschlagen worden waren) und vielen anderen Städten und Teilen von Provinzen ausgebrochen waren.

Von der Stadt des Sonnenaufgangs aus hörte Shaw, wie seine Revolution um sich griff, und seine Zuversicht wuchs, obwohl unsere Vorräte schrumpften. Noch gelang es uns, die vereinte Stärke der Großmächte vom Leibe zu halten, und Shaw interessierte sich nur noch intensiver für sein geheimnisvolles Projekt.

Eines Morgens marschierte ich von meinem Quartier zum Zentraltower, als ich vor mir einen Tumult sah. Eine Menschenmenge schaute zum Aeropark und deutete zum Himmel.

Erstaunt sah ich, wie ein einzelnes Luftschiff mit abgestellten Motoren herandriftete. Es konnte keinen Zweifel geben, auf seinen Schwanzflossen prangte der Union Jack. Ich lief zum Hauptquartier. Gewiß mußten sie dort das mysteriöse Luftschiff inzwischen auch gesehen haben.

Als ich an die Tür zum Tower gelangte, vernahm ich eine gewaltige Explosion, unter der das gesamte Gebäude erbebte. Ich betrat den Fahrstuhl und wurde schnell ins oberste Stockwerk getragen.

Das kleine britische Luftschiff — nicht annähernd so groß wie die Kriegsschiffe, die wir inzwischen erwarteten — bombardierte die *Fei-chi*-Hangars! Es hatte günstigen Wind abgewartet und war dann bei Nacht ungesehen und ungehört herangeschwebt in der Absicht, unsere Flugmaschinen zu zerstören.

Schon eröffnete jede unserer Kanonen das Feuer auf das Schiff, das sehr tief am Himmel hing. Glücklicherweise hatten die Bomben die Hallen nicht direkt getroffen, doch mehrere rauchende Trichter zeigten, daß sie sie nur um wenig verfehlt hatten. Es war kein schwer gepanzertes Schiff, und bald schon platzte seine Hülle, worauf es mit dem Bug voraus abstürzte, über den Aeropark trudelte und nur knapp unsere vertäute ›Flotte‹ verfehlte, ehe es zum Stillstand kam. Sofort verließ ich mit ein paar anderen Männern den Tower und sprang in einen Wagen. Wir rasten durch die Stadt und über den Aeropark zu jener Stelle, wo Shaws bunt gekleidete Banditen-Soldaten bereits um das Schiff standen. Wie ich mir schon gedacht hatte, waren nur wenige von der Besatzung ernsthaft verletzt. Zum erstenmal sah ich nun auf der geschrumpften Hülle den Namen des Schiffes und erschrak: Ich kannte ihn. Ich hatte ihn fast vergessen. Es war das erste Luftschiff, das ich jemals erblickt hatte. Offensichtlich hatten die Briten von ihrer indischen Luftwaffe Verstärkung angefordert. Das Beobachtungsschiff, das zerschmettert ganz in der Nähe des NFB-Projekt-Gebäudes am Boden lag, war kein anderes als die *Perikles* — das Schiff, das mir das Leben gerettet hatte.

Es mutete mich seltsam an, das Schiff wiederzusehen, wie ich gerne zugeben will. Ich begriff, daß die Großmächte jedes Schiff benötigten bei dem Versuch, die Stadt des Sonnenaufgangs zu vernichten. Und dann sah ich Major Powell persönlich aus dem Wrack klettern, in seinen dunklen Augen stand ein wilder Blick. Sein Gesicht war ölbeschmiert, seine Uniform zerrissen. Ein Arm hing schlaff herab, doch er umklammerte immer noch fest sein Offiziersstöckchen, während er die Flucht seiner Männer aus dem Schiff überwachte. Er erkannte mich sofort.

Seine Stimme klang hoch und angespannt. »Hallo, Bastable. Jetzt als Verbündeter unserer farbigen Brüder, wie? Na, na, — hat nicht viel genutzt, Ihnen das Leben zu retten, oder?«

»Guten Morgen, Major«, sagte ich. »Lassen Sie mich Ihnen ein Kompliment für Ihre Tapferkeit aussprechen.«

»Unfug! Aber es war einen Versuch wert. Sie können nicht siegen, wissen Sie — und wenn Sie noch so viele dieser verdammten Flugmaschinchen haben. Letztendlich bekommen wir Sie doch.«

»Aber das kostet Sie auch eine Menge«, erwiderte ich.

Powell warf einen mißtrauischen Blick auf Shaws Soldaten. »Was werden die tun? Uns zu Tode foltern? Unsere Leichen als Warnung für die anderen zurückschicken?«

»Sie werden gut behandelt werden«, klärte ich ihn auf. Ich ging neben ihm her, als er und seine Männer entwaffnet und in die Stadt des Sonnenaufgangs geführt wurden. »Es tut mir leid um die *Pericles*.«

»Mir auch.« Er weinte fast — ob vor Zorn oder vor Trauer, konnte ich nicht sagen. »Das waren Sie also, ein elender Nihilist. Deshalb täuschten Sie Gedächtnisschwund vor. Wenn ich daran denke, daß ich glaubte, Sie wären einer von uns!«

»Ich war einer von Ihnen«, sagte ich leise. »Vielleicht bin ich es immer noch. Ich weiß es nicht.«

»Was für ein jämmerliches Schauspiel, Bastable. Ganz China in Aufruhr. Teile von Indien bereits infiziert, von Südostasien gar nicht zu reden. Die armen, unwissenden Eingeborenen glauben, sie hätten eine Chance. Sie haben nicht die geringste.«

»Ich glaube, sie haben eine — jetzt«, widersprach ich ihm. »Die Tage des Imperialismus gehen zu Ende — zumindest, so wie wir ihn begreifen.«

»Wenn sie zu Ende gehen, dann um uns alle ins Mittelalter zurückzustoßen. Die Großmächte haben über hundert Jahre für den Weltfrieden gesorgt — nun ist alles aus. Es wird ein Jahrzehnt dauern, bis wieder einigermaßen normale Zustände hergestellt sein werden, falls wir es überhaupt schaffen.«

»Es wird nie wieder ›normal‹ sein«, sagte ich. »Dieser Frieden, Major, war zu teuer erkauft.«

Er schnaubte verächtlich. »Sie haben Sie bestimmt umgedreht. Aber mich werden sie niemals umdrehen. Sie hätten wohl lieber Krieg in Europa, wie?«

»Ein Krieg in Europa wäre schon längst fällig gewesen. Ein Krieg zwischen den Großmächten hätte ihre Umklammerung um die unterworfenen Völker gelokkert. Verstehen Sie das nicht?«

»Ich sehe das überhaupt nicht so. Ich komme mir vor wie einer, der die letzten Tage des Römischen Weltreiches miterlebt. Verdammt noch mal!« Er zuckte zusammen, als er mit seinem Arm eine Mauer streifte.

»Ich werde Ihren Arm versorgen lassen, sobald wir in der Stadt sind«, versprach ich ihm.

»Ich will Ihre Barmherzigkeit nicht«, sagte Powell. »Gelbes Geschmeiß und Nigger sollen die Welt regieren? — Das ist ja zum Lachen!«

Daraufhin ließ ich ihn stehen und sah ihn niemals wieder.

War ich vorher in der Frage meines Standpunktes hin und her gerissen gewesen, so war dies nun geklärt. Powells widerwärtiger Sarkasmus und seine Verachtung führten bei mir zu dem Ergebnis, daß ich mich ein für allemal auf Shaws Seite schlug. Die Maske freundlicher Gönnerhaftigkeit war gefallen, um den Haß und letztendlich die Furcht darunter zu entlarven.

Als ich wieder im Tower angelangte, wartete Shaw auf mich. Er wirkte entschlossen.

»Dieser hinterhältige Angriff hat den Ausschlag gegeben«, erklärte er. »Projekt NFB ist soweit. Ich glaube, daß es sich als erfolgreich erweisen wird, obwohl wir keine Zeit — und keine Möglichkeit — haben, es zu erproben. Wir werden es genauso machen wie dieses Schiff. Heute nacht legen wir ab.«

»Ich glaube, das sollten Sie mir besser etwas deutlicher erklären«, sagte ich lächelnd. »Was werden wir tun?«

»Die Großmächte benutzen die großen Luftschiff-Werften in Hiroshima als ihre Hauptbasis. Die fliegen sie für Reparaturen und Ersatzteilaustausch an. Es ist die nächstgelegene technische Basis, wo sie fachmännisch gewartet werden können. Dort werden auch viele Panzerschiffe gebaut. Wenn wir diese Basis zerstören — dann besitzen wir augenblicklich eine weit größere Manövrierfähigkeit, Kapitän Bastable.«

»Ganz meine Meinung«, sagte ich. »Aber dafür haben wir nicht genügend Luftschiffe, General Shaw. Und wir verfügen nur über wenige Bomben. Die *Fei-chi* können eine solche Entfernung nicht zurücklegen. Außerdem besteht die größte Wahrscheinlichkeit, daß wir gesichtet und abgeschossen werden, sowie wir das Tal der Morgendämmerung verlassen oder uns jenseits davon befinden. Wie sollten wir es also schaffen?«

»Projekt NFB ist fertig. Besteht eine Chance, heute nacht die *Shan-tien* zu starten und hinter die feindlichen Linien zu fliegen?«

»Unsere Chance ist so groß wie die des Schiffes, das hierhergedriftet ist«, erwiderte ich. »Falls der Wind günstig steht.«

»Machen Sie sich bereit, bei Sonnenuntergang abzulegen.«

Ich zuckte die Achseln. Das war Selbstmord. Aber ich würde es tun.

— 7 —
Das NFB-Projekt

Bei Sonnenuntergang befanden wir uns alle an Bord. Während des Tages waren ein paar vereinzelte Attacken durch feindliche Luftschiffe erfolgt, es hatte jedoch keinen ernsthaften Schaden an Bord gegeben.

»Sie warten auf Verstärkung«, erklärte mir Shaw. »Und diese Verstärkung muß nach meinen Informationen aus Hiroshima kommen. Morgen früh sollen sie dort starten.«

»Das wird ein langer Flug für uns«, sagte ich. »Selbst wenn wir Erfolg haben, werden wir morgen früh nicht zurück sein.«

»Dann fliegen wir nach Peking. Es befindet sich inzwischen in der Hand von Genossen.«

»Richtig.«

Uljanow, Dutschke und Una Persson waren mit General Shaw an Bord gekommen. »Ich will, daß sie es sehen, damit sie es glauben«, sagte er zu mir. An Bord befanden sich ebenfalls eine Reihe Wissenschaftler, die die Zuladung eines ziemlich großen Gegenstandes durch unsere untere Luke überwacht hatten. Es waren ernst dreinblickende Ungarn, Deutsche und Amerikaner, und sie sagten kein Wort zu mir. Doch unter ihnen war auch ein Australier, und den fragte ich, was eigentlich vor sich ging.

Er grinste. »Es geht nichts vor sich, es geht was *hoch*, meinen Sie wohl. Ha, ha! Jemand sollte es Ihnen sagen, aber meine Sache ist das nicht. Viel Glück, Kumpel!«

Darauf verließ er mit den anderen Wissenschaftlern das Schiff.

General Shaw legte mir den Arm um die Schulter. »Machen Sie sich keine Gedanken, Bastable. Sie werden es erfahren, ehe wir dort sind.«

»Es muß eine Bombe sein«, vermutete ich. »Eine besonders starke Bombe? Nitroglyzerin? Eine Brandbombe?«

»Warten Sie es ab!«

Wir standen alle auf der Brücke der *Loch Etive* und beobachteten den Sonnenuntergang. Das Schiff — ich müßte es *Shan-tien* nennen — war nicht mehr das Luxuspassagierschiff, das ich gekannt hatte. Man hatte alle unwesentliche Einrichtung entfernt, und aus dem Bullaugen ragten nun die Läufe von General O. T. Shaws rückstoßfreien Kanonen. Die früheren Promenadendecks hatten sich in Geschützdecks verwandelt. Wo einst die Passagiere getanzt hatten, war nun Munition gelagert. Falls man uns entdeckte, würden wir gut zu parieren wissen. Ich dachte zurück an den dummen Zusammenstoß mit ›Rauhreiter Ronnie‹ Reagan. Ohne ihn wäre ich an diesem Tag nicht Kommandeur dieses Schiffes gewesen, das zur Ausführung eines tollkühnen Auftrages auslief, dessen Natur ich nicht einmal erraten konnte. Es kam mir vor, als sei seit meiner Begegnung mit Reagan mehr Zeit vergangen als seit dem Augenblick, da ich von meiner Zeit aus in die Zukunft geschleudert worden war.

Uljanow stellte sich neben mich, als ich an meinen Instrumenten stand und das Ablegen vom Mast vorbereitete.

»So nachdenklich, junger Mann?«

Ich schaute in seine freundlichen, alten Augen. »Ich habe mich gerade gefragt, was einen rechtschaffenen englischen Armeeoffizier über Nacht in einen entschlossenen Revolutionär verwandelt«, sagte ich lächelnd.

»Das geht vielen so«, antwortete er. »Ich habe es oft miterlebt. Aber man muß ihnen zuerst *soviel* Ungerechtigkeit vor Augen führen … Keiner will glauben, wie grausam die Welt ist — oder daß die eigene Art grausam ist. Von den Grausamkeiten nichts wissen, heißt, seine Unschuld bewahren, wie? Und wir wollten ja alle gerne unschuldig bleiben! Ein Revolutionär ist ein Mensch, dem es nicht gelingt, seine Unschuld zu bewahren, der sie aber so verzweifelt zurückhaben möchte, daß er sich bemüht, eine Welt zu errichten, wo alle unschuldig sind.«

»Aber kann es eine solche Welt jemals geben, Wladimir Iljitsch?« Ich seufzte. »Sie beschreiben den Garten Eden, wissen Sie. Ein bekannter Traum — aber als Wirklichkeit? Ich frage mich ...«

»Es gibt eine unendliche Vielzahl möglicher Gesellschaften. In einem unendlichen Universum können alle früher oder später Wirklichkeit werden. Es liegt an der Menschheit, das zur Wirklichkeit zu machen, was sie als Wirklichkeit anstrebt. Der Mensch ist ein Wesen, das fast alles schaffen kann, was es sich wünscht — oder alles vernichten, was es wünscht. Und manchmal versetzt der Mensch sogar mich, der ich doch schon so alt bin, noch in Erstaunen!« Er kicherte.

Ich lächelte zurück und dachte darüber nach, daß er wirklich erstaunt wäre, wenn er erführe, daß ich in Wirklichkeit älter war als er!

Es wurde dunkel, und ich holte tief Luft. Unsere einzige Lichtquelle bestand in der Armaturenbeleuchtung. Ich beabsichtigte, das Schiff auf eine Höhe von 1000 Metern hochzuziehen und diese Höhe so lange wie möglich zu halten. Der Wind blies ungefähr in Richtung Nordosten und würde uns in die richtige Richtung treiben, wenn wir das Tal ohne Motorkraft verlassen wollten.

»Leinen los!« befahl ich.

Unsere Anlegetaue fielen hinab, und wir begannen aufzusteigen. Ich hörte, wie der Wind um unsere Hülle flüsterte. Ich sah, wie die Lichter der Stadt des Sonnenaufgangs unter uns immer kleiner wurden.

»3000 Fuß, Höhensteuermann!« befahl ich. »Ziehen Sie sie behutsam hoch! 45 Grad Steigungswinkel! Drehen Sie sie backbord zum Wind, Steuermann!« Ich überprüfte die Instrumente. »Halten Sie sie ruhig!«

Alles schwieg. Dutschke und Una Persson standen am Fenster und schauten hinab. Shaw und Uljanow standen in meiner Nähe und spähten auf die Instrumente, die ihnen so gut wie nichts sagten. Shaw trug einen blauen Baumwollanzug und paffte eine Zigarette. Schräg auf seinem Kopf saß ein Kulihut aus geflochtenen Binsen. An seinem Gürtel hing ein Pistolenhalfter. Nach einer Weile begann er, auf der Brücke hin- und herzulaufen.

Wir schwebten gemächlich über die Berge. In wenigen Minuten würden wir uns über dem Hauptlager des Feindes und in Reichweite seiner Artillerie befinden. Falls wir gesichtet wurden, könnten sie schnell ein paar Schiffe starten — dann bestand wenig Zweifel am Ausgang unseres Unternehmens. Wir würden mit dem NFB-Projekt vom Himmel herabgepustet werden. Und ich bezweifelte, ob die Stadt des Sonnenaufgangs den Willen besaß, den Kampf viel länger weiterzuführen, wenn Shaw tot wäre.

Aber schließlich hatten wir das Lager hinter uns gebracht und entspannten uns ein wenig.

»Können wir jetzt die Motoren anwerfen?« wollte Shaw wissen.

Ich schüttelte den Kopf. »Noch nicht. Vielleicht in zwanzig Minuten. Vielleicht auch später.«

»Wir müssen Hiroshima erreichen, ehe es hell wird.«

»Ich verstehe.«

»Wenn die Werften erst einmal zerstört sind, werden sie fast genauso große Schwierigkeiten haben wie wir, ihre Munitionsbestände aufzufüllen. Dann ist es schon mehr ein fairer Kampf.«

»Das ist richtig«, sagte ich. »Und können Sie mir jetzt sagen, General Shaw, wie Sie diese Zerstörung bewerkstelligen wollen?«

»Die Lösung liegt im untersten Frachtraum«, antwortete er. »Sie haben doch zugesehen, wie die Wissenschaftler sie an Bord brachten.«

»Aber worum handelt es sich denn bei diesem NFB-Projekt?«

»Man hat mir erklärt, daß es eine besonders wirksame Bombe sei. Ich weiß nur wenig mehr — es ist *ausgesprochen* hochwissenschaftlich —, doch es war der Traum einiger Wissenschaftler seit Beginn dieses Jahrhunderts. Es hat uns eine Menge Geld und mehrere Jahre der Forschung gekostet, nur dieses eine Exemplar herzustellen — das nun im unteren Frachtraum liegt.«

»Woher wissen Sie, daß die Bombe auch funktioniert?«

»Das kann ich nicht wissen. Aber falls sie funktioniert, müßte sie durch *eine einzige* Explosion den größten Teil der Luftschiffwerften vernichten. Die Wissenschaftler haben mir erklärt, daß die Detonation die Wucht von mehreren hundert Tonnen Nitroglyzerin hat.«

»Gütiger Gott!«

»Ich wollte es auch nicht recht glauben, aber sie haben mich überzeugt, vor allem, als sie vor drei Jahren bei einem vergleichsweise winzigen Experiment dieser Reihe fast das ganze Labor in Schutt und Asche gelegt haben. Ich weiß nur, es hat irgend etwas mit dem atomaren Aufbau der Materie zu tun. Die Theorie zur Bombe besaßen sie schon lange Zeit, doch es dauerte Jahre, das in die Praxis umzusetzen.«

»Na, hoffen wir, daß sie recht haben.« Ich lächelte. »Wenn wir sie abwerfen, und es stellt sich heraus, daß sie die Sprengkraft eines Knallfrosches besitzt, sehen wir nämlich ganz schön dumm aus.«

»Das ist wahr.«

»Und wenn sie so stark ist, wie sie sagen, dann bleiben wir besser ziemlich weit oben — Explosionen strahlen ja auch in die Höhe aus, nicht nur in die Breite. Wir sollten uns mindestens 1000 Fuß über dem Boden befinden, wenn sie hochgeht.«

Shaw nickte gedankenverloren.

Bald konnte ich die Motoren anwerfen lassen, und die Brücke der *Shan-tien* erbebte leicht, als wir mit 100 Meilen bei Rückenwind durch die Nacht preschten. Das Dröhnen der Motoren bei voller Kraft klang wie Musik in meinen Ohren. Allmählich stieg meine Laune, und ich überprüfte unsere Position. Wir hatten nicht viel Zeit zu verlieren. Nach meinen Berechnungen würden wir die Luftschiff-Werften von Hiroshima etwa eine halbe Stunde vor der ersten Morgendämmerung erreichen.

Eine Weile waren wir alle in unsere eigenen Gedanken vertieft, während wir auf der Brücke standen und dem raschen Stampfen der Motoren lauschten.

Shaw brach schließlich das Schweigen.

»Wenn ich nun sterbe«, sagte er plötzlich und drückte damit einen Gedanken aus, der uns alle bewegte, »so habe ich, glaube ich, die Saat für eine siegreiche Revolution in der ganzen Welt gelegt. Die Wissenschaftler in der Stadt des Sonnenaufgangs werden das NFB-Projekt vervollkommnen, selbst wenn *diese* Bombe nicht funktionieren sollte. Es werden weitere *Fei-chi* gebaut und unter den Revolutionären verteilt werden. Ich werde dem Volk Kraft geben. Kraft, sein Schicksal selbst zu bestimmen. Ich habe den Menschen des Landes bereits gezeigt, daß die Großmächte nicht unbesiegbar sind, daß man sie stürzen kann. Sehen Sie, Onkel Wladimir, es ist die *Hoffnung,* und nicht die Verzweiflung, die eine siegreiche Revolution auslöst!«

»Vielleicht«, gab Uljanow zu. »Aber Hoffnung allein genügt nicht.«

»Nein — politische Macht erwächst aus dem brechenden Mantel einer Bombe, wie wir sie mit uns führen. Wenn die Unterdrückten solche Bomben zu ihrer Verfügung haben, können sie ihren Unterdrückern alles abringen.«

»Falls die Bombe funktioniert«, warf Una Persson ein. »Davon bin ich nicht überzeugt. Nukleare Fission, wie?

Alles ganz schön, aber wie wollen Sie es schaffen? Ich fürchte, man hat Sie vielleicht da etwas getäuscht, Mr. Shaw.«

»Warten wir es ab.«

Ich erinnere mich an ein Gefühl der Vorahnung, als die dunkle Küste Japans hinter dem mondbeschienenen Meer in Sicht kam. Wir stellten die Motoren ab und ließen uns im Wind treiben.

Ich bereitete die Schaltungen vor, die die Sicherheitsbolzen von den Ladeluken lösen (die Hauptsicherungen mußten von Hand gelöst werden) und die Bombe auf die ahnungslosen Werften fallen lassen würden. Ich sah Lichterketten in allen Regenbogenfarben. Die Stadt Hiroshima. Dahinter lagen die Werften — kilometerweit Hangars, Anlegemasten, Reparaturdocks, eine Anlage, die fast ausschließlich für militärische Zwecke benutzt wurde, besonders zu dieser Zeit. Wenn wir auch nur einen Teil davon zerstören konnten, könnten wir den Angriff auf die Stadt des Sonnenaufgangs hinauszögern.

Ich weiß noch, daß ich Una Persson angesehen und überlegt habe, ob sie immer noch am Tod ihres Vaters litt. Und worüber grübelte Dutschke nach? Anfänglich hatte er Shaw gehaßt, doch nun mußte er zugeben, daß der große Kriegsherr, der Herr der Lüfte, ein Genie war und erreicht hatte, wovon viele andere Revolutionäre nur hatten träumen können. Uljanow zum Beispiel. Es sah so aus, als begriffe der alte Mann kaum, daß sein Traum nun Wahrheit werden sollte. Er hatte so lange gewartet. Vermutlich hatte ich für ihn nun das größte Mitgefühl. Er hatte sein Leben lang auf die Revolution gewartet, darauf, daß das Proletariat sich erhöbe, und er sollte es niemals miterleben. Vielleicht kam es niemals dazu ...

Shaw hatte sich interessiert nach vorn gebeugt, als wir über das Werftgelände schwebten. Er hatte eine Hand auf dem Halfter, in der anderen hielt er eine Zigarette. Sein gelber Kulihut war zurückgeschoben, und mit seinem hübschen eurasischen Gesicht wirkte er Zoll für Zoll wie der Held eines Volksmärchens.

Das Gelände strahlte hell erleuchtet, da die Männer an den Schlachtschiffen arbeiteten, die für die große Invasion in der Stadt des Sonnenaufgangs am nächsten Tag bereit sein mußten. Ich sah die schwarzen Umrisse der Hüllen und das Flackern von Acetylenlampen.

»Sind wir da?« Wieder sah der Kriegsherr, der die Geschichte verändert hatte, wie ein Schuljunge aus. »Ist das das Werftgelände, Kapitän Bastable?«

»Das ist es.«

»Die armen Männer.« Uljanow schüttelte sein weißes Haupt. »Es sind auch nur Arbeiter wie die anderen.«

Dutschke wies mit dem Daumen auf die Stadt. »Ihre Kinder werden uns dankbar sein, wenn sie größer sind.«

Das bezweifelte ich. Morgen würde es in Hiroshima viele Witwen und Waisen geben.

Una Persson schaute mich nervös an. Offenbar hatte sie ihre Zweifel an der Wirksamkeit der Bombe verloren. »Mr. Bastable, nach meinem Wissen kann eine Bombe dieses Typs theoretisch unübersehbare Schäden anrichten. Teile der Stadt könnten in Mitleidenschaft gezogen werden.«

Ich lächelte. »Die Stadt liegt fast drei Kilometer entfernt, Mrs. Persson.«

Sie nickte. »Wahrscheinlich haben Sie recht.« Sie strich über ihr glänzendes, dunkles Haar und schaute wieder auf das Werftgelände hinab.

»Gehen Sie auf 1000 Fuß, Höhensteuermann!« sagte ich. »So gut es sich machen läßt.«

Nun konnten wir einzelne Leute erkennen. Männer liefen über den Betonboden, schleppten Werkzeuge und erklommen die Gerüste um die riesigen Panzerschiffe.

»Dort ist der Hauptwartungshof.« Shaw deutete in die entsprechende Richtung. »Können wir das Schiff ohne Motorkraft dorthin lenken?«

»Man wird uns bald bemerken. Aber ich will es versuchen. Fünf Grad, Steuermann!«

»Fünf Grad, Sir«, antwortete der blasse, junge Mann am Rad. Das Schiff ächzte leise, als es sich drehte.

»Machen Sie sich bereit, sie schnell hochzuziehen, Höhensteuermann!« warnte ich.

»Aye, aye, Sir.«

Wir befanden uns nun über den Wartungshöfen. Ich nahm mein Sprechrohr zur Hand.

»Kapitän an unteren Frachtraum. Sind die Hauptladeluken bereit?«

»Bereit, Sir.«

Ich drückte den Hebel, der die Sicherheitsbolzen löste.

»Sicherheitsbolzen gelöst, Sir.«

»Fertig machen, die Ladung abzuwerfen!«

»Fertiggemacht, Sir.«

Ich benutzte die Prozedur, mit der ein Schiff im Notfall leichter gemacht wurde.

Das riesige Schiff sank tiefer und tiefer durch die Nacht. Ich hörte ein seufzendes Windchen um seine Nase streichen. Ein melancholisches Windchen.

»Schützen zum Feuern bereitmachen! Erwidert das Feuer, falls Beschuß erfolgt!« Dies war für den Fall, daß wir im letzten Moment bemerkt und angegriffen wurden. Ich verließ mich auf das Überraschungsmoment durch die gewaltige Explosion, die uns genügend Zeit zur Flucht lassen würde.

»Alle Geschütze bereit, Sir.« Shaw blinzelte mir zu und kicherte.

»Alle Maschinen bereit. Volle Kraft voraus, sobald ihr einen Knall hört!«

»Bereit, Sir.«

»Ladeluken fertig!«

»Fertig, Sir.«

»Fallen lassen!«

»Sie ist draußen, Sir.«

»Steigungswinkel 60 Grad!« befahl ich. »Höhensteuermann, hoch auf 3000 Fuß! Wir haben es geschafft.«

Das Schiff hob die Nase, und wir umfaßten die Handläufe, als die Brücke sich neigte.

Shaw und die anderen schauten nach unten. Ich kann mich so gut an ihre Gesichter erinnern. Dutschke schürzte die Lippen und runzelte die Stirn. Una Persson dachte offensichtlich an etwas ganz anderes. Uljanow lächelte still vor sich hin. Shaw drehte sich zu mir um. Er grinste. »Gleich wird sie aufschlagen. Die Bombe ...«

Ich erinnere mich an sein freudestrahlendes Gesicht, als grellweißes Licht hinter ihm emporloderte und die vier Personen sich in scharfen Umrissen abzeichneten. Dann ertönte ein seltsames Geräusch, wie ein einziger, lauter Herzschlag. Dann herrschte Dunkelheit, und ich wußte, daß ich blind war. Ich brannte in unsäglicher Hitze. Ich weiß noch, daß ich mich über die Intensität der Explosion wunderte. Sie mußte die ganze Stadt vernichtet haben, vielleicht die ganze Insel. Allmählich dämmerte mir die Ungeheuerlichkeit des Ganzen.

O mein Gott, dachte ich noch. *Ich wollte, das verdammte Luftschiff wäre niemals erfunden worden.*

— 8 —

Der Verirrte

»DAS WAR ES.« Bastables Stimme war heißer und kratzte. Er hatte fast drei Tage lang ununterbrochen geredet.

Ich legte meinen Bleistift nieder und blätterte erschöpft durch die vielen Seiten Kurzschrift, die seine phantastische Geschichte enthielten.

»Sie glauben wirklich, das alles erlebt zu haben!« sagte ich. »Aber wie erklären Sie sich Ihre Rückreise in unsere Zeit?«

»Ja, offensichtlich hat man mich aus dem Meer gefischt; ich war bewußtlos, vorübergehend blind und hatte ziemlich schwere Brandwunden. Die japanischen Fischer, die mich gefunden haben, glaubten, ich sei ein Seemann, der einen Unfall im Maschinenraum eines Schiffes gehabt hatte. Man brachte mich nach Hiroshima ins dortige Seemannskrankenhaus. Ich war ganz erstaunt, zu erfahren, daß es *tatsächlich* Hiroshima war, denn ich war zutiefst überzeugt, daß die Stadt in Schutt und Asche gelegt worden war. Natürlich begriff ich erst einige Zeit später, daß ich wieder im Jahr 1902 gelandet war.«

»Und was haben Sie dann unternommen?« Ich goß mir einen Drink ein und bot ihm auch einen an.

»Nun, sobald ich aus dem Krankenhaus entlassen wurde, ging ich zur britischen Botschaft. Sie waren recht freundlich. Wieder behauptete ich, an einem Gedächtnisschwund zu leiden. Ich gab meinen Namen, Dienstgrad und Nummer an und sagte, das letzte, woran ich mich erinnern könnte, sei, von Sharan Kangs Priestern im Tempel des Kommenden Buddha verfolgt worden zu sein. Sie telegrafierten meinem Regiment, und von dort bestätigte man, daß die Angaben, die ich gemacht hatte, korrekt waren. Man bezahlte mir meine

Überfahrt und den Zug nach Lucknow, wo mein Regiment stationiert war. Seit der Angelegenheit in Teku Benga waren sechs Monate vergangen.«

»Und Ihr Kommandant hat Sie natürlich erkannt.«

Bastable stieß wieder sein kurzes, bitteres Lachen aus. »Er sagte, ich wäre in Teku Benga ums Leben gekommen, ich hätte nicht überleben können. Er sagte, auch wenn ich Bastable in gewisser Weise ähnlich sähe, sei ich ein Hochstapler. Zum einen war ich älter, und meine Stimme hat sich verändert.«

»Erinnerten Sie ihn nicht an Dinge, die nur Sie wissen konnten?«

»Doch. Er gratulierte mir zu meiner Fleißarbeit und erklärte, wenn ich dergleichen nochmals versuchen sollte, würde er mich verhaften lassen.«

»Und das haben Sie einfach so hingenommen? Und was ist mit Ihren Verwandten? Haben Sie nicht versucht, mit ihnen Verbindung aufzunehmen?«

Bastable sah mich ernst an. »Ich hatte Angst davor. Wissen Sie, dies ist nämlich nicht ganz die Welt, an die ich mich erinnere. Ich bin mir nicht sicher, vielleicht liegt es nur an meinem Gedächtnis. Irgend etwas muß bei dem Hin und Her in der Zeit geschehen sein. Aber einige Kleinigkeiten stimmen einfach nicht...« Er schaute sich mit gehetztem Blick um, wie einer, der plötzlich bemerkt, daß er sich an einem Ort, den er zu kennen glaubte, verirrt hat. »Winzige Kleinigkeiten ...«

»Vielleicht liegt es am Opium?« murmelte ich.

»Vielleicht.«

»Und deshalb haben Sie Angst, nach Hause zurückzukehren? Weil es sein könnte, daß Ihre Verwandten Sie *nicht* erkennen würden?«

»Das ist der Grund. Ich glaube, ich nehme nun doch noch einen Drink.« Er durchquerte den Raum und goß sich ein großes Glas Rum ein. Seinen Vorrat an Drogen hatte er während des Gesprächs mit mir aufgebraucht. »Nachdem mein Kommandeur mich hinausgeworfen hatte — ich habe ihn übrigens erkannt —, wanderte ich nach Teku Benga hinauf. Ich kam bis an die Schlucht, natürlich lag die ganze Stadt in Ruinen. Ich hatte das entsetzliche Gefühl, daß ich, wenn ich die Schlucht überqueren könnte — einen Leichnam finden würde, der der meine war. Also versuchte ich es erst gar nicht. Ich besaß ein paar Shillinge und kaufte mir ein paar Eingeborenenkleidungsstücke — dann bettelte ich mir meinen Weg durch Indien, manchmal fuhr ich ein Stück mit dem Zug. Anfänglich suchte ich nach einer Art Bestätigung für meine eigene Identität, jemanden, der mir versichern würde, daß ich wirklich am Leben war. Ich sprach mit Mystikern, die mir begegneten, und versuchte etwas Vernünftiges aus ihnen herauszubekommen, aber es hatte alles keinen Sinn. So beschloß ich zu versuchen, meine Identität zu vergessen. Ich gewöhnte mir an, Opium in jeder Art zu mir zu nehmen. Ich reiste nach China. Nach Shantung. Ich fand das Tal der Morgendämmerung. Ich weiß nicht, was ich mir davon erhofft hatte. Es war so wunderschön, wie ich es immer gekannt hatte. Dort lag jetzt ein armes, kleines Dorf. Die Menschen waren freundlich zu mir.«

»Und dann kamen Sie hierher?«

»Ja, nachdem ich eine ganze Reihe anderer Orte besucht hatte.«

Ich wußte nicht, was ich von dem Burschen halten sollte. Ich konnte nicht anders, als ihm jedes Wort glauben. Seine Stimme klang so überzeugend.

»Ich glaube, Sie sollten besser mit mir nach London fahren«, empfahl ich ihm. »Und Ihre Verwandten besuchen. Sie müssen Sie doch erkennen.«

»Vielleicht.« Er seufzte. »Aber wissen Sie, ich habe das Gefühl, daß ich nicht hierher *gehöre*. Diese Explosion — diese schreckliche Explosion über Hiroshima — sie ... sie hat mich von einer Zeit, in die ich nicht gehörte, in eine andere geschleudert ...«

»Ach, Unfug.«

»Nein, das ist wahr. Wir haben das Jahr 1903 — oder *ein* 1903 —, aber ... es ... es ist nicht *mein* 1903.«

Ich glaubte zu begreifen, was er sagen wollte, aber ich konnte kaum glauben, daß etwas Derartiges auch nur annähernd der Wahrheit entsprach. Ich konnte noch hinnehmen, daß ein Mensch in die Zukunft gereist und in seine eigene Epoche zurückgekehrt war, aber ich konnte nicht glauben, daß es ein *alternatives* 1903 geben sollte.

Bastable nahm noch einen Drink. »Und beten Sie zu Gott, daß es nicht *Ihr* 1973 war«, sagte er. »Wildgewordene Wissenschaftler — Revolutionäre — Bomben, die ganze Städte vernichten können!« Er schüttelte sich.

»Aber es gab doch auch große Errungenschaften«, meinte ich zögernd. »Und ich bin nicht überzeugt, ob die Eingeborenen, von denen sie sprachen, letzten Endes nicht besser dran waren.«

Er zuckte die Achseln. »Verschiedene Zeitalter lassen die gleichen Menschen die Dinge anders betrachten. Ich tat, was ich tat. Mehr ist dazu nicht zu sagen. Heute würde ich es vermutlich nicht tun. Abgesehen davon herrscht in dieser unserer Welt mehr Freiheit, mein Alter. Glauben Sie mir das!«

»Aber sie wird jeden Tag weniger«, erwiderte ich. »Und nicht jeder ist frei. Ich will gerne zugeben, daß dieses Vorrecht existiert ...«

Er hob die Hand, um mich zum Schweigen zu veranlassen. »Um Himmels willen keine derartige Diskussion!«

»In Ordnung.«

»Ihre Aufzeichnungen können Sie ebensogut zerreißen«, meinte er. »Niemand wird Ihnen Glauben schenken. Warum auch? Hätten Sie etwas dagegen, wenn ich einen kleinen Spaziergang mache — ein bißchen Luft schnappe, während ich mir überlege, was ich tun will?«

»Ganz und gar nicht. Sehr schön.«

Ich blickte ihm nach, wie er erschöpft das Zimmer

verließ und hörte seine Schritte auf der Treppe. Was für ein seltsamer Mann er war!

Ich überflog meine Notizen. Gigantische Luftschiffe — Einschienenbahnen — elektrische Fahrräder — drahtloses Telefon — Flugmaschinen, leichter als Luft — all diese Wunderdinge. Sie konnten nicht das Produkt der Phantasie eines einzigen jungen Mannes sein.

Ich legte mich auf mein Bett, grübelte immer noch darüber und muß wohl eingeschlafen sein. Ich erinnere mich, einmal kurz aufgewacht zu sein und mich gewundert zu haben, wo Bastable war, dann schlief ich weiter bis zum Morgen in der Annahme, daß er sich im Nebenzimmer befand.

Doch als ich aufstand, erzählte mir Ram Dass, daß das Bett unberührt geblieben sei. Ich ging, um Olmeijer zu fragen, ob er wußte, wo Bastable war, doch der dicke Holländer hatte ihn nicht gesehen.

Ich fragte jeden in der Stadt, ob Bastable ihm über den Weg gelaufen sei. Jemand erzählte mir, er hätte spät in der Nacht einen jungen Mann zum Hafen stolpern sehen und ihn für betrunken gehalten.

Am Morgen war ein Schiff ausgelaufen. Vielleicht hatte Bastable sich an Bord geschlichen. Vielleicht hatte er sich ins Meer gestürzt.

Ich hörte nie mehr von Bastable, obwohl ich Annoncen aufgab und über ein Jahr lang Nachforschungen anstellte, doch er blieb verschwunden. Vielleicht war er tatsächlich wieder durch die Zeit geschleudert worden — in die Vergangenheit, die Zukunft oder gar in das 1903, in das er seiner Meinung nach gehörte?

Das war alles. Ich habe das ganze Manuskript abtippen lassen, es geordnet, Wiederholungen und einige unnötige Kommentare weggelassen, die Bastable beim Sprechen eingeflochten hatte, ich habe einiges klarer formuliert, wo dies möglich war, doch im Wesentlichen handelt es sich um Bastables Geschichte, so wie er sie mir erzählt hat.

NACHTRAG (1907)

Seit ich Bastable begegnet bin, haben die Gebrüder Wright die Lüfte erobert, und der motorbetriebene Ballon entwickelt sich zusehends weiter. Funktelefone sind Wirklichkeit geworden, und kürzlich habe ich gehört, daß mehrere Erfinder mit einem Einschienensystem experimentieren. Wird alles Wirklichkeit? Wenn ja, so sehe ich aus egoistischen Beweggründen einer zunehmend friedlichen und bequemen Welt entgegen, denn ich werde tot sein, ehe die Welt die revolutionäre Katastrophe erlebt, die Bastable beschrieben hat. Und doch gibt es einiges, das nicht mit seiner Schilderung übereinstimmt. Die Flugmaschine schwerer als Luft ist bereits Realität. Sie wird von Leuten in Frankreich und Amerika geflogen, und es geht sogar das Gerücht, man wolle damit den Kanal überfliegen! Aber vielleicht sind diese Flugzeuge nicht von Dauer oder nicht in der Lage zu großen Geschwindigkeiten oder Langstreckenflug.

Ich habe mich bemüht, eine Reihe von Verlegern für Bastables Bericht zu interessieren, doch alle halten ihn für zu phantastisch, um ihn als Faktum zu präsentieren und für zu düster für einen Roman. Schriftsteller wie dieser Mr. Wells scheinen solche Bücher gepachtet zu haben. Nur daß diese Geschichte hier wahr ist. Ich bin überzeugt, daß sie wahr ist. Ich werde Bastable zuliebe weiterhin versuchen, einen Verleger zu finden.

NACHTRAG (1909)

Blériot hat den Kanal mit einem Flugzeug überflogen! Wieder habe ich versucht, einen Verleger für Bastables Geschichte zu gewinnen, und er bat mich — wie verschiedene andere — sie umzuschreiben — mehr Abenteuer rein, eine Liebesgeschichte, ein paar wunderliche

Dinge mehr —, das hat er verlangt. Ich kann nicht umschreiben, was Bastable mir erzählt hat, und so verwahre ich das Manuskript vielleicht für ein weiteres Jahr in der Schublade.

NACHTRAG (1910)

Bald Aufbruch nach China. Werde nach dem Tal der Morgendämmerung suchen, um es mir anzuschauen und vielleicht in der Hoffnung, Bastable dort zu finden. Er schien den Ort zu mögen und die Leute hatten, wie er erzählt hatte, gut für ihn gesorgt. In China wimmelt es heutzutage *wirklich* von Revolutionären, aber ich hoffe, trotzdem unbehelligt zu reisen. Vielleicht bin ich sogar dort, wenn das Land Republik wird! Gewiß sind die Dinge im Umbruch, und wahrscheinlich werden Russen und Japaner versuchen, sich weite Teile des Landes anzueignen.

Sollte ich von China nicht zurückkehren, wäre ich dankbar, wenn jemand weiterhin sich bemühte, dieses Manuskript in Druck zu geben.

M. M.

NACHWORT DES HERAUSGEBERS

Das Obenstehende war der letzte Nachtrag meines Großvaters zu dem Manuskript — zumindest der letzte, den wir finden konnten. Er kehrte aus China zurück, aber zweifellos hat er Bastable dort nicht gefunden, sonst hätte er es wohl erwähnt. Ich nehme an, daß er es nach 1910 aufgegeben hat, einen Verlag für das Buch zu suchen.

Mein Großvater kam 1914 nach Frankreich und fiel im Oktober 1916 an der Somme.

MICHAEL MOORCOCK,
1971

Zweiter Roman

Der Landleviathan

Originaltitel: THE LAND LEVIATHAN

Deutsche Übersetzung von Sylvia Pukallus

EINFÜHRUNG

Mein Grossvater, der relativ jung starb — er hatte sich im Ersten Weltkrieg freiwillig an die Front gemeldet, war schwer verwundet worden und erholte sich nie ganz davon — wurde in seinen letzten Lebensjahren immer verschlossener und menschenfeindlicher, so daß die Entdeckung einer kleinen Stahlkassette zwischen seinen Hinterlassenschaften nicht die geringste Neugier bei seinen Erben erweckte, die sie, als sie feststellten, daß sie sie nicht öffnen konnten (ein Schlüssel dazu tauchte niemals auf), einfach mit seinen Papieren fortstellten und vergaßen. Die Kassette ruhte fast fünfzig Jahre lang in der Mansarde unseres Hauses in Yorkshire und befände sich zweifellos noch immer dort, hätte ich nicht jenes Manuskript entdeckt, das ich vor einigen Jahren unter dem Titel ›Der Herr der Lüfte‹ veröffentlicht habe. Nach dem Erscheinen des Buches erhielt ich viele interessante Briefe von Menschen, die mich fragten, ob es sich lediglich um eine erfundene Geschichte handelte oder ob ich in der beschriebenen Weise dazu gekommen sei. Ich war von Bastables Erzählung (und der meines Großvaters) vollkommen überzeugt, obgleich ich manchmal die gleiche Frustration empfand wie mein Großvater, als dieser versuchte, Leute von *seiner* Geschichte zu überzeugen, und unwillkürlich grübelte ich gelegentlich nach über das Mysterium des Verschwindens des jungen Mannes, nachdem er so lange Stunden im Gespräch mit meinem Großvater auf Rowe Island in den ersten Jahren unseres Jahrhunderts zugebracht hatte. Wie sich herausstellte, sollte ich mich bald im Besitz des bestmöglichen Beweises für die Glaubwürdigkeit meines Großvaters, wenn nicht gar Bastables befinden.

Den vergangenen Sommer verbrachte ich in Yorkshire, wo wir ein Haus mit Ausblick auf das Moor von West Riding besitzen, und da ich außer langen Spaziergängen und Kletterpartien nichts zu tun hatte, machte ich mich daran, die restliche Habe meines Großvaters durchzusehen, und stieß dabei schließlich auf die Stahlkassette, die man in die Ecke unter einer Dachkante in einer unserer zahlreichen Mansarden gesteckt hatte. Die Kassette befand sich hinter den vermodernden Überresten eines geschnitzten Holzwolfes, der mir als Kind stets großen Schrecken eingejagt hatte — vielleicht war das der Grund, daß ich nicht früher darauf gestoßen war. Als ich das Tier zur Seite schob, schien es mich aus staubigen Augen verletzt anzustarren, ehe es langsam zur Seite kippte und mit einem gedämpften Bums auf einen Stapel vergilbter Zeitschriften fiel, die ein anderer meiner Verwandten aus unerfindlichen Gründen einmal des Aufbewahrens für wert hielt. Es war, als habe der Wolf die Kassette seit Anbeginn der Zeiten gehütet, und ich hatte ein wenig das Gefühl, in geweihtes Gebiet einzudringen, so wie ein beutehungriger viktorianischer Archäologe dies auf seinem Weg in ein ägyptisches Königsgrab empfunden haben mochte!

Die Kassette war etwa zwanzig Zentimeter breit und sechzig Zentimeter lang und bestand aus dickem Stahl. Außen hatte sich ein wenig Rost angesetzt, und der Griff lockerte sich nicht, als ich daran rüttelte. Ich durchsuchte das Haus nach Schlüsseln, die in das Schloß passen mochten, und fand fast zwanzig, doch keiner wollte passen. Inzwischen war meine Neugier voll angestachelt, und ich schaffte die Kassette die Treppen hinab in meine Werkstatt, wo ich sie aufzuknacken versuchte. Alles, was ich erreichte, war, daß ich ein paar Meißel abbrach und das Blatt meiner Metallsäge verbog, daß ich schließlich einen Schlosser in Leeds anrufen und ihn um Hilfe bitten mußte, um das Ding zu öffnen. Ich war inzwischen auf pessimistische Weise überzeugt, daß die Kassette lediglich ein paar ungültige Wertpapiere oder auch gar nichts enthielt, aber ich wußte, daß ich keine Ruhe finden würde, ehe sie *offen war.* Schließlich kam der Schlosser, und er benötigte nur kurze Zeit, um die Kassette zu öffnen.

Ich erinnere mich noch gut an den sarkastischen Blick, als der Inhalt zum erstenmal seit sechzig Jahren ans Tageslicht kam. Ganz offensichtlich dachte er, ich hätte mein Geld verschwendet, denn es befand sich keinerlei Familienschmuck darin, lediglich ein Stoß dicht beschriebener Blätter im Kanzleiformat, die erste Anzeichen des Alters trugen. Die Handschrift war nicht einmal die meines Großvaters, und ich empfand eine vage Enttäuschung, denn offenbar hatte ich gehofft, auf Unterlagen zu stoßen, die mir mehr von den Erlebnissen Bastables und meines Großvaters enthüllen würden, nachdem der letztere nach China aufgebrochen war, um das Tal des Morgens zu suchen, wo er Bastable vermutet hatte.

Der Schlosser warf mir beim Gehen einen mitleidvollen Blick zu und erklärte, seine Firma würde mir die Rechnung zusenden; worauf ich seufzte, mir eine Kanne Kaffee machte und mich daran begab, die Bögen durchzublättern.

Da erst begriff ich, daß ich etwas viel Aufschlußreicheres gefunden hatte, als ich zu entdecken gehofft hatte (und wie sich herausstellte, etwas weit Verwunderlicheres!) — *denn diese Seiten waren Bastables eigene Aufzeichnungen!* Hier lag aus seiner eigenen Feder ein Bericht seiner Erlebnisse vor, nachdem er sich von meinem Großvater getrennt hatte. Es war sogar eine kurze Nachricht von Bastable an ihn beigefügt:

Moorcock, ich hoffe, daß Sie dieses Päckchen erhalten. Machen Sie damit, was Sie wollen. Ich will mein Glück noch einmal versuchen. Sollte es mir nicht gelingen, so bezweifle ich, daß ich die Kraft besitze, mein Leben (falls es überhaupt das meine ist) fortzuführen. Herzlichst

Bastable

Daran angeheftet waren einige Blätter mit der flüssigen Handschrift meines Großvaters, die ich in den Text eingliedere; sie stellen den ersten Abschnitt dar.

Dieser erste Teil spricht für sich selbst. Ich muß überhaupt wenig hinzufügen. Lesen Sie alles Weitere und machen Sie sich selbst ein Bild von seiner Echtheit.

MICHAEL MOORCOCK
Ladbroke Grove
September 1973

VORWORT

Auf der Suche nach Oswald Bastable

Sollte ich jemals einen Reisebericht verfassen, so bin ich überzeugt, wie eigentümlich die beschriebenen Ereignisse auch wären, ich hätte niemals solche Schwierigkeiten, ihn bei einem Verleger unterzubringen, wie bei dem Versuch, Oswald Bastables seltsame Erzählungen von seinem Besuch der Zukunft im Jahre 1973 in Druck zu geben. Das Ungewöhnliche bringt die Menschen nicht aus der Fassung, solange es in einem annehmbaren Kontext steht. Ein Buch, das die Entdeckung einer vierbeinigen, dreiäugigen Menschenrasse von außergewöhnlicher Intelligenz und übernatürlichen Kräften in Tibet als Tatsache darstellte, würde von einem großen Teil der Leserschaft durchaus geglaubt. Hätte ich Bastables Geschichte als Roman ausgegeben, ich bin sicher, die Kritiker hätten mich für meine bemerkenswerte Phantasie gelobt, und ein breites Publikum hätte ihn verschlungen in der Überzeugung, für sein gutes Geld ein spannendes Buch erworben zu haben — um es sogleich wieder zu vergessen.

Vielleicht hätte ich dies tun sollen, aber ich war — zweifellos völlig irrational — der Auffassung, daß es meine Pflicht sei, Bastables Bericht, so wie er war, zu publizieren.

Wollte ich mit meiner Schreiberei Geld verdienen, so könnte ich ein ganzes Buch mit sensationellen Anekdoten von meinen Chinareisen verfassen — China, das sowohl durch inneren wie äußeren Druck gespalten ist, wo eine wirkliche Gesetzgebung sich nur in den von fremden Mächten verwalteten Gebieten findet und wo ein breites Spektrum von Revolutionären und Propheten wunderlicher politischer und religiöser Ideen beständig um einen größeren Anteil dieses weiten und altehrwürdigen Landes streitet; aber mein Ziel ist nicht, Geld aus Bastables Geschichte zu schlagen. Ich meine nur, daß es meine Pflicht ist, mein Wort zu halten und mein Bestes zu tun, sie einer breiten Öffentlichkeit zugänglich zu machen.

Nun, da ich mit gewisser Erleichterung nach England zurückgekehrt bin, sehe ich Chinas Chancen, aus eigener Kraft das Chaos und die fremde Ausbeutung zu überwinden, etwas optimistischer. Eine Revolution hatte den Erfolg, den letzten der Manchus abzusetzen und unter Sun Yat-sen eine Republik zu errichten, der den Eindruck eines vernünftigen, gemäßigten Führers macht; ein Mann, der offenbar eine Menge aus der politischen Geschichte Europas gelernt hat, aber sich nicht damit zufriedengeben will, die Gebräuche des Westens zu imitieren. Möglicherweise besteht nun Hoffnung für China. Doch es ist nicht meine Aufgabe, über Chinas politische Zukunft zu spekulieren, sondern aufzuzeichnen, wie ich nach Bastables recht vager Beschreibung zum Tal des Morgens reiste. Ich hatte erraten, daß es irgendwo in der Provinz Shantung nördlich von Wuchang (welches selbstverständlich zu Hupeh gehört) lag. Mein Plan bestand dann, mich so direkt wie möglich nach Shantung zu begeben, um dann ins Landesinnere vorzustoßen. Ich zog alle Atlanten und geographische Lexika zu Rate, sprach mit Freunden, die als Missionare in jenem Teil Chinas tätig gewesen waren und gelangte zu einer recht präzisen Vorstellung, wo ich das Tal finden konnte — falls es überhaupt existierte.

Und doch hatte ich noch eine gewisse Scheu, zu jener vermutlich langen und anstrengenden Expedition aufzubrechen. Obwohl ich Bastable absolut geglaubt hatte, besaß ich nicht den geringsten Beweis, der meine Theorie hätte untermauern können, daß er ins Tal des Morgens zurückgekehrt war, wo 1973 die von General Shaw, dem Herrn der Lüfte, erbaute utopische Stadt namens Ch'ing Che'eng Ta-Chia (oder grob übersetzt: Stadt der Morgendämmerung) liegen sollte. Selbst wenn er ursprünglich dort hingereist war — und nichts gefunden hatte —, so hatte er gut in der Weite des asiatischen Kontinents verschwinden und ebensogut bei einem der unbedeutenderen Kriege oder einer der Unruhen, die ständig jene armen und zerstrittenen Länder erschütterten, ums Leben kommen können.

Deshalb führte ich mein normales Leben weiter und verdrängte die ganze erstaunliche Angelegenheit von Bastable so weit es nur ging, obgleich ich sein Originalmanuskript getreulich an einen weiteren Verleger schickte, sobald es vom letzten zurückkam. Darüber hinaus schrieb ich zwei Briefe an die *Times* in der Hoffnung, daß mein Bericht von meiner Begegnung mit Bastable diese oder irgendeine andere Zeitschrift interessren würde, doch weder diese Briefe wurden veröffentlicht, noch stießen wir bei Monatsschriften wie *Strand* auf Gegenliebe, die seitenweise voll sind von wildesten und unwahrscheinlichsten Vorhersagen dessen, was uns die Zukunft bringen wird. Ich zog es sogar in Erwägung, H. G. Wells zu schreiben, dessen Bücher *Anticipations* und *The Discovery of the Future* ein paar Jahre zuvor so großen Wirbel verursacht hatten, doch Mr. Wells, den ich für einen Vollblut-Sozialisten ansehe, hätte Bastables Geschichte vermutlich für zu abwegig in seinen Anschauungen gehalten und mich ebenso munter ignoriert wie alle anderen.

Zu jener Zeit etwa kam mir dann zu Ohren, daß ich mir allmählich einen Ruf als komischen Kauz einhandelte. Einen solchen Ruf konnte ich mir meiner Meinung nach schwerlich leisten, so daß ich schließlich gezwungen war, zu einer Entscheidung zu kommen. Seit mehreren Monaten hatte ich in meinem Club in London eine etwas eigentümliche Atmosphäre registriert. Leute, die ich seit Jahren kannte, schienen abgeneigt, eine Zeit des Tages mit mir zu verbringen, andere warfen mir manchmal eindeutig düstere Blicke zu. Dies irritierte mich beides nicht sonderlich, bis ein alter Freund mir schließlich die Natur des Geheimnisses offenbarte, der seinerseits ebenfalls Verleger war, jedoch völlig auf Gedichte und Romane spezialisiert, so daß ich niemals die Gelegenheit gehabt hatte, ihm Bastables Manuskript anzubieten. Er wußte natürlich davon und war anfänglich in der Lage gewesen, mir ein oder zwei Verleger zu nennen, die Interesse hätten zeigen können. Nun jedoch trat er in der Bibliothek des Clubs an mich heran, wo ich mich nach dem Essen zurückgezogen hatte, um eine halbe Stunde zu lesen. Er lenkte meine Aufmerksamkeit mit einem diskreten Hüsteln auf sich.

»Hoffe, Sie nehmen mir die Störung nicht übel, Moorcock.«

»Keineswegs.« Ich wies auf einen Sessel neben mir. »Ich wollte in der Tat auch ein paar Worte mit Ihnen reden, alter Freund. Ich habe immer noch Schwierigkeiten, das Manuskript unterzubringen, von dem ich Ihnen erzählt hatte ...«

Er ließ meine Einladung, Platz zu nehmen, unbeachtet und blieb stehen.

»Genau darüber wollte ich auch mit Ihnen sprechen. Ich habe schon seit ein, zwei Monaten die Absicht, mich mit Ihnen zu unterhalten, aber, um die Wahrheit zu sagen, ich hatte keine Vorstellung, wie ich mich Ihnen verständlich machen sollte. Es muß wie eine Einmischung klingen, und ich wäre mehr als dankbar, wenn Sie das, was ich zu sagen habe, so aufnehmen würden, wie es gemeint ist.«

Er wirkte außerordentlich verlegen und wand sich wie ein Schuljunge. Ich glaubte sogar, eine leichte Rötung seiner Wangen zu erkennen.

Ich lachte.

»Sie machen mich ungemein neugierig, mein Freund. Worum handelt es sich denn?«

»Sie werden mir doch nicht böse sein ... nein — Sie

haben allen Grund, böse zu sein. Nicht, daß ich glaube ...«

»Nun kommen Sie schon, heraus damit!« Ich legte mein Buch fort und lächelte ihn an. »Wir sind doch alte Freunde, Sie und ich.«

»Nun, Moorcock, es geht um Bastables Manuskript. Ein Haufen Leute — natürlich vor allem aus dem Verlagswesen, von denen aber eine ansehnliche Reihe Clubmitglieder sind — nun, die glauben, Sie seien von dem Burschen, der Ihnen die Geschichte erzählt hat, auf den Arm genommen worden.«

»Auf den Arm genommen worden?« Ich zog die Augenbrauen hoch.

Er blickte mit jämmerlichem Gesichtsausdruck zu Boden. »Oder Schlimmeres noch.«

»Ich meine, Sie sollten mir lieber sagen, was geredet wird.« Ich runzelte die Stirn. »Ich bin überzeugt, daß Sie es gut meinen, und versichere Ihnen, daß ich alles, was Sie zu sagen haben, nicht böse nehmen werde. Ich kenne Sie zu lange, um beleidigt zu sein.«

Er war offensichtlich erleichtert, trat heran und setzte sich in den Sessel neben mir. »Also«, hob er an, »die meisten glauben, Sie seien das Opfer eines Schabernacks. Aber ein paar meinen, Sie seien ein wenig ... nun ja, ein wenig exzentrisch geworden. Wie jene Burschen, die ständig das Ende der Welt vorhersagen, mit Sternenschiffen in Verbindung stehen und so weiter. Sie wissen vermutlich, was ich meine.«

Das Lächeln, das ich darauf zur Antwort gab, muß ihm ein wenig düster erschienen sein. »Ich weiß genau, was Sie meinen. Ich hatte das selbst in Erwägung gezogen. Jemandem, der Bastable niemals kennengelernt hat, muß das als ziemlich abstruse Geschichte vorkommen. Nun, da Sie es erwähnen, bin ich nicht überrascht, in halb London als Narr dazustehen. Warum sollten die Leute das auch nicht von mir glauben? Ich wäre versucht, ähnliches zu denken, wenn Sie mit einer solchen

Geschichte wie Bastables zu mir kämen. So wie die Dinge liegen, waren Sie außergewöhnlich langmütig mit mir!«

Er lächelte auf meinen Scherz nur schwach. Ich fuhr fort: »Sie halten mich also für einen Irrenhaus-Kandidaten. Nun, ich habe natürlich absolut keinen Beweis für das Gegenteil. Wenn ich nur Bastable selbst ausfindig machen könnte! Dann könnten die Leute sich selbst ein Urteil über seine Geschichte bilden.«

»Es *ist* zu einer Art fixen Idee geworden«, meinte mein Freund wohlwollend. »Vielleicht wäre es besser, die ganze Sache in Vergessenheit geraten zu lassen?«

»Sie haben recht — es ist eine fixe Idee. Ich glaube nun einmal, daß Bastable die Wahrheit gesprochen hat.«

»Wie dem auch sei ...«

»Sie meinen, ich soll meine Bemühungen, die Erzählung in Druck zu bekommen, aufgeben.«

Ein Funken Sorge stand in seinem Blick. »Es gibt keinen einzigen Verleger in London, mein Alter, der sie jetzt noch herausbringen würde. Die müssen an *ihren* Ruf denken. Jeder, der es annehmen würde, wäre Zielscheibe des Spotts. Deshalb haben Sie so große Schwierigkeiten, es unterzubringen. Geben Sie es auf, Bastable, um Ihrer selbst und aller anderen willen.«

»Vielleicht haben Sie recht«, seufzte ich. »Aber wenn ich eine Art Beweis auftreiben könnte, dann würden sie möglicherweise nicht mehr über mich lachen.«

»Wie sollten Sie einen Beweis finden, der die überzeugt?«

»Ich könnte in China nach Bastable suchen und ihm von den Schwierigkeiten erzählen, die ich mir mit ihm eingehandelt habe. Ich könnte hoffen, daß er mich nach London begleitet, um selbst mit den Leuten zu reden. Ich könnte ihm die ganze Sache übertragen, daß er sich selbst um sein Manuskript kümmert. Was würden Sie davon halten?«

Er zuckte mit den Schultern und machte eine Handbewegung. »Es wäre zugegebenermaßen besser als nichts.«

»Aber Ihrer Meinung nach sollte ich lieber alles vergessen. Sie meinen, ich sollte das Manuskript verbrennen und es damit ein für allemal bewenden lassen?«

»Ja, das ist genau meine Meinung. Zu Ihrem eigenen Wohl, Bastable — und dem Ihrer Familie. Sie vergeuden so viel von Ihrer Zeit — von Ihrem Geld ganz zu schweigen.«

»Ich weiß, daß Ihnen mein Wohl am Herzen liegt«, sagte ich zu ihm, »aber ich habe Bastable ein Versprechen gegeben (auch wenn er es nie gehört hat), und ich habe vor, es zu halten, soweit ich es vermag. Trotzdem bin ich froh, daß Sie mich angesprochen haben. Es hat des Mutes bedurft, und ich weiß zu schätzen, daß Sie es in bester Absicht taten. Jedenfalls werde ich die ganze Sache überdenken.«

»Ja«, antwortete er eifrig, »lassen Sie es sich noch einmal durch den Kopf gehen. Es hat keinen Sinn, eine verlorene Schlacht zu führen, wie? Sie haben das sehr anständig aufgenommen, Moorcock. Ich hatte Angst, Sie würden mich am Ohr packen und hinauswerfen. Sie wären ganz und gar nicht im Unrecht gewesen.«

Wieder mußte ich lachen. »So verrückt bin ich auch wieder nicht, wie Sie sehen. Ich habe nicht meinen ganzen gesunden Menschenverstand eingebüßt. Aber zweifellos würde jeder mit gesundem Menschenverstand, der mir zuhört, mich für verrückt erklären. Ob *ich* allerdings über ausreichend gesunden Menschenverstand verfüge, meine fixe Idee zu überwinden, ist eine andere Frage.«

Er stand auf. »Reden wir nicht mehr davon. Darf ich Sie zu einem Drink einladen?«

Im Augenblick war es politisches Gebot, seine Einladung anzunehmen, damit er nicht denken mochte, ich wäre letztlich doch beleidigt. »Ich würde gerne einen trinken«, antwortete ich. »Ich hoffe, die anderen Mitglieder haben nicht Angst, daß ich mit einem Fleischermesser Amok laufe!«

Als wir die Bibliothek verließen, legte er mir die Hand auf die Schulter, seine Stimme klang erleichtert. »Ich glaube kaum. Obwohl vor ein oder zwei Wochen einmal die Rede davon war, den Wassersyphon an die Kette zu legen.«

Danach kehrte ich nur noch einmal in den Club zurück, und es war ganz offensichtlich, wie sehr sich die Atmosphäre gebessert hatte. Ich beschloß damals und dort, alle augenblicklichen Versuche aufzugeben, Bastables Geschichte zu veröffentlichen, und begann, konkrete Pläne für eine Chinareise zu schmieden.

So stand ich an einem strahlenden Herbstvormittag im Büro der *Peninsular & Oriental Steam Navigation Company* und buchte die frühstmögliche Passage auf einem Schiff namens *Mother Gangá*, das, wie ich mir dachte, nicht das stolzeste Schiff dieser Linie war, wohl aber das erste, das Weihaiwei anlaufen sollte, eine Stadt an der Küste jenes Teils von Shantung, der 1898 unter britische Verwaltung gekommen war. Ich hielt es für das einzig Sinnvolle, meine Reise in einem relativ freundlichen Land zu beginnen, wo ich mir detaillierten Rat einholen und Hilfe suchen konnte, ehe ich ins Landesinnere vorstieß.

Die *Mother Gangá* ließ sich Zeit. Sie war ein altes Schiff und offensichtlich zu dem Schluß gelangt, daß nichts in der Welt so dringend war, daß es sie zur Eile antreiben konnte. Sie lief jeden möglichen Hafen an, um einen Teil der Ladung aus- und andere Fracht zuzuladen, denn sie war kein ausgesprochenes Passagierschiff, sondern ein Frachter, der auch Passagiere mitnahm. Es war leicht einzusehen, warum sie Teile ihrer Ladung loswerden wollte (die völlig wertlos schienen), jedoch nur schwer begreiflich, warum die Händler in diesen kleinen, düsteren Häfen bereit waren, Dinge von Wert dagegen einzutauschen.

Ich hatte damit gerechnet, daß die Reise lange dauern würde, und brachte die meiste Zeit damit zu, meine Pläne auszuarbeiten und meine Kurzschriftaufzeichnungen durchzusehen, ob Bastable mir noch irgend etwas erzählt hatte, das Aufschluß geben konnte über seinen Verbleib. Ich fand nur wenig, doch bis ich von Bord ging, war ich in guter körperlicher Verfassung (dank meiner Gewohnheit, jeden Tag auf dem Schiff zu trainieren), ausgeruht und bereit für die Strapazen, die gewiß vor mir lagen.

Mit Strapazen hatte ich gerechnet, was ich jedoch nicht erwartet hatte, waren die Schönheit und die Vielfalt auch dieses relativ unbedeutenden Teils Chinas. Sie überwältigten mich, als ich auf Deck ging, um die Entladung meiner Koffer zu überwachen, und ich glaube, es nahm mir den Atem.

Ein blaßblauer Himmel hing über einer Stadt, in der Rot-, Gold- und Weißtönungen vorherrschten — eine Mischung alter, chinesischer Pagoden und Bogengänge und neuzeitlicher europäischer Bauten. Doch selbst diese modernen Gebäude besaßen in diesem Licht einen gewissen Zauber, denn sie waren aus hiesigem Gestein errichtet, dessen Quarzpartikel in der Sonne glitzerten. Die europäischen Bauten beherrschten den Hafen, wo viele Handelsgesellschaften ihre Niederlassungen und Lagerhäuser hatten; an die zwanzig Flaggen verschiedener westlicher Nationen flatterten an den Fahnenstangen, die in die Straße hineinragten, während die Namen der diversen Gesellschaften in ihren heimatlichen Schriften erstrahlten und häufig auch in die wundervollen chinesischen Schriftzeichen übersetzt waren in Schwarz, Silber und Scharlachrot.

Chinesische Beamte in wehenden Gewändem schoben sich mit sichtlichen Schwierigkeiten durch die Reihen schwitzender, fast nackter Kulis, zwischen britischen und chinesischen Polizisten, Soldaten und Europäern in weißen Anzügen und Seeleuten aus einem Dutzend verschiedener Länder hindurch — sie alle mischten sich selbstverständlich und ohne äußerliche Anzeichen des Unbehagens miteinander in einem, wie es mir als Neuankömmling vorkam, riesigen traumartigen Rugbyknäuel.

Ein Chinesenjunge mit Zopf nahm mich ins Schlepptau, als ich das Schiff verließ, führte mich durch das Gedränge, organisierte mir eine Rikscha und lud mich und mein Gepäck ein, bis das Weidengeflecht ächzte. Ich legte ein, wie ich glaubte, angemessenes Entgelt in die ausgestreckte Hand, worüber er hocherfreut schien, denn er grinste und verbeugte sich viele Male, wobei er immer wieder die Worte »Gottes Segen, Gottes Segen« murmelte, ehe er dem Chinesen zwischen den Rikschastangen erklärte, daß ich zum Hotel Grasmere wollte, das die Schiffahrtsgesellschaft als das beste Hotel in Weihaiwei empfahl.

Mit einem Ruck setzte die Rikscha sich in Bewegung, und ich registrierte erst einige Augenblicke später erstaunt, daß sie von einem schmächtigen Mädchen gezogen wurde, das kaum älter als sechzehn war. Es legte eine beachtliche Geschwindigkeit an den Tag, als es mich durch die engen, betriebsamen Straßen der Stadt fuhr und innerhalb von zwanzig Minuten vor dem Grasmere absetzte.

Wieder wurde meine Gabe mit nahezu euphorischer Begeisterung aufgenommen, und es kam mir in den Sinn, daß ich vielleicht übertrieben großzügig war und eine minimale Summe in Shantung lange für den durchschnittlichen chinesischen Lebensunterhalt ausreichte.

Das Hotel war besser, als ich erwartet hatte, der Service ausgezeichnet und die Einrichtung ziemlich modern. Die freundlichen, komfortablen Zimmer lagen zu einem exotischen chinesischen Garten hin, voll mit vielen kleinen, zarten Skulpturen, prächtig bunten Blumen und Laubwerk in zwanzig verschiedenen Grünschattierungen, daß das Ganze wie ein von einem symbolistischen Künstler phantasievoll gemalter Dschungel aussah. Der Duft der Blüten war, insbesondere morgens und abends, überwältigend. Elektrische Ventilatoren (die von den kürzlich erstellten, hoteleigenen Generatoren gespeist wurden) kühlten die Räume, Jalousien an den Fenstern hielten die größeren Insekten fern. Ich bedauerte, daß ich nur kurze Zeit im Hotel bleiben sollte.

Am Morgen nach meiner Ankunft stattete ich dem Britischen Konsul einen Besuch ab, einem jungen Schnösel, der vermutlich Sproß einer unserer besseren Familien war. Ein wenig schlaff und geckenhaft machte er den Eindruck, von China und allem Chinesischen zu Tode gelangweilt zu sein, doch sein Ratschlag kam mir vernünftig vor, und er vermittelte mir die Bekanntschaft eines Einheimischen, der regelmäßig Handelsreisen ins Hinterland der Provinz unternahm und gegen eine entsprechende Summe bereit war, mich den ganzen Weg bis zum Tal der Morgendämmerung zu begleiten.

Bei diesem Burschen handelte es sich um einen hochgewachsenen, leicht gebeugten Chinesen in den frühen mittleren Jahren, der sich mit höchster Würde betrug und selbst in einfachen Baumwollkleidern schlichtester Machart (zumindest bei mir) den Eindruck zu erwecken verstand, daß er nicht immer nur ein einfacher Kaufmann gewesen war. Unwillkürlich mußte ich an die aristokratischen Händler-Abenteurer früherer europäischer Zeiten denken, und tatsächlich stellte sich bald heraus, daß Mr. Kan-fon ein einzigartig gutes Französisch und Englisch sprach, ziemlich gut Deutsch und Spanisch konnte und sich auf Holländisch zu verständigen wußte. Ich erriet auch, daß er ordentliche Japanischkenntnisse besaß. Darüber hinaus hatte er in all diesen Sprachen viel gelesen und war, von Englisch abgesehen, weit vertrauter mit den jeweiligen Nationalliteraturen als ich. Er war, wie er mir erzählte, von einem europäischen Missionar erzogen worden, der ihm viel seines Wissens beigebracht hatte, doch ich fand diese Erklärung unzureichend, war aber natürlich zu höflich, ihn darauf hinzuweisen. Ich schätzte ihn entweder als entehrten Adligen (vielleicht aus Peking) oder als jüngeren Sohn einer verarmten Familie ein. Die Hofintrigen der Manchus und ihrer Anhänger waren nur allzu bekannt, und es war sehr gut möglich, daß er eine Zeitlang in Peking ein politisches Spiel gespielt und verloren hatte. Es ging mich jedoch nichts an, wenn er seine Vergangenheit oder seine Herkunft verheimlichen wollte, und ich war erleichtert, daß ich in Gesellschaft eines gebildeten Begleiters reisen würde, dessen Englisch fast so flüssig war wie das meine (ich hatte insgeheim schon Angst gehabt, wie ich mich mit einem Führer in der Wildnis Chinas verständigen sollte, denn meine Kenntnisse in Mandarin oder Kantonesisch waren niemals besonders gut gewesen).

Mr. Lu erzählte mir, daß seine kleine Karawane Weihaiwei erst in einigen Tagen verlassen würde, so daß ich bereitwillig die restliche Woche in der Stadt zubrachte und meine Zeit nicht vergeudete (wie ich glaubte!), sondern mich beharrlich nach jedem erkundigte, der Bastable hieß oder seiner Beschreibung entsprach und hier gewesen war. Ich bekam keinerlei brauchbare Hinweise, empfand jedoch zumindest Befriedigung darüber, daß ich nicht den lächerlichen Fehler begangen hatte, auf die Suche nach einem Mann aufzubrechen, der vielleicht im Hotelzimmer nebenan wohnte!

Am Ende der Woche nahm ich eine Rikscha zu Mr. Lus großem und weiträumigen Handelshaus fast im Herzen der Altstadt und führte alles Notwendige für die lange Reise mit. Die übrige Reisegesellschaft hatte sich schon versammelt. Sie erwarteten mich in einem geräumigen Stallhof, der mich ein wenig an den Hof eines mittelalterlichen englischen Gasthauses erinnerte. Reitpferde und Lasttiere wurden beladen und in Geschirr gelegt, ihre Hufe stampften den Boden zu Schlamm. Chinesen in fester Reisekleidung aus schweren Baumwoll-, Wollstoffen und Leder verständigten sich mit Rufen, während sie arbeiteten, und mir fiel auf, daß bis auf Lu Kan-fon jeder ein modernes Gewehr über der Schulter und mindestens einen Patronengurt über der Brust trug.

Lu sah mich und kam herüber, um seine Diener anzuweisen, wie mein Gepäck auf die Lastpferde zu verteilen war; er entschuldigte sich wegen des Durcheinanders und des Pferdes, das ich reiten sollte (das Tier war völlig in Ordnung). Ich wies auf die Waffen, die die Männer trugen.

»Wie ich sehe, rechnen Sie mit Schwierigkeiten, Mr. Lu.«

Er zuckte leicht die Schultern. »Heutzutage muß man immer mit Schwierigkeiten rechnen, Mr. Moorcock. Diese Gewehre sollten jedoch dafür sorgen, daß sie uns erspart bleiben!«

Es beruhigte mich, daß die Reiter uns begleiten sollten. Außerhalb der Stadt hätte ich sie gut mit den Banditen verwechseln können, deren Auftauchen wir fürchteten. Ich dachte, daß ich ziemlich aus der Fassung geraten würde, sollten wir Banditen über den Weg laufen, die nur halb so verwegen wie unsere Männer aussahen!

Schließlich brachen wir auf, Mr. Lu ritt an der Spitze der Karawane. Wir zogen durch die dichtgedrängten, wimmelnden Straßen und kamen nur sehr langsam voran, denn offensichtlich bestand keinerlei Vorfahrtsregelung, jeder nahm seine Chance wahr. Ich hatte geglaubt, wir würden auf die Tore der Altstadt zureiten, statt dessen hielten wir auf die modernen Viertel zu und gelangten schließlich an den Bahnhof (der bis auf die chinesischen Beschriftungen Stein für Stein aus London hätte importiert sein können), und ich stellte fest, daß wir durch einen Bogen und auf eines der Gleise zuritten, wo ein Zug wartete.

Mr. Lu genoß meine Überraschung, denn er lächelte still vor sich hin und sagte: »Die erste Etappe erfolgt per Zug — doch für den Fall, daß der Zug auf ein Hindernis stoßen sollte, haben wir unsere Pferde dabei. Sie nennen das vielleicht eine Versicherung?«

Ich lächelte zurück. »Wahrscheinlich.«

Pferde und Reiter stiegen direkt in die wartenden Güterwaggons. Ich erfuhr von Mr. Lu, daß unsere Begleiter mit ihren Tieren reisten, während wir ein Stück weiter am Zug entlanggingen, wo ein Erster-Klasse-Abteil für uns vorbereitet worden war (Mr. Lu schien beachtlichen Einfluß zu besitzen bei der Eisenbahngesellschaft, und ich nahm an, daß er diese Strecke recht häufig fuhr).

Wir nahmen in einem Waggon Platz, hinter dem sich die meisten britischen Eisenbahnwagen hätten verstekken müssen. Sofort servierte man uns Tee und leichte Erfrischungen.

Dann erst verriet mir Mr. Lu, dem es Spaß machte, mich ein wenig im unklaren zu lassen, wohin der Zug fuhr.

»Mit etwas Glück sollten wir es bis Nanking schaffen«, erzählte er mir. »Unter gewöhnlichen Umständen dürfte die Reise nicht mehr als drei Tage in Anspruch nehmen, aber wir müssen uns auf einige Verzögerungen gefaßt machen.«

»Was verursacht gewöhnlich solche Verzögerungen?« Ich nippte an dem köstlichen Tee.

»Oh, es gibt viele Ursachen.« Er zuckte die Achseln. »Banditen sprengen die Gleise. Bauern nutzen Schwellen und Schienen für ihre eigenen Zwecke. Dann die generelle Unfähigkeit der Eisenbahnangestellten — und das ist vermutlich sogar die größte Schwierigkeit!«

Diese Unfähigkeit sollte bald zutage treten. Unser Zug sollte um Mittag losfahren, doch es war kurz nach vier, als wir endlich den Bahnhof verließen. Doch alle

Ungeduld, die ich empfunden haben mochte, verflog angesichts der Landschaft, die ich zu sehen bekam, sobald die Stadt hinter uns lag. Weite Flächen platter Reisfelder, gelegentlich von einem niedrigen Hügel unterbrochen, um den sich ein Dorf schmiegte, schimmerten im weichen Licht der chinesischen Sonne. Hier wurde der wahre, unveränderliche Reichtum Chinas offenkundig: sein Reis. Der Wert von Silber kann Schwankungen unterworfen sein; Industrien konnten untergehen und gedeihen, ganz nach den Launen der restlichen Welt; Städte und Staaten erblühten und verfielen; Eroberer kamen und gingen, doch Chinas Reis und sein tapferes Bauerntum waren unvergänglich. Jedenfalls kam es mir damals so vor. Nie zuvor hatte ich Landwirtschaft in einem solchen Maßstab gesehen. Kilometerweit in alle Richtungen erstreckten sich Felder, vorwiegend in Grün und Gelb, unterbrochen von niedrigen Erddeichen und etwas breiteren, silbernen Bändern, den Bewässerungskanälen, und über all dem strahlte der weite, dunstige, blaue Himmel, an dem vereinzelt ein paar blasse Wolkenfetzen hingen.

Der Zug ratterte weiter, und obwohl die Landschaft sich kaum veränderte, war es keineswegs langweilig. Es gab immer irgend etwas zu sehen — eine kleine Gruppe spärlich bekleideter Bauern mit breitrandigen Strohhüten und Zöpfen winkten dem Zug fröhlich zu (ich winkte immer zurück!) — ein Sampan, der langsam seinen Weg den Kanal hinauf nahm — eine alte Brücke, die wie ein vollkommenes Kunstwerk auf mich wirkte und doch nur eine ganz gewöhnliche Brücke für eine Straße zwischen zwei winzigen Ortschaften darstellte. Manchmal sah ich auch Pagoden, kleine mit Mauern befestigte Städte (manche eigentlich schon Ruinen) mit jenen reich verzierten Toren mit mehreren Dächern übereinander, wie sie für die chinesische Architektur typisch sind, Häuser mit grünen und roten Ziegeln geschmückt, mit Keramikstandbildern, Bronzearbeiten und Spiegelglas, das manche aussehen ließ, als würde sie in einem eigentümlichen, silbernen Feuer brennen. Wenn der Zug, was häufig geschah, mit einem plötzlichen Ruck zum Stehen kam, hatte ich viel Gelegenheit, all diese Dinge im Detail zu studieren. Am dritten Tag, als wir etwas über die Hälfte der Strecke nach Nanking zurückgelegt hatten, bemerkte ich bedeutsame Veränderungen im Verhalten der Menschen in den Orten und Dörfern, durch die wir fuhren. Die Bauern winkten nur selten dem Zug zu und neigten dazu, uns abschätzig, wenn nicht gar mit offenem Mißtrauen zu beäugen. Darüber hinaus wurde bald offenkundig, daß sich hier viele Menschen befanden, die hier nicht zu Hause waren. Ich sah auf den Straßen, an denen wir vorüberfuhren, einige Abteilungen Kavallerie und glaubte einmal, eine Truppe Infanterie durch die Reisfelder marschieren zu sehen. Außerdem hatte es den Anschein, als gelte hier zumindest das Kriegsrecht — öfters sah ich, wie Bauern angehalten, befragt und von Männern in Uniform durchsucht wurden. Ich hatte keinen Zweifel daran, daß um diesen Teil Chinas gekämpft wurde, den verschiedenen Uniformen nach vermutlich von mindestens drei Parteien, darunter auch der Zentralregierung. Ich hatte Gerüchte von kleinen Kriegsherren gehört, die in den vergangenen Jahren aufgetaucht waren und alle möglichen Ehren, Titel und Rechte beanspruchten — jeder behauptete, Gesetz und Ordnung zu repräsentieren, keiner gäbe jemals zu, kaum mehr als ein kleiner, raffgieriger Bandit zu sein —, nun sah es aus, als sollte ich Zeuge für die Wahrhaftigkeit solcher Berichte werden. Die lange Reise nach Nanking verlief jedoch ohne Zwischenfälle, und wir verließen den Zug mit einer gewissen Erleichterung.

Nanking ist eine große und wunderschöne Stadt (wenn auch hier und da etwas baufällig) und verdient eine ausführlichere Beschreibung, als ich ihr hier aus Platzgründen widmen kann. Sie ist die Hauptstadt der Provinz Kiangsu und eine der größten Städte Chinas

(sie war gelegentlich auch Hauptstadt des Landes gewesen). Sie liegt am Fuße einer eindrucksvollen Bergkette, deren Hänge dicht bewaldet und in Terrassenform üppig bebaut sind. Nanking wurde an den Ufern des gewaltigen Jangtsekiang erbaut. Es ist eine der ältesten und gleichzeitig eine der modernsten Städte Chinas — in idealer Lage für den Handel, umgeben von einem der fruchtbarsten Landstriche der Erde und mit einer Reihe blühender Industrien. Seine Finanzleute sind berühmt für ihren Reichtum und ihre Macht. Nankings Küche hat den besten Ruf. Im Gegensatz zu den meisten anderen chinesischen Städten verlaufen Nankings Schutzwälle unregelmäßig, ziehen sich vom Fluß aus am Ufer des Xuan-wu-Sees entlang zum Hügel des Blütenregens. Schiffsdocks und Marktplätze liegen im Westen der Stadt zwischen Wällen und Fluß. Auch hier findet man eine eigenwillige Mischung von älterer chinesischer Architektur — eindrucksvolle, komplizierte Bauwerke, mit kunstvollen Keramikarbeiten geschmückt — und modernere Bauten, einige recht langweilig, andere hingegen wahre Wunderwerke spätviktorianischer Gotik, die in Europa inzwischen glücklicherweise zugunsten der graziöseren Baukunst der Art-Nouveau-Bewegungen verschwindet. Auf dem Fluß herrschte reger Schiffsverkehr: Sampans, Dschunken und Dampfer zu allen möglichen Zwecken — als Vergnügungsschiffe, Handels- und Militärschiffe und so weiter. In der Stadt gibt es eine Pferderennbahn, und eine Unzahl von Gärten, manche groß und üppig, andere klein und schlicht. Es gibt eine Vielzahl von Museen, Bibliotheken, Schulen und Kunstgalerien, Konsulate aller europäischen Großmächte, luxuriöse Hotels, Tempel, Paläste und breite, baumbestandene Prachtstraßen. Ich bedauerte sehr, daß unser Aufenthalt hier nicht länger währen sollte und nutzte die Zeit so gut wie möglich, während Mr. Lu seinen Geschäften nachging, und besichtigte so viel Interessantes in der Stadt, wie ich nur schaffen konnte. Ich sprach auch kurz beim Britischen Konsulat vor, um es über meine Schritte zu unterrichten, nach Bastable zu fragen und etwas Geld abzuholen, das ich mir telegrafisch hatte hierher übermitteln lassen.

Die zweite Reiseetappe erfolgte mit dem Dampfschiff, die Pferde waren noch immer nicht benutzt worden. Ich begann die Tiere zu beneiden — sie schienen völlig unausgelastet zu sein, wie ich es noch niemals erlebt hatte. Im Laderaum des großen Schaufelraddampfers hatte man Ställe für sie vorbereitet, und sie schienen gerne in ihre engen Unterkünfte zu gehen, während Lu und ich uns in die Einzelkabinen für Kaufleute zurückzogen, wo sogleich das Mittagessen serviert wurde. Der Dampfer legte planmäßig ab, und bald befanden wir uns auf dem mächtigen Jangtsekiang unterwegs nach Wuhan, unserem nächsten Ziel und Rastplatz. Ich grämte mich etwas, daß die Reise so große Umwege nahm, doch Mr. Lu versicherte mir, daß dies die sicherste Route war, welche die größte Wahrscheinlichkeit bot, daß ich mein Ziel erreichte, denn besonders dieser Teil Chinas war politisch äußerst instabil. Zudem hatte er erfahren, daß Gerüchten zufolge General Zhang Xun auf die Stadt vorrücken sollte und daß es in den Randgebieten möglicherweise zu schweren Kämpfen kommen konnte. Ich hatte wohl bemerkt, daß eine große Zahl Soldaten die Straßen um das Zentrum besetzt hielt, und glaubte ihm gerne, daß wir beinahe in einen Krieg verwickelt worden wären.

Zu jedem anderen Zeitpunkt wäre ich mit Freuden geblieben, um der Auseinandersetzung beizuwohnen, aber es war mir wichtig, Bastable aufzuspüren, und ich konnte es nicht riskieren, einen so sachkundigen Führer und Reisebegleiter wie Lu Kan-fon zu verlieren. Ich hatte einiges über General Zhang Xun gehört und schätzte ihn als einen Halunken reinsten Wassers ein, dessen Männer in allen Teilen der Provinz schreckliche Verwüstungen verursacht hatten, alles stahlen, was sie zwischen die Finger bekamen, Dörfer niederbrannten, Frauen belästigten usw. Bald war Nanking mit seinen Problemen außer Sicht, und es schien zeitweise, als seien wir das einzige Fahrzeug weit und breit, denn als der Fluß breiter wurde, sahen wir immer weniger Schiffe. Die Schaufeln des Dampfers schoben uns langsam, aber sicher mit ermutigendem und gleichmäßigem Rhythmus weiter. Der Rauch aus unserem Schornstein hing tief über dem Wasser hinter uns, das manchmal tief und blau, dann wieder seicht und gelb war. Zu beiden Seiten des Flusses erstreckten sich nun Hügel, und die Vielfalt der Grünschattierungen stellte selbst die liebliche englische Landschaft in den Schatten. Tatsächlich wurde ich um so stärker an England erinnert, je mehr ich von China sah. Der einzige Unterschied bestand im Maßstab. Wo man in England anderthalb bis zwei Kilometer weit einen Landstrich überblickt hätte, waren es hier in China dreißig! Wie auch in England hatte man hier den Eindruck, daß die Landschaft seit Anbeginn der Zeiten gehegt und bebaut worden war, jedoch auf eine rücksichtsvollere Weise, die vor dem natürlichen Erscheinungsbild Achtung wahrte.

Am dritten Tag unserer Reise flußaufwärts ereignete sich der erste schwere Zwischenfall. Ich lehnte mich über die Reling des Schiffes, sah zum Westufer hinüber, welches näher lag, und genoß meine erste Pfeife dieses Tages, als ich plötzlich einen lauten Knall vernahm und in der Richtung, aus der das Geräusch gekommen war, eine weiße Rauchwolke erblickte. Als ich genauer hinschaute, konnte ich sieben mit Gewehren bewaffnete Reiter erkennen. Weitere Schüsse folgten, und ich hörte etwas durch die Takelage über meinem Kopf pfeifen. Ich begriff, daß wir beschossen wurden und rannte hastig das Deck entlang bis zum Ruderhaus, um den holländischen Kapitän des Schiffes zu warnen.

Der alte Skipper Cornelius lächelte mir zu, als ich ihm erzählte, was geschah.

»Am besten bleiben Sie drinnen, *Meinherr*«, sagte er und paffte träge an seiner Pfeife, Schweiß rann über sein breites, rotes Gesicht, denn im Ruderhaus regte sich kein Lüftchen.

»Sollten wir nicht weiter auf die Flußmitte zuhalten?« erkundigte ich mich. »Wir befinden uns bestimmt in gewisser Gefahr.«

»O ja, wir befinden uns sicher in Gefahr, aber weiter in der Mitte des Stromes ist die Gefahr weit größer. Die Strömungen — sie sind dort sehr stark, Sir. Hoffen wir eben, daß nichts Wichtiges getroffen wird. In letzter Zeit schießen die immer auf uns. Jedes Dampfschiff wird für ein Militärfahrzeug gehalten.«

»Wer sind diese Leute? Können wir sie nicht bei der nächsten Obrigkeit anzeigen?«

»Es wäre gut möglich, daß *sie* die Obrigkeit sind, *Meinherr*«, Cornelius lachte und klopfte mir auf die Schulter ... »Machen Sie sich keine Sorgen, ja?«

Ich hielt mich an seinen Rat. Schließlich blieb mir nicht viel anderes übrig! Und bald war die Gefahr vorüber.

Im Lauf der beiden folgenden Tagen widerfuhr uns nichts Vergleichbares. Einmal sah ich eine ganze Siedlung brennen. Unheimliche, rote Flammen erhellten die Dämmerung, dicker, schwerer Rauch zog über den Fluß und vermengte sich mit dem aus unserem Schornstein. Ich sah, wie panikerfüllte Menschen versuchten, sich in Sampans zu drängen, während andere uns vom Ufer aus zuriefen, damit wir ihnen zu Hilfe kämen, doch der Kapitän wollte nichts davon wissen und behauptete, es wäre Selbstmord, anzuhalten, weil wir dann überwältigt würden. Ich verstand seine Überlegung, doch empfand ich eine schreckliche Qual, denn wir fuhren nahe genug vorüber, daß man mit dem Feldstecher die furchtverzerrten Gesichter von Frauen und Kindern erkennen konnte. Viele Frauen standen bis zur Hüfte im Wasser, hielten ihre Kinder an sich gepreßt und riefen um Hilfe.

Am folgenden Morgen sah ich mehrere Abteilungen Kavallerie in den Uniformen der Zentralregierung reiten, als sei der Teufel hinter ihnen her, während hinter ihnen irreguläre Verbündete oder Verfolger herritten — was von beidem, war schwer zu entscheiden. Am Nachmittag beobachtete ich, wie Sechser-Pferdegespanne Feldartillerie über eine riesige Brücke zogen, die eine besonders schmale Stelle des Jangtsekiang überspannte. Die Abteilung war offensichtlich in ein schweres Gefecht verwickelt gewesen, denn die Soldaten waren erschöpft, verwundet und hatten Verbrennungen erlitten, Schlamm klebte an Rädern und Gewehrläufen, und es gab Anzeichen, daß die Waffen bis zur Grenze ihrer Belastbarkeit benutzt worden waren (ich sah nur einen Munitionstender, der andere war wohl leer zurückgelassen worden). Vor dem roten Schein der untergehenden Sonne sah die Abteilung aus, als sei sie direkt aus der Hölle zurückgekehrt.

Ich war froh, als wir Wuchang erreichten, sah jedoch unserer nächsten Reiseetappe etwas beunruhigt entgegen, die nun zu Pferde über Land erfolgen sollte; sie würde ein Stück am Fluß zurückführen und dann die Richtung nach Shancheng nehmen — sofern wir nicht einen Zug bis Kwang Shui bekamen. Dies war unsere ursprüngliche Absicht gewesen, doch waren uns Gerüchte zu Ohren gekommen, wonach Banditen die Bahnlinie nach Kwang Shui gesprengt haben sollen.

Wuchang liegt an der Mündung des Han Ho in den Jangtsekiang. Es gehört zu den drei dicht beieinanderliegenden Städten, deren schönste es zugleich ist, Hanyang und Hankow nehmen allmählich einen vage europäischen Charakter an und widmen sich in zunehmendem Maße Industrie und Schiffsbau. Doch in Wuchang legten wir keine wirkliche Pause ein. Das Kriegsrecht war ausgerufen worden, und eine düstere Stimmung hing über der Stadt. Außerdem hatte es zu regnen begonnen — ein feiner Nieselregen, der irgendwie durch alle Kleider drang und einen bis auf die Knochen auskühlte. Die verschiedenen Beamten, die bei unserer Ankunft am Dock auftauchten, sahen übereifrig unsere Papiere an, durchwühlten unser Gepäck und verdächtigten uns zweifellos, irgendwelche Revolutionäre oder Banditen zu sein. Die besseren Hotels waren fast alle von ranghohen Offizieren besetzt worden, und wir waren schließlich gezwungen, in einem nicht allzu sauberen Gasthof in Nähe der Kais abzusteigen, und selbst hier liefen genug Soldaten herum, die unsere Nachtruhe mit ihren lautstarken Zechgelagen störten. Ich bedauerte jede Stadt, zu deren Verteidigung sie beordert wurden!

Mr. Lu verschwand sehr früh am Morgen und kehrte zurück, während ich ein ungenießbares Frühstück aus Reis und irgendwelchem Fleisch zu mir nahm, das man mir mit vielen Entschuldigungen unseres Wirtes serviert hatte. Er hätte nichts anderes, sagte er, die Soldaten hatten alles verschlungen — und keiner bezahlte ihn dafür.

Mr. Lu schien sehr zufrieden und nahm bald die Gelegenheit wahr, mich wissen zu lassen, daß es ihm gelungen sei, eine Passage für uns im nächsten Zug, der Wuchang verließ, zu ergattern. Der Zug war hauptsächlich Truppentransportmittel, jedoch sollte eine Reihe Güterwagen angekuppelt werden. Falls mir die Unbequemlichkeit, zusammen mit Reitern und Pferden zu fahren, nichts ausmachte, konnte es sogleich losgehen.

Ich stimmte gerne zu, wir lasen unser Gepäck zusammen und gesellten uns zum Rest der Reisegesellschaft am anderen Ende der Stadt, wo die Männer gelagert und an ihre Tiere geschmiegt im Freien geschlafen hatten. Sie sahen mürrisch aus, hatten rotgeränderte Augen und beschimpften einander, während sie die Tiere sattelten und das Gepäck für die Lastpferde fertig machten.

Wir begaben uns in ziemlicher Eile zum Bahnhof,

denn wir hatten recht wenig Zeit. Mr. Lu erklärte, daß ein Truppentransport wahrscheinlich pünktlich abfahren würde — oder möglicherweise sogar vorzeitig, sofern alles fertig war. Die Armee konnte eine solche Entscheidung fällen.

Wir gelangten an den Bahnhof, und der Zug stand noch da — mit einer der gewaltigsten Lokomotiven, die ich jemals gesehen hatte. Sie gehörte keiner der mir bekannten Typen an, war hellblau und orangefarben bemalt und stieß mehr Feuer und Rauch aus als Siegfrieds Drache.

Wir drängten uns in die Güterwaggons; die Türen wurden geschlossen, mit einem Ruck fuhren wir an und bangten um unser Leben, als der Zug Tempo zulegte.

Später gelang es uns, eine der Schiebetüren etwas zu öffnen, daß wir hinausschauen konnten. Wir befanden uns in einem hohen Bergland, der Zug schlängelte sich mit steter Geschwindigkeit durch eine der reizvollsten Gegenden empor, die ich jemals zu Gesicht bekommen habe. Sehr, sehr alte Berge, grünende Bäume — genau das Bild jener chinesischen Malereien, die so formalisiert wirken, bis man das Original dessen, was der Künstler wiedergibt, gesehen hat. Und dann begreift man, daß in China die Natur selbst formalisiert ist, weil das Land schon so lange bewohnt ist, daß es kaum einen Grashalm gibt, wie entfernt der Fleck, wo er wächst, auch sein mag, der nicht auf irgendeine Weise unter dem Einfluß des Menschen steht. Und weder hier noch in anderen Teilen Chinas büßt die Wildnis dadurch an Ausdruckskraft ein; sie wird höchstens noch eindrucksvoller. Mr. Lu genoß mit mir den Anblick (obwohl er gegenüber meinen Oh- und Ah-Rufen eine fast gönnerhafte Besitzerhaltung einnahm).

»Ich hatte schon damit gerechnet, an China Gefallen zu finden«, erklärte ich ihm. »Aber ich bin mehr als entzückt, ich bin überwältigt — und mir ist der Glaube an die Schönheit der Natur für immer wiedergegeben!«

Mr. Lu entgegnete nichts, doch kurz danach zog er ein Zigarettenetui heraus und bemerkte, während er mir eine feine, türkische Zigarette anbot, daß selbst die Natur, wo sie den Eindruck völliger Unversehrbarkeit erweckte, von den Werken des Menschen bedroht sei.

Ich hatte gerade an Bastable und seine Beschreibung der Bombe gedacht, die ihn in seine eigene Zeit zurückgeschleudert hatte, und ich muß gestehen, daß ich Mr. Lu einen scharfen Blick zuwarf und mich fragte, ob er mehr von Bastable wußte, als er vorgab, doch er fügte seiner Äußerung nichts hinzu, und ich beschloß, sie als philosophischen Gedanken hinzunehmen.

Ich nickte und nahm die Zigarette an. »Das ist wahr. Ich hoffe aufrichtig, daß dieser Bürgerkrieg nicht zuviel ihres Landes verwüstet«, sagte ich und beugte mich nach vorn, um ihm Feuer zu geben. Der Zug schwankte in einer Kurve und gab nun den Blick auf einen Wald in den zartesten Grüntönen, die ich je gesehen hatte, frei. »Denn ich habe wirklich mein Herz an China verloren.«

»Unglücklicherweise«, meinte Mr. Lu trocken, aber gut gelaunt, »sind Sie nicht der einzige Europäer, der so hingerissen ist. Aber muß man immer Schritte unternehmen, um zu besitzen, was man liebt, Mr. Moorcock?«

Ich akzeptierte seinen Standpunkt. »Ich heiße die Chinapolitik meiner Regierung nicht gut«, gestand ich ihm. »Aber Sie müssen zugeben, daß in den britisch verwalteten Teilen Chinas mehr Recht und Ordnung herrscht als in anderen. Wie dem auch sei, die Chinesische Frage bleibt ziemlich verzwickt ...«

»Es gäbe keine Chinesische Frage, Mr. Moorcock«, sagte Mr. Lu mit dem Anflug eines Lächelns, »wären da nicht die Japaner und Europäer. Wer hat denn die massiven Opiumimporte in unser Land angekurbelt? Wer war verantwortlich für die Abwertung unserer Währung? Dies waren keine innenpolitisch bedingten Schwierigkeiten.«

»Vermutlich nicht. Aber ...«

»Aber ich kann mich auch täuschen. Wer soll das wissen?«

»Man kann nicht behaupten, daß die Manchus unbestechlich seien«, entgegnete ich und lächelte ihn meinerseits an.

Sein Lächeln wurde zu einem breiten Grinsen, er lehnte sich zurück an die Wand, winkte mit der Hand, in der er die Zigarette hielt und ließ es bei diesem letzten Argument meinerseits bewenden. Ich glaube, daß es mehr eine graziöse Geste war als eine wirkliche Übereinstimmung mit der Auffassung, die ich vertreten hatte.

Der Zug behielt den Rest des Tages gleichmäßig seine Geschwindigkeit bei bis in die Nacht. Wir schliefen, so gut wir konnten, auf dem holperndem Boden des Waggons, ständig in der Gefahr, daß sich eines der Tiere losriß und uns trat. Es war kurz vor Morgendämmerung als der Zug plötzlich kreischend zum Stehen kam, so daß die Pferde sich ängstlich aufbäumten, stampften und schnaubten und unsere Männer mit Gewehren in den Händen aufsprangen.

Dem Lärm der Bremsung folgte eine eigenartige, unergründliche Stille. In der Ferne hörten wir ein paar Stimmen am Zug entlangrufen, schoben vorsichtig die Türen zurück und spähten ins Dämmerlicht, um zu sehen, was los war.

»Zumindest hört man keine Schießereien«, meinte Mr. Lu ruhig. »Wir stehen also nicht unter direktem Angriff. Vielleicht sind lediglich die Schienen blockiert.«

Aber ganz offenkundig war er selbst nicht von seiner Vermutung überzeugt. Gemeinsam kletterten wir aus dem Waggon und machten uns auf den Weg zur Lokomotive.

Die riesige Maschine stieß immer noch gewaltige weiße Dampfwolken aus, dunkle Gestalten huschten durch den Dampf. Aus den Waggonfenstern steckten Dutzende schläfriger Soldaten ihre Köpfe. Fragen wurden gebrüllt und Mutmaßungen über den Grund der Bremsung ausgetauscht.

Mr. Lu suchte einen einigermaßen kompetent wirkenden Offizier aus und stellte ihm ein paar knappe Fragen. Der Mann antwortete ihm unter häufigem Achselzucken, anderen ausweichenden Gesten und deutete in Fahrtrichtung nach Norden und zu den zerklüfteten Berggipfeln über uns.

Als Mr. Lu sich wieder zu mir gesellte, warf die Sonne erste, zaghafte Strahlen.

»Die Schienen vor uns wurden gesprengt«, erklärte er. »Wir können von Glück sagen, daß der Lokführer nicht gezögert hat, den Zug zum Stehen zu bringen. Es besteht keinerlei Möglichkeit zur Weiterfahrt. Der Zug wird zur nächsten Stadt zurückfahren müssen. Wir haben die Wahl, mit zurückzufahren und die zweifelhafte Sicherheit durch die Mitreise der Soldaten zu genießen oder unsere Reise zu Pferde fortzusetzen.«

Ich kam sogleich zu einem Entschluß, denn allmählich machten mich die vielen Verzögerungen und Umwege, die wir bisher erlebt hatten, ungeduldig. »Ich würde die Reise lieber fortsetzen«, sagte ich zu Mr. Lu. »Höchste Zeit, daß die Pferde ein wenig Bewegung bekommen!«

Diese Antwort hatte er offensichtlich erhofft. Mit einem raschen Lächeln wandte er sich um und begann, zu unserem Zugabteil zurückzulaufen, wo er den Männem zurief, die Pferde zu satteln und zu beladen. Mir vertraute er inzwischen an:

»Ich persönlich glaube, daß wir alleine weit bessere Chancen haben. Dieses Gebiet wird augenblicklich von dem Kriegsherrn General Liu Fang kontrolliert. Sein Hauptinteresse besteht darin, die Truppen zu vernichten, die man auf ihn angesetzt hat. Meiner Ansicht nach gibt er sich nicht damit ab, eine gewöhnliche Karawane zu behelligen, insbesondere, wenn ein europäischer

Gentleman mit ihr reist. Liu Fang hofft meiner Einschätzung nach, in Europa Alliierte zu gewinnen. Ein Plan, der mit fast absoluter Gewißheit zum Scheitern verurteilt ist, aber uns wird es helfen.«

Demgemäß saßen wir bald auf den Pferden und ritten auf den langen Abhang fernab des festsitzenden Zuges zu. Gegen Mittag befanden wir uns tief in unbewohntem Land und folgten dem Flußlauf im Tal. Das Tal war eng und dicht bewaldet, so daß wir letztlich gezwungen waren, abzusteigen und unsere Pferde über die moosbewachsenen Steine zu führen. Inzwischen hatte ziemlich kräftiger Regen eingesetzt, so daß der Boden schlüpfrig war und wir noch langsamer vorankamen. Darüber hinaus konnte man kaum weiter als ein paar Meter sehen. Durch meinen Schlafmangel und die fast hypnotische Wirkung der Regentropfen auf dem Laubdach über mir ging ich fast in Trance weiter und wurde mir kaum meiner eigenen Müdigkeit bewußt: Wir sprachen nur wenig, und bis wir an das Ende des Waldes gelangten und wieder aufsitzen konnten, war schon später Nachmittag, so daß uns nur wenige Stunden bis zum Einbruch der Dunkelheit blieben. Der Fluß schwoll an, wir folgten ihm von einem Tal in das andere, bis wir an ein einigermaßen höher gelegenes Gelände kamen, wo wir unser Lager aufschlagen und die Karten zu Rate ziehen wollten, um zu sehen, wie weit wir gekommen waren.

Als ich den Männern zuschaute, die das gemeinsame Zelt für Lu und mich aufschlugen, warf ich einen Blick zu den Bergen hinauf und glaubte, in einiger Entfernung einen Menschen hinter einen Fels huschen zu sehen. Ich berichtete dies Mr. Lu. Er wollte gerne glauben, daß ich wirklich jemanden gesehen hatte.

»Das ist nicht weiter erstaunlich. Wahrscheinlich nur ein Kundschafter, ein Späher, der uns beobachten soll, um sich zu überzeugen, daß wir keine getarnte Militärexpedition sind. Kaum, daß er uns behelligen wird.«

In jener Nacht schlief ich schlecht, und ich muß zugeben, daß ich in meiner Erschöpfung zu bedauern begann, mich in dieses Abenteuer gestürzt zu haben.

Ich fragte mich, ob alles in einem üblen Massaker enden und am Morgen mein ausgeplünderter Leichnam zwischen den Überresten unseres Lagers liegen würde. Ich wäre nicht der erste Europäer, der in seiner Torheit eine solche Reise angetreten und sie mit dem Leben bezahlt hätte. Als ich schließlich einschlief, suchten mich böse Träume heim. Es waren wirklich die scheußlichsten Träume, die ich jemals gehabt hatte. Und doch erwachte ich irgendwie ganz ausgeruht und sorglos. Allmählich sah ich unsere Chancen, das Tal der Morgendämmerung zu erreichen, ganz optimistisch und verzehrte mit großem Genuß die Rohkost, die man uns zum Frühstück reichte.

Mr. Lu sah sich genötigt, etwas zu meinem Gebaren zu sagen. »Wir Chinesen werden ja für unseren Stoizismus gerühmt«, meinte er, »aber von eurer britischen Variante könnten wir auch noch etwas lernen!«

»Das ist kein Stoizismus«, erwiderte ich. »Einfach nur eine Stimmung, ich kann das nicht erklären.«

»Vielleicht haben Sie eine Nase fürs Glück. Das wäre schön.« Er deutete auf die felsigen Bergkuppen zu beiden Seiten. »Heute nacht hat uns eine ziemlich große Kompanie umstellt. Wir sind vermutlich völlig eingekesselt.«

»Ich frage mich, ob die angreifen wollen.« Ich schaute mich um, konnte aber keine Anzeichen von Soldaten erkennen.

»Ich nehme eher an, daß es sich bei diesem Manöver um eine Vorsichtsmaßnahme handelt. Sie glauben vermutlich immer noch, daß wir Spione sind oder getarnte Teile einer Armee.«

Ich bemerkte nun, daß unsere Männer Anzeichen von Nervosität zeigten, an ihren Gewehren und Patronengurten herumfingerten, zu den Bergen aufsahen und aufgeregt miteinander flüsterten. Lu Kan-fon schien der einzige zu sein, der sich keine Sorgen machte; rasch erteilte er die Befehle, unsere Packpferde zu beladen, und unsere Männer gehorchten nach anfänglichem Widerwillen. Erst als das letzte Bündel festgeschnürt war und wir unsere Pferde besteigen wollten, zeigten sich die Soldaten.

Im Gegensatz zu den Regierungstruppen trugen diese Männer eindeutig chinesische Uniformen: weite Kittel und Hosen in Schwarz, Gelb, Weiß und Rot. Große Kreise auf Vorder- und Rückseiten der Blusen trugen chinesische Schriftzeichen, die offensichtlich Rang und Regiment des Soldaten auswiesen. Einige trugen kleine Kappen, andere breitrandige Strohhüte. Alle waren sauber rasiert und diszipliniert, und alle besaßen moderne Karabiner, anscheinend deutscher Bauart. Sie hielten die auf uns gerichteten Gewehre auf der Hüfte statt an der Schulter, was besagte, daß sie nicht direkt auf uns schießen wollten. Sogleich hob Mr. Lu die Hand und befahl seinen Leuten, nicht zu den Waffen zu greifen, worauf hinter einem hohen, dichten Gebüsch eine berittene Gestalt von so wunderbarem Äußeren auftauchte, daß sie gewiß für ein Fest herausgeputzt sein mußte.

Der Mann ritt sein zottiges Pony langsam den Berghang herab auf uns zu. Er muß gut über 1,80 m groß gewesen sein und hatte eine breite Brust und kräftige Schultern. Er trug ein langes Brokatgewand, das vom Saum 30 cm aufwärts mit Meereswellen und anderen chinesischen Motiven bestickt war. Darüber hatte er einen langen Seidenmantel mit bestickter Brustplatte und einem ebenso bestickten Viereck auf dem Rücken, und die weiten Ärmel, die die Manchus den Chinesen aufgezwungen hatten, als ihre Dynastie auf den Thron kam, fielen ihm auf die Hände herab. Hohe Stiefel, eine Halskette aus riesigen, gelbbraunen Perlen, die ihm bis zur Taille reichte und eine aureolenförmige Amtskappe mit langer, roter Troddel vollendeten seinen Aufzug. An seiner Seite hing ein langes Schwert, andere Waffen hingegen waren nicht zu sehen, und er hielt die Zügel seines Ponys mit der einen Hand, während die andere um den Griff seines Schwertes lag; irgendwie gelang es ihm, eine beeindruckende Würde zu wahren, während sein Pony sich den Weg herab zu der Stelle bahnte, wo wir wie angewurzelt standen.

Seine Miene war unergründlich, als er in unser Lager ritt, sein Tier zum Stehen brachte und uns aus seinen blitzend schwarzen Schlitzaugen musterte. Mr. Lu und ich erfuhren eine besonders eindringliche Betrachtung, und während der Mann mich inspizierte, beschloß ich, das Schweigen zu brechen, verbeugte mich leicht und sagte auf Englisch:

»Guten Morgen, Sir. Ich bin britischer Staatsbürger und befinde mich auf einer Privatreise mit diesen Kaufleuten. Ich bedaure, wenn wir versehentlich in ein Gebiet eingedrungen sind, auf dem Sie vorzugsweise keine Reisenden sehen möchten ...«

Meine eher zurückhaltende Rede wurde durch ein Grunzen des prächtigen Reiters unterbrochen, der sich in fließendem Mandarin an Mr. Lu wandte. »Wissen Sie, wer ich bin? Wissen Sie, wo Sie sich befinden? Welche Erklärung können Sie zur Entschuldigung für Ihre Anwesenheit vorbringen?«

Mr. Lu verbeugte sich tief, ehe er antwortete. »Ich weiß, wer Sie sind, Ehrwürdiger, und muß demütig um Ihre Vergebung bitten, Ihnen die Mühe der Inspektion unserer Karawane gemacht zu haben. Aber wir reisten mit der Eisenbahn, bis der Zug gestern auf ein Hindernis stieß und zur nächsten Stadt umkehren mußte. Wir beschlossen, unsere Reise über Land fortzusetzen ...«

»Wir haben beobachtet, wie Sie den Militärtransport verließen. Sie sind doch Spione, oder nicht?«

»Keineswegs, mächtiger General Liu Fang. Der Truppentransport war das einzige zur Verfügung stehende Verkehrsmittel. Wir sind Händler und befinden uns auf dem Weg zu Geschäften in Shantung.«

»Wer ist der Ausländer?«

»Ein Engländer. Ein Autor, der ein Buch über unser Land schreiben möchte.«

Auf dieses schnell ersonnene Märchen hin zeigte Liu Fang einen Funken Interesse. Außerdem wirkte er ein wenig besänftigt, denn er hatte keinen Anlaß, in mir etwas anderes als eine neutrale Partei auf seinem Gebiet zu vermuten (was ich ja auch tatsächlich war), und wahrscheinlich hielt er es für nützlich, einem der Ausländer gegenüber, deren Unterstützung er angeblich anstrebte, etwas guten Willen zu demonstrieren.

»Sagen Sie Ihren Leuten, daß sie die Waffen ablegen sollen«, befahl er, und Mr. Lu führte dies sogleich aus. Mit finsteren Blicken nahmen die Männer ihre Gewehre ab und ließen sie zu Boden fallen.

»Und was ist Ihr Reiseziel?« fragte mich der General in stockendem Französisch.

Ich antwortete in der gleichen Sprache. »Ich habe von einem besonders schönen Tal in dieser Gegend gehört. Man nennt es das Tal der Morgendämmerung.« Ich sah keinen Sinn darin, um den heißen Brei herumzureden, zumal ich vielleicht längere Zeit keine andere Gelegenheit mehr haben sollte, mein Ziel zu nennen.

General Liu Fang kannte den Namen ganz offensichtlich, doch seine Reaktion war eigenartig. Er runzelte die Stirn und warf mir einen zutiefst mißtrauischen Blick zu. »Wen suchen Sie denn dort?«

»Niemand Bestimmtes«, erwiderte ich. »Mein Interesse gilt einzig und allein dem Ort in geographischer Hinsicht.« Nachdem ich meinerseits nun seine Reaktion bemerkt hatte, hütete ich mich davor, ihm mehr zu offenbaren.

Er schien sich zu beruhigen und war fürs erste mit meiner Antwort zufrieden. »Ich würde Ihnen vom Besuch des Tales abraten«, meinte er. »In dem Gebiet streunen eine Menge Banditen umher.«

Ich fragte mich spöttisch, wie er sich wohl bezeichnen

mochte, ließ mir aber natürlich nichts davon anmerken und sagte: »Ich bin dankbar für Ihre Warnung. Vielleicht gelingt es mir, unter dem Schutz Ihrer Armee …«

Er machte eine ungeduldige Handbewegung. »Ich führe einen Krieg, *Monsieur,* ich kann keinen meiner Männer abstellen, um ausländische Journalisten durch unser Land zu geleiten.«

»Verzeihen Sie«, sagte ich mit einer Verbeugung.

Die Situation war noch äußerst spannungsgeladen, und ich bemerkte, daß die Soldaten sich nicht gerührt hatten, sondern noch immer ihre Waffen auf uns gerichtet hielten. Und es mußten noch mindestens hundert in gut gedeckten Stellungen zu beiden Seiten des Tales lauern. Der General wandte seine Aufmerksamkeit wieder Mr. Lu zu. »Was für Handelsgüter führen Sie mit sich?«

Mr. Lu hatte seine Arme überkreuzt. Ungerührt sagte er: »Verschiedenster Art. Viele Artikel künstlerischer Natur. Statuetten, Keramikarbeiten und ähnliches.«

»Ich werde sie inspizieren«, erklärte der General. »Weisen Sie Ihre Männer an, alles abzuladen.«

Wieder gehorchte Mr. Lu ohne Zögern. Als seine Leute sich daran machten, die Packen, die sie vor kurzem erst auf die Lastpferde gebunden hatten, wieder aufzuschnüren, sagte er zu mir in Englisch: »Wir kommen vielleicht mit dem Leben davon, nicht jedoch mit unserer Habe, fürchte ich …«

»Ruhe!« gebot der General barsch. Er ritt an die Stelle, wo man Mr. Lus Waren ausgebreitet hatte und betrachtete sie mit dem schlauen Blick einer chinesischen Bäuerin, die auf dem Markt einen Fisch aussucht, dann ritt er zu uns zurück. »Sie werden beschlagnahmt«, erklärte er, »zur Unterstützung unseres Kampfes zur Befreiung von den Manchus.«

Mr. Lu verbeugte sich ganz schicksalsergeben. »Ein würdiger Anlaß«, kommentierte er trocken. »Die Pferde …?«

»Die Pferde sind ebenfalls beschlagnahmt. Sie werden uns besonders nützlich sein ...«

Hier wurde er von Maschinengewehrfeuer unterbrochen, und ich glaubte zuerst, er hätte irgendwie Zeichen für unsere Ermordung gegeben. Doch das Gewehrfeuer kam von weiter oben am Berg, und ich erkannte plötzlich, daß seine Leute Ziel eines Angriffs waren. Ich faßte wieder Mut. Gewiß waren Regierungstruppen zu unserer Rettung gekommen!

Meine Erleichterung war von kurzer Dauer. Fast augenblicklich brüllte General Liu Fang seinen Leuten einen Befehl zu und ging hinter dem Hals seines Pferdes in Deckung, ehe er rasch in den Schutz eines nahegelegenen Felsens galoppierte.

Es hatte plötzlich zu regnen begonnen — ein schwerer, dunstiger Regen, der die Sicht wie Nebel verschleierte — und ich hatte nicht die geringste Ahnung, was vor sich ging, außer daß die Soldaten des Generals auf uns schossen.

Mr. Lus Männer stürzten zu ihren Waffen, doch die Hälfte fiel, noch ehe sie ihre Gewehre zu fassen bekamen. Die Überlebenden ergriffen ihre Waffen und suchten Deckung, wo es nur irgend ging. Mr. Lu packte mich am Arm, und wir rannten gemeinsam zu einer Bodensenke, wo wir vor dem Schlimmsten der Schießerei über uns sicher waren. Wir warfen uns zu Boden und drückten unsere Gesichter ins weiche Moos, während der Kampf der drei Parteien weiterging. Ich erinnere mich, daß mir die ungeheure Intensität des Maschinengewehrratterns auffiel und daß ich mich fragte, wie eine chinesische Armee sich solche Artillerie verschaffen konnte (denn die Chinesen sind bekannt für die erbärmliche Qualität ihrer Waffen und ihr Versagen bei deren Wartung).

Kugeln pfiffen um uns her, und ich rechnete jeden Augenblick damit, getroffen zu werden. Ich brüllte über den Gefechtslärm und die Schreie der Verwundeten: »Was sind das für welche, Mr. Lu?«

»Ich weiß es nicht, Mr. Moorcock. Ich weiß nur, daß wir bis jetzt mit dem Leben hätten davonkommen können, aber nun die besten Aussichten haben, getötet zu werden. Offenkundig halten sie es für wichtiger, General Liu Fang zu vernichten, als uns zu retten!« Er lachte. »Bedauerlicherweise werde ich Ihnen Ihr Honorar zurückgeben müssen — ich habe meinen Teil des Handels nicht eingelöst. Ihre Chancen, das Tal der Morgendämmerung zu finden, sind äußerst gering geworden. Mein Schutz hat sich als unzureichend erwiesen.«

»Ich muß Ihnen leider recht geben, Mr. Lu«, sagte ich und hätte weitergesprochen, hätte ich nicht den gedämpften Laut einer Kugel erkannt, die Haut und Knochen zerfetzte. Ich hob den Kopf und glaubte zuerst, ich sei getroffen worden, doch es war Mr. Lu. Er mußte sofort tot gewesen sein, denn nicht nur eine, sondern gleich zwei Kugeln hatten ihn fast gleichzeitig am Kopf getroffen.

Ich empfand tiefe Trauer und begriff, wie sehr ich die Begleitung des intelligenten Chinesen geschätzt hatte, doch der Anblick seines zerfetzten Kopfes erzeugte Übelkeit in mir, so daß ich den Blick abwenden mußte.

Der Tod von Mr. Lu wirkte wie ein Signal für die Beendigung des Kampfes. Kurz danach verstummte das Gewehrfeuer, und ich hob vorsichtig den Kopf, um durch den dicht fallenden Regen zu spähen. Überall herrschte der Tod. Unsere eigenen Leute lagen tot zwischen den zerschmetterten und zerschossenen Überresten der Kunstgegenstände, die sie so lange und so weit befördert hatten. Einige wenige hatten ihre Waffen abgelegt und die Hände über den Kopf erhoben. General Liu Fang war nirgends zu sehen (ich erfuhr später, daß er fortgeritten war und seine Männer ihrem Schicksal überlassen hatte), doch die Soldaten des Kriegsherren lagen, wo immer ich hinblickte, tot am Boden. Ich stand auf und hob ebenfalls die Hände. Es erklangen ein paar weitere vereinzelte Schüsse, und ich vermutete, daß man, wie in China üblich, die Verwundeten erschoß.

Ich muß mindestens zehn Minuten gewartet haben, ehe ich unsere ›Retter‹ zum erstenmal zu Gesicht bekam. Sie saßen alle zu Pferde, trugen ein wenig mongolisch wirkende Ledermützen und waren mit leichten Gewehren eindeutig unbekannter Bauart bewaffnet. Ihre weiten Blusen bestanden aus Seide oder Baumwolle, einige trugen Ledercapes, andere wattierte Jacken gegen den Regen. Es waren fast ausschließlich gut aussehende Nordchinesen, groß und mit irgendwie arrogant wirkendem Gehabe, keiner von ihnen hatte einen Zopf. Die meisten trugen Armbänder als einziges Rangabzeichen — mit einem komplizierten Muster, bestehend aus einem Kreis mit acht dünnen pfeilartigen Strahlen. Ich wußte plötzlich, daß sie doch keine Regierungssoldaten waren, sondern zweifellos einer rivalisierenden Banditenarmee angehörten, die auf eigene Rechnung oder im Bündnis mit den Regierungstruppen gegen General Liu Fang kämpften.

Dann kam ihr Anführer durch den dunstigen Regen ins Blickfeld geritten. Ich erkannte, daß es sich um ihren Führer handeln mußte, an der Art, wie die anderen Reiter ihm den Weg freimachten. Außerdem sah man hierzulande selten einen so prachtvollen schwarzen Araberhengst, wie er ihn ritt. Als schlanke, graziöse Gestalt in langem, schwarzen Lederübermantel, ein flatterndes Hemd ließ eine schmale Taille erkennen, ein breitrandiger Lederhut verbarg das Gesicht, ein langer Säbel im Kosakenstil hing von einem kunstvoll geschmückten Seidengürtel — so ritt der Banditenchef auf mich zu, schob den Hutrand aus der Stirn und offenbarte eine fast kindliche Erheiterung über mein Staunen.

»Guten Morgen, Mr. Moorcock.«

Ihre Stimme klang klar und gut moduliert — die Stimme einer gebildeten Engländerin (obwohl sie eine winzige Spur von Akzent aufwies). Sie war jung, höchstens dreißig und hatte einen hellen, weichen Teint. Ihre Augen waren graublau, ihr Mund breit und mit vollen Lippen. Ihr ovales Gesicht hätte als hübsch gelten können, hätte es nicht soviel Charakter offenbart. So erschien sie mir als die schönste Frau, die ich jemals gesehen hatte. Ihr leicht wehendes Haar war kurzgeschnitten, umrahmte ihr Gesicht, ohne jedoch bis auf ihre Schultern herabzufallen.

Ich konnte nicht mehr als hervorstoßen: »Woher kennen Sie meinen Namen?«

Sie lachte. »Unser Nachrichtendienst funktioniert entschieden besser als der von General Liu Fang. Es tut mir leid, daß so viele Ihrer Leute ums Leben gekommen sind — und besonders bedaure ich den Tod von Mr. Lu. Er wußte natürlich nicht, daß ich den Angriff führte; wir waren alte Freunde, und ich hatte mich darauf gefreut, ihn wiederzusehen.«

»Sie nehmen seinen Tod ziemlich leicht hin«, sagte ich.

»Es war ein Unfall. Aber ich habe mich nicht vorgestellt. Mein Name ist Una Persson. Seit Monaten werden wir von General Liu bedrängt, und wir mußten diese erste Gelegenheit wahrnehmen, um ihm eine Lektion zu erteilen. Wir waren ursprünglich unterwegs, um Sie zu treffen und ins Tal der Morgendämmerung zu geleiten, doch ich konnte es mir nicht leisten, die Gelegenheit verstreichen zu lassen, so viele Soldaten des Generals in den Hinterhalt zu locken.«

»Woher wußten Sie, daß ich auf der Suche nach dem Tal der Morgendämmerung war?«

»Ich weiß es seit mindestens einem Monat. Sie haben viele Nachforschungen angestellt.«

»Ihr Name kommt mir bekannt vor — wo habe ich ihn nur gehört ...?«

Langsam dämmerte es mir. »Bastable hat Sie erwähnt! Die Frau im Luftschiff — die Revolutionärin Una Persson.«

»Ich bin eine Bekannte von Hauptmann Bastable.«

Mein Herz tat einen Sprung. »Ist er dort? Ist er im Tal der Morgendämmerung, wie ich vermutet habe?«

»Er ist dort gewesen«, gab sie zu. »Und er hat etwas für Sie hinterlassen.«

»Aber was ist mit Bastable? Was ist aus ihm geworden? Ich muß ihn unbedingt sprechen. Wo ist er jetzt?«

Und dann machte diese geheimnisvolle Frau die rätselhafteste Äußerung. Sie zuckte die Achseln, lächelte ein zaghaftes, müdes Lächeln, zog an den Zügeln und wendete das Pferd. »Tja, wo?« sagte sie. »Diese Frage ist nicht leicht zu beantworten, Mr. Moorcock, denn wir sind alle Nomaden der Zeitströmungen ...«

Da stand ich, verwirrt, durchgefroren, traurig und zu erschöpft, um sie weiter zu befragen. Sie ritt zu der Stelle, wo Mr. Lus Waren zwischen den Leichnamen von Pferden und Männern in Scherben lagen. Sie stieg ab, beugte sich hinab, um eine zerschmetterte Figur zu betrachten, steckte den Finger in den zutage getretenen Hohlraum im Innern und hob den Finger an die Nase. Dann nickte sie, als habe sie die Bestätigung für etwas gefunden, das sie bereits gewußt hatte. Darauf erteilte sie den Männern in kantonesischem Dialekt einige kurze Befehle, denen ich kaum folgen konnte. Vorsichtig begannen ein paar Männer, die Scherben und die wenigen unbeschädigten Figurinen aufzusammeln. Es bedurfte keiner besonderen Intelligenz, zwei und zwei zusammenzuzählen. Nun begriff ich, warum Mr. Lu eine so umständliche Route gewählt und den Truppentransport so bereitwillig verlassen hatte. Ganz offenkundig war er Opiumschmuggler geworden. Es fiel mir schwer zu glauben, daß ein scheinbar so anständiger und gebildeter Mann einem so miesen Gewerbe nachging, doch die Beweise waren eindeutig. Aus irgendeinem Grund war ich im Herzen nicht bereit, den Toten zu beschuldigen und nahm an, daß ihn irgendein verdrehter Idealismus zu diesem Mittel des Gelderwerbs geführt hatte.

Nun hatte ich auch eine Erklärung für das Interesse des Generals an Mr. Lus Waren — zweifellos hatte der Banditenchef die Wahrheit erraten und deshalb die Artikel so eilfertig requiriert.

Die Beute war schnell zusammengelesen, und Una Persson bestieg ihren feurigen Hengst, ohne mir noch einen Blick zuzuwerfen, und ritt durch den Regen davon. Einer ihrer schweigsamen Krieger brachte mir ein Pferd und gab mir durch Zeichen zu verstehen, mich in den Sattel zu schwingen. Ich befolgte sein Angebot gerne, denn ich hatte nicht die Absicht, mich von seiner schönen Banditenchefin zu trennen — sie stellte meine erste, echte Verbindung zu Bastable dar, und es bestand eine gute Chance, daß sie mich zu ihm führte. Ich spürte, daß von den Schurken keine Gefahr für mich ausging, und ahnte, daß mir Una Persson wenn schon nicht mit Sympathie, so doch wenigstens neutral gegenüberstand.

Und so folgte ich ihr, umgeben von ihren Leuten, als wir das Tal des Todes und die Überreste von Mr. Lus Karawane zurückließen und einen schmalen Pfad entlanggaloppierten, der sich höher und höher in die Berge wand.

Ich bekam die Einzelheiten dieses Rittes kaum mit, so sehr fraß mich meine Neugier auf. Tausend Fragen gingen mir durch den Kopf — wie konnte eine Frau, die von Bastable als junge Frau des Jahres 1973 beschrieben worden war, hier im Jahr 1910 offenbar genauso jung sein? Wieder einmal empfand ich jenen Schauer der Furcht, der mir über den Rücken gelaufen war, als ich Bastables Schilderungen der Zeitparadoxa gelauscht hatte.

Würde die Stadt der Demokratischen Dämmerung — Ch'ing Che'eng Ta-chia — die geheime, utopische Revolutionsfestung tatsächlich existieren, wenn ich ins Tal der Morgendämmerung gelangte?

Und warum mischte sich Una Persson in die chinesische Innenpolitik? Warum bildeten diese großen, schweigsamen Männer ihre Gefolgschaft?

Ich hoffte, wenigstens auf einige dieser Fragen eine Antwort zu erhalten, wenn wir ins Tal der Morgendämmerung kamen, aber wie sich herausstellte, sollte ich in mehrfacher Hinsicht enttäuscht werden.

Erst nach Einbruch der Dunkelheit erreichten wir Una Perssons Lager; es regnete ununterbrochen, so daß es nach wie vor schwierig war, Einzelheiten zu erkennen, doch offensichtlich war dies nicht die Stadt der Zukunft — lediglich die Ruinen einer kleinen, chinesischen Ortschaft mit wenigen noch bewohnbaren Häusern. Zum größten Teil jedoch lebten die Soldaten mit ihren Frauen und Kindern in selbstgefertigten Zelten zwischen den Ruinen, während andere Zelte oder behelfsmäßige Hütten errichtet hatten, die mongolischen Jurten ähnlich waren. Hie und da loderten Kochfeuer zwischen dem herabgestürzten Mauerwerk und halb verkohlten Balken, die auf eine Katastrophe schließen ließen, die den Ort erst kürzlich heimgesucht hatte. Weite Bodenflächen waren zu Morast geworden und wurden durch die Ankunft unserer Pferde noch glitschiger. Als ich abstieg, ritt Una Persson an meine Seite und deutete mit ihrer Reitgerte auf eins der noch stehenden Häuser.

»Ich hoffe, Sie sind zum Abendessen mein Gast, Mr. Moorcock.«

»Sie sind sehr freundlich, Madam«, erwiderte ich. »Ich fürchte allerdings, daß ich nicht entsprechend gekleidet bin, um mit einer so schönen Gastgeberin zu speisen ...«

Sie lächelte über dieses Kompliment. »Wie ich sehe, nehmen Sie schon die chinesische Sprechweise an. Ihre Kleider sind geborgen worden. Sie werden sie in Ihrem Zimmer vorfinden. San Chui hier wird Ihnen zeigen, wo das ist. Dort können Sie sich auch waschen: Bis später dann.« Sie hob die Gerte zum Gruß und ritt davon, um das Abladen ihrer Beute zu überwachen (die hauptsächlich aus den Waffen bestand, die noch kurz zuvor im Besitz der Männer von Mr. Lu und dem General gewesen waren). Ich hatte Gelegenheit, eines der Maschinengewehre zu betrachten, die ich anfänglich nur gehört hatte, und war erstaunt, daß es so leicht war und doch mit so außerordentlicher Effizienz den Tod brachte. Auch dieses war unbekannter Herkunft. Tatsächlich war dies genau die Art Waffe, wie ich sie in einer Stadt der Zukunft erwartet hätte!

San Chui, so verschlossen wie seine Kameraden, verbeugte sich und führte mich in das Haus, das zwar luxuriös tapeziert, doch ansonsten spartanisch eingerichtet war. In einem Zimmer unterm Dach des Hauses fand ich mein Gepäck und meine Reisetasche vor, die man bereits auf meiner Schlafmatte ausgebreitet hatte (ein Bett gab es nicht). Kurz darauf brachte mir ein anderer Soldat, der einen Kittel und eine Hose aus blauer Baumwolle trug, eine Schüssel mit heißem Wasser; es gelang mir, den schlimmsten Schlamm und Dreck herunterzuwaschen, ein einigermaßen glattes Hemd zu finden, einen sauberen Anzug anzuziehen und in dem Bewußtsein zum Abendessen hinunterzugehen, zumindest halbwegs zivilisiert auszusehen!

Allem Anschein nach sollte ich allein mit meiner Gastgeberin speisen. Sie selbst trug nun ein einfaches Gewand aus mitternachtsblauer Seide, das nach Art der Chinesen scharlachrot bestickt war. Mit dem kurzen Haar und dem ovalen Gesicht wirkte sie im Schein der Kerzen auf dem Eßtisch fast wie eine Chinesin. Sie trug keinen Schmuck, keine Spur von Make-up war in ihrem Gesicht zu erkennen, doch sie wirkte noch schöner als bei unserer ersten Begegnung. Als ich mich verbeugte, war dies unwillkürlich eine Huldigung an ihre Schönheit. Der Raum im Erdgeschoß enthielt nur ein Minimum an Mobiliar — zwei Truhen an einer Wand und ein flacher, chinesischer Tisch, an dem man auf Kissen im Schneidersitz aß.

Ohne zu fragen reichte sie mir ein Glas Madeira, wofür ich mich bedankte. Als ich an dem Wein nippte, stellte ich fest, daß er zur Spitzenqualität seiner Art gehörte und beglückwünschte sie dazu.

Sie lächelte. »Loben Sie nicht meinen guten Geschmack, Mr. Moorcock. Loben Sie den des französischen Missionars, der ihn in Shanghai bestellt hatte — und sich wahrscheinlich heute noch fragt, was daraus geworden ist!«

Ich war überrascht, wie leichthin, ja schamlos, sie ihren Diebstahl zugab, sagte jedoch nichts. Da ich ohnehin nie ein großer Anhänger der Amtskirche gewesen war, nippte ich weiter genußvoll am Wein des unbekannten Missionars und stellte fest, daß ich mich zum erstenmal seit meiner Abreise aus der Zivilisation entspannte. Obwohl ich ihr so viele Fragen stellen wollte, war mir die Kehle wie zugeschnürt, und ich wußte nicht, wo ich beginnen sollte. Ich hoffte, daß sie mich aufklären würde, ohne daß ich das Gespräch auf Bastable bringen müßte, und mir erklärte, wie sie seine Bekanntschaft gemacht hatte, wo ich doch wußte, daß sie an Bord des Luftschiffes gewesen war, das im Jahre 1973 eine Bombe von gewaltiger Sprengkraft über der Stadt Hiroshima abgeworfen hatte. Zum erstenmal begann ich an Bastables Geschichte zu zweifeln und fragte mich, ob er nicht letztlich doch nur einen Opiumtraum beschrieben hatte, der sich derartig mit der Realität verwoben hatte, daß er reale Personen aus seinem Bekanntenkreis darin versponnen hatte.

Wir nahmen zum Essen Platz, und ich beschloß, ein wenig nebensächliche Fragen zu stellen, während ich die köstliche Suppe kostete (die nach westlichem Brauch vor dem Hauptgericht gereicht wurde): »Darf ich mich nach dem Befinden Ihres Vaters, Kapitän Korzeniowski, erkundigen?«

Nun zog sie verwundert die Stirn kraus, dann entspannte sich ihr Gesicht, und sie lachte. »Aha! Natürlich

— Bastable! Oh, Korzeniowski geht es gut, nehme ich an. Bastable sprach freundlich von Ihnen — er schien Vertrauen in Sie zu haben. Der Grund für Ihre Anwesenheit hier besteht auch darin, daß er mich um einen Gefallen bat.«

»Einen Gefallen?«

»Später will ich Ihnen mehr davon erzählen. Lassen Sie uns zuerst in Ruhe speisen — wissen Sie, für mich ist das ein Luxus. In letzter Zeit hatten wir kaum die Zeit oder die Mittel, raffinierte Mahlzeiten zuzubereiten.«

Wieder einmal hatte sie höflich — fast liebevoll — meine Fragen abgewiesen. Ich beschloß, es auf einem anderen Wege zu versuchen.

»So wie es aussieht, war dieses Dorf Opfer eines Bombenangriffs«, sagte ich. »Hat man Sie beschossen?«

Sie antwortete ausweichend. »Ja, das Dorf ist angegriffen worden. Soviel ich weiß, von General Liu, vor unserer Ankunft. Aber allmählich gewöhnt man sich an Ruinen. Und die hier sind noch besser als einige, die ich gesehen habe.« Sie blickte traurig in die Ferne, als erinnere sie sich anderer Zeiten, anderer Ruinen. Ihr Gesichtsausdruck veränderte sich. »Die Welt, wie Sie sie kennen, ist sicher, nicht wahr, Mr. Moorcock?«

»Relativ«, antwortete ich. »Obwohl vermutlich immer irgendwelche Gefahren bestehen. Ich habe schon manchmal darüber nachgedacht, was gesellschaftliche Stabilität bedeutet. Wahrscheinlich ist es nur eine Frage persönlicher Erfahrungen und des persönlichen Standpunktes. Meine persönliche Zukunftsaussicht ist relativ freundlich. Wäre ich dagegen, sagen wir, jüdischer Einwanderer im Londoner East End, wäre sie wohl keinesfalls so optimistisch zu beurteilen!«

Sie stimmte meiner Überlegung zu und lächelte. »Nun, zumindest akzeptieren Sie, daß es andere Anschauungen zur Gesellschaft *gibt.* Vielleicht hat sich Bastable Ihnen deshalb anvertraut; vielleicht hat er Sie deshalb gemocht.«

»Mich gemocht? Diesen Eindruck hatte ich nicht gerade. Wissen Sie, er ist nach unserem Zusammensein auf Rowe Island einfach verschwunden — ohne ein Wort der Erklärung. Ich machte mir Sorgen um ihn. Er wirkte äußerst nervös. Das ist vermutlich auch der Hauptgrund, weshalb ich hier bin. Haben Sie ihn vor kurzem gesehen? Ist er wohlauf?«

»Ich habe ihn gesehen. Es ging ihm recht gut. Aber er sitzt in einer Falle, aus der er wahrscheinlich niemals herauskommt.« Den nächsten Satz sprach sie, wie ich den Eindruck hatte, mehr zu sich selbst. »Für alle Zeiten in der Falle der Zeitenströme.«

Ich wartete, ob sie sich deutlicher ausdrückte, das tat sie jedoch nicht. »Bastable wird Ihnen mehr davon berichten«, fügte sie schließlich hinzu.

»Dann ist er noch *da?*«

Sie schüttelte den Kopf, daß ihre Haare wie die Ruten einer Weide im Wind flogen. Sie wandte ihre Aufmerksamkeit wieder dem Essen zu und schwieg eine Weile.

Nun hatte ich den seltsamen Eindruck, daß ich für sie nicht ganz real war, daß sie mit mir sprach wie mit ihrem Pferd, einem Haustier oder einem vertrauten Bild an der Wand, als erwarte sie gar nicht, daß ich etwas verstünde, sondern nur sprach, um ihre eigenen Gedanken zu klären. Ich fühlte mich ein wenig unbehaglich wie jemand, der unabsichtlich Zuhörer eines vertraulichen Gesprächs wird. Doch ich wollte ihr zumindest eine nähere Erklärung entlocken.

»Vermutlich wollen Sie mich zu Bastable führen — oder soll er hierher zurückkehren?«

»Dachten Sie das tatsächlich? Nein, nein. Es tut mir leid, wenn ich Sie irregeführt haben sollte. Ich habe im Augenblick sehr viel im Kopf. Allein schon die Probleme Chinas ... Die historischen Zusammenhänge ... Die Möglichkeit, daß so vieles schiefgehen kann ... Ob wir überhaupt eingreifen sollen ... Ob wir tatsächlich eingreifen, oder uns das nur vormachen ...« Sie hob den Kopf, und ihre wunderbaren Augen blickten tief in die meinen. »Viele Sorgen, Verantwortung ... ich bin sehr müde, Mr. Moorcock. Es wird ein langes, wirres Jahrhundert.«

Ich war völlig fassungslos und beschloß, das Gespräch zu beenden. »Vielleicht können wir uns morgen weiter unterhalten«, sagte ich. »Wenn wir beide etwas ausgeruht sind.«

»Vielleicht«, stimmte sie zu. »Wollen Sie zu Bett gehen?«

»Wenn Sie mich nicht für unhöflich halten. Das Essen war köstlich.«

»Ja, es war gut. Morgen früh ...«

Ich fragte mich, ob sie wie Bastable opiumsüchtig war. Ihre Augen hatten nun etwas Trancehaftes. Sie konnte mich offenbar kaum hören.

»Bis morgen früh dann«, verabschiedete ich mich.

»Bis morgen früh«, wiederholte sie die Worte fast gedankenlos.

»Gute Nacht, Mrs. Persson.«

»Gute Nacht.«

Ich stieg die Stufen hinauf, legte mich auf die Schlafmatte nieder und träumte, wie es mir vorkam, fast augenblicklich wieder die eigenartigen, beängstigenden Träume der vorangegangenen Nacht. Und wieder fühlte ich mich am Morgen völlig frisch und ausgeruht. Ich stand auf, wusch mich kalt, zog mich an und ging nach unten. Der Raum war so, wie ich ihn zurückgelassen hatte — die Reste der Abendmahlzeit standen noch auf dem Tisch. Und plötzlich packte mich der Gedanke, daß alles hastig zurückgelassen worden war — einschließlich mir. Ich trat hinaus in einen strahlenden, dunstigen Morgen. Der Regen hatte aufgehört, die Luft roch frisch und rein. Ich sah mich nach Anzeichen irgendwelcher Aktivitäten um, konnte jedoch nichts entdecken. Das einzige lebendige Wesen, das ich im Dorf entdecken konnte, war ein gesatteltes Pferd. Soldaten, Frauen und Kinder, sie alle waren verschwunden. Daraufhin fragte ich mich, ob *ich* vielleicht unabsichtlich von Mr. Lus Opium gekostet und das Ganze nur geträumt hatte. Ich ging ins Haus zurück und rief:

»Mrs. Persson! Mrs. Persson!«

Doch nur das Echo antwortete mir. Keine Menschenseele befand sich in dem zerstörten Dorf.

Ich trat wieder ins Freie. In der Ferne schimmerten die sanften grünen Hügel des Tals nach dem Regen, der während der Nacht aufgehört haben mußte. Eine riesige wäßrige Sonne stand am Himmel. Vögel zwitscherten. Die Welt schien ruhig, das Tal ein Hafen vollkommenen Friedens. Ich sah nicht eines der Gewehre und keine Beutegegenstände, welche die Banditen zurückgebracht hatten. Die Feuer waren noch warm, jedoch gelöscht worden. Der Morast war tief aufgewühlt, und man konnte erkennen, daß vor ganz kurzer Zeit viele Pferde das Dorf verlassen hatten.

Vielleicht hatten die Banditen Nachricht erhalten, daß ein Gegenangriff großen Maßstabs durch General Lius Streitmacht geplant war. Vielleicht waren sie aufgebrochen, um selbst neue Überfälle durchzuführen. Ich beschloß, so lange wie möglich in dem Dorf zu bleiben, in der Hoffnung, daß sie vielleicht zurückkehrten.

Ich unternahm einen ziellosen Rundgang durchs Dorf. Ich durchsuchte jedes der verbliebenen Häuser; ich machte auf der Hauptstraße einen Spaziergang aus dem Ort hinaus. Ich lief zurück. Es gab keinerlei Anzeichen für meine Theorie, daß das Dorf Ziel eines Angriffes werden sollte.

Gegen Mittag wurde ich ziemlich hungrig und ging ins Haus zurück, um in den kalten Überresten des Abendessens vom Vortag herumzustochern. Ich nahm mir ein Glas vom köstlichen Madeira des unbekannten Missionars. Ich besichtigte die Hinterräume des Erdgeschosses und stieg dann völlig gegen meine normalen

Neigungen in dem Entschluß hinauf, jedes einzelne Zimmer zu durchsuchen.

Im Schlafzimmer neben dem meinen hing noch der schwache Duft eines weiblichen Parfums, es handelte sich ganz offensichtlich um Una Perssons Zimmer. An der Wand hing ein Spiegel, neben der Schlafmatte stand eine Flasche Eau-de-Cologne, ein paar dunkle Haare befanden sich in der Haarbürste, die unweit vom Spiegel auf dem Boden lag. Im übrigen war der Raum ebenso spartanisch wie die anderen eingerichtet. Ich bemerkte einen kleinen Intarsientisch in der Nähe des Fensters zu einem kleinen Balkon, von wo aus man das ganze, zerstörte Dorf überschauen konnte. Auf dem Tisch lag ein verschnürtes, in Wachstuch gehülltes Päckchen.

Als ich auf meinem Weg zum Fenster daran vorüberkam, warf ich einen Blick darauf. Und dann warf ich einen sehr ausgiebigen zweiten Blick darauf, denn ich hatte auf dem vergilbten Papier in verblaßter brauner Tinte meinen Namen gelesen! Einfach nur ›Moorcock‹. Die Handschrift kannte ich nicht, fühlte mich jedoch völlig berechtigt, die Verpackung aufzureißen, die einen großen Stapel dicht beschriebener Blätter im Kanzleiformat enthielt.

Es handelte sich um das Manuskript, das du, sein Wiederentdecker lesen sollst (denn ich verspüre keine Lust, mich ein zweitesmal zum Narren machen zu lassen). Beigefügt war eine Nachricht von Bastable an mich — kurz und bündig —, und das Manuskript war in der gleichen Schrift abgefaßt.

Darauf hatte Una Persson sich wohl bezogen, als sie sagte, Bastable habe etwas für mich im Tal der Morgendämmerung hinterlassen. Man durfte vernünftigerweise wohl annehmen, daß sie die Absicht gehabt hatte, es mir vor ihrer Abreise auszuhändigen (falls sie tatsächlich gewußt hatte, daß sie so unvermittelt aufbrechen mußte).

Ich trug Tisch, Stuhl und das Manuskript auf den Balkon und setzte mich so, daß ich das unheimliche, einsame Dorf und die Hügel des Tales, welches ich so lange gesucht hatte, sehen konnte und begann eine Geschichte zu lesen, die noch weit eigentümlicher war als die erste, die Bastable mir erzählt hatte ...

Erstes Buch

Die Welt der Anarchie

— 1 —

Rückkehr nach Teku Benga

Nachdem ich an jenem Morgen von Ihnen gegangen war, verehrter Mr. Moorcock, hegte ich nicht die geringste Absicht, Rowe Island so überstürzt zu verlassen. Ich hatte ursprünglich nichts anderes vor, als ein wenig spazierenzugehen und mir einen klaren Kopf zu verschaffen. Ich war jedoch, wie Sie wissen, sehr erschöpft und neigte zu impulsiven Handlungen. Als ich am Kai entlangschlenderte, sah ich, daß ein Dampfer ablegte; ich wartete auf eine Gelegenheit, mich an Bord zu schleichen, fand sie, blieb unentdeckt und erreichte schließlich das indische Festland, von wo aus ich den Weg ins Landesinnere einschlug, nach Teku Benga gelangte (immer noch in der Hoffnung, in meine, wie ich meinte, ›richtige‹ Zeit zurückzufinden) und feststellte, daß die Schlucht immer noch nicht passierbar war; ich erwog, mich von den Felsen zu stürzen und dem ganzen Mysterium ein Ende zu bereiten. Doch dafür besaß ich nicht den Mut, auch nicht den Mumm, in Ihre Welt zurückzukehren, Moorcock — diese Welt, die sich so wenig von jener unterschied, die ich hinter mir gelassen hatte.

Ich nehme an, ich muß eine Art Nervenzusammenbruch erlitten haben (vielleicht vom Schock, vielleicht plötzliche Entzugserscheinungen vom Opium in meinem Kreislauf, ich weiß es nicht). Ich verharrte in der

Nähe der Schlucht, die meiner Auffassung nach den Brückenkopf zu der besonderen Erkenntnis darstellte, nach der ich suchte. Stundenlang starrte ich die nur verschwommen erkennbaren Ruinen dieser alten und verwahrlosten Bergfestung an, ich glaube, ich habe gebetet, sie angefleht, mich von dem schrecklichen Schicksal zu erlösen, zu dem sie (oder auch Sharan Kang, der tote Priesterkönig), mich verurteilt hatte.

Eine Zeitlang (fragen Sie mich nicht, wie lange) führte ich das Leben eines wilden Tieres, lebte von kleinem Viehzeug, das ich fangen konnte und genoß fast die langsame Erosion meines Denkvermögens und meiner zivilisierten Instinkte.

Als der Schneefall einsetzte, war ich gezwungen, mich nach einem Unterschlupf umzusehen. Ich zog langsam den Berghang entlang hinab, bis ich zu einer Höhle gelangte, die mehr als nur angemessenen Schutz bot. Allem Anschein nach hatte sie bis vor kurzem irgendeinem wilden Tier als Behausung gedient, denn es lagen viele Knochen herum — von Ziegen, Wildschafen, Wildhunden und ähnlichem (wie auch die Überreste von mehr als einem menschlichen Wesen) —, doch nichts ließ darauf schließen, daß der frühere Bewohner noch im Umkreis war. Die Höhle war lang und schmal, sie erstreckte sich so tief in den Berg, daß ich sie niemals ganz erforscht habe und mich damit zufriedengab, mich in der Nähe des Eingangs niederzulassen, ohne ein Feuer zu machen, doch ich hüllte mich in die behelfsmäßig gegerbten Häute meiner Beutetiere, als der Winter immer kälter wurde.

Der frühere Bewohner der Höhle war ein riesiger Tiger gewesen. Dies fand ich eines Morgens heraus, als ich ein eigentümliches, schnupperndes Geräusch wahrnahm und den Höhleneingang durch einen massigen, gestreiften Kopf und die Schultern einer Großkatze versperrt fand. Der Tiger betrachtete diese Höhle als sein Winterquartier, und hielt ganz offensichtlich nichts von der Idee, sie mit mir zu teilen. Ich sprang auf und zog mich tiefer ins Innere der Höhle zurück, da der Ausgang durch den Tiger, der während des Sommers im Tiefland fetter geworden sein mußte und sich nun hereinzwängte, versperrt war.

Auf diese Weise stellte ich fest, daß die Höhle in Wirklichkeit ein Tunnel war — und darüber hinaus ein von Menschen geschaffener Tunnel. Es wurde grabesdunkel, als ich mich weiter zurückzog. Ich tastete mich an den Wänden entlang und begriff allmählich, daß der rauhe Fels glattem Gestein gewichen war und die vorstehenden Teile Skulpturen bekannten Musters darstellten. Dann verlor ich ein wenig den Kopf, wurde — ein wenig verrückt. Ich weiß noch, daß ich gekichert habe, mich dann aber bremste, als ich daran dachte, daß der Tiger immer noch hinter mir sein konnte. Ich blieb stehen, tastete vorsichtig beide Seiten des Gangs ab. Ein übelkeiterregendes Ekelgefühl überflutete mich, als meine Finger die Details der Skulpturen ertasteten; meine Benommenheit wuchs. Und doch empfand ich gleichzeitig eine Hochstimmung durch die Gewißheit, daß ich in einen der vielen Geheimgänge Teku Bengas gestolpert war und ich schließlich ebensogut den Weg zu den Gängen unter dem unermeßlich alten Tempel des Kommenden Buddha finden konnte! Ich zweifelte nicht im geringsten daran, daß ich zwar keinen Weg über die Schlucht, wohl aber einen *darunter* entdeckt hatte, denn nun begann der Korridor steil anzusteigen, und mir wehte eine so intensive Kälte entgegen, die nichts mit der des natürlichen Winters gemein hatte. Als ich sie zum ersten Male empfunden hatte, hatte sie mich in panischen Schrecken versetzt, und auch jetzt erschreckte sie mich, doch in meine Angst mischte sich Hoffnung. Seltsame, leise Geräusche streiften mein Ohr wie das Klingeln von Tempelglöckchen, das Flüstern des Windes, der mir Wortfetzen einer fremden Sprache zutrug. Einst hatte ich alldem entfliehen wollen, nun aber lief ich darauf zu, und ich glaube, ich weinte und schrie. Der Boden des Gangs schien zu schwanken, während ich rannte, die Wände wichen weiter auseinander, so daß ich sie nicht mehr berühren konnte, wenn ich die Arme ausstreckte, und schließlich sah ich vor mir ein Pünktchen weißen Lichts. Es war das gleiche, das ich zuvor erblickt hatte, ich mußte lachen. Doch im gleichen Augenblick fand ich mein Lachen heiser und irre, aber es war mir gleichgültig. Das Licht wurde immer heller, bis es mich blendete. Hinter dem Licht bewegten sich Gestalten; namenlose, strahlende Farben; da spannten sich Netze aus einer vibrierenden, metallischen Substanz, und erneut mußte ich an die Mythen der Hindu-Götter denken, die Maschinen erbaut hatten, um sich über die Gesetze von Raum und Zeit hinwegzusetzen.

Dann begann ich zu fallen.

Hals über Kopf wirbelte ich herum und glaubte durch den leeren Raum zu stürzen, der zwischen den Sternen liegt. Nun hatte mich alles Bewußtsein, das mir geblieben war, verlassen, und ich ergab mich jener urtümlichen Gewalt, die mich gepackt und zu ihrem Spielball gemacht hatte ...

Es tut mir leid, wenn Ihnen dies alles phantastisch vorkommt, Mr. Moorcock. Sie wissen, daß ich kein besonders einfallsreicher Bursche bin. Ich habe mein Leben als Erwachsener als einfacher Soldat begonnen, der seine Pflicht für Land und Königreich erfüllte. Nichts wäre mir lieber, als mein Leben so weiterzuführen, doch das Schicksal hat es anders gewollt. Ich erwachte in der Dunkelheit, und hoffte verzweifelt, daß mein Flug durch die Zeit rückgängig gemacht worden war und ich mich in meinem eigenen Zeitalter wiederfinden würde. Natürlich gab es keine Möglichkeit, dies zu überprüfen, denn ich befand mich immer noch im Dunkel, im Tunnel, doch die Geräusche und diese eigenartige Kälte waren verschwunden. Ich stand auf, tastete meinen Körper in der Hoffnung ab, daß ich wieder meine alte Uniform trug — doch ich hatte immer noch die Fetzen am Leib. Dies ängstigte mich nicht sonderlich, und ich machte mich daran, den Weg zurückzuertasten und war fest entschlossen, mich dem Tiger vorzuwerfen und allem ein Ende zu bereiten, falls ich mich immer noch in der Zeit befände, die verlassen zu haben ich hoffte.

Schließlich gelangte ich wieder in die Höhle, und kein Tiger war zu sehen. Außerdem — und das hob meine Stimmung — existierten auch keine Anzeichen, daß *ich* die Höhle bewohnt hatte. Ich trat hinaus in den Schnee und sah zum stählern blauen Himmel empor, sog tief die dünne Luft ein und grinste wie ein Schuljunge in dem Glauben ›daheim‹ zu sein.

Meine Wanderung aus dem Gebirge war alles andere als angenehm, und ich werde niemals begreifen, wie ich ernsthaften Erfrierungen entgehen konnte. Ich kam durch mehrere Dörfer, wo ich mit vorsichtigem Respekt behandelt wurde, wie man einen heiligen Mann behandeln mag, bekam wärmere Bekleidung und zu essen, doch keiner von denen, mit denen ich sprach, konnte Englisch verstehen, und ich war mit ihren Dialekten nicht vertraut. So verbrachte ich fast einen Monat, ehe ich auf eine Bestätigung meiner Annahme, in meine Zeit zurückgekehrt zu sein, hoffen durfte. Schließlich tauchten ein paar Markierungen auf — ein Baumstumpf, ein eigentümlich geformter Fels, ein kleiner Fluß —, die mir bekannt vorkamen, und ich wußte, daß ich mich in der Nähe der Grenzstation befand, die Sharan Kang überfallen hatte und somit der Grund für meinen ersten Besuch in Teku Benga wie auch der Zukunft gewesen war.*

Etwa einen Tag später kam die Station in Sicht — nicht mehr als ein paar Baracken, umgeben von ein paar Ziegelbauten der Eingeborenen, das Ganze war von einer starken Mauer umschlossen. Hier waren unsere ein-

---

* Siehe ›Der Herr der Lüfte‹ (Heyne-Buch Nr. 06/3876)

heimischen Polizisten und ihr diensthabender Offizier getötet worden, und ich betete inständig, daß ich alles so vorfinden würde, wie ich es zurückgelassen hatte. *Tatsächlich* gab es Anzeichen für Kampfhandlungen und Bewohner, was mich natürlich sehr ermunterte! Ich stolperte durch das geborstene Torgitter des kleinen Forts und hoffte wider alle Wahrscheinlichkeit, die Abteilung Punjabi-Reiter und Gurkhas vorzufinden, die ich auf meiner Expedition nach Kumbalari zurückgelassen hatte. Auf jeden Fall waren Soldaten hier. Ich schrie voller Erleichterung. Hunger und Erschöpfung hatten mich geschwächt, meine Stimme muß dünn in der warmen Frühlingsluft geklungen haben, doch die Soldaten sprangen auf, die Waffen im Anschlag, und erst in diesem Augenblick bemerkte ich, daß es Weiße waren. Zweifellos waren die indischen Soldaten von Briten abgelöst worden.

Doch diese Männer waren erst kürzlich in einen Kampf verwickelt gewesen, das war klar. Hatte eine andere Bande von Sharan Kangs Leuten das Fort angegriffen, während ich mich auf der Expedition in die Berge zum Nest des alten Fuchses befand?

Ich rief: »Sind Sie Engländer?«

Ich erhielt eine knappe Antwort. »Das will ich wohl meinen!«

Dann brach ich ohnmächtig im trockenen Staub des Lagers zusammen.

— 2 —

Traum — und Alptraum — des chilenischen Zauberers

Es war wohl ziemlich natürlich, daß meine ersten Worte, als ich auf einem Rollbett in den Überresten des Schlafsaales mein Bewußtsein wiedererlangte, lauteten:

»Welches Jahr haben wir?«

»Welches *Jahr*, Sir?« Der Mann, der mir antwortete, war ein junger, klug aussehender Bursche. Auf seiner scharlachroten Uniformjacke (es war die Uniform des Royal Londonderry, einem Regiment, das in enger Verbindung zu dem meinen stand) trug er die Streifen eines Feldwebels; in der Hand hielt er eine Teetasse aus Blech, während er mir mit der andern den Kopf stützte, um mir zu helfen, mich aufzurichten.

»Bitte, Feldwebel, tun Sie mir den Gefallen, ja? Welches Jahr haben wir?«

»1904, Sir.«

Also war ich zwei Jahre lang ›vermißt‹ gewesen. Das würde eine Menge erklären. Ich war erleichtert, schlürfte den ziemlich schwachen Tee (ich sollte später erst herausfinden, daß es fast ihr letzter war) und stellte mich vor, nannte meinen Dienstgrad und mein eigenes Regiment, erklärte dem Feldwebel, daß ich meines Wissens der einzige Überlebende einer zwei Jahre zurückliegenden Strafexpedition war — daß ich in Gefangenschaft geraten und geflohen und eine Weile herumgeirrt war und erst jetzt zurückgefunden hätte. Der Feldwebel nahm die Geschichte wider Erwarten ohne erkennbares Mißtrauen hin, doch seine nächsten Worte erregten meine Besorgnis.

»Dann wissen Sie also nichts vom Krieg, Hauptmann Bastable?«

»Ein Krieg? Hier an der Nordwest-Front? Sind denn die Russen ...?«

»Im Augenblick ist dies einer der wenigen Orte, die kaum vom Krieg betroffen sind, aber Sie haben recht in Ihrer Annahme, daß Rußland zu unseren Feinden zählt. Der Krieg ist weltweit. Ich selbst und kaum zwanzig Männer sind der Rest einer Armee, die vergeblich versucht hat, Darjeeling zu verteidigen. Die Stadt und weite Landesteile befinden sich in der Gewalt der Russen, die ihrerseits von der Arabischen Allianz geschlagen wurden. Ich persönlich hoffe, daß die Russen noch die Stellung halten. Sie lassen ihre Gefangenen zumindest am Leben oder töten sie schnell. Nach den letzten Nachrichten, die wir erhielten, sieht es allerdings so aus ...«

»Kommt denn keine Verstärkung aus Großbritannien?«

Ein schmerzlicher Blick trat in die Augen des Feldwebels. »Aus der Heimat wird vorläufig nicht viel kommen, würde ich meinen, Sir. Der größte Teil Europas ist weit schlimmer heimgesucht als Asien, weil es die größte Konzentration von Bomben abbekommen hat. Der Krieg in Europa ist zu Ende, Hauptmann Bastable. Hier geht er weiter — eine Art alternatives Schlachtfeld, könnte man sagen, auf dem es für jedermann verdammt wenig zu gewinnen gibt. Die Energiesituation sieht ziemlich düster aus — vermutlich könnte kein britisches Flugzeug aufsteigen, selbst wenn noch eines existierte ...«

Inzwischen waren mir seine Worte völlig unverständlich geworden. Mir war nur eine entsetzliche Tatsache klar, die mich mit Verzweiflung erfüllte: diese Welt von 1904 wies noch weniger Verbindung zu meiner eigenen auf, als jene, der ich zu entfliehen getrachtet hatte. Ich bat den Feldwebel, mir einen kurzen Geschichtsabriß zu geben, wie er ihn einem Kind geben würde und schützte als Entschuldigung wieder einmal einen partiellen

Gedächtnisverlust vor. Der Mann nahm diese Erklärung hin und lieferte mir freundlicherweise eine Zusammenfassung der Weltgeschichte seit dem letzten Viertel des 19. Jahrhunderts. Sie unterschied sich radikal von Ihrer Welt, Mr. Moorcock, wie auch von der Welt der Zukunft, die ich Ihnen geschildert hatte.

Es hat den Anschein, als sei um 1870 in Chile ein Genie aufgetaucht, das in wenigen Jahren das Los der Armen dieser Welt verändert hat, Überfluß herstellte, wo einst Hungersnot herrschte, Luxus hervorbrachte, wo zuvor nur bitteres Elend gewesen war. Er hieß Manuel O'Bean und war der Sohn eines irischen Ingenieurs, der sich in Chile niedergelassen hatte und einer chilenischen Millionenerbin (vielleicht der reichsten Frau in Süd- oder Zentralamerika). O'Bean hatte Anzeichen enormer Lernfähigkeit gezeigt und in außergewöhnlich frühem Alter erstaunliche Dinge erfunden. Es erübrigt sich zu erklären, daß sein Vater ihn gefördert hatte, und O'Bean lernte alles, was sein Vater ihm anbieten konnte, bis der Junge acht Jahre alt war. Mit den Mitteln, die durch den Reichtum seiner Mutter bereitgestellt werden konnten, gab es für die Entfaltung von O'Beans Genialität in technischen Dingen keinerlei Hindernisse. Bis er seinen zwölften Geburtstag feierte, hatte er eine ganze Reihe neuer Bergbaumaschinen erfunden, die — angewandt in den Minen seiner Familie — den Reichtum verhundertfachten. Nicht nur, daß er ein enormes Talent zur Planung und zum Bau neuer Maschinen hatte, er besaß auch die Fähigkeit, neue Energiequellen zu erschließen, die weniger verschwenderisch und unendlich viel billiger waren als die derben Rohstoffe, die man bislang benutzte. Er entwickelte eine Methode zur Konvertierung und Rekonvertierung von Elektrizität, so daß sie nicht mehr durch Kabel geleitet werden mußte, sondern durch Strahlen von fast jedem Teil der Welt zum anderen übertragen werden konnte. Seine Generatoren waren klein, leistungsfähig und bedurften eines Minimums an Energie, und sie trieben die meisten Maschinen an, die er erfunden hatte. Andere Motoren, einschließlich ausgeklügelter Formen von Dampfturbinen, die mit rasch erhitzbaren Flüssigkeiten anstatt mit Wasser arbeiteten, wurden erfunden. Ebenso wie O'Bean in diesen frühen Jahren Bergbau- und Landwirtschaftsmaschinen erfand, entwarf er (er war noch keine fünfzehn Jahre alt) eine Reihe höchst wirksamer Kriegsmaschinen (er war noch ein Junge und wie andere Jungen von derartigen Dingen fasziniert), einschließlich Unterwasserschiffe, fahrbare Kanonen, Luftschiffe (in Zusammenarbeit mit dem großen Flugzeugtechniker und Luftfahrtexperten, dem Franzosen La Perez) und motorisierte, gepanzerte Fahrzeuge, die man ›Landpanzerschiffe‹ nannte. Doch O'Bean gab diesen Forschungszweig bald auf, als sich sein gesellschaftliches Bewußtsein entwikkelte. Bevor er achtzehn war, hatte er geschworen, nie wieder sein Genie kriegerischen Zwecken zur Verfügung zu stellen, und sich statt dessen auf Maschinen zu konzentrieren, welche Wüsten bewässerten, Wälder rodeten und die Welt in einen unendlich reichen Garten verwandelten, welcher die Hungernden nähren und damit die Ursachen beseitigen würden, die seiner Ansicht nach für die meisten menschlichen Auseinandersetzungen verantwortlich waren.

Und so schien es zu Beginn des neuen Jahrhunderts, als sei Utopia vollendet. Es gab niemanden auf der Welt, der nicht gut genährt war und nicht die Gelegenheit hatte, eine gute Erziehung zu genießen. Armut war fast über Nacht abgeschafft worden.

Der Mensch *kann* durchaus von Brot allein leben, solange alle seine Kräfte vom Erwerb dieses Brotes aufgezehrt werden. Sobald er jedoch den Kopf frei hat, sobald er nicht seine ganze Zeit auf der Suche nach Nahrung zubringen muß, beginnt er nachzudenken. Sofern er die Gelegenheit hat, Fakten zusammenzutragen, und sofern er kein Dummkopf ist, beginnt er seine Stellung in der Welt zu überdenken und mit der anderer zu vergleichen. Nun konnten Tausende plötzlich begreifen, daß die Herrschaft über die Welt in den Händen weniger lag: in den Händen der Landbesitzer, Industriellen, Politiker und der herrschenden Klassen. Alle diese Leute hatten O'Beans wissenschaftliche und technische Fortschritte begeistert aufgenommen — denn sie waren in der Lage, seine Patente zu kaufen, ihre eigenen Maschinen zu bauen und ihren Reichtum zu mehren, während die von ihnen Beherrschten ihre Lage ebenfalls verbesserten. Doch fünfundzwanzig]ahre sind genügend Zeit, damit eine neue Generation heranwächst — eine Generation, welche die schreckliche Armut niemals gekannt hatte und die im Gegensatz zu der vorangegangenen Generation nicht mehr nur Dankbarkeit empfand, daß sie mehr Freizeit und genügend zu essen hatte. Diese Generation entwickelte den Wunsch, ihr eigenes Schicksal in vielfacher Hinsicht selbst in die Hand zu nehmen. Kurz gesagt: Sie strebte nach der politischen Macht.

Bis zum Jahre 1910 waren Bürgerkriege dann bei allen Völkern, kleinen wie großen, an der Tagesordnung. In einigen Ländern, gewöhnlich den rückständigsten, wurden erfolgreich Revolutionen durchgeführt, und es bildeten sich parallel zu einem fanatischen Nationalismus neue politische Kräfte und Gruppierungen. Die Großmächte mußten hinnehmen, wie ihnen ihre Kolonien entrissen wurden: in Asien, Afrika und Amerika — und da die Energiequellen billig und O'Beans Patente überall erhältlich waren, da militärische Stärke nicht mehr so sehr an großen, gut ausgebildeten Armeen (oder gar Seestreitkräften) hing, waren diese alten Staaten vorsichtig, Kriege mit den jungen Nationen anzufangen und zogen es vor, ihre Positionen mit Mitteln komplizierter Diplomatie zu vertreten, indem sie ›Einflußsphären‹ schufen. Doch ausgeklügelte diplomatische Spielchen in entfernten Gegenden der Welt ziehen häufig wachsende Spannungen im Inland nach sich, so wurde besonders in Europa, aber auch in den Vereinigten Staaten und Japan der Nationalismus immer stärker, und heftige Wortgefechte zwischen den Großmächten setzten ein. Handelsembargos, lähmende und unnötig unfaire Einfuhrbeschränkungen wurde ausgesprochen und erwidert. Verfolgungswahn begann sich in den Köpfen der Herrschenden breitzumachen. Im Innern sahen sie sich von der Jugend bedroht, die mehr soziale Gerechtigkeit forderte, im außenpolitischen Bereich von ihren Nachbarländern. Immer mehr Ressourcen wurden zum Bau von Land-, See- und Luftstreitkräften verwendet, zur Herstellung gigantischer Waffen und Aushebung von Armeen, welche die aufmüpfige Bevölkerung unter Kontrolle halten (und sie gleichzeitig möglichst aufreiben) sollten. In vielen Ländern wurde nach preußischem Modell Militärdienstpflicht eingeführt — was wiederum eine zunehmend wütende Reaktion derer hervorrief, welche eine Reformierung ihrer Regierungen angestrebt hatten. Militante, gewalttätige revolutionäre Methoden wurden schließlich selbst von jenen gerechtfertigt, die ursprünglich gehofft hatten, ihre Ziele durch Diskussionen und Stimmzettel durchzusetzen.

Keiner weiß, was O'Bean persönlich von all dem hielt, doch wahrscheinlich quälte ihn schreckliches Schuldgefühl. Gerüchten zufolge soll er an jenem unausweichlichen Tag, da die Großmächte einander den Krieg erklärten, in aller Stille Selbstmord begangen haben.

Der Krieg beschränkte sich anfänglich auf Europa, und in den ersten Wochen wurden die meisten Großstädte des Kontinents und Großbritanniens in Schutt und Asche gelegt. Eine kurzlebige zentralamerikanische Allianz hielt lange genug, um mit den USA einen Krieg anzuzetteln, um zu vergleichbarem Ergebnis zu kommen. Riesige mobile Kriegsmaschinen rollten über verwüstetes Land; finstere Luftschlachtschiffe kreuzten an rauchverhangenen Himmeln; währenddessen wimmelten unter Wasser Schwadronen von U-Booten, die einander häufig vernichteten, ohne auch nur einmal an die Oberfläche zu kommen, wo konventionelle Panzerschiffe einander in Stücke schossen mit den entsetzlich starken Explosiv-Waffen, die ein dreizehnjähriger Junge erfunden hatte.

»Die meisten *richtigen* Kämpfe sind nun vorüber«, erklärte der Feldwebel mit einer Spur Verachtung. »Der Treibstoff für Generatoren und Motoren geht allmählich aus. Die Kriegsmaschinen, die noch übrig sind, nun, die bleiben einfach stehen. Alles verlagert sich wieder auf Kavallerie und Infanterie und solches Zeug, aber kaum jemand weiß noch, *wie* man auf diese Art kämpft — und es sind auch nicht viele Menschen dafür übrig. Und auch nicht viel Munition, möchte ich meinen. Wir haben jeder noch eine Patrone.« Er tätschelte die Waffe, die an seinem Gürtel hing. »Wenn wir jemals dem Feind über den Weg laufen, dann wird mit Bajonetten gekämpft werden müssen. Die verflixten Inder werden die Größten sein — jene, die immer noch Schwerter, Lanzen, Pfeile und Bögen haben und ...«

»Glauben Sie denn nicht, daß der Krieg aufhört? Die Menschen müssen doch von all diesen Geschehnissen schockiert, ja, angewidert sein.«

Der Soldat schüttelte den Kopf und meinte philosophisch: »Es ist Wahnsinn, Sir. Es hat uns alle erwischt. Es könnte weitergehen, bis der letzte Mensch von dem Leichnam des Burschen fortkriecht, den er gerade mit einem Stein erschlagen hat. Der Krieg ist nichts anderes als Wahnsinn. Man denkt gar nicht darüber nach, was man tut. Wissen Sie, man vergißt es, nicht wahr — bis man nur noch tötet, immer weiter tötet.« Er hielt fast verlegen inne. »Zumindest ist das *meine* Ansicht.«

Ich gab zu, daß er durchaus recht haben mochte. Erfüllt von unsäglichem Gram und wie besessen von der Ironie, die mich von einer relativ friedfertigen Welt in diese hier geführt hatte, empfand ich doch das Bedürfnis, irgendwie nach England zurückzukehren und mich selbst davon zu überzeugen, ob der Feldwebel die Wahrheit gesprochen oder übertrieben hatte, sei es aus einem irregeleiteten Hang zum Dramatischen, sei es aus Verzweiflung über seine eigene Lage.

Ich erklärte ihm, daß ich gerne in mein Vaterland zurückkehren würde, doch er lächelte mich mitleidig an und sagte, daß nicht die geringste Chance bestünde. Wenn ich beispielsweise den Weg über Darjeeling einschlagen würde, nähmen mich die Russen oder Araber gefangen. Selbst wenn es mir gelingen sollte, die Küste zu erreichen, so lagen keine Schiffe in den Häfen (falls jene überhaupt noch existierten) oder auf den Flugplätzen. Am besten wäre es, so schlug er mir vor, wenn ich mich ihnen anschließen würde. Sie hatten ihre Pflicht erfüllt, und ihre Lage war aussichtslos. Sie hatten vor, weiter in die Berge hinaufzuziehen und dort ein neues Leben anzufangen. Der Feldwebel meinte, da die Bevölkerung sich in so großem Umfang umbrachte, müßte es bald Wild im Überfluß geben, so daß sie von der Jagd leben könnten — und zwar nicht schlecht. Doch ich hatte inzwischen genug von den Bergen. Was auch geschehen sollte, sobald ich wieder zu Kräften gekommen war, wollte ich versuchen, mich zur Küste durchzuschlagen.

Zwei Tage später verabschiedete ich mich von dem Feldwebel und seinen Leuten. Sie baten mich, doch nicht so wahnwitzig zu sein, es würde meinen sicheren Tod bedeuten.

»Man sprach von Seuchen, Sir«, berichtete der Feldwebel. »Schreckliche Krankheiten, die der Zusammenbruch des sanitären Systems verursacht hat.«

Ich lauschte höflich auf alle Warnungen und ließ sie dann — ebenso höflich — unbeachtet.

Vielleicht hatte ich meinen Anteil an Pech weg, denn das Glück blieb mir während meiner restlichen Reise durch den indischen Subkontinent treu. Darjeeling war tatsächlich in die Hände der Araber gefallen, doch sie hatten die Stadt bald nach der Besetzung evakuiert. Ihre Truppen waren dünn gestreut, vermutlich waren sie an die Heimatfront gerufen worden. Es waren noch ein oder zwei Divisionen zurückgeblieben, aber die hatten genug damit zu tun, nach den Russen Ausschau zu halten, und als sie herausfanden, daß ich Engländer war, schlossen sie daraus, daß ich ein Freund sein mußte (ich erfuhr, daß gegen Ende des Krieges Versuche unternommen worden waren, einen britisch-arabischen Pakt zu schließen), und diese Burschen waren, völlig zu Unrecht, wie sich erweisen sollte, der Auffassung, daß wir auf der gleichen Seite kämpften. Ich schloß mich ihnen an. Sie waren auf dem Weg nach Kalkutta — oder was davon übrig war —, wo eine geringe Hoffnung bestand, ein Schiff in den Mittleren Osten zu finden. Und da lag auch ein Schiff vor Anker — ein für ihre Begriffe altmodischer Dampfer mit kohlebetriebenen Motoren —, und wenn auch der Name am Bug russisch war, so flatterte auf dem Mast die Flagge der Arabischen Allianz mit den gekreuzten Breitschwertern. Es befand sich in völlig verwahrlostem Zustand, und man begab sich in Lebensgefahr, ging man an Bord, aber die Chancen, ein Schiff zu finden, waren eins zu einer Million, so daß ich nicht in der Laune war, mir dieses hier entgehen zu lassen. Es handelte sich um ein altes Frachtschiff, auf dem ursprünglich wenig Raum für Passagiere vorgesehen war. Die meisten Männer drängten sich in den Frachträumen und machten es sich so bequem, wie es eben ging. Als Offizier und ›Gast‹ konnte ich mit vier Arabern eine Kabine teilen, von denen drei Palästinenser und einer Ägypter war. Sie sprachen alle perfekt Englisch und waren, wenn auch etwas reserviert, so doch anständige Reisebegleiter, die so weit gingen, mir eine Hauptmannsuniform und die meisten lebensnotwendigen Dinge zu borgen, auf die ich in den letzten Monaten zu verzichten gelernt hatte.

Das Schiff bahnte sich langsam seinen Weg durch den Golf von Bengalen, und ich kämpfte gegen meine Langeweile an, indem ich meinen Mitreisenden erzählte, ich sei mehrere Jahre lang von einem Stamm im Himalaya gefangengehalten worden, und sie auf diese Weise dazu brachte, mir gewisse Details der Weltgeschichte zu erläutern, die der Feldwebel mir nicht hatte vermitteln können.

Es ging das Gerücht von einem Mann, den sie den ›Schwarzen Attila‹ nannten, einen Anführer, der in jüngster Zeit in Afrika aufgetaucht war und welchen sie selbst als eine Bedrohung erachteten. Afrika hatte unter den Auswirkungen des Krieges nicht so schwer zu leiden gehabt wie Europa, und seine meisten Nationen — viele erst ein paar Jahre alt — hatten ihr Bestes getan, um neutral zu bleiben. In der Folge blühten ihre Ernten, ihre Landwirtschaftmaschinen funktionierten, und eine militärische Reservearmee beschützte ihren Wohlstand. Der Schwarze Attila erfreute sich zunehmender Unterstützung bei den schwarzen Völkern für einen heiligen Krieg gegen die Weißen (zu welcher Kategorie die Araber ebenso zählten wie die Asiaten), doch nach den letzten Informationen meiner Berichterstatter konsolidierte er noch seine lokalen Siege und machte keine Anzeichen, gegen das, was von der westlichen Welt übrig geblieben war, zu Felde zu ziehen. Anderen Gerüchten zufolge sollte er schon ums Leben gekommen sein, während wieder andere besagten, er sei in Europa eingefallen und habe es zur Hälfte erobert.

Das Schiff besaß kein Funkgerät (ein weiteres Beispiel für mein Glück, denn die Araber hatten letztlich niemals den Pakt mit Großbritannien unterzeichnet!), so daß es keine Möglichkeit gab, diese Berichte zu bestätigen oder Lügen zu strafen. Wir dampften an der indischen Küste entlang, durch den Golf von Mannar, konnten in Agatti auf den Lakkadiven Kohle bunkern, gerieten im Arabischen Meer in stürmische See, verlo-

ren drei Matrosen und das meiste unserer Takelage, schoben uns ins Rote Meer und waren nur noch wenige Tage vom Suez-Kanal entfernt, als das Schiff ohne jede Vorwarnung von mehreren Torpedos getroffen wurde und fast auf der Stelle zu sinken begann.

Es war das Werk eines Torpedo-U-Bootes — eines der wenigen, das noch funktionierte — und, wie sich herausstellte, keinerlei Kriegshandlung, sondern ein Akt zynischer Piraterie.

Wie dem auch sei, der Pirat hatte seine Arbeit nur zu gut versehen. Das Schiff keuchte, hustete und ging mit der Mehrzahl von Mannschaft und Passagieren unter. Ich und etwa ein Dutzend weitere waren die einzigen, die sich an die wenigen herumschwimmenden Wrackteile klammerten.

Das Unterseeboot hob sich ein paar Minuten lang aus dem Wasser, um sein Werk zu betrachten, stellte fest, daß es bei den Überresten nichts mehr zu holen gab und überließ uns unserem Schicksal, indem es wieder tauchte. Wahrscheinlich mußten wir froh sein, daß es keinen Gebrauch von seinen Bordfeuerwaffen machte, um uns den Rest zu geben. Wie es schien, war Munition fast überall rar geworden.

— 3 —

Der polnische Freibeuter

Ich habe nicht vor, meine Erlebnisse während der folgenden vierundzwanzig Stunden zu schildern. Es genügt zu sagen, daß sie recht düster waren: Ich sah einen meiner Schicksalsgenossen nach dem anderen in die Wellen hinabsinken und wußte, daß es mir letztendlich ebenso ergehen würde. Wahrscheinlich besaß ich viel Übung in der Kunst des Überlebens, und irgendwie gelang es mir, oben zu bleiben, indem ich mich an mein klägliches Stückchen Treibgut klammerte, bis am späten Nachmittag des nächsten Tages ein Ungeheuer sich aus den Wellen erhob; dampfendes Wasser lief in Strömen an seiner schwarz-blauen Haut herab, seine riesigen, kristallartigen Augen starrten mich an, aus seinem Bauch brach ein schreckliches, tiefes Brüllen. Mein erschöpfter Kopf nahm es zuerst *tatsächlich* als Lebewesen wahr, doch mein zweiter Gedanke war, daß das U-Boot, das uns torpediert hatte, zurückgekehrt war, um mich umzubringen. Allmählich beruhigte sich das aufgewühlte Wasser, bis nur noch ein leises Schnurren zu hören war, und das schlanke, geschmeidige Fahrzeug kam an der Wasseroberfläche zum Stillstand. Aus Luken vorn und hinten sprangen Matrosen in meergrünen Uniformen an Deck und rannten zur Reling. Einer warf eine Rettungsboje ins Wasser, und ich schwamm mit letzter Kraft zu ihr hin, packte sie und ließ mich zum Schiff ziehen. Mehrere Hände zerrten mich an Bord, man hob mir eine Tasse Rum an die Lippen, hüllte mich in Decken und trug mich über das schwankende Deck hinab durch die vordere Luke. Diese wurde rasch über uns geschlossen, und während ich unten abgesetzt wurde, konnte ich spüren, wie das Schiff wieder in die Fluten hinabtauchte. Das Ganze hatte sich innerhalb weniger Minuten abgespielt, und ich hatte den Eindruck, daß man sich sehr beeilte, als hätte man schon ein großes Risiko auf sich genommen, überhaupt aufzutauchen. Ich kam zu dem Schluß, daß es sich nicht um das gleiche Schiff handeln konnte (es kam mir vor allem größer vor), das mich meinem Schicksal überlassen hatte, sondern daß es ein anderes war. Gewiß war es kein britisches Schiff, und die Sprache der Seeleute sagte mir wenig, die mich in eine kleine, von Stahlwänden umschlossene Kabine brachten, und mir meine durchnäßte arabische Uniform auszogen, ehe sie mich auf die Koje legten und mit warmen Decken zudeckten. Vermutlich war es eine slawische Sprache, und ich fragte mich, ob die Russen mich zu ihrem Kriegsgefangenen gemacht hatten. Ich hörte, wie die Schiffsmotoren wieder angeworfen wurden, und es gab einen kaum merklichen Ruck, als wir mit meiner Auffassung nach hoher Geschwindigkeit davonschossen. Dann fiel ich, ohne mir weitere Gedanken über mein zukünftiges Schicksal zu machen, in einen tiefen, glücklichen, traumlosen Schlaf.

Nach meinem Erwachen warf ich automatisch einen Blick zum Bullauge, doch natürlich ließ sich nicht sagen, ob es Tag oder Nacht, geschweige denn, welche Uhrzeit es war! Ich sah lediglich das wirbelnde, dunkelgrüne, schwach von der Schiffsbeleuchtung erhellte Wasser vorbeisprudeln, während das Schiff schnell wie ein Hai durch die Tiefe schoß. Eine Weile widmete ich mich fasziniert diesem Anblick und hoffte, einige Einzelheiten bei meiner ersten Begegnung mit der geheimnisvollen Unterwasserwelt erkennen zu können, aber zweifellos fuhren wir dafür zu schnell. Während ich noch hinaussah, ging die Kabinentür auf, ein Seemann trat hinein und brachte eine große Blechtasse mit heißem, schwarzem Kaffee. Er sagte mit starkem Akzent: »Ein Gruß vom Kapitän, Sir. Sie möchten ihn doch in seiner Kabine besuchen, wenn es Ihnen recht ist.«

Ich nahm den Kaffee entgegen, sah, daß meine ausgeborgte Uniform gewaschen, getrocknet und gebügelt worden war und daß man mir eine neue Garnitur Unterwäsche auf den kleinen Tisch an der gegenüberliegenden Wand gelegt hatte.

»Mit Vergnügen«, erwiderte ich. »Kann mich jemand dorthin bringen, wenn ich mich frisch gemacht und angezogen habe?«

»Ich werde draußen auf Sie warten, Sir.« Der Matrose salutierte, verließ die Kabine und schloß die Tür leise hinter sich. Es konnte kein Zweifel daran bestehen, daß auf diesem Schiff eine hervorragende Disziplin herrschte — dafür sprach schon die Geschwindigkeit, mit der man mich geborgen hatte —, und ich hoffte, daß diese Disziplin sich auch darauf erstreckte, daß man das übliche Kriegsrecht respektierte!

So schnell ich konnte, machte ich mich fertig und meldete mich schon bald vor meiner Kabinentür. Der Seemann ging mir voran durch einen schmalen, röhrenartigen Gang, an dem auffiel, daß sich Korklaufplanken auch an den Seitenwänden und der Decke befanden; das besagte, daß das Schiff in allen Hauptpositionen des Quadranten manövrierfähig war. Meine Folgerung erwies sich als völlig korrekt (entsprechend den Laufplanken befanden sich auch ›Decks‹ an der Außenseite des Rumpfes, wohingegen der Hauptkontrollraum eine Kugel war, die sich nach dem Winkel des Schiffes drehte — das war, wie sich herausstellte, nur eine von O'Beans ›Wegwerf‹-Ideen!), und das Unterwasserfahrzeug war allem, das ich im Jahre 1973 der anderen Zukunft kennengelernt hatte, weit überlegen.

Der röhrenartige Gang führte uns zu einer Kreuzung, wo wir die Backbordrichtung einschlugen, eine kleine Niedergangstreppe erklommen und uns vor einer flachen, kreisrunden Stahltür befanden, an welche der Seemann klopfte und ein paar Worte in seiner unbekannten Sprache hervorstieß. Von der anderen Seite der Tür wurde ihm ein einziges Wort geantwortet, worauf er an einem eingelassenen Griff zog, um sie zu öffnen. Er hielt sie mir auf, salutierte noch einmal und zog sich dann zurück.

Ich befand mich in einer nahezu altbekannten Version der Kapitänskajüte eines Schiffes meiner Heimatwelt. Es gab eine Fülle von Messing und Mahagoni, ein paar Grünpflanzen hingen in Körben von Decke und Wänden, eine säuberlich gemachte Ein-Personen-Pritsche, ein kleiner Kartentisch, auf dem verschiedene Seekarten und um sie herum eine Vielzahl von Instrumenten ausgebreitet lagen. Gerahmte Drucke von Schiffen und alten Karten schmückten die Wände. Von der gesamten Decke erstrahlte Licht in der Qualität von Tageslicht (eine weitere von O'Beans Nebenbei-Erfindungen). Ein kleiner, flinker Typ mit Knebelbart erhob sich, um mich zu begrüßen, wobei er seine Mütze zurechtschob und fast schüchtern lächelte. Es war ein junger Mann, wahrscheinlich kaum älter als ich, doch Falten der Erfahrung zeichneten sein Gesicht, und seine Augen waren die eines viel älteren Mannes — fest und klar, und gleichzeitig eine gewisse Ironie verratend. Er streckte mir die Hand entgegen, die ich schüttelte und feststellte, daß sein Griff fest, aber nicht grob war. Irgend etwas fürchterlich Vertrautes haftete an ihm. Mein Verstand weigerte sich, die Wahrheit zu akzeptieren, bis er sich in gutem, ein wenig kehlig akzentuiertem Englisch vorstellte:

»Willkommen an Bord der *Lola Montez,* Hauptmann. Mein Name ist Korzeniowski, und ich bin ihr Kapitän.«

Ich war zu verblüfft, um zu sprechen, denn ich stand einer jüngeren Ausgabe meines alten Lehrers aus der Zeit an Bord der *Rover* gegenüber. Damals war Korzeniowski (oder würde es sein) ein polnischer Luftschiffkapitän gewesen. Die daraus folgenden Implikationen waren erschreckend. Bestand gar eine Chance, daß ich in dieser Welt einer Version *meiner selbst* begegnete? Ich besann mich auf mein gutes Benehmen. Ganz offensichtlich wußte Korzeniowksi nichts von mir, so stellte ich mich, was auch immer herauskommen sollte, mit meinem Namen, meinem richtigen Regiment vor und erklärte rasch, weshalb ich diese ziemlich exotische arabische Uniform trug. »Ich hoffe, Polen befindet sich nicht im Kriegszustand mit der Arabischen Allianz«, fügte ich hinzu.

Kapitän Korzeniowski zuckte die Achseln und drehte sich zu einem Glasschrank um, der eine Reihe Flaschen und Gläser enthielt. »Was darf ich Ihnen anbieten, Hauptmann Bastable?«

»Whisky mit einem Spritzer Soda, wenn es Ihnen recht ist. Wirklich sehr freundlich von Ihnen.«

Korzeniowksi holte eine Whiskykaraffe heraus und machte eine beiläufige Handbewegung mit ihr, während er ein Glas vom Regal nahm. »Polen befindet sich mit niemandem mehr im Krieg. Erst ist Deutschland darüber hergefallen, dann haben die Russen es ausgelöscht, und jetzt existiert Rußland auch nicht mehr — zumindest nicht als geschlossene Nation. Armes Polen. Seine Kämpfe haben ihr endgültiges Ende gefunden. Vielleicht ersteht aus den Ruinen etwas weniger von Unglück Verfolgtes.« Er reichte mir ein volles Glas, tat, als wolle er das seine nach polnischem Brauch zerschmettern, beherrschte sich jedoch, nippte fast steif daran und zupfte an seinem Ohrläppchen, als sei er ärgerlich, weil er sich fast zu so einer leidenschaftlichen Geste hatte hinreißen lassen.

»Aber Sie und Ihre Mannschaft sind Polen«, erklärte ich. »Das ist doch ein polnisches Schiff.«

»Wir gehören keiner Nation mehr an, wenn Polen auch das Geburtsland der meisten war. Das Schiff war einst das Prachtstück unserer Marine. Nun ist es das letzte Überlebende der gesamten Flotte. Wir sind, wie Sie das nennen könnten, ›Freibeuter‹. Auf diese Weise überleben wir den Zusammenbruch.« In seinen Augen stand eine Spur sarkastischen Stolzes. »Ich glaube, wir sind ziemlich gut darin — obwohl die Beutestücke immer seltener werden. Wir hatten Ihr Schiff schon eine Weile beobachtet, doch es schien nicht den Einsatz eines Torpedos wert. Sie werden vielleicht gerne erfahren, daß das Schiff, das sie angriff, *Mannanan* hieß und der Irischen Marine gehörte.«

»Irisch?« Ich war überrascht. Dann herrschte in dieser Welt tatsächlich umfassende Autonomie.

»Wir konnten nicht sofort die Maschinen stoppen, um Sie an Bord zu nehmen, sondern beschlossen, daß Sie sich erst einmal selbst durchschlagen mußten. Die *Mannanan* war ein gut ausgerüstetes Schiff, und es gelang uns ziemlich rasch, sie zu beschädigen und an die Oberfläche zu zwingen. Sie war eine ›feine Prise‹, wie die Seeräuber zu sagen pflegen!« Er lachte. »Wir konnten Vorräte an Bord nehmen, mit denen wir drei Monate auskommen werden. Und Ersatzteile.«

Die *Mannanan* hatte verdient, was Kapitän Korzeniowski mit ihr angestellt hatte. Zweifellos war er gnädiger mit ihr umgegangen als sie mit unserem bedauernswerten Dampfer. Ich konnte mich jedoch nicht überwinden, diese Eindrücke laut auszusprechen und damit einen letztlich ebensolchen Akt von Piraterie durch die *Lola Montez* entschuldigen.

»Nun, Hauptmann Bastable«, sagte Korzeniowski, während er sich eine dünne Zigarre anzündete und mir durch Zeichen zu verstehen gab, mich an seiner Bar zu bedienen, »was sollen wir denn nun mit Ihnen machen? Normalerweise setzen wir Überlebende am nächstbesten Küstenstreifen ab und überlassen sie ihrem Schicksal. Bei Ihnen handelt es sich jedoch um eine Art Sonderfall. Wir sind unterwegs zu den Hebriden, wo wir eine Basis haben. Können wir Sie unterwegs irgendwo absetzen? Man kann allerdings nicht sagen, daß es heutzutage noch ein Land gäbe, in dem das Leben besonders reizvoll wäre.«

Ich erzählte ihm, daß ich vorgehabt hatte, mich nach England durchzuschlagen, und sollte eine Möglichkeit bestehen, mich an der Südküste von Bord gehen zu lassen, mir das höchst willkommen wäre. Bei meinen Worten hob er die Augenbrauen.

»Hätten Sie Schottland gesagt, so hätte ich das verstehen können — aber die Südküste! Nachdem ich geholfen habe, Sie dem Tod zu entreißen, kann ich es kaum vor meinem Gewissen rechtfertigen, Sie der Vernichtung zu überantworten! Wissen Sie denn nicht Bescheid? Haben Sie eine Vorstellung davon, zu welcher Hölle sich Südengland entwickelt hat?«

»Ich habe gehört, London hat einige schwere Bombardierungen mitgemacht ...«

Darauf konnte Korzeniowski ein Lächeln nicht unterdrücken. »Der britische Sinn für Untertreibung hat mir immer imponiert«, erklärte er mir. »Was haben Sie sonst noch gehört?«

»Daß Gefahr besteht, sich mit irgendwelchen Seuchen zu infizieren — Typhus, Cholera und so weiter.«

»Und so weiter, ja. Wissen Sie, *was* für Bomben die Luftstreitkräfte zum Schluß abwarfen, Hauptmann Bastable?«

»Ziemlich verheerende, nehme ich an.«

»In höchstem Maße. Aber es waren keine Sprengladungen — es waren Bakterien. Die Bomben enthielten die verschiedensten Sorten von Seuchen, Hauptmann. Sie hatten alle höchst wissenschaftliche Namen, aber sie waren bald unter ihren Spitznamen bekannt. Haben Sie beispielsweise jemals die Auswirkungen des ›Teufelspilzes‹ gesehen?«

»Davon habe ich noch nie gehört.«

»Sie heißt so nach dem Pilz, der sich zwei Stunden nach der Infizierung des Opfers auf dessen Haut ausbreitet. Wenn Sie den Pilz abkratzen, fällt das Fleisch mit ab. Innerhalb von zwei Tagen sehen Sie aus wie ein vermoderter Baum, wie Sie das ab und zu im Wald sehen können, aber glücklicherweise sind Sie dann schon tot und haben keinerlei *körperlichen* Schmerz empfunden. Dann wäre da noch die ›Preußische Emma‹, die Blutungen aus allen Körperöffnungen hervorruft — *dieser* Tod soll nach allem, was ich gehört habe, sehr schmerzhaft sein. Und dann gibt es noch die ›Augenfäule‹, die ›Rote Pustel‹ und den ›Brighton-Ekel‹. Wunderliche Namen, nicht wahr. So farbenprächtig wie die Erscheinungsbilder der Krankheiten auf der Haut. Aber abgesehen von den Seuchen existieren noch umherstreifende, rivalisierende Mörderbanden, die jedes menschliche Wesen, das ihnen über den Weg läuft, umbringen (und nicht immer auf die gnädigste Art). Ab und zu treten Sie vielleicht auf eine Gasbombe, die dann losgeht und Ihnen Giftgas ins Gesicht sprüht. Und falls Sie diesen Gefahren entkommen, lauern ein Dutzend weitere. Glauben Sie mir, Hauptmann Bastable, das einzig anständige Leben heutzutage, das einzige Leben für einen Menschen liegt auf hoher See oder darunter. Zum Meer sind viele von uns zurückgekehrt, wir verbringen unser Leben zugegebenermaßen damit, einander aufzulauern. Aber diese Existenz ist den Schrecknissen und Entwürdigungen des Landes bei weitem vorzuziehen. Und man besitzt noch ein gewisses Maß an Freiheit, ist irgendwie noch Herr über sein eigenes Schicksal. Auf dem Land ist es so, wie sich die mittelalterlichen Maler die Hölle vorstellten. Da gebe man mir lieber das Fegefeuer des Meeres!«

»Ich bin überzeugt, daß ich Ihnen zustimmen kann«, meinte ich, »aber ich möchte es mit eigenen Augen gesehen haben.«

Korzeniowksi zuckte die Achseln. »Nun gut. Wir setzen Sie bei Dover ab, wenn Sie wollen. Aber falls Sie Ihre Meinung ändern sollten, ich könnte an Bord dieses Schiffes einen erfahrenen Offizier gebrauchen, auch wenn es sich um einen Armeeoffizier handelt. Sie könnten bei mir dienen.«

Dies war in der Tat eine Geschichtswiederholung (oder stellte sich als solche dar). Korzeniowksi wußte nichts davon, aber ich hatte bereits unter ihm gedient — und zwar nicht bei der Armee, sondern bei der Luftflotte. Mit ihm zur See zu fahren, hätte ich schon in- und auswendig gekannt. Doch ich bedankte mich und erklärte ihm, daß mein Entschluß feststand.

»Nichtsdestotrotz«, sagte er, »werde ich Ihnen den Posten eine Weile freihalten. Man kann ja nie wissen.«

Ein paar Tage später wurde ich an einem Strand direkt unterhalb der bekannten weißen Klippen von Dover an Land gebracht und winkte der *Lola Montez* zum Abschied nach, während sie unter die Wasseroberfläche sank und verschwand. Dann schulterte ich meinen Rucksack mit Proviant, nahm mit festem Griff das Schnellfeuergewehr, das man mir geschenkt hatte und schlug die Richtung ins Landesinnere nach London ein.

— 4 —

Der König von East Grinstead

Hatte ich Korzeniowskis Beschreibung vom Nachkriegs-England für übertrieben gehalten, so mußte ich bald feststellen, daß er sich bei der Schilderung der hier herrschenden Zustände noch sehr zurückgehalten hatte. Seuchen waren tatsächlich weit verbreitet, und man begegnete überall ihren Opfern. Doch die schlimmste Seuchenwelle war vorüber, vor allem deshalb, weil die meisten Überlebenden des Krieges inzwischen daran zugrunde gegangen waren oder die noch Lebenden gegen die meisten Gefahren immun — oder auf irgendeine Weise genesen waren. Den Genesenden fehlte manchmal ein Körperglied, ein Auge oder die Nase, während anderen ganze Teile des Gesichts oder des Körpers weggefault waren. Ich beobachtete in den Ruinen von Dover und Canterbury mehrere Banden solcher armer, halbverfaulter Geschöpfe, während ich vorsichtig meinen Weg nach London fortsetzte.

Die Bewohner der Gegend um London waren innerhalb von wenigen Jahren aus den Höhen der Zivilisation in die Tiefen der Barbarei gestürzt. Die Überreste der herrlichen Städte, die breiten, sauberen Straßen, das Einschienenbahnsystem, die helle, kühne Architektur, die O'Bean geschaffen hatte, standen noch als stumme Zeugen einer vergangenen Pracht, die so schnell gekommen und wieder vergangen war, doch nun lagerten darin Banden von verwilderten Menschen, die sie einrissen, um sich primitive Waffen und provisorische Unterschlüpfe zu bauen, und einander zu Tode hetzten. Keine Frau war sicher, und bei einigen ›Stämmen‹, die die Ruinen durchstreiften, galten Kinder als besondere kulinarische Köstlichkeit. Frühere Bankkaufleute, Börsenmakler und Manager erachteten Ungeziefer nun als Delikatesse und waren bereit, einem anderen die Gurgel

zu durchbeißen, wenn sie dies in den Besitz einer toten Katze brachte. Nur wenige moderne Waffen waren im Gebrauch (seit der Erfindung der Luftschiffe und Unterseeboote war die Gewehr- und Pistolenproduktion zurückgegangen), wohl aber fanden sich primitiv angefertigte Speere, Pfeile und Bögen, Messer und Spieße in fast aller Hände. Am Tage lag ich im Versteck, wo immer sich gute Deckung fand, und nachts wanderte ich weiter und riskierte, in einen Hinterhalt zu laufen, weil ich meine Chancen für größer hielt, wenn die meisten ›Stammesmitglieder‹ in ihre Lager zurückgekehrt waren. Das Land hatte hier nicht nur die schrecklichsten Flächenbombardements erlebt, sondern war (besonders in dieser Gegend) auch mit Langstreckengeschossen von jenseits des Kanals beschossen worden. Zweimal war die Gegend um London Opfer einer Invasion geworden, einmal von See her, einmal aus der Luft, wobei alles, was übriggeblieben war, verheert, die letzten Lebensmittel geplündert und die noch stehenden Gebäude gesprengt wurden, bis die Überreste unserer Armee die Invasoren zurückwarf. Bei Nacht funkelten an den Hügeln von Kent und Surrey Lichtpünktchen und zeigten die Standorte der halb-nomadischen Lager an, wo Tag und Nacht riesige Feuer brannten. Die Feuer dienten nicht nur zum Kochen und als Wärmequelle, sondern auch um die ständig neu anfallenden Opfer der Seuchen zu verbrennen.

Das Glück blieb mir treu, bis ich an den Ortsrand von East Grinstead gelangte, einstmals ein hübsches Dorf, das ich als Junge gekannt hatte, nun jedoch Ödland mit verdörrter Vegetation und zerfallenem Mauerwerk. Wie gewöhnlich besah ich mir den Ort aus einem Versteck und bemerkte eine Art roher Palisaden aus rohen Baumstämmen am äußersten nördlichen Ende des Dorfes. Dort herrschte ein ständiges Kommen und Gehen bewaffneter Männer, und ich stellte überrascht fest, daß viele Gewehre und Schrotflinten trugen und in weit besseren Lumpen herumliefen als die Leute, die ich bislang zu Gesicht bekommen hatte. Die Gemeinschaft schien größer zu sein als die anderen und besser organisiert, und sie hatte ein festes Lager, anstatt in einem kleinen Landstrich umherzuziehen. Ich vernahm in der Ferne das Gebrüll von Rindern, das Blöken von Schafen und das Meckern von Ziegen und kam zu dem Schluß, daß einige dieser Tiere überlebt haben mußten und innerhalb der Einpfählung gehalten wurden. Hier herrschte tatsächlich ›Zivilisation‹! Ich zog in Erwägung, meine Anwesenheit zu erkennen zu geben und die Hilfe der Bewohner zu erbitten, von denen man erwarten konnte, daß sie sich weniger aggressiv zeigten als die Menschen, die ich bisher gesehen hatte. Doch aus Vorsicht beobachtete ich die Siedlung weiter und wartete ab, was ich noch in Erfahrung bringen konnte, ehe ich mich zeigte.

Zwei Stunden später hatte ich allen Anlaß, mich zu meinem Mißtrauen zu beglückwünschen. Ich hatte mich in einem kleinen Ziegelbau, der die Bombardierungen irgendwie überdauert hatte, versteckt. Man hatte ihn, glaube ich, zur Lagerung von Holz benutzt gehabt, und er war kaum groß genug für mich. Ein Gitter zur Belüftung gab mir die Möglichkeit, die Palisade zu überblikken, ohne gesehen zu werden. Drei Männer in buntem Kleidergemisch, wozu auch eine schwarze Melone, eine Jagdmütze, ein Panamahut, ein Frauenpelzcape, Golfhosen, ein lederner Jagdmantel, ein Frack und ein Opernmantel gehörten, führten einen Gefangenen den Weg zurück zum Tor. Bei dem Gefangenen handelte es sich um eine junge Frau; sie war recht groß und mit einem langen, schwarzen Militärmantel bekleidet, der wohl für sie maßgeschneidert war. Sie trug einen schwarzen Hosenrock und schwarze Reitstiefel, und ich hatte nicht den geringsten Zweifel daran, daß es sich bei ihr, wie bei mir, um eine Art Eindringling handelte. Sie behandelten sie grob, daß sie zweimal fiel und sich nur mit größten Schwierigkeiten wieder hochrappeln konnte (man hatte ihr die Hände auf dem Rücken gefesselt). Ihrer Erscheinung haftete etwas Vertrautes an, doch erst als sie sich umdrehte, um zu einem ihrer Peiniger etwas zu sagen, (offenbar mit der größten Verachtung, denn der Mann schlug sie daraufhin mit dem Handrücken auf den Mund), erkannte ich sie. Es war Mrs. Persson, die Revolutionärin, die ich einstmals auf Kapitäns Korzeniowskis Luftschiff *The Rover* kennengelernt hatte, und die ich für Korzeniowskis Tochter hielt. Diesmal konnte das nicht zutreffen, denn diese Frau war ungefähr im gleichen Alter wie Korzeniowski. Ich war es leid, über die Mysterien und Paradoxa der Zeit zu spekulieren — sie wurden mir allmählich vertraut, und ich lernte, sie zu akzeptieren, wie man die gewöhnlichen Bedingungen des menschlichen Lebens widerspruchslos hinnimmt. Im Augenblick sah ich in Una Persson nur die Frau, die sich in Gefahr befand und um jeden Preis gerettet werden mußte. Ich hatte meinen Karabiner und mehrere Magazine Munition und war insofern im Vorteil, als keiner der Bewohner der Siedlung von meiner Anwesenheit wußte. Ich wartete bis zum Einbruch der Dunkelheit, um dann aus meinem Versteck zu kriechen und dankte der Vorsehung, daß der Vollmond sich hinter einer Wolke versteckt hatte.

Ich gelangte zu der Palisade und sah, daß es sich um ein reichlich primitives Machwerk handelte — kein Wilder hätte so etwas Jämmerliches erstellt — und leicht zu erklettern war. Vorsichtig stieg ich nach oben und schaute hinein.

Mir bot sich ein Schauspiel widerlichster Barbarei. Una Persson hing mit gespreizten Armen und Beinen an einer Art Gitter inmitten des Lagers. Vor ihr saß mit gekreuzten Beinen der wohl größte Teil des ›Stammes‹ — viele mit Entstellungen, die sie als Wirt verschiedenster Seuchenviren erkennen ließen. Hinter dem Gerüst befand sich ein Podest, das aus einem alten, eichenhölzernen Schranktisch bestand; auf den Schranktisch hatte man einen hochlehnigen, mit Schnitzwerk überladenen Sessel gestellt, wie er um die Mitte des 19. Jahrhunderts als der Inbegriff guten Geschmacks gegolten hätte. Der Samtbezug des Sessels war abgeschabt und zerfetzt, die Holzteile hatte man schlampig mit Goldfarbe gestrichen. Eine Reihe recht ansehnlicher Feuer erstrahlten im Halbkreis hinter dem Podium, öliger Rauch zog über die Szenerie, rote Flammen hüpften wie zahllose Teufel und spiegelten sich in den verschwitzten Gesichtern der versammelten Einwohner der Siedlung. Dies war der Anblick, der sich mir bot, ehe ich auf der Innenseite der Palisade heruntersprang und in den Schatten einiger nahegelegener, baufälliger Hütten kroch.

Nun stieg ein unheimliches Summen aus den Kehlen der Zuschauer, und sie schwankten von einer Seite zur anderen, während sie die halbnackte Una Persson anstarrten. Mrs. Persson wand sich nicht, sondern verharrte ganz ruhig in ihren Fesseln und erwiderte den Blick der Anwesenden voller Abscheu und Verachtung. Wie schon einmal früher bewunderte ich ihren Mut. Nur wenige hätten sich in ihrer Lage so tadellos verhalten.

Da sie sich offensichtlich nicht in unmittelbarer Gefahr befand, wartete ich ab, was sich als nächstes tun würde.

Aus einer größeren Hütte, die hinter dem Halbkreis der Feuerstellen lag, tauchte nun eine hohe, untersetzte Gestalt in perfektem Stresemann-Anzug auf; der feine, graue Seidenhut saß in keckem Winkel auf dem Kopf des Mannes, der den rechten Daumen in die Tasche seiner Weste gesteckt hatte, an seiner Krawatte blitzte eine Diamantnadel, und er sah genau wie ein Operettendarsteller meiner Zeit aus. Langsam und mit gleichgültiger Miene erklomm er das Podium und setzte sich mit gewaltiger Wichtigtuerei in seinen goldenen Lehnstuhl, während die Menge für einen Augenblick ihr Summen und Schaukeln unterbrach, um ihn mit einem monströsen Schrei zu grüßen, dessen Worte ich nicht verstehen konnte.

Seine Stimme war gut zu hören. Sie klang quäkend und brutal und strahlte Autorität aus, auch wenn sie nur die Stimme eines kleinen, ungebildeten Krämers war.

»Getreue Untertanen von East Grinstead«, hob er an. »Wie ihr alle wißt, ist hier jeder Mann — und jede Frau willkommen, wenn sie in der Lage sind, ihr eigenes Gewicht zu ziehen. Doch East Grinstead hat niemals Fremde, Schnorrer, Juden oder Faulenzer aufgenommen, wie ebenfalls bekannt ist. East Grinstead weiß, wie man mit ihnen zu verfahren hat. Nun wurde dieser Eindringling, diese Spionin gefaßt, wie sie sich um East Grinstead herumdrückte, offensichtlich nichts Gutes im Sinn — und wie ich hinzufügen möchte: bis auf die Zähne bewaffnet. Nun, meine Untertanen, zieht daraus eure eigenen Schlüsse. Ich — wir haben keine Zweifel, daß es sich bei ihr eindeutig um eine ausländische Fliegerin handelt, die vermutlich zurückgekehrt ist, um zu sehen, wie wir hier nach den Bombenschäden zurechtkommen. Sie hat eine blühende Gemeinschaft vorgefunden — hart, ungebeugt und zu allem bereit. Hätte sie nur die geringste Chance, so wäre ich nicht überrascht, wenn sie ihren Landsleuten berichten würde, daß East Grinstead nicht zerstört wurde — auf lange Sicht gesehen —, und wir müßten mit neuen Bombardierungen rechnen. Aber ...« — und hier sprach er leiser, seine Stimme klang erbarmungslos und bedrohlich, ganz offensichtlich genoß er Unas Qual —, »sie wird *nicht* zurückkehren. Und wir werden ihr eine Lektion erteilen, nicht wahr, was ausländische Flieger und Spione erwartet, wenn sie sich noch einmal nach East Grinstead trauen!«

In dieser Art fuhr er fort, und ich lauschte ihm voller Entsetzen. Konnte dieser Mann einmal hinter der Theke eines gewöhnlichen Dorfladens verkauft haben? Vielleicht hatte er mir einmal Eiskrem oder Tee ausgehändigt. Und seine ›Untertanen‹, die voller Blutrünstigkeit knurrten, kicherten und bebten, bildeten sie einst die anständige, konservative Einwohnerschaft der Grafschaften um London? Bedurfte es so geringer Zeit, ihnen allen Anschein von Kultur herunterzureißen? Sollte ich jemals in meine eigene Welt zurückkehren, so würde ich diese Leute in einem anderen Licht sehen.

Nun hatte sich der König von East Grinstead von seinem Thron erhoben, und jemand hatte ihm eine Fackel gereicht. Der Feuerschein verwandelte sein dickes, unrasiertes Gesicht in eine Teufelsfratze, als er die Fackel über seinen Kopf hob, seine Augen blitzten, seine Lippen waren zu einem bestialischen Grinsen verzogen.

»*Jetzt* werden wir's ihr zeigen!« kreischte er. Und seine Untertanen sprangen mit ausgestreckten Armen empor und forderten ihn mit lauten Schreien auf, das zu tun, was er ohnehin gerade vorhatte.

Die Fackel senkte sich und näherte sich Una Perssons Kopf. Sie konnte nicht sehen, was vorging, aber offenbar konnte sie es erraten. Sie zuckte einmal in ihren Fesseln, dann preßte sie die Lippen aufeinander und schloß die Augen, während die Fackel ihrem Haar immer näher kam.

Ich hob mein Gewehr an die Schulter, zielte und schoß den König von East Grinstead genau zwischen die Augen. Das Erstaunen auf seinem Gesicht wirkte fast komisch; dann kippte der große Mann vornüber vom Podest und fiel vor seinen Untertanen in den Dreck.

Dank meiner militärischen Ausbildung war ich dann in der Lage, schnell zu handeln.

Während jene scheußlich entstellten Gesichter mich mit fassungslosem Entsetzen anstarrten, rannte ich zu dem Gitter und befreite Mrs. Persson mit ein paar raschen Schnitten meines Messers.

Dann schoß ich drei von den nächststehenden Männern nieder. Einer von ihnen war bewaffnet gewesen, und ich gab Mrs. Persson durch Zeichen zu verstehen, sein Gewehr aufzuheben, was sie eilig tat, obwohl sie noch unter starken Schmerzen leiden mußte.

»Die Siedlung ist von Scharfschützen umstellt«, erklärte ich den Leuten. »Der erste, der uns mit Waffen bedroht, stirbt ebenso schnell wie Ihr Anführer. Sie sehen, wir kennen keine Gnade. Wenn Sie innerhalb der Palisade bleiben und uns ungehindert durch das Tor ziehen lassen, wird keinem mehr etwas zustoßen.«

Ein paar Leute knurrten wie Tiere, waren jedoch zu verblüfft und verängstigt, um noch etwas zu unternehmen. Ich konnte mir eine Abschiedsrede nicht verkneifen, als wir am Tor angelangt waren.

»Ich möchte Ihnen sagen, daß ich Engländer bin«, erklärte ich. »Engländer wie Sie und aus dem gleichen Teil der Welt. Und ich bin empört darüber, was ich hier erlebe. So führt sich kein Brite auf. Besinnen Sie sich auf Ihre alten Ideale. Erinnern Sie sich, was sie Ihnen einst bedeuteten. Die Felder sind da, und Sie besitzen noch Vieh. Produzieren Sie Ihre Lebensmittel, wie Sie es immer getan haben. Züchten Sie Vieh. Bauen Sie East Grinstead wieder zu dem sauberen Ort auf, der er einmal war ...«

Mrs. Persson legte mir die Hand auf den Arm und flüsterte: »Wir haben nicht viel Zeit. Bald werden sie dahinterkommen, daß Sie keine Leute haben. Sie schauen sich schon um und können niemanden entdecken. Kommen Sie, wir schlagen uns zu meiner Maschine durch!«

Wir traten rückwärts aus dem Tor und schlossen es hinter uns. Dann begannen wir geduckt weiterzulaufen. Ich folgte Mrs. Persson, die eine genaue Vorstellung von dem Weg hatte, den sie einschlagen mußte. Wir liefen durch den Wald, und über mehrere verwilderte Felder in einen zweiten Wald, dort blieben wir stehen, horchten, ob wir verfolgt wurden, doch es war nichts zu hören.

Keuchend eilte Una Persson weiter, bis der Wald sich lichtete. Dann beugte sie sich über einen Strauch, riß ihn ohne erkennbare Anstrengung mit den Wurzeln heraus und legte ein schwach glänzendes Metallstück frei. Sie bediente einen Schalter, worauf ein Summen ertönte und eine Luke nach oben aufsprang.

»Steigen Sie ein!« sagte sie. »Der Platz reicht gerade für uns beide.«

Ich gehorchte. Ich befand mich in einer engen Kammer, umgeben von einer Vielzahl unbekannter Instrumente. Mrs. Persson schloß die Luke über ihrem Kopf und machte sich daran, Knöpfe zu drücken und Schalter umzulegen, bis die Maschine bebte und pfiff. Sie schaute durch einen Apparat, der für mich wie ein Stereoskop aussah, dann zog sie einen Hebel ganz zurück. Das pfeifende Geräusch wurde noch schriller, die Maschine begann sich in Bewegung zu setzen und schob sich tief hinab ins Erdinnere.

»Was für eine Maschine ist das?« erkundigte ich mich erstaunt.

»Haben Sie die noch nie gesehen?« meinte sie beiläufig. »Es ist ein O'Bean-Mark-Fünf-Tunnelbohrer. Das ist ungefähr die einzige Fortbewegungsart, mit der man heutzutage unbeobachtet bleiben kann. Man kommt zwar nur langsam voran, aber sie ist sicher.« Sie lächelte und hob für einen Moment die Augen von den Kontrollen, um mir die Hand zu reichen. »Ich habe mich noch gar nicht bei Ihnen bedankt. Ich weiß nicht, wer Sie sind, Sir, aber ich bin Ihnen sehr dankbar für das, was Sie getan haben. Meine Mission in diesem Teil Großbritanniens ist von lebenswichtiger Bedeutung, nun besteht wieder eine Chance, daß sie gelingt.«

Es war außergewöhnlich heiß im Innern des Fahrzeugs geworden, und ich stellte mir vor, daß wir uns dem Mittelpunkt des Planeten näherten.

»Nichts zu danken«, erwiderte ich. »Ich freue mich, daß ich Ihnen behilflich sein konnte. Mein Name ist Bastable. Sie sind Mrs. Persson, nicht wahr?«

»Miss Persson«, korrigierte sie. »Dann hat man Sie mir zu Hilfe geschickt?«

»Ich kam zufällig vorbei, das war alles.« Ich wünschte nun, ich hätte nicht zugegeben, ihren Namen zu kennen — eine Erklärung könnte sich als peinlich erweisen. Ich redete rasch weiter in Erinnerung dessen, was man mir an Bord der *Rover* über sie erzählt hatte. »Ich habe Sie anhand einer Fotografie wiedererkannt. Sie waren früher Schauspielerin, nicht wahr?«

Sie lächelte und wischte sich mit einem großen, weißen Taschentuch den Schweiß von der Stirn. »Einige meinen, ich sei es immer noch.«

»In welcher Tiefe befinden wir uns denn hier?« fragte ich, weil ich mich inzwischen ziemlich schlapp fühlte.

»Oh, nicht tiefer als dreißig Meter. Das Belüftungssystem funktioniert nicht einwandfrei, aber ich verstehe nicht genug von diesem Metallmaulwurf, um es zu regulieren. Aber ich glaube nicht, daß wir in akuter Gefahr sind.«

»Was hat Sie denn nach East Grinstead verschlagen, Miss Persson?«

Sie konnte mich durch das Geratter der Maschine und das unheimliche Heulen des Motors nicht hören. Sie nahm irgendeine Begradigung unseres Kurses vor, legte die Hand um ihr Ohr und ließ mich die Frage wiederholen.

Sie zuckte die Achseln. »Ich hatte in der Nähe etwas zu tun. Dort hatte man gegen Ende des Krieges versucht, ein geheimes Regierungszentrum zu errichten. Es existierten Pläne für eine O'Bean-Maschine, die niemals fertiggestellt wurde. Es gibt nur einen Prototyp davon in Afrika. Die Pläne könnten ein, zwei Probleme lösen, mit denen wir uns noch herumschlagen.«

»In Afrika? Sie sind von Afrika gekommen?«

»Ja. So, da wären wir.« Sie drückte zwei Hebel nach vorn, ich fühlte, wie der Tunnelbohrer sich aufrichtete und zur Erdoberfläche stieg. »Wir hatten wohl hauptsächlich Lehmboden vor uns, wir sind schnell durchgekommen.«

Sie stoppte die Motoren, warf einen letzten Blick in das Sichtgerät, schien zufrieden, trat an die Luke und drückte auf einen Knopf. Die Luke öffnete sich und ließ die erste, frische Abendluft hinein.

»Sie steigen besser als erster aus«, meinte sie.

Ich war froh, aus der Maschine zu klettern, und wartete, bis meine Augen sich an die veränderten Lichtverhältnisse gewöhnt hatten. Das Gelände rings um mich her war flach und eben. Ich konnte nur die Umrisse von etwas ausmachen, das zuerst wie eine Reihe von Gebäuden aussah, die uns umgaben. Der Ort kam mir irgendwie bekannt vor. »Wo sind wir hier?« fragte ich sie.

»Ich glaube, das nannte man früher einmal *The Oval*«, erklärte sie, während sie neben mir ins Gras sprang. »Beeilen wir uns, Mr. Bastable! Mein Luftboot müßte dort drüben stehen.«

Unter den gegebenen Umständen war das ein alberner Einfall, das weiß ich, aber wider Willen versetzte es mir einen gelinden Schock, daß wir ausgerechnet einen der berühmtesten Kricketplätze der Welt geschändet hatten!

— 5 —

Der Beginn einer neuen Laufbahn

Una Perssons Luftboot unterschied sich erheblich von der Art Luftfahrzeuge, an welche ich mich im Jahre 1973 gewöhnt hatte. Es war ein zartes Etwas mit einer Aluminiumhülle, die eine Art Mast schützte, an welchen ein großer, dreiblättriger Propeller montiert war. Am Schwanz befand sich eine Art Ruder, und zu beiden Seiten des Ruders saßen zwei kleine Propeller. Aus der Hülle ragten zwei breite, stumpfe Flossen, die ebenso wie die kleinen Propeller dazu dienten, das Boot zu steuern und zu stabilisieren, sobald es einmal in der Luft war. Wir stiegen unter leichtem Schaukeln vom Boden auf, wobei der Motor ein kaum vernehmbares Schnurren von sich gab. Erst jetzt kam es mir in den Sinn, nach unserem Ziel zu fragen. Wir überflogen in etwa dreihundert Metern Höhe die Überreste der Londoner City. Kein einziger Orientierungspunkt stand mehr. Die gesamte Innenstadt war durch die Bomben dem Erdboden gleichgemacht. Im Vergleich hierzu war das legendäre Schicksal von Karthago nichts. Welcher Wahnsinn hatte eine Gruppe von Menschen erfaßt, um einer anderen Derartiges anzutun? Hatte so Hiroshima ausgesehen, nachdem die *Shan-tien* ihre tödliche Fracht abgeworfen hatte? Wenn ja, so hatte ich viel auf dem Gewissen. Oder doch nicht? Ich hatte mich zu fragen begonnen, ob ich von einem Traum in den anderen taumelte. War die Realität nur das, was ich daraus machte? Gab es letztlich überhaupt so etwas wie ›Geschichte‹?

»Wohin fliegen wir, Miss Persson?« fragte ich, als wir London hinter uns ließen.

»Meine erste Zwischenlandung werde ich in Keny machen, wo wir ein Treibstofflager haben.«

»Nach Irland.« Ich erinnerte mich an das erste Unterwasserfahrzeug, das ich gesehen hatte. »Ich hatte gehofft ...«

In diesem Augenblick wurde mir klar, daß mein Entschluß bereits feststand, Korzeniowskis Angebot anzunehmen. Ich hatte nun genug von meinem Heimatland gesehen und von dem, was aus ihm und seinen Bewohnern geworden war. Korzeniowskis Erklärungen, daß die See die einzig ›anständige‹ Lebensmöglichkeit bot, ergaben allmählich einen Sinn für mich.

»Ja?« Sie drehte sich um. »Ich würde Sie die ganze Strecke mitnehmen, Mr. Bastable. Das schulde ich Ihnen wirklich. Aber einerseits habe ich kaum genügend Treibstoff für meinen eigenen Rückflug, und ein zweiter Passagier würde den Verbrauch gewaltig steigern, andererseits würden Sie wohl kaum an der Art Leben, wie ich es führe, Gefallen finden. Ich könnte Sie irgendwo absetzen, wo es weniger gefährlich ist als in Südengland. Das ist das Beste, was ich Ihnen bieten kann.«

»Ich hatte vor, mich nach Schottland durchzuschlagen«, sagte ich. »Hätte ich dort eine bessere Überlebenschance?« Es widerstrebte mir, mein eigentliches Ziel zu nennen. Korzeniowski würde es kaum schätzen, wenn ich seine geheime Basis verriet.

Sie runzelte die Stirn. »Die Küste von Lancashire ist ungefähr das Beste, was ich Ihnen vorschlagen kann. Irgendwo hinter Liverpool. Wenn Sie um die Großstädte wie Glasgow einen Bogen machen, müßten Sie durchkommen. Das Hochland selbst hat sehr wenig von den Bombardierungen mitbekommen, und ich bezweifle, daß sich die Seuchen bis dorthin ausgebreitet haben.«

Und so kam es, daß ich auf einem wilden Salzmoorstreifen an der Küste der Morecambe Bay in der Nähe eines Dorfes namens Silverdale von Una Persson Abschied nahm. Es dämmerte, und die Landschaft ringsumher bot eine willkommene Abwechslung zu jener, die ich vor kurzem verlassen hatte. Die Luft war erfüllt von den Schreien der Seevögel, die sich ihr Frühstück suchten, und ein paar Schafe grasten in den Salzweiden und beäugten mich mißtrauisch, während sie das saftige Gras kauten. In der Ferne erstreckte sich das Meer, weit, glatt und strahlend im Licht der aufgehenden Sonne. Es war ein beruhigendes Bild ländlichen Friedens und entsprach weit mehr dem England, das ich bei meiner Landung in Dover zu finden gehofft hatte. Ich winkte Miss Persson nach und sah zu, wie ihr Luftboot sich schnell in den Himmel schwang und dann über das Meer in Richtung Irland dahinschwebte, bevor ich meinen Karabiner schulterte und den Weg ins Dorf einschlug.

Es handelte sich um einen ziemlich großen Ort, der hauptsächlich aus den schönen Steinhäusern bestand, wie sie in der Gegend üblich sind, doch er lag völlig verwaist. Entweder waren die Bewohner aus Furcht vor einem vermeintlichen Überfall geflohen, oder sie waren an der Seuche gestorben und von Überlebenden beerdigt worden, die klug genug gewesen waren, sich vom Seuchenherd zu entfernen. Doch es existierten keine Anzeichen für eine solche Katastrophe. In der Hoffnung, Lebensmittel, Karten und ähnliches zu finden, durchsuchte ich mehrere Häuser, die ich in völliger Ordnung vorfand. Ein Großteil der Möbel war säuberlich mit Decken gegen den Staub verhängt, und alle verderblichen Lebensmittel waren entfernt worden, doch ich konnte eine ansehnliche Menge von Büchsenfleisch, eingemachtem Obst und Gemüse entdecken, die zwar schwer zu tragen waren, mir jedoch für eine Weile ausreichen würden. Ich hatte außerdem das Glück, auf mehrere gute Karten von Nordengland und Schottland zu stoßen. Nachdem ich einen Tag in Silverdale geblieben war und mir den Luxus gegönnt hatte, in einem weichen Bett zu schlafen, schlug ich die Richtung zum Seendistrikt ein.

Ich entdeckte bald, daß das Leben in diesem Landesteil ziemlich normal weiterging. Die Landwirtschaft beruhte hier hauptsächlich auf Schaf- und Rinderzucht, und wenn die Menschen ihr Leben auch in relativer Armut fristen mußten, hatte der Krieg ihre vertrauten Lebensformen kaum verändert. Wenn man mir im Gebiet um London voller Angst und Mißtrauen begegnet war, hier war ich willkommen, bekam zu essen und wurde nach Neuigkeiten befragt, die ich über das Schicksal des Südens zu berichten wußte. Ich erzählte ihnen gerne alles, was ich wußte, um diese freundlichen Leute aus dem Norden vor dem Wahnsinn zu bewahren, der die Gegend um London herum befallen hatte. Man berichtete mir, daß ähnliche Verhältnisse in der Nähe von Birmingham, Manchester, Liverpool und Leeds herrschten, und riet mir, um Carlisle wenn möglich einen Bogen zu machen, denn wenn die Überlebenden auch nicht auf die Stufe der Barbarei zurückgefallen waren, wie ich sie in East Grinstead erlebt hatte, so waren sie doch in höchstem Maße mißtrauisch gegenüber jenen, die anscheinend besser davongekommen waren als sie selbst; darüber hinaus war es zu mehreren kleinen Ausbrüchen einer Variante der Seuche namens ›Teufelspilz‹ gekommen, was ihre Einstellung gegenüber Ortsfremden nicht gerade verbessert hatte.

Ich nahm mir ihre Warnungen zu Herzen, zog vorsichtig weiter, genoß Gastfreundschaft, wo sie mir geboten wurde, und machte langsam meinen Weg in Richtung Norden, während das wahrscheinlich schönste Herbstwetter, das ich je erlebt hatte, immer noch anhielt. Ich setzte alles daran, die Inseln vor Einbruch des Winters zu erreichen, denn danach waren die Berge unpassierbar.

Ich gelangte zu den Grampians, jene stattlichen Beherrscher der Western Highlands, und überquerte schließlich das große Rannoch-Moor, wobei ich grob die Richtung von Fort William hielt, welches im Schatten des Ben Nevis lag. Die Berge schimmerten wie keltisches Rotgold im klaren Sonnenlicht des frühen Winters; nichts auf der Welt ist diesem Anblick vergleichbar, und man kann sich die Britischen Inseln gar nicht so klein vorstellen, wie sie im Vergleich zu manchen anderen Ländern sind, sieht man die Grampians sich in alle Himmelsrichtungen erstrecken, einzig und allein bewohnt vom gelb-braunen Hochlandrind, dem schottischen Moorhuhn und dem Fasan, die schäumenden Bäche voller Forellen und Lachse. Auf dieser Reiseetappe speiste ich wie ein König — Wildbret gab es in Massen —, und ich war versucht, meinen Plan, mich Korzeniowski auf den Äußeren Hebriden anzuschließen, aufzugeben und hier mein Leben aufzubauen, indem ich einen verlassenen Bauernhof übernahm, Schafe hielt und den Rest der Welt dem Verderben anheimfallen ließ, für das es sich entschied. Doch ich wußte, daß die Winter hier sehr rauh sein konnten, und hörte Gerüchte, nach denen sich die alten Clans wieder zusammenschlossen und ausritten, um Rinder einzufangen wie in jenen Tagen, ehe die Träume dieses größenwahnsinnigen Prinzen Charles Edward Stuart den alten Hochland-Lebensformen ein endgültiges und bitteres Ende bereitet hatten.

Also setzte ich meinen Weg nach Skye fort, wo ich hoffte, am Kyle of Lochalsh noch eine Fähre vorzufinden. Gewiß hatten die Bewohner von Skye nicht ihre lockere Verbindung zum Festland aufgegeben. Segelschiffe trieben mit der Insel regelmäßigen Handel, und mit einer Wildlende konnte ich mir eine Passage auf einem dieser Boote erkaufen, als gerade der erste Schnee vom stahlfarbenen Himmel fiel.

Doch dann begannen meine eigentlichen Schwierigkeiten erst. Die Menschen auf Skye sind nicht unfreundlich. Vielmehr erfuhr ich, daß sie zu den nettesten Leuten der Welt gehören. Doch die meiste Zeit über sind sie wortkarg, und meine Erkundigungen nach dem möglichen Verbleib eines Unterwasser-Schiffes namens *Lola Montez* stießen auf taube Ohren. Ich konnte nicht die winzigste Information ergattern. Man war höflich zu mir, gab mir zu essen und beachtliche Mengen des starken einheimischen Whiskys, lud mich auf der ganzen Insel vielfach zum Tanz ein (ich glaube, viele Mütter hielten mich für einen in Betracht zu ziehenden Junggesellen) und ließ mich bei allen anfallenden Arbeiten mithelfen. Nur wenn ich mich erbot, mit den Fischerbooten hinauszufahren (in der Hoffnung, vielleicht Korzeniowski auszumachen), lehnte man meine Hilfe ab. Von Ardvasar im Süden bis Kilmaluag im Norden war es immer die gleiche Geschichte: Zwar verleugnete keiner, daß Unterwasser-Boote von Zeit zu Zeit die Inseln anliefen, doch keiner gab es offen zu. Ein eigenartiger, entrückter Ausdruck trat auf die Gesichter von jung und alt, Mann und Frau, wann immer ich das Thema anschnitt. Sie pflegten zu lächeln, zu nicken, die Lippen zu schürzen und den Blick vage ins Leere zu richten, ehe sie so schnell wie möglich auf ein anderes Thema kamen. Ich gewann die Überzeugung, daß sich bei den Äußeren Hebriden nicht nur Treibstofflager befanden, sondern daß die Inselbevölkerung einen Großteil ihres Wohlstandes und damit in unsicheren Zeiten auch ihrer Sicherheit von dem Schiff oder den Schiffen bezogen, die eine solche Basis benutzten. Nicht daß sie mir mißtrauten, aber sie sahen auch keinen Sinn darin, irgendwelche Informationen zu liefern, die ihre Lage verändern mochten.

Doch wie sich herausstellte, sollte das keinen großen Unterschied für mich ausmachen. Offensichtlich bemühte man sich jedenfalls, zu helfen, daß ein Kontakt mit der Basis hergestellt wurde und daß man dort meine Beschreibung und meinen Namen vermerkte. Denn eines Abends, direkt nach den spektakulären Neujahrsfeiern, für die die Inselleute so berühmt sind, saß ich in einem bequemen Sessel vor einem laut prasselndem Feuer in einem hervorragenden Gasthaus der Siedlung Uig, nippte guten Malzwhisky und schwatzte über Angelegenheiten der Gemeinde, als die Tür im Gasthaus aufging, der Wind hereinpfiff und ein paar Schneeflokken hereintrug, bis ihm die Tür wieder vor der Nase zugeschlagen wurde; und da stand in einen schweren Ledermantel gehüllt mein alter Freund Kapitän Korzeniowksi, verneigte sich zu seiner steifen, polnischen Verbeugung, schlug flink die Hacken seiner Stiefel zusammen und grüßte mich, in seinen Augen spöttische Erheiterung.

Er war den Stammgästen des Hauses offensichtlich gut bekannt und wurde von einigen besonders herzlich begrüßt. Ich erfuhr später, daß es zur Politik des Kapitäns gehörte, mindestens die Hälfte seiner Beute mit den Inselbewohnern zu teilen, die ihm dafür ihre Freundschaft und Treue boten. Wenn er neue Mannschaftsmitglieder brauchte, so rekrutierte er sie auf Skye, Harris, Lewis, North und South Uist und den kleineren Inseln, denn viele waren Berufsseeleute gewesen und gehörten, wie Korzeniowski mich aufklärte, zu den treuesten, mutigsten und einfallsreichsten auf der Welt, die sich ganz selbstverständlich auf die Gefahren und Romantik seiner seeräuberischen Aktivitäten einließen!

An jenem Abend unterhielten wir uns stundenlang. Ich erzählte ihm von meinen Abenteuern und bestätigte alles, was er mir vom Süden Englands berichtet hatte. Er berichtete seinerseits von seinen jüngsten Kämpfen und brachte mein Wissen auf den neuesten Stand, mit allem, was er aus der Welt erfahren hatte. Die Dinge entwickelten sich, wenn überhaupt, nur noch zum Schlechteren. Ganz Europa und Rußland waren in die Barbarei zurückgefallen. In Nordamerika waren die Verhältnisse kaum besser. Die meisten Staaten, die neutral geblieben waren, waren innerlich zerrissen und interessierten sich nicht für internationale Probleme. Der berüchtigte Schwarze Attila war über den Mittleren Osten hinweggezogen und hatte ihn seinem sogenannten ›Imperium‹ einverleibt, hatte das Mittelmeer überquert, weite Teile Europas eingenommen und den größten Teil Kleinasiens erobert.

»Es gehen Gerüchte um, er habe sogar die Absicht, auch Britannien und die Vereinigten Staaten zu unterwerfen«, informierte mich Korzeniowski. »Die einzige potentielle Gefahr für seine Eroberungsträume stellt die Australisch-Japanische Föderation dar, doch die führt eine Politik strikter Isolation und lehnt es ab, in irgendwelche Angelegenheiten verwickelt zu werden, die nicht ihre eigenen sind. Das hat sie vor den schlimmsten Auswirkungen des Krieges bewahrt, und sie hat keinen Grund, alles aufs Spiel zu setzen, um sich, wie sie es sieht, in einem Konflikt zwischen verschiedenen primitiven Stämmen einzumischen. Der Schwarze Attila hat die AJF bislang nicht direkt bedroht. Solange werden sie keine Schritte gegen ihn unternehmen. Die afrikanischen Völker, die sich ihm bisher nicht haben anschließen wollen, sind für jeden unmittelbaren Widerstand zu schwach und können froh sein, wenn er sich weiterhin auf die Eroberung von Gebieten konzentriert, die letztendlich für die Zivilisation verloren sind.«

»Aber es liegt doch wohl in der Natur solcher Eroberer, leichte Erfolge zu konsolidieren, ehe sie ihre Aufmerksamkeit zäherer Beute zuwenden«, meinte ich.

Korzeniowski zuckte die Achseln und zündete sich eine Pfeife an. Die übrigen Gäste waren schon längst nach Hause gegangen, wir saßen an einem erlöschenden Feuer und hatten den Rest einer Flasche Whisky zwischen uns. »Vielleicht läßt sein Schwung letzten Endes nach. Das hoffen die meisten Völker. Bisher hat er den eroberten Nationen eine Art Ordnung, sogar eine Art, wenn auch wenig differenzierter, Gerechtigkeit für die Menschen mit brauner, schwarzer und gelber Hautfarbe gebracht. Mit den Weißen, so habe ich gehört, wird wesentlich rauher verfahren. Er wird von einem glühenden Haß auf die Weißen verzehrt, die er als Wurzel allen

Übels in der Welt betrachtet — obwohl ich andererseits wieder gehört habe, daß einige weiße Wissenschaftler in seinen Diensten stehen. Wahrscheinlich sind sie für ihn von Nutzen und wollen ihm lieber dienen, als einige der schrecklichen Foltern zu erdulden, die er bei anderen Weißen angewandt hat. Seine Mittel wachsen folglich ständig. Er besitzt große Flotten von Land-Panzerschiffen, Luftschiffen, Untersee-Schlachtschiffen — und diese Flotten werden mit seinen Eroberungen noch größer, wenn er die Überreste der Kampfmaschinen der Welt beschlagnahmt.«

»Aber welches Interesse könnte er haben, England zu erobern?« fragte ich. »Hier gibt es doch nichts mehr für ihn zu holen.«

»Nur die Gelegenheit zur Rache«, erwiderte der polnische Kapitän leise. Er warf einen Blick auf seine Armbanduhr. »Es ist höchste Zeit, daß ich auf mein Schiff zurückkehre. Kommen Sie mit, Bastable?«

»Deshalb bin ich ja hier«, antwortete ich. Das Herz war mir schwer, als ich die Implikationen all dessen begriff, was Korzeniowksi mir erzählt hatte, doch ich versuchte, scherzhaft zu bemerken: »Als Junge habe ich von solchen Dingen öfter geträumt. Und nun ist der Traum Wirklichkeit — ich werde unter Störtebecker Dienst tun. Muß ich meinen Vertrag auch mit Blut unterzeichnen?«

Korzeniowksi schlug mir auf die Schulter. »Sie brauchen nicht einmal mit einem Grog auf den Teufel anzustoßen, mein lieber Freund — es sei denn, es ist Ihnen ein Bedürfnis!«

Ich holte meine wenige Habe aus dem Zimmer und folgte meinem neuen Kommandanten hinaus in die eisige Nacht.

— 6 —

›Ein Hafen der Zivilisation‹

Gut über ein Jahr fuhr ich mit Kapitän Korzeniowski an Bord der *Lola Montez* zur See, nahm an Unternehmungen teil, die in vielen Ländern meiner eigenen Welt zu einem Todesurteil geführt hätten, und lebte das verzweifelte, gefährliche und nicht immer menschliche Leben eines modernen Seewolfes. In meinen Augen, wenn auch nicht in denen meiner Kameraden, war ich zum Verbrecher geworden, und wenn mich auch manchmal mein Gewissen quälte, so muß ich doch zugeben, daß ich in wachsendem Maße Freude am Leben gewann. Wir nahmen es mit dem großen Abenteuer See auf, griffen niemals ein unbewaffnetes Schiff an und setzten uns gemäß der Logik, die diese grausame und verheerte Welt beherrschte, nur mit Schiffen auseinander, die die Piraterie mit gleichen Mitteln betrieben wie wir.

Doch im Laufe des Jahres, während wir die Weltmeere durchstreiften (immer auf der Hut, kein Schiff anzugreifen, das unter der Flagge der Australisch-Japanischen Föderation oder des Schwarzen Attila fuhr), wurde unsere Beute immer seltener. Wie in zunehmendem Maße die Treibstoffquellen versiegten und Ersatzteile nicht mehr zu bekommen waren, verschwanden auch noch die wenigen Schiffe, die den Krieg überdauert hatten. Ich spürte Regungen, wie ein amerikanischer Büffeljäger sie empfunden haben mag, als er begriff, daß er alles Wild abgeschlachtet hatte. Manchmal vergingen ein, zwei Monate, ohne daß wir auch nur eine mögliche Prise vor Augen bekamen, und wir waren gezwungen, eine Entscheidung zu fällen: Entweder mußten wir den Zorn der beiden Großmächte in Kauf nehmen und ihre Schiffe angreifen, oder wir mußten uns nach kleinerem Wild umsehen. Beide Aussichten waren unerfreulich.

Gegen die Großmächte könnten wir nicht lange Widerstand leisten, und keiner von uns hätte Spaß an dem schmutzigen Geschäft, ein Schiff zu überfallen, das nicht von der Größe des unseren war. Die einzige Alternative war, sich der Flotte eines der kleineren, neutralen Staaten anzuschließen. Zweifellos würden wir begeistert in ihren Dienst aufgenommen (denn als Piraten waren wir ihnen ein Dorn im Auge, und ein Schiff unserer Größe hatten sie immer gern auf ihrer Seite — so daß die meisten jegliche Rachegelüste vergessen würden), aber es wäre keineswegs angenehm, sich ihrer Disziplin zu beugen, nachdem wir tatsächlich die Freiheit auf hoher See genossen hatten. Trotz aller Vorbehalte stimmte ich für letzteren Plan und gewann Korzeniowski nach und nach für diese Idee. Er war ein intelligenter, weitsichtiger Kapitän und sah ein, daß seine Tage als Pirat gezählt waren. Er vertraute mir an, daß er noch etwas anderes in Erwägung gezogen hatte.

»Ich könnte die *Lola Montez* jederzeit versenken und mich zur Ruhe setzen«, erklärte er mir. »Auf den Inseln wäre ich stets willkommen. Aber ich habe Angst vor der Langeweile. Früher hätschelte ich einmal die Vorstellung, Romane zu schreiben, wissen Sie. Ich hatte stets den Eindruck, daß genügend Stoff für ein bis zwei Bücher in mir steckt. Aber diese Vorstellung ist nun nicht mehr so attraktiv — denn wer sollte meine Bücher lesen? Wer sollte sie überhaupt verlegen? Und ich kann nicht behaupten, daß ich die Möglichkeit, für die Nachwelt zu schreiben, besonders optimistisch beurteilen würde, da es vielleicht überhaupt keine Nachwelt mehr geben wird! Nein, ich glaube, Sie haben recht, Bastable. Es ist an der Zeit für ein neues Abenteuer. In Südamerika und Indochina existieren noch immer ein paar größere Flotten. Selbst in Afrika gibt es ein bis zwei. Ich hatte gehofft, daß eines der skandinavischen Länder uns einstellen würde, aber die Nachrichten von gestern haben mir einen Strich durch die Rechnung gemacht.«

Am Tag zuvor hatten wir vernommen, daß die Armeen des Schwarzen Attila inzwischen Nordeuropa erreicht und die letzten Bastionen westlicher Kultur überrannt hatten. Die Geschichten, was man mit den Schweden, Dänen und Norwegern gemacht hatte, ließen mir das Blut in den Adern gefrieren. Nun fuhren schwarze Stammesfürsten in den Karossen der ermordeten Königsfamilie durch Stockholm, und die Einwohner von Oslo hatte man allesamt versklavt zur Errichtung der riesigen Generatoren und Chemiefabriken, die nötig waren, um die mobilen Kriegsmaschinen der schwarzen Horden mit Energie zu versorgen. In Kopenhagen war keiner mehr übrig, den man hätte versklaven können, denn die Stadt hatte einer langen Belagerung widerstanden. Geblieben war nur rauchender Schutt.

Nachdem Korzeniowski eine Weile darüber nachgegrübelt hatte, sagte er: »Ein weiteres Argument gegen den Rückzug auf die Inseln ist natürlich das Gerücht, daß der Schwarze Attila vorhat, in Britannien einzufallen. Wenn dies geschähe, wären früher oder später auch die Highlands und die Inseln in Gefahr.«

»Ich kann den Gedanken einfach nicht ertragen«, sagte ich. »Doch falls es einträte, wäre ich dafür, eine Art Guerillakrieg gegen ihn zu führen. Wir würden früher oder später unterliegen, aber wir hätten wenigstens etwas getan ...«

Korzeniowski lächelte. »Ich habe Großbritannien gegenüber keine besondere Treuepflicht. Was veranlaßt Sie zu der Vermutung, daß ich einem solchen Plan zustimmen würde?«

Ich war perplex. Dann grinste er breit. »Aber ich würde es natürlich tun. Die Schotten waren gut zu mir. Wenn ich überhaupt noch eine Art Heimat besitze, so liegt sie heute auf den Äußeren Hebriden. Aber irgendwie habe ich so eine Ahnung, daß eine schwarze Eroberung Großbritanniens nur ein Scheinmanöver wäre. Cicero Hood hat größere Ziele im Auge.«

General Cicero Hood (wie er sich nannte) war das militärische Genie, das unter dem Namen ›Schwarzer Attila‹ berühmt war. Wir hatten gehört, daß er nicht gebürtiger Afrikaner, sondern in Arkansas als Sohn eines Sklaven geboren wurde. Der Verdacht lag nahe, daß sein nächstes Hauptziel die Vereinigten Staaten von Amerika wären (obgleich ›Vereinigte‹ längst nicht mehr zutraf), wenn sein Hauptmotiv zum Angriff auf die westlichen Völker die Rache an der weißen Rasse für die vermeintlichen Bösartigkeiten war, die man ihm und seinem Volk angetan hatte.

Ich sagte etwas zum übersteigerten Geltungsbedürfnis des Mannes. Selbst sein Namensvetter hatte etwas edlere Motive als Rache gehabt, um seine Hunnen auf die Welt loszulassen.

»Gewiß«, stimmte mir Korzeniowski zu, »aber Hood hat etwas Messianisches an sich. Er führt eine Art quasi-religiösen Rachefeldzug gegen die Versklaver seines Volkes. Wir hatten in Polen auch einige solche Führer. Vermutlich können Sie als Brite solche Empfindungen nicht nachvollziehen, aber ich kann es, glaube ich. Außerdem, wie immer Ihre Meinung über seinen Charakter lautet (über den wir in Wirklichkeit wenig wissen), müssen Sie zugeben, daß er eine Art Genie ist. Zuerst vereinte er eine große Zahl einzelner Stämme und Länder, entflammte sie mit seinen Idealen, und ging mit außergewöhnlicher Geschwindigkeit und Geschick daran, diese Ideen in die Wirklichkeit umzusetzen.«

Ich erwiderte, daß ich seine Fähigkeiten als Stratege und seine Intelligenz keinesfalls in Zweifel zog, wohl aber den Eindruck hatte, daß er ein großes Talent zu niedrigen Ambitionen pervertiert hatte.

Korzeniowski setzte nur hinzu: »Aber schließlich sind Sie auch kein Farbiger, Mr. Moorcock.«

Ich begriff den Sinn dieser Bemerkung nicht recht, und ließ das Thema fallen, da ich nichts mehr zu sagen hatte. Vielleicht war es deshalb Ironie des Schicksals, daß wir zwei Monate später, nachdem wir die in Frage kommenden ›Arbeitgeber‹ sondiert hatten, nach Bantustan fuhren in der Absicht, uns der Marine dieses Landes anzuschließen.

Bantustan war in meiner Welt unter dem Namen Südafrika bekannt. Es war eine der ersten Kolonien gewesen, die in den Jahren vor dem Weltkrieg um ihre Unabhängigkeit zu kämpfen begann, als O'Beans Erfindungen die Welt von Armut und Unwissenheit erlöst hatten. Unter der Führung eines jungen Politikers indischer Abstammung namens Gandhi, war dem Land in Verhandlungen eine friedliche Loslösung vom Britischen Empire gelungen, ohne daß das Empire so richtig begriff, was geschehen war. Natürlich waren die großen Reichtümer Bantustans — allein seine Diamanten und sein Gold — nichts, das britische, niederländische und amerikanische Kapitalkreise leichtfertig aufgeben wollten, doch Gandhi war es gelungen, sie zu besänftigen, indem er ihnen große Anteile an den Minen zusicherte, ohne daß sie die Möglichkeit besaßen, weiteres Kapital zu investieren. Da die meisten Gesellschaften öffentlich gewesen waren, hatten die Anteileigner alle für Gandhis Plan gestimmt. Dann war der Krieg ausgebrochen, und es bestand keine Notwendigkeit, Toten und Vermißten weiterhin Dividenden zu zahlen. Während und nach dem Krieg war Bantustan zu beträchtlichem Reichtum gelangt und befand sich auf dem Weg, sich auf dem politischen Feld der Nachkriegsära zu einer mächtigen, bedeutenden Kraft zu entwickeln. Durch den Ausbau einer Militärmacht, durch die Unterzeichnung von Verträgen mit General Hood, die jenem zu üblichen Handelspreisen wichtige Nahrungs- und Rohstoffquellen erschlossen, hatte Präsident Gandhi seine Neutralität wahren können. Bantustan war vermutlich einer der sichersten und stabilsten Staaten der Welt, und da es unsere Erfahrung und unser Schiff brauchen konnte, lag die Wahl für uns nahe. Außerdem hatten wir hier die

Gewißheit, keinem rassistischem Unfug zu begegnen. Schwarze, Braune, und Weiße lebten hier harmonisch zusammen — ein Modell für die restliche Welt. Mein einziger Vorbehalt betraf das dort herrschende politische System. Es war eine Republik, jedoch eine Republik, die sich auf die Theorien eines deutschen Träumers und Erz-Sozialisten namens Karl Marx stützte. Dieser Mann, der lange Zeit seines Lebens im toleranten England verbracht hatte, hatte die meisten Radikalen wie die höchsten der High Tories tönen lassen, und ich persönlich hielt seine Ideen bestenfalls für unrealistisch, schlimmstenfalls für moralisch und gesellschaftlich gefährlich. Ich bezweifelte, daß seine Theorien überhaupt in irgendeiner Gesellschaft funktionieren konnten, und erwartete, dies schnell bestätigt zu finden, sobald wir in Kapstadt anlegten.

Wir kamen am 14. September 1906 in Kapstadt an, und waren nicht nur von der dort ankernden Flotte an Schiffen und U-Booten überrascht, sondern auch von der großen Anzahl von Schiffswerften, die hier mit voller Kraft arbeiteten. Zum erstenmal hatte ich Gelegenheit zu sehen, wie O'Beans Welt vor dem Krieg ausgeschaut haben mußte. Eine große, saubere Stadt mit hohen, prächtigen Bauten, die Straßen voll umherschießender Elektrowagen und durchzogen von den Trassen der öffentlichen Einschienenbahn, die Luft voller Privatboote, großen, stattlichen Handels- und Militär-Luftschiffen. Wohlgenährte, gutgekleidete Menschen aller Hautfarben schlenderten über breite, alleengesäumte Straßen, und das London, das ich in einem anderen 1973 besucht hatte, schien neben Kapstadt so veraltet, wie mir mein London im Vergleich zu dem der Zukunft erschienen war.

Plötzlich schien es bedeutungslos, welche politischen Theorien der Regierung von Bantustan zugrundelagen, denn ganz offensichtlich spielte es kaum eine Rolle, so reich war das Land, so zufrieden seine Bevölkerung.

Wir hatten keine Schwierigkeiten, uns mit unseren neuen Kollegen zu verständigen, denn wenn auch die offizielle Landessprache Bantu war, so sprach doch jeder Englisch und viele auch Afrikaans, das im großen und ganzen dem Niederländischen glich. Hier hatte kein Burenkrieg getobt, folglich herrschte auch wenig Groll zwischen englischen und holländischen Siedlern, die sich zu einer friedlichen Allianz zusammengeschlossen hatten, noch ehe Präsident Gandhi an die Macht gekommen war. Beim Anblick dessen, wozu sich Südafrika entwickelt hatte, hätte ich weinen mögen um den Rest der Welt. Wäre er doch nur dem südafrikanischen Beispiel gefolgt! Ich war bereit, mein Leben im Dienste dieses Landes zu verbringen und ihm die gleiche Treue entgegenzubringen wie einstmals Großbritannien.

Präsident Gandhi hieß uns persönlich willkommen. Er war ein kleiner, zwergenhafter, noch ziemlich junger Mann mit ansteckendem Lächeln. In den letzten Jahren hatte er eine ganze Menge Energie darauf verwandt, was an begabten und talentierten Menschen im Westen übriggeblieben war, nach Bantustan zu holen. Er träumte von einer verwalteten, klugen, ruhigen Welt, in der jeder Mensch sein Bestes geben und sich optimal entwickeln konnte. Er bedauerte es, dazu eine starke militärische Position beziehen (und seiner Ansicht nach Rohstoffe und Finanzmittel dafür vergeuden) zu müssen, um sich gegen Angriffe von außen zu schützen, doch das gelang ihm ziemlich gut, und er hoffte, wie er uns bei dem Privatessen, zu dem Korzeniowski und ich geladen waren, erklärte, daß eine gewisse Chance bestand, einem Mann wie Cicero Hood dadurch ein Beispiel zu geben.

»Vielleicht sieht er dann ein, was für eine Vergeudung seine Pläne bedeuten, daß er seine Talente besser dazu nutzen sollte, die Welt zu verbessern und sie zu einem Ort zu machen, wo alle Rassen gleichberechtigt und friedlich zusammenleben können.«

Ich bin nicht überzeugt, daß ich Präsident Gandhis Vorstellungen in meiner eigenen Welt hätte voll zustimmen können, doch der Beweis für seine Theorien war um uns her greifbar. O'Bean hatte geglaubt, materieller Wohlstand reiche aus, um Streitigkeiten und Ängste zu beseitigen, doch Gandhi hatte gezeigt, daß auch ein gutes Verständnis für die subtileren Bedürfnisse der Menschheit vonnöten war, daß ein moralisches Beispiel gegeben, ein moralisches Leben kompromißlos vorgelebt werden mußte, daß Scheinheiligkeit (und sei sie auch nur unbewußt) unter den politischen Führern zu Gehässigkeit und Gewalt bei der Bevölkerung führte. Arglos und ohne jene zu täuschen, die er repräsentierte, hatte Gandhi in Bantustan die Grundlagen für ein andauerndes Glück geschaffen.

»Sie haben hier wirklich einen letzten Hafen der Zivilisation«, erklärte Kapitän Korzeniowski anerkennend, als wir auf der großen Veranda mit Blick über Kapstadt saßen, köstliche, einheimische Zigarren rauchten und hervorragenden hier hergestellten Portwein tranken. »Aber das Land ist so reich, Präsident Gandhi. Können Sie es vor jenen beschützen, die diesen Reichtum gerne für sich hätten?«

Daraufhin warf der kleine Inder Korzeniowski und mir einen scheuen, fast verlegenen Blick zu. Er faßte sich an die Krawatte, blickte über die Dächer der Häuser und sagte fast ein wenig traurig: »Darüber wollte ich eigentlich erst später sprechen«, sagte er. »Sie wissen vermutlich, daß Bantustan gemäß seinen Grundsätzen niemals Blut vergossen hat.«

»Selbstverständlich wissen wir das!« versicherte ich ausdrücklich.

»Und ich habe es auch niemals vor«, fuhr er fort. »Unter keinen Umständen würde ich jemals die Verantwortung dafür übernehmen, daß ein einziger Mensch ums Leben kommt.«

»Nur wenn Sie angegriffen würden«, sagte ich.

»Dann müßten Sie Ihr Land verteidigen. Das wäre etwas anderes.«

Aber Präsident Gandhi schüttelte den Kopf. »Meine Herren, Sie haben gerade den Dienst in einer Flotte angetreten, die nur einen einzigen Zweck hat. Ihr einziger Sinn besteht darin, erfolgreich jene abzuhalten, deren Überfall wir fürchten. Sie ist nichts als eine aufwendige, beeindruckende Vogelscheuche. Doch sie ist, solange ich den Oberbefehl habe, genauso gefährlich wie jede Vogelscheuche, die ein Bauer auf seinem Feld aufstellt, um die Vögel abzuschrecken. Sollten wir jemals angegriffen werden, so wird Ihre Pflicht darin bestehen, so viele Menschen wie möglich an Bord zu nehmen und sie an einen relativ sicheren Ort zu evakuieren. Dies ist ein Geheimnis zwischen uns. Sie müssen es gut hüten. All unseren Offizieren haben wir dieses Geheimnis anvertraut.«

Angesichts des gewaltigen Risikos, das Präsident Gandhi mit der Enthüllung dieses Plans einging, blieb mir die Luft weg. Ich sagte nichts.

Korzeniowski runzelte die Stirn und erwog diese Neuigkeit ausgiebig, ehe er antwortete. »Sie haben uns eine schwere Last aufgebürdet, Präsident.«

»Es wäre mir lieber, wenn ich nicht dazu gezwungen wäre, Kapitän Korzeniowski.«

»Es bedürfte nur eines einzigen Verräters ...« Er sprach seinen Satz nicht zu Ende.

Gandhi nickte. »Ein einziger, und wir würden innerhalb weniger Stunden angegriffen und besiegt. Aber ich vertraue noch auf etwas anderes, Kapitän Korzeniowski. Menschen wie General Hood lehnen es ab, an den Pazifismus zu glauben. Ginge ein Verräter zu ihm und verriete ihm die Wahrheit, so besteht eine gute Chance, daß er ihm nicht glauben würde.« Gandhi lächelte wie ein glückliches Kind. »Kennen Sie die japanische Kampftechnik Jiu-Jitsu? Man wendet die Gewalt des Gegners gegen ihn selbst. Genau das mache ich zuversichtlich mit General Hood. Gewalttätige Menschen glauben nur an solche Begriffe wie ›Schwäche‹ oder ›Feigheit‹. Sie sind so durch und durch zynisch, so sehr in ihren eigenen, unvernünftigen Auffassungen verwurzelt, daß sie den Begriff des ›Pazifismus‹ nicht einmal annähernd begreifen. Nehmen wir einmal an, Sie wären ein Spion, den General Hood auf mich angesetzt hat, um meine Pläne herauszufinden. Nehmen wir nun an, Sie reisten von hier ab und berichteten dem Schwarzen Attila: ›General, Präsident Gandhi verfügt über eine große, gut ausgerüstete Armee, Luftwaffe und Marine, aber er beabsichtigt nicht, sie einzusetzen, wenn Sie ihn angreifen.‹ Was würde General Hood tun? Er würde Sie mit großer Sicherheit auslachen, und wenn Sie nachdrücklich darauf bestünden, daß dies der Wahrheit entspricht, würde er Sie vermutlich einsperren oder für einen Verrückten erklären, dessen Dienste er nicht länger benötigt.« Präsident Gandhi lächelte wieder. »Es ist weit weniger gefährlich, nach einem System hoher moralischer Prinzipien zu leben, als die meisten Politiker glauben.«

Damit war unsere Audienz beendet. Präsident Gandhi wünschte uns Glück für unser neues Leben, und wir verließen sein Haus in einem Zustand beträchtlicher Verwirrung.

Erst als wir an unserem Schiff anlangten und die schmale Laufplanke überquerten, um an Bord zu gehen, prustete Korzeniowski beim Anblick der etwa hundert ähnlichen Schiffe um uns her lachend heraus und schüttelte ungläubig den Kopf.

»Na, Bastable, wie fühlt man sich als Teil der teuersten Vogelscheuche, die die Welt jemals gesehen hat?«

— 7 —
Eine Legende in Fleisch und Blut

Ein friedliches Jahr verstrich in Bantustan — friedlich für uns, heißt das, denn nach wie vor erreichten uns Berichte von den nicht endenwollenden Eroberungen des Schwarzen Attila. Wir erfuhren, daß er sein Banner über London errichtet und eine Besatzungsarmee dortgelassen hatte, doch er war auf keinen nennenswerten Widerstand gestoßen und schien sich, wie wir annahmen, damit zufriedenzugeben (wie auch die Römer einst vor ihm), die Britischen Inseln zu seinem neuen Imperium zu rechnen, ohne das gesamte Land wirklich zu beherrschen. Unsere Freunde auf den Äußeren Hebriden waren zumindest noch eine Weile sicher. Unsere anstrengendsten Pflichten bestanden in der Teilnahme an gelegentlichen Manövern oder darin, Handelsschiffe an der afrikanischen Küste entlang zu eskortieren. Die Mannschaft dieser Schiffe bestand ausschließlich aus Schwarzen, und wir bekamen selten Land zu sehen, denn es galt für Weiße als politisch klüger, sich nicht blicken zu lassen, auch wenn Hood wußte, daß sie in Bantustan nicht diskriminiert wurden.

Wir hatten eine Menge Freizeit und verbrachten sie damit, Präsident Gandhis herrliches Land zu erkunden. Große Wildreservate waren in Busch und Dschungel errichtet worden, und lautlose Luftschiffe trugen einen darüber hinweg, so daß man alle Formen des Wildlebens in seinem natürlichen Zustand beobachten konnte, ohne es zu stören. Hier wurde nicht gejagt, Löwen, Elefanten, Zebras, Antilopen, Weißschwanzgnus und Nashörner durchstreiften ungestört vom Menschen das Land. Manchmal mußte ich unwillkürlich an den Garten Eden denken, wo Mensch und Tier Seite an Seite harmonisch zusammenlebten. In anderen Gegenden fanden wir Modellfarmen und Bergwerke, die völlig von Maschinen betrieben wurden, den Reichtum des Landes und letztlich die Würde seiner Bewohner weiter mehrten. Produktionsanlagen — für Lebensmittel wie für Rohstoffe — lagen dicht an der Küste, wo man insbesondere die Lebensmittel lagerte. Bantustan besaß für seinen eigenen Bedarf mehr als genug, der Überschuß wurde entweder gelagert, oder an die ärmeren Völker zum Selbstkostenpreis verkauft. Ich begann mich gerade zu wundern, weshalb man soviele Lebensmittel in Lagerhäusern stapelte, als Präsident Gandhi eine Zusammenkunft seiner Luftwaffen- und Marine-Offiziere einberief und uns einen Plan anvertraute, an dem er schon einige Zeit gearbeitet hatte.

»Auf der ganzen Welt leben Menschen auf der Stufe wilder Tiere«, erklärte er. »Sie sind Bestien, doch das ist nicht ihre Schuld. Sie sind Bestien, weil sie Hunger und Angst haben. Deshalb habe ich im Laufe der letzten Jahre einen Prozentsatz unserer Lebensmittel und Arzneivorräte — Seren, die meine Chemiker gegen die verschiedenen Seuchen, die immer noch in Teilen Asiens und in Europa herrschen, entwickelt haben — auf Vorrat produzieren lassen. Sie alle wissen, daß die Hauptfunktion unserer Flotten in der Sicherung Bantustans besteht, doch es erscheint mir als eine Schande, ein solches Potential zu vergeuden; deshalb will ich Ihnen nun von meinem Traum erzählen.«

Er machte eine Pause und lächelte uns mit seinem schüchternen, einnehmenden Lächeln an. »Keiner zwingt Sie, diesen Traum zu teilen. Ich suche Freiwillige, da diese Aufgabe nicht ungefährlich ist. Ich möchte diese Lebensmittel und Medikamente dort verteilen, wo sie am nötigsten gebraucht werden. Sie, Mr. Bastable, haben berichtet, was in Südengland geschah. Würden Sie nicht auch glauben, daß diese Hilfsgüter dort dazu beitragen können, die schlimmste Not zu lindern?«

Ich nickte. »Gewiß, Sir.«

»Und Sie, Mr. Caponi«, sagte der Präsident und wandte sich an den forschen, jungen sizilianischen Flieger, der sich einen Namen gemacht hatte, als er fast im Alleingang die Überlebenden von Chikago aus den tobenden Flammen rettete, die über die Stadt fegten, indem er immer wieder mit seinem Luftschiff in dem Inferno landete und den sicheren Tod riskierte, um Überlebende herauszuholen. »Sie haben mir erzählt, daß Ihre Landsleute wieder zum Kannibalismus und zu ihren alten Fehden zurückgekehrt sind. Sie würden doch gerne erleben, daß sich das wieder ändert, oder nicht?«

Caponi nickte mit glänzendem Blick. »Geben Sie mir die Güter, und ich werde morgen früh mit meinen Flugzeugen über Sizilien sein!«

Die meisten anderen Kommandanten sprachen sich ähnlich wie Caponi aus, und Präsident Gandhi schien sich über ihre Reaktion sehr zu freuen.

»Ich habe noch einige Angelegenheiten zu erledigen, ehe wir diesen Plan in die Tat umsetzen«, erklärte er, »aber zum Monatsende können wir vermutlich damit beginnen, die Lebensmittel und Medikamente zu verladen. Inzwischen möchte ich Sie darauf vorbereiten, meine Herren, daß General Hood Bantustan bald einen Besuch abstatten wird.«

Diese Nachricht wurde von den meisten von uns recht konsterniert aufgenommen — von einigen sogar mit offensichtlichem Abscheu, darunter Caponi, der nicht zu denen gehörte, die ihre Gefühle verheimlichen konnten. Er brachte zum Ausdruck, was viele von uns — insbesondere die Weißen — nicht aussprechen wollten.

»Dieser Mann ist ein Massenmörder! Ein blutbesudelter Eroberer! Ein Wahnsinniger! Viele von uns haben durch seine Häscher Angehörige verloren! Ich habe mir jedenfalls geschworen, daß ich ihn umbringen würde, sollte ich jemals die Gelegenheit dazu erhalten — mit bloßen Händen würde ich ihn umbringen!«

Der kleine Präsident blickte etwas verlegen zu Boden. »Ich hoffe, Sie werden nicht dieser Versuchung erliegen, Hauptmann Caponi, solange General Hood als mein Gast hier weilt ...«

»Ihr Gast!« Caponi schlug sich mit der Hand vor die Stirn. »Ihr *Gast!*« Er stieß einen Schwall sizilianischer Flüche aus, die ich glücklicherweise nicht verstand — der Ton war allerdings unmißverständlich.

Präsident Gandhi ließ ihn eine Weile weiterschimpfen, ehe er ihn sanft unterbrach. »Ist es nicht weit besser, *Capitano,* diesen Mann als unseren Gast, und nicht als Eroberer hier zu haben? Ich hoffe, daß ich ihn bei dieser Zusammenkunft beeinflussen kann — ihn bitten, diese sinnlosen Kriege, diese Vendetta gegen die weiße Rasse zu beenden, die doch nur zu neuer Gewalt, neuem Terror, neuer Trauer führen kann ...«

Caponi spreizte die Hände, ein fast weinerlicher Ausdruck trat auf seine etwas plumpen Züge. »Glauben Sie tatsächlich, daß er auf Sie hören wird, mein Präsident? Mit einem solchen Mann läßt sich nicht diskutieren! Ich weiß zu meinem Kummer, wie zerstörerisch eine Vendetta sein kann — aber der Schwarze Attila ist ein Verrückter, ein wildes Tier, ein gnadenloser und irrer Mörder, ein Folterer von Frauen und Kindern. Oh, Sir, Sie sind zu gutgläubig ...«

Präsident Gandhi hob die Augenbrauen und biß sich auf die Lippe. Er seufzte. »Ich hoffe, daß dies nicht der Fall ist«, sagte er. »Ich verstehe alle Einwände und weiß, wie Ihnen zumute sein muß. Doch ich muß meinem Gewissen folgen. Ich muß einen Versuch unternehmen, mit General Hood zu sprechen.«

Hauptmann Caponi drehte sich um. »Na gut, sprechen Sie mit ihm, und sehen Sie, was es nutzt. Kann man mit einem Wirbelwind verhandeln? Mit einem bösartigen Nashorn? Aber sprechen Sie mit ihm, Präsident Gandhi — und beten Sie für die Sicherheit Ihres Landes!« Mit diesen Worten verließ er schnell den Raum.

Ein oder zwei der anderen Offiziere murmelten ähnliche Worte wie Caponi. Wir alle liebten Präsident Gandhi, doch wir hatten auch alle das Gefühl, daß ihn seine Hoffnungen trogen.

Schließlich sagte er: »Nun, meine Herren, ich hoffe, einige von Ihnen werden bereit sein, dem Bankett beizuwohnen, das ich für General Hood geben will. Wenn Sie mich mit Ihren Argumenten unterstützen, so werden Sie jedenfalls wie ich wissen, Ihr Bestes getan zu haben ...«

Darauf entließ er uns, wir gingen alle schweren Herzens und hegten die vielfältigsten Spekulationen, wie es sein würde, General Hood leibhaftig gegenüberzutreten, und wie er reagieren würde, wenn — oder falls er uns begegnete.

Ich persönlich hatte gemischte Gefühle. Es kam schließlich nicht jeden Tag vor, daß man die Gelegenheit hatte, mit einer Legende, einem welterobernden Tyrannen zu speisen, den die Geschichte mit Dschingis Khan und Alexander dem Großen in eine Reihe stellen würde. Ich war entschlossen, die Einladung des Präsidenten anzunehmen. Außerdem mußte ich mir eingestehen, daß mein Leben in Bantustan mich ein wenig zu langweilen begann. Ich war vor allem Soldat, ein Mann der Tat, der zu einem bestimmten Lebensstil ausgebildet war und von Natur aus nichts Besinnliches oder Intellektuelles an sich hatte. General Hoods Besuch würde, wenn schon nichts anderes, so wenigstens die Langeweile für einige Zeit vertreiben.

Eine Woche später schwebte die schwarze Flotte am Himmel von Kapstadt. Zwischen zwanzig und dreißig große Luftschiffe lagen an speziell gefertigten Masten vor Anker. Sie schwankten leicht im warmen Westwind, auf jedem prangte das Hoheitsabzeichen des sogenannten Neuen Aschanti-Reiches des Schwarzen Attila: ein schwarzer, hoch aufgerichteter, brüllender Löwe im scharlachroten Kreis. Hood gab sich als Nachfahre des berühmten Quacoo Duah, des Königs der Aschanti um 1860 aus, und ursprünglich hatte er seine Armee an der Goldküste aufgebaut — indem er mit einer kleinen Gruppe von Aschanti- und Fanti-Nationalisten begann, die sich dem Sturz der ersten Eingeborenenregierung von Aschantiland (wie es nach der Unabhängigkeit getauft worden war) verschrieben hatte. Obwohl die schwarzen Horden aus Angehörigen vieler afrikanischer wie auch nichtafrikanischer Völker bestanden, war der Name Aschanti irgendwie beibehalten worden, wie ja auch dem Römischen Reich sein Name geblieben war, nachdem längst alle Bindungen zu Rom gelöst waren. Außerdem war das Volk der Aschanti in ganz Afrika hoch geachtet, und da Hood behauptete, Quacoo Duahs direkter Nachfahre zu sein, paßte es ihm, den Namen beizubehalten.

Viele, die geschworen hatten, mit der ganzen Angelegenheit auch nicht das Geringste zu tun haben zu wollen, wurden unwillkürlich auf Straßen und Balkone gezogen, um zuzusehen, wie Cicero Hood und seine Gefolgschaft das Flaggschiff (das man diplomatischerweise auf den Namen *Chaka* getauft hatte) verließen, das direkt über dem Hauptverband schwebte. Zum erstenmal erblickten wir Hoods berühmte Löwengarde — großgewachsene, perfekt gebaute Krieger mit Haut wie poliertes Ebenholz und stolzen, schönen Zügen. Man hatte diese jungen Männer aus allen zentralafrikanischen Stämmen zusammengeführt. Auf ihren Köpfen saßen Stahlhelme, auf denen lange rot- und orangegefärbte Straußenfedern wippten. Um ihre Schultern hingen kurze Mäntel aus Löwenmähnen und -häuten. Sie trugen knappe, ärmellose Jacken in Mitternachtsblau, ähnlich wie die der französischen Zouaven, mit Gold- und Silberlitzen und dazu passenden engen Reithosen. Ihre Füße steckten in schwarzen, glänzenden Lederstiefeln, und jeder trug zwei Waffen, die das Alte und das Neue

Afrika symbolisierten — auf dem Rücken einen modernen Karabiner und in der rechten Hand einen langschaftigen Speer mit breiter Klinge. Wie sie so mit reglosem Gesicht in den offenen Gondeln standen und kaum einen Muskel rührten, gehörten sie zweifellos zu den imponierendsten Soldaten der Welt. Ihre Gondeln bildeten einen korrekten Kreis um jene von General Hood selbst — eine Gondel, die mit prächtigen Farben bemalt war und auf der die schwarz-rote Flagge vom Reich des Schwarzen Attila flatterte. Von meinem Standort auf dem Dach meines Wohnhauses aus (viele Kollegen einschließlich Korzeniowski waren bei mir) konnte ich erkennen, daß sich zwei Personen in der Gondel befanden, doch die Entfernung war entschieden zu groß, als daß man hätte ihre Züge ausmachen können, es kam mir allerdings so vor, als sei einer der Insassen von weißer Hautfarbe!

Sofort nach der Landung stiegen Hood und seine Garde in elektrische Broughams um und begannen einen langen Zug durch die Straßen von Kapstadt, wo sie von vielen Bürgern begeistert empfangen wurden (zugegebenermaßen vorrangig von Schwarzen), doch von meinem Standort aus bekam ich nicht viel davon mit. Ich stieg zu der Bar ins Erdgeschoß hinunter, als gerade eine Anzahl anderer Offiziere von der Straße eintrafen, wo sie Zeugen des Schauspiels geworden waren. Nicht wenigen weißen und einer ganzen Menge schwarzen Offizieren stand neidvolle Bewunderung im Gesicht, denn es konnte kein Zweifel daran bestehen, daß Hoods Ankunft hervorragend inszeniert worden war. Ein Mann, den ich flüchtig kannte, Kommandeur einer indischen Landflotte, ehe er sich der Armee von Bantustan anschloß (er hieß Laurence, wie ich mich erinnere), bestellte sich einen doppelten Brandy und kippte ihn in einem Zug hinunter, ehe er sich umdrehte und sagte: »Bastable, ich sage Ihnen, der Bursche hat eine tolle Weiße im Schlepptau. Dumme Geschichte, was? Sein

Abscheu uns gegenüber scheint sich nicht auf die weiblichen Exemplare der Spezies zu erstrecken, wie?«

Ein anderer Bekannter namens Horton, der Offizier in der Marine von Sierra Leone gewesen war, ehe sein Land von Hood annektiert wurde, meinte trocken: »Dem Sieger die Beute, alter Knabe.« Ein amüsierter Ausdruck stand in seinem braunen Gesicht, er blinzelte mir zu und genoß Laurences Unbehagen.

»Nun, ich meine …«, begann Laurence, der seine Taktlosigkeit zu erkennen begann. »Ich wollte nicht sagen …«

»Doch genau!« Horton lachte und bestellte Laurence noch einen Brandy. »Sie meinen, Hood hätte sich sozusagen demonstrativ eine weiße Geliebte genommen. Es könnte ja sein, er findet sie so attraktiv, daß ihm die Hautfarbe gleichgültig ist. Ich habe schon von Europäern gehört, die sich in Afrikanerinnen verliebt haben. Sie nicht?«

Laurences nächstes Argument war zweifelsohne stichhaltig. »Aber nicht Europäer mit einer tiefen Verachtung für Schwarze, Horton. Ich meine, das rüttelt doch an seiner These, daß wir so schreckliche Unholde sind, oder nicht?«

Horton grinste. »Vielleicht nimmt er lieber ein Übel in Kauf, das er kennt.«

»Ich muß zugeben«, warf hier ein Leutnant ein, der seine Laufbahn in der russischen Marine begonnen hatte und Kurjenko oder so ähnlich hieß, »ich hätte nichts dagegen, ihre Bekanntschaft zu machen. Eine Schönheit! Ich glaube, sie ist das entzückendste Wesen, das ich jemals gesehen habe. In dieser Hinsicht kann man Hood nur beglückwünschen, würde ich sagen!«

So verlief die Unterhaltung noch eine Weile weiter, bis jene unter uns, die die Einladung zum Bankett angenommen hatten, gehen mußten, um sich fertigzumachen. Korzeniowski, ich und eine Anzahl weiterer ›Unterwasser-Seeleute‹ gingen zusammen. In den einfachen, weißen Ausgehuniformen der Bantustan-Marine brachen wir in einem großen Wagen in der Art eines elektrisch betriebenen Kremser zum Palast auf. Wir wurden auf den Stufen empfangen und in den großen Saal geführt, wo gewöhnlich die gewählten Vertreter des Volkes von Bantustan tagten. Man hatte lange Tische aufgestellt, und jeder Platz war mit goldenem und silbernem Geschirr und Besteck geschmückt. Wir genossen das Privileg (falls dies das richtige Wort ist), am Präsidententisch zu sitzen und hatten so eine gute Gelegenheit, den berühmt-berüchtigten General aus der Nähe mitzuerleben.

Als wir alle Platz genommen hatten, traten Präsident Gandhi, General Hood und seine Begleiterin durch die Tür am Ende des Saales und schritten an ihre Plätze bei Tisch.

Ich glaube, ich hatte mir bis zu jenem Zeitpunkt genügend Selbstbeherrschung angewöhnt, um meine Überraschung zu zügeln, als ich die Frau erkannte, deren Hand nun auf dem Arm des Despoten lag, der Herr über den größten Teil Afrikas und ganz Europa geworden war. Unsere Blicke begegneten sich, mit dem Anflug eines Lächelns grüßte sie mich und wandte dann den Kopf, um etwas zu Hood zu sagen. Es war Una Persson! Nun begriff ich, warum sie so schnell hatte nach Afrika zurückkehren und mich nicht hatte mitnehmen wollen. Hatte sie damals schon die Beziehung zum Schwarzen Attila unterhalten?

General Hood entsprach nicht dem Bild, das ich mir von ihm gemacht hatte. Er war so groß wie die Männer seiner ›Löwengarde‹, doch sehr schlank, und er bewegte sich, anders läßt sich das nicht beschreiben, mit einer Art ungelenker Grazie. Er trug einen perfekt geschnittenen Abendanzug ohne jeglichen Ordensschmuck. Ich hatte einen blitzäugigen Kriegsherrn erwartet, aber dieser Mann von annähernd mittlerem Alter hatte das distinguierte Äußere eines hochgestellten Diplomaten.

Sein Haar und sein Bart zeigten erste graue Strähnen, und seine großen dunklen Augen waren von einer Sanftmut, die nur täuschen konnte. Er erinnerte mich gegen meinen Willen an eine Art schwarzen Abraham Lincoln!

Präsident Gandhi strahlte. Offensichtlich war sein Gespräch mit General Hood sehr zufriedenstellend für ihn verlaufen. Der kleine Inder trug wie stets einen leichten Baumwollanzug im, wie wir dies nannten, ›Bombay-Schnitt‹. Sie setzten sich, worauf wir, die wir aufgestanden waren, ebenfalls unsere Plätze wieder einnahmen. Das Festmahl begann unter ziemlich verbissenem Schweigen, doch langsam besserte sich die Atmosphäre. General Hood unterhielt sich liebenswürdig mit Präsident Gandhi, den Helfern des Präsidenten und Una Persson. Ich bekam ein wenig von den Gesprächen mit — ausreichend, um zu wissen, daß es sich um das übliche höfliche Palaver handelte, wie es bei solchen Gelegenheiten unter Politikern üblich ist. Aus vielleicht unangebrachtem Taktgefühl versuchte ich, Miss Persson während des Dinners nicht anzusehen und widmete mich vorrangig der Dame zu meiner Linken, die von dem Gedanken besessen schien, viele der Vogelarten in Afrika wieder anzusiedeln, die während des Krieges in Europa so gut wie ausgerottet worden waren.

Das Essen bildete einen hervorragenden Kompromiß zwischen europäischen und afrikanischen Gerichten, und es war wohl das Beste, was ich jemals gekostet habe, aber wir waren schon bei der Süßspeise angelangt, ehe ich von der Unterhaltung mit der Amateurornithologin zu meiner Linken erlöst wurde. Plötzlich vernahm ich die tiefen, weichen Töne von General Hoods Stimme, die meinen Namen aussprach, und ich schaute etwas verlegen auf.

»Sie sind also Mr. Bastable?«

Ich stotterte eine Antwort zur Bejahung dieser Frage. Ich wußte nicht einmal genau, wie man einen despoti-

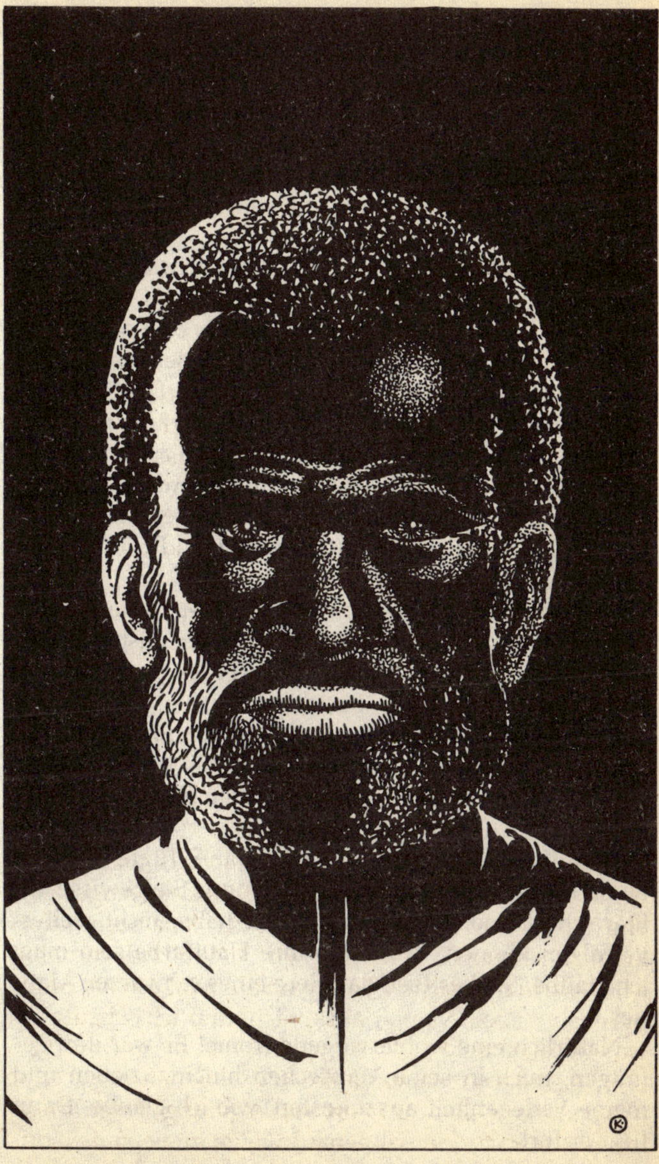

schen Eroberer anreden sollte, an dessen Händen das Blut von Tausenden unschuldiger Menschen klebte.

»Ich schulde Ihnen meine Dankbarkeit, Mr. Bastable.«

Ich spürte, wie rings um mich her die Konversation verstummte, und bin wohl ein wenig rot geworden. Ich bemerkte, daß Miss Persson mich anstrahlte, ebenso Präsident Gandhi, und ich kam mir ziemlich lächerlich vor.

»Tatsächlich, Sir?« habe ich, glaube ich, geantwortet. Es klang in meinen Ohren reichlich geistlos, so daß ich versuchte, mein Gleichgewicht wiederzuerlangen, indem ich mir ins Gedächtnis rief, daß dieser Mann allem Anschein zum Trotz der verschworene Feind meiner Rasse war. Es fiel jedoch schwer, eine verächtliche Haltung zu wahren und mich gleichzeitig so zu benehmen, wie es die gesellschaftliche Situation erforderte. Ich hatte die Einladung zum Essen im Palast angenommen und hatte folglich die Pflicht, Präsident Gandhi und seine Gäste nicht zu beleidigen.

General Hood lachte ein tiefes Lachen. »Sie retteten jemandem das Leben, der mir sehr teuer ist.« Er tätschelte Una Perssons Hand. »Sie werden sich doch gewiß daran erinnern, Mr. Bastable?«

Ich entgegnete, daß das nichts Besonderes gewesen sei, jeder andere das gleiche getan hätte, und so weiter.

»Wie Miss Persson mir sagt, haben Sie großen Mut bewiesen.«

Darauf erwiderte ich nichts. Dann fügte General Hood hinzu: »Tatsächlich hätte ich ohne Sie gewisse militärische Pläne, die ich entwickelt habe, nicht weiterverfolgen können. Wie auch Ihre Hautfarbe sein mag, ich glaube, Sie besitzen das Herz eines schwarzen Mannes.«

Natürlich eine wohlerwogene Ironie! Es war ihm gelungen, mich in seine Verbrechen hineinzuziehen und meine Verlegenheit auszukosten, wie ich glaube. Dann fuhr er fort:

»Sollten Sie jemals den Dienst in Bantustan quittieren wollen, so könnte das Aschanti-Reich Sie gut gebrauchen. Letzten Endes haben Sie Ihre Treue zu unserer Sache ja bereits unter Beweis gestellt.«

Ich fühlte die Blicke aller Weißen im Saal auf mich gerichtet. Das war einfach zuviel. Vom Zorn gepackt sprudelte ich heraus: »Es tut mir leid, Sir, aber meine Treue gilt der Sache des Friedens und dem Wiederaufbau einer gesunden Welt. Ich könnte mich nicht leicht dem kaltblütigen Mörder von Kindern und Frauen meiner Rasse anschließen!«

Nun herrschte Totenstille im Saal, doch General Hood brach bald die eisige Atmosphäre, indem er sich in seinem Sessel zurücklehnte, lächelte und den Kopf schüttelte. »Mr. Bastable, ich hege keine Abneigung gegen den weißen Mann. An seinem Platz erfüllt er eine Vielzahl nützlicher Aufgaben. Ich habe auf vielen Posten Weiße eingesetzt. Es gibt sogar einzelne, die alle Qualitäten aufweisen, die man bei einem Afrikaner schätzt. Solchen Leuten wird im Aschanti-Reich jede Möglichkeit der Entfaltung geboten. Ich fürchte, Sie haben einen recht kläglichen Eindruck von mir — wohingegen ich nur die größte Achtung für Sie empfinde.« Er erhob sein Glas, um mir zuzuprosten. »Auf Ihr Wohl, Mr. Bastable. Mein Angebot ist ehrlich gemeint. Präsident Gandhi und ich haben beschlossen, Botschafter auszutauschen. Ich werde ihn inständig bitten, daß Sie sich unter den nach Neu Kumasi Geladenen befinden. Dort können Sie sich selbst überzeugen, ob ich der Tyrann bin, als welchen man mich Ihnen geschildert hat.«

Ich war nun viel zu wütend, um überhaupt zu antworten. Präsident Gandhi verwickelte General Hood taktvoll in ein Gespräch, und wenig später tauchte Korzeniowski hinter mir auf, tippte mir auf die Schulter und geleitete mich aus dem Saal.

Meine Gefühle waren, milde ausgedrückt, sehr gemischt. Ich war hin- und hergerissen zwischen kochender Wut, gesellschaftlicher Peinlichkeit, Treue zu Präsident Gandhi und seinem Traum vom Frieden, wie meinen eigenen Reaktionen auf Hood. Es erschien mir nun als kein Wunder mehr, daß er in der Welt so schnell zu Ansehen gelangt war. Mochte er auch ein Tyrann und Mörder sein, so stellte er unleugbar eine Persönlichkeit von ungewöhnlicher Anziehungskraft dar, der die Kraft besaß, selbst jene, die ihn am meisten haßten, für sich einzunehmen. Ich hatte einen prahlerischen Barbaren erwartet und war statt dessen einem raffinierten Politiker begegnet, einem Amerikaner (wie ich später erfuhr), der in Oxford und Heidelberg studiert und eine hervorragende akademische Laufbahn vor sich gehabt hatte, ehe er seine Bücher beiseite legte und das Schwert ergriff. Ich zitterte und war den Tränen nahe, als Korzeniowski mich zu meinem Quartier brachte und sich bemühte, mich zu beruhigen. Doch es dauerte Stunden, ehe ich mein sinnloses Toben aufgab. Ich trank viel, zuviel, und wahrscheinlich hat mir schließlich die Mischung aus Alkohol und meiner eigenen gefühlmäßigen Erschöpfung den Rest gegeben. Gerade schimpfte ich noch über die Infamie des Schwarzen Attila, im nächsten Augenblick stürzte ich bäuchlings zu Boden.

Korzeniowski muß mich ins Bett gebracht haben. Am nächsten Morgen erwachte ich mit den schrecklichsten Kopfschmerzen meines Lebens, immer noch mieser Laune, allerdings nicht mehr in der Lage, dies verbal zum Ausdruck zu bringen. Ein Klopfen an der Tür hatte mich geweckt. Mein Bursche machte auf, und kurze Zeit später brachte er mir mein Frühstückstablett. Auf dem Tablett lag ein Brief mit dem Siegel des Präsidenten selbst. Ich schob das Tablett beiseite und inspizierte den Umschlag, ich wagte es kaum, ihn zu öffnen. Zweifellos enthielt er einen Tadel für mein Verhalten am Vorabend, doch ich bereute nichts.

Ich lag im Bett, den Umschlag immer noch in der Hand, und dachte mir die glänzendsten Antworten aus,

die ich Hood gegeben hätte, hätte mein gesunder Menschenverstand mich nicht verlassen gehabt.

Ich war entschlossen, mich nicht von ihm einnehmen zu lassen, ihn nur an seinen Taten zu messen, nicht zu vergessen, wie er alle europäischen Städte zerstört und ihre Einwohner versklavt hatte. Ich bedauerte, daß ich keines dieser Argumente ins Feld geführt hatte, als wir uns begegnet waren. Ich habe niemals geglaubt, daß politische Probleme sich mit Gewalt lösen lassen, doch ich hatte den Eindruck, wenn ein Mensch es verdiente, ermordet zu werden, so war das Cicero Hood. Die Tatsache, daß er eine hervorragende Erziehung genossen hatte, machte ihn in meinen Augen nur zu einem schlimmeren Schurken, denn er hatte diese Erziehung pervertiert, um seinen rassistischem Rachefeldzug durchzuführen. Er mochte seine Völkermord-Politik kühn verleugnen, was er jedoch in den vergangenen Jahren getan hatte, sprach für sich selbst. In diesem Augenblick hätte ich ihn wie Caponi mit Hochgenuß mit bloßen Händen ermorden können.

Korzeniowskis Erscheinen zwang mich zur Ruhe. Er stand am Fußende meines Bettes, schaute mitleidvoll-spöttisch auf mich herab und erkundigte sich, wie es mir gehe.

»Nicht besonders«, erklärte ich ihm. Ich zeigte ihm den Brief. »Ich glaube, ich bin reif für den Rausschmiß. Es sollte mich nicht wundern, wenn ich Bantustan bald verlassen müßte.«

»Aber Sie haben den Brief ja noch nicht einmal geöffnet, alter Freund!«

Ich übergab ihn ihm. »Machen Sie ihn auf! Sagen Sie mir das Schlimmste!«

Korzeniowski trat an meinen Schreibtisch, nahm ein Papiermesser und schlitzte den Umschlag auf. Er entnahm den Inhalt — einen einzigen Bogen Papier — und las in klarem, kehligen Englisch vor:

»Lieber Mr. Bastable! Sollten Sie heute Zeit haben, so wäre ich dankbar, wenn Sie mich in meinem Büro aufsuchen würden. Gegen fünf wäre mir recht, falls Ihnen das paßt. Herzlichst, Gandhi.«

Korzeniowski reichte mir den Brief. »Typisch für ihn«, sagte er voller Bewunderung. »Sollten Sie Zeit haben, Mr. Bastable. Er läßt Ihnen die Wahl. Man sollte nicht glauben, daß das einen Anschiß bedeutet, mein Alter, oder was meinen Sie?«

Ich las den Brief selbst und runzelte die Stirn. »Was in aller Welt bedeutet es dann?« fragte ich.

— 8 —

Ein kaltblütiger Entschluß

Es erübrigt sich zu sagen, daß ich, wie ich mich auch drehte und wand, schließlich Punkt fünf Uhr geschrubbt und nüchtern im Präsidentenpalast ankam, wo ich sogleich ins Arbeitszimmer des Präsidenten vorgelassen wurde. Das Büro war so schlicht und funktional wie alle Räume, die er bewohnte. Er saß hinter seinem Schreibtisch und schaute für seine Begriffe äußerst ernst drein, so daß ich annahm, daß mir schließlich doch eine Standpauke bevorstand, wonach er mir meinen Rücktritt nahelegte. Also nahm ich schnell Haltung an und machte mich auf alles gefaßt, was der Präsident mir zu sagen hatte. Er stand auf, strich sich mit der Handfläche über den kahl werdenden Schädel, seine Brillengläser blitzten im Sonnenlicht, das durch die offenen Fenster schien. »Bitte nehmen Sie Platz, Hauptmann.« Es war selten, daß er militärische Titel benutzte. Ich tat, wie mir geheißen.

»Ich habe heute eine lange Unterredung mit General Hood geführt«, begann Gandhi. »Wir haben, wie Sie wissen, über Möglichkeiten zur Festigung guter Beziehungen zwischen Bantustan und dem Neuen Aschanti-Reich gesprochen. In den meisten Punkten sind wir zu freundschaftlicher Übereinstimmung gelangt, es bleibt ein Detail, das Sie betrifft. Sie wissen, daß ich für die freie Willensentscheidung bin und daß es nicht meinen Prinzipien entspricht, einen Menschen zu etwas zu zwingen, das er nicht möchte. Deshalb will ich Ihnen die Situation darlegen, damit Sie selbst eine Entscheidung treffen. General Hood hat gestern abend nicht gescherzt, als er Ihnen einen Posten anbot …«

»Nicht gescherzt? Das will ich hoffen, Sir. Ich möchte nicht als Massenmörder angestellt werden …«

Präsident Gandhi hob die Hand. »Natürlich nicht. Aber General Hood, so scheint es, hat eine gewisse Zuneigung zu Ihnen gefaßt. Ihm gefiel die Art und Weise, wie Sie ihm gestern abend geantwortet haben.«

»Ich dachte eher, daß es ein ziemlich kläglicher Auftritt war. Ich möchte mich dafür entschuldigen, Sir.«

»Nein, nein. Ich verstehe Ihre Haltung völlig. Sie haben große Selbstbeherrschung bewiesen. Vielleicht hatte Hood gerade das auch vor — Sie auf die Probe zu stellen. Er ist aufrichtig dankbar für die Rolle, die Sie offensichtlich spielten, als sie Miss Persson in England das Leben retteten — und, ich könnte mich auch täuschen, aber ich habe den Eindruck, daß er sich in Ihren Augen rechtfertigen möchte. Vielleicht sieht er Sie als — wie er das nennt — Vertreter des besseren Teils der Weißen. Vielleicht ist er des Tötens müde und möchte tatsächlich eine sicherere und bessere Welt aufbauen — wenn seine aktuellen militärischen Pläne dem auch zu widersprechen scheinen. Was immer der Grund auch sein mag, Bastable, er hat darauf bestanden, daß Sie der diplomatischen Mission angehören, die in seine Hauptstadt Neu Kumasi entsandt wird — genau genommen hat er es zur Bedingung gemacht. Sie werden das einzige ... ah ... weiße Mitglied der Mission sein. Wenn Sie nicht gehen, lehnt er eine Fortsetzung unserer Verhandlungen ab.«

»Nun, Sir, wenn das nicht Verhaltensweisen eines Irren, eines Despoten sind, dann weiß ich auch nicht!« entgegnete ich.

»Gewiß beruhen sie nicht auf einer mir erkennbaren Logik. General Hood ist es gewohnt, seinen Willen durchzusetzen — insbesondere, wenn es um das Schicksal weißer Menschen geht. Das bestreite ich nicht. Andererseits wissen Sie aber auch, wie wichtig diese Gespräche für mich sind. Ich hoffe, daß ich auf den General einwirken kann, daß er seine Politik gegenüber den Eroberten in Zukunft zumindest mäßigt. Alle meine

Hoffnungen stehen auf dem Spiel, sofern Sie nicht zu dem Schluß kommen, seine Bedingungen annehmen zu können. Sie müssen Ihr eigenes Gewissen befragen, Mr. Bastable. Ich möchte Sie nicht beeinflussen, ich habe bereits gegen meine Prinzipien verstoßen, denn ich bemerke gerade, daß ich moralischen Druck auf Sie ausübe. Vergessen Sie, was ich will, und tun Sie nur, was Sie für richtig halten.«

In diesem Augenblick gelangte ich zu der vielleicht kaltblütigsten Entscheidung meines Lebens. Wenn ich annahm, befand ich mich in einer ausgezeichneten Position, nahe an Hood heranzukommen und, falls nötig, seinen Vorhaben ein für allemal ein Ende zu bereiten. Ich hatte einen Mord erwogen — nun sollte ich die Gelegenheit bekommen, ihn auszuführen. Ich beschloß, ich *würde* nach Neu Kumasi fahren. Ich *würde* die Taten des Schwarzen Attila beobachten. Ich würde zu Hoods Geschworenem und Richter. Und kam ich zu dem Schluß, daß er schuldig war, so würde ich es auf mich nehmen, auch sein Henker zu werden!

Natürlich sagte ich darüber kein Wort zu Präsident Gandhi. Statt dessen runzelte ich die Stirn und tat, als dächte ich über das nach, was er zu mir gesagt hatte.

Ich glaube, ich hatte damals ein wenig den Verstand verloren. Heute kommt mir das so vor. Der Streß, mich in einem anderen Geschichtsstrang wiederzufinden, mein Schicksal keineswegs in der Gewalt zu haben, hatten mich vermutlich dazu gebracht, den Verlauf der Weltgeschichte verändern zu wollen.

Doch ich habe gar nicht vor, mich zu rechtfertigen. Tatsache bleibt, daß ich beschlossen hatte, falls notwendig, zum Mörder zu werden! Ich überlasse Ihnen, lieber Leser, das Urteil darüber, welche Art von Moral einen solchen Entschluß rechtfertigt.

Schließlich sah ich zu Präsident Gandhi empor und sagte: »Wann müßte ich abreisen, Sir?«

Gandhi wirkte erleichtert. »In etwa zwei Wochen. Ich

muß die übrigen Mitglieder der Mission noch auswählen.«

»Haben Sie eine Vorstellung, Sir, welche Rolle Miss Persson hierbei gespielt hat?«

»Nein«, gab er zu. »Keine genaue Vorstellung. Aber nach allem, was ich weiß, könnte es eine recht bedeutende sein. Sie scheint beachtlichen Einfluß auf ihn auszuüben. Sie ist eine äußerst rätselhafte Frau.«

In diesem Punkt konnte ich ihm nur zustimmen.

Mit großem Bedauern nahm ich Abschied von Kapitän Korzeniowski und den übrigen Freunden, die ich in Kapstadt gefunden hatte. Alle hatten den Eindruck, daß ich zu dieser Entscheidung gezwungen gewesen war, und ich hätte mir gewünscht, ihnen meinen geheimen Entschluß anvertrauen zu können, aber das war natürlich unmöglich. Jemandem ein Geheimnis anzuvertrauen heißt, ihm eine Last aufzubürden, und ich hatte nicht die Absicht, den geringsten Teil einer solchen Last jemand anderem auf die Schultern zu laden.

Präsident Gandhi schickte einige seiner besten Leute nach Neu Kumasi — zehn Männer, drei Frauen und mich. Die anderen waren entweder asiatischer oder afrikanischer Abstammung oder Mischlinge. Als einziger Weißer fühlte ich mich keineswegs unbehaglich in ihrer Gesellschaft, denn ich hatte mich schon lange an den unbeschwerten Umgang der Rassen in Bantustan gewöhnt. In seiner Wahl hatte sich Präsident Gandhi als ebenso schlauer wie prinzipienfester Politiker erwiesen, denn zu der Mission gehörten zwei Militärexperten, deren Aufgabe darin bestand, General Hoods Waffenkapazitäten in Augenschein zu nehmen und soviel wie möglich über seine langfristigen Ziele herauszufinden. Alle — bis auf mich — waren mit Leib und Seele von Gandhis Idealen überzeugt.

Dann kam der Tag, an dem wir zu der wartenden Luftfregatte gebracht wurden. Sie hatte eine strahlend weiße Hülle und hing wie eine vollkommen symmetrische Wolke am tiefblauen Himmel, die schlichte, hellgrüne Flagge von Bantustan flatterte an ihrer Takelage.

Wir waren kaum an Bord gegangen, als das Schiff seine Ankertaue löste und nach Nordwesten auf die schimmernden Gewässer der St.-Helena-Bay zuschwebte.

Ich blickte zurück zu den schlanken Giebeln von Kapstadt und fragte mich, ob ich diese Stadt oder meine Freunde jemals wiedersehen würde. Dann schob ich solche Gedanken beiseite und unterhielt mich höflich mit meinen Kollegen, die alle Spekulationen darüber anstellten, was sie in Neu Kumasi erwarten würde und wie wir wohl würden behandelt werden, falls es zu Spannungen in der Beziehung zwischen Neu Aschanti und Bantustan käme. Keiner von uns war den Umgang mit Despoten gewohnt, die Herr über Leben und Tod ihrer Untertanen waren.

Im Laufe der folgenden vierundzwanzig Stunden überflogen wir den größten Teil Westafrikas und schwebten schließlich am Himmel über Cicero Hoods Hauptstadt.

Sie unterschied sich stark von Kapstadt. Die neu erbauten Gebäude wiesen eindeutig afrikanischen Stil auf und waren, wie ich zugeben mußte, kein unerfreulicher Anblick. Die vorherrschenden zylindrischen Hausformen mit kegelartigen Dächern erinnerten ein wenig an die Hütten eines typischen Kraals aus der alten Zeit — doch diese ›Hütten‹ waren viele Stockwerke hoch und bestanden aus Stahl, Glas, Beton und modernen Metalllegierungen. Die Stadt war auch in jener Hinsicht ungewöhnlich, als sie von einer Art mittelalterlicher Stadtmauer umgeben war, welche bewies, daß Neu Kumasi als Festung entworfen worden war — große Geschütze und Unterstände waren auf den Mauern zu erkennen. Überall flatterte die grandiose, wilde Löwenflagge des Aschanti-Reiches, und Militärluftschiffe kreisten über den Außenposten wie Raubvögel um ihre Beute. Hier gab es keine Einschienenbahnen oder Laufbänder oder die anderen öffentlichen Verkehrsmittel wie in den Städten von Bantustan, doch es war eine gut funktionierende Großstadt, die, soweit das Auge reichte, von Armee-Einheiten kontrolliert wurde. Tatsächlich trugen die Hälfte aller Männer und Frauen, wie ich nach unserer Landung sah, Uniformen. Es gab nirgendwo Anzeichen für Armut, allerdings auch nicht für den üppigen Wohlstand wie in Kapstadt. Die Mehrzahl der Bevölkerung bestand aus Schwarzen, und die wenigen Weißen, die ich sah, schienen ziemlich niedrige Arbeiten zu verrichten (ein paar Träger am Aerodrom waren Europäer), wurden jedoch nicht sichtlich schlecht behandelt. Man sah in den Straßen nur sehr wenige Privatfahrzeuge, doch eine ganze Menge städtischer Trolleybusse, die nach den Maßstäben dieser Welt ein wenig altmodisch waren und unter elektrischen Hochleitungen fuhren. Daneben sah man viele Militärfahrzeuge: riesige Panzerfahrzeuge patrouillierten in den Hauptstraßen und hatten offensichtlich gegenüber allen anderen Vorfahrt. Sie waren hauptsächlich von kugelförmiger Bauart und auf einen Rahmen mit Rädern montiert, konnten sich jedoch vom Rahmen lösen und aus eigener Kraft rollen, wobei ihre Geschwindigkeit und Richtung durch Teleskopbeine kontrolliert wurden, die an den meisten Stellen der Außenwand ausgefahren werden konnten. Ich hatte von solchen Maschinen gehört, sie jedoch noch niemals aus der Nähe gesehen. Wurden sie auf eine Stadt oder ein feindliches Lager angesetzt, so konnten sie diese dem Erdboden gleichmachen, ohne einen Schuß aus ihren dampfbetriebenen Catling-Maschinengewehren oder elektrischen Kanonen abzugeben. Ich konnte mir vorstellen, welches Entsetzen einen überwältigte, wenn man ein solch gewaltiges Ungeheuer auf sich zurollen sah!

Die Ehrengarde allerdings, die uns empfing und zu General Hoods Hauptquartier eskortierte, ritt auf großen, weißen Stuten, und die Karossen, welche wir bestiegen, waren mir weit vertrauter als meinen übrigen Kollegen — sie wurden von Pferden gezogen ähnlich wie die Landauer meiner Zeit. Die wippenden Federn der Löwengarde-Reiter flankierten uns, die Disziplin, mit welcher sie zu Rosse saßen, erinnerte mich anschaulich an jene Welt, in die zurückzukehren ich mich so sehr sehnte, die nie wiederzusehen ich mich jedoch inzwischen abgefunden hatte.

Der Reichspalast des Neuen Aschanti-Reiches erinnerte mich in seiner Pracht an das, was ich von der berühmten Benin-Kultur gesehen hatte. Wie viele der übrigen Gebäude war er rund gebaut, und sein Kegeldach reichte wie ein Regenschirm über die Mauern hinaus und wurde von behauenen Säulen getragen, welche eine Art mit Gold, Bronze, Silber und Elfenbein ausgelegte Arkaden bildeten, die den vielen Soldaten ringsum Schatten spendeten. Jedes moderne Material, jeder architektonische Kunstgriff war beim Bau des Palastes angewandt worden, und doch war er so eindeutig afrikanisch, daß keinerlei Anzeichen europäischen Einflusses zu erkennen waren. Ich sollte später erfahren, daß es zu Cicero Hoods entschlossener Politik gehörte, die — wie er dies nannte — ›Praktischen Künste‹ in seinem Reich zu fördern und darauf zu bestehen, daß sie eindeutig afrikanische Ausdrucksformen wahrten. Als einer, der viele fremde Städte Asiens unter dem Einfluß europäischen Architekturstils zerstört gesehen hatte und die Hinfälligkeit ethnischer und traditioneller Baukonzepte bedauerte wie so manches andere, begrüßte ich zumindest diesen Aspekt von Hoods Herrschaft.

Nachdem ich einige Erfahrungen mit kleineren Tyrannen in Indien gesammelt hatte, erwartete ich, daß der Schwarze Attila sich ebenso wie sie verhielt und uns stundenlang in seinem Vorzimmer warten ließ, ehe uns Audienz gewährt wurde, doch man führte uns rasch durch die prachtvoll geschmückten Gänge des Palastes in einen weiten, luftigen Saal, in den aus hohen Fenstern das Licht von oben hereinfiel; die Wände waren mit Friesen und Basreliefs in traditionellem afrikanischen Stil versehen, die jedoch Ereignisse der jüngsten Vergangenheit in Form heroischer Kämpfe und Siege des Neuen Aschanti-Reiches darstellten. Hood war in mehreren Szenen einschließlich der Eroberung Skandinaviens zu erkennen, es fanden sich Darstellungen von Landstreitkräften, Luftschlachten, Unterwasserscharmützeln und ähnlichem, die den Wänden einen eigenwilligen Ausdruck verliehen — eine Mischung althergebrachter, fast primitiver Emotionen mit Beispielen modernster, menschlicher Technik.

Am gegenüberliegenden Ende des Saales, vis-à-vis der großen Doppeltür, durch welche wir eintraten, stand ein mit Zebrafellen bezogenes Podium, darauf befand sich (das ganze erinnerte mich für einen Augenblick an den König von East Grinstead) ein Thron aus geschnitztem Ebenholz, dessen scharlachrot gepolsterte Rückenlehne das Löwenmotiv trug, dem man überall in Neu Kumasi begegnete.

Cicero Hood, mit einem leichten, weißen Tropenanzug bekleidet, stand neben seinem Thron und blickte durch eines der hohen Fenster. Als man uns ankündigte, drehte er sich um, entließ die Wachen mit einer flüchtigen Handbewegung, während er die andere Hand noch in der Hosentasche hatte und trat mit raschen Schritten zu einem Tisch, wo man eine Vielzahl alkoholischer und alkoholfreier Getränke bereitgestellt hatte (Hood war zweifellos informiert worden, daß einige unserer Gruppe keinen Alkohol tranken). Er bediente persönlich jeden einzelnen von uns und ging dann durch die Halle, um Sessel so zu arrangieren, daß wir nahe beieinander sitzen konnten. Kein europäischer Monarch wäre seinen Gästen mit größerer Höflichkeit begegnet, Gästen, denen er seine Achtung erweisen wollte (und die er auch zu beeindrucken beabsichtigte, denn er hatte dafür gesorgt, daß wir alle die äußeren Anzeichen seiner Macht zu sehen bekamen).

Er hatte sich die Mühe gemacht, die Namen eines jeden unserer Gruppe zu kennen und etwas über seine besonderen Interessen und Aufgaben in Bantustan in Erfahrung zu bringen, und plauderte ganz natürlich mit allen, bewies große Kenntnisse auf vielen Gebieten und gab bereitwillig zu, wenn er etwas nicht wußte. In meiner eigenen Welt hatte es Könige und Kaiser gegeben, die von der Kunst des *Noblesse oblige* des Schwarzen Attila eine Menge hätten lernen können.

Er sprach mich persönlich nicht an, bis er eine Weile mit den anderen geschwatzt hatte, dann grinste er mich an, schüttelte mir herzlich die Hand, und ich hatte den unmißverständlichen Eindruck, daß der Tyrann mich *mochte* — ein Gefühl, das ich mit meiner Kenntnis um seinen vielbeschriebenen Haß auf die weiße Rasse nicht erwidern und mit meinem Bild von ihm in Einklang bringen konnte. Meine Reaktion war höflich, selbstbeherrscht, aber kühl.

»Ich freue mich so sehr, daß Sie sich entschließen konnten, zu kommen«, sagte er.

»Ich hatte nicht den Eindruck, daß ich eine große Wahl hatte«, erwiderte ich. »Präsident Gandhi schien den Eindruck zu haben, Sie hätten darauf bestanden, daß ich der Mission angehöre.«

»Gewiß, ich verlieh der Hoffnung Ausdruck, daß Sie dabei sein mögen. Schließlich muß ich mich als unparteiisch erweisen.« Er sagte dies mit einem Lächeln, das dazu angetan war, mich zu entwaffnen. »Der Alibi-Weiße, wissen Sie.«

Ob absichtlich oder nicht, seine Bemerkung zu meiner Hautfarbe hatte mich befangen gemacht. Sogar ein Scherz war in der Lage, den Unterschied, dessen wir uns beide bewußt waren, zu unterstreichen, und es hätte keine Rolle gespielt, wäre der Mann, der ihn gemacht hatte, mein bester Freund gewesen: Ich hätte das gleiche empfunden, insbesondere, wo sich keine anderen Weißen im Raum befanden.

Als Cicero Hood mein Unbehagen bemerkte, klopfte er mir auf die Schulter. »Entschuldigen Sie, Mr. Bastable. Eine geschmacklose Bemerkung. Als Sohn eines Sklaven fällt es einem allerdings nicht leicht, der Versuchung zu widerstehen, da werden Sie mir sicher recht geben.«

»Ich hätte gedacht, Sir, daß Ihr Erfolg genügte, Sie ein solches Stigma vergessen zu lassen …«

»Stigma, Mr. Bastable?« Seine Stimme klang plötzlich härter. »Ich kann ihnen versichern, daß ich meine Herkunft sicher nicht als Stigma empfinde. Ein Stigma ist es für jene, die mein Volk ursprünglich versklavt haben.«

Es war ein treffendes Argument. »Vielleicht haben Sie recht, Sir«, murmelte ich. Ich war kein ebenbürtiger Partner für seine geistige Beweglichkeit.

Hood wurde sogleich wieder leutselig. »Aber Sie haben recht. In den letzten ein, zwei Jahren bin ich dank des Glücks, das ich gehabt habe, etwas sanftmütiger geworden. Nun habe ich nur noch ein Ziel, wenn das erreicht ist, bin ich zufrieden. Doch dabei handelt es sich um das schwierigste Ziel, das ich mir gesteckt habe, und ich habe so eine Ahnung, daß mir eine gewisse Großmacht, die sich bis jetzt neutral verhielt, massiven Widerstand entgegensetzen wird.«

»Sie meinen die Australisch-Japanische Föderation, Sir?« Feldmarschall Akari, der Mann, den wir zum Sprecher unserer Delegation gewählt hatten, stellte diese Frage. Als distinguiertem Offizier und einem der ältesten Freunde und Unterstützer des Präsidenten hatte Bantustan ihm viel zu verdanken, der häufig in den letzten Jahren als Stellvertreter des Präsidenten gewirkt hatte. »Sie würden vermutlich doch nicht alles aufs Spiel setzen, was sie in den vergangenen Jahren aufgebaut hat? Sie kann sich doch durch Aschanti nicht bedroht fühlen!«

»Das fürchte ich allerdings doch, Feldmarschall«, erklärte Hood im Ton höchsten Bedauerns. »Es sieht so aus, als erachteten die beiden Staaten den Pazifik als ihr Territorium, und sie haben einiges über meine Pläne erfahren — aus denen ich kein Geheimnis gemacht habe — und glauben, wenn meine Schiffe erst einmal ›ihren‹ Ozean befahren, wäre es nur eine Frage der Zeit, daß ich meinen begierigen Blick auf ihre Inseln werfe.«

Mrs. Nzinga, bis vor kurzem Ministerin für Kommunikationswesen in Gandhis Regierung, sagte ruhig: »Dann haben Sie also vor, die Vereinigten Staaten anzugreifen? Wollen Sie das damit andeuten, Sir?«

Hood zuckte die Achseln. »Angreifen ist nicht der Begriff, den ich würde verwenden wollen, Mrs. Nzinga. Meine Absicht ist es, die schwarzen Völker der Vereinigten Staaten zu befreien und ihnen zu helfen, dort eine neue und dauerhafte Kultur aufzubauen. Ich weiß, daß viele mich für einen wahnsinnigen Tyrannen halten — der den irren Kurs des Völkermordes eingeschlagen hat — einen Zermürbungskrieg gegen die Weißen —, aber ich glaube, mein ›Wahnsinn‹ hat Methode. Zu lange haben die sogenannten ›farbigen‹ Völker der Welt sich das Gefühl aufzwingen lassen, minderwertig gegenüber den Weißen zu sein. In vielen Teilen Afrikas herrschte eine fürchterliche, gemütszerstörerische Apathie, ehe ich den von mir Angeführten bewies, daß Weiße weder herausragende Talente, noch außergewöhnliche Intelligenz, noch besondere Rechte hätten, um zu herrschen. Meine Reden gegen die Weißen waren wohl erwogen, ebenso wie mein Nationalismus. Ich wußte, daß nach dem Krieg nur wenig Zeit zur Verfügung stand, um die Siege zu erlangen, die ich brauchte. Ich mußte harte Mittel anwenden, um meine Ressourcen, mein Reich und das Vertrauen jener zu erwerben, die ich führte. Ich glaube nun einmal, dies mag stimmen oder nicht, es ist jetzt an der Zeit, daß der schwarze Mensch diese Welt anführt. Ich glaube, wenn es ihm gelingt, sich von der Krankheit europäischer Logik zu befreien, wird er in der Lage sein, ein dauerhaftes Utopia zu errichten. Ich bewundere Präsident Gandhi, Mrs. Nzinga, obwohl Sie das vielleicht merkwürdig finden werden bei einem Tyrannen mit ›blutbesudelten Händen‹. Ich habe Bantustan nicht bedroht, da ich seine militärische Stärke fürchte. Ich möchte, daß Bantustan weiterhin existiert, da es für die restliche Welt das Beispiel eines idealen Staates darstellt. Doch Bantustans *Reichtum* — nicht irgendeine besondere Tugend! — hat es zu dem gemacht, was es ist. Die übrige Welt ist nicht so reich; und sollte Gandhi versuchen, seinen Staat, sagen wir, in Indien zu errichten, so würde er feststellen, daß er keine lange Lebensdauer hätte! Zuerst muß die Welt vereinigt werden — und die Weise, sie zu vereinigen, ist der Aufbau großer Reiche —, und große Reiche schafft man nun einmal, es tut mir leid, Madam, mit Kriegen und Blutvergießen, mit entschlossener Eroberung.«

»Aber Gewalt wird nur Gewalt hervorbringen«, erklärte Professor Hira, dessen Universitätsprogramm in Bantustan ein so großer Erfolg gewesen war. Ein kleiner, untersetzter Mann, sein glänzendes Gesicht glühte vor Aufregung. »Die von Ihnen Eroberten werden früher oder später versuchen, sich gegen Sie zu erheben. Das ist nun einmal die Natur der Dinge.«

»Erhebungen wie die von Ihnen beschriebenen«, entgegnete General Hood, »können nur erfolgreich verlaufen, wenn die Regierung schwach ist. Tyrannenherrschaften können Jahrhunderte fortdauern, sofern die Verwaltung alles sicher unter ihrer Kontrolle hat. Wenn sie die stoischen Tugenden entwickelt. Wenn sie, nach ihren Begriffen, *gerecht* bleibt. Mein Imperium ist mit dem Roms verglichen worden. Das Römische Reich wurde nicht gestürzt — es zerfiel, als es seinen Sinn verloren hatte. Doch es hat uns eine Hinterlassenschaft an philosophischen Gedanken geschenkt, die uns noch heute beeinflussen.«

»Aber Sie sagten doch, westliches Denken habe uns an den Rand der Weltzerstörung gebracht«, warf ich ein.

»Nur in gewisser Hinsicht. Aber das ist nicht der springende Punkt. Ich beschrieb ein Beispiel. Ich bin überzeugt, daß afrikanisches Denken eine vernünftigere, dauerhaftere Zivilisation hervorbringen wird als das westliche.«

»Dafür haben Sie aber keinerlei Beweise«, sagte ich.

»Nein. Aber eine Theorie muß erst geprüft werden, wenn man sie bestätigen oder widerlegen will. Ich habe vor, die Theorie zu prüfen und dafür zu sorgen, daß die Prüfung hart ist. Das Experiment wird lange über meinen Tod hinaus fortgeführt werden.«

Darauf konnte ich nicht viel entgegnen, ohne mich in Abstraktionen zu verstricken. Also gab ich auf.

»Sie können meine Ambitionen in Amerika als reinen Racheakt betrachten«, fuhr Cicero Hood fort, »aber ich möchte in meinem Heimatland etwas so Starkes wie hier aufbauen. Die Weißen der Vereinigten Staaten sind dekadent — vielleicht sind sie es immer gewesen. Doch unter den Schwarzen läßt sich ein neuer Schwung entfachen. Ich habe vor, die Macht in ihre Hände zu legen. Ich beabsichtige, Amerika zu befreien. Haben Sie nicht gehört, was zur Zeit dort vor sich geht? Nachdem die Weißen keinen richtigen Feind mehr haben, an dem sie sich austoben können, wenden sie sich wie immer gegen die Minderheiten. Sie rotteten die Indianer aus — nun planen sie die Vernichtung der Schwarzen. Es ist der Geist von Salem — der korrumpierende Einfluß des Puritanismus, der seinerseits eine Verkehrung des stoischen Ideals darstellt —, der die Überreste einer Nation infiziert, die der Welt ein Beispiel hätte geben können, wie Bantustan dies heute tut. Diese Denkart muß ein für allemal ausgelöscht werden. Die Weißen werden nicht versklavt werden, wenn die Eroberung erfolgt ist, so wie man uns versklavt hat. Man wird ihnen im Neuen Aschanti-Reich einen neuen Platz zuweisen; man wird ihnen die Chance bieten, sich ihren Weg zu voller Gleichberechtigung zu *verdienen.* Ich werde ihnen ihre Macht nehmen — aber nicht ihre Würde. Diese beiden Elemente wurden viel zu lange verwechselt. Doch das begreift nur ein Schwarzer — denn er hat die jahrhundertelange *Erfahrung* der Ausbeutung durch die Weißen!«

Es war eine noble Rede (auch wenn ich gegenüber ihrer Logik skeptisch war), doch ich konnte letzten Endes nicht widerstehen, eine Bemerkung zu machen, die General Hood aufschlußreich fand.

»Möglicherweise, General Hood«, sagte ich, »können Sie uns von Ihren hohen Zielen und Ihren edlen Motiven überzeugen, aber Sie haben uns selbst gesagt, daß die Australisch-Japanische Föderation nicht davon überzeugt ist. Es bestehen gute Chancen, daß sie in der Lage ist, Ihre Pläne zu vereiteln. Was dann? Dann haben Sie alles aufs Spiel gesetzt und nichts gewonnen. Warum konzentrieren Sie sich nicht darauf, Afrika zu einer einzigen großen Nation zu machen? Vergessen Sie Ihren Haß gegen die Vereinigten Staaten. Sollen sie doch ihre eigenen Lösungen finden. Die AJF ist vermutlich so mächtig wie das Aschanti-Reich …«

»Oh, jetzt wahrscheinlich sogar mächtiger!« Die klare, liebliche Stimme Una Perssons fiel mir ins Wort. Sie war durch eine Tür hinter Hoods Thron eingetreten. »Ich habe gerade die Bestätigung dessen erhalten, General Hood, was ich befürchtet habe. O'Bean befindet sich in Tokio. Wie es den Anschein hat, hält er sich dort seit Kriegsausbruch auf. Man hat ihn überzeugt, daß Aschanti eine weitere Gefahr für die Welt darstellt. Seit fast zwei Jahren arbeitet er an Plänen für eine neue Flotte. Auf den Werften von Sydney und Melbourne wurden schon zirka zwanzig Schiffe gebaut und liegen bereit zum Auslaufen. Wenn wir nicht sofort mobilisieren, können wir mit einer Niederlage rechnen.«

General Hood reagierte völlig unerwartet. Erst sah er mich an, dann Una Persson, dann warf er den Kopf zurück und lachte lange und herzlich.

»Dann mobilisieren wir eben«, sagte er. »Oh, unbedingt — jetzt wird mobilisiert. Ich gehe nach Hause, Miss Persson. Ich gehe nach Hause!«

Zweites Buch

Die Schlacht um Washington

— 1 —

Die beiden Flotten stoßen aufeinander

Im Rückblick kann ich mich wohl glücklich schätzen, daß ich durch eine Reihe merkwürdiger Umstände nicht nur zum Augenzeugen von Hoods Beschluß wurde, alles Erreichte durch eine Invasion Amerikas aufs Spiel zu setzen, sondern auch diese Invasion selbst (und ihre Nachwirkungen) miterlebte. Nicht viele junge Offiziere erhalten solch eine Gelegenheit.

Mein Entschluß, das Gesetz selbst in die Hand zu nehmen, falls ich Hood für ›schuldig‹ befand, stand fest, doch ich begann zu begreifen, daß der Schwarze Attila eine weit subtilere Persönlichkeit war, als ich anfänglich angenommen hatte. Außerdem sollte ich bald erkennen, daß seine Brutalität, sein Ruf, ganze Städte hinzumorden oder zu versklaven, eine Art Märchen war, dem er bewußt Nahrung gab. Es war für ihn von Nutzen, wenn seine Feinde das Märchen für wahr hielten, denn allzuoft führte das zu Eroberungen ohne jedes Blutvergießen. Die Verteidiger wollten dann lieber verhandeln als kämpfen und verlangten häufig Bedingungen, die weit unter dem lagen, was Hood bereit war zuzugestehen! Wenn er dann bessere Konditionen vorschlug, als sie erwartet hatten, erwarb er sich damit den Ruf von Freigebigkeit, der völlig unverdient war, die Betroffenen aber dazu anspornte, bereitwillig für ihn zu arbeiten — und wenn es nur aus einem Gefühl der Erleichterung heraus war.

In der folgenden Woche bekam ich weder Hood noch Una Persson viel zu Gesicht. Sie waren viel zu sehr mit ihren Mobilisierungsplänen beschäftigt. Wir von der diplomatischen Mission konnten nur jede erreichbare Information sammeln und nach Bantustan übermitteln. In den ersten Tagen gestattete man uns, alle Arten von Nachrichten unzensiert an unser Land weiterzugeben, bald fürchtete jedoch General Hood, daß gewisse Informationen nach Tokio durchsickern könnten, und führte eine gewisse Zensur ein. Wahrscheinlich hatte er gehört, daß die AJF-Flotte sich auf dem Weg zum Atlantik befand. Der größte Teil der Aschanti-Flotte war in Europa stationiert, wo sie am meisten zu tun hatte, und einige Schiffe mußten zurückgerufen werden, während andere den Befehl erhielten, sich in Hamburg, Kopenhagen, Göteborg und anderen nordeuropäischen Häfen zu sammeln und für die Überfahrt nach Amerika bereit zu machen.

Ich fand heraus, daß Hood sich nicht nur auf seine mächtigen Land-, Luft- und Seestreitkräfte stützte, sondern noch irgendeinen weiteren Trumpf auszuspielen hatte. Aus einer Bemerkung Una Perssons schloß ich, daß ihre Englandreise eine Rolle bei Hoods Entwicklung einer ›Geheimwaffe‹ gespielt hatte, aber davon sollte ich erst später erfahren.

Die nächste Überraschung kam für mich ein, zwei Tage, ehe Hood startbereit war. Una Persson suchte mich in der Gesandtschaft auf, wo ich gerade mit unwichtigen Schreibarbeiten beschäftigt war. Sie entschuldigte sich für die Störung und sagte, daß ich General Hood im Speisezimmer aufsuchen sollte.

Ich ging nur widerwillig. Persönlich war ich überzeugt, daß die mächtige Australisch-Japanische Föderation seinen Eroberungsplänen ein endgültiges Ende bereiten würde und ich nicht länger eine Rolle in dieser Weltgeschichte zu spielen hatte. Ich sehnte mich danach, nach Bantustan zurückzukehren, wenn das Aschanti-Reich zusammenbrach, was für mich völlig feststand.

Hood war bereits mit dem Essen fertig, als ich im Palast ankam. Er saß am Kopfende eines langen Tisches im Kreis seiner Minister und Generäle. Zwischen den Überresten einer einfachen Mahlzeit lagen Karten ausgebreitet, über die sich schwarze Gesichter beugten, die leise und mit dringlichem Tonfall sprachen. Bei meiner Ankunft blickten alle auf, einige runzelten die Stirn und ein paar machten beleidigende Äußerungen, daß ihnen beim Anblick eines weißen Mannes der Appetit vergehe. Ich hatte mich an solche Dinge von Hoods Offizieren bereits gewöhnt (obwohl man fairerweise sagen muß, daß sich nicht alle so schlecht benahmen) und konnte die Kommentare überhören. »Sie haben nach mir geschickt, General?«

Hood wirkte überrascht, mich zu sehen. Einen Augenblick lang blickte er unentschlossen drein, dann schnippte er mit den Fingern, als erinnere er sich, warum er mich hatte holen lassen. »Ach ja, Mr. Bastable. Ich wollte Ihnen nur sagen, daß Sie bis morgen früh Ihre Koffer packen und sich beim Kapitän der *Dingiswayo* melden sollen. Er erwartet Sie. Ich habe mich mit Präsident Gandhi in Verbindung gesetzt, er stimmt meinem Plan zu. Sie sind zu meinem Stab abgestellt. Sie begleiten uns nach Amerika, Mr. Bastable. Meinen Glückwunsch!«

Darauf gab es nichts zu sagen. Ich versuchte, mir eine Ausrede einfallen zu lassen, fand keine und salutierte. »Sehr schön, Sir.« Ob Hood einen triftigen Grund hatte oder ob dies ein weiteres Beispiel für sein überspanntes und wunderliches Verhalten war, wußte ich nicht. Es sah so aus, als sei ich durch meine ursprüngliche Entscheidung nun gezwungen, den Weg bis zu Ende zu gehen.

Und so kam es, daß ich als einziger weißer Offizier die Schwarze Horde begleitete, als sie im Atlantik in Richtung New York mit der unverhüllten Absicht, die weiße Rasse endgültig zu vernichten, in See stach!

Seit meiner ersten, unglücklichen Expedition nach Teku Benga war mein Leben voller Ironien des Schicksals gewesen, doch ich glaube, daß das die wahnwitzigste von allen war.

Hood hatte buchstäblich alles, was er besaß, in die Invasionsflotte gesteckt. Schiffe, Unterwasserfahrzeuge und Luftschiffe aller Bauarten kamen schließlich vor der Küste von Island zusammen — eine Flotte, die den Himmel verdunkelte und das Wasser bedeckte, so weit das Auge reichte. An Bord der Schiffe waren Hoods Panzerfahrzeuge geladen und zwischen allen erhob sich ein riesenhaftes, speziell angefertigtes Ungetüm, dessen Funktion mir völlig rätselhaft war; es konnte sich nicht von selbst fortbewegen, sondern mußte von dreißig anderen Schlachtschiffen geschleppt werden. Ich nahm an, daß es sich hierbei um Hoods Geheimwaffe handeln mußte, doch weder ich noch einer der anderen Offiziere an Bord der *Dingiswayo* hatten die geringste Ahnung, um was es sich dabei handelte.

Und ständig erreichten uns Meldungen, wonach die australisch-japanische Flotte auf uns zuhielt.

Hoods Hoffnung bestand darin, daß wir der AJF-Flotte ausmanövrieren und als erste die nordamerikanische Küste erreichen konnten, doch O'Beans Schiffe waren weit schneller als die unsrigen (von ihrer Feuerkapazität hatten wir keinerlei Vorstellung), und ich wußte, daß wir keine Chance hatten. Es gab strategische Überlegungen, nach denen wir unsere Flotte hätten aufteilen sollen, doch Hood war dagegen, weil er glaubte, daß unsere Chance größer war, wenn wir unsere Kräfte konzentrierten. Außerdem war er offensichtlich bereit, fast

alles für die riesige Hülle, die wir schleppten (oder vielmehr ihren Inhalt) aufs Spiel zu setzen, und ich hatte den Eindruck, daß er alles opfern würde, wenn nur das verhüllte Ungetüm in New York ankäme.

Es gab kaum ein Schiff in der Flotte, gegen das die Panzerschiffe meiner Zeit nicht wie Zwerge gewirkt hätten. Sie waren mit langläufigen Schiffskanonen ausgerüstet, die einen Geschoßhagel in der gleichen Zeit ausstoßen konnten, in der ein Schiff meiner Zeit einen einzigen Schuß abgab, erreichten eine Geschwindigkeit von 90 Knoten und manövrierten so leicht und schnell wie der leichteste Kreuzer, so daß zwei ausgereicht hätten, um unserer guten, alten britischen Marine die Hölle heißzumachen. Hood besaß in seiner Flotte davon allein hundert Einheiten, fünfzig Unterwasser-Schlachtschiffe und fast siebzig riesige Luftkriegsschiffe (die ihrerseits wieder mit leichten Gefechtsluftbooten ausgerüstet waren, die das Mutterschiff verlassen, dem Feind einen schnellen Schlag versetzen und sich über den Wolken wieder in Sicherheit bringen konnten). Abgesehen von dieser massiven Hauptstreitkraft begleiteten uns ein Dutzend kleinerer Schiffe, viele Frachter, die Panzerfahrzeuge und Infanterie, Kanonen- und Torpedoboote beförderten — eigentlich alle übriggebliebenen Kriegsschiffe der verschiedensten Völker, die am Kriege teilgenommen hatten.

Hätte ich an die Sache des Aschanti-Reiches geglaubt, so hätte ich gewiß Stolz empfunden beim Anblick dieser prachtvollen Flotte, die am frühen Morgen des 23. Dezember 1907 von Reykjavik ablegte — ein schwarz-roter Teppich auf dem grauen Feld winterlicher See. Nebelfetzen zogen von Zeit zu Zeit über die Szene, und als ich auf dem Achterdeck der *Dingiswayo* stand und dem Klang der mächtigen Schiffshörner in der Ferne lauschte, überwältigte mich ein Gefühl der Ehrfurcht. Wie, so fragte ich mich, sollte etwas einer solchen Macht standhalten? Und wie konnte ein Gott, falls einer existierte, den Aufbau einer solchen Macht überhaupt zugelassen haben?

In jenem Augenblick kam es mir so vor, als sei ich aus meiner eigenen Welt gerissen worden, um einer Vision von Armageddon beizuwohnen — und merkwürdigerweise empfand ich dies als Privileg.

Ich glaube, damals kam es mir zum erstenmal in den Sinn, daß die Vorsehung mich dazu auserwählt haben mochte, einer endlosen Reihe alternativer Versionen des Weltuntergangs beizuwohnen — daß ich dazu verdammt war, das Ende der Welt immer und immer wieder mitzuerleben und nach einer Welt zu suchen, in der der Mensch gelernt hatte, jene Triebe zu zügeln, die zu solchen selbstmörderischen Konflikten führten — und sie vielleicht niemals zu finden. Noch immer durchschaue ich meine Motive nicht ganz, aus denen heraus ich meine Erlebnisse aufzeichne, aber es könnte sein, daß ich hoffe, sie könnten, sollten sie jemals gelesen werden, dazu beitragen, der Welt eine Lektion zu erteilen, die es bislang geschafft hat, ihrer eigenen Vernichtung zu entgehen.

Aber wie ich zuvor schon gesagt habe, bin ich weder introvertierter noch grüblerischer Natur, und bald wandten sich meine Gedanken wieder den naheliegenderen Aspekten meiner Lage zu.

Es war etwa 4 Uhr nachmittags am Weihnachtstag des Jahres 1907, als die australisch-japanische Flotte in Sicht kam, die aus Richtung SSW in der Dämmerung rasch auf uns zuhielt und sogleich feuerte.

Bis die Schlacht in vollem Gange war, war die Nacht hereingebrochen. In der Luft hing schwerer Rauch, und Schlachtenlärm hüllte uns ein. Über uns lieferten sich die Luftstreitkräfte einen blutigen Kampf, während ringsumher riesige Kanonen scheinbar blindlings Vernichtung säten; wenn manchmal urplötzlich eine Pause eintrat, ein bis zwei Sekunden Stille und Dunkelheit, überkam mich eine kalte, unglaubliche Angst aus der Überzeugung, daß alles zu Ende sei, daß die Welt selbst vernichtet war und die Sonne nie mehr aufgehen würde.

Über drahtlose Telegraphie war Hood in der Lage, die Schlacht von Bord der *Chaka,* die irgendwo über den Wolken schwebte, zu führen, und ich begriff allmählich, daß er einen Schutzwall um den Inhalt der riesigen, geheimnisvollen Hülle inmitten unseres Verbandes errichtete. Obwohl die *Dingiswayo* sich im Zentrum der Auseinandersetzung befand, wurde sie nicht gleich in die Kämpfe verstrickt, sondern wartete ungeduldig auf Befehle, dem Feind eins überbrennen zu können, schoß gelegentlich, wenn es ihr befohlen wurde, in den Himmel auf eines der australisch-japanischen Luftschiffe, die darauf mit Bomben und konzentriertem Geschütz antworteten, jedoch traf uns kein Schuß direkt, und keiner durchschlug unsere superstarke Stahlpanzerung.

Schließlich erhielten wir Order, uns aus dem Verband zu lösen und schoben uns mit voller Kraft auf eine Position an der Steuerbord-Flanke der australisch-japanischen Hauptgruppe, wo unsere Schiffe besonders schwere Verluste verzeichneten.

Erst sah es so aus, als entfernten wir uns vom Kern der Schlacht — fort von den dunkelroten und gelben Blitzen des Mündungsfeuers, fort vom unablässigen Donnern und hinein in völlige Dunkelheit. Da richteten plötzlich zwei Schlachtschiffe, als habe man sie vor uns gewarnt, ihre Suchscheinwerfer auf uns. Starker, weißer Lichtschein blendete uns für einen Augenblick. Ich befand mich noch immer auf dem Achterdeck, denn ich hatte reichlich wenig zu tun, da ich ja nicht der regulären Schiffsbesatzung angehörte. Ich hörte den Kapitän von der Brücke rufen, sah, wie unsere langen Geschützrohre in Position geschwenkt wurden, und spürte das Schlingern der *Dingiswayo,* als sie in scharfem Winkel dem Feind die Breitseite zukehrte und mir so zum erstenmal den Blick auf zwei lange Reihen von Schlachtschiffen freigab, von denen einige nur als Umrisse in der Dunkelheit oder im Widerschein des Geschützfeuers zu erkennen waren. Dann heulten Granaten durch die Luft, und es ertönte das heiser zischende Geräusch der Geschosse, die vor und hinter uns im Wasser detonierten und glücklicherweise weder unseren Rumpf noch die Aufbauten traf. Dann feuerten alle unsere Kanonen gleichzeitig; die *Dingiswayo* bebte vom Bug bis zum Heck, so daß ich befürchtete, sie könnte auseinanderbrechen. Unsere Geschosse sausten mit einem schrillen Pfeifen — fast einem Triumphschrei — aus den Läufen, und die feindlichen Schiffe waren so dicht zusammengeschart, daß wir sie gar nicht verfehlen konnten. Die Granaten trafen die Schlachtschiffe und explodierten. Dichter Rauch zog zu uns herüber, so daß wir alle gezwungen waren, die Spezialgasmasken anzulegen, um unsere Lungen zu schützen.

Die Luft war kalt gewesen, die Temperatur lag unter dem Nullpunkt, doch nun wurde es wärmer, fast tropisch. Wir nahmen Fahrt auf und suchten wieder die Dunkelheit, denn wir wußten, daß wir nur Glück gehabt hatten und es nicht allein mit einem Dutzend oder mehr Schlachtschiffen aufnehmen konnten.

Eine Weile streiften ihre Suchscheinwerfer über die See, während sie versuchten, uns ausfindig zu machen, doch wir schlichen uns aus ihrer Reichweite und benutzten ihre eigenen Lichtkegel, um uns ein Bild zu machen, wo wir die besten Chancen hatten. Ein Kriegsschiff hatte sich aus dem Hauptverband gelöst und rauschte blindlings auf uns zu, offensichtlich bemerkte es nicht, daß wir uns genau auf seinem Kurs befanden. Das war eine hervorragende Gelegenheit für uns. Ich hörte, wie der Befehl erteilt wurde, Torpedos scharf zu machen. Es ertönte ein schwaches Geräusch wie ein Glockenschlag, und die Torpedos flogen aus den Rohren, und schossen lautlos auf ihre Beute zu, während das feindliche Schiff völlig ahnungslos blieb.

Die Torpedos erzielten direkte Treffer unterhalb der Wasserlinie des Schlachtschiffes. Es bekam fünf Treffer ab und begann zu sinken, bevor man an Bord begriff, was geschehen war. Ich hörte verwirrtes Rufen von den Decks, seine Suchscheinwerfer wurden eingeschaltet, doch das Schiff kenterte bereits, und seine Lichtkegel schwenkten langsam zum Himmel wie die Finger einer flehentlich ausgestreckten Hand. Es ging unter, ohne einen einzigen Schuß abgegeben zu haben. Eine Weile sah ich noch ihre elektrischen Anlagen unter der Wasseroberfläche schimmern, dann erloschen sie, und das Wasser wurde wieder schwarz.

Wir hatten nicht die Zeit, Überlebende aufzufischen, selbst wenn wir das gewollt hätten (und die Aschanti hielten nichts davon, gegenüber geschlagenen Feinden Gnade zu zeigen). Wir waren erneut gesichtet worden, und zwei Kriegsschiffe rauschten mit einer Geschwindigkeit auf uns zu, die mir an Land unglaublich erschienen und auf See völlig unmöglich vorgekommen wäre. Wir schafften kaum die Hälfte ihrer Geschwindigkeit, doch erneut gelang es uns, die schützende Dunkelheit zu erreichen.

Ich hatte den Eindruck, daß wir uns vom Hauptgefecht ziemlich weit entfernt hatten. Himmel und See schienen ein einziges Flammenmeer zu sein, erhellten eine weite Fläche und ließen Wrack neben Wrack erkennen. Die ganze See war voller Wrackteile — nicht nur von Schiffen, auch von abgestürzten Luftschiffen — während zwischen den Massen zerschmetterten Metalls, schimmernden Ölpfützen und Holzteilen manchmal die Umrisse von U-Booten zu sehen waren wie eine Meute gigantischer Mörderwale, die sich auf der Jagd nach Beute befanden.

Einmal konnte ich zwei Unterwasser-Zerstörer in mehreren Klaftern Tiefe beim Kampf beobachten, ihre Suchlichter durchdrangen die Dunkelheit, Schüsse zuckten in für mich unheimlicher Stille auf. Dann kenterte eines der Schiffe und tauchte tiefer, das andere folgte ihm und feuerte weiter. Ich sah etwas in der Tiefe aufblitzen, dann sprudelte das Wasser an der Oberfläche plötzlich wie ein riesenhafter Geysir, schleuderte Metallteile und menschliche Leiber hoch in die Luft, und ich wußte, daß es um eines der Schiffe geschehen war.

Dann mußte ich meine Aufmerksamkeit wieder den beiden Schlachtschiffen zuwenden, deren Suchlichter uns aufgestöbert hatten. Plötzlich überflutete Licht unsere Decks, und fast im gleichen Augenblick begannen auch schon die feindlichen Geschütze zu feuern. Diesmal kamen wir nicht so gut davon. Eine Granate traf uns mittschiffs, und ich wurde durch die Wucht der Explosion auf Deck geschleudert. Eine Löschmannschaft rannte an mir vorüber, entrollte hinter sich einen Schlauch, und ich sah das Feuer innerhalb von Sekunden erlöschen. Ich rappelte mich hoch und kletterte die Niedergangstreppe zur Brücke hinauf, wo der Kapitän durch ein Nachtglas blickend über einen elektrischen Lautsprecher Befehle bellte, der seine abgehackte, rauhe Sprechweise verstärkte (es handelte sich um einen Dialekt der Elfenbeinküste, der mir nicht vertraut war). Wieder drehte die *Dingiswayo* ab und versuchte, die Flucht zu ergreifen, wobei all ihre Backbordgeschütze gleichzeitig feuerten und das Schiff, das uns beschädigt hatte, mindestens zweimal trafen. Wir sahen, wie es sich schwer zur Seite neigte, während ein Teil des Rumpfes rot erglühte und von einer Stelle in der Nähe der Aufbauten achtern Funken aufstoben. Wir mußten eine entscheidende Stelle getroffen haben, denn einen Augenblick später erscholl eine fürchterliche Explosion, die mich nach hinten schleuderte und mit dem Rücken gegen die Reling warf, daß mir Hören und Sehen verging. Die Explosion verbreitete öligen, schwarzen Rauch, daß wir nichts mehr sehen konnten, und die *Dingiswayo* wurde gebeutelt, als sei sie von einem plötzlichen Wirbelwind erfaßt worden, dann lichtete sich der Rauch, und von dem anderen Schiff war kaum noch etwas zu sehen, nur der Topmast ragte noch eine Sekunde lang über die Wasserlinie, dann war auch er verschwunden.

Das Schwesterschiff begann nun eine schwere Kanonade; wieder wurden wir, wenn auch nicht schwer, getroffen und konnten so lange das Feuer erwidern, bis der Gegner es für besser hielt, das Gefecht nicht weiter fortzuführen, sondern beidrehte und mit voller Geschwindigkeit in die Dunkelheit davonschoß.

Das vorsichtige Verhalten des gegnerischen Kapitäns hatte beachtliche Auswirkungen auf unsere eigene Kampfmoral, ein gewaltiger Jubelschrei schallte über die Decks, während unsere Bugkanone einen letzten, verächtlichen Schuß auf das Heck des verschwindenden Schiffes abfeuerte.

Es kam mir so vor (und dies erwies sich später als zutreffend), daß die australisch-japanische Marine bei aller Überlegenheit in Tempo und Waffenkapazität wenig Lust zum Kämpfen hatte. Sie besaß keine Erfahrung in der Seekriegsführung, wohingegen die Aschanti nun seit mehreren Jahren im Krieg standen und daran gewohnt waren, ihr Leben fast täglich aufs Spiel zu setzen. Angesichts der schrecklichen Auswirkungen der eigentlichen Schlacht begann unser Feind, die Nerven zu verlieren. Dies galt sowohl über als auch unter Wasser.

Doch als der Morgen dämmerte, wurde immer noch gekämpft. Meilenweit in allen Richtungen feuerten die Kriegsschiffe aufeinander, steuerten durch ein wahres Sargassomeer von Wrackteilen (an vielen Stellen war es tatsächlich unmöglich, überhaupt noch das Wasser zu sehen), die Luft war erfüllt vom Dröhnen der Geschütze, dem Pfeifen der Geschosse und, weniger gut zu hören, aber für meine Ohren erschreckender, dem Schreien und Jammern der Verwundeten, Ertrinkenden und Schiffbrüchigen beider Seiten. Stellenweise loderte ein

Feuer auf der Wasseroberfläche, und rußiger Rauch stieg in den kalten, grauen Himmel, und die Wolkendecke hing nun so tief, daß man nur selten die Luftschiffe oben manövrieren sah, obwohl wir die Schüsse wie Donner vernahmen und gelegentlich das Aufblitzen von Mündungsfeuern sahen, sowie die Wolkendecke zwischendurch aufriß. Zweimal sah ich eine schimmernde Hülle aus dem grauen, brodelnden Baldachin über uns herniederfallen.

Bald standen wir wieder im Kampf gegen ein Schiff; es trug den Namen *Iwo Shima* und hatte nach seinem Aussehen zu urteilen schon einiges mitgemacht. Ein Teil ihres Bugs oberhalb der Wasserlinie war weggeschossen worden, und in ihren Steuerbord-Speigatten lag ein großer Haufen verschiedensten Schrotts, der dorthin gespült oder geschleudert worden war. Die Brücke war schwer beschädigt, aber die *Iwo Shima* war schneidig und besaß, wie sie bewies, noch beachtliche Feuerkraft. Ich glaube, sie hielt sich ohnehin für verloren und war entschlossen, die *Dingiswayo* mit sich auf Grund zu reißen, denn sie zeigte keinerlei Besorgnis um ihre eigene Sicherheit und dampfte direkt auf uns zu, ganz offensichtlich mit der Absicht, uns voll zu rammen, falls ihre Geschütze uns nicht vorher versenken sollten.

In der Ferne waren hundert Schiffe verschiedenster Größe in ähnliche Kämpfe verwickelt, doch ich konnte weder irgendwo die große Hülle entdecken, die wir geschützt hatten, noch die Schiffe, die sie hatten schleppen sollen, so daß ich den Eindruck hatte, daß sie untergegangen war.

Die *Iwo Shima* wich nicht von ihrem Kurs ab, und wir mußten unser möglichstes tun, um ihr auszuweichen und schossen alles, was uns geblieben war, aus unseren Buggeschützen ab, wobei wir zum erstenmal alle hinter der Panzerung eingebauten Maschinengewehre zum Einsatz brachten. Dieses Manöver führte uns so nahe an den Feind heran, daß wir einander fast berührten und keiner von uns auf eine so kurze Entfernung seine Kanonen benutzen, noch es wagen konnte, Torpedos einzusetzen. Ich konnte die japanischen Seeleute gut erkennen, ihre schmucken und etwas unpraktischen Uniformen waren zerrissen und schmutzig, ihre Gesichter verschmiert mit Blut, Ruß und Schweiß, und sie beobachteten uns finster, während sie an uns vorüberfuhren und schon beidrehten in der Hoffnung, uns auf der Steuerbordseite zu rammen. Aber wir drehten ebenfalls, und wenige Minuten später war das Manöver vorüber. Auf Befehl unseres Kapitäns schossen wir unsere Steuerbordtorpedos in dem Augenblick ab, als wir mit der Breitseite zur *Iwo Shima* lagen und jagten gleichzeitig unsere letzte Munition in sie, wobei alle Geschütze auf Steuerbord gleichzeitig feuerten. Sie war schnell genug, um den meisten unserer Geschosse zu entkommen, doch ihre Geschwindigkeit schadete ihr jetzt nur, denn auch ihre Vergeltungsschüsse verfehlten uns weit, und nur ein einziger traf uns am Bug auf der Steuerbordseite. Es war uns gelungen, ihre meisten Geschütze außer Gefecht zu setzen, doch nun drehte sie erneut, nur viel langsamer als zuvor, denn unsere Torpedos hatten offenbar eine ihrer Schrauben beschädigt. Inzwischen hatten wir unruhige See bekommen, so daß es in der Tat viel schwieriger geworden war zu zielen und den Feind überhaupt zu sehen. Wohin ich auch blickte, erhoben sich Wasserberge mit allem möglichen Treibgut — Metall, Holz und Leichen hüpften umher in einem unheimlichen Menuett —, dann sank die See für einen Augenblick, gab den Blick auf die *Iwo Shima* frei, wir feuerten hastig, ehe sie auch wieder verschwand.

Unser eigener Schaden war nicht unbedeutend. Irgendwo unten arbeiteten unsere Pumpen auf vollen Touren, um die überfluteten Schotts wieder freizupumpen. An mehreren Stellen hatten die Aufbauten des Schiffes sich in seltsame, zerklüftete Formen aufgelöst, und Leichen hingen an den beschädigten Stellen der Gefechtstürme, wo der Sanitätsstab sie nicht hatte bergen können. Wir hatten zwei große Löcher oberhalb der Wasserlinie und ein kleines unterhalb mittschiffs und mindestens dreißig Mann verloren. Unter gewöhnlichen Umständen hätten wir uns nun ehrenvoll zurückziehen können, aber wir wußten alle, daß es in der Schlacht auf Leben und Tod ging, und es gab nichts anderes, als weiterzukämpfen. Nun schoben wir uns an die *Iwo Shima* heran, ließen uns von der See breitseits an das feindliche Panzerschiff herantreiben und manövrierten so, daß wir sie mit etwas Glück mit unseren Backbordgeschossen erwischen konnten, die noch in besserem Zustand und besser ausgerüstet waren, um sie zu erledigen.

Wir wurden auf einer hohen Welle emporgetragen und sahen die *Iwo Shima* unter uns. Sie hatte mehr Wasser an Bord, als ihre Pumpen bewältigen konnten, und begann bereits Schlagseite nach achtern steuerbord zu bekommen. Als die riesige Woge uns hinabtrug, eröffneten wir das Feuer auf sie.

Die *Iwo Shima* sank, ohne einen weiteren Schuß abzugeben. Das Wasser schäumte und zischte; wir sahen ihren Bug noch hartnäckig ein oder zwei Sekunden lang aus dem grau-grünen Ozean ragen, dann war sie verschwunden. Sofort schlugen wir mit voller Kraft die Richtung achteraus ein, um nicht in ihren Sog hineingerissen zu werden, unterhalb der Wasseroberfläche ertönte eine Reihe heftiger, dröhnender Explosionen, sogleich gefolgt von einem aufgischtenden Wasserschwall von mindestens dreißig Metern Höhe, der winzige Metallstückchen auf unsere Decks regnen ließ.

Wieder erscholl Jubel im ganzen Schiff, der jedoch schnell abbrach, als ein riesiger, schwarzer Umriß aus den Wolken auftauchte. Die *Iwo Shima* mußte über Funk ein Luftschiff zur Hilfe geholt haben, ehe sie untergegangen war. Uns blieb kaum noch etwas, mit dem wir uns hätten verteidigen können. Die Maschinengewehrschützen in den Stellungen kurbelten ihre Läufe nach oben und schossen auf den Rumpf des fliegenden Panzerschiffes. Ich konnte das ständige Pingping hören, wenn unsere Kugeln auf Metall trafen, aber sie hatten etwa die gleiche Wirkung wie ein Mückenschwarm auf ein Nashorn. Es war unser Glück, daß dieses Ungeheuer alle seine Bomben abgeworfen und seine schweren Geschütze leergeschossen hatte, denn das Schiff feuerte mit den Dampfmaschinengewehren zurück. Sie bestrichen unsere Decks, wo unsere Leute nun verzweifelt Deckung suchten, und richteten ein schreckliches Blutbad an. Wo eben noch stolze, jubelnde Aschanti gestanden hatten, lagen nun entsetzliche Massen zuckenden, blutigen Fleisches.

Ich konnte den Namenszug auf der dunklen Hülle des Luftschiffs erkennen — es war die R.A.A. *Botany Bay* — und fand ihr Hoheitszeichen. Es versetzte mir einen Schlag in die Magengrube, als ich es sah, denn sie flog unter dem guten alten Union Jack besetzt, mit der roten Chrysantheme des Kaiserlichen Japans! Ein Teil von mir wollte das Schiff jubelnd als Freund begrüßen, während der andere die Gefühle meiner Kameraden an Bord der *Dingiswayo* teilte, die sich verzweifelt, aber aussichtslos wehrten. Nur unser Buggeschütz, eine Art von modernem Long Tom, war noch feuerbereit, und als die *Botany Bay* vorüberzog, gelang es uns, drei oder vier Schuß abzugeben, die ihr achtern, direkt über ihren Hauptpropellern, ein Loch schlugen; mehr konnten wir nicht erreichen. Scheinbar ungeachtet des Schadens, den wir ihr zugefügt hatten, wendete sie graziös in der Luft und ging erneut auf uns los. Diesmal schaffte ich es gerade noch, mich hinter dem Schild eines unserer nutzlosen 18-mm-Geschütze in Deckung zu werfen, ehe die Kugeln auf unsere Decks hagelten.

Als ich den Kopf hob, rechnete ich mit dem Ende, doch statt dessen erblickte ich die schwarz-weißen Hoheitsabzeichen eines unserer Luftkreuzer, der herabgeschossen kam, als hätte ihn seine Mannschaft nicht mehr unter Kontrolle, so schnell kam er heran, und graue Rauchwolken stoben an der gesamten Länge seines schlanken Rumpfes auf, als er eine massive Kanonade eröffnete. Ein Geschoß nach dem anderen traf auf das gepanzerte Verdeck der *Botany Bay* und durchschlug es, bis ihre Auftriebstanks völlig durchlöchert waren. Sie schwankte erst zur einen, dann zur anderen Seite, und es war ein ebenso erschreckender wie beeindrukkender Anblick, ein solches Ungetüm fast genau über uns schlingern zu sehen! Ich habe den Todeskampf von mehr als einem Luftschiff miterlebt, doch niemals habe ich etwas gesehen, was mit dem Ende der *Botany Bay* vergleichbar wäre. Sie bebte, versuchte ihr Gleichgewicht wiederzufinden, verlor Höhe, sauste dann wieder hinauf bis fast an die Wolken, kippte dann mit der Nase nach vorn, ihre Zuckungen brachen ab, sie stürzte ins Meer, verschwand in den Wogen, tauchte hüpfend und auf der Seite liegend wieder auf, Dampf zischte aus ihren Luken, und sie schwamm an der Wasseroberfläche wie ein sterbender Wal. Nur wenige in ihrem Innern konnten die Erschütterungen überlebt haben, und wir machten uns nicht die Mühe, nach ihnen zu suchen. Unser Flaggschiff senkte zum Gruß die Heckflossen, ehe es wieder in die Wolken stieg.

Als wir ein paar Minuten später durch die Reihen unserer Verwundeten gingen und versuchten, zu retten, wer zu retten war, kam über Funk der Befehl, uns wieder dem Hauptverband anzuschließen, der sich auf einer Position nur wenige Meilen von der Küste Neufundlands entfernt befand. Die Atlantikschlacht war zu Ende, die feindliche Flotte hatte sich zurückgezogen, doch die Schlacht um Amerika hatte noch nicht einmal begonnen.

— 2 —

Der Land-Leviathan

Die Überreste unserer Flotte versammelten sich am nächsten Morgen. Wenn wir der australisch-japanischen Flotte auch eine Niederlage zugefügt hatten, so hatten wir vermutlich die größeren Verluste hinnehmen müssen. Es verblieben kaum noch ein Dutzend Luftschiffe, vielleicht noch fünf manövrierfähige Unterwasserschiffe, und von der übrigen Flotte war die Hälfte aller Einheiten versenkt worden, während die fünfzig restlichen alle beschädigt und zum Teil schrottreif waren. Die *Dingiswayo,* deren Pumpen auf vollen Touren liefen, befand sich vielleicht in besserem Zustand als die meisten ihrer Schwesterschiffe, und die einzigen, die nur minimal beschädigt worden waren, waren jene, die im Schutze der Dunkelheit die riesige, schwimmende Hülle aus der Gefahrenzone geschleppt hatten. Ich sah Hoods *Chaka* über uns hinwegfliegen, die uns inspizierte, wie wir in der mäßig unruhigen See auf- und niederschaukelten. Dunstiger Nieselregen fiel und steigerte die düstere Stimmung, die die gesamte Flotte befallen hatte. Irgendwie wirkten die stolzen, schwarz-roten Löwenbanner, unter denen wir fuhren, im winterlichen Licht des Nordatlantiks nicht so prächtig wie unter den strahlenden Himmeln Afrikas. In dicken Pullovern und schweren Mänteln, die Mützen zum Schutz gegen die Witterung tief ins Gesicht gezogen, standen wir frierend, erschöpft und in pessimistischer Stimmung auf den Decks. Die *Chaka* übermittelte anerkennende Funksprüche, doch auch sie konnten unsere Stimmung nicht heben. Viele Afrikaner erlebten zum erstenmal richtige Kälte, jene Art von Kälte, die einem durch Mark und Bein geht, daß einem das Blut in den Adern zu gefrieren scheint, und selbst großzügig bemessene Mengen heißen Grogs schienen gegen das Wetter nicht anzukommen.

Ich stand auf der Brücke und unterhielt mich mit Kapitän Ombuto über die klimatischen Bedingungen, der gerade voller Unbehagen zur Kenntnis nahm, daß die Temperaturen mir für die Jahreszeit noch reichlich hoch vorkamen, als eine Nachricht von der *Chaka* eintraf, die mich direkt anging. Der Kapitän las die Meldung, hob die Augenbrauen und reichte mir das Blatt. Ein anständiger Typ wie er war, hatte Kapitän Ombuto mich keines der Vorurteile spüren lassen, wie einige seiner Offiziere sie mir gegenüber gezeigt hatten. Er sprach Englisch mit starkem französischen Akzent (er hatte vor dem Krieg einige Jahre bei der arabischen Marine gedient). »Die hohen Tiere scheinen sich um Ihre Sicherheit zu sorgen, Bastable.«

Die Nachricht war nur mit dem Namen des Flaggschiffs unterzeichnet und besagte: »Erbitten dringend Details über gefallene und verwundete Offiziere. Wie geht es Bastable? Unverzüglich antworten.« Die Nachricht war in Englisch abgefaßt, obwohl Französisch als *lingua franca* bei den Aschanti gesprochen wurde.

Kapitän Ombuto wartete, bis er eine vollständige Liste seiner Toten und Verwundeten hatte, ehe er die Einzelheiten dem Flaggschiff durchgab und am Ende seiner Antwort ›Bastable unversehrt‹ hinzufügte. Kurz darauf kam eine zweite Nachricht: »Bitte übermitteln Sie mein Mitgefühl an die Mannschaft, die so viele ihrer Kameraden verloren hat. Sie haben gut und ehrenvoll gekämpft. Schicken Sie Bastable aufs Flaggschiff. Boot ist unterwegs.« Der Text war einfach mit ›Hood‹ unterzeichnet. Ombuto las mir die Botschaft laut vor, zuckte die Achseln, zog seine Mütze und kratzte sich seinen wolligen Schädel. »Bislang war Miss Persson die einzige Angehörige Ihrer Rasse, die Zugang zum Flaggschiff hatte. Sie steigen auf, Bastable.« Er streckte den Daumen in die Höhe. »Und zwar buchstäblich.«

Kurze Zeit später landete das Luftboot auf dem ramponierten Deck der *Dingiswayo.* Ich kletterte hinein und erwiderte den Gruß des fröstelnden Offiziers der Löwengarde, der es befehligte. Der arme Mann wirkte völlig durchgefroren, und ich dachte, daß der beste Ansporn, den Hood seinen Leuten geben konnte, wenn er mit ihnen durch Amerika in die Südstaaten ziehen wollte, das Versprechen für wärmeres Wetter war.

Zwanzig Minuten später war das Luftboot durch die gewaltigen Heckschleusen der *Chaka* geflogen und hatte in einem Spezialhangar im untersten Deck festgemacht. Ein elektrischer Lift trug uns ins Innere des riesigen Schiffes, und bald stand ich auf dem weichen, scharlachroten Velourteppichboden des Kontrollraums. Der Raum war ringsum mit Fenstern ausgestattet, doch man konnte durch sie nicht nach draußen, sondern ins Schiffsinnere schauen. Sie gaben den Blick frei auf das Hauptkampfdeck, wo schwere Geschützrohre durch die Pforten ragten, auf die Bombenschächte (die nun zumeist leer waren) und die erschöpften Offiziere und Mannschaftsmitglieder, die auf ihren Posten standen. General Hood hatte nach seinem Aussehen zu schließen noch weniger geschlafen als ich, doch Una Persson wirkte außergewöhnlich frisch. Sie begrüßte mich als erste.

»Guten Morgen, Mr. Bastable. Meinen Glückwunsch, daß Sie die Schlacht überlebt haben!«

General Hood sagte mit Stolz: »Es war vermutlich die erbittertste und größte Seeschlacht in der Weltgeschichte. Und wir haben sie gewonnen, Mr. Bastable. Was halten Sie nun von uns? Sind wir immer noch nur die Barbaren, die sich auf die Schwachen und Unschuldigen, die Verwundeten und Wehrlosen stürzen?«

»Ihre Leute und Schiffe haben sich mit großer Tapferkeit und beachtlichem Geschick geschlagen«, gab ich zu. »Und in diesem Falle, möchte ich sagen, haben Sie allen

Grund zum Stolz — denn die australisch-japanische Flotte hat uns angegriffen, ohne sich auch nur die Mühe von Verhandlungen zu machen.«

»Uns?« Hood war sehr schnell dabei, das Wort aufzugreifen. »Also identifizieren Sie sich mit unserer Sache.«

»Ich habe mich mit meinem Schiff identifiziert«, erklärte ich, »wenn ich auch verdammt wenig an Bord zu tun hatte. Doch ich schätze, ich war wohl als Beobachter und nicht als Teilnehmer dabei.«

»Das können Sie sehen, wie es Ihnen beliebt, Mr. Bastable«, gab Hood zurück und fuhr sich mit der Hand durch das ergrauende Haar. »Ich habe Ihnen nur die Gelegenheit gegeben, Ihre eigene Wahl zu treffen. Wir wollten gerade essen. Möchten Sie uns nicht Gesellschaft leisten?«

Ich machte eine steife Verbeugung. »Danke, gern«, antwortete ich.

»Dann kommen Sie!« Er schob seinen Arm unter den meinen und dirigierte mich aus dem Kontrollraum zu seinem Privatquartier, das mit der Brücke durch eine kurze Niedergangstreppe verbunden war, welche direkt in seine Kabine führte. Hier war bereits das Essen aufgetragen worden — eine köstliche Auswahl kalter Speisen, denen ich nicht widerstehen konnte. Ein feiner, weißer Rheinwein wurde angeboten, und ich ließ mir gerne ein Glas geben.

»Die Lebensumstände an Bord von Luftschiffen kommen mir erheblich besser als auf den Seeschiffen vor«, sagte ich. »Dort unten ist es eisig kalt, und es ist fast unmöglich, sich aufzuwärmen, es sei denn im Kesselraum. Die alten, kohlebetriebenen Panzerschiffe wurden wenigstens unter fast allen Klimaverhältnissen warm!«

»Nun, morgen werden wir ja an Land gehen«, tat Hood das Thema ab, während er aß. »Aber wenn es an Bord der *Chaka* für Sie bequemer ist, so würde ich mich freuen, Sie hier als Gast aufzunehmen.«

Ich wollte seine Einladung schon ablehnen, als Una Persson, die in einem langen, einfachen, braunen Samtgewand neben mir saß, eine Hand auf meinen Arm legte. »Bitte bleiben Sie, Mr. Bastable. So könnten Sie die Invasion von New York besser beobachten.«

»*Muß* New York denn überhaupt noch erobert werden? Ich habe gehört, daß dort kaum noch jemand leben soll.«

»Ein paar tausend«, erklärte Hood leichthin. »Und etwa ein Drittel davon wird sich uns bei unserer Ankunft zweifellos anschließen.«

»Wie können Sie das wissen?« fragte ich.

»Meine Agenten sind sehr aktiv gewesen, Mr. Bastable. Sie vergessen, daß ich Kontakte in den gesamten Vereinigten Staaten unterhalten habe — schließlich ist das ja mein Heimatland ...«

Hatte ich jemals Zweifel an Hoods Fähigkeit gehegt, die Stadt New York anzugreifen und einzunehmen, so waren die bei unserer Ankunft im Hafen, der einstmals zu den größten und reichsten der Welt gehörte, schnell zerstreut. New York hatte noch schlimmere Bombardierungen als London hinter sich. Die Stadt war einmal berühmt gewesen für ihre hohen Bauwerke, die in tausend bunten Farben erstrahlten; nun standen nur noch zwei oder drei dieser Türme, verwittert, von Explosionen beschädigt, und drohten in den Schutt hinabzustürzen, der jegliches Anzeichen unter sich begrub, wo einst die breiten Prachtstraßen, die schattigen Alleen und die vielen Parks gewesen waren. Ein kalter Wind pfiff durch die Ruinen, als wir vor Anker gingen, und unsere Luftwaffe formierte sich, um nach eventuellen Anzeichen von Widerstand Ausschau zu halten. Die *Chaka* überflog mehrmals New York und ging dabei manchmal bis auf eine Höhe von fünfzig Fuß herab. Es war ganz offensichtlich, daß diese Ruinen bewohnt waren. Feuer brannten in den von umgestürzten Betonwänden gebildeten Hohlräumen. Gruppen in Fetzen gekleideter Männer und Frauen rannten, um in Deckung zu gehen, sobald der Schatten unseres großen Schiffes über sie hinwegstrich, andere blieben nur stehen und gafften.

An anderen Stellen hatte ich den Eindruck, daß eine Art von Ordnung herrschte. Ich glaubte, schmutzige, weiße Uniformen erkennen zu können — Soldaten mit Kopfbedeckungen, bei denen es sich um eine Art Kapuzen handelte, die auch ihre Gesichter bedeckten. Es wurden jedoch keinerlei Schüsse von den kleinen Gruppen abgegeben, die schnell den Schatten aufsuchten, wenn wir uns näherten.

Die Szene wirkte noch trostloser durch große Schneewehen, die schmutzig und schon halb geschmolzen waren.

»Ich kann kaum einen Sinn darin erkennen, sich die Mühe zu machen, die Stadt zu erobern«, sagte ich zu General Hood.

Darauf runzelte er die Stirn. »Es geht darum, die Moral der möglichen Verteidiger zu erschüttern — hier und in anderen Teilen des Landes.« Eine fast fanatische Gespanntheit war auf seine schwarzen Züge getreten, und er ließ kein Auge von den Ruinen. Von Zeit zu Zeit sagte er dann mit einer Mischung aus Wehmut und Befriedigung, daß er hier sein erstes Apartment in New York gehabt, dort als Student einen Sommer lang gearbeitet hatte, daß der Haufen rostiger Träger und bröckelnder Steine einmal irgendein berühmtes Museum oder Amtsgebäude gewesen war. Es war unerfreulich, ihn so zu hören — eine Art Litanei höhnischen Triumphs. Leicht angewidert wandte ich mich vom Aussichtsfenster ab und sah Una Persson hinter uns stehen, ihr Gesichtsausdruck verriet eine erstaunte und doch zärtliche Melancholie, als bedauere auch sie auf ihre Weise, Cicero Hoods morbid-fröhliche Bemerkungen mit anhören zu müssen.

»In drei Stunden wird es dunkel sein«, sagte sie. »Vielleicht wäre es das beste, mit der Landung bis morgen früh zu warten?«

Hood drehte sich fast verärgert um. »Nein! Wir landen jetzt. Ich werde den Befehl erteilen. Sollen sie meine Macht kennenlernen!« Er griff nach einem Sprechrohr und bellte seine Befehle hinein. »Fertigmachen zur Landung! Jeglichem Widerstand gnadenlos begegnen! Heute nacht ist ein Fest für die Aschanti. Laßt sie alles zur Beute nehmen, was sie finden können. Nehmt Kontakt mit unseren Freunden auf. Bringt mir die Anführer, sobald sie sich zu erkennen gegeben haben. Morgen fliegen wir weiter nach Washington!«

Voller Mitleid wandte ich nun meine Aufmerksamkeit wieder den Ruinen zu. »Können Sie sie denn nicht schonen?« fragte ich ihn. »Haben sie nicht schon genug gelitten?«

»Nicht durch mich, Mr. Bastable.« Seine Stimme klang hart. »Nicht durch mich!«

Er lehnte jedes weitere Gespräch ab und schickte Miss Persson und mich mit einer Handbewegung hinaus. »Wenn Sie mein Vergnügen schon nicht teilen können, so verderben Sie es mir um Himmels willen auch nicht! Gehen Sie, alle beide! Ich will jetzt keine Weißen um mich haben!«

Miss Persson war ganz offensichtlich verletzt, widersprach jedoch nicht. Wir verließen den Raum gemeinsam und gingen zusammen zu einem anderen Aussichtsdeck weiter vorn, wo wir die Landung wahrscheinlich besser beobachten konnten.

Zuerst kam die Infanterie, die in Booten an Land gebracht wurde und sich in ordentlichen Reihen auf den Überresten der Kais aufstellte. Als nächstes fuhren die Schiffe riesige Rampen aus, und aus ihren Bugräumen begannen große, gepanzerte ›Land-Panzerschiffe‹ zu poltern. Es kam einem ganz unmöglich vor, daß selbst eine so große Flotte so viele der schwerfälligen Maschinen transportiert haben konnte. Sie überrollten jedes Hindernis, nahmen keilförmige Formation an und bewegten sich in Richtung des Landesinneren; ihre oberen Türme wurden herumgeschwenkt, um New York mit ihren langen Geschützläufen zu bedrohen, die unteren Türme rotierten langsam, während die Besatzungen überprüften, ob alles noch einwandfrei funktionierte. Obwohl die Aschanti ihre halbe Streitmacht während der Atlantikschlacht eingebüßt hatten, konnten sie noch eine große Armee ins Feld führen, und es war zweifelhaft, ob die Vereinigten Staaten, aufgerieben im schrecklichen Krieg zwischen den Nationen, noch etwas auch nur entfernt Gleichwertiges aufzubieten in der Lage waren, um ihnen zu widerstehen. Die USA hingen nun von der Unterstützung der Australisch-Japanischen Föderation ab (und wir waren alle überzeugt, daß diese einen weiteren Versuch unternehmen würde, General Hood aufzuhalten).

Aber nun sollte ich endlich zu sehen bekommen, wer sich unter der gigantischen Hülle verbarg, die wir den ganzen Weg von Afrika hierhergeschleppt hatten. Und Spannung trat auf Una Perssons Gesicht, als das Ungetüm am Dock vertäut wurde.

»Das ist das Ergebnis meiner Entdeckungen in England, Mr. Bastable«, murmelte sie aufgeregt. »Eine Erfindung O'Beans, die man für zu schrecklich gehalten hatte, um sie überhaupt in Produktion zu geben, sogar auf dem Höhepunkt des Krieges. Sehen Sie!«

Es dämmerte schon, während ich die Vorgänge beobachtete. Irgendwo im Innern der Hülle wurden Bolzen gelöst, so daß die eine Seitenwand ins Meer, die andere nach vorne auf den Kai fiel. Ein Teil der Hülle nach dem anderen wurde abmontiert, bis der Inhalt freilag. Es war ein riesiges stählernes Fahrzeug, neben dem die bereits gelandeten Maschinen zwergenhaft wirkten. Es strotzte von Geschützen, die alles, was wir auf der *Dingiswayo* gehabt hatten, in den Schatten stellten. Auf dem obersten Deck dieser Metallpyramide waren vier langläufige Kanonen montiert, auf dem zweiten darunter sechs dieser Kanonen, auf dem dritten zwölf, und dem vierten achtzehn. Auf dem fünften waren ganze Batterien kleinerer Geschütze, etwa ein Drittel so groß wie die anderen, die für den Beschuß aus nächster Nähe bestimmt waren. Auf der sechsten Stufe befanden sich etwa fünfzig derartige Geschütze, während die siebte und unterste Stufe mit hundert modernsten Dampf-Maschinengewehren ausgerüstet war, von denen jedes 150 Schuß pro Minute abfeuern konnte. Außerdem waren überall in der Panzerung bis obenhin Schießscharten für Scharfschützen angebracht. Auf jeder Stufe befanden sich vergitterte Beobachtungsluken, und jedes Geschützdeck konnte unabhängig von den anderen geschwenkt werden, wie auch jedes einzelne Geschütz innerhalb des Turmes einen weiten Schwenkbereich hatte. Das Ganze war auf stabile Räder montiert, wovon das kleinste mindestens viermal so groß war wie ein Mensch, und auf mehrere Rahmen mit jeweils zehn Rädern, so daß die riesige Maschine sich vor, zurück und *seitwärts* bewegen konnte, wenn es nötig wurde. Darüber hinaus konnte sie bei der Größe der Räder und ihrem Gewicht fast jedes Hindernis niederwalzen.

Dies war General Hoods Geheimwaffe. Ihr Bau mußte den halben Reichtum Afrikas und Europas zusammen verschlungen haben. Niemals zuvor hatte es auf der Welt einen so großen, beweglichen Gegenstand gegeben (und auch sehr wenige unbewegliche dieser Größe!). Damit, so war ich überzeugt, war der Schwarze Attila unbesiegbar. Kein Wunder, daß er bereit gewesen war, den Rest seiner Invasionsarmee zu opfern, nur um sie zu retten.

Dies stellte wirklich ein Symbol des Endkrieges dar, des Armageddon. Ein ans Land geworfener Leviathan — ein Ungeheuer, das alles zerstören konnte, was ihm im Wege stand —, ein stahlgepanzerter, riesenhafter

Drache, der allen, die ihm Widerstand leisteten, brüllend den Tod brachte. Seine schimmernde, blaugraue Panzerung wies auf vier Seiten jedes Geschützdecks den roten Kreis mit dem schwarzen, aufgerichteten Löwen von Aschanti auf, Symbol eines mächtigen, rachsüchtigen Afrika — eines Afrika, das sich der Millionen schwarzen Sklaven erinnert, die man in den stinkenden, verseuchten Schiffsbäuchen zusammengepfercht hatte, um den Traum der Weißen zu erfüllen — eines Afrika, das auf den rechten Augenblick gewartet hatte, um diese unversehrbare Kreatur auf die Nachkommenschaft jener loszulassen, die seine Völker gequält, beleidigt, sie in Angst und Schrecken versetzt, jahrhundertelang ausgeplündert und getötet hatten.

Wenn dies Gerechtigkeit war, so sollte es tatsächlich eine furchterregende und spektakuläre Gerechtigkeit werden!

Als ich zusah, wie der Land-Leviathan so leicht durch Beton und Stahl rollte, wie unsereins Gras unter den Füßen zertritt, dachte ich nicht nur an das Schicksal, das Amerika bevorstand, sondern daran, was aus dem Rest der Welt und insbesondere Bantustan werden könnte, wenn Hood seine Pläne hier in die Wirklichkeit umsetzte.

Nachdem er ein solches Untier geschaffen hatte, so erschien es mir, würde er es weiter zum Einsatz bringen müssen. Letztendlich würde es selbst zum Herren und Meister werden, den Herrscher beherrschen, bis nichts auf der Welt mehr überlebte. Gewiß war das bislang die Logik dieser Welt gewesen, und ich sah weit und breit nichts — bis vielleicht auf die Idealvorstellung, welche Bantustan verkörperte —, was diese Logik widerlegt hätte. Dann dachte ich, daß es meine moralische Pflicht war, mein Möglichstes zu tun, um Hoods schrecklichen Eroberungsplan zu vereiteln, doch die Ermordung eines Menschen erschien mir nicht mehr als angemessene Antwort. In diesem Dilemma kehrte ich der Szene den

Rücken, während die Nacht hereinbrach und die starken Scheinwerfer des Land-Leviathans die Dunkelheit durchdrangen wie furchtsame Augen.

Miss Persson sagte etwas zu mir, doch ich hörte sie nicht. Ich stolperte völlig verwirrt vom Aussichtsdeck und war überzeugt, daß sie und ich innerhalb kürzester Zeit die einzigen Überlebenden unserer Rasse darstellen würden.

— 3 —
Der Deserteur

DER LAND-LEVIATHAN brauchte nur fünf Stunden, um New York niederzuwalzen. Und ›Niederwalzen‹ ist hier wörtlich zu nehmen. Hoods monströse Maschine rollte ungehindert durch die Ruinen, stürzte die wenigen verbliebenen Hochhäuser um und warf schnelles, alles vernichtendes Sperrfeuer in die Positionen derer, die Widerstand leisteten. Alle Farbigen in New York, die bereits vor unserer Ankunft gegen die Weißen gekämpft hatten, scharten sich sogleich unter Hoods rotschwarzes Banner, und gegen Mittag wurden die wenigen überlebenden Verteidiger zusammengetrieben und verhört, um Informationen über weitere Widerstandsnester im Lande zu erhalten.

Hood lud mich ein, einem dieser Verhöre beizuwohnen, und ich nahm an, in der Hoffnung, ein Wort für die armen Teufel einlegen zu können, die den Aschantis in die Hände gefallen waren.

Hood trug nun eine prächtige Militäruniform — ebenfalls in Scharlachrot und Schwarz, aber mit einer beachtlichen Menge Gold- und Silberlitzen und einem Dreispitz, geschmückt mit den gleichen Straußenfedern wie die Helme der ›Löwengarde‹. Hood hatte mir anvertraut, daß solche Protzerei völlig gegen seine Natur sei, doch sowohl seine Feinde wie auch seine Anhänger erwarteten diesen Stil. Er hielt fast unablässig ein Krummschwert in seiner Rechten, und in seinem Gürtel steckten zwei große, langläufige Pistolen. Die Gefangenen wurden in den Überresten eines Kellers von einem Haus am Washington Square verhört. Sie waren verwundet, halb verhungert, schmutzig und halb erfroren. Ihre weißen Kapuzen (es hatte sich ein Aberglaube entwickelt, daß diese Kapuzen vor Seuchen schützten) waren ihnen von den Köpfen gerissen worden, und ihre unbeholfen aus Sackleinen gefertigten Uniformen waren zerrissen und blutbeschmiert. Ich muß gestehen, daß ich nicht gerade stolz war auf diese Vertreter meiner Rasse. Welche Bedingungen auch in New York geherrscht hätten, diese Typen wären immer Kanalratten gewesen, und wahrscheinlich hatten sie auch deshalb mit der Brutalität und Zähigkeit ihrer Art überleben können. Sie schrien, spuckten und kreischten ihre Aschanti-Eroberer an, und ihre Sprache war die gemeinste, die ich je gehört hatte. Miss Persson stand daneben, und ich hätte alles in der Welt gegeben, wenn sie nicht so abscheulichen Flüchen und Beschimpfungen ausgesetzt worden wäre.

Der Mann, der der Anführer der Gruppe zu sein schien (er hatte sich selbst den Titel eines ›Gouverneurs‹ verliehen) hatte den Beinamen Hoover, und seine Mitkämpfer nannten ihn ›Speed‹. Er war ein typisches Beispiel dieses New Yorker Gezüchts von Schmalspur-Gaunern, die zu jeder Art von Verbrechen bereit sind, solange die Wahrscheinlichkeit, erwischt zu werden, gering ist. Dies stand in seinem gemeinen, häßlichen, haßerfüllten Gesicht geschrieben. Zweifellos hatte er sich, bevor er sich zum ›Gouverneur‹ aufgeschwungen hatte, damit zufriedengegeben, die Schwachen und Wehrlosen zu berauben, Kinder und alte Leute zu überfallen und Botengänge für größere, erfolgreichere Bandenchefs der Stadt zu machen. Und doch empfand ich ein gewisses Mitleid mit ihm, als er da tobte und raste und schließlich mir seine Aufmerksamkeit zuwandte.

»Was dich angeht, du Niggerliebling, du bist nichts als ein dreckiger Verräter!« Das war die einzige wiederholbare Stellungnahme dieser Art, die er abgab. Er spie mich an, dann drehte er sich um zu dem Leutnant mit dem sanftmütigen Gesicht (ich glaube, er hieß Azuma), der ihn verhört hatte. »Wir wußten, daß ihr Nigger kommen würdet — wir hatten schon vor Monaten davon gehört —, und sie haben sich darauf vorbereitet. Sie haben Pläne — sie werden euch wirklich prima aufhalten!« Er kicherte. »Ihr habt die Kanonen — aber der Verstand dazu fehlt euch. Ihr werdet bald das Handtuch werfen. Es braucht schon etwas mehr, als *ihr* mitbekommen habt, um die Weißen zu schlagen!«

Doch seine Drohungen blieben vage, und bald war Leutnant Azuma klar, daß es wenig Sinn hatte, das Verhör fortzuführen.

Ich hatte mich nicht eben gerne von diesem Gesindel einen dreckigen Verräter schimpfen lassen, und doch lag in dem, was er gesagt hatte, ein wahrer Kern. Ich hatte bislang kein Wort gesagt, geschweige denn einen Finger gerührt, um zu versuchen, Hood aufzuhalten.

Nun sagte ich: »Ich muß Sie bitten, General Hood, das Leben dieser Menschen zu schonen. Schließlich sind sie Kriegsgefangene.«

Hood wechselte einen grausam-belustigten Blick mit Leutnant Azuma. »Aber sie sind es gewiß nicht wert, daß man sie schont, Mr. Bastable«, antwortete er. »Welchen Nutzen brächten die jeglicher Art von Gesellschaft?«

»Sie haben ein Recht zu leben«, erwiderte ich.

»Sie würden Ihnen kaum zustimmen, falls Sie Ihr Wort für *mich* einlegen würden«, sagte Cicero Hood nun kalt. »Sie haben Hoovers Bemerkung über ›Nigger‹ gehört. Wenn die Situation umgekehrt wäre, glauben Sie, Ihre Bitten würden dann erhört?«

»Nein«, sagte ich. »Aber wenn Sie beweisen wollen, daß Sie besser sind als Hoover, dann müssen Sie ein Beispiel geben.«

»Das ist typisch europäische Ethik«, meinte Hood. Dann lachte er humorlos. »Aber wir hatten nicht die Absicht, sie umzubringen: Wir lassen sie in der Obhut unserer Freunde. Sie werden mithelfen, Neu Benin, wie diese Stadt von nun an heißen wird, aufzubauen.«

Mit diesen Worten schritt er aus dem Keller und lachte wieder dieses eigentümliche, furchterregende Lachen.

Und so rollte Hoods Landstreitmacht aus New York heraus, ich war nun Passagier in einem der kleineren Kampffahrzeuge. Unser nächstes Ziel war Philadelphia, wo Hood, nach seinen Worten, die Schwarzen befreien wollte. Die Lage eines Schwarzen in Amerika war in diesen Tagen, wie ich zugeben muß, äußerst jämmerlich. Die Weißen hatten sich auf der Suche nach einem Sündenbock für ihre Zwangslage wieder einmal auf die Schwarzen fixiert. Der andere Aberglaube, um dessentwillen so viele von ihnen jene merkwürdigen Kapuzen trugen, besagte, die Neger seien irgendwie ›schmutziger‹ als die Weißen und verantwortlich für die Ausbreitung jener Seuchen der Nachkriegszeit, wie sie auch in England aufgetreten waren. In vielen Teilen der Vereinigten Staaten wurden Schwarze wie Tiere gejagt und bei lebendigem Leibe verbrannt, wenn man sie zu fassen bekam — die Begründung für dieses verabscheuungswürdige Vorgehen war, daß man nur so einer weiteren Ausbreitung der Seuchen vorbeugen könnte. Aus irgendeinem Grunde waren die Schwarzen nicht so empfindlich gegenüber den Bakterien aus den Bomben gewesen, und in der verqueren Logik der Weißen war es dann ein kleiner Schritt gewesen, die Schwarzen als ›Überträger‹ solcher Krankheiten anzusehen. Seit über zwei Jahren hatten sich Gruppen von Schwarzen zusammengeschlossen und sich unter der Anleitung von Hoods Agenten organisiert, um den Tag der Aschanti-Invasion zu erwarten. Hoods Behauptung, die Schwarzen zu ›befreien‹, entbehrte zugegebenermaßen nicht jeder Grundlage.

Trotzdem war ich der Auffassung, daß all dies Hood nicht rechtfertigen konnte.

Unter der Führung des Land-Leviathans plünderte und brandschatzte sich die Invasionsarmee ihren Weg durch die Staaten New York, New Jersey und Pennsylvania, wo immer sie auch haltmachte, setzte sie ihr schwarzrotes Banner und ließ Gruppen einheimischer

Schwarzer zur Verwaltung der eroberten Territorien zurück.

Während des Kampfes, bei dem ganz Philadelphia zerstört und fast alle weißen Männer, Frauen und Kinder durch die donnernden Geschütze des Land-Leviathans getötet wurden, fand ich endlich die Gelegenheit, von der Schwarzen Horde zu ›desertieren‹, indem ich erst den Konvoi, dem mein Panzerwagen angehörte, weiterziehen ließ und dann das Glück hatte, ein herrenloses Pferd einzufangen.

Meine Absicht war es, den Weg nach Washington einzuschlagen, um die Verteidiger dort vor dem zu warnen, was ihnen bevorstand. Außerdem wollte ich, wenn möglich, Methoden besprechen, durch die der Land-Leviathan zu beschädigen war. Mein einziger Plan bestand darin, das Ungetüm nahe an einen Abhang zu locken, damit es hinabstürzte und sich selbst zerschmetterte. Ich hatte allerdings nicht die geringste Vorstellung, wie man das vollbringen konnte.

Mein Ritt von Philadelphia nach Wilmington stellte vermutlich eine Art Rekord dar. Auf dem Lande schlugen sich Gruppen schwarzer ›Soldaten‹ mit Weißen. In meiner Aschanti-Uniform wurde ich von beiden gejagt, und ich hätte in den Händen der Weißen, die mich als Verräter erachteten, sicher Schlimmeres erfahren als bei den Schwarzen, falls man mich erwischt hätte. Aber glücklicherweise entging ich der Gefangenschaft, bis ich in Wilmington einritt, das kaum Bombardierungen erlebt hatte und lediglich den verlassenen, verwilderten Eindruck wie die vielen amerikanischen ›Geisterstädte‹ machte. Am Stadtrand zog ich meine schwarze Uniformjacke aus und warf sie fort (obwohl es noch sehr kalt war), stieg nur mit Trikothemd und Reithosen bekleidet von meinem Pferd und suchte nach dem ortsansässigen Anführer der Weißen.

Sie entdeckten mich zuerst. Ich ging vorsichtig durch eine der Hauptstraßen, als sie plötzlich von allen Seiten

her auftauchten. Sie trugen die unheimlichen weißen Kapuzen, die an die alten Ritter des Südens, den Ku-Klux-Klan, erinnerten, deren ich mich aus Abenteuerromanen erinnerte, die mich als Junge fasziniert hatten. Sie fragten mich, wer und was ich sei und was ich in Wilmington wollte. Ich sagte ihnen, daß ich dringend ihren Führer sprechen müßte und schreckliche Neuigkeiten vom Schwarzen Attila brächte.

Kurz darauf befand ich mich in einem großen städtischen Gebäude, das ein Mann namens ›Bomber‹ Kennedy als Hauptquartier benutzte. Seinen Spitznamen verdankte er, wie ich später erfuhr, seiner Fähigkeit, aus den verschiedensten Materialien Sprengkörper herzustellen. Kennedy hatte von mir gehört und konnte sich nur mit der größten Selbstbeherrschung zurückhalten, mich nicht an Ort und Stelle zu erschießen — doch er hörte mich an, lauschte aufmerksam und schien schließlich davon überzeugt, daß ich die Wahrheit sprach. Er informierte mich, daß er bereits geplant hatte, seine kleine ›Armee‹ nach Washington zu führen, um die wachsende Zahl der Verteidiger zu stärken. Es könnte nichts schaden, sagte er, wenn ich mitkäme, doch er warnte mich, daß ich genauso sterben würde wie die Neger in diesen Gegenden, falls es jemals so aussehen sollte, als würde ich für Hood spionieren. Ich fand niemals heraus, was er damit meinte, und der einzige Hinweis, den ich erhielt, war der Satz, den mir einer von Kennedys Armee auf meine Frage hin genüßlich grinsend zitierte: »Noch nie was vom ›burn or cut‹ in England gehört, Junge? Entweder du wirst angezündet, oder man zieht dir das Messer durch die Kehle.«

Den Weißen war es gelungen, ihr altes Eisenbahnnetz wiederaufzubauen, denn die meisten Strecken hatten den Krieg überstanden, und die Lokomotiven funktionierten noch, wenn sie auch nun mit Holz anstatt mit Kohle betrieben wurden. Kennedys Plan bestand darin, mit seiner Armee per Bahn nach Washington zu fahren (denn es gab eine direkte Verbindumg), und am nächsten Tag stiegen wir in den großen, altmodischen Zug; Kennedy und ich stellten uns auf die Plattform zum Lokführer und zum Heizer, denn wie Kennedy zu mir sagte: »Ich will es nicht riskieren, Sie nicht ständig im Auge zu behalten.«

Bald hatte die Lok genügend Dampf, und der Zug rollte aus Wilmington; in Baltimore hielt er zum erstenmal, weil Kennedy hoffte, dort einen größeren Trupp Männer mitnehmen zu können.

Während wir durch das verwüstete Land fuhren, vertraute mir Kennedy einiges aus seinem Leben an. Er behauptete, vor dem Zusammenbruch ein sehr reicher Mann, ein Millionär, gewesen zu sein. Seine Familie stammte ursprünglich aus Irland, und er hatte eine Abneigung gegen die Engländer, die für ihn gleich nach den ›Niggern‹ kamen und die er für ziemlich alle Übel in der Welt verantwortlich machte. Mir fiel der Widersinn auf, daß Kennedy sich gefühlsmäßig für eine unterdrückte Minderheit engagierte, für eine andere jedoch nur Abscheu empfand.

Kennedy erzählte mir außerdem, daß man in Washington bereits Pläne machte, wie man sich gegen den Schwarzen Attila zur Wehr setzen wollte. »Die haben noch ein As im Ärmel, das *ihm* das Handwerk legen wird«, sagte er blasiert grinsend, doch er wollte seine Bemerkung nicht näher erläutern, und ich hatte den Eindruck, daß er den genauen Plan selbst nicht so recht kannte.

Kennedy hatte außerdem von der Chance gehört, daß die Washington-›Armee‹ Unterstützung durch die australisch-japanische Flotte erhielt, die, wie er aus zuverlässiger Quelle erfahren hatte, bereits vor der Chesapeake Bay vor Anker gegangen war.

Ich äußerte meine Zweifel, daß irgend etwas dem Land-Leviathan des Schwarzen Attila widerstehen konnte, doch Kennedy ließ sich nicht beeindrucken. Er rieb sich die Nase und erklärte mir, daß es »mehr als eine Art und Weise gäbe, einem Nigger das Fell über die Ohren zu ziehen«.

Zweimal mußte der Zug halten, um neues Holz zuzuladen, wir kamen näher und näher an Baltimore, und die Stadt lag keine Stunde mehr entfernt, als vor uns eine Schwadron Panzerfahrzeuge auftauchte und den Zug beschoß. Die Fahrzeuge trugen das Löwenbanner von Aschanti und mußten sich weit vor der Hauptarmee befinden (vielleicht hatten sie in Erfahrung gebracht, daß weiße Truppentransporte auf dem Weg nach Washington waren). Ich sah die langen Läufe in ihren Haupttürmen rote Flammen und weißen Rauch spukken, und eine Anzahl von Granaten schlug rings um uns her ein. Der Zugführer sprach sich dafür aus, eine Bremsung zu machen und sich zu ergeben, da er der Ansicht war, daß wir keine Chance hatten, aber Kennedy war, so grausam, dumm und ungebildet er auch gewesen sein mochte, alles andere als ein Feigling. Er gab Befehl, daß jeder mit dem größtmöglichen Kaliber aus dem Zug feuern sollte, und befahl dem Lokführer, soviel Geschwindigkeit wie möglich zuzulegen und geradewegs auf die schwankenden Kriegsmaschinen zuzuhalten, die nun zu beiden Seiten der Schienenspur an den steilen Hängen Position bezogen hatten, daß sie auf uns herabfeuern konnten, wenn wir vorbeifuhren.

Ich mußte an einen alten Druck denken, den ich einmal gesehen hatte — ich glaube, es handelte sich um ein Plakat von Bufallo Bills Wildwest-Show —, auf dem Indianer einen Zug angriffen. Die Panzerfahrzeuge konnten mit unserer Geschwindigkeit durchaus Schritt halten (denn der Zug führte eine große Zahl Waggons mit), und ihre Türme ließen sich schnell schwenken, um uns aus jedem Winkel zu beschießen. Geschoß um Geschoß wurde in den Zug geschleudert, doch er fuhr weiter und raste auf den Schutz eines langen Tunnels zu, in welchen die Panzer uns nicht folgen konnten.

Wir waren sehr erleichtert, als wir den Tunnel erreichten, und der Lokführer sprach sich dafür aus, die Geschwindigkeit zu drosseln und in der Mitte des Tunnels anzuhalten, in der Hoffnung, daß die feindlichen Maschinen die Verfolgung aufgeben würden, aber Kennedy hielt das für einen dummen Plan.

»Sie werden sich von beiden Seiten auf uns stürzen, Mann!« sagte er. »Sie werden sich von oben her durchbuddeln — sie haben doch diese ›Maulwurf‹-Apparate, die sich durch alles hindurchfressen können. Wenn wir hierbleiben, säßen wir in der Falle wie Kaninchen.«

Ich meine, daß seine Argumente ganz vernünftig klangen, allerdings waren die Chancen im Freien kaum besser. Und so raste der Zug unter seinem Befehl weiter und gelangte wieder ans Tageslicht — wo ihn ein halbes Dutzend Panzerwagen erwartete, die ihre Kanonenrohre auf die Tunnelmündung gerichtet hielten. Ich werde niemals begreifen, wie die Lokomotive dieser Kanonade entronnen ist, aber sie schaffte es, wenn ihr auch ein Teil des Daches und ein Schornstein abgeschossen wurden und das Holz im Tender in hellen Flammen stand, weil es von einer Brandgranate getroffen worden war.

Der Rest des Zuges kam jedoch nicht so gut davon.

Eine Granate traf die Kupplung, die uns mit dem Zug verband, und wir sausten nach einem halsbrecherischen Ruck mit einer Geschwindigkeit davon, die uns aus den Gleisen zu tragen drohte. Ohne die Last der restlichen Waggons konnten wir die Panzerfahrzeuge bald abhängen. Ich schaute zurück, um zu sehen, wie die gestrandete Armee gegen die gepanzerten Landschlachtschiffe kämpfte. Sie wurde völlig zerschlagen.

Dann fuhren wir durch eine Kurve und ließen die Szenerie hinter uns. Kennedy wirkte einen Augenblick lang niedergeschlagen, dann zuckte er die Achseln. Er hatte nicht viel tun können.

»Na, gut«, sagte er. »Dann halten wir eben nicht mehr in Baltimore.«

— 4 —

Der Triumph der Bestie

WASHINGTON HATTE ÜBERRASCHENDERWEISE nicht annähernd die Schäden wie die anderen großen Städte erlitten. Die Regierung und all ihre Ministerien waren aus der Hauptstadt geflohen, ehe der Krieg richtig angefangen hatte, und hatten sich in ein Untergrundversteck irgendwo in den Appalachen zurückgezogen. Da Washington daraufhin von geringer strategischer Bedeutung war, standen die meisten berühmten Gebäude und Monumente noch. Diese übersteigerten neo-klassizistischen, neo-georgianischen Tribute an den großmächtigen, schlechten Geschmack waren schon aus der Ferne zu sehen, als wir in die Randbezirke der Stadt dampften, um schließlich bald durch Sperren aufgehalten zu werden. Diese Sperren existierten seit höchstens einer Woche, doch ich war überrascht, wie stabil sie waren. Sie bestanden aus Ziegeln, Stein und Beton, waren durch sauber aufgestapelte Sandsäcke verstärkt und zogen sich meiner Schätzung nach um die gesamte Innenstadt. Kennedys Papiere waren in Ordnung — drei der Wachen erkannten ihn und begrüßten ihn wie eine Art Held —, und man gestattete uns, unseren Weg bis zum Hauptbahnhof fortzusetzen, wo wir unsere Lokomotive den Behörden übergaben. Man geleitete uns durch die breiten, ziemlich nichtssagenden Straßen (die berühmten Bäume waren alle zum Bau der Sperren oder als Heizmaterial gefällt worden) zum Weißen Haus, wo nun ›Präsident‹ Penfield residierte, ein Mann, der einmal als vornehmer Diplomat im Dienste seines Landes gegolten, jedoch schnell von der Nachkriegshysterie profitiert hatte — angeblich sollte er der erste gewesen sein, der die ›weiße Kapuze‹ angelegt hatte.

Man führte uns in ein Arbeitszimmer voller schöner Möbel im alten ›Kolonial‹-Stil, das den Eindruck erweckte, als habe sich seit der alten Zeit nichts verändert. Der einzige Unterschied bestand in dem Geruch und dem Mann, der in dem hohen Lehnstuhl am Schreibtisch in der Nähe des Fensters lümmelte. Der Gestank hätte selbst in einer unserer East-End-Kneipen als widerlich gegolten — eine Mischung aus Alkohol, Tabakqualm und menschlichem Schweiß. Penfield war unförmig dick, und sein rotes Gesicht trug alle Anzeichen der Ausschweifung. Bekleidet mit einer kompletten Generalsuniform, deren Knöpfe die Uniformjacke nur mit Mühe über seinem riesigen Wanst geschlossen halten konnten, winkte er uns mit der einen Hand, in der er eine Zigarre hielt, einen Gruß zu und lud uns mit der anderen, in der er ein Glas hatte, zum Sitzen ein. »Ich freue mich, daß du durchgekommen bist, Joe«, sagte er zu Kennedy, mit dem er gut bekannt schien. »Bedien dich selbst!« Mich ignorierte er.

Kennedy trat ans Sideboard und goß sich einen großen Bourbon ein. »Tut mir leid, daß ich dir keine Männer bringen konnte«, sagte er. »Du hast doch sicher davon gehört, nicht wahr, Fred? Wir wurden von einer gewaltigen Truppe dieser Nigger-Panzerfahrzeuge beschossen. Wir hatten Glück, daß wir überhaupt durchgekommen sind.«

»Ich hab's gehört.« Penfield richtete seine kleinen, kalten Äuglein auf mich. »Und das hier ist der Verräter, wie?«

»Ich sollte Ihnen nun wohl besser erzählen«, sagte ich, obwohl es mir plötzlich zuwider war, mich zu rechtfertigen, »daß ich mich Cicero Hoods Umgebung in der dezidierten Absicht anschloß, seinem Tun ein Ende zu bereiten.«

»Und wie hatten Sie sich das vorgestellt, Mr. Bastable?« fragte Penfield, während er sich nach vorne beugte und Kennedy zublinzelte.

»Mein ursprünglicher Plan bestand darin, ihn umzubringen«, sagte ich frei heraus.

»Aber das haben Sie nicht getan.«

»Nachdem der Land-Leviathan seinen Auftritt hatte, wurde mir klar, daß es sinnlos war, Hood zu töten. Er ist der einzige, der die Schwarze Horde in der Gewalt hat. Ihn umzubringen hätte bedeutet, die Sache für Sie und alle anderen Weißen nur noch schlimmer zu machen.«

Penfield schnüffelte skeptisch, nippte an seinem Glas und fügte hinzu: »Und welchen Beweis haben wir für all das? Welchen Beweis gibt es, daß Sie nicht immer noch für Hood arbeiten und beabsichtigen, *mich* umzubringen?«

»Keinen«, erklärte ich. »Aber ich will mit Ihnen Möglichkeiten erörtern, den Land-Leviathan auszuschalten. Die Mauern, die Sie errichtet haben, halten das Ungeheuer genausowenig auf, als wären sie aus Papier. Wenn wir eine Art tiefen Graben ausheben — wie eine Falle für ein riesiges Tier —, könnten wir ihn vielleicht zumindest für eine Weile außer Gefecht setzen ...«

Aber Präsident Penfield feixte und schüttelte den Kopf.

»Wir sind Ihnen voraus, Mr. Bastable. Wissen Sie, es steht mehr als nur eine Mauer. Sie haben nur das gesehen, was Sie unsere vorderste Verteidigungslinie nennen könnten.«

»Es gibt nichts, das stark genug wäre, den Land-Leviathan aufzuhalten«, betonte ich noch einmal.

»Na, ich weiß nicht.« Penfield warf Kennedy wieder einen seiner verstohlenen Blicke zu. »Willst du ihn nicht mal herumführen, Joe? Ich glaube, wir können ihm trauen. Er ist einer der Unsrigen.«

Kennedy war nicht so überzeugt. »Nun, wenn du meinst ...«

»Gewiß. Ich habe meinen Riecher. Er ist in Ordnung. Ein wenig irregeleitet, ein bißchen phantasielos — eben ein bißchen Engländer, wie? Aber ein anständiger Typ. Willkommen in Washington, Mrs. Bastable. Nun werden Sie sehen, wie wir den schwarzen Abschaum bekämpfen.«

Eine Weile später verließen wir das Weiße Haus mit einem Pferdewagen, den man uns zur Verfügung gestellt hatte. Kennedy erklärte mir mit einigem Stolz, wie man das Weiße Haus in ein gut geschütztes Waffenarsenal verwandelt hatte und wie jedes dieser neo-klassizistischen Gebäude mit buchstäblich allen großen Geschützen ausgerüstet worden war, die es in den Vereinigten Staaten noch gab.

Doch es waren nicht die Architektur oder die Einzelheiten des Verteidigungssystems, die meinen Blick auf sich zogen — es war das, was sich mir in den Straßen bot, während wir vorüberfuhren. Washington hatte stets einen großen schwarzen Bevölkerungsanteil gehabt, und nun wurde diese Bevölkerung von den Weißen für ihre Zwecke benutzt. Ich sah Gruppen erschöpfter, halb verhungerter Männer, Frauen und Kinder, die mit Ketten um den Hals, Arm- und Fußgelenke aneinandergefesselt waren und riesige Lasten von Backsteinen und Sandsäcken zu den Barrikaden schleppten. Es war eine Szene aus der Vergangenheit — schwitzende, ausgemergelte, dem Tode geweihte schwarze Sklaven, die sich unter der Aufsicht brutaler Weißer mit langen Rinderpeitschen, die sie bereitwillig mit offensichtlichem Genuß einsetzten, buchstäblich zu Tode arbeiteten. Es war eine Szene, die im 20. Jahrhundert zu erleben ich niemals erwartet hätte! Ich war entsetzt, bemühte mich aber, meine Gefühle Kennedy gegenüber nicht zu zeigen, der die Vorgänge gar nicht zu bemerken schien.

Mehr als einmal zuckte ich zusammen und kämpfte gegen die Übelkeit an, wenn ich irgendeine arme, fast nackte Frau zu Boden stürzen sah und miterlebte, wie man sie mißhandelte, trat und auspeitschte, bis sie sich wieder hochrappelte oder von ihren Leidensgenossen emporgezerrt wurde. Einmal sah ich einen halbwüchsigen Jungen zusammenbrechen, und es war ganz offenkundig, daß er tot war, doch seine Mitsklaven mußten ihn in den Ketten, die ihre Gelenke mit den seinen verbanden, bei der Arbeit mitschleppen.

Ich versuchte meinen Abscheu zu beherrschen und sagte so kühl, wie ich konnte: »Ich verstehe nun, wie es Ihnen gelingen konnte, diese Mauern so rasch zu errichten. Sie haben die Sklaverei wieder eingeführt.«

»Nun, so könnte man das wohl nennen, wie?« Kennedy grinste. »Die Schwarzen verrichten öffentliche Dienste wie wir anderen auch, um einen Beitrag zum Wiederaufbau des Landes zu leisten. Abgesehen davon...« — und hierbei wurde sein Gesicht ernst — »können sie solche Arbeiten immer noch am besten. Den meisten von ihnen ist das am liebsten. Sie denken und fühlen nicht wie wir, Bastable. Es ist wie bei den Arbeitern — halt einen vom Arbeiten ab, und er wird mürrisch und unglücklich. Letztlich stirbt er. Bei den Schwarzen ist es genau dasselbe.«

»Aber ihr endgültiges Schicksal ist doch so oder so das gleiche«, bemerkte ich.

»Klar, aber auf diese Art tun sie wenigstens etwas Nützliches.«

Ich muß mehrere tausend Farbige gesehen haben, während wir durch die Straßen von Washington fuhren. Ein paar waren offensichtlich als Privatdiener angestellt und befanden sich in etwas besserer Lage als ihre Leidensgenossen, doch die meisten waren zu Gruppen aneinandergekettet und schweißbedeckt, so frostig das Wetter auch war. In ihren Gesichtern stand Hoffnungslosigkeit, und ich hatte bei ihrem Anblick keinen Anlaß, Stolz auf meine Rasse zu empfinden; unwillkürlich erinnerte ich mich an die Würde, ja die Arroganz, wie einige sagen würden, im Erscheinen von Hoods Aschanti-Soldaten.

Ich verdrängte den Gedanken in diesem Augenblick, doch er kehrte immer mächtiger zurück. Es war ungerecht, andere Menschen zu versklaven, und grausam, sie auf solche Weise zu behandeln, von welcher Seite die Ungerechtigkeit auch begangen werden mochte. Und doch kam es mir so vor, als läge in Hoods Politik ein Körnchen mehr Gerechtigkeit — denn er zahlte eine Schuld zurück, wohingegen Männer wie Penfield und Kennedy aus den brutalsten Motiven heraus handelten.

Vorsichtig sagte ich: »Aber ist es nicht wirtschaftlich unklug, sie so hart arbeiten zu lassen? Sie stellten einen größeren Wert dar, wenn sie ein wenig besser behandelt würden.«

»Diese Logik führte zum Bürgerkrieg, Mr. Bastable«, erklärte Kennedy, als spräche er mit einem Kind. »Wenn Sie erst einmal anfangen, so zu denken, dann werden sie früher oder später auf die Idee kommen, sie verdienten es, wie Weiße behandelt zu werden, und dann wiederholen sich bald die alten gesellschaftlichen Übel. Außerdem ...«, er grinste breit, »hat es nicht viel Zweck, sich allzu große Sorgen um die Lebenserwartung der Washingtoner Nigger zu machen, wie Sie bald sehen werden.«

Nun kamen wir ganz in die Nähe einer der Mauern. Hier wurden wie überall große Gruppen von Negern dazu gezwungen, mit unmenschlicher Geschwindigkeit zu schuften. Es war nun keinerlei Geheimnis mehr, wie Washington in so kurzer Zeit seine Verteidigungslinien hatte errichten können. Ich versuchte mich an die Gerüchte zu erinnern, was Hood den Weißen in Skandinavien angetan hatte, doch selbst diese übertriebenen und von Hood zur Verstärkung seines Images noch geförderten Lügengeschichten verblaßten im Vergleich zur Wirklichkeit des aktuellen Washington!

Als wir an den Mauern vorüberfuhren, bemerkte ich große Käfige in der Art, wie sie zum Transport von Zirkustieren benutzt werden, oben auf den Mauern. Ich deutete darauf und fragte Kennedy, was sie zu bedeuten hatten.

Er feixte, während er sich zurücklehnte und eine Zigarre anzündete. »*Sie,* Mr. Bastable, stellen unsere Geheimwaffe dar.«

Ich bat ihn erst gar nicht, seine Bemerkung näher zu erläutern. Das Schicksal der Schwarzen hatte mich mit zu großer Trauer erfüllt. Ich sagte zu Kennedy, daß ich müde wäre und mich gerne ausruhen würde. Das Fahrzeug wendete und brachte mich zu einem Hotel in nächster Nähe des Kapitols, wo ich ein Zimmer mit Ausblick auf einen Streifen Parklandschaft bekam.

Aber selbst von hier aus erhielt ich ständig Beweise für die Brutalität der Weißen. Keine hundert Meter entfernt hatte man eine Kalkgrube angelegt, und von Zeit zu Zeit kamen Karren und kippten Leichen und Sterbende hinein.

Ich dachte bis dahin, ich hätte in Südengland die Hölle erlebt, doch nun erkannte ich, daß ich nur den Vorhof der Hölle gesehen hatte. Hier, wo man einst einen Glaubensartikel proklamiert hatte, nach dem alle Menschen gleich geschaffen waren, und wo es möglich erschienen war, die Ideale des 18. Jahrhunderts zu verwirklichen, hier war nun wirklich der tiefste Pfuhl der Hölle!

Und diese Hölle war im Namen meiner Rasse geschaffen worden, um deren Überleben willen ich mich gegen Hood und seine Schwarzen Horden gestellt hatte.

Ich schlief schlecht in jenem Hotel und versuchte am nächsten Morgen, zu einer Unterredung mit ›Präsident‹ Penfield im Weißen Haus vorgelassen zu werden. Man erteilte mir die Auskunft, er sei zu beschäftigt, um mich zu empfangen. Ich schlenderte durch die Straßen, doch dort gab es zu vieles, das mir den Magen umdrehte. Zorn stieg in mir auf. Ich fühlte mich frustriert. Ich wollte bei Penfield protestieren, ihn bitten, den Schwarzen Gnade zu erweisen, für seine Anhänger in den weißen Kapuzen ein Exempel an Toleranz und Großherzigkeit zu statuieren. Gandhi hatte recht gehabt. Es gab nur eine Möglichkeit, sich richtig zu verhalten, auch wenn diese kurzfristig den eigenen Interessen zu widersprechen schien. Gewiß lag es langfristig im eigenen Interesse, Großmut, Menschlichkeit, Freundlichkeit und einen Sinn für Gerechtigkeit gegenüber seinen Mitmenschen zu entwickeln. Es war die Menschenverachtung, wie Penfield sie verkörperte, die letztendlich zur drohenden Ausrottung der gesamten menschlichen Rasse führte. So etwas wie einen ›gerechten‹ Krieg konnte es nicht geben, denn Krieg war von Natur aus ein Akt der Ungerechtigkeit gegen den Einzelmenschen, wohl aber gab es ›ungerechte‹ Kriege — böse Kriege, welche moralisch und geistig völlig korrumpierte Menschen anzettelten. Ich war allmählich zu der Überzeugung gelangt, daß es eine Definition jener war, die Kriege führten, daß es ungeachtet der Motive, die sie anführten, der Ideale, die sie vertraten, der ›Bedrohung‹, auf welche sie sich beriefen, keine Entschuldigung für sie geben konnte, denn wie ihre Taten erwiesen, mußten sie einen entarteten und verderbten Charakter haben.

Gandhi hatte gesagt, daß Gewalt Gewalt erzeugt. Nun, es kam mir so vor, als sollte ich für diese Anschauung eine Lektion am eigenen Leibe erteilt bekommen. Ich begriff, wie kurz davor ich gewesen war, selbst brutales und menschenverachtendes Verhalten zu entwickeln, als ich Hoods Ermordung in Betracht gezogen hatte.

Und wieder einmal und zum denkbar schlechtesten Zeitpunkt fühlte ich mich hin- und hergerissen, ich war durcheinander und empfand belastend die Unmöglichkeit, meinerseits etwas zu unternehmen.

Ich hatte die Hauptstraßen Washingtons hinter mir gelassen und ging durch ein Wohnviertel voll jener schöner, mit Terrassen ausgestatteten Häuser, die mich an unsere eigenen Plätze und Straßen der Regence-Zeit erinnerten. Doch die Häuser waren sehr heruntergekommen. Meistens waren die Fensterscheiben eingeschlagen und viele Türen wiesen Anzeichen auf, daß man sie gewaltsam geöffnet hatte. Ich nahm an, daß hier Kämpfe stattgefunden hatten, nicht mit einer Invasionsarmee, sondern zwischen Schwarzen und Weißen.

Wieder sann ich über den Zweck der Tierkäfige auf den Stadtmauern nach, als ich um eine Ecke bog und vor einer langen Reihe schwarzer Arbeiter stand, die, an den Fußgelenken zusammengekettet, sich in der Straßenmitte entlangschleppten und einen großen Räderkarren zogen, auf den man einen schwankenden Berg Sandsäcke gehäuft hatte. Unter den Leuten befand sich kaum einer, der nicht unter den Peitschenhieben blutete, die die bewaffneten Aufseher schwangen. Viele schienen kaum noch in der Lage, einen Fuß vor den anderen zu setzen. Sie schienen sehr bald für die Kalkgruben reif zu sein — und doch sangen sie. Sie sangen, wie die christlichen Märtyrer auf dem Weg zu den römischen Arenen gesungen haben sollen. Sie sangen ein Klagelied, dessen Text zuerst schwer zu verstehen war. Die weißen Männer, mit weißen Kapuzen bekleidet, brüllten ihnen zu, sie sollten aufhören. Ihre Stimmen klangen gedämpft, doch ihre Peitschen sprachen eine deutliche Sprache. Doch die Neger sangen weiter, und nun konnte ich auch einige Worte verstehen.

»Er kommt bald — *seine Ankunft ist nah* —
Aus dem Herzen von Afrika — *seine Ankunft ist nah* —
Er reitet das wilde Tier — *seine Ankunft ist nah* —
Er wird uns befrei'n — *seine Ankunft ist nah* —
Und verleiht uns Würde — *seine Ankunft ist nah* —«

Es bestand natürlich keinerlei Zweifel, daß sich das Lied auf Hood bezog, und daß es absichtlich angestimmt wurde, um die Weißen in Rage zu bringen. Den Refrain sang ein großer, hübscher junger Mann, der es irgendwie schaffte, den Kopf zu heben und die Schultern gestrafft zu halten, wieviel heftige Schläge auch auf ihn niederprasseln mochten. Seine Würde und sein Mut standen in so krassem Gegensatz zu dem hysterischen und feigen Verhalten der Weißen, daß man unmöglich etwas anderes als Bewunderung für ihn empfinden konnte.

Doch ich glaube, daß die Sklavengruppe dem Untergang geweiht war. Sie wollten nicht aufhören zu singen, und nun senkten die Weißen mit ihren Kapuzen unheildrohend ihre Peitschen und nahmen ihre Gewehre von den Schultern.

Der Zug blieb stehen.

Der Gesang verstummte.

Der erste Weiße riß seine Kapuze herunter und entblößte ein haßerfülltes Gesicht, das kaum mehr als siebzehn Sommer erlebt haben konnte. Er hob seine Waffe an die Schulter und grinste.

»Also — wollt ihr nun weitersingen?«

Der große Schwarze holte Luft, im Bewußtsein, daß es zum letztenmal war, und setzte zum ersten Wort des Liedes an.

In diesem Augenblick stürzte ich mich impulsiv auf den Jungen und warf mein ganzes Gewicht gegen ihn, daß sein Schuß in die Luft ging. Und während ich auf ihn fiel, hatte ich sein Gewehr ergriffen. Ich vernahm verwirrte Rufe und hörte dann einen weiteren Gewehrschuß. Ich sah, wie die Kugel den Jungen traf, und benutzte seinen Leichnam als Deckung, um auf die anderen Weißen zu schießen.

Natürlich hätte ich nicht lange durchgehalten, hätte der große Farbige nicht einen fast fröhlichen Schrei ausgestoßen und seine Leidensgenossen gegen die Weißen angeführt, die den Schwarzen den Rücken zukehrten, während sie sich auf mich konzentrierten.

Einen Augenblick lang sah ich weiße Kapuzen in einem Meer schwarzer, schwieliger Körper wogen. Ich hörte, wie ein paar Schüsse abgegeben wurden, dann war alles vorüber. Die Weißen lagen tot auf dem Pflaster, und die Schwarzen benutzten ihre Gewehre, um sich aus den Ketten um ihre Füße freizuschießen. Ich war nicht sicher, wie man mir begegnen würde; und stand vorsichtig auf, bereit, falls notwendig, davonzulaufen.

Doch da grinste mich der schwarze Jugendliche an. »Danke, Mister. Warum tragen Sie denn Ihre Kapuze nicht?«

»Ich habe noch niemals eine getragen«, erklärte ich ihm. »Ich bin Engländer.«

Das muß wohl etwas großsprecherisch geklungen haben, denn daraufhin lachte der Junge laut auf, ehe er sagte: »Wir sehen wohl besser zu, daß wir schnell von der Straße wegkommen.«

Er machte sich daran, seine Leute in die nächststehenden Häuser zu schicken, die sich als unbewohnt erwiesen. Der Räderkarren und die Leichen der Weißen, denen man ihre Waffen und aus irgendeinem Grund auch ihre Kapuzen abgenommen hatte, wurden liegengelassen.

Der Junge führte uns durch die Hinterhöfe der Häuser, wobei wir von Gebäude zu Gebäude huschten, bis er an eines kam, das er kannte. Er ging hinein und brachte uns in die Kellerräume, wo wir erst einmal wieder zu Atem kommen mußten.

»Die zu krank sind, um weiterzugehen, bleiben erst einmal hier, die Kinder auch«, sagte er. Er grinste mich an. »Wie steht's mit Ihnen, Mister? Wenn Sie wollen, können Sie uns das Gewehr dalassen und gehen. Es gibt keine Zeugen. Sie werden niemals erfahren, daß ein Weißer in den Zwischenfall verwickelt war.«

»Ich meine, sie sollten es ruhig erfahren«, hörte ich mich sagen. »Mein Name ist Bastable. Bis vor kurzem war ich als Beobachter zu General Hoods Stab abkommandiert. Vor wenigen Tagen bin ich desertiert und zu den Weißen übergelaufen. Jetzt habe ich mich aber entschlossen, mich nur noch in den Dienst der Menschlichkeit zu stellen. Ich bleibe bei Ihnen, Mr. ...«

»Nennen Sie mich Paul, Mr. Bastable. Nun, Sir, das war eine feine Rede, wenn auch, wie ich vielleicht sagen würde, ein bißchen geschraubt. Aber Sie haben sich bewährt.

Sie haben Mumm, und genau das brauchen wir in diesen unruhigen Zeiten. Gehen wir!«

Er schob zwei Packkisten zur Seite und legte so ein Loch in der Wand frei. Hier hinein, von wo aus ein Korridor zu einer ganzen Reihe Häuser führte, geleitete er uns und redete beim Gehen mit mir über die Schulter hinweg. »Wissen Sie, ob sie schon angefangen haben, die Käfige zu füllen?«

»Ich habe keine Ahnung von den Käfigen«, erklärte ich ihm. »Ich habe mich schon gefragt, wozu sie dienen sollen. Jemand sagte, sie wären Washingtons ›Geheimwaffe‹ gegen General Hood, aber das sagt mir nichts.«

»Nun, es könnte durchaus funktionieren«, meinte Paul, »obwohl ich überzeugt bin, daß die meisten unserer Leute lieber sterben würden.«

»Aber was wollen sie denn in die Käfige stecken? Wilde Tiere?«

Paul warf mir einen belustigten Blick zu. »Einige würden es sicher so nennen, Mister. Sie wollen *uns* in die Käfige stecken. Wenn Hood dann die Mauern beschießt, bringt er die Menschen um, die er retten will. Er kann Washington nicht befreien, ohne alle schwarzen Männer, Frauen und Kinder dieser Stadt zu töten!«

Wenn mich die Weißen hier bislang schon anekelten, so brachte mich diese Information völlig aus der Fassung. Es erinnerte mich an die barbarischsten Praktiken der Geschichte, von denen ich jemals gelesen hatte. Wie konnten die Weißen glauben, besser als Hood zu sein, wenn sie Methoden gegen ihn anwenden wollten, die er niemals in Betracht gezogen hätte, wie groß sein Haß gegen die weiße Rasse auch sein mochte? Washington sollte durch einen Wall lebendigen Fleisches geschützt werden!

»Aber alles, was sie damit erreichen können, ist Hood vorübergehend aufzuhalten«, meinte ich. »Es sei denn, sie drohen, all Ihre Leute umzubringen, um Hoods Rückzug zu erzwingen.«

»Das werden sie vermutlich auch tun«, klärte Paul mich

auf. Wir quetschten uns nun durch ein schmales Tunnel, und ich hörte in der Ferne Wasser rauschen. »Aber sie haben Nachrichten von den Austro-Japsen. Wenn sie Washington 24 Stunden halten können, kommt eine Landstreitmacht zu ihrer Unterstützung. Selbst die großen Schiffe Hoods, von denen man uns erzählt hat, können nicht schießen, ohne ihre eigenen Leute zu töten. Hood wird eine Entscheidung fällen müssen, und wie immer er sich entschließt, wird er einen Verlust hinnehmen müssen.«

»Es sind Bestien«, sagte ich. »Es ist einfach unmöglich, sie überhaupt als menschliche Wesen zu betrachten.«

»Ich war einer von Hoods Spezialagenten, ehe man mich gefaßt hat«, erzählte Paul. »Ich hoffte, ein System zu entwickeln, um ihm von innen her zu helfen, aber dann haben sie alle Schwarzen der Stadt zusammengetrieben. Unsere einzige Chance besteht nun darin, uns heute nacht irgendwie ins Hauptlager zu schleichen, so viele wie möglich zu bewaffnen und einen Durchbruch zu versuchen.«

»Meinen Sie denn, daß es gelingt?« fragte ich.

Paul schüttelte den Kopf. »Nein, Mister, das glaube ich nicht. Aber ein Haufen toter Nigger wird ihnen nicht mehr viel nützen, wenn Hood kommt, nicht wahr?«

Ein ekelhafter Gestank stieg mir in die Nase, und nun begriff ich, woher das Rauschen kam — von den Abwaserkanälen. Wir mußten durch manchmal hüfthohes, fauliges Wasser waten und gelangten schließlich in einen großen unterirdischen Raum, wo sich bereits etwa zwanzig Farbige befanden. Das waren alle, die übriggeblieben waren von jenen, die sich zu Hoods Unterstützung hatten erheben wollen, wenn der Augenblick gekommen wäre. Sie hatten ein ansehnliches Waffenarsenal bei sich, aber es war ganz klar, daß sie nun kaum mehr tun konnten, als tapfer zu sterben. Den ganzen Tag über besprachen wir unsere Pläne, und als der Abend hereinbrach, krochen wir nach oben und zogen durch die unbeleuchteten Straßen in den Norden der Stadt, wo das Hauptsklavenlager lag.

Viele Neger arbeiteten noch im flackernden Lampenschein, und nach allem, was wir hörten, standen Hoods Truppen bereits vor der Stadt.

Mit geschulterten Gewehren marschierten wir ganz ungeniert in Richtung Norden. Jeder, der uns sah, hätte uns für eine Abteilung besonders disziplinierter Soldaten gehalten. Und wir wurden kein einzigesmal aufgehalten, weil alle die Kapuzen trugen, die sie am Morgen den toten Weißen abgenommen hatten. (Um die schwarzen Hände hatten sie sich Stoffetzen gewickelt.)

Der krankhafte Irrsinn der Weißen wurde so zum erstenmal gegen sie gekehrt. Die Kapuzen, welche sie als Symbol ihrer Furcht und ihres Hasses gegenüber der schwarzen Rasse trugen, halfen nun deren Angehörigen, unbehelligt unter ihren Augen durchzuschlüpfen.

Hinter uns, um die Fußknöchel Fesseln, die sofort gelöst werden konnten, sowie der Augenblick gekommen war, befand sich der Rest unserer Gruppe. Er zog einen riesigen, mit einer Last aus Ziegelsteinen getarnten Karren, in dem sich unsere restlichen Gewehre befanden.

Mehr als einmal hatten wir das Gefühl, gleich entdeckt zu werden, doch schließlich erreichten wir das Tor des Lagers. Mein Akzent wäre sofort aufgefallen, also sprach Paul für uns. Seine Stimme klang sehr gebieterisch.

»Liefern diese Nigger ab und holen uns eine neue Gruppe«, erklärte er den Wachen.

Die Wachen in ihren weißen Kapuzen wurden nicht mißtrauisch. Zu viele kamen und gingen an diesem Abend, so daß mehr Wirrwarr herrschte als gewöhnlich.

»Warum geht ihr denn alle rein?« wollte einer wissen, als wir passierten.

»Hast du denn nicht gehört?« fragte ihn Paul. »Es hat einen Ausbruch gegeben. Die Nigger haben zehn oder zwanzig unserer Leute umgebracht.«

»Ich hab' sowas gehört«, gab der Wachtposten zu, doch

inzwischen waren wir drinnen. Das Lager war nicht überdacht — lediglich ein großes Grundstück, wo die schwarzen Sklaven in ihren Ketten schliefen, bis sie zur Arbeit angefordert wurden. Ein riesiger Trog Schweinefutter mitten auf dem Lagergelände war das einzige Essen, das sie erhielten. Die noch stark genug waren, krochen zu dem Trog, die anderen waren entweder auf ihre Freunde angewiesen oder verhungerten. Den Weißen war das gleichgültig, denn die Schwarzen hatten nun fast alle ihre Funktionen erfüllt.

Wir gingen durch bis zum dunkelsten Teil des Lagers und brüllten die Leute an, aufzustehen, daß wir sie inspizieren konnten. Heimlich begannen wir, die Waffen auszuteilen.

Doch inzwischen hatten wir die Aufmerksamkeit von zwei Wachen erregt, die langsam auf uns zukamen.

Ich muß zu meiner Schande gestehen, daß ich den ersten Schuß abgab. Ich tat es ohne jede Reue und tötete den Gardisten auf der Stelle mit einer Kugel ins Herz. Die anderen eröffneten das Feuer und liefen zum Tor zurück, doch nun hatte sich unser Glück gewendet. Alarmiert durch die Schüsse kam ein altmodischer, provisorisch gepanzerter und mit zwei Maschinengewehren ausgestatteter Dampftraktor aufs Lager zugefahren und versperrte den Ausgang, ehe wir am Tor waren.

Es trat eine kurze Pause ein, als die Mannschaft dieses primitiven Panzerfahrzeugs angesichts unserer Kapuzen zögerte, doch die Wachen brüllten ihnen zu, das Feuer zu eröffnen.

Schnell duckten wir uns in den Schatten — unsere einzige Deckung —, als ein Kugelhagel über das Lager peitschte und wahllosen Tod säte. Viele von denen, die noch in Ketten lagen, wurden auf der Stelle getötet, und wir mußten ihre Leichname als Deckung benutzen, als wir verzweifelt das Feuer erwiderten, während ein Teil unserer Gruppe an den Mauern entlangrannte, um nach Fluchtmöglichkeiten Ausschau zu halten.

Doch die Mauern waren hoch. Sie waren ausbruchsicher gebaut. Wir saßen wie Ratten in der Falle und konnten nun nichts mehr tun als weiterzukämpfen.

Langsam rollte die Zugmaschine ins Lager und schoß ununterbrochen. Unsere Kugeln prallten an ihrer Panzerung wirkungslos ab, so hastig sie auch gefertigt worden war.

Paul, der neben mir lag, legte mir die Hand auf den Arm. »Na, Mr. Bastable, wenigstens können Sie sich damit trösten, daß Sie auf der richtigen Seite gekämpft haben, ehe Sie starben.«

»Das ist kein großer Trost«, sagte ich.

Dann erbebte plötzlich der Boden vor uns, warf Wellen wie das Meer, dann tauchte etwas Metallisches, Wohlvertrautes auf und schob sich unter wütendem Heulen seiner Spiralschraubennase direkt der Zugmaschine in den Weg. Das Geratter der Maschinengewehre verstummte, wurde abgelöst durch das dumpfe *Bumm-bumm* einer elektrischen Kanone.

Nun brachen zwei weitere Metall-›Maulwürfe‹ aus der Erdoberfläche und eröffneten das Feuer. Innerhalb von Sekunden blieb von der Zugmaschine nur noch ein Haufen verbogener Schrott, die Maulwürfe schoben sich weiter nach vorn und schossen gewaltige Löcher in die Mauern des Lagers.

Ich glaube, wir jubelten laut, während wir hinter den eigentümlichen Maschinen herliefen. Ich bin sicher, O'Bean hatte sich niemals ausgemalt, daß sie auf solche Weise eingesetzt werden könnten! Jede weiße Kapuze, die wir erblickten (wir hatten unsere inzwischen abgelegt) wurde zur Zielscheibe unseres Feuers.

Wahrscheinlich war es naiv von mir gewesen anzunehmen, ein so kluger Stratege wie General Hood hätte sich nicht die Mühe gemacht, in Erfahrung zu bringen, was die Verteidiger von Washington geplant hatten — und nicht Schritte unternommen, um diese Pläne zu durchkreuzen. Wir strömten aus dem Lager in Richtung des

Parkgeländes, wo noch einige Sträucher standen, die uns Schutz geben konnten.

Und nun vernahm ich ein Geräusch in der Ferne, das mich am ehesten an jenes erinnerte, das beim Teppichklopfen entsteht. Doch ich wußte, was dieses Geräusch zu bedeuten hatte.

Sekunden später prasselten Sprenggranaten auf Washington nieder.

Der Land-Leviathan rückte an.

Wir scharten uns, so gut es ging, wieder zusammen, benutzten die bewaffneten Maulwürfe als Deckung, blieben jedoch so weit wie möglich auf freiem Gelände. Über die ganze Stadt verteilt flackerten nun Lichtpunkte auf, wo der Land-Leviathan die Gebäude mit Phosphorgranaten beschoß.

Meine eigene Sicht der Schlacht um Washington war außerordentlich einseitig, denn ich durchschaute die Strategie nicht. Hood hatte gehört, daß AJF-Nachschub unterwegs war, und war schnell angerückt, um die Stadt zu beschießen und einzunehmen, ehe ihre Verbündeten eintreffen konnten. Außerdem wußte er, daß keiner mit einem nächtlichen Angriff rechnete, doch für ihn war die Tageszeit unwesentlich, da die Lichter des Land-Leviathan ein Ziel in fast jeder Entfernung erhellen konnte.

Während wir unseren kleinen Guerillakrieg in den Straßen führten, sah ich die großen Lichtkegel der Suchscheinwerfer des Ungetüms aus der Dunkelheit auftauchen, ein Gebäude anstrahlen und es der Zerstörung anheimgeben. Sogleich ertönte dann ein Donnerschlag, gefolgt von einem schrillen Pfeifen, ehe beim Aufprall der Granate die Explosion erfolgte.

Nicht daß Washington wehrlos gewesen wäre. Seine Geschütze, insbesondere die vom Kapitol, erwiderten hartnäckig das Feuer, und ich glaube, eine normale Panzerdivision der Schwarzen Horde hätte kaum eine Chance gehabt, die Stadt einzunehmen.

Irgendwie war ich vom Rest meiner Gruppe getrennt worden, als in unserer Nähe eine Granate einschlug und wir auseinandergelaufen waren. Als der Rauch sich lichtete, waren die Stahlmaulwürfe weitergezogen und die kleine Armee früherer Sklaven mit ihnen. Ich fühlte mich einsam und äußerst verletzlich und begann, nach meinen Kameraden zu suchen, doch zweimal mußte ich eine andere Richtung einschlagen, als ein Trupp Soldaten mit weißen Kapuzen mich entdeckte und zu schießen begann.

Eine Stunde lang hielt ich mich versteckt, schoß aus dem Hinterhalt, wenn mir ein Feind über den Weg lief, und rannte dann weiter. Mein Instinkt sagte mir, nach einem Gebäude zu suchen und auf das Dach zu klettern, von wo aus ich die Weißen sehen konnte, ohne selbst entdeckt zu werden. Aber ich wußte, daß das keine gute Idee war, denn rings um mich her wurden Gebäude unter dem anhaltenden Bombardement der vielen Geschütze des Land-Leviathans zerschmettert.

Vorsichtig pirschte ich mich zum Zentrum durch und stellte fest, daß die meisten gegnerischen Soldaten zu den Mauern abgestellt worden waren. Plötzlich herrschte in der Nähe des Kapitols relative Stille bis auf das Donnern der Kanonen aus dem Innern des Gebäudes. Ich kauerte mich hinter einen Busch, um meine Gedanken zu ordnen und mein Vorgehen zu überlegen, als ich plötzlich Pferdegalopp auf mich zudröhnen hörte. Es kam rasch näher. Ich spähte hinter meinem Strauch hervor und sah eine große Zahl Reiter von der Mauer fortpreschen, als sei der Teufel hinter ihnen her. Die Reiter hatten ihre Kapuzen abgezogen, ihre Gesichter waren finster und voller Angst, und sie trieben ihre Pferde an, noch schneller zu laufen. Ihnen folgte mit wildem Geschrei in einem leichten, offenen Wagen ›Präsident‹ Penfield. Dann kamen weitere Männer angerannt. Viele hatten ihre Gewehre fortgeworfen und waren ganz offensichtlich in Panik. Ich lag in meiner Deckung, hätte mich aber vor diesen Fliehenden nicht fürchten müssen.

Sie waren viel zu entsetzt, um anzuhalten und sich mit mir zu befassen.

Dann bemerkte ich, wie die Erde neben mir erbebte. Hatte Gott sich endlich entschlossen, uns alle für unser Tun zu bestrafen? Hatte er ein Erdbeben geschickt, um Washington zu vernichten?

Ein Dröhnen schwoll an, und ich starrte in die Finsternis, ehe ich allmählich begriff, was vor sich ging.

Lichter strahlten gleißend aus der Nacht. Lichter, deren Quelle sich weit über unseren Köpfen befand, so daß es wohl nur die Lichter von Luftschiffen sein konnten. Doch es handelte sich nicht um Lichter von Luftschiffen — Hoods gesamte Luftflotte wurde, wie sich später herausstellte, konzentriert gegen die australisch-japanischen Landstreitkräfte eingesetzt, die auf dem Wege nach Washington waren. Es waren die blitzenden ›Augen‹ des Land-Leviathan selbst.

Und er rückte näher, walzte alles nieder, das ihm im Weg stand, bahnte sich seinen Weg durch Gebäude, Geschützstellungen und Monumente. Die Luft war erfüllt von einem unheimlichen Knirschen, dem Schnauben der Abgase seiner zwölf riesigen Motoren, dem eigenartigen Ächzen, das er von sich gab, wann immer die Räder eine leicht veränderte Richtung einschlugen.

Diese gewaltige, wandernde Stahlpyramide der Vernichtung war es, welche Penfield und seine Leute in Panik versetzt hatte.

Zuerst hatte sie ihre Geschosse in die Stadt gepumpt, dann hatte sie sich in Bewegung gesetzt und die Mauern dort durchbrochen, wo man sie für am stärksten gehalten hatte. Unbesiegbar und unerbittlich rollte sie auf das Kapitol zu.

Nun war ich an der Reihe, die Beine unter den Arm zu nehmen und konnte mich gerade noch retten, während sie sich weiterschob, erneut ächzte und dann stehenblieb, um das Kapitol mit, wie es mir vorkam, herausfordernder Gebärde anzustarren.

Fast hysterisch schwenkten die Geschütze des Kapitols herum und begannen zu feuern, und ich hatte den Eindruck, während ich mir das ganze unter Lebensgefahr ansah, daß zwei primitive Geschöpfe aus einer weit zurückliegenden Vergangenheit der Erde miteinander kämpften.

Die Geschosse vom Kapitol kamen Schlag um Schlag, prallten jedoch wirkungslos an den Flanken des Land-Leviathans ab, der erst gar nicht reagierte.

Dann setzten sich die beiden obersten Türme in Bewegung, bis ihre Geschütze auf die große, weiße Kuppel gerichtet waren, auf welcher sich der Feuerschein der brennenden Gebäude ringsum spiegelte.

Zweimal donnerten die Kanonen des Land-Leviathans in schneller Folge. Die erste Salve blies das ganze Dach fort. Die zweite brachte die Mauern zum Einsturz, und das Kapitol schwieg. Erneut begann das riesige Metallungeheuer nach vorne zu rumpeln, seine Suchscheinwerfer streiften dahin und dorthin, als halte es Ausschau nach möglichen weiteren Gegnern, die es wagen mochten, es mit ihm aufzunehmen.

Schließlich rollte der Land-Leviathan hinauf auf die brennenden Ruinen, in denen die Schreie jener widerhallten, die unter seinen großen Rädern zermalmt oder unter seinem Leib zerquetscht wurden. Er rollte mitten in die Ruine und blieb dann stehen, wie um sich auf die Knochen seiner Beute niederzuhocken. Dann gingen seine Lichter aus, eins nach dem anderen, während hinter ihm der Tag dämmerte.

Nun war der Land-Leviathan tatsächlich die triumphierende Bestie.

— 5 —

Loyalitätsfragen

Witzigerweise war es ausgerechnet Miss Persson gewesen, welche die Gruppe der ›Maulwürfe‹ befehligt hatte, die uns aus dem Lager befreiten. Als ich den Land-Leviathan anstarrte und alles andere darüber vergaß, hörte ich hinter mir jemanden rufen. Und da war sie, hatte sich gerade halb aus der Vorderluke gequetscht und winkte mir zu.

»Guten Morgen, Mr. Bastable. Ich dachte schon, wir hätten Sie verloren.«

Ich drehte mich zu ihr um; ich fühlte mich nun sehr erschöpft. »Ist es vorbei?«

»Sehr wahrscheinlich. Wir haben Funksprüche erhalten, nach denen die australisch-japanische Flotte wieder einmal Reißaus genommen hat. Sie hatten über ihre eigenen Anlagen mitbekommen, daß Washington in unserer Hand ist. Ich nehme an, daß sie nun bereit sind, einen Friedensvertrag mit uns auszuhandeln. In einer Woche brechen wir in Richtung Süden auf. In einem Monat müßten die gesamten Vereinigten Staaten befreit sein.«

Zum erstenmal reagierte ich nicht voller Sarkasmus auf diese Redensart. Nachdem ich Zeuge der Brutalität der Weißen geworden war, glaubte ich tatsächlich, daß dies eine Befreiung für die Schwarzen bedeutete.

»Danke, daß Sie mir das Leben gerettet haben«, sagte ich.

Sie lächelte mich an und machte eine kleine Verbeugung. »Es war ja an der Zeit, daß ich meine Schulden bei Ihnen beglich.« Sie sah hinauf in einen klaren, kalten Himmel. »Glauben Sie, daß es schneien wird, Mr. Bastable?«

Ich zuckte die Achseln und schleppte mich zu dem

Metallmaulwurf. »Nehmen Sie mich ein Stück mit, Miss Persson?«

»Aber gerne, Mr. Bastable.«

Tja. Moorcock, das ist so ziemlich das Ende der Geschichte, die ich Ihnen zu erzählen hatte. Ich blieb in Hoods Diensten während des ganzen ersten Jahres, das er in den Vereinigten Staaten verbrachte. Es kam noch zu einigen recht blutigen Auseinandersetzungen, insbesondere, wie wir erwartet hatten, im Süden (obwohl es auch dort Gegenden gab, wo wir Weiße und Schwarze fanden, die in völliger Harmonie zusammenlebten), und nicht alle von Hoods Methoden waren erfreulich. Andererseits war er im Umgang mit den Besiegten niemals ungerecht und kam in keiner Weise an die Gemeinheit und Brutalität heran, wie wir sie in Washington erlebt hatten. Hood war kein freundlicher Eroberer, und an seinen Händen klebte das Blut vieler, doch er war auf seine Weise gerecht. Ich mußte ursprünglich unwillkürlich an Wilhelm den Eroberer und die Aufrichtigkeit denken, mit welcher er die Befriedung Englands im 11. Jahrhundert durchgeführt hatte.

Unter anderem hatte ich an der öffentlichen Hinrichtung durch den Strang von ›Präsident‹ Penfield (man hatte ihn in den gleichen Abwasserkanälen entdeckt, wo wir uns vor ihm versteckt hatten) und vieler seiner Anhänger, einschließlich Joe ›Bomber‹ Kennedy, teilgenommen. Das war kein angenehmer Anblick gewesen, insbesondere, da Penfield und mehrere andere in einer Weise starben, die keineswegs mannhaft zu nennen war.

Doch kaum hatte Hood seine Herrschaft etabliert, als er seine Kriegsmaschinen auch schon für friedliche Zwecke einsetzte. Man richtete riesige Pflüge so her, daß sie von den Panzerwagen gezogen werden konnten, wodurch ein ganzes Feld innerhalb von Minuten zur Saat fertig gemacht wurde. Die Luftschiffe beförderten überall hin Vorräte, wo sie benötigt wurden, einzig und allein der Land-Leviathan fand keinen Einsatz. Er blieb, wo er sich am Morgen nach der Schlacht befunden hatte, als Symbol für Hoods Sieg. Später würde das Ungetüm, wenn nötig, schon genutzt werden, doch Hood hielt es politisch für richtig, es eine Weile da zu belassen, wo es war, und damit hatte er wohl auch recht.

In der Zwischenzeit fanden Verhandlungen mit der Australisch-Japanischen Föderation statt, und ein Waffenstillstand wurde vereinbart. Insgeheim war Hood überzeugt, daß es sich nur um eine zeitweilige Waffenruhe handelte und daß die Australisch-Japanische Föderation, nachdem sie nun einmal ihre Politik der Isolation aufgegeben hatte, in Zukunft wieder versucht sein könnte, einen Überfall zu wagen. Dies war ein weiterer Grund dafür, daß er während der Gespräche, die in Washington stattfanden, den Land-Leviathan an seinem Standort beließ und dieser auf uns herabblickte, während wir verhandelten. Meine eigenen Auffassungen deckten sich nicht ganz mit denen Hoods. Ich hätte es für besser gehalten, unseren Verhandlungspartnern zu zeigen, daß wir keine Bedrohung ihrer Sicherheit darstellten, denn schließlich arbeitete O'Bean noch immer für sie, doch Hood erklärte, in der Zukunft wäre Zeit genug, guten Willen zu demonstrieren, und wir dürften sie nun nicht glauben lassen, sie könnten ein zweitesmal zuschlagen, während wir nicht damit rechneten. Präsident Gandhi hätte das nicht unterstützt, aber ich fügte mich schließlich seiner Logik.

Im Lauf jenes Jahres stattete ich Bantustan einen Besuch ab, um Lebensmittel- und Arzneilieferungen anzufordern, denn es würde einige Zeit dauern, ehe Amerika sich völlig selbst versorgen konnte. Es war eine eigentümliche Allianz zwischen Gandhi, dem Mann des Friedens, und Hood, dem Schwarzen Attila und Inbegriff des Kriegsherrn, doch es schien ein funktionstüchtiges Bündnis zu sein, denn beide Männer hatten große Achtung voreinander. In meiner Freizeit verfaßte ich diese ›Memoiren‹ — hauptsächlich für Sie, Mr. Moorcock, denn ich habe das Gefühl, Ihnen etwas schuldig zu sein. Wenn Sie es veröffentlichen können — falls Sie es je zu Gesicht bekommen —, um so besser. Geben Sie es einfach als Roman aus.

Ich verbrachte viel Zeit in der Gesellschaft von Miss Persson, doch sie blieb für mich eine höchst mysteriöse Frau. Ich versuchte, sie in ein Gespräch über meine früheren Abenteuer in einer zukünftigen Epoche zu verstricken, sie hörte mich höflich an, ließ sich jedoch nicht mitreißen. Trotzdem gelangte ich, ob nun zu Recht oder zu Unrecht, zu der Auffassung, daß sie ebenso wie ich durch die Zeit und verschiedene ›alternative‹ Welten gereist war, und ich hoffe inbrünstig, daß sie es eines Tages zugeben und mir helfen wird, in meine eigene Welt zurückzukehren. So aber habe ich ihr das Manuskript ausgehändigt und ihr von Ihnen und vom Tal der Morgendämmerung erzählt und wie wichtig es für mich ist, daß sie es zu lesen bekommen. Alles weitere muß ich ihr überlassen. Es ist durchaus möglich, daß meine Einschätzung von ihr völlig irrig ist, aber ich glaube es nicht. Ich frage mich sogar, in welchem Umfang sie für Hoods Erfolg verantwortlich war.

Das Schwarze Amerika ist nun ein vollwertiger Partner des Aschanti-Reiches. Sein Wohlstand entwickelt sich wieder, und Schwarze regieren das Land. Die verbliebenen Weißen befinden sich in unteren Positionen, was das Gros betrifft, und werden es einige Zeitlang bleiben. Hood erzählte mir, er wolle »eine Generation für die Verbrechen ihrer Vorväter bestrafen«. In dem Maße, wie die ältere Generation ausstirbt, will er seinen Fuß vom Nacken der weißen Rasse nehmen. Ich nehme an, daß das tatsächlich eine Form der Gerechtigkeit ist, obwohl ich sie innerlich nicht befürworten kann.

Una Persson und ich werden natürlich von der Mehrheit der Weißen in Amerika gehaßt. Wir werden als Verräter und Schlimmeres erachtet. Doch Miss Persson scheint von der Meinung anderer ungerührt zu sein, und mir ist das höchstens peinlich.

Doch ich bin ein Geschöpf meiner Epoche, und ein Jahr war das Maximum, das ich in Hoods Amerika ertragen konnte. Viele seiner Leute waren so freundlich, mir zu versichern, daß sie mich überhaupt nicht als Weißen sahen, und verfuhren mit mir wie mit jedem Schwarzen. Ich wußte ihre Gefühle zu schätzen, aber das konnte keineswegs den schlecht verhohlenen Abscheu aufwiegen, der mir von vielen Leuten, mit denen ich an Hoods ›Hof‹ zu tun hatte, entgegengebracht wurde. So bat ich schließlich den Schwarzen Attila um Erlaubnis, in den Dienst Bantustans zurückkehren zu dürfen. Morgen gehe ich an Bord eines Luftschiffs, das mich nach Kapstadt bringt. Dort werde ich dann entscheiden, was ich weiter vorhabe.

Sie werden sich erinnern, daß ich einmal Spekulationen über mein Schicksal angestellt habe — ob ich dazu verdammt bin, durch verschiedene Zeitalter und Welten, die sich leicht von der meinen unterscheiden, zu wandern, um die vielen Möglichkeiten mitzuerleben, auf welche sich der Mensch vernichten oder zu einem besseren Wesen entwickeln kann. Nun, diese Frage stelle ich mir immer noch, doch ich habe den Eindruck, daß mir meine Rolle nicht gefällt. Eines Tages werde ich vermutlich nach Teku Benga zurückkehren und wieder den Tunnel betreten, in der Hoffnung, daß er mich diesmal in eine Welt führt, wo man mich kennt, wo meine Verwandten mich erkennen und ich sie, wo das gute, alte Britische Empire seine ruhige, saubere Herrschaft weiterführt und die Gefahr eines größeren Krieges sehr gering ist. Das ist doch keine allzu hochgesteckte Hoffnung, oder, Mr. Moorcock?

Und doch beginne ich, so wie ich Ihnen gegenüber eine besondere Art von Loyalität empfinde und Ihnen diese Geschichte irgendwie zukommen lassen möchte, ein Treuegefühl zu entwickeln, das aber nicht einem Mann wie Hood oder Gandhi, nicht einer Nation, einer Welt, und nicht einmal einer Epoche gilt. Meine Loyalität gilt gleichzeitig mir selbst und der gesamten Menschheit. Es fällt mir schwer, das zu erklären, denn ich bin kein großer Denker, vermutlich ist das alles sehr unbeholfen geschrieben, aber ich hoffe, daß Sie es verstehen werden.

Ich glaube kaum, Mr. Moorcock, daß ich Sie jemals wiedersehen werde, aber man kann ja nie wissen. Ich könnte eines Tages auf Ihrer Türschwelle stehen und ein anderes ›Märchen‹ für Sie parat haben. Aber wenn ich auftauche, sollten Sie sich vielleicht Sorgen machen, denn es könnte bedeuten, daß ein neuer Krieg bevorsteht.

Viel Glück, mein Lieber!

Ihr *Oswald Bastable*

Es wurde Abend, bis ich die letzten Seiten von Bastables Manuskript gelesen hatte, dann nahm ich wieder seine Notiz zur Hand, die offenbar später geschrieben worden war, als er weit deprimierter war:

> Ich will mein Glück noch einmal versuchen. Sollte es mir nicht gelingen, so bezweifle ich, daß ich die Kraft habe, mein Leben (falls es *überhaupt* das meine ist) fortzuführen.

Ich seufzte, drehte und wendete den Zettel in der Hand, war verwirrt und glaubte, daß ich diesmal bestimmt träumte.

Miss Persson war verschwunden — ins Nichts verschwunden mit ihren Banditen und ihren Gewehren besonderer Bauart und Feuerkraft (gewiß ein Beweis für Bastables eigene Geschichte und seine Theorie in bezug auf sie!). Alles, was mir blieb, war das Pferd, das mich, sollte ich Glück haben, nicht von Banditen abgeschlachtet werden und nicht die Orientierung verlieren, nach Shanghai zurückbringen konnte. Ich hatte das meiste meines Gepäcks verloren, eine beachtliche Summe Geldes und Zeit vertan, und alles, was ich vorweisen konnte, war ein geheimnisvolles Manuskript! Außerdem war Miss Persson für mich zu einem ebensolchen Rätsel wie Bastable geworden. Ich stand in bezug auf meinen eigenen Seelenfrieden kaum besser da als bei Antritt meiner Reise.

Schließlich erhob ich mich, ging in mein Zimmer und schlief sofort ein. Am Morgen war ich fast überrascht, das Manuskript noch neben mir liegen und bei einem Blick aus dem Fenster das Pferd noch friedlich in dem mageren Gras weiden zu sehen.

Ich fand ein Stück Papier und kritzelte ein paar Zeilen für Miss (oder *doch* Mrs.?) Persson, worin ich mich für ihre Gastfreundschaft und das Manuskript bedankte. Dann notierte ich mehr zum Spaß und doch halb im Ernst meine Adresse in London und lud sie ein, doch bei mir vorbeizuschauen, »falls Sie sich jemals wieder in meinem Teil des 20. Jahrhunderts befinden sollten.«

Einen Monat später kam ich abgemagert und erschöpft in Shanghai an. Ich blieb nur noch so lange in China, bis ich eine Überfahrt nach Hause bekam.

Und nun sitze ich hier am Schreibtisch meines kleinen Arbeitszimmers mit Blick auf die ewigen, wogenden Hügel des West Riding, lese Bastables Manuskript zum weiß Gott wievielten Mal und versuche die Implikationen seiner Abenteuer zu begreifen, doch es will mir nicht gelingen.

Sollte jemand anders *jemals* diesen Text lesen, so kann dieser vielleicht mehr damit anfangen als ich.

Bastable war ratlos, mein Großvater war ratlos, und ich muß gestehen, daß auch ich ratlos bin, obwohl derartige Spekulationen mein Arbeitsmaterial sein sollen. Ich habe einige der Ideen, die ich in dem Buch, das ich *The Warlord of the Air (Der Herr der Lüfte)* nannte, gefunden habe, in meinen eigenen Romanen ganz schamlos benutzt und sogar ein oder zwei Personen (besonders Una Persson, die in *The English Assassin* erscheint) »entführt«. Vielleicht stößt Miss Persson eines Tages auf eins dieser Bücher. Wenn ja, so hoffe ich sehr, daß sie mir einen Besuch abstatten wird — und mir vielleicht die Lösung des Rätsels von Oswald Bastable liefert. Ich kann Ihnen versichern, daß ich die Neuigkeit dann augenblicklich weitergeben werde!

MICHAEL MOORCOCK
Irgendwo im 20. Jahrhundert

Dritter Roman

Der Stahlzar

Originaltitel: THE STEEL TSAR

Deutsche Übersetzung von Sylvia Pukallus

Inhalt

Meinen Gläubigern gewidmet,
die mir ein nicht versiegender Quell
von Inspiration bleiben

[illegible] Marn-
[illegible] halten zu
[illegible] unmöglich
[illegible] Marn-
[illegible]

[illegible] Gru-
[illegible] der Suche
[illegible] Mann [illegible] schlichter
[illegible] Zufall [illegible] gewesen war.
[illegible] Landle-
[illegible] mensch-
[illegible] Wirkli-
[illegible] Person [illegible]
[illegible] Chro-
[illegible] wie das
[illegible] mir fest
[illegible] in ande-
[illegible] nur mit
[illegible]
[illegible] machen.

Die Entdeckung und Veröffentlichung zweier Manuskripte aus dem Nachlaß meines Großvaters haben zu einer beachtlichen Anzahl von Spekulationen bezüglich ihrer Echtheit und ihrer Verfasser geführt. Die Manuskripte bestanden aus einem handschriftlichen Text meines Großvaters nach Berichten des mysteriösen Hauptmanns Bastable, den er zu Beginn dieses Jahrhunderts auf Rowe Island kennengelernt hatte, und einem weiteren Text, der anscheinend von Bastable selbst aufgezeichnet worden war und den man meinem Großvater übergeben hatte, als dieser China auf der Suche nach dem Mann besuchte, der (wie man ihm berichtete) ›ein Nomade der Zeitströmungen‹ geworden war.

Die nur leicht überarbeiteten Texte veröffentlichte ich unter den Titeln ›Der Herr der Lüfte‹ und ›Der Landleviathan‹, und ich war überzeugt davon, daß ich niemals mehr etwas über Bastables Abenteuer erfahren würde. Als ich in meinem Schlußwort zum ›Landleviathan‹ anmerkte, ich hoffte, Una Persson würde mir eines Tages einen Besuch abstatten, war das natürlich ironisch gemeint. Ich glaubte nicht, daß ich die berühmte Chrononautin jemals kennenlernen sollte. Doch wie das Schicksal so spielt, begann sie mir kurz nach der Publizierung des ›Landleviathan‹ Besuche abzustatten. Sie schien froh zu sein, mit mir reden zu können, und erlaubte mir, viel von dem zu benutzen, was sie mir über ihre Erfahrungen in unserer Zeitströmung und in anderen Zeitströmungen erzählte. Was jedoch Oswald Bastable anging, war sie nicht sehr gesprächig, und mir wurde bald klar, daß ich sie nicht bedrängen durfte. Die meisten meiner Anspielungen auf ihn in anderen Büchern (wie beispielsweise in ›The Dancers at The End of Time‹) waren reine Spekulation.

Gegen Ende des Frühjahrs 1979, kurz nachdem ich einen Roman fertiggestellt hatte und mich von der davon herrührenden Erschöpfung erholte, welche mein Privatleben zugrunde gerichtet und meine Urteilskraft erheblich geschwächt hatte, erhielt ich in meiner Londoner Wohnung einen Besuch von Mrs. Persson. Ich war nicht in der Stimmung, mit irgendeinem Menschen zusammenzusein; doch sie hatte irgendwoher erfahren (oder es vielleicht bereits von der Zukunft aus gesehen), daß es mir schlecht ging, und war gekommen, um sich zu erkundigen, ob sie etwas für mich tun könnte. Ich sagte ihr, daß es nichts gäbe, was sie für mich tun könnte. Mit Zeit und Ruhe würden sich meine Probleme lösen.

Sie stimmte zu und ergänzte mit einem kleinen Lächeln: »Aber vielleicht brauchen Sie Arbeit.«

Vermutlich äußerte ich voller Selbstmitleid etwas in der Art, daß ich nie wieder würde arbeiten können (diese Ansicht teile ich mit allen schöpferischen Menschen, die ich kenne), und sie unternahm keinen Versuch, mich von meiner Auffassung abzubringen. »Nichtsdestotrotz«, sagte sie, »falls Sie jemals das Bedürfnis empfinden sollten, werde ich nicht weit sein.«

Nun packte mich die Neugier. »Wovon reden Sie eigentlich?«

»Ich habe eine Geschichte für Sie«, sagte sie.

»Geschichten habe ich genug«, entgegnete ich, »aber nicht die geringste Lust, mich mit ihnen zu beschäftigen. Geht es um Iherek Carnelian oder den Duke of Queens?«

Sie schüttelte den Kopf. »Diesmal nicht.«

»Alles kommt mir so sinnlos vor«, sagte ich.

Sie tätschelte mir den Arm. »Sie sollten eine Weile fortgehen. Reisen.«

»Vielleicht.«

»Und wenn Sie nach London zurückkehren, habe ich eine Geschichte für Sie parat«, versprach sie.

Ihre Freundlichkeit und ihr Wunsch zu helfen rührten

mich, und ich dankte ihr dafür. Zufälligerweise erkrankte ein Freund von mir in Los Angeles, und ich beschloß, ihn zu besuchen. Ich blieb länger in den Vereinigten Staaten, als ich ursprünglich vorgehabt hatte, und ließ mich nach einem kurzen Aufenthalt in Paris im Frühjahr 1980 in England nieder.

Wie Una Persson vorausgesagt hatte, war ich natürlich wieder bereit, an die Arbeit zu gehen. Und wie versprochen, erschien sie eines Abends in ihrer gewohnten, leicht altmodischen Kleidung von militärischem Schnitt. Wir nahmen genüßlich einen Drink, unterhielten uns ganz allgemein, und ich vernahm Gerüchte vom Ende der Zeit, einer Epoche, die mich stets fasziniert hatte. Mrs. Persson ist eine ausgebuffte Zeitreisende und weiß gewöhnlich, was sie erzählen darf und was nicht, denn unvorsichtige Worte haben oft gewaltige Auswirkungen sowohl auf die Zeitströmungen selbst als auch auf jene Seltenheit wie sie selbst: nämlich auf die Chrononautin, die die Zeitströmungen mehr oder weniger nach eigenem Willen bereisen kann.

Sie hat mir stets versichert: Solange die Menschen meine Geschichten als Fiktion betrachteten und solange sie wie Belletristik als Lesestoff aufgemacht sind, läuft keiner von uns Gefahr, Opfer des Morphail-Effekts zu werden, mit welchem die Zeit sich manchmal auf radikale Weise zurechtrückt. Der Morphail-Effekt tritt am sichtbarsten in der Tatsache zutage, daß den meisten Zeitreisenden nur eine ›Vorwärts‹-Bewegung durch die Zeit (d. h. in ihre eigene Zukunft) möglich ist. ›Rückwärts‹-Bewegungen (eine Rückkehr in ihre Vergangenheit oder Gegenwart) oder eine Bewegung zwischen den parallelen Zeitströmen sind nur den wenigen Angehörigen der berühmten Zunft der Zeitabenteurer möglich. Ich wußte, daß Bastable Angehöriger dieser Zunft war, jedoch wußte ich nicht, wie es dazu gekommen war — es sei denn im Tal der Morgendämmerung durch Mrs. Persson selbst.

»Ich habe Ihnen etwas mitgebracht«, sagte sie. Sie ließ sich in ihrem Lehnsessel nieder und griff nach einem schwarzen Aktenkoffer. »Es ist nicht vollständig, doch ich habe mein Bestes getan. Die restlichen Lücken werden Sie mit dem, was ich Ihnen erzähle, und mit Ihrer hervorragenden Phantasie schließen müssen.« Es war ein Manuskriptpacken. Ich erkannte die Handschrift sofort wieder. Sie stammte unwiderruflich von Bastable.

»Gütiger Gott!« Ich war verblüfft. »Er wird ja noch zum Romanautor!«

»Nicht direkt. Es sind neue Memoiren, mehr nicht. Er hat die anderen gelesen und ist absolut zufrieden mit dem, was Sie daraus gemacht haben. Er war Ihrem Großvater außergewöhnlich zugetan und sagt, er würde sich sehr freuen, die Tradition mit Ihnen fortzuführen. Besonders, so meint er, da Sie entschieden größeren Erfolg dabei hätten, seine Geschichten zu publizieren!« Sie lachte.

Das Manuskript war von beachtlichem Umfang. Ich wog es in der Hand. »Dann hat er also seine eigene Zeit niemals wiedergefunden? Und konnte nie mehr zu dem Leben zurückfinden, nach dem er sich so inbrünstig sehnte?«

»Darüber kann ich nicht befinden. Sie werden in dem Manuskript feststellen, daß er nur wenige Erklärungen dazu gibt, wie er in die verschiedenen alternativen Zeitströmungen gelangte, die er beschreibt. Es genügt zu wissen, daß er nach Teku Benga zurückkehrte, in ein anderes Kontinuum eintrat und sich zum Luftschiffwerk nach Benares durchschlug. Diesmal hatte er sich mit den Geschehnissen abgefunden, berief sich als geschulter Luftschiffmann auf einen leichten Gedächtnisverlust und darauf, seine Papiere verloren zu haben. Schließlich verschaffte er sich ein Offizierspatent, denn ohne tadellose Zeugnisse hätte er keinen Posten bei einer der bedeutenderen Linien finden können.«

Ich lächelte. »Und er wird vermutlich immer noch von Angst gequält?«

»In gewissem Maße. Er hat viele Leben auf dem Gewissen. Er kennt nur Welten im Kriegszustand. Doch wir von der Zunft wissen, welche Verantwortung wir tragen, und ich glaube, die Mitgliedschaft bei uns hat ihm geholfen.«

»Und ich soll ihn niemals kennenlernen?«

»Es ist unwahrscheinlich. Diese Zeitströmung wird ihn vermutlich zurückweisen und wieder zu dem armseligen Geschöpf machen, das Ihr Großvater beschrieben hat, das nämlich durch die Zeit hin- und hergeschleudert wird, ohne die geringste Gewalt über sein Schicksal zu besitzen.«

»Das verbindet ihn mit den meisten von uns«, bemerkte ich.

Sie wirkte erheitert. »Ich sehe, Sie sind noch nicht völlig über Ihr Selbstmitleid hinweg, Moorcock.«

Ich lächelte und entschuldigte mich. »Das regt mich ganz schön auf.« Ich hielt das Manuskript hoch. »Bastable wünscht offensichtlich, daß es so schnell wie möglich veröffentlicht wird. Warum?«

»Vielleicht aus reiner Eitelkeit. Sie wissen ja, wie die Leute reagieren, wenn sie ihren Namen erst einmal gedruckt sehen.«

»Jämmerlich?«

Wir lachten beide darüber.

»Außerdem vertraut er Ihnen«, fuhr sie fort. »Er weiß, daß Sie an seiner Arbeit nicht herumgepfuscht haben und daß er Ihnen in gewissem Umfang bei Ihren Recherchen von Nutzen gewesen ist.«

»Wie auch Sie, Missis Persson.«

»Das freut mich. Wir haben unseren Spaß an dem, was Sie machen.«

»Sie finden meine Spekulationen lustig?« wollte ich wissen.

»Das auch. Wir überlassen es völlig Ihrer recht originellen Phantasie, die notwendige Verwirrung zu stiften!«

Ich betrachtete das Manuskript. Ich war überrascht, bestimmte Briefwechsel und Übereinstimmungen mit dem ersten Manuskript meines Großvaters vorzufinden. Bastable schien jedoch nicht alle Verbindungen herzustellen, wie dies der Leser vielleicht tut. Ich bemerkte dies gegenüber Mrs. Persson.

»Unser Denken kann nur eine bestimmte Menge erfassen«, antwortete sie. »Wie ich zuvor schon erwähnte, leiden wir manchmal an echtem Gedächtnisverlust oder zumindest an einer Art Erinnerungssperre. Auf diese Art gelingt es uns hin und wieder, in Zeitströmungen einzudringen, die dem gewöhnlichen Zeitreisenden nicht zugänglich sind.«

»Die Zeit läßt Sie vergessen?« fragte ich ironisch.

»Genau.«

»Als jemand, der zum Anarchismus neigt«, sagte ich, »bin ich gespannt auf die Bezüge dieses Manuskripts zum Rußland unter Kerenski. Wäre es möglich, daß ...«

Sie unterbrach mich. »Ich kann Ihnen nichts weiter sagen, bevor Sie nicht das Manuskript gelesen haben.«

»Eine Welt, in der die bolschewistische Revolution nicht stattgefunden hat. Er macht in einer anderen Geschichte eine Anspielung darauf ...« Ich hatte mich oft gefragt, was aus dem russischen Kaiserreich unter solchen Umständen geworden wäre, denn ein weiteres Interessensgebiet von mir gilt der Sowjetunion und ihrer Literatur, die unter Stalin so brutal geknebelt wurde.

»Sie müssen erst lesen, was Bastable geschrieben hat, und mir dann Fragen stellen. Ich will antworten, so gut ich kann. Es liegt bei Ihnen, sagte er, wieviel Gestalt Sie als professioneller Schriftsteller dem Ganzen geben. Doch er vertraut darauf, daß Sie den Grundgedanken der Erinnerungen bewahren.«

»Ich werde mein Bestes tun.«

Und hier liegt nun, so weit so gut, Oswald Bastables

dritter Memoirenband vor. Ich habe so wenig wie möglich daran redigiert und überlasse ihn dem Leser weitgehend so, wie ich ihn erhalten habe. Was seine Echtheit betrifft, so mögen Sie das Urteil fällen.

MICHAEL MOORCOCK
Three Chimneys, Yorkshire,
England, Juni 1980

[illegible]

englischen [illegible]

[illegible]

[illegible] 1941

[illegible]

[illegible]

[illegible] und [illegible]

[illegible]

[illegible] gegen [illegible]

[illegible] und [illegible]

[illegible] konnte [illegible]

Erster Teil

Die Abenteuer eines englischen Luftschiffahrers im Großen Krieg von 1941

— 1 —

Wie ich sterben wollte

Es war, glaube ich, an meinem fünften Tag auf See, als mich die Erleuchtung überkam. So wie ein Mensch an einem bestimmten Punkt seines Daseins einen besonderen Entschluß fassen kann, wie er sein weiteres Leben führen will, so kann er auch entscheiden, wie er dem Tod ins Auge blicken will. Er kann die finstere Wahrheit seines Sterbens einfach annehmen, oder er kann sich in irgendein freundliches Hirngespinst flüchten, in einen Traum von Himmel und Erlösung, um so geradezu freudig seinem Ende entgegenzublicken.

An meinem sechsten Tag auf See wurde es offenkundig, daß ich sterben würde, und zu jenem Zeitpunkt beschloß ich, mich der Illusion statt der Wirklichkeit hinzugeben.

Ich hatte den ganzen Morgen auf dem Boden meines Kanus gelegen. Mein Gesicht war gegen das feuchte, dampfende Holz gepreßt. Die Tropensonne brannte auf meinen ungeschützten Hinterkopf und rief Blasen auf meinem geschundenen Leib hervor. Das langsame Pochen meines Herzens erfüllte meine Ohren und kontrapunktierte das gelegentliche Klatschen einer Welle an die Seitenwand des Bootes.

Ich konnte an nichts anderes denken, als daß mir ein Tod erspart geblieben war, damit ich nun hier draußen allein auf dem Ozean sterben sollte. Und ich war dankbar dafür. Das war viel besser als der Tod, dem ich entronnen war.

Dann vernahm ich den Schrei eines Seevogels und lächelte schwach vor mich hin. Ich wußte, nun setzten die Halluzinationen ein. Es bestand keinerlei Möglichkeit, daß irgendwelches Land in Sicht war, und deshalb konnte ich auch keinen Vogel gehört haben. In den letzten Tagen hatte ich viele solcher akustischer Einbildungen gehabt.

Ich begann in mein, wie ich es wußte, letztes Koma zu versinken. Aber das Geschrei wurde hartnäckiger. Ich rollte mich herum und blinzelte ins gleißende Sonnenlicht. Ich spürte, wie das Boot unter der Bewegung meines mageren Körpers wild schaukelte. Unter Schmerzen hob ich den Kopf, spähte durch silbernen, blauen Dunst und sah meine letzte Vision. Sie war wunderschön: prosaischer als so manche, aber auch ungleich deutlicher.

Ich hatte das Bild einer Insel heraufbeschworen. Einer Insel, die sich mindestens dreihundert Meter aus dem Wasser erhob, etwa fünfzehn Kilometer lang und sieben Kilometer breit war: ein monströser Klumpen aus vulkanischem Basalt, Kalkstein und Korallen mit belaubten dunkelgrünen Stellen.

Ich lehnte mich in das Kanu zurück, kniff die Augen zusammen und beglückwünschte mich zu der Kraft meiner Vorstellungsfähigkeit. Die Halluzinationen verbesserten sich mit den schwindenden Überlebenshoffnungen. Ich wußte, es war an der Zeit, mich dem Wahnsinn hinzugeben, so zu tun, als wäre die Insel Wirklichkeit, um so lieber einen ergreifenden als einen würdigen Tod zu sterben.

Ich kicherte. Es klang wie ein trockenes, totes Rasseln.

Wieder kreischte der Seevogel.

Warum sollte ich langsam und kläglich umkommen (was vielleicht noch lange, durstige Stunden dauern konnte), wenn ich nun in einem tröstlichen Traum sterben konnte, im letzten Augenblick gerettet worden zu sein?

Mit der mir verbliebenen Kraft kroch ich zum Heck und ergriff die Anreißschnur des Außenbordmotors. Schwach zog ich daran. Nichts geschah. Halsstarrig versuchte ich es wieder. Und noch einmal. Und während der ganzen Zeit hielt ich meinen Blick auf die Insel gerichtet und wartete, daß sie zu wabern begann und vor meinen Augen verschwand, ehe ich sie mir zunutze machen konnte.

Ich hatte in den vergangenen Tagen so viele Visionen erlebt. Ich hatte gesehen, wie knapp außerhalb meiner Reichweite milchweiße Engel mit Kristallbechern voll reinen Wassers dahinschwebten. Ich hatte blutrote Teufel erlebt, die mit spitzen Dreizacken meine Haut durchstießen. Ich hatte feindliche Luftschiffe gesehen, die in den Augenblicken, da sie ihre Bombenlast über mir fallen lassen wollten, wie Blasen zerplatzten. Ich hatte Schoner mit orangefarbenen Segeln gesehen, vom Passatwind gebläht, hoch wie das Empire State Building. Ich hatte Scharen kleiner schwarzer Wale erblickt. Ich hatte rosige Korallenatolle entdeckt, auf denen sich wunderschöne junge Frauen räkelten, deren Gesichter sich, sobald ich näher kam, in die Gesichter japanischer Soldaten verwandelten, die dann ins Wasser tauchten; ich war überzeugt, sie würden versuchen, mein Boot zum Kentern zu bringen. Doch dieses Bild hier wahrte seine Deutlichkeit, wie verbissen ich es auch anstarrte, und es war um so vieles detaillierter als die vorangegangenen.

Der Motor sprang nach dem zehnten Startversuch

endlich an. Ich hatte kaum noch Benzin. Die Schraube krächzte, kreischte und begann sich schließlich zu drehen. Das Wasser schäumte. Das Boot bewegte sich widerwillig über eine glatte See polierten Stahls unter einer angeschwollenen, vibrierenden Feuerscheibe, welche die Sonne, meine Feindin, war.

Ich richtete mich auf, kauerte wie eine ausgetrocknete alte Kröte auf dem Boden des Bootes, stöhnte, als ich nach dem Steuerreep griff, denn die Berührung jagte mir tausend Flammen durch die Hand und in den Körper.

Noch immer begann die Halluzination nicht zu verschwimmen; sie schien vielmehr noch größer zu werden, während ich mich ihr näherte. Ich vergaß meinen Schmerz völlig, als ich mir gestattete, mich von dem wundervollen Trugbild täuschen zu lassen.

Ich steuerte von unten gegen die brütend heißen Felsen, die kahl ins Meer fielen. Ich gelangte zu den flacheren Hängen der Insel und sah Palmen, die sich wie im Gebet neigten und über den scharfkantigen, flutumspülten Felsen schaukelten. Da huschte sogar ein brauner Krebs über einen Stein; ich sah Gräser und Flechten der verschiedensten Arten; Seevögel tauchten im seichten Gewässer und schossen wieder in die Höhe mit schimmernden Fischen in den langen Schnäbeln. Vielleicht war die Insel letztendlich doch Wirklichkeit?

Doch dann hatte ich ein Korallenriff umrundet und entdeckte schließlich den letzten Beweis meines völligen Wahnsinns. Denn da erhob sich eine hohe Betonmauer: eine Hafenmauer, die in Höhe des Wasserspiegels verkrustet war mit Entenmuscheln, Korallen und winzigen Pflanzen. Sie folgte in ihrem Bau der natürlichen Wölbung der kleinen Bucht. Und über der Mauerkrone sah ich Dächer und die oberen Stockwerke von Häusern, die zu jedem Städtchen an der englischen Küste hätten gehören können. Und als letzter Höhepunkt erhob sich ein Fahnenmast, an dem ein zerrissener und wettergebleichter Union Jack flatterte! Meine Fata Morgana war vollständig. Ich hatte einen englischen Fischerhafen mitten in den Indischen Ozean gebaut.

Wieder mußte ich lächeln. Die Bewegung ließ die blasige Haut meiner Lippen weiter springen. Ich ignorierte das unangenehme Gefühl. Nun brauchte ich nur noch in den Hafen einzufahren, hinauszutreten auf das, was ich für trockenes Land hielt, und zu ertrinken. Es war eine angenehme Art zu sterben. Ich stieß ein weiteres heiseres, irres Kichern voller Selbstbewunderung hervor und gab mich meiner Gedankenwelt hin.

Ich lenkte mein Boot an der Mauer entlang und fand die Hafeneinfahrt. Sie war teilweise durch das Wrack eines Dampfers blockiert. Rostrote Schornsteine und Masten ragten aus dem Wasser. Das Wasser selbst war ungetrübt, und so sah ich beim Vorüberfahren, wie der Rest des gesunkenen Schiffes sich an eine rötliche Korallenbank lehnte und bunte Fische durch Luken und Bullaugen hinein- und herausschwammen. Der Name an der Schiffswand war noch zu lesen: *Jedah, Manila.*

Nun sah ich die kleine Stadt ganz deutlich.

Die Gebäude waren in recht bescheidenen viktorianischen, edwardianischen oder neoklassischen Stil erbaut und machten einen etwas heruntergekommenen Eindruck. Sie wirkten verlassen, und einige waren offenkundig vernagelt. Konnte ich denn nicht, ehe ich starb, ein paar Einwohner erschaffen? Sogar ein oder zwei Laskare wären besser als nichts, denn ich begriff nun, daß ich einen typischen Außenposten des Königreiches geschaffen hatte. Dies waren Kolonialbauten, keine englischen, und dazwischen standen die rechteckigen, weitgehend schmucklosen Eingeborenenhäuser.

Am Kai reihten sich mehrere Schuppen und Büros aneinander. Das größte davon trug die verblaßte Aufschrift: *Welland Rock Phosphate Company.* Eine hübsche Idee von mir. Hinter der Stadt erhob sich so etwas wie eine kleine zerschrammte Version des Eiffelturms. Ein verwitterter Luftschiff-Anlegemast! Noch besser!

Von der Mitte des Kais erhob sich eine Steinmole. Sie war für motorbetriebene Frachter gebaut worden, doch nun lagen dort nur ein paar eher schäbig wirkende Fischerboote von Eingeborenen. Sie sahen kaum seetüchtig aus. Ich schlug die Richtung zur Mole ein und krächzte laut die Worte des Lieds, das ich in den vergangenen zwei Tagen nicht mehr gesungen hatte.

»Rule Britannia, Britannia rules the waves. Britons never, never shall be marr-I-ed to a mer-Mi-Ad at the bottom of the deep, blue sea!«

Wie von meinem Gesang angelockt, tauchten am Kai nun Malaien und Chinesen auf. Einige liefen die Landungsbrücke herab, gestikulierten heftig mit den Armen, und ihre braunen und gelben Körper glänzten im Sonnenschein. Sie trugen verschiedenfarbige Lendenschurze und Sarongs, und ihre Gesichter wurden überschattet von ausladenden Kulihüten aus geflochtenen Palmblättern. Ich hörte sie sogar aufgeregt plappern, als sie näher kamen.

Ich lachte, als das Boot gegen den algenüberwucherten Landungssteg stieß. Ich versuchte aufzustehen, und ein Wort an diese wundervollen Geschöpfe meiner Phantasie zu richten. Wahrscheinlich fühlte ich mich wie ein Gott. Und zu ihnen zu sprechen, war vermutlich das letzte, wozu ich in der Lage wäre.

Ich öffnete den Mund und breitete die Arme aus.

»Meine Freunde ...«

Und mein ausgehungerter Körper brach unter mir zusammen. Ich stürzte rückwärts in das Boot und stieß mir die Schulter an dem leeren Benzinkanister, der mein Trinkwasser enthalten hatte.

Es folgten ein paar Rufe in Pidgin-Englisch, und eine braune Gestalt mit fleckigen weißen Shorts sprang in das Kanu, das nun heftig schaukelte und mir die letzten Funken Verstand aus dem Kopf trieb.

Weiße Zähne grinsten. »Sie nun okay, Sar!«

»Das kann doch nicht sein«, sagte ich.

»Alles okay, Sar.«

Nun überflutete mich rotes Dunkel.

Ich hatte abgelegt, um in einem offenen Boot über tausend Meilen nach Australien zu schippern. Ich hatte kaum zweihundert geschafft, und die meisten davon in die falsche Richtung.

Wir schrieben den 3. Mai 1941. Ich war etwa hundertfünfzig Stunden auf See gewesen. Die Zerstörung Singapurs durch die Dritte Flotte der Kaiserlichen Japanischen Marine lag drei Monate zurück.

— 2 —

Die Zerstörung von Singapur

Es war eine Art Utopia gewesen, das die Japaner zerstört hatten.

Entworfen als Modell für andere große Siedlungen, die in Zukunft im Osten entstehen sollten, hatte man Singapur mit seinen graziösen weißen Wolkenkratzern, seinem blinkenden Einschienenbahnsystem und seinem Komplex glatt funktionierender Aeroparks für die Bürger unseres Imperiums als Beispiel für die Wohltaten erbaut, die die britische Herrschaft ihnen letztendlich bringen konnte.

Und Singapur brannte. Ich bin vermutlich der letzte Europäer, der Augenzeuge seiner Vernichtung wurde.

Nachdem ich zwei Monate lang auf dem portugiesischen Luftfrachter *Palmerin* gedient hatte, hatte ich mehrere Einzelheuern angenommen, wobei ich gewöhnlich für Erkrankte oder Urlauber einsprang, bis ich schließlich in Rangoon ohne die geringste Aussicht auf Arbeit festsaß. Dort ging mir das Geld aus, und ich war bereit, jede Art von Arbeit anzunehmen, einschließlich einer Anwerbung als Söldner in einer Armee, als mir eine meiner Barbekanntschaften von einem Offiziersposten berichtete, der am Abend zuvor freigeworden war.

»Chap ist bei einer Schlägerei in Shans Haus ums Leben gekommen«, sagte er und wies mit einer Kopfbewegung die Straße hinab. »Der Kapitän hat den Streit angefangen. Er zahlt schlecht, aber so kämen Sie wenigstens erst mal von Rangoon fort, wie?«

»Das ist wahr.«

»Er sitzt gleich dort drüben. Soll ich ihn Ihnen vorstellen?«

Ich erklärte mich einverstanden. Und so kam ich schließlich nach Singapur, wenn auch nicht mit dem Schiff, auf dem ich mich hatte anwerben lassen.

Ein schmieriger griechischer Handelskapitän auf der *Andreas Papadakis*, aus irgendeinem widerlichen zypriotischen Hafen, handelte mit jeder einträglichen Fracht, die wählerischere Kapitäne abgelehnt hätten, und war ursprünglich auf dem Weg nach Bangkok gewesen, als während eines Gewitters, durch welches auch unser Funksystem lahmgelegt wurde, die Maschinen aussetzten. Wir waren zwei Tage lang dahingetrieben, hatten versucht, die Reparaturen in der Luft vorzunehmen, und dabei zwei unserer Leute verloren, als der alte Windbeutel in der Mitte schließlich böse einzusacken begann und dem Boden zuschwebte.

Die *Papadakis* war für keinerlei Unwetter gemacht, und nicht einmal bei der kleinsten Gefahr hätte man sich auf sie verlassen können. Die Kabel der Gondel und der Steuerung bedurften dringender Reparaturen, und wir hätten den Augenblick abgepaßt, um über Wasser niederzugehen, wollten wir die geringste Chance wahrnehmen, ohne ernsten Schaden zu landen. Doch inzwischen war der Kapitän volltrunken mit Retsina und lehnte es ab, auf meinen Rat zu hören, während die restliche Mannschaft, ein bunt zusammengewürfelter Haufen von Schurken aus allen Häfen der Adria, in helle Panik gerieten. Ich gab mir alle Mühe, den Kapitän zu überreden, das restliche Gas abzulassen, doch er sagte mir, er wisse es besser. In der Folge sackten wir ständig tiefer, während wir uns der malaysischen Halbinsel näherten, und die *Andreas Papadakis* stöhnte und ächzte die ganze Zeit über, als wollte sie an den Nahtstellen auseinanderbrechen.

Sie bebte und zitterte am ganzen Körper, während der Kapitän ausdruckslos durch die vorderen Seitenfenster starrte und, wie es mir vorkam, auf griechisch mit den Schicksalsmächten zu hadern begann, die er für das ganze Unglück verantwortlich machte. Es war, als bildete er sich ein, so den Ausweg aus dem Unausweichlichen erschwatzen oder erschmeicheln zu können. Ich hielt das Steuerrad umklammert, betete inbrünstig darum, daß endlich ein See oder wenigstens ein Fluß in Sicht käme, doch wir schwebten über dichtem Dschungel. Ich erinnere mich an eine Masse wogender grüner Äste, ein scheußliches Geräusch von kreischendem Metall und Holz beim Aufprall und an einen Rippenstoß, der mich nach hinten in die Arme des Kapitäns schleuderte, der irgendeinen zypriotischen Fluch hervorstieß.

Er rettete mir zufällig das Leben, indem er meinen eigenen Fall auffing und sich das Rückgrat brach. Ich kam ein- oder zweimal kurz zu mir, als man mich aus dem Wrack zerrte, erwachte jedoch erst im St. Mary's Hospital in Changi in Singapur gänzlich aus meiner Ohnmacht. Ich hatte ein paar Knochen gebrochen, die schon wieder heilten, und ein paar kleinere innere Verletzungen, die ebenfalls versorgt worden waren, und würde bald bei Kräften sein, was ich dem Luftschiffahrts-Hilfsfond verdankte, der meine medizinische Versorgung und die Zeit meiner Genesung bezahlte.

Ich hatte Glück gehabt. Außer mir gab es nur noch zwei Überlebende. Fünf weitere waren in einem der Eingeborenenkrankenhäusern verstorben, wohin man sie gebracht hatte.

Während ich mich erholte und irgendwie froh war, mir keine Gedanken um Arbeit machen zu müssen und in Singapur zu sein, wo es keine Schwierigkeit sein dürfte, einen anständigen Posten zu finden, begann ich von den wachsenden Spannungen zwischen einigen der Großmächte zu lesen. Japan hatte Gebietsstreitigkeiten mit Rußland. Die Russen zeigten, auch wenn sie inzwischen eine Republik waren, die gleichen imperialistischen Bestrebungen wie die Japaner. Trotzdem wußten wir nichts vom Krieg bis zu jenem Abend des 22. Februar 1941: der Nacht des Angriffs der Dritten Japanischen Flotte, der Nacht, da ein britischer Traum von Utopia vielleicht für immer zerstört wurde.

Wir versuchten aus den Ruinen der Kolonie zu fliehen. Ein Ambulanzschiff war an einem Behelfsmast vertäut und füllte weitgehend den total verkohlten und verwüsteten Raum des Krankenhauses aus: ein riesiges Luftschiff, dessen Silhouette sich vor einem rubinroten Himmel abzeichnete, der erhellt wurde von Tausenden von Feuern. Das Ganze wirkte gespenstisch. Heute kommt es mir vor wie die Flucht aus Sodom und Gomorrah, jedoch in Noahs Arche! Winzige Gestalten von Patienten und Personal huschten, von Panik erfaßt, umher und hinein in den geschwollenen Leib des Schiffes, während über uns die mächtigen, unbarmherzigen Kriegsschiffe der Japaner dahinflogen. Sie waren urplötzlich aufgetaucht, hirnlose Bestien der oberen Gefilde, um ihre brennende Saat über Singapur auszustreuen.

Unser Widerstand war zwecklos gewesen. In großer Entfernung wanderten die Strahlen einiger Suchscheinwerfer über dem Himmel und enthüllten manchmal eine dicke Rauchwolke, in der Teile eines der riesigen Luftkreuzer zu erkennen waren. Dann dröhnten die drei verbliebenen Luftabwehrkanonen und jagten Geschosse hinauf, die entweder nicht trafen oder schadlos an den Wänden der angegriffenen Schiffe explodierten. Ein paar unserer Einmannjäger summten mit über sechshundert Stundenkilometern durch die Dunkelheit und beschossen ergebnislos die Schiffsrümpfe, die härter waren als Stahl. Sie wurden von Zielgeschossen heruntergeholt, die aus den gepanzerten Gefechtsgondeln heulten. Ich sah einen Hovergyro wie einen erschreckten Kolibri aus den Flammen trudeln.

Dann wurde auch er von den Magnesiumkugeln getroffen und stürzte kreiselnd in das brennende Chaos hinab.

Unser Schiff war nicht das neueste Modell. Das waren Lazarettschiffe nur selten. Die zigarrenförmige Hülle, die die Gaskammern umschloß, bestand aus kräftigem Borfiberglas, doch die doppelreihige Gondel darunter war weniger widerstandsfähig. Sie beherbergte Mannschafts- und Passagierunterkünfte, Motoren, Treibstoff und Ballasttanks, und in sie wurden nun so viele menschliche Wesen hineingepackt, wie sie fassen konnte. Ich ging natürlich, da ich schon fast völlig genesen war, den Ärzten und dem Pflegepersonal zur Hand. Ohne große Hoffnung, daß das Schiff ablegen könnte, half ich Tragbahren die befahrene Gangway hinaufschleppen, die aus dem Schiffsrumpf herabgesenkt worden war. Das war unter normalen Umständen schon schwierig genug, denn das Schiff war nur notdürftig vertäut und schwankte und zerrte an dem Dutzend Stahlkabeln, das es am Boden hielt.

Der letzte erschreckte Patient war eingeladen, die letzten Krankenschwestern eilten mit Bündeln und Dekken, Medikamenten und Verbandszeug an Bord, während die Luftschiffleute die Gangways aushakten, damit sie hinaufgezogen werden konnten. Die Stufen begannen zu hüpfen wie Sitze eines Karussells, als es mir mit den Mechanikern gelang, ins Schiff zu klettern, wobei ich mehrmals ausrutschte und so durchgerüttelt wurde, als bräche mein Körper in Stücke.

Plötzlich trafen mehrere Brandbomben das Krankenhaus gleichzeitig. Die Dunkelheit brach in brüllende Flammen. Weitere Bomben erschütterten den Boden, doch unglaublicherweise traf keine unser Schiff direkt. Einen Augenblick lang wurde ich von einem grellen Silberschein geblendet, und eine starke Hitzewelle traf Gesicht und Hände.

Noch ehe die Gangway ganz eingezogen war, hörte ich von irgendwo weiter oben den Kapitän brüllen: »Leinen los!« Ich suchte Halt, fand einen Handlauf, ließ den Kasten fallen, den ich getragen hatte, und versuchte verzweifelt, mir meinen Weg die letzten Stufen hinaufzukämpfen, bevor ich durch die automatisch schließende Treppe zerquetscht würde. Bald kehrte meine Sehkraft zurück, und ich sah, wie die Kabel sich lösten, als seien sie erzürnt darüber, ihre Umklammerung um das Schiff aufgeben zu müssen. Dann stand ich auf der Einschiffplattform selbst, und die unmittelbare Gefahr war vorüber.

— 3 —
Der Absturz

Wenig später erblickte ich eine Ansammlung dicht zusammengedrängter Bauten, die den Hafen von Surabaja darstellten. Die geschäftige Stadt mit ihrer halb europäischen, halb malaiischen Architektur war einer der wenigen großen Häfen, die den Niedergang der Seeschifffahrt zugunsten der Luftfrachter überlebt hatten. Im Hafen scharten sich noch Dampfer, und die ganze Stadt wirkte unnatürlich friedlich im Licht des frühen Morgens: Ich empfand einen dumpfen Stich von Neid, einen heftigen Wunsch, Surabaja möge eines Tages auch erleben, was Singapur widerfahren war. Welches Recht zu überleben besaß dieser schmutzige, häßliche Hafen, wenn das mächtige Monument eines humanen, von Idealen geleiteten Imperiums in den Flammen versunken war?

Ich verdrängte diese entsetzlichen Gedanken aus meinem Kopf. In wenigen Minuten würden wir auf dem Meer aufschlagen. Ohne Energie irgendwelcher Art würde das Schiff große Schwierigkeiten haben, in direkter Nähe zum Hafen zu wassern.

Plötzlich bebte das ganze Schiff, und ich rief das Personal zu Hilfe, als einige Patienten stöhnend Fragen hervorstießen und angstvoll wimmerten. Das Schiff drehte, begann in einem kaum kontrollierten Manöver dahinzudriften, und ich verlor die Stadt völlig aus den Augen. Ich sah nur, wie eine Barkasse über die Wellen schoß und beidrehte, um uns zu folgen, wobei sie auf See eine weiße Narbe hinterließ. Von oben ertönte ein eigentümliches Krächzen und Stöhnen, als wären die Gaskammern und die sie umschließende Hülle einer besonderen Belastung ausgesetzt.

Wir begannen an Höhe zu verlieren.

Nun erscholl ein Wehklagen von den Patienten, und

wir taten unser Bestes, sie zu beruhigen, daß alles in Ordnung sei und sie bald sicher in Surabaja in Krankenhausbetten lägen.

Ich sah, wie die See uns entgegenschoß und sich dann wieder entfernte. Wir bewegten uns in einer Reihe von Sprüngen voran, als führen wir auf einer riesenhaften Achterbahn. Irgendwo zerbrach eine ganze Sammlung irdenen Geschirrs auf Deck, und ich konnte nicht mehr tun, als mich am Geländer aufrecht zu halten.

Und dann erblickte ich zu meinem Entsetzen die Dächer der Stadt unter mir. Unsere Gondel streifte fast die höchsten Gebäude, als wir darüber hinwegschossen. Wir waren vom Meer völlig abgekommen und rasten nun aufs Landesinnere zu! Der Kapitän hatte mit seiner Entscheidung gewartet, bis es zu spät war.

Ich hörte das Bordfunkgerät summen, dann ertönte die angespannte Stimme des Ersten Offiziers. Gerade wollten wir hinabschweben, als plötzlich ein starker Wind aufkam und alle Berechnungen zunichte machte. Der Kapitän beabsichtigte, das Schiff quer über die Insel zu führen und in der Nähe von Djogjakarta auf dem Meer niederzugehen. Dies war die nächste Stadt, die wir angesichts der herrschenden Windrichtung erreichen konnten. Es war jedoch bereits eine Menge Gas abgelassen worden, und wir würden vielleicht nicht mehr genügend an Höhe gewinnen können. In diesem Fall mußten wir uns auf eine Notlandung gefaßt machen.

Ich wußte sehr wohl, was das bedeuten würde. Das Schiff war beträchtlich überladen. Wenn es vom Himmel zur Erde stürzte, war die Wahrscheinlichkeit groß, daß wir alle umkämen.

Ein Patient, der nach einem Beruhigungsmittel von der Stimme des Ersten Offiziers aus dem Schlaf gerissen worden war, schrie entsetzt auf. Eine Schwester eilte hinzu, ihn zu besänftigen.

Das Schiff bebte und hob so steil die Nase, daß das

Deck sich im steilen Winkel neigte. Dann sank die Nase wieder herab, und ein paar ungesicherte Gegenstände begannen auf die Planken zu rutschen. Ich stemmte einen Fuß gegen die Reling. Durch die Bullaugen sah ich, wie ein Flugboot uns folgte, als versuchte es, den Grund für unseren Kurswechsel herauszubekommen. Dann gab es offensichtlich die Hoffnung für uns auf und drehte wieder ab, aufs offene Meer zu.

Surabaja lag hinter uns. Unter uns erstreckte sich nun eine weite Fläche säuberlicher Reisfelder, Reihen von Tamarindebäumen und Zuckerrohrfelder. Wir flogen so niedrig, daß ich die Köpfe der Bauern erkennen konnte, die aufblickten, als unser Schatten über ihre Felder hinwegstrich. Dann wurde ich gegen die Reling geschleudert, als ein neuer Windstoß das Schiff packte und wieder herumwirbelte, daß nun die Kapokplantagen an den Hängen von Javas düsteren Vulkanbergen zu sehen waren.

Ich dachte, wir würden an den Bergen zerschellen, denn sie ragten steil empor und waren nun als eine graue Bergkette erkennbar. An einigen Stellen stieg gelblichweißer Rauch empor. Instinktiv klammerte ich mich fest; doch es gelang uns, die erste Bergkette zu überfliegen. Vor uns waren dichtere graue Rauchwolken zu erkennen, die sich emporwanden wie ein Gewirr träger Schlangen.

Das Schiff riß wieder die Nase hoch, und wir stiegen ein paar Meter. Die beschädigten Leitwerke erzeugten einen irren Zickzackflug über die Landschaft, und ich konnte sehen, wie unser verlängerter Schatten wahnwitzig über die Erde zuckte. Dann wurde unser Flug ruhiger, doch mir schien es unausweichlich, daß wir bald an einem der halbaktiven Vulkane, die das Innere Javas beherrschten, zerschellen würden.

Der nächste Ruck traf mich unvorbereitet, und ich verlor meinen Halt an der Reling, als wir hinaufschossen. Ich rappelte mich auf und sah, daß das Schiff seinen Wasserballast abgelassen hatte. Er fegte wie ein plötzliches Unwetter über die staubigen Hänge. Vielleicht würden wir es doch bis zur See auf der anderen Seite schaffen.

Doch ein paar Augenblicke später erscholl die Stimme des Kapitäns aus den Lautsprechern. Sie klang unter diesen Umständen ziemlich ruhig. Er erklärte uns, daß wir das Schiff erleichtern müßten. Wir sollten so schnell wie möglich alle lebensunwichtigen Dinge heraussuchen, die Mannschaft würde sie in wenigen Minuten einsammeln.

Wie von Sinnen stolperten wir durch die Station und suchten alles zusammen, was abgeworfen werden konnte. Schließlich reichten wir den Leuten von der Besatzung einen großen Haufen Bücher, Lebensmittel, medizinische Geräte, Kleider, Decken, Sauerstoffflaschen und anderes. Alles ging über Bord.

Aber das Schiff stieg kaum ausreichend, um die nächste Bergkette zu überwinden.

Ich fragte mich, ob der Kapitän als nächstes Freiwillige zum Absprung aufrufen würde. Zu diesem Zeitpunkt flogen wir über ein kahles Ödland kalter Lavaströme, wo nicht einmal eine Palme unseren Aufprall bremsen würde, sollten wir abstürzen. Die Spannung auf den Stationen war wieder gewachsen, und Patienten, die nicht mehr schliefen, unterhielten sich mit hohen, panikerfüllten Stimmen.

Einige Fragen waren schwer zu beantworten. Unter den ›lebensunwichtigen‹ Dingen, die wir herausgesucht hatten, hatten sich auch die Leichname der inzwischen Verstorbenen befunden.

Doch selbst dieser Akt verzweifelter Gefühllosigkeit hatte uns wenig Erleichterung verschafft.

Wieder krächzte der Bordlautsprecher. Der Erste Offizier begann zu sprechen.

»Bitte machen Sie sich bereit für ... O Gott!«

Im nächsten Augenblick sah ich eine Bergwand auf

uns zufliegen, und noch ehe wir es voll begriffen, waren wir von Wolken grauweißen Rauchs eingehüllt, und unser Kiel gab ein fürchterliches, kreischendes Geräusch von sich, als er über die Klippen schleifte.

Die Schreie der Patienten mischten sich in das Kreischen des Schiffes selbst. Ich vernahm ein gewaltiges Krachen, wurde dann von der Reling gerissen und fühlte, wie ich auf die Kojen zurutschte.

Das Schiff hüpfte und bebte, schien einen Augenblick lang an Höhe zu gewinnen und sackte dann mit entsetzlichem Getöse hinab, so daß die Kojen aus ihren Verankerungen sprangen. Ich nahm fuchtelnde Arme und Beine und fassungslose Gesichter wahr. Ich hörte Instrumententabletts scheppern und sah Leiber, die wie Stoffpuppen umhergeschleudert wurden. Ein großes Wehklagen erfüllte meine Ohren, dann trudelte das Schiff, bäumte sich noch einmal auf und sackte endgültig hinab. Inmitten eines wild um sich schlagenden Haufens von Leibern wurde ich auf die Steuerbordseite geschleudert. Ich sah, wie mein Kopf auf einen der Fiberglasträger bei den Aussichtsdecks zuflog. Ich versuchte, die Hände auszustrecken, um den Aufprall zu bremsen, doch sie waren von den Körpern und Gegenständen über mir festgeklemmt. Dann kam der letzte Aufschlag, und ich erinnere mich, wie mich fast heitere Erleichterung erfaßte, daß ich umgekommen war und die Qual endlich ein Ende hatte.

— 4 —
Gefangen

ICH MUSS WOHL EINMAL kurz aufgewacht sein und irgendwo aus der Ferne krächzendes Stimmengewirr gehört haben, und ich begriff, daß der Wasserstoff ausströmte und so den Sprechenden hohe Stimmen verlieh. Ich kam zu dem Schluß, daß ich lebte und sicher geborgen würde, und wurde daraufhin wieder bewußtlos.

Als ich das nächstemal zu mir kam, versuchte ich mich zu rühren, das gelang mir aber nicht. Ich dachte, ich hätte mir vielleicht das Rückgrat gebrochen, denn ich konnte wenig fühlen außer, daß etwas Schweres mich niederdrückte. Dieser Druck machte es mir schwer, so tief einzuatmen, daß ich um Hilfe rufen konnte, die meiner Auffassung nach nicht weit war, denn ich hörte Leute ganz in der Nähe vorübergehen.

Die Stimmen krächzten nicht mehr, aber sie waren auch nicht mehr vertraut. Ich lauschte aufmerksam. Die Stimmen riefen in irgendeinem malaiischen Dialekt, den ich nur schwer verstehen konnte. Ich dachte zuerst, daß die einheimischen Bauern oder die Schwefelsammler, die an den Vulkanen arbeiteten, gekommen wären, uns zu bergen. Ich konnte den scharfen Rauch riechen, und der machte mir das Atmen noch schwerer. Mein nächster Versuch zu schreien scheiterte. Dann vernahm ich weitere Rufe.

Und auf die Rufe folgten scharfe Erwiderungen, die ich erkannte. Gewehrschüsse.

Mit einem Gefühl entsetzlicher Ohnmacht versuchte ich, den Kopf zu drehen, um zu erkennen, was vor sich ging.

Das Rufen war verstummt. Es herrschte Stille. Dann ein dünner, hysterischer Schrei. Noch ein Schuß: Stille. Eine malaiische Stimme, die knappe, heftige Befehle erteilte.

Unter Mühe gelang es mir schließlich, den Kopf zu drehen und durch die verzerrten Streben und Wrackteile zu spähen. Ich erblickte auf Fiberglasscherben gepfählte Leichname und dahinter eine Rauchwolke, durch welche sich verschwommene Gestalten bewegten. Als der Rauch sich verzog, sah ich grüne, rote und gelbe Seide blitzen. Diese Malaien waren keine Schwefelsammler, soviel stand fest.

Dann sah ich sie deutiich. Sie waren im üblichen Stil malaiischer Banditen und Piraten von Koto Raja bis Timor gekleidet. Sie trugen farbenprächtige Sarongs und bestickte Jacken. Ihre Köpfe waren mit Turbanen und Kulihüten bedeckt. An ihren braunen Füßen trugen sie Sandalen aus bemaltem Leder und über der Brust Patronengurte. An ihren Gürteln hingen Pistolen, Messer und Parangs, und in den Händen hielten sie Gewehre. Ich sah einen auf mich zukommen, dem der nackte Haß im Gesicht stand. Ich ließ den Kopf sinken, schloß die Augen und hörte, wie er in den Wrackteilen über mir herumstocherte. Ich vernahm einen Schuß ganz in der Nähe meines Gesichts und glaubte, er hätte auf mich gefeuert, doch die Kugel landete in einem Leichnam, der auf mir lag. Er entfernte sich wieder.

Ich schaute erneut hoch.

Die Banditen trieben die Überlebenden den Berg hinunter. Durch den Rauch sah ich Krankenschwestern in besudelter, zerrissener Tracht, Ärzte in Kitteln oder hemdsärmelig und Luftschiffpersonal in Hellblau vor ihren Entführern herstolpern. Doch Patienten befanden sich nicht darunter. Benommen und verzweifelt blickte ich ihnen nach, bis der Rauch sie verschlungen hatte.

Als mir dann langsam dämmerte, was aus meinen Begleitern geworden war, begannen Schmerzen meinen Körper zu durchfluten. Ich mühte mich, mich umzudrehen und festzustellen, worunter ich eingeklemmt war.

Eine der relativ leichten Kojen war auf mich gestürzt, und darin lag der Leichnam eines Kindes. Sein totes Gesicht mit den weit aufgerissenen Augen starrte mich an. Mir schauderte, und ich versuchte, die Pritsche anzuheben. Sie bewegte sich ein wenig. Der Kopf des Kindes rollte zur Seite. Ich drehte mich um, streckte blutige Hände aus und faßte den abgebrochenen Pfeiler vor mir, um mich langsam unter der Pritsche hervorzuziehen, bis ich frei war und das Atmen leichter wurde. Doch meine Beine waren immer noch taub, und ich konnte nicht stehen. Ich beugte mich nach vorn und stützte mich auf eine weitere Strebe, um mich ein paar Zentimeter weiter über das Durcheinander zu schleppen. Dann schwanden mir, so glaube ich, für ein paar Minuten die Sinne.

Es kostete mich viel Zeit, mich über die Pfeiler, die zerbrochenen Platten der Hülle und die Leichname zu arbeiten, bis ich außerhalb des Chaos auf hartem Stein lag.

Doch trotz aller Quetschungen und blutenden Risse hatte ich keine Knochenbrüche. Die Leichen der Verstorbenen hatten mich vor dem Schlimmsten des Aufpralls bewahrt. Allmählich kehrte das Gefühl in meine Beine zurück, und ich konnte wieder stehen, wenn auch unter schmerzhaftem Zähneknirschen. Ich sah mich um.

Ich stand neben dem Hauptwrack des Schiffes an einem von gelbem Schwefelstaub gemaserten Berg. Überall lagen Leichen — zusammengekrümmte, zerschmetterte Männer, Frauen und Kinder, Patienten in Morgenmänteln und Schlafanzügen, verwundete Soldaten in besudelten Uniformen, Offiziere und Besatzungsmitglieder, Schwestern, Pfleger und Ärzte. Fast zweitausend Leiber, und keiner von ihnen rührte sich, als der Wind den trägen Rauch über sie hinwegtrug, den gelben Staub aufwirbelte. Kunststoffetzen flatterten zwischen den verkanteten Überresten des riesigen Luftschiffes. Ohne alle Hoffnung schlenderte ich zwischen den Bergen von Toten umher. Zweitausend menschliche

Wesen, die geglaubt hatten, dem Tod in den Feuern von Singapur zu entkommen, um ihn dann hier auf den öden, windgepeitschten Felsen eines unbekannten javanesischen Berges zu finden. Ich seufzte, setzte mich hin und hob ein zerknautschtes Päckchen Zigaretten auf, das ich entdeckt hatte. Ich riß die Packung auf, zog eine der plattgedrückten Zigaretten heraus, zündete sie an und versuchte nachzudenken. Doch es war zwecklos, mein Gehirn versagte seinen Dienst.

Ich schaute mich um. Ausgezackte Löcher klafften in der Hülle des Luftschiffs. Die meisten der Gaskammern waren aufgerissen, und das Helium hatte sich verflüchtigt. Die Wrackteile bedeckten einen großen Teil des Berghangs. Wohin ich auch blickte, überall lagen sie verstreut. Und über allem zogen die dicken Rauchfahnen des Vulkans dahin. Der Rauch strich über die gebrochenen Knochen des Schiffes, die zerschmetterten Kabinen, die zerstörten Motorgondeln wie Geister des Todes, die die anderen in ihren Reihen begrüßten.

Ich stand auf und trat die Zigarette mit fleckigem, zerkratztem Stiefel aus. Ich hustete angesichts des Rauchs und schauderte bei dem Anblick und der Kälte. Der Hang lag vermutlich tausend Meter über dem Meeresspiegel. Es war nicht verwunderlich, daß das überladene Schiff zerschellt war. Benommen setzte ich meine Suche nach Überlebenden fort, doch nach zwei Stunden hatte ich nichts gefunden als Tote. Was um so entsetzlicher war, als tatsächlich viele den Absturz überlebt hatten. Bei meiner Suche fand ich kleine Jungen und Mädchen, denen man in den Kopf geschossen oder die Kehle durchgeschnitten hatte, junge und alte mit Parangs niedergemetzelte Frauen, enthauptete Männer. Die Banditen waren alle Überlebende systematisch durchgegangen und hatten jene umgebracht, die aus dem einen oder anderen Grund nicht hatten mitgehen wollen oder können. Angesichts des zunehmenden Grauens packte mich plötzlich Schwindel, und ich stand da, eine Hand an den Fels gestützt, während ich mich immer und immer wieder erbrach, bis nichts mehr aus mir herauskam als trockenes, würgendes Husten. Dann ging ich zum Hauptwrack zurück und suchte eine Decke und einen Plastikbehälter mit Wasser. Ich streifte meine nutzlose Schwimmweste ab, hüllte mich in die Decke und stolperte den Hang hinauf, bis keine Leichen mehr zu sehen waren. Dann legte ich mich schlafen.

Ich erwachte noch vor der Morgendämmerung und fror. Irgendwo unten ertönte ein Heulen, von dem ich zuerst glaubte, es gehöre einem Menschen. Dann aber begriff ich, daß es von einem Wildhund stammte, der in dem Wald am Fuß des Berges jagte. Als es Morgen wurde, kehrte ich zu dem Wrack zurück.

Inzwischen konnte ich mir in groben Zügen vorstellen, was geschehen war. Offensichtlich hatte eine der vielen Banden Aufständischer den Absturz beobachtet, die normalerweise hier oben hausten und von Zeit zu Zeit die holländischen Siedlungen und Farmen weiter unten überfielen. Durch die Unterstützung sowohl der Japaner wie ihrer eigenen gewiefteren, nationalistisch gesonnenen Landsleute waren diese Rebellen in jüngster Zeit kühner geworden und stellten inzwischen eine ernste Bedrohung für die Siedler dar. Ob sie sich nun selbst Banditen, Piraten oder ›Nationalsozialisten‹ nannten, ihnen allen gemeinsam war der Haß gegen die Weißen und insbesondere die Holländer. Sie hatten die Überlebenden vermutlich als Geiseln gefangengenommen und würden sie möglicherweise ihren japanischen Freunden im Austausch gegen Waffen oder Ausrüstung übergeben. Vielleicht wollten sie sich auch nur ein Vergnügen daraus machen, sie langsam umzubringen. Das konnte ich nicht genau wissen. Doch ich wußte: Würden sie mich entdecken, würde mich das gleiche Schicksal erwarten, und keine der Aussichten war erfreulich.

An Bord des Lazarettschiffes hatten sich nur wenige

Waffen befunden, und obgleich ich geneigt war, mich zu bewaffnen, machte ich mir nicht die Mühe, bei den Toten nach Waffen zu suchen. Hätten sie welche besessen, hätten die Banditen sie vermutlich ohnehin gefunden. Statt dessen stellte ich einen weiteren Plastikbehälter mit Wasser und eine Dose mit ziemlich altbackenen Brötchen sicher. Ich entdeckte eine Erste-Hilfe-Tasche, die ich sorgsam schulterte, denn mir war klar, daß ich mich früher oder später in dichtem Dschungel befinden würde. Dann riß ich einen Parang aus dem Leichnam just einer der Schwestern, die mich gesund gepflegt hatten.

Ich stolperte von dem zerschmetterten Rumpf des Luftschiffes weg und stieg den Berg hinab. Meine Augen brannten, und in meiner Kehle saß beißend der Schwefel.

Ich bewegte mich immer noch wie in Trance, taumelte tatsächlich von einem Traum in den anderen. Nichts war wirklich real erschienen, seit die ersten Schiffe der Japanischen Luftflotte über Singapur aufgetaucht waren.

Und doch marschierte ich hier durch die Rauchschwaden. Ich hatte keinerlei Bedürfnis, mich in den Alptraum einer Gefangenschaft bei den malaiischen Banditen zu stürzen.

Schließlich gelangte ich ins strahlende Sonnenlicht, sah blauen, ruhigen Himmel über mir und das üppige, vielfältige Grün eines Waldes unter mir. Ich sah mich nach Anzeichen für die Banditen und ihre Gefangenen um, konnte jedoch nichts entdecken.

Jenseits des Waldes war am Himmel eine schwache Linie zu erkennen. Es war der Horizont der See. Das Luftschiff hatte die Insel fast überquert und hätte es auch geschafft, wenn der Wind es nicht gegen den (wie ich nun sah) höchsten Berg der Gegend gedrückt hätte. Ich würde versuchen, mich wie das Schiff in Richtung Djogjakarta durchzuschlagen, und beten, daß die Stadt

Zwischendurch: [redacted] ... Wasser und altbackene Brötchen: Unser Zeitreisender kann nicht wählerisch sein. Er ist in einer Situation, die wenig Alternativen bereithält. [redacted] Für uns Leser ist diese Reise allerdings selbst ein Ausflug in eine erdachte Welt – und es bereitet für uns Zeitnomaden kein Problem, für eine kleine Pause in unsere Gegenwart zurückzukehren. Hier wartet nämlich eine kleine Mahlzeit für zwischendurch auf uns: die... [redacted]

sich noch in der Hand der Niederländer befand. Meine größte Chance bestände darin, das Land bis zum Meer zu durchqueren, um dann dem Strand in westliche Richtung zu folgen, bis ich zu der Stadt gelangte oder mit etwas Glück auf eine Straße stieß, wo mich vielleicht jemand mitnahm.

Es hätte keinerlei Sinn gehabt, eigenständig etwas zur Befreiung der Gefangenen zu unternehmen. Sobald ich erst in Djogjakarta wäre, würde ich den Behörden melden, was vorgefallen war, und hoffen, daß holländische Hovergyros mit Soldaten aufsteigen und die Leute retten würden.

Also trat ich meinen Marsch zum Meer an.

Ich brauchte drei Tage; zuerst durch dichten Dschungel und hinaus in die Ebene, bis ich zu den Reisfeldern gelangte, die ich in weitem Bogen um die Dörfer durchwaten mußte, da die Bauern, wie dies häufig geschah, möglicherweise gemeinsame Sache mit den Banditen machten.

Es war eine anstrengende Wanderung, und bis ich den Strand sah, keinen halben Tagesmarsch vor mir, war ich halb verhungert. Mit gewisser Erleichterung watete ich durch das letzte Reisfeld; meine zerschlissenen Stiefel klebten im festen Lehm; doch als ich in der Ferne ein vertrautes Geräusch vernahm, blieb ich stehen.

Es war das Summen von Luftschiffmotoren. Ich blickte zum Himmel und suchte die Quelle des Geräuschs. Ein silbernes Blinken am Himmel.

Tränen traten mir in die Augen, und die Schultern sackten mir herab, als mir klar wurde, daß mein Kampf vorüber war. Ich war gerettet. Ich begann zu schreien und zu winken, obgleich es unwahrscheinlich war, daß die Mannschaft mich aus dieser Höhe auch nur sehen konnte!

Doch das Schiff *kam* tiefer. Es schien nach mir zu suchen. Vielleicht ein Rettungsschiff aus Surabaja? Ich verfluchte mich dafür, daß ich nicht näher beim Wrack geblieben war, wo man mich schneller hätte entdecken können. Bis zur Taille im Wasser, inmitten der säuberlichen Reihen von Reispflanzen, schwenkte ich meinen Parang und schrie noch lauter.

Dann erkannte ich das Emblem auf dem Schiffsrumpf, tauchte sogleich bis zum Hals in die Pflanzen und zog sie über meinem Kopf zusammen. Das Schiff trug die rote Scheibe der aufgehenden Sonne auf den Seitenwänden. Es war ein Schiff der Kaiserlichen Japanischen Luftflotte.

Eine Weile kreiste das Schiff über dem Gebiet, ehe es hinter den Bergen verschwand. Ich wartete, bis es nicht mehr zu sehen war, bevor ich es wagte, aus dem Wasser aufzutauchen. In den vergangenen vierundzwanzig Stunden war ich zu einem scheuen Wesen geworden.

Vorsichtiger denn je kroch ich zum Meer, bis ich schließlich im Schatten des Felsens auf einem warmen Strand mit vulkanischem schwarzen Sand lag, an den die schwere weiße Brandung des Indischen Ozeans rauschte.

Die Gegenwart dieses Erkundungsschiffes über Java bedeutete nichts Gutes. Es besagte, daß Japan sich stark genug fühlte, die niederländische Neutralität zu ignorieren. Es konnte auch heißen, daß Japan oder die Banditen, die für Japan arbeiteten, die Insel übernommen hatten.

Ich fragte mich, ob es nun noch einen Sinn hatte zu versuchen, nach Djogjakarta zu gelangen. Ich wußte, daß die Japaner mit ihren Gefangenen nicht freundlich umgingen.

Das Rauschen der Brandung schien anzuschwellen und wurde immer beruhigender, bis die Frage mich nicht länger quälte, als ich mich auf dem weichen Sand ausstreckte und meinen müden Geist und Körper in den Schlaf sinken ließ.

— 5 —

Der Preis für Fischerboote

GEGEN MITTAG des folgenden Tages erblickte ich das Fischerdorf. Es war eine eher willkürliche Ansammlung von Block- und Lehmhütten verschiedener Größe. Sie alle waren mit Palmblättern gedeckt, und ein paar waren auf Pfählen erbaut. Die an hölzernen Landungsstegen im seichten Wasser vertauten Einbäume waren primitiv und sahen kaum seetüchtig aus. Die Hütten standen im Schatten großer Palmen, deren gebogene Stämme und ausladende Blätter größeren Schutz zu bieten schienen als die Häuser.

Ich duckte mich hinter einen kleinen Hügel und dachte eine Weile nach. Es bestand die Möglichkeit, daß die Dorfbewohner mit den Japanern, den Banditen oder beiden verbündet waren. Doch trotz meines Bestrebens um Sicherheit war ich es nun müde, mich zu verstecken, war schrecklich hungrig und hatte einen Punkt erreicht, wo ich mich nicht mehr sehr darum scherte, wer diese Dorfbewohner waren oder wem sie sich verpflichtet fühlten, solange sie mir nur etwas zu essen gaben und mich anderswo als im grellen Sonnenlicht schlafen ließen.

Ich kam zu einem Entschluß und trottete weiter. Ich glaubte die Sorte der Weißen zu kennen, welche diese Leute am ehesten dulden und verköstigen würden.

Ich hatte bereits die Mitte des Dorfes erreicht, ehe sie allmählich auftauchten, zuerst die erwachsenen Männer, dann die Frauen und schließlich die Kinder. Sie blickten mich finster an. Ich lächelte und hielt meinen Beutel in die Höhe. »Medizin«, sagte ich und versuchte verzweifelt, meine geringen Vokabelkenntnisse zusammenzukratzen.

Sie schauten mich alle an, als ob sie brauchen könnten, was ich anzubieten hatte.

Ein paar Dörfler traten aus der Menge hervor. Sie alle trugen Gewehre, Parangs und Messer, die trotz ihres Alters noch funktionstüchtig wirkten.

»Medizin«, wiederholte ich.

Hinten in der Menge rührte sich etwas. Ich vernahm Worte eines mir unbekannten Dialekts. Ich betete, daß einige von ihnen malaiisch sprächen und daß sie mir die Chance gäben, mich ihnen verständlich zu machen, ehe sie mich umbrachten. Es bestand kein Zweifel daran, daß sie meiner Anwesenheit feindlich gegenüberstanden.

Ein alter Mann drängte sich zwischen den Bewaffneten hervor. Er hatte klare, listige Augen und runzelte abwägend die Stirn. Er blickte auf meine Beutel und stieß ein paar Worte in seinem Dialekt hervor. Ich antwortete auf Malaiisch. Dies mußte der Anführer sein, denn er war mit seinem gelbroten Sarong weit besser gekleidet als seine Gefährten. An den Füßen trug er Sandalen.

»Belanda?« fragte er. »Holländer?«

Ich schüttelte den Kopf. *»Inggeris.«* Ich war nicht überzeugt, ob es für ihn einen großen Unterschied machte, ob ich nun Holländer oder Engländer war. Doch er blickte ein wenig freundlicher drein und nickte.

»Ich habe Medizin.« Stockend sprach ich die malaiischen Worte aus, denn sein Dialekt war mir nicht vertraut. »Ich kann euren Kranken helfen.«

»Warum kommst du einfach so ohne Boot, Wagen oder Flugmaschine?«

»Ich war auf einem Schiff.« Ich deutete hinaus aufs Meer. »Es ging in Flammen auf. Ich schwamm hierher. Ich möchte gern … nach Bali. Wenn ich eure Kranken heilen soll, müßt ihr mich bezahlen.«

Ein schwaches Lächeln strich ihm über die Lippen. Das ergab einen Sinn für ihn. Ich war gekommen, um zu handeln. Nun schaute er mich fast erleichtert an.

»Wir besitzen wenig Geld«, sagte er. »Die Holländer

zahlen nichts für unseren Fisch, jetzt, da die Orang Djepang gegen sie Krieg führen.« Er deutete an der Küste entlang in Richtung Djogjakarta. »Sie kämpfen.«

Ich verbarg meine Enttäuschung. Es hatte also keinen Sinn zu versuchen, sich zur Stadt durchzuschlagen. Ich würde mir einen anderen Plan ausdenken müssen.

»Wir haben Reis«, sagte der Dorfälteste. »Wir haben Fisch. Aber kein Geld.«

Ich beschloß, meine ursprüngliche Idee weiter zu verfolgen. Wenn es klappte, stünde ich ein wenig besser da. »Ich will ein Boot. Ich werde alle Krankheiten heilen, die ich kann, aber ihr müßt mir eines eurer Boote mit Motor geben.«

Der Anführer kniff die Augen zusammen. Die Boote waren ihre kostbarste Habe. Er schnüffelte, runzelte die Stirn und schürzte die Lippen. Dann nickte er. »Du bleibst bei uns, bis zehn Männer krank geworden und geheilt sind, fünf Frauen und fünf männliche Kinder«, sagte er und senkte den Blick.

Damit wollte er offenbar jedes Anzeichen in seinen Augen verbergen, daß er versuchte, bei dem Handel das Beste herauszuschlagen.

»Fünf Männer«, sagte ich.

»Zehn Männer.«

Ich spreizte die Hände. »Ich bin einverstanden.«

Und so kam es, daß ich mehr Wochen als geplant in einem abgelegenen und eher feindseligen kleinen Fischerdorf auf Java zubrachte, denn der Dorfälteste hatte mich natürlich übertölpelt.

Die Männer erwiesen sich als erschreckend gesund, während die Frauen und Kinder ständig unter irgendwelchen kleineren Wehwechen zu leiden schienen, so daß ich mit meinen beschränkten medizinischen Kenntnissen weit mehr Leute behandelte, als ursprünglich abgemacht gewesen waren, und es sah so aus, als sollte ich die Zahl der männlichen Patienten niemals erreichen. Der Anführer hatte sogleich begriffen, daß er ein gutes Geschäft machte, und bald war offenkundig, daß die Männer, wenn sie überhaupt krank wurden, sich ihrer üblichen Heilmethoden bedienten und erst gar nicht zu mir kamen. Mindestens zwei starben während meiner Anwesenheit. Sie waren angehalten, mich gar nicht zu beachten, so daß ich weiter Frauen und Kinder behandeln mußte.

Über das alles war ich nicht einmal besonders böse. Der Alltag beruhigte meine erschöpfte Psyche, und ich gab mich ihm hin. Mein Bewußtsein von irgendeiner Wirklichkeit jenseits der Dorfgrenzen wurde immer unbestimmter. In der Welt draußen herrschte wieder Chaos, doch die Lebensweise im Dorf von einem Tag auf den anderen war ein Modell einfacher Ordnung, und ich hätte vielleicht ewig so weitergelebt, wäre die Außenwelt nicht letztendlich doch eingedrungen.

Im Rückblick begreife ich, daß es unausweichlich war, doch als es dann soweit war, überraschte es mich.

Eines Morgens erblickte ich in der Ferne eine Staubwolke. Es kam mir vor, als würde der Sand am Strand aufgepeitscht, doch wodurch, konnte ich nicht erkennen.

Dann rückte die Staubwolke näher, ich begriff, was sie zu bedeuten hatte, und rannte los, um mich im Eingang einer Hütte zu verstecken.

Der Staub wurde durch die Reifen von Militärfahrzeugen aufgewirbelt, großen, massigen, zweckdienlichen Kästen, deren breite Räder von Dampfturbinen angetrieben wurden. Und die Militärfahrzeuge waren vollgestopft mit japanischen Soldaten. Mit großer Wahrscheinlichkeit hatten sie inzwischen die ganze Insel erobert und gewiß Gerüchte von meinem Aufenthalt in dem Dorf vernommen. Sie waren gekommen, um das zu überprüfen.

Zu diesem Zeitpunkt beschloß ich, nach Australien zu schippern. Es bot sich kein anderes Ziel.

Obgleich ich mein ursprüngliches Abkommen mit dem Dorfältesten nicht erfüllt hatte, besaß ich doch das moralische Recht zu dem, was ich nun tat, denn ich hatte mir mit den Dorfbewohnern viel Mühe gegeben. Und ich würde ihnen alles zurücklassen, was meine Arzneitasche noch enthielt.

Ich nahm nur einen Benzinkanister voll Wasser mit und kroch im Schutz eines Landungsstegs an den Strand. Dann watete ich zu einem der Außenbordmotorboote und löste die Leine. Alle Dorfbewohner beobachteten die Ankunft der Wagen; das war meine einzige Gelegenheit zu fliehen. Ich schob das Boot aufs offene Meer zu, während die Dörfler, aufgeregt über die Ankunft ihrer neuen Herren, umherliefen.

Ich hatte Glück. Bald erfaßte eine Strömung das Boot und trug es rascher von der Küste fort. Schließlich sahen mich die Dorfbewohner und begriffen, was geschah, als die japanischen Wagen gerade das Dorf erreichten. Ich war nun ein Stück vom Strand entfernt und hatte Schwierigkeiten, in das Boot zu klettern, ohne es zum Kentern zu bringen.

Die Dorfbewohner fuchtelten mit den Armen und deuteten auf mich. Ich hievte mich schließlich in das wild schaukelnde Boot und versuchte, den Außenbordmotor anzuwerfen.

Es gab drei Fehlzündungen, bevor er ansprang: Ich stellte die Ruderpinne richtig und schlug den Weg zum offenen Meer ein; mit großer Befriedigung sah ich, daß mittschiffs noch zwei Reservekanister mit Treibstoff standen.

Ich hörte Pistolenschüsse und Gewehrsalven.

Dann setzte ein Maschinengewehr ein, Kugeln pfiffen mir um die Ohren und schlugen um mich herum ins Wasser. Ich veränderte weiter den Kurs, zog einmal einen geschlossenen Kreis und fuhr dann in die entgegengesetzte Richtung zu Darwin, meinem eigentlichen Ziel, in der Hoffnung, das würde meine Verfolger verwirren, wenn sie an ihr Hauptquartier funkten und es aufforderten, Luftschiffe und Patrouillenboote zur Suche nach mir auszuschicken.

Das Gewehrfeuer verstummte für einen Augenblick. Ich schaute zurück und sah die winzigen Gestalten der Dorfbewohner. Sie schienen jetzt vor den Japanern zu knien.

Dann setzte das Maschinengewehr wieder ein, doch diesmal feuerte es nicht auf mich.

Ein paar Stunden später glaubte ich mich endlich nicht mehr verfolgt. Ich hatte nur ein Luftschiff in der Ferne gesehen, und bald würde es Nacht werden. Ich hatte Glück gehabt.

Während ich so über den glatten, strahlenden Spiegel des Ozeans tuckerte, mich selbst beglückwünschte und meine Gedanken zunehmend abstrakter wurden, kam ich nicht auf den Gedanken, daß die japanischen Patrouillen die Gewässer nach mir abgesucht haben mußten. Es scheint, als hätte ich zu jenem Zeitpunkt bereits in mehrfacher Hinsicht meine Orientierung verloren gehabt.

Mit dem Verlauf der sengenden Tage und der kalten Nächte wurde mir allmählich klar, daß ich nicht die geringste Chance hatte, Australien zu erreichen, und ich begann mit meinem hungernden und durstigen Ich über den Sinn des Lebens, das Wesen des Todes und dessen zu debattieren, was auf mich wie ein beständiger Kampf zwischen Chaos und Ordnung wirkte (und wobei ersteres weit besser wegzukommen schien).

Dieses brabbelnde und närrische Wesen — einst in einer geordneten Welt ein praktischer und sachbezogener Soldat — war es, das schließlich Rowe Island sichtete und vernünftigerweise zu dem Schluß gelangte, daß dies nichts als ein hervorragend detailliertes Trugbild war.

— 6 —

Der mysteriöse Dempsey

Rowe Island wurde 1615 von dem britischen Forscher Richard Rowe entdeckt.

1887 wurden dort fast reine Kalziumvorkommen gefunden, und 1888 wurde die Insel von Großbritannien annektiert. In jenem Jahr landeten die ersten Siedler, und 1897 hatten sie vom Mutterland die Konzession erhalten, die Phosphatlager abzubauen! War die Insel vor 1888 unbewohnt gewesen, so erreichte sie um das erste Drittel dieses Jahrhunderts eine Bevölkerungszahl von über zweitausend Menschen, vorwiegend malaiischen und chinesischen Bergarbeitern, die gekommen waren, um für die Welland Rock Phosphate Company zu arbeiten, dem einzigen Industriekonzern von Rowe Island.

Rowe Island liegt — oder lag — im Indischen Ozean, 224 Meilen südlich, 8 Grad östlich von Java Head und 259 Meilen nördlich, 79 Grad östlich von den Keeling-Inseln. Es liegt 815 Meilen von den Ruinen Singapurs und 1630 Meilen von den Überresten von Fremantle, Westaustralien, entfernt. Seine europäische Bevölkerung belief sich auf etwa einhundert Personen; dazu gehörten der offizielle Vertreter und sein Mitarbeiterstab, der Geschäftsführer und die Verwaltungsangestellten der Welland Rock Phosphate Company, verschiedene private Siedler, die aus gesundheitlichen Gründen dort wohnten (Rowe Island war eine sehr gesunde Gegend), ein junger Leutnant, der die kleine Gurkha-Garnison befehligte, einige Restaurant-, Geschäfts- und Hotelinhaber, verschiedene Missionare und die Leiter von Aeropark- und Hafenanlagen. Als ich landete, waren die meisten natürlich schon abgereist, und es kamen weder Dampfer noch Luftschiffe, um den einzigen Exportartikel der Insel abzuholen.

Die Siedlung besaß eine Moschee, einen buddhistischen Tempel, eine katholische Kirche, eine methodistische Kapelle und ein Missionskrankenhaus, das von der englischen Kirche betrieben wurde. Das Krankenhauspersonal bestand aus pakistanischen Nonnen unter der Leitung eines Laien, Dr. Hira, eines Singhalesen. Der Krankenhausmissionar und seine Frau waren kurz nach der Zerstörung Singapurs nach Australien abgereist.

In jenem Krankenhaus erwachte ich und begriff schließlich, daß Rowe Island letztlich doch keine Halluzination war.

Mir taten alle Knochen weh, und mein Körper brannte überall, doch ich war nicht mehr durstig, nur noch hungrig. Ich lag zwischen reichlich derben Laken, die augenscheinlich zu einem Krankenhaus gehörten. Die Wände waren weiß gestrichen. Dort hing ein Elfenbeinkruzifix, und in einem Topf auf der Fensterbank standen ein paar exotische Blumen vor den halb geöffneten Fenstern. Ich empfand den Drang, mich zu kratzen, stellte jedoch fest, daß beide Hände bandagiert waren. Ich bewegte mich, worauf meine Gelenke schmerzten. Ich versuchte, mich aufzusetzen, sank jedoch ermattet zurück. Noch immer fiel es schwer zu glauben, daß ich letztendlich gerettet war. Ich hatte überlebt.

Eine Weile später öffnete sich die Tür, und herein kam ein wunderschönes Pakistani-Mädchen in cremefarbenem Nonnengewand. Sie nickte, lächelte mir ernst zu und trat zur Seite, um einen sehr hochgewachsenen, sehr dünnen Singhalesen in elegantem weißen Anzug einzulassen. Um den Hals hing ihm ein Stethoskop, auf dem die Finger seiner rechten Hand eine Melodie zu spielen schienen. Sein hübsches, langes Gesicht blickte mich ziemlich zynisch an. Er schaute auf die Uhr an seinem Handgelenk. »Nicht schlecht. Fast genau auf die Minute.«

Mein erster Sprechversuch war nicht eben erfolgreich. Mein zweiter war schon besser. »Sie«, fragte ich, »oder ich?«

»Wir beide.« Er nahm ein silbernes Zigarettenetui aus der Tasche, öffnete es und bot mir die Zigaretten an. Ich zeigte ihm meine verbundenen Hände, und er lächelte entschuldigend. »Die Schwester wird Sie davon befreien, wenn Sie eine wollen.«

»Im Augenblick nicht. Danke.«

Er zündete sich eine Zigarette an. »Nun, ich freue mich, sagen zu können, Sie sind über dem Berg. Wir brachten Sie in dieses Zimmer, weil die anderen Patienten bei Ihrem Geschrei nicht schlafen konnten. Sie sind Luftschiffer, nicht wahr?«

»Das bin ich«, antwortete ich. »Ich war auf dem abgestürzten Luftschiff.« Ich sagte ihm meinen Namen und was sich zugetragen hatte. Ich erkundigte mich, wo ich war.

»Ich bin Doktor Hira. Wir sind hier im Saint-Charles-Krankenhaus auf Rowe Island.« Er lächelte ironisch. »Wie ich sehe, haben Sie noch nie von Rowe Island gehört. Nur wenige kennen es. Vielleicht hat uns der Krieg deshalb nicht direkt betroffen. Hier kommt keiner vorbei, weder per Luft noch per Wasser. Es würde mich nicht überraschen, wenn wir in einigen Monaten der letzte Standort der Zivilisation auf dem Globus wären.« Er zog intensiv an seiner Zigarette und blickte durch das Fenster zum Hafen hinaus. Die pakistanische Schwester holte weitere Kissen und half mir beim Aufsitzen.

»Sofern man das überhaupt Zivilisation nennen kann«, meinte Hira. »Haben Sie Hunger?«

»Und wie!«

»Gut.« Hira tätschelte die schüchterne Nonne auf die Schulter. »Holen Sie etwas Suppe für den Patienten, meine Liebe.«

Als die Schwester gegangen war und die Tür hinter sich geschlossen hatte, fuchtelte ich mit meinen bandagierten Händen herum. »Zuerst dachte ich, dieser ganze verdammte Ort wäre ein Hirngespinst.«

Hira zuckte mit den Schultern. »Vielleicht ist er das

auch. Wenngleich auch ein ziemlich heruntergekommener Traum. Sie haben Singapur überlebt, wie?«

»Es ist schwer zu glauben, daß das alles Wirklichkeit war«, sagte ich.

»Und doch ist es so. Wir haben davon gehört.«

»Also besteht eine Verbindung zur Außenwelt?«

»Wir haben ein Funkgerät, das gelegentlich funktioniert. Ein handbetriebener Apparat.«

»Und diese Dauen sind die einzige Möglichkeit, die Insel zu verlassen? Keinerlei Schiffe?«

»Nicht mehr, Mister Bastable. Die Leute von der Mine versenkten unseren einzigen Dampfer in der Vorstellung, sie könnten verhindern, daß die Insel als feindlicher Flottenstützpunkt benutzt wird.« Hira deutete aus dem Fenster auf den Hafen, wo das rostende Oberteil des Schiffes noch zu erkennen war.

»Also sitze ich hier fest, wenn man das Funkgerät nicht in Gang bekommt. Sie sagten, es sei handbetrieben. Besitzen Sie denn keine eigene Energiequelle?«

»Wir haben keinen Treibstoff mehr. Zur Beleuchtung benutzen wir jetzt Öllampen.«

»Wann besteht eine Chance, eine Nachricht nach Darwin zu übermitteln?«

»Das hängt vom Zustand des Funkgeräts und vom Zustand von Shawcross, unserem Funker, ab. Ich werde jemanden bitten, morgen zum Aeropark hinaufzugehen und nachzusehen, ob Shawcross nüchtern genug ist, das Gerät zu bedienen. Mehr kann ich kaum tun. Sie sind wohl wild darauf, sich wieder ins Gefecht zu stürzen, wie?«

Ich beäugte ihn mißtrauisch und versuchte, die Ironie aus einem Gesicht zu lesen, das mich nun ausdruckslos ansah.

»Ich habe einen Auftrag«, sagte ich. »Sie werden erfahrene Luftschiffleute brauchen.«

»Gewiß, Mister Bastable. Ich muß nun meine Visite fortsetzen. Bis später.«

Hira hob das Stethoskop zu einer Art Salut und verließ das Zimmer.

Ich sank ins Bett zurück und seufzte. Ein altes Funkgerät und ein betrunkener Funker. Ich war ziemlich pessimistisch hinsichtlich meiner Chancen, Rowe Island bald zu verlassen.

Eine Woche verstrich, und ich wurde mit jedem Tag kräftiger. Ich erholte mich hervorragend von einem sehr ernsten Fall von Erschöpfung und Sonnenbrand. Doch ich wurde auch immer ungeduldiger und bedrängte Dr. Hira mit Fragen nach dem Funkgerät und dem Zustand des Funkers. Die Nachrichten, die man anfänglich ans Krankenhaus gemeldet hatte, waren schlecht gewesen. Kurz nach meiner Ankunft war Shawcross irgendwo in die Berge gezogen. Er hatte ein Chinesenmädchen und einen Kasten Gin mitgenommen und war unauffindbar.

Etwa zehn Tage, nachdem ich aus meinem Koma erwacht war, stand ich in einem ziemlich albernen Krankenhausmorgenmantel, der mir entschieden zu kurz war, am Fenster und sprach mit Dr. Hira, der gekommen war, um nur zu berichten, daß es immer noch nichts Neues über Shawcross gab. Im Hafen herrschten großes Durcheinander und Lärm. Seit Tagesanbruch huschten halbverhungerte Malaien über den Landungssteg und packten ihre ganze Habe in eines der Fischerdauen. Offensichtlich hatte meine Ankunft auf Rowe Island etwas in Gang gebracht. Die Leute hatten begriffen, daß die Bergwerksgesellschaft lange Zeit nicht wiederkäme, und beschlossen, sich nach Java durchzuschlagen, obgleich sie darüber informiert worden waren, was die Japaner mit ihren Landsleuten angestellt hatten. Diese Malaien taten mir leid. Ihr Boot würde vermutlich sinken, noch bevor sie einige Meilen auf See wären. Betroffen ließ ich den Blick durchs Zimmer schweifen und sah Dr. Hira an.

»Die Regierung müßte diesen Leuten helfen; Nachschub einfliegen oder dergleichen. Ich wünschte, der verdammte Funker würde endlich auftauchen.«

»Ich glaube, die Regierung hat im Augenblick eine Menge Schwierigkeiten.« Hira saß auf meinem Bett und fingerte an seinem Stethoskop. Er hatte fast einen zufriedenen Unterton in der Stimme. »Ich weiß nicht, wann wir Shawcross zu sehen bekommen werden. Er zieht sich häufig auf diese Weise zurück. Vermutlich versteckt er sich draußen in einer der Minen.«

»Ich könnte versuchen, das Funkgerät selbst in Gang zu bekommen«, sagte ich. »Das wäre zumindest besser als diese Untätigkeit. Es geht mir nun gut genug, daß ich das Zimmer verlassen kann. Wenn Sie vielleicht einen Anzug für mich auftreiben könnten ...«

»Ich denke, wir werden etwas in Ihrer Größe finden. Aber Shawcross hat sein Büro abgeschlossen. Das tut er immer. Er ist gern unverzichtbar. Das hält seinen Kredit im Hotel hoch.«

»In welchem Hotel?«

»Bei Olmeijer. Dem Royal Airpark-Hotel am Rande vom Aeropark. Früher war es eines der größten. Heute ist es das einzige. Ich glaube, Olmeijer betreibt es nur noch aus Sentimentalität.«

»Ich werde trotzdem einen Spaziergang dorthin unternehmen.« Ich war neugierig, mir die Insel näher zu besehen.

»Warum nicht?« meinte Hira. »Sie müssen den Ort kennenlernen. Schließlich ist es gut möglich, daß Sie eine Weile hierbleiben.« Er wirkte erheitert.

Als ich meinen geborgten Anzug überstreifte, nahm Hira meinen Platz am Fenster ein. Vom Hafen herauf klang Stimmengebrabbel, als die Malaien das Schiff klar zum Auslaufen machten. Er schüttelte den Kopf. »Sie werden mit Gewißheit ertrinken.«

»Will sie denn niemand aufhalten?« Ich schlüpfte in

das Jackett. Der Leinenanzug war von überraschend guter Paßform, ebenso wie das weiße Hemd, das Hira mir geliehen hatte. »Gibt es denn hier nicht eine Art Gouverneur? Sie erwähnten jemanden ...«

»Brigadekommandeur L. G A. Nesbit ist der offizielle Regierungsvertreter schon seit 1920.« Hira zuckte mit den Schultern. »Er ist siebenundachtzig Jahre alt und seit mindestens zehn Jahren stark vergreist. Vermutlich ist er deshalb geblieben, als die große Abwanderung einsetzte. Sein ganzer Stab besteht nun aus einem Kammerdiener, der so alt ist wie er, und einem bengalischen Sekretär, der seine ganze Zeit über endlosen Bestandsaufnahmen zubringt und sein Büro augenscheinlich seit Kriegsbeginn nicht mehr verlassen hat. Dann ist da natürlich noch der junge Leutnant Allsop, der unser einheimisches Militär befehligt. Ich glaube nicht, daß Allsop traurig ist, wenn er ein paar seiner Sorgenkinder ziehen sieht.«

»Die Malaien stellen ein Problem dar, was?« Ich probierte einen der Panamahüte, die auf dem Bett lagen. Er paßte ebenfalls gut.

Hira machte eine müde Handbewegung. »Hier sitzen zumindest tausend Malaien und Chinesen. Die Malaien sind überwiegend Moslems und die Chinesen Buddhisten oder Christen. Und sie stehen, wenn sie nichts Besseres zu tun haben, der Lebensweise der anderen sehr kritisch gegenüber. Und nun haben sie nichts Besseres zu tun — sie verloren ihre Arbeit, als das Bergwerk geschlossen wurde, und leben nun von Land und Meer, so gut sie eben können.«

»Arme Teufel«, sagte ich.

Er schenkte mir ein eigentümliches Lächeln. »Ich frage mich, ob Sie das noch sagen werden, wenn diese Leute sich gegen die Weißen erheben. Und das kann nicht mehr lange dauern, wissen Sie. Augenblicklich hassen sie einander mehr als die Europäer, doch es bedarf nur eines Anstoßes, daß sie ein allgemeines Massaker anrichten. Dann sind wir alle geliefert. Formal gesehen, verstehen Sie, werden die Schwestern und ich als Europäer betrachtet.«

»Und Sie wollen wirklich so lange bleiben, bis das eintritt?«

»Soll ich nach Ceylon zurückkehren und unsere japanischen Eroberer pflegen?«

»Sie könnten nach Australien oder England. Vermutlich werden heutzutage überall Ärzte gebraucht.«

»Vielleicht hätte ich das gleich deutlich machen müssen.« Hira öffnete mir die Tür. »Ich habe zwei Prinzipien. Eines davon ist, daß ich nicht für Europäer arbeite. Vor allem deshalb kam ich nach Rowe Island. Bis zur Evakuierung war dieses Krankenhaus farbigen Menschen vorbehalten, Mister Bastable.«

Als ich aus dem Krankenhaus trat, rückte ich meinen Hut zurecht und blieb stehen, um zu sehen, wie eine der Dauen sich seinen Weg an dem Dampferwrack vorbeibahnte. Jeder Zentimeter an Deck war besetzt mit braunhäutigen Männern, Frauen und Kindern. Es erinnerte mich an das schreckliche Bild des dem Untergang geweihten Lazarettschiffes, und ich konnte den Gedanken kaum ertragen, was aus ihnen werden würde. Langsam schlenderte ich an dem unkrautüberwucherten Kai entlang, vorbei an den verlassenen Hotels, Büros und Lagerhäusern, vor denen nutzlose Wagen, Karren und Busse standen.

Ein paar verzweifelte Malaien schleppten ihr Bündel den Landungssteg zurück, weil sich für sie kein Platz mehr an Bord gefunden hatte. Die haben Glück, dachte ich.

Ich gelangte an eine Ecke und bog in eine enge, stille Seitenstraße, die von nichtssagenden grauen und braunen Arbeiterhäusern und ein paar vernagelten Läden gesäumt wurde. Die Straße stieg steil an, und ich bemerkte, wie schwach ich immer noch war, denn die letzten Schritte kosteten mich ausgesprochene Mühe, ehe ich einen kleinen quadratischen Platz erreichte, der von einer ramponierten Statue Edwards des Dritten auf einem trockengelegten Springbrunnen beherrscht wurde. Das Betonbecken des Brunnens war angefüllt mit leeren Flaschen, zerrissenen Zeitungen und weniger appetitlichen Abfällen. Rings umher spielten ein paar chinesische Kinder, während ihre Mütter mit ausdruckslosen Gesichtern in den Türrahmen saßen und ins Leere starrten. Dankbar setzte ich mich auf den Brunnenrand, ohne mich um den Gestank zu scheren, der ihm entströmte, und lächelte den unterernährten Kindern zu. Sie unterbrachen sogleich ihr Spiel und blickten mich mürrisch an.

»*Tso sun*«, sagte ich ernst auf Kantonesisch. »Guten Morgen.«

Kein einziges Kind antwortete. Ein wenig verunsichert wünschte ich, ich hätte etwas dabei, das ich ihnen schenken könnte. Irgendwelche Süßigkeiten vielleicht, denn Geld war wertlos auf Rowe Island.

Ich nahm meinen Hut ab und wischte mir über die Stirn. Ich begann stark zu schwitzen, und die Sonne machte mir allmählich zu schaffen. Ich sollte besser zum Krankenhaus zurückkehren, solange ich noch dazu in der Lage war.

Dann hörte ich den Klang von Hufschlägen und drehte mich erstaunt um, um einen Reiter auf den Platz galoppieren zu sehen. Er wirkte hier eindeutig fehl am Platze, wie er so aufrecht und arrogant im Sattel seines wohlgenährten Pferdes saß. Es war ein großgewachsener blonder Engländer von ungefähr Dreißig in schimmerndem weißen Uniformrock und Reithosen, mit Militärabzeichen auf dem Jackett. Seine Stiefel, Gürtel, Schulterriemen und Pistolenhalfter waren ebenso auf Hochglanz poliert wie das Abzeichen auf seinem Tropenhelm. Er sah mich sogleich, tat jedoch, als hätte er mich nicht bemerkt. Er strich sich mit dem Knauf seines Offiziersstöckchens über den blonden Schnurrbart und brachte sein Pferd auf der anderen Seite des Platzes zum Stehen.

Ich blickte mich um zu den leeren, stillen Fenstern und fragte mich, was er hier wohl zu tun hatte.

»Schaffen Sie die Kinder aus dem Weg, Feldwebel!« Seine Stimme hatte einen scharfen, befehlenden Klang.

Daraufhin tauchten aus einer anderen Seitenstraße sechs steif eingekleidete Gurkhas unter Führung eines Feldwebels auf und scheuchten die Kinder mit ihren Gewehren fort. Sie hatten die Bajonette aufgepflanzt. Sie trugen dunkelgrüne Uniformen mit scharlachroten Aufschlägen, und in ihren Gürteln steckten lange gebogene Messer. Die Frauen mußten nicht eigens gewarnt werden; sie zerrten ihre Kinder in die Häuser und schlugen die Türen zu. Nun war ich der einzige Zivilist auf dem Platz.

»Was geht hier vor, Leutnant?« erkundigte ich mich.

Der Leutnant wandte mir den Blick seiner kalten blauen Augen zu. »Sir, ich würde vorschlagen, daß Sie den Platz sofort verlassen. Das hier ist eine Polizeiangelegenheit. Es könnte Schwierigkeiten geben.«

Eine Diskussion schien sinnlos. Ich gab nach. »Danke, Leutnant.« Ich ging über den Platz, blieb jedoch im Schatten einer Seitenstraße stehen und beobachtete neugierig, was vor sich ging.

Nun stieg der junge Offizier ab und befahl dem Feldwebel, in eines der Häuser einzudringen. Die Gurkhas stürzten hinein, der Leutnant folgte ihnen.

Ich beobachtete das Ganze verwirrt und wußte mir keinen Reim darauf zu machen. Eine kleine Weile herrschte auf dem Platz tödliche Stille, dann drang aus dem Haus ein schreckliches Wirrwarr von Schreien und Rufen. Ich hörte eine Frau auf kantonesisch kreischen. Zwei Schüsse krachten; dann ertönte die Stimme des jungen Offiziers, der Befehle erteilte. Ein weiterer Schrei (diesmal von einem Mann), und eine Flut von etwa zwanzig Kulis ergoß sich auf die Straße. Sie taumelten und verdrehten die Augen im Sonnenlicht. Jeder einzelne von ihnen war wie benommen und starr vor Schreck.

Dann ertönte aus dem Hausinnern ein weiterer Schuß und wieder Gebrüll. Draußen begannen die Kulis in alle Richtungen davonzulaufen, einige huschten zu nahegelegenen Hauseingängen, andere liefen in Richtung des Hafens davon. Ich hörte weitere Befehle, dann das Geräusch von Gewehrkolben, die einen menschlichen Körper trafen, und schreckliches Wehklagen.

Angewidert wollte ich hinzutreten, als ein Kuli in Panik aus dem Haus rannte, zögerte, wild um sich blickte, eine blutende Hand hielt und dann in meine Richtung davonlief. Ich trat beiseite, um ihn vorbeizulassen; er schoß um die Ecke und verschwand. Aber ich hatte seine Pupillen gesehen. Der Mann stand unter Drogen. Nun begriff ich. Die Soldaten machten eine Razzia in einer lokalen Opiumhöhle.

Als ich ein Stöhnen hörte, trat ich wieder auf den Platz und sah, daß einer der Opiumraucher auf die Fliesen gefallen war. Er hatte an der Schulter eine üble Stichverletzung von einem Bajonett. Ich kniete neben ihn, riß sein Hemd auf und tat mein Bestes, um den Blutstrom zu stillen, während er mich entsetzt anstarrte und leises Stöhnen von seinen Lippen kam.

Stiefel trampelten aus dem Haus.

»Gütiger Gott, Mann, was machen Sie denn da?«

Ich blickte auf und sah den Leutnant aus dem Haus treten. Er wirkte äußerst selbstzufrieden.

»Dieser Bursche ist von einem Ihrer Soldaten verletzt worden«, erwiderte ich barsch. »Ich versuche, ihm zu helfen. War es denn notwendig, daß ...«

Der Leutnant betrachtete den Tagelöhner verächtlich. »Zweifellos hat er versucht, jemanden zu töten. Wie von Sinnen vom Opium — das sind sie alle. Seine eigenen Leute werden sich um ihn kümmern. Wir versuchen nur, ihnen eine Lektion zu erteilen.«

Mit Streifen aus dem Hemd des Mannes verband ich die Wunde so gut wie möglich. Er versuchte zu sprechen, doch dann schwanden ihm die Sinne. Hilflos versuchte ich, ihn aufzuheben, doch es gelang mir nicht.

Nun tauchten die Gurkhas auf und führten drei entsetzte Chinesen in schwarzen und roten Kutten mit sich; es waren zwei Männer und eine Frau, alle schlimm zugerichtet, vermutlich die Besitzer der Opiumhöhle.

Der Leutnant fuchtelte mit seinem Stöckchen in ihre Richtung. Er warf den Kopf zurück und sprach zu den leeren Fenstern und Türen. »Kein Opium mehr! Ihr verstehen! Opium schlecht! Diese Leute schlecht! Müssen ins Gefängnis. Wir lange Zeit einsperren. Verstehen?«

Ärgerlich pochte er mit dem Stöckchen an seine Reitstiefel. Er starrte mich an und öffnete den Mund, um zu sprechen.

»Ich werde versuchen, den Burschen hier ins Krankenhaus zu schaffen«, sagte ich. »Vielleicht kann mir jemand helfen?«

Der Offizier ergriff die Zügel seines Pferdes und blickte auf seine Soldaten, die die verängstigten Gefangenen weit fester hielten, als dies nötig gewesen wäre.

»Einer Ihrer Leute ...«, begann ich.

Der Leutnant bestieg sein Pferd. »Ich sagte es Ihnen schon, Sir: Seine eigenen Leute werden sich um ihn kümmern. Offensichtlich begreifen Sie die Bedingungen auf dieser Insel nicht ganz. Wir haben hier ein fürchterliches Opiumproblem. Es wird täglich schlimmer. Sie bauen lieber Mohn an statt Lebensmittel. Ich ...«

»Welchen Sinn hat ihr Leben denn sonst, Allsop?« Aus dem finsteren Eingang des durchsuchten Hauses kam eine müde, schleppende Stimme. Eine englische Stimme.

Leutnant Allsop drehte sich im Sattel um und schwenkte sein Stöckchen in Richtung des Sprechers, der nicht zu sehen war. »Sie halten sich da raus. Sie können froh sein, daß wir Sie nicht ebenfalls festgenommen haben.«

Eine Gestalt trat ins Sonnenlicht. Der Mann trug einen schmutzigen, verschossenen europäischen Anzug, ein zerknittertes Eingeborenenhemd, war barfuß, unrasiert, ausgezehrt und stand ganz offenkundig unter dem Einfluß von Opium. Ich kannte die Anzeichen nur allzugut, da ich selbst einmal vom Trost der Droge abhängig gewesen war. Sein Alter konnte ich nicht bestimmen, doch die Stimme war die eines jungen Mannes aus der oberen Mittelschicht.

»Ich hätte gedacht, Sie würden sich schämen ...« Abscheu stand in Allsops Gesicht.

»Wer sind Sie denn, ihnen ihr einziges Vergnügen zu nehmen, Allsop?« fragte der Fremde müde. »Lassen Sie sie um Himmels willen doch in Frieden!«

Leutnant Allsop wirbelte sein Pferd herum und brüllte seinen Männern einen Befehl zu. »Also, Abmarsch!« Er trabte davon, ohne dem hinfälligen Engländer zu antworten.

Ich beobachtete, wie die Gurkhas ihre verängstigten Gefangenen den Weg entlangführten, den sie gekommen waren.

Der Engländer zuckte mit den Schultern und drehte sich um, um in das Haus zurückzukehren.

»Nur einen Augenblick!« rief ich. »Ich muß versuchen, diesen Mann ins Krankenhaus zu schaffen. Er ist halbtot. Können Sie mir nicht behilflich sein?«

Der Engländer lehnte sich müde an den Türrahmen. »Glauben Sie mir, bei seinen Vorfahren wäre er besser aufgehoben.«

»Gerade eben dachte ich, Sie setzten sich für diese Menschen ein.«

»Ich setze mich nicht für sie ein, alter Junge. Ich bin Fatalist, wissen Sie. Ich sagte Allsop, er solle sie in Frieden lassen. Und Ihnen sage ich das gleiche. Was für einen Sinn hätte es? Er wird ohnehin bald sterben.«

Doch er trat aus dem Türrahmen heraus, schlurfte auf den Platz und blinzelte ins Sonnenlicht. »Wer sind Sie überhaupt?«

»Ich bin Luftschiffoffizier. Ich bin vor etwa einer Woche hier gelandet.«

»Ach, der schiffbrüchige Matrose! Im Hotel wurde über Sie gesprochen. In Ordnung, ich werde Ihnen beim Tragen helfen, wozu immer es auch gut sein mag.«

Der opiumtrunkene Engländer war auch nicht kräftiger als ich, aber gemeinsam gelang es uns, den chinesischen Tagelöhner die Straße hinab und über den Kai zu tragen, bis wir das Krankenhaus erreichten.

Nachdem zwei Nonnen herbeigerufen worden waren und den Verwundeten fortgebracht hatten, stand ich keuchend in der Eingangshalle und starrte meinen Helfer neugierig an. »Danke!«

Er lächelte sanft. »Nichts zu danken. Nicht im geringsten. Cheerio!«

Er hob die Hand zu einer Art ironischem Salut und ging hinaus. Er war verschwunden, bevor Dr. Hira die Treppe herab in die Halle kam.

»Wer war dieser Bursche?« fragte ich Hira und beschrieb den heruntergekommenen Engländer.

Hira erkannte ihn nach der Schilderung. Er spielte an seinem Stethoskop. »Ein Gestrandeter wie Sie. Er kam mit dem Luftschiff, das die Bergleute fortbringen sollte. Er beschloß, auf Rowe Island zu bleiben. Warum, weiß ich nicht. Man hinderte ihn nicht; schließlich konnte statt dessen ein anderer mitkommen. Manchmal wird er der Hauptmann genannt, droben im Hotel. Er gibt an, Kommandant eines Handelsluftschiffes gewesen zu sein, das vor dem Krieg über China abstürzte. Das ist alles ein bißchen undurchsichtig.«

»Allsop mag ihn nicht.«

Hira lachte leise. »Nein, Allsop bestimmt nicht. Hauptmann Dempsey läßt sich gehen, wie? Allsop verkörpert die Auffassung, daß die Europäer um jeden Preis den Schein wahren müssen.«

»Da wird Allsop sicher viel zu tun haben.« Ich wischte mir einen Blutfleck vom Ärmel.

»Ich glaube, er schläft niemals. Seine Frau ist mit den Leuten vom Bergwerk abgereist, wissen Sie …« Hira warf einen Blick auf seine Uhr. »Nun, es ist fast Zeit fürs Abendessen. Fisch und Reis, wie immer, aber ich habe zwei Flaschen Bier aufgetrieben, falls Sie …«

»Nein, danke«, lehnte ich ab. »Ich glaube, ich mache mich noch einmal auf den Weg zum Hotel.«

— 7 —
Toter Mann

Der Hafenort, in dem ich mich aufhielt, war die einzige richtige Siedlung auf der Insel. Sie hieß New Birmingham. Die Gebäude waren nahe am Wasser zusammengedrängt und mehrere Stockwerke hoch. Je weiter sie die Hänge hinaufkrochen, um so mehr wichen sie auseinander, als seien sie die Verkommenheit des Nachbarn leid, und wurden immer kleiner, bis sie ganz oben kaum mehr darstellten als in den Bergfalten nistende einzelne Hütten.

Über dem Hüttenviertel endete der Hügel sanft und bildete das kleine Plateau, auf dem der Aeropark erbaut worden war. Olmeijers Hotel stand am Rand des Aeroparks, der nun einsam und pflanzenüberwuchert dalag. Ich konnte mir vorstellen, daß der junge Leutnant Allsop das Hotel gut fand, denn es versuchte ganz offenkundig, ›den Schein zu wahren‹. Sein großes goldenes Schild war glänzend poliert, und seine prächtige viktorianische Holzarchitektur hatte offensichtlich erst vor kurzem einen frischen weißen Anstrich erhalten. Das Haus wirkte hier völlig deplaziert.

Der Aeropark wurde beherrscht von einem rostigen Schiffsmast in seinem Zentrum. Auf der einen Seite der Anlage erstreckte sich ein kleiner Hangar, dessen grauer Anstrich abblätterte, und neben ihm erhob sich eine Stange, von der ein zerrissener und schmutziger Windsack herabhing. In der Nähe der Stange standen wie Skelette riesiger außerirdischer Insekten die Überreste von zwei Hovergyros, von denen man fast alle wesentlichen Teile abgebaut hatte. Auf der anderen Seite des Hangars befand sich der Rumpf eines kleinen Einsitzerflugzeugs, vermutlich das Eigentum eines längst verstorbenen Sportsmannes, das man auf gleiche Weise ausgeschlachtet hatte. Die Insel schien von einer Vielfalt von Wracks bevölkert zu sein. Sie schien sich von Leichen zu ernähren, einschließlich (wie in Allsops Fall) der Leichen hinfälliger Vorstellungen.

Nach einem Blick auf die verlassenen Verwaltungs- und Kontrollgebäude, mit dem ich mich vergewisserte, daß sie unbewohnt waren, schlug ich den Weg zum Hotel ein.

Ich stieß zwei gut geölte Schwingtüren auf und trat in die Eingangshalle.

Sie war sauber, geschrubbt, poliert und kühl. Ein malaiischer Hausboy bediente den Strang eines an der Decke angebrachten großen Fächers. Er blies mir Luft ins Gesicht, als ich eintrat. Nach der Hitze draußen war ich dankbar dafür, gleichzeitig jedoch auch erheitert über die kühle Unstimmigkeit. Ich nickte dem Malaien zu, der mich nicht zu beachten schien, und schritt, da ich am Empfang niemanden sah, in die angrenzende Bar.

Im dunklen Dämmerschein hielten sich zwei Männer auf. Einer saß hemdsärmelig hinter der Bar und las ein Buch, während der andere in der gegenüberliegenden Ecke, wo Balkontüren zur Veranda führten, Gin Fizz trank. Jenseits der Fenster konnte ich den Aeropark und dahinter die dicht bewaldeten Berghänge erkennen.

Als ich mich auf einen Schemel an der Bar setzte, legte der Mann sein Buch weg und blickte mich einigermaßen überrascht an. Er war außerordentlich dick, und sein feistes rotes Gesicht war in Schweiß gebadet. Die hochgerollten Hemdsärmel enthüllten eine Vielzahl von Tätowierungen der gepflegteren Art. An wulstigen Fingern steckten mehrere Goldringe. Er sprach mit tiefem, kehligem Akzent.

»Was kann ich für Sie tun?«

Ich hob entschuldigend an: »Ich habe leider kein Geld bei mir, deshalb ...«

Der Mann setzte ein breites Grinsen auf. »Ja. Kein Geld! Was für ein Jammer!« Einen Augenblick lang schüttelte er sich vor Lachen. »Also, was möchten Sie trinken? Ich werde es anschreiben, hm?«

»Sehr nett von Ihnen. Ich nehme einen Cognac.« Ich stellte mich vor. »Sind Sie der Hotelbesitzer?«

»Ja. Natürlich bin ich Olmeijer.« Er schien ungewöhnlich stolz auf diese Tatsache. Er holte ein großes Kassenbuch unter der Theke hervor, schlug eine frische Seite auf und schrieb meinen Namen darüber. »Ihre Rechnung«, sagte er. »Wenn die Lage sich bessert, können Sie bezahlen.« Er drehte sich um, um eine Flasche Cognac herunterzuholen.

»Ich glaube, bei Ihnen wohnt ein gewisser Shawcross«, erkundigte ich mich.

»Ja, Shawcross.« Er stellte mir einen großen Cognac auf die Bar. »Zwanzig Cents. Wird angeschrieben.« Er machte eine Eintragung in das Kassenbuch und legte es wieder beiseite.

Es war guter Cognac. Vielleicht schmeckte er noch besser, weil es mein erster Drink seit Singapur war. Ich genoß ihn.

»Aber Shawcross«, sagte Olmeijer mit einem Zwinkern und einer entsprechenden Daumenbewegung, »ist in die Berge hinaufgezogen.«

»Und Sie haben keine Ahnung, wann er zurückkommt?«

Ich hörte einen der Weidensessel über den glänzenden Boden kratzen, dann kamen Schritte näher. Ich drehte mich um. Es war der Mann, der am Fenster gesessen hatte. Er hielt sein leeres Glas in der Hand.

»Shawcross wird zurückkommen, wenn der Gin, den er von Mister Olmeijer geborgt hat, zu Ende geht.«

Er war ein tief gebräunter magerer Mann Mitte Fünfzig in einem khakifarbenen Buschhemd und weißen Shorts. Er hatte einen schmalen ergrauenden Schnurrbart, und in seinen blauen Augen schien ein ständiger Funke von Ironie zu schwelen. »Mein Name ist Greaves«, sagte er, als er neben mich an die Bar trat. »Sie müssen der Luftschiffbursche sein, den man in dem Einbaum gefunden hat. Singapur, was? Muß schrecklich gewesen sein.«

Greaves erzählte mir, daß er zurückgelassen worden war, um die Interessen der Welland Rock Phosphate Company zu wahren, während die übrigen weißen Angestellten nach England oder Australien heimgekehrt waren. Er war ganz begierig darauf, etwas über den Angriff auf Singapur zu erfahren. Knapp, denn die Erinnerung war immer noch schwer zu ertragen, erzählte ich ihm, was geschehen war.

»Ich kann es immer noch nicht glauben«, schloß ich. »Es bestand doch ein Friedensvertrag.«

Er lächelte bitter und nippte an seinem Drink. »Alle hatten Friedensverträge, oder nicht? Wir hatten den Krieg ausgerottet, nicht wahr? Aber so wie die menschliche Natur nun einmal ist …« Er blickte empor zu der Flaschenreihe vor ihm. »Verdammte Japsen! Ich wußte, daß sie früher oder später etwas anzetteln würden. Gieriges Pack!«

»Die Japaner hätten doch nicht ihre eigenen …«, setzte Olmeijer an. Greaves unterbrach ihn mit einem scharfen Lachen.

»Ich weiß nicht, wie diese Stadt in die Luft gejagt wurde, aber das war der Anlaß, den alle brauchten, um den Streit zu beginnen.« Er führte sein Glas an die Lippen. »Vermutlich werden wir niemals erfahren, wie es geschah oder wer es getan hat. Aber das ist auch müßig. Selbst wenn das nicht geschehen wäre, würden sie inzwischen kämpfen.«

»Ich wünschte, Sie hätten recht!«

Ich erkannte die neue Stimme wieder und drehte mich um, als Dempsey müde an die Bar schlurfte. Er nickte mir und Greaves zu und legte eine schmutzige Hand auf den Tresen. »Einen großen Scotch, bitte, Olmeijer.«

Der Holländer schien über die Ankunft seines letzten

Gastes nicht erfreut zu sein, doch er goß den Drink ein und trug den Preis sorgfältig in sein Kassenbuch ein.

Es trat betretene Stille ein. Obgleich er sich in unser Gespräch gemischt hatte, schien Dempsey nicht bereit, seine Bemerkung auszuführen.

»Guten Tag, Dempsey«, begrüßte ich ihn.

Er lächelte schwach und rieb sich das unrasierte Kinn. »Hallo, Bastable! Ziehen Sie hier ein?«

»Ich suchte Shawcross.«

Er nahm einen tiefen Zug aus seinem Glas. »Eine Menge Leute suchen Shawcross«, sagte er geheimnisvoll.

»Was meinen Sie damit?«

Er schüttelte den Kopf. »Gar nichts.«

»Noch einen Drink, Bastable?« fragte Greaves. »Trinken Sie einen auf meine Rechnung.« Und mit gewisser Überwindung: »Und Sie, Dempsey?«

»Danke.« Dempsey trank aus und stellte sein Glas auf die Theke zurück. Olmeijer goß noch einen Gin, einen Cognac und einen Scotch ein.

Greaves zog eine Schachtel Zigarillos aus der Hemdentasche und bot sie uns der Reihe nach an. Olmeijer und Dempsey nahmen an, ich lehnte ab. »Was meinten Sie gerade?« fragte Greaves Dempsey. »Ihnen macht das alles sicher gar nichts aus. Ich dachte, Sie wären so ein Typ von orientalischem Fatalismus.«

Dempsey wandte sich ab. Einen Augenblick lang hatte in seinen toten Augen schrecklicher Kummer aufgeleuchtet. Er trug sein Glas zu einem nahestehenden Tisch und setzte sich. »Das bin ich ja auch«, sagte er.

Aber Greaves ließ einfach nicht locker. »Sie waren doch nicht in Japan, als die Bombardierungen begannen, oder?«

Dempsey schüttelte den Kopf. »Nein, in China.« Ich bemerkte, daß seine Hände zitterten, als er das Glas zum Mund hob, und er schien leise etwas vor sich hinzumurmeln. Ich glaubte, die Worte »Gott vergebe mir«

zu hören. Er trank schnell aus, stand auf und schlurfte zur Tür. »Danke, Greaves. Bis später.«

Sein ausgezehrter Körper verschwand, und ich sah, wie er die Holztreppen emporzusteigen begann, die von der Halle hinaufführten.

Greaves zog verwirrt die Augenbrauen hoch. Er zuckte mit den Schultern. »Ich glaube, Dempsey ist, wie wir früher sagten, zu einem ›Inselfall‹ geworden. Wir hatten ein paar davon, die dann unter den Eingeborenen lebten oder wie er Opium nahmen. Das Zeug bringt ihn natürlich um, und er weiß das. Es würde mich nicht wundern, wenn er kein halbes Jahr mehr überlebt.«

»Ich hätte ihm mehr gegeben«, sagte ich mitfühlend. »Ich kannte Opiumraucher, die bis ins hohe Alter lebten.«

Greaves zog an seiner Zigarillo. »Es liegt nicht nur am Opium, wie? Ich meine, es gibt so etwas wie eine *Bereitschaft* zu sterben. Sie wissen das ebensogut wie ich.«

Ich nickte ernüchtert. Ich selbst hatte solche Wünsche schon einmal empfunden.

»Ich möchte wissen, wodurch das ausgelöst wurde«, grübelte Greaves. »Vielleicht eine Frau. Er war Luftschiffoffizier, wissen Sie. Vielleicht hat er sein Schiff verloren, es im Stich gelassen oder so etwas ...«

Olmeijer grunzte und blickte von seinem Buch auf. »Er ist einfach nur ein Schwächling. Einfach schwach, das ist alles.«

»Schon möglich.« Ich stand auf. »Ich glaube, ich werde mich nun auf den Rückweg machen. Haben Sie etwas dagegen, wenn ich morgen wiederkomme? Ich wäre ganz gerne hier, wenn Shawcross zurückkommt.«

»Bis morgen dann.« Greaves hob zum Gruß die Hand. »Ich wünsche Ihnen viel Glück, Bastable.«

An jenem Abend speiste ich mit Hira zusammen Fisch und Obst. Ich erzählte ihm von meiner Unterhaltung im Hotel und meiner zweiten Begegnung mit Dempsey.

Seine frühere Bemerkung hatte meine Neugier geweckt, und ich fragte Hira, ob er irgend etwas über Dempseys Gründe wußte, auf der Insel zu bleiben.

Hira wußte wenig Neues über den Opiumesser zu berichten. »Ich weiß nur, daß er in besserer Verfassung war, als er hier ankam. Ich habe mit der europäischen Gemeinde nicht viel zu tun, wie Sie vielleicht schon bemerkt haben.« Er schaute mich ironisch an. »Engländer beginnen häufig, sich eigentümlich zu betragen, wenn sie ein paar Jahre im Osten waren. Vielleicht haben sie Schuldgefühle, weil sie uns ausbeuten, wie?«

Ich wollte mich dazu nicht äußern, und wir beendeten unsere Mahlzeit in relativer Stille. Nach dem Essen lehnten wir uns in unsere Stühle zurück und rauchten und sprachen über den Zustand des chinesischen Tagelöhners, den ich gefunden hatte. Hira berichtete mir, daß er ziemlich schnell genas. Ich wollte gerade aufstehen und zu Bett gehen, als sich plötzlich die Tür öffnete und eine Nonne in Hiras Zimmer stürzte. »Doktor, schnell, es ist Shawcross!« Sorge stand in ihrem Gesicht. »Er ist überfallen worden. Ich glaube, er stirbt.«

Wir rannten hinunter in die kleine Eingangshalle des Hospitals. Im Schein der Öllampe sah ich Olmeijer und Greaves stehen. Ihre Gesichter waren bleich und angespannt, und sie starrten hilflos auf etwas, das auf der improvisierten Bahre lag, die sie nun auf dem Boden absetzten. Sie mußten sie den ganzen Weg vom Hotel her getragen haben.

Hira beugte sich hinunter und untersuchte den Mann auf der Bahre. »Mein Gott!« rief er aus.

Greaves berichtete mir: »Er ist vor etwa einer Stunde auf die Treppe vom Hotel geworfen worden. Ich denke, irgendein Chinese wollte seine Frau wiederhaben oder vielleicht seine Tochter, die mit Shawcross davongelaufen war. Ich weiß es nicht.« Mit finsterer Miene wischte er sich mit dem Taschentuch übers Gesicht. »Vor diesem elenden Krieg wäre so etwas nicht möglich gewesen ...«

Ich brachte kaum ein Wort hervor, als ich den geschundenen Körper auf der Bahre richtig sehen konnte. »Armer Teufel!«

Hira richtete sich auf und schaute mich vielsagend an. Für Shawcross bestand keine Chance mehr. Er wandte sich an Greaves und Olmeijer. »Können Sie die Bahre bitte zur Station bringen?«

Ich ging hinterdrein, als die beiden Männer die Bahre wieder aufhoben und die kurze Treppe zur Station hinaufstiegen. Ich half den Schwestern, ihn ins Bett zu legen, aber es war unverkennbar, daß man ihm offensichtlich jeden Knochen im Leib gebrochen hatte. Er war kaum noch als menschliches Wesen zu erkennen. Man hatte sich Zeit gelassen, ihn zusammenzuschlagen, und er würde nicht mehr lange zu leben haben.

Hira begann, eine Spritze aufzuziehen. Der verstümmelte Mann schlug die Augen auf und sah uns. Seine Lippen bewegten sich.

Ich beugte mich über ihn.

»Dreckige Gelbhäute ... elendes Weib ... für mich getan. Haben uns in der Mine aufgestöbert ... Die Laken ... O Gott ... die blutigen Keulen ...«

Hira gab ihm eine kräftige Injektion. »Kokain«, erklärte er mir. »Mehr können wir kaum noch für ihn tun.«

Ich sah zum Nachbarbett hinüber und beobachtete, wie der Kuli, den ich geborgen hatte, mit dem Ausdruck stiller Zufriedenheit herüberblickte.

»Könnte das nicht eine Art Vergeltungsschlag gewesen sein?« fragte ich Hira.

»Wer weiß?« Hira blickte auf den Australier hinab, als dieser wieder die Augen schloß.

Greaves drückte die Faust an die Lippen und räusperte sich. »Ich überlege, ob man es Nesbit mitteilen müßte ...« Er schaute auf Shawcross hinab und schürzte die Lippen. »Wenn Allsop davon erfährt, wird die Hölle los sein.«

Hira wirkte erheitert. »Es könnte das Ende bedeuten.«

Nachdenklich rieb sich Olmeijer den Hals. »Muß er es überhaupt erfahren?«

»Der Mann ist überfallen worden«, sagte ich. »Noch etwa zwei Stunden, und der Tatbestand des Mordes wird erfüllt sein. Er kann die Nacht nicht überleben.«

»Wenn Allsop erst einmal zu wüten beginnt, alter Junge, haben wir alle eine gute Chance, umgebracht zu werden«, erklärte Greaves. »Allsop wird die Malaien und Chinesen so reizen, daß sie sich gegen uns kehren müssen. Es ist nicht mehr wie in den alten Zeiten. Was kann schon ein Dutzend kläglicher Gurkhas gegen tausend Kulis ausrichten?«

In Hiras Augen funkelte eine Spur Bosheit. »Sie möchten also nicht, daß ich diesen Vorfall dem offiziellen Regierungsvertreter melde, meine Herren?«

»Lieber nicht«, meinte Greaves. »Wir halten alle den Mund, wie?«

Ich sah zu, wie eine Schwester das Blut von Shawcross' Körper wusch. Er war nun unter dem Einfluß des Kokains völlig weggetreten. Ich trat zu der Tür der Station, zündete mir eine Zigarette an und beobachtete, wie die Mücken und Falter um die Öllampe in der Halle schwirrten. Von jenseits der Tür hörte man, wie die Brandung an die Kaimauer spülte. Das Geräusch wirkte nun nicht mehr friedlich. Vielmehr war die Stille unheildräuend geworden. Als die anderen drei Männer zu mir traten, nickte ich mit dem Kopf.

»Nun gut«, sagte ich. »Ich werde schweigen.«

Am nächsten Morgen war New Birmingham totenstill. Ich ging durch leere Straßen. Ich hatte das Gefühl, daß tausend Augenpaare mich beobachteten, während ich zum Aeropark hinaufstieg.

Ich schaute nicht erst ins Hotel. Es war sinnlos geworden zu hoffen, Shawcross dort zu treffen. Er war während der Nacht im Krankenhaus gestorben. Ich ging am Hotel vorbei. Ich blieb neben einem der ausgeschlachteten Hovergyros stehen und trat gegen einen abgebrochenen Rotor, der auf dem unkrautüberwucherten Beton bei der Maschine lag. Aus dem Wald hinter mir erklangen die Laute der Morgendämmerung. Um diese Zeit waren noch einige Nachttiere unterwegs, und die Tagbewohner erwachten allmählich. Nashornvögel, Kakadus, Drosseln und Tauben flatterten zwischen den Bäumen umher und erfüllten die Luft mit Gesang und Farbe. Sie schienen irgend etwas zu feiern, vielleicht das Ende der Besetzung der Insel durch den Menschen. Der Duft des Waldes hing schwer in der Luft, es roch nach den Fährten der Tiere und vermodernden Bäumen. Ich hörte das Kreischen von Gibbons und sah winzige Spitzmäuse über Baumäste huschen, an denen noch der Tau hing. An der Mauer des Hangars betrachteten mich kalt die gierigen Augen von Echsen, als hätte ich dort nichts zu suchen.

Ich steuerte auf das Gebäude zu, das einmal das Kontrollzentrum beherbergt haben mußte und wo der Ermordete sein Funkgerät eingeschlossen hatte, bevor er zu seiner letzten Orgie aufgebrochen war.

Vor der Abreise des Luftschiffpersonals war das ganze Gebäude versiegelt worden. Vor den Fenstern aller drei Stockwerke waren Stahlläden angebracht worden, und es würde besondere Werkzeuge und viel Mühe erfordern, dort hineinzugelangen. Alle Türen waren verschlossen und vergittert, und ich konnte sehen, daß mehrere Versuche, sie aufzubrechen, gescheitert waren.

Immer wieder ging ich um das Betongebäude herum, rüttelte erfolglos an Läden und Türklinken. Die scharrenden Geräusche aus dem Wald schienen meine Hilflosigkeit zu verhöhnen, und schließlich blieb ich an einer Tür stehen, die offensichtlich noch kürzlich benutzt worden war. Ich drückte noch einmal die Klinke, lehnte mich dann gegen den Rahmen und schaute zurück auf den zerfallenen Aeropark mit den zerbrochenen Skeletten der Flugmaschinen und seinem rostenden Mast und dem Hotel dahinter. Die Sonne blitzte auf Olmeijers Goldschild: ROYAL AIRPARK HOTEL stand darauf und DAS BESTE HAUS AM PLATZE.

Ein wenig später trat jemand durch die Glastüren der Bar und blieb auf der Veranda stehen. Dann sah er mich und begann langsam durch das hohe Gras auf mich zuzukommen.

Ich erkannte die Gestalt und runzelte die Stirn. Was konnte er wollen?

— 8 —

Der Funkspruch

Es war natürlich Dempsey. Er hatte sich rasiert und einen etwas ordentlicheren Anzug als am Vortag angezogen, doch darunter trug er das gleiche zerfetzte Eingeborenenhemd. An seinen Pupillen sah ich, daß er seine erste Opiumpfeife noch nicht gehabt hatte.

Er schlurfte auf mich zu und hustete in der relativ kühlen Morgenluft. »Ich habe von Shawcross gehört«, sagte er. Er schritt über den gerissenen Asphalt, blieb dann stehen und schaute mich an.

Ich bot ihm eine Zigarette an, die er aus meinem Etui klaubte, und er zitterte, als ich ihm Feuer gab.

»Sie wußten, daß die Chinesen hinter Shawcross her waren, nicht wahr?« fragte ich ihn. »Das hatten Sie gemeint, als Sie gestern sagten, eine Menge Leute suchen nach ihm.«

»Gestern? Ich kann mich nicht erinnern.« Er paffte an der Zigarette und sog den Rauch tief in die Lungen.

»Sie hätten ihn retten können, Dempsey, wenn Sie rechtzeitig jemanden gewarnt hätten.«

Er richtete sich ein wenig auf und blickte mit scheinbar erheitertem Blick in Richtung der Wälder. »Andrerseits hätte ich jedermann größeren Schaden zufügen können. Ein gesellschaftliches Bewußtsein ist ein ganz netter Luxus, nicht wahr, Bastable?« Er tastete in seine Tasche. »Ich kam, um Ihnen das zu geben. Ich fand es auf der Treppe.« Er streckte mir einen Schlüssel hin. »Muß aus Shawcross' Tasche gefallen sein, als sie ihn dort hinwarfen.«

Ich zögerte, ehe ich den Schlüssel entgegennahm. Dann drehte ich mich um und probierte ihn in dem Schloß aus. Die Gewirre sprangen klickend zurück, und die Tür schwang auf. Aus dem Innern strömte ein Geruch nach altem Schnaps und verbranntem Gummi.

»Alles, was Shawcross hinterlassen hat, ist sein Gestank«, sagte Dempsey. »Ich nehme an, Sie versuchen nun, über Funk Hilfe zu holen.«

»Ich werde es versuchen«, sagte ich. »Wenn ich nach Darwin durchkomme, werde ich darum bitten, das erste zur Verfügung stehende Luftschiff umzuleiten, um mich abzuholen und jeden, der sonst noch die Insel verlassen möchte.«

»Sagen Sie lieber, es wäre ein Notfall.« Dempsey winkte mit vager Handbewegung in Richtung auf den Ort. »Machen Sie nicht viel Federlesens damit. Inzwischen gibt es ein halbes Dutzend Anlässe für einen Aufstand. Wenn Allsop herausfindet, was aus Shawcross geworden ist, wird es noch einen mehr geben. Die Chinesen sind in der Stimmung, alle Malaien abzumurksen, und wenn die Weißen sich einmischen, werden sie sich wahrscheinlich verbünden und uns zuerst umbringen. Das ist die Wahrheit.« Der Hauch eines Lächelns erschien auf seinen Lippen. »Ich weiß es. Ich stehe schließlich mit den Eingeborenen in engerem Kontakt als die meisten. Shawcross war nur der Anfang.«

Ich nickte. »In Ordnung. Ich werde es nach Darwin weitergeben.«

»Wissen Sie, wie man ein Funkgerät bedient?«

»Ich habe es während meiner Ausbildung ein bißchen gelernt.«

Dempsey folgte mir in das düstere Innere des Büros. Hier herrschte ein schmutziges Durcheinander von leeren Bierdosen, Flaschen und abgebrochenen Teilen einer Funkausrüstung. Er öffnete die Fensterläden, und Licht fiel durch die staubigen Fenster. Ich sah in einer Ecke einen Apparat, bei dem es sich um das Funkgerät handeln mußte, und bahnte mir meinen Weg durch das Chaos am Boden.

Dempsey zeigte mir die Pedale unter der Bank. Ich setzte mich und stellte meine Füße darauf. Sie drehten sich zuerst langsam, dann leichter.

Dempsey inspizierte die Anlage. »Scheint allmählich warm zu werden«, sagte er. Er begann, an den Anzeigen zu hantieren. Aus den Hörern erscholl ein leises Knacken. Er setzte sie auf, lauschte und schüttelte den Kopf. »Wahrscheinlich die Röhren. Lassen Sie es mich mal versuchen.«

Ich stand auf, und Dempsey ließ sich auf dem Stuhl nieder. Nach einer Weile fand er einen Schraubenzieher und schraubte die Verschalung ab. »Wie ich mir dachte — es liegt an den Röhren«, sagte er. »Hinter Ihnen auf der anderen Bank muß eine Schachtel mit Ersatzröhren stehen. Würden Sie die mal rüberbringen?«

Ich fand die Schachtel und stellte sie neben ihn, während er weiterarbeitete.

»Haben Sie die Funkerei auf dem Luftschiff gelernt?« fragte ich ihn.

Er preßte die Lippen aufeinander und fuhr mit seiner Arbeit fort.

»Wie sind Sie eigentlich hier gelandet?« bohrte ich weiter, da meine große Neugier mein Taktgefühl überwältigte.

»Das geht Sie einen Scheiß an, Bastable. So, jetzt müßte es gehen.« Er schraubte die letzte Röhre ein, begann die Pedale zu bedienen, doch dann fiel er hustend in den Stuhl zurück. »Einfach zu schwach«, sagte er. »Besorgen Sie besser die Beinarbeit, wenn es Ihnen recht ist ...« Er verfiel in einen neuen Hustenanfall, als er aufstand und ich seinen Platz einnahm.

Während ich die Pedale trat, drehte er wieder an den Anzeigen, bis wir durch die Kopfhörer eine schwache Stimme vernahmen. Dempsey stülpte sie sich über und rückte das Mikrofon zurecht. »Hallo, Darwin. Hier spricht Rowe Island. Over.« Er drehte an einem Knopf.

Er kippte einen Schalter und sprach ungeduldig ins Mikrofon. »Nein, tut mir leid. Ich kenne unser verdammtes Rufzeichen nicht. Vielmehr ist unser Funker umgebracht worden. Nein, wir sind keine Militärbasis.

Hier spricht Rowe Island im Indischen Ozean, die Zivilbevölkerung ist in Gefahr.«

Während ich weiter mit den Pedalen den Generator antrieb, erklärte Dempsey Darwin unsere Lage. Es entstand einige Verwirrung, eine Wartezeit von etwa zwanzig Minuten, während der Funker seine Vorgesetzten konsultierte, noch größere Verwirrung bei der Lokalisierung der Insel, und schließlich lehnte Dempsey sich zurück und seufzte. »Danke, Darwin.«

Während er sich die Kopfhörer abzog, schaute er zu mir herab. »Sie haben Glück. In ein oder zwei Tagen kann eines ihrer Patrouillenschiffe hier sein, sofern es nicht abgeschossen worden ist. Sie sollten den anderen Bescheid sagen, damit sie ihre Sachen packen und sich bereithalten.«

»Ich bin Ihnen sehr dankbar, Dempsey«, sagte ich. »Ich glaube kaum, daß ich ohne Sie durchgekommen wäre.«

Die Schwierigkeiten mit dem Funkgerät hatten ihn erschöpft. Er stand auf und begann in dem Büro herumzuwühlen, bis er eine fast volle Flasche Rum fand. Er schraubte sie auf, nahm einen ausgiebigen Schluck und streckte sie dann mir hin.

Ich nahm und nippte keuchend an dem Rum. Es handelte sich um ziemlich scharfes Zeug. Ich gab ihn zurück und beobachtete mit Hochachtung, wie er ihn austrank.

Wir verließen das Büro und schlenderten über den Aeropark. Als wir uns dem Mast näherten, blieb er stehen und blickte durch die Träger empor. Der Passagierlift stand oben, vermutlich von der letzten hastig an Bord des Schiffes gegangenen Gruppe so gelassen, als dieses die Mehrheit der Europäer von der Insel gebracht hatte. »Der wird nichts mehr taugen«, sagte er. »Keiner da, ihn zu bedienen, selbst wenn er in anständigem Zustand wäre. Das Schiff wird am Boden landen müssen. Das wird ganz schön schwierig werden. Da werden alle mit anpacken müssen.«

»Werden Sie mir helfen?«

»Wenn ich bei Bewußtsein bin.«

»Ich habe gehört, Sie befehligten einmal ein Luftschiff«, sagte ich.

Sogleich bedauerte ich meine Neugier, denn ein eigentümlicher Ausdruck schmerzlicher Erheiterung trat in sein Gesicht. »Ja. Ja, das tat ich. Allerdings nur sehr kurze Zeit.«

Ich ließ das Thema ruhen. »Kommen Sie, ich spendiere Ihnen einen Drink.«

Olmeijer saß an seinem üblichen Platz hinter der Bar und las in seinem Buch. Greaves war nicht da. Der Holländer blickte hoch und nickte uns zu. Er erwähnte den Vorfall vom vorangegangenen Abend mit keinem Wort, und ich sprach ihn auch nicht an. Ich erzählte ihm, daß es uns gelungen war, nach Darwin durchzukommen, und daß man ein Luftschiff schicken wolle. Er zeigte sich unbeeindruckt. Ich glaube, er genoß seine Rolle als letzter Hotelier auf der Insel. Er wollte lieber Kunden haben, die nicht zahlen konnten, als gar keine Kunden. Dempsey und ich zogen mit unseren Drinks an einen Tisch in Nähe des Fensters.

»Sie sind eine große Hilfe gewesen, Dempsey«, sagte ich.

Über sein Glas hinweg blickte er mich zynisch an. »Eine Hilfe? Vielleicht leiste ich Ihnen einen Bärendienst. Möchten Sie wirklich zurück in das ganze Durcheinander?«

»Ich halte es für meine Pflicht.«

»Pflicht? Um die letzten Überreste eines heruntergekommenen Imperialismus zu stützen?«

Es war das erstemal, daß ich von ihm so etwas wie eine politische Meinung hörte. Ich war überrascht. Er klang ein bißchen wie ein Roter, dachte ich. Mir fiel keine Antwort ein, die nicht unhöflich gewesen wäre.

Er stürzte den Rest seines Scotch hinunter und starrte

hinaus über den Aeropark. Er sprach wie mit sich selbst. »Das alles ist eine Frage der Macht und nur selten eine Frage der Gerechtigkeit.« Er sah mich scharf an. »Spielen Sie mir nicht den Gönnerhaften, Bastable. Ich brauche Ihre Freundlichkeit nicht, danke. Wenn Sie wüßten ...« Er verstummte. »Noch einen?«

Ich sah zu, wie Dempsey schwankend zur Bar ging und neue Drinks holte. Er brachte sie fast widerwillig zurück.

»Es tut mir leid«, sagte ich. »Es ist nur ... nun, vieles scheint Sie zu belasten. Ich dachte, ein mitfühlender Zuhörer ...«

In seinen Augen stand nun ein ganz merkwürdiger Ausdruck. »Mitfühlend? Ich frage mich, wie mitfühlend Sie bleiben würden, wenn ich Ihnen tatsächlich erzählte, was ich auf dem Herzen habe. Wir haben Krieg, Bastable. Ich hörte Sie gestern Vermutungen darüber anstellen, wie er seinen Anfang nahm. Ich weiß, wie der Krieg begann. Ich weiß auch, wer ihn begann. Es war ein verdammter Unfall.«

Ich hielt einen erstaunten Ausruf zurück und wartete darauf, mehr zu hören, aber Dempsey lehnte sich in den Weidensessel zurück und schloß die Augen; seine Lippen zuckten, als spräche er mit sich selbst.

Ich holte ihm noch einen Drink, doch als ich zurückkam, war er bereits eingeschlafen. Ich ließ ihn schlafen und ging zu Olmeijer an die Bar.

Kurz darauf trat Greaves ein. Er wirkte müde, als hätte er nicht geschlafen, seit ich ihn zum letztenmal gesehen hatte.

»Geben Sie mir einen dreifachen Gin, Olmeijer, schnell. Morgen, Bastable. Ich würde Ihnen nicht raten, allein durch die Stadt zurückzugehen. Es herrscht großes Durcheinander. Banden von Malaien und Chinesen bekämpfen einander. Brandstiftung, Vergewaltigung und Mord, wohin man blickt.«

»Hat Allsop herausgefunden, was ...«

»Noch nicht, aber alle anderen wissen es. Er wird es bald erfahren. Den Chinesen gelang es vergangene Nacht, ein malaiisches Schiff zu stehlen und sich damit davonzumachen; vermutlich haben die Mörder des armen Shawcross so ihren Abgang organisiert. Die Malaien ließen sich an ein paar chinesischen Familien aus. Und die Chinesen suchten Vergeltung. Ich glaube, diesmal ist die Sache ganz schön brenzlig.«

Ich berichtete ihm von dem Funkspruch nach Darwin und daß vermutlich ein Schiff käme. Er wirkte mehr als erleichtert. »Sie sollten einen Ihrer Burschen nach New Birmingham schicken, Olmeijer. Tragen Sie ihm auf, daß er allen Bescheid sagt: Sie sollen so schnell wie möglich hier heraufkommen.«

Brummelnd wälzte Olmeijer sich hoch, um nach einem Diener zu suchen.

Greaves schlenderte zur anderen Seite der Bar. »Ich glaube, eine weitere Runde ist fällig auf Kosten des Hauses. Bastable?« Ich nickte. »Dempsey?«

Ich sah, daß Dempsey aufgewacht und auf dem Weg zur Tür war. Er schüttelte den Kopf und sagte mit schiefem, verkniffenem Lächeln: »Ich habe noch etwas in der Stadt zu erledigen. Cheerio!«

»Es ist gefährlich«, sagte ich.

»Mir passiert schon nichts. Bis hoffentlich später, Bastable.«

Wir sahen ihm nach, wie er hinausging.

»Armer Teufel«, meinte Greaves. Ihn schauderte, und er kippte seinen Gin.

— 9 —
Hoffnungen auf Rettung

Am Nachmittag kam Allsop zum Hotel herauf und fragte mißtrauisch nach Shawcross. Wir sagten, wir hätten gehört, er hätte irgendeinen Unfall gehabt. Natürlich glaubte er uns nicht, doch er hatte in der Stadt alle Hände voll zu tun und konnte sich nicht die Zeit lassen, uns weiter zu befragen. Er hatte ein paar Geistliche und einige chinesische Nonnen von der katholischen Mission zum Hotel geleitet. Sie saßen zusammengekauert in der entferntesten Ecke der Bar und sprachen kaum mit uns. Nesbits Sekretär, ein eifriger rundgesichtiger Bengale, hatte Allsop begleitet und verharrte fast unablässig am Fenster, als erwartete er, daß das Luftschiff jeden Augenblick käme. Ich fragte Allsop nach Dempsey, worauf der Offizier mich finster anschaute und murmelte, Dempsey sei mit einigen chinesischen ›Rebellen‹ gesehen worden und würde sich bald in richtige Schwierigkeiten mit den Behörden bringen, wenn er nicht aufpaßte. Ich erfuhr ebenfalls, daß Hira ebenso wie die meisten seiner Nonnen beschlossen hatten, im Krankenhaus auszuharren.

Bis zum Abend waren ein paar weitere Leute eingetroffen, einschließlich zweier irischer Priester, die sich zu den anderen in der Ecke gesellten. Olmeijer wirkte begeistert, so viele neue Gäste zu haben, und watschelte umher, um dafür zu sorgen, daß Zimmer für sie hergerichtet wurden. Sogar ich bekam ein Zimmer im zweiten Stock.

Allsop kehrte zurück und sah erschöpft und wütend aus. Seine sonst so saubere Uniform war staubig, und er hatte einen Bluterguß über dem rechten Auge. Er schien Greaves und mich für seine Schwierigkeiten verantwortlich zu machen und wollte bei seinem zweiten Besuch kein Wort mit uns wechseln. Er hatte drei seiner

Zwölf-Mann-Armee zu unserem Schutz abgestellt. Der Rest blieb in der Stadt, um ›die Ordnung aufrechtzuerhalten‹ (obgleich davon nach dem Lärm, der heraufdrang, wenig zu bemerken war) und zum Schutz des Amtssitzes des Regierungsvertreters. Brigadekommandeur Nesbit hatte sich nämlich, zusammen mit seinem Diener, entschlossen, zu bleiben.

Allsop ritt kurz darauf zurück. Er war allein und saß so steif wie immer, als er sein Pferd den Hügel hinablenkte, um in der Dunkelheit und dem Getöse im Tal zu verschwinden. Ich glaube nicht, daß man ihn lebend wiedergesehen hat.

Bis Mitternacht waren alle Damen und Herren von der Geistlichkeit zu Bett gegangen, und Greaves, Olmeijer und ich nahmen unsere Stammplätze an der Bar ein, während der kleine Bengale an den Fenstern auf- und abschritt.

Sogar Greaves wirkte ein wenig nervös und verlieh einmal der Ansicht Ausdruck, daß wir es ›doch nicht ganz schaffen‹ würden. Dann ging auch er schlafen, und der Bengale tat es ihm gleich. Olmeijer hatte auf der Theke sein großes Kassenbuch aufgeschlagen und schien eine Weile genüßlich in seine Rechnereien vertieft, ehe er das Buch mit lautem Knall zuschlug, mir eine gute Nacht wünschte und seinen massigen Körper zu seinen eigenen Räumen schleppte.

Nun war ich bis auf die Gurkhas, die draußen Wache standen, der einzige, der noch auf war. Ich fühlte mich erschöpft, aber nicht besonders schläfrig. Ich beschloß, nach draußen zu gehen und nachzusehen, ob ich etwas von dem Treiben in der Stadt erkennen konnte.

Als ich die Halle betrat, hörte ich Stimmen am Vordereingang. Ich spähte hinaus, doch die Öllampe war nicht hell genug, um mir irgend etwas zu zeigen. Ich öffnete die Tür. Einer der Gurkhas rief einen Mann an, den ich im Mondschein nur undeutlich sehen konnte. Der Gurkha fuchtelte mit seinem Bajonett herum, und der Mann kehrte um. Einen Augenblick lang sah ich sein Gesicht im schwachen Lampenschimmer aus der Hotelhalle. Ich schob mich an dem Soldaten vorbei und stürzte nach draußen.

»Dempsey? Sind Sie das?«

Er drehte sich um. Die Schultern waren gebeugt, das Jackett war zerrissen. Das Gesicht war totenbleich, die Lider fast geschlossen. »Hallo, Bastable.« Seine Sprache klang verwaschen — die Stimme eines Kretins. »Ich dachte, das wäre mein Hotel.«

»Das ist es doch auch.« Ich ging auf ihn zu und ergriff seinen schlaffen Arm. »Kommen Sie nach drinnen!«

Der Gurkha unternahm nichts, um uns aufzuhalten, als ich Dempsey ins Hotel schleppte. Der Mann stolperte und zitterte. Aus seiner Kehle brach ein trockenes Würgen. Mit der rechten Hand hielt er etwas fest umklammert. Es hatte keinen Sinn, ihn zu befragen, und ich hatte alle Mühe, ihn die Treppe hinauf und den Flur entlang zu seinem Zimmer zu zerren.

Die Tür war unverschlosssen. Ich trug Dempsey halb hinein und setzte ihn aufs Bett, während ich die kleine Öllampe entzündete.

Das Licht ließ einen überraschend sauberen Raum erkennen. Das Bett war gemacht, und es lagen keinerlei Abfälle herum. Vielmehr war das Zimmer völlig unpersönlich. Ich legte Dempsey hin, und er streckte sich mit einem Seufzen aus. Das Zittern erfolgte nun in kurzen Zuckungen. Er blinzelte und schaute zu mir auf, als ich seinen Puls fühlte. »Haben Sie vielen Dank, Bastable«, sagte er. »Ich glaube, ich muß mit Ihnen reden.«

»Sie sind in schlechter Verfassung«, sagte ich. »Schlafen Sie lieber, wenn Sie können.«

»Drunten plündern sie«, sagte er, »bringen einander um. Vielleicht liegt etwas in der Luft ...« Er hustete und begann zu würgen. Ich zog ihn hoch und versuchte, ihm das Päckchen abzunehmen, das er in den Fingern hielt; aber er reagierte zornig und mit überraschender Kraft.

Er zog seine Hand fort. »Ich kann jetzt für mich selber sorgen, mein Alter.« Tränen standen ihm in den Augen, als er ins Kissen zurücksank. »Ich bin einfach nur müde. Mir ist schlecht, und ich bin müde.«

»Dempsey, Sie bringen sich um. Lassen Sie mich ...«

»Ich hoffe, Sie haben recht, Bastable. Trotzdem dauert es viel zu lange. Ich wünschte, ich hätte den Mumm, es anständig hinter mich zu bringen.«

Ich stand auf und sagte ihm, ich würde später nachschauen, wie es ihm ginge. Er schloß die Augen und schien einzuschlafen.

Ich empfand jene Ohnmacht, die jene kennen, die selbst den Trost der Droge erlebt haben. Ich wußte nur zu gut, daß es wenig gab, was ich für den armen, gequälten Kerl tun konnte. Er konnte nur sich selbst helfen. Und Dempsey schien sich wirklich zu quälen, vielleicht mit einem besonderen Durchblick der Dinge, wie sie sich wirklich verhielten, vielleicht mit der Einsicht in etwas in seinem Inneren, einem Aspekt seines Wesens, den er nicht mit seinen moralischen Ansichten in Einklang bringen konnte. Denn es wurde immer deutlicher, daß Dempsey trotz seines Leugnens strenge moralische Prinzipien besaß und er keine sehr hohe Meinung von sich selbst hatte.

Ich ging über den Gang zu meinem eigenen Zimmer und zog Jacke und Hose aus. Ich legte mich im Dunkeln auf das Bett und lauschte, wie die Insekten gegen das Fliegengitter vor dem Fenster summten. Mondlicht durchflutete das Zimmer. Bald schlief ich ein.

Plötzlich schreckte ich hoch.

Meine Tür quietschte, als sie langsam geöffnet wurde, und in der Annahme, daß die chinesischen Tagelöhner das Hotel angegriffen hatten, während ich schlief, schaute ich mich nach einer Waffe um.

Dann sah ich erleichtert, daß es Dempsey war. Er lehnte fast lässig auf der Türklinke. Sein Gesicht war so bleich wie immer, doch er schien wieder bei Kräften zu sein.

»Entschuldigen Sie, wenn ich Sie störe, Bastable.«

»Brauchen Sie Hilfe?« Ich stand auf und schlüpfte in meine Hose.

»Vielleicht. Wir haben nicht mehr viel Zeit.« Er lächelte. »Wenngleich auch keine praktische Hilfe.« Seine Augen waren glasig und verträumt, und ich begriff, daß er irgendein Aufputschmittel genommen hatte, um die Entzugserscheinungen des Opiums unwirksam zu machen. Der Gedanke, was damit gleichermaßen seinem Körper wie seinem Geist widerfuhr, war mir zuwider. Er ließ sich schwerfällig auf mein Bett sinken.

»Es geht mir gut.« Er sprach, als wollte er sich selbst überzeugen. »Ich dachte nur, ich könnte auf ein Schwätzchen hereinschauen. Sie wollten doch ein Schwätzchen, wie? Vorhin, meine ich.«

Ich setzte mich in den Rohrsessel neben dem Bett. »Warum nicht?« fragte ich so heiter wie möglich.

»Ich sagte Ihnen schon, daß kein Grund besteht, mich gönnerhaft zu behandeln. Ich bin gekommen, um eine Art von Geständnis abzulegen. Ich weiß nicht, warum gerade Ihnen, Bastable. Vielleicht, weil Sie eines der Opfer sind. Singapur und das alles ...«

»Das ist vorbei«, sagte ich. »Und das kann gewiß nichts mit Ihnen zu tun gehabt haben. Der Krieg ist endlos. ›Das Beste, was wir erhoffen können, sind gelegentliche Augenblicke der Ruhe inmitten des Kampfes.‹ Ich zitiere Lobkowitz.«

Seine besessenen Augen funkelten einen Momtent voller Ironie. »Sie haben ihn auch gelesen. Ich hätte nicht gedacht, daß Sie auch ein Roter sind, Bastable.«

»Das bin ich auch nicht. Und Lobkowitz genausowenig.«

»Das ist Ansichtssache.«

»Außerdem spreche ich aus großer Erfahrung.«

»Als Soldat?«

»Ich bin Soldat gewesen. Doch ich bin zu dem Schluß gekommen, daß die Menschheit sich in einem beständigen Zustand der Spannung befindet, daß diese Spannungen uns zu dem machen, was wir sind, und häufig zu Kriegen führen. Je größer unsere Erfindergabe beim Ersinnen neuer Waffen, um so schlimmer werden sie.«

»Oh, mit dieser letzten Auffassung stimme ich voll überein.« Er seufzte. »Aber glauben Sie nicht, daß es den Menschen möglich ist, Spannungen anzuerkennen und trotzdem eine Harmonie zwischen diesen Spannungen herzustellen, so wie auch Musik entsteht?«

»Meine Erfahrung lehrt es mich anders. Natürlich gehen meine Hoffnungen trotzdem in diese Richtung. Doch ich sehe wenig Sinn in einer solchen Diskussion, da sich die Welt derzeit in einem erschreckenden Zustand befindet. Dieses gräßliche Armageddon wird vermutlich erst zu Ende sein, wenn das letzte Kriegsschiff vom Himmel fällt.«

»Sie halten es wirklich für ein Armageddon?«

Ich konnte ihm nicht sagen, was ich wußte: daß ich bereits drei alternative Versionen unserer Welt durchlebt hatte und in jeder Zeuge der scheußlichsten Vernichtung der Kultur geworden war; daß ich persönlich zumindest für einen dieser Kriege verantwortlich war. Ich zuckte nur mit den Schultern. »Vielleicht nicht. Vielleicht wird es Frieden geben. Die Russen und die Japaner haben sich immer in den Haaren gelegen. Was ich nicht begreifen kann: Wieso ist es Großbritannien nicht gelungen, das Ganze aufzuhalten, und warum haben die Japsen sich so brutal gegen uns gewandt?«

»Ich weiß es schon«, sagte er.

Ich tätschelte seinen Arm. »Wissen Sie es? Oder gaukelt das Opium Ihnen das vor? Ich war dem Opium auch einmal zugetan, Dempsey. Ich sah einmal nicht viel besser aus als Sie. Können Sie das glauben?«

»Ich dachte mir so etwas. Aber warum?«

»Ich hatte Teil an einem Verbrechen«, sagte ich. »Einem ganz üblen Verbrechen. Und dann ...« Ich hielt inne. »Dann verlor ich den Halt.«

»Aber nun haben Sie ihn wieder?«

»Ich habe ihn immer noch nicht wieder, aber ich habe mich entschlossen, das Beste daraus zu machen. Ich bin ein guter Flieger geworden. Ich liebe Luftschiffe. Nichts ist vergleichbar damit, am Steuer zu stehen.«

»Ich weiß«, sagte er. »Natürlich weiß ich das. Aber ich werde nie wieder starten.«

»Ist etwas passiert? Ein Unglück?«

Ein klägliches, verzerrtes Lachen entstieg seiner Kehle. »So könnte man es nennen.« Er suchte in seiner Tasche, zog etwas heraus und legte es neben sich auf das Bett. Es war eine Spritze. »Dieses Zeug erweckt im Gegensatz zum Opium den Wunsch zu sprechen.« Aus seiner anderen Tasche zog er eine Handvoll Ampullen und legte sie ordentlich neben die Spritze.

Ich stand auf. »Ich kann doch nicht zulassen ...«

Seine Augen standen voller Wehmut. »Können Sie nicht?« Seine Worte waren vielsagend. Sie brachten mich zum Schweigen. Mit einem Schulterzucken setzte ich mich wieder hin.

Er legte seine Hand über Spritze und Ampullen und blickte mich finster an. »Sie haben keine Wahl. Ich habe keine Wahl. Die Zeiten unserer freien Entscheidungen sind vorüber, Bastable. Was mich betrifft, so werde ich mich auf die eine oder andere Art umbringen. Das dürfen Sie als sicher annehmen. Und es wäre mir lieber, wenn Sie mich entscheiden ließen, wie ich das mache.«

»Ich kenne den Seelenzustand, in welchem Sie sich befinden, mein Lieber. Ich befand mich einmal in der gleichen Situation. Und ohne alberne Vergleiche ziehen zu wollen, bin ich der Auffassung, daß ich alles Recht der Welt dazu hatte. Aber Sie sehen mich am Leben. Ich habe den Selbstmord überwunden.«

»Nun, ich aber nicht.« Noch zögerte er. »Ich wollte mit Ihnen reden, Bastable.«

»Dann reden Sie.«

»Ich kann nicht ohne dieses Zeug.«

Wieder zuckte ich mit den Schultern. Aber ich wußte, was es hieß, eine unerträgliche Last auf den Schultern mit sich herumzuschleppen. »Dann nehmen Sie ein wenig«, schlug ich vor. »Nur ein bißchen. Und reden Sie. Aber versuchen Sie nicht, sich umzubringen, zumindest nicht, bevor Sie sich mir anvertraut haben.«

Er schüttelte sich. »Anvertraut! Was für ein Wort. Sie reden wie ein Priester.«

»Nur wie ein Leidensgenosse.«

»Sie sind ein wenig ein Besserwisser, Bastable.«

»Das mußte ich mir schon öfter sagen lassen.«

»Aber Sie sind ein anständiger Kerl. Und Sie verurteilen Menschen nicht allzu schnell. Nur sich selbst. Habe ich recht?«

»Ich fürchte schon.«

»Sie haben es nicht mit dem Sozialismus, oder? Zumindest nicht mit meinem Schlag.«

»Zu welchem Schlag gehören Sie denn?«

»Nun, Kropotkin nannte ihn Anarchismus. Doch in der öffentlichen Meinung hat das Wort eine ganz andere Bedeutung erlangt.«

»Dann sind Sie also ein Bombenwerfer?«

Wieder begann er zu zittern. Er versuchte zu sprechen, doch er brachte kein Wort hervor. Ich hatte zufällig einen wunden Punkt getroffen. Ich trat auf ihn zu. »Es tut mir leid, alter Freund. Ich habe es nicht so gemeint.«

Er zuckte vor mir zurück. »Raus!« sagte er. »Lassen Sie mich um Himmels willen in Ruhe!«

Ich kam mir sehr blöde vor. »Dempsey. Glauben Sie mir, ich habe es nicht ernst gemeint. Ich habe einen Witz gemacht.«

»Hinaus!« Es war fast ein Schrei, ein Flehen. »Gehen Sie hinaus, Bastable! Das Schiff kommt. Bringen Sie sich in Sicherheit, wenn Sie können.«

»Ich werde nicht zulassen, daß Sie sich umbringen.« Ich packte ein paar von den Ampullen. »Ich möchte Ihnen zuhören, Dempsey.«

Er fiel aufs Bett zurück. Sein Kopf schlug gegen die Wand. Er stöhnte. Sein Körper fiel zur Seite. Er verlor das Bewußtsein.

Ich überprüfte seinen Puls und seine Atmung und ging Hilfe holen. Ich erinnerte mich, daß sich nun ein Missionsarzt im Hotel befand.

Als ich im Erdgeschoß anlangte und den Weg zur Bar einschlug, wo ich Olmeijer suchen wollte, hörte ich, wie am Fenster Leute zu murmeln begannen, dann redeten sie aufgeregt durcheinander. Plötzlich wurde die Dunkelheit draußen von einem hellen Lichtstrahl durchdrungen.

Olmeijer sah es. Er wirkte enttäuscht. Als ich neben ihn trat, murmelte er: »Es ist das Schiff. Es landet.« Er würde alle seine Gäste verlieren.

Ich sagte ihm, er sollte jemanden hinaufschicken, der sich um Dempsey kümmerte, und lief dann vom Hotel zum Aeropark. Meine Absicht war, das Schiff zum Mast zu lotsen.

Zu meinem Erstaunen befanden sich bereits uniformierte Männer am Boden. Sie mußten mit Fallschirmen vom Schiff abgesprungen sein.

»Gott sei gedankt, daß Sie gekommen sind«, sagte ich.

Der mir am nächsten stand, drehte sich um. Ich blickte in das ausdruckslose Gesicht eines Hauptmanns der Kaiserlichen Japanischen Armee. »Gehen Sie wieder hinein!« sagte er. »Sagen Sie ihnen, wenn einer versucht, das Gebäude zu verlassen, machen wir es dem Erdboden gleich.«

— 10 —

Das Ende unserer Hoffnungen

Wir sollten niemals herausfinden, wie die Japaner uns aufgespürt hatten. Entweder hatten sie unsere Funknachrichten geortet, oder sie hatten das Rettungsschiff verfolgt und zerstört. Tatsache war, daß wir nichts gegen sie unternehmen konnten.

Bald wimmelte Olmeijers Haus von kleinen Soldaten in schmuddelig-weißen Uniformen, deren Höflichkeit gegenüber ihren Gefangenen in krassem Gegensatz zu den auf ihren Gewehren aufgepflanzten Bajonetten stand. Der Offizier hatte eine grimmige, selbstbeherrschte Art, doch gelegentlich, so erschien es mir, huschte blanker Haß über sein Gesicht, wenn er uns betrachtete. Wir standen mit unserem Gepäck (soweit wir welches hatten) mitten im Raum. Die Frauen wurden zuerst an Bord geschickt. Es war den Japanern gelungen, den Mast in Betrieb zu nehmen, und sie hatten das Schiff auf den Boden heruntergekurbelt.

Es war ein großes, modernes Schiff. Ich war überrascht, daß sie zu der Ansicht gekommen waren, darauf verzichten zu können, nur um ein paar Zivilisten aufzulesen; doch ich nahm an, daß es bereits in der Gegend patrouilliert war, als der Kapitän über unsere Anwesenheit informiert wurde.

Greaves stand näher am Fenster als ich. Er drehte sich zu mir um. »Mein Gott, sie haben die Stadt beschossen!« Er deutete hinunter und sagte zu dem Offizier: »Ihr verfluchten Barbaren! Warum mußtet ihr das tun?«

»Barbaren?« Der japanische Hauptmann lächelte sarkastisch. »Es erheitert mich, daß gerade Sie uns derartiges vorwerfen, Engländer, nach dem, was Sie uns angetan haben.«

»Wir haben nichts getan! Was auch geschah, es war ein Irrtum. Es ist Ihre Sache, wenn Sie uns das anlasten.«

Der Hauptmann überging diese Bemerkung. »Trotzdem haben wir die Gebäude nicht in Brand gesteckt. Das sind Ihre eigenen Arbeiter. Eine Art Aufruhr. Ich nehme an, Sie sind auf dem Weg hierher, und zwar *en masse.*«

Das war glaubwürdig. In der Annahme, daß sie sich von der Insel in einem Luftschiff absetzen könnten, wären die Kulis vielleicht zu dem Schluß gelangt, es wäre am besten, das Schiff zu kapern und in die Freiheit zu segeln.

»Machen Sie sich keine Gedanken«, fuhr der Japaner fort, »wir wollen Sie ebenso beschützen wie uns selbst.« In seiner ruhigen und doch scharfen Stimme schwang ein Unterton von Verachtung. Ich sah, daß Greaves sich über den Wortwechsel ziemlich erregte.

Greaves schimpfte eine Weile weiter, aber er kam gegen die Logik des Mannes nicht an. Von den Kulis hatten wir weit mehr zu befürchten, zumindest unmittelbar, als von den Japanern.

Von unserem Standort aus konnten wir den Rauch riechen, und die Spuren des roten Feuerscheins reflektierten in den Fenstern und Spiegeln von Olmeijers Hotel. Der Holländer hatte seine Verzweiflung aufgegeben und bot seinen neuen Gästen (soweit er sie sah) Drinks an. Ich glaube, er hegte halbwegs die Hoffnung, Rowe Island könnte besetzt werden, und man würde ihm (als Neutralem) gestatten, das Hotel weiterzuführen. Die Soldaten bedeuteten ihm, er solle sich zu uns in die Mitte des Raumes stellen. Er setzte sich auf einen seiner Tische. Ich dachte, er würde zu weinen beginnen. »Ich bin Holländer«, sagte er dem Offizier. »Ich bin ein privater Hotelier. Ein Zivilist. Sie können mich nicht einfach aus dem Haus wegschleppen, das ich mein Leben lang aufgebaut habe.«

»Wir haben Befehle, alle Europäer festzunehmen«, antwortete der Japaner. »Und Sie sind ganz eindeutig Europäer, Sir. Wir haben nichts gegen die Holländer. Trotzdem werden Sie begreifen, wenn Sie etwas realistisch wären, daß ihr Land mit Großbritannien verbündet und es nur eine Frage von Tagen ist, daß Sie in diesen Krieg verwickelt werden.«

»Aber heute sind wir nicht darin verwickelt!«

»Soweit ich weiß, nicht. Im wesentlichen besteht unsere Aufgabe darin, diese Insel zu evakuieren.«

»Und was wird mit uns?« erkundigte sich Greaves immer noch in aggressiver Stimmung.

»Sie werden für die Dauer der Feindseligkeiten interniert werden.«

»Wir sind doch keine Spione!«

»Jene, die Sie während des Südafrika-Krieges internierten, waren das auch nicht, wie Sie sich erinnern werden.«

»Das war doch etwas ganz anderes. Die Gründe waren äußerst kompliziert ...«

»Unsere Gründe sind das auch. Sie sind ausländische Kriegsführende, die unsere eigenen Kampfbemühungen potentiell gefährden.«

»Mein Gott! Und Sie behaupten, *wir* wären scheinheilig!«

»Sie werden nicht leugnen, Sir, daß dies effektiv eine Militärbasis ist.«

»Es ist eine Bergwerkssiedlung.«

»Aber sehr nützlich als Auftankstation. Wir werden Soldaten zurücklassen. Eine Garnison. Dies ist erobertes Gebiet. Wenn Sie nach draußen gehen, werden Sie sehen, daß nun die japanische Flagge über dem Flugfeld weht.«

»Warum dann uns verlegen? Ist das die Praxis?«

»Sie ist es geworden. Sie werden im Kriegsgefangenenlager für europäische Zivilisten auf Rishiri interniert werden.«

»Wo, zum Teufel, liegt Rishiri?«

»Es ist eine kleine Insel vor der Küste von Hokkaido«, erklärte einer der irischen Priester. Hokkaido war die große Insel nördlich von Honshu, der japanischen Hauptinsel. »Eine sehr hübsche Gegend, soweit ich mich erinnere. Wir haben dort vor ein paar Jahren Missionsarbeit geleistet.«

Der japanische Hauptmann lächelte. »Sie werden sich nun auf die Europäer beschränken müssen, Pater. Aber Sie werden genügend Zeit haben für Bekehrungen.«

Greaves verstummte. Er trank den Rest seines Gin Fizz aus wie einer, der wahrscheinlich für viele Jahre keinen mehr bekommen wird.

Nachdem die Frauen gegangen waren, wurden als nächstes die alten Männer hinausgebracht. Die Japaner waren in keiner Weise grausam zu uns. Jene, die zu schwach waren, um ohne Hilfe zu gehen, wurden von Soldaten gestützt, die sogar ihre Gewehre schulterten, um die Bündel oder Koffer ihrer Gefangenen zu tragen. Es hätte keinerlei Sinn gehabt, ihnen Widerstand zu leisten, und das wußten sie auch. Die Bordwaffen hätten Olmeijers Hotel in Sekunden in Schutt und Asche legen können, und wir mußten an so viele andere Menschen denken.

Ein paar Minuten später ging der japanische Hauptmann hinaus und kehrte dann zurück, um seinen Männern Befehle zu erteilen. Die Soldaten nahmen die Gewehre von den Schultern, rannten in die Nacht hinaus und ließen nur einen Mann zu unserer Bewachung zurück. Wir hörten Gebrüll, dann Schüsse; ein schreckliches Geschrei schwoll an, verstummte und erhob sich dann wieder: das Kreischen des Mobs.

»Die Kulis!« Olmeijer watschelte zum Fenster. Wir folgten ihm alle. Der Wachtposten versuchte nicht, uns aufzuhalten. Er stand neben der Tür und schaute einigermaßen bestürzt hinaus.

Im roten Feuerschein waren nun die Silhouetten der

Malaien und Chinesen zu erkennen, die versuchten, das Luftschiff zu stürmen, das von einer Reihe durchtrainierter japanischer Soldaten verteidigt wurde. Die Kulis waren schlecht bewaffnet, obwohl ein paar von ihnen Gewehre und Pistolen besaßen. Zum größten Teil hatten sie sich nur mit Parangs, langen Spießen und Hämmern ausrüsten können. Panik, Wut und Haß trieb sie gegen das Gewehrfeuer. Keine einzige Kugel verfehlte ihr Ziel. Die Tagelöhner fielen weiter, bis die Körper der Toten und Verwundeten das Vorrücken der noch Lebenden behinderten.

Die Aufrührer schienen irgendwie grob organisiert zu sein, denn nun traten sie den Rückzug an. Ihre Bemühungen wurden von einer Gestalt in zerknittertem Europäeranzug mit einer Pistole geleitet.

Ich erkannte ihn, als er mit den überlebenden Kulis in der Dunkelheit verschwand. Wie es Dempsey gelungen war, das Hotel in dem Zustand zu verlassen, in welchem ich ihn zuletzt gesehen hatte, war mir ein Rätsel. Doch da war er nun, hüpfte wie ein Verrückter umher und versuchte, den Tagelöhnern bei ihrem verzweifelten Angriff zu helfen.

Sie stürmten nun von zwei Seiten und versuchten, das japanische Feuer zu spalten. Diesmal wurden zwei oder drei Soldaten niedergemacht. Sie zogen sich geordnet zurück, bis sie näher am Schiff standen.

Greaves flüsterte mir zu: »Das wäre unsere Chance, hier herauszukommen. Den Wachtposten überrennen und raus in den Busch, wie?«

Ich überlegte. »Zwischen den Japanern und den überlebenden Kulis hätten wir keine Chance«, sagte ich. »Wir haben auch keine nennenswerten Lebensmittel.«

»Sie haben keinen Mumm, Bastable.«

»Vielleicht. Aber eine Menge Erfahrung«, erwiderte ich ihm. »Es wird wahrscheinlich zu einem Austausch ziviler Kriegsgefangener kommen. Wir alle könnten innerhalb von Wochen in England sein.«

»Und wenn nicht?«

»Meiner Ansicht nach sind wir im Augenblick bei den Japanern besser aufgehoben. Wenn wir schon fliehen wollen, dann irgendwo näher an russischem Territorium.«

Greaves war angewidert. »Sie sind nicht gerade impulsiv, was, Bastable?«

»Wahrscheinlich nicht.« Ich hatte zuviel Kriegsführung und Zerstörung in drei Welten miterlebt, um viel auf romantische, spontane Pläne zu geben. Ich zog es vor, meine Zeit abzuwarten. Ich ließ Greaves denken, was er wollte, und bemerkte, daß er ohne mein Einverständnis keinen Versuch unternahm, sich von Olmeijers Hotel abzusetzen.

Die Schießerei ging weiter, jedoch weniger heftig. Drunten in der Stadt schlugen die Flammen höher. Feuerschein spiegelte sich in der weißen Hülle des japanischen Schiffes, das langsam am Mast schaukelte.

Dempsey mußte alle seine Aufputschmittel geschluckt haben. Ab und zu sah ich ihn, manchmal mit einer Pistole, manchmal mit einem Parang, wie er hier und dort zwischen den Büschen und Bäumen umhersprang, die den Aeropark säumten. Er war von Sinnen. Aus welchen finsteren, vielleicht sentimentalen Gründen er sich mit den Kulis verbündet hatte, konnte ich mir nicht vorstellen. Vielleicht hoffte er, mit ihrer Hilfe die Japaner niederzuschlagen und die Europäer zu retten, aber ich bezweifelte es. In seinem zerrissenen Jakkett und der Hose unterschied er sich hauptsächlich dadurch von der Masse, daß er augenscheinlich die Führung innehatte. Er war bei der Marine ausgebildet worden, und nun brachen seine Führungsinstinkte durch.

Die Japaner hatten ihn ebenfalls ausgemacht, und ihr Feuer konzentrierte sich auf ihn. Er suchte ihre Kugeln. Mir erschien es, als wollte er von ihnen getötet werden. Er hatte von Selbstmord gesprochen, und vielleicht war dies in seinen Augen eine positivere Art zu sterben. Dennoch bewies er Mut, und ich konnte die Art und Weise nur bewundern, wie er gegen die Japaner kämpfte, indem er Kulis in alle Richtungen schickte, manchmal gleichzeitig, manchmal von einem bestimmten Winkel aus.

Seine Augen blitzten und funkelten. Auf seinen Lippen stand ein eigentümliches Grinsen. Und einen Augenblick lang verzehrte mich ein überwältigendes Gefühl von Kameradschaft für ihn. Es war, als beobachtete ich eine andere Verkörperung meiner selbst aus jenen schrecklichen Tagen, da ich noch nicht gelernt hatte, mit meiner Schuld, dem Kummer und der Hoffnungslosigkeit meiner eigenen Situation zu leben.

Dann rannte Dempsey auf das Schiff zu, alle verbliebenen Kulis folgten ihm. Er machte zwei Soldaten nieder, ehe die sich auch nur wehren konnten. Er stieß mit dem Parang zu, wehrte Bajonette und Kugeln ab. Er nahm sich zwei weitere Japaner vor und hatte gerade die Gangway zur Gondel erreicht, als er, beide Arme hochgerissen wie zu einem blutgierigen Kriegsgott, zu Boden fiel.

Ich sah ihn, alle viere von sich gestreckt, auf der Gangway liegen. Er zuckte noch ein oder zwei Augenblicke. Ich wußte nicht, ob ihn eine Kugel getroffen hatte oder ob die Aufputschmittel einen Zusammenbruch verursacht hatten. Der Hauptmann rannte mit gezücktem Schwert die Gangway zu dem Körper hinauf, drehte ihn um und hieß zwei seiner Männer, ihn ins Schiffsinnere zu schleppen.

Ich hörte einen der Soldaten seinen Namen hervorstoßen: »Dempsey!« Und ich fragte mich, woher in aller Welt sie ihn kennen mochten.

Nachdem Dempsey gefallen war, zerstreuten sich die restlichen Kulis bald. Der Hauptmann kehrte ins Hotel zurück und befahl, daß wir übrigen nun aufs Schiff gehen sollten. Ich fragte ihn: »Wie geht es dem Weißen?

Ist er erschossen worden? Ist er zusammengebrochen?«
Doch der Hauptmann wollte nicht antworten.

Greaves sagte: »Sehen Sie, Hauptmann, Sie könnten uns doch wenigstens sagen, ob Dempsey noch lebt oder tot ist!«

Der Japaner sog den Atem ein und schaute Greaves unerbittlich an. »Sie haben als ziviler Gefangener gewisse Rechte. Auch Hauptmann Dempsey hat gewisse Rechte. Nichtsdestotrotz bin ich nicht verpflichtet, Fragen nach dem Schicksal anderer Gefangener zu beantworten.«

»Sie unmenschlicher Teufel. Das ist keine Frage der Rechte, sondern des simplen Anstands!«

Der japanische Hauptmann fuchtelte mit seinem Schwert und erteilte einen Befehl in seiner Muttersprache. Die Wachen begannen, uns hinauszuführen.

Als wir gingen, hörte ich ihn sagen: »Wenn wir kein zivilisiertes Volk wären, wäre keiner von Ihnen mehr am Leben. Und Hauptmann Dempsey wäre von meinen Männern in Stücke gerissen worden.«

Der Hauptmann schien von Sinnen. Vielleicht gefiel ihm sein Posten nicht. Vielen Soldaten ging das so, wenn der Krieg erst einmal richtig begann.

Ich fragte mich, welches Verbrechen Dempsey begangen hatte, daß sie ihn dafür so sehr verfluchten. Ich war irgendwie fast sicher, daß er den Preis dafür mit seinem Leben bezahlt hatte. Ich bedauerte sehr, daß er nicht mehr die Zeit gehabt hatte, mir seine Geschichte zu erzählen.

Eine Stunde später befanden wir uns in der Luft und ließen die Überreste von Rowe Island und seiner Bevölkerung hinter uns. Durch ein kleines Bullauge sah ich, wie die Flammen sich in der Stadt ausbreiteten. Sogar das Laubwerk brannte hie und da. Kleine Gestalten liefen in dem Inferno umher. Man konnte sogar Schüsse hören, als die japanischen Soldaten ihr neu erobertes Gebiet verteidigten.

Unsere Quartiere waren eng, aber nicht unerträglich. Dempsey befand sich nicht unter uns. Jedermann nahm an, daß er umgekommen war.

Bis wir die normale Flughöhe erreicht hatten, dämmerte der Morgen. Die meisten von uns schwiegen und dösten beim ständigen Brummen der Motoren. Ich glaube, wir alle fragten uns, was aus uns werden würde, wenn wir erst einmal das Zivillager von Rishiri erreicht hätten. Wenn der Krieg weiterging, wie ich das von anderen Kriegen kannte, konnte es Jahre dauern, bis wir freikämen.

Ich stellte ohne besonderes Unbehagen fest, daß ich vielleicht sogar an Altersschwäche gestorben sein könnte, ehe dieser Konflikt ein Ende finden würde.

Ich war fast erleichtert, daß mein Schicksal nun absolut nicht mehr in meinen Händen lag.

Zweiter Teil

›Weder Herr noch Sklave!‹

— 1 —

Das Lager auf Rishiri

Das zivile Kriegsgefangenenlager war gut organisiert und sauber. Das Essen war einfach und ausreichend und unsere Behandlung in keiner Weise grob. Es waren ein ständiger Beobachter des Roten Kreuzes und ein Vertreter der Schweizer Regierung anwesend, der der Einladung der Japaner, als eine Art Unparteiischer zu wirken, Folge geleistet hatte. Es waren dort Zivilisten aus fast aller Herren Länder interniert, und jene, die zu neutralen Staaten gehörten (die Holländer nicht mehr), wurden so schnell wie möglich in ihre Heimat zurückgeschickt, sofern sie ihre Identität und ihre Herkunft beweisen konnten. Es war eine beachtliche Anzahl zorniger Polen, Böhmen und Letten anwesend. Offiziell waren sie russische Bürger, doch sie leugneten lautstark ihre Gefolgschaftstreue zu jedem anderen Land als ihrem eigenen ab. Da jedoch Polen und Tschechen in der russischen Armee kämpften, hatten ihre Einsprüche kein großes Gewicht.

Ich fand dieses Völkergemisch faszinierend und nutzte die größte Zeit meiner Gefangenschaft, soviel wie möglich über die Welt zu erfahren, in der ich mich nun befand. Ich hatte es nun mit einer Zukunft zu tun, in welcher O'Bean* nicht existiert hatte, obgleich es hier

---

* Siehe: ›Der Landleviathan‹ (Heyne-Buch Nr. 06/3903).

viele Erfindungen gab, die mir vertraut waren aus jener Zukunft, in der ich ursprünglich General O. T. Shaw begegnet war. Es sah so aus, als ob Luftschiffe, U-Boote, elektrische Wundergeräte, drahtloser Funk und ähnliches zu jeder Zeit geschaffen wurden, gleichgültig ob sie nun die Frucht eines genialen Einzelnen oder einer größeren Zahl hart arbeitender Wissenschaftler waren. In dieser Welt war das britische Imperium noch größer als in meiner eigenen. Es umfaßte gewisse Teile des süd- und zentralamerikanischen Festlandes wie auch Teile dessen, was ich als die südlichen Vereinigten Staaten gekannt hatte. Diese waren, wie es schien, während des amerikanischen Bürgerkrieges zurückerobert worden, als Großbritannien den Konföderierten gegen die Herrschaft der Küstengebiete umfängliche Hilfe geleistet hatte. Mit dem Sieg der Konföderierten, so erfuhr ich, hatte es jedermann gepaßt, diesen Kontakt aufrechtzuerhalten. Die Gebiete waren für hundert Jahre aus der Herrschaft der KSA entlassen worden. Das bedeutete, daß die Konföderierten sie in dreißig Jahren wieder beanspruchen würden. Ich war neugierig, ob die Sklaverei weiterhin existierte, und erfuhr zu meiner Überraschung, daß nicht nur das der Fall war, sondern daß es wirtschaftlich auch allen genutzt hatte, in Amerika eine starke schwarze Mittelklasse heranwachsen zu sehen. Und nun herrschte dort größere Rassengleichheit als zu meiner Zeit! Norden und Süden waren tatsächlich unabhängig, und jene Spaltung schien eher größere Übereinstimmungen herbeigeführt zu haben. Obgleich Amerika nicht soviel Industrie hatte und keine so militärisch starke Nation war, schien es auf andere Weise von der Waffenruhe profitiert zu haben, welche auf den Bürgerkrieg gefolgt war und beiden Seiten gestattet hatte, sich zu erholen und gegenseitigen Handel zu treiben.

Frankreich dagegen war keine Großmacht mehr. Es hatte sich niemals vom französisch-preußischen Krieg erholt. Deutschland hatte nun einen großen Teil des ehemaligen französischen Kaiserreiches unter sich, und die Franzosen selbst schienen sich ohne die Verantwortung über ihre Kolonien einigermaßen wohl zu fühlen. Deutschland war ein enger Verbündeter Großbritanniens geworden, obgleich ohne Verpflichtung, es in dem augenblicklichen Konflikt zu unterstützen. Es war Teil einer Allianz mit den skandinavischen Ländern, eines äußerst mächtigen Handelsbündnisses, das allen Beteiligten Vorteile brachte. Österreich-Ungarn zerfiel weiter, ein romantisches, dekadentes Reich, das beständig Schulden hatte und sich von den reicheren Nationen aushelfen ließ. Die einzige neue Großmacht von gewisser Bedeutung war das Osmanische Reich, das sich beachtlich nach Afrika und in den Mittleren Osten ausgebreitet hatte, um eine starke islamische Union zu bilden. Griechenland, so erfuhr ich, existierte so gut wie gar nicht mehr. Die meisten seiner Einwohner waren inzwischen Moslems und in jeder Hinsicht Türken. Das japanische Kaiserreich beherrschte weite Teile dessen, was China gewesen war, und seine Überfälle an den Grenzen des Russischen Reiches waren der Hauptgrund für den gegenwärtigen Kampf gewesen. Ich erfuhr, warum die Japaner britische Ziele viel heftiger angriffen als andere. Sie glaubten, die Briten hätten diesen Krieg mit einem Überfall auf Hiroshima absichtlich vom Zaun gebrochen. Ich mußte an meine Teilnahme — und meine Schuld — bei einem solchen Überfall denken, als ich an Bord des Flaggschiffes von General Shaw geflogen war.

Hätte ich nur eine Welt gekannt, wäre ich überzeugt gewesen, Geschichte wiederhole sich immer wieder, doch so wußte ich, daß das Wesen des Menschen die Wurzel der Geschichte bildet und daß ich, wo immer ich mich befände, oberflächliche Ähnlichkeiten entdecken würde, die dieses Wesen ausdrückten und demonstrierten. Es war der menschliche Idealismus, menschliche Ungeduld und menschliche Verzweiflung, die immer wieder diese schrecklichen Kriege hervorbrachten.

Menschliche Tugenden und Laster, wie sie sich in den Einzelpersonen vermengten und vereinten, schufen das, was wir ›Geschichte‹ nennen. Und doch sah ich keine Möglichkeit, wie der gemeine Kreis von Hoffnung und Verzweiflung jemals durchbrochen werden sollte. Wir alle waren Opfer unserer eigenen Phantasie. Dies hatte ich während meiner ganzen Reisen durch das ›Multiversum‹ begriffen, wie Mrs. Persson es nannte. Eben das, was uns menschlich macht und unser Bestes zutage fördert, ist es auch, was uns Schlimmeres tun läßt als ein sich rasend gebärdendes wildes Tier. Wir leben, indem wir nachahmen und wetteifern, und das kann sich in Neid verwandeln, wenn die Umstände uns glücklos bleiben lassen. Dies ist die einzige Überzeugung, zu der ich gelangt bin, und ich bin mir nicht einmal sicher, ob ich daran glaube. Doch ich habe mich mit der menschlichen Natur, wenn nicht gar mit der menschlichen Torheit ausgesöhnt, und das hat mein eigenes Mißgeschick mir zumindest gebracht.

Olmeijer war bald wieder in seinem Element. Er schaffte es irgendwie, daß man ihm die Leitung der Lagerkantine übertrug, und die führte er mit der Grandezza eines Chef de la Maison im *Ritz*.

Greaves schloß sich einer Gruppe englischer und australischer Handelsseeleute an, die beim Sturz von Shanghai gefangengenommen worden waren. Sie brachten die meiste Zeit damit zu, sich für eine Seite der Rugby-Mannschaft zu entscheiden und über zuhause zu reden. Wahrscheinlich gelang es ihnen auf diese Weise, nicht zuviel über ihre wahre Lage nachzudenken, doch ich konnte ihr Schülergeschwätz nur eine halbe Stunde lang ertragen. Ich wußte sehr wohl, daß ich mich vor meinem ersten Besuch in Teku Benga ihnen mit gewisser Begeisterung angeschlossen hätte. Ich hatte mich unwiderbringlich verändert. Ich würde niemals wieder der naive junge Armeeoffizier sein, der einst seine Leute auf der Suche nach dem Banditen Sharan Kang in die Berge geführt hatte. Ich fühlte mich vielmehr wie eine Kreuzung zwischen Rip van Winkel und dem Fliegenden Holländer mit einem Hauch vom Ewigen Juden und so, als lebte ich schon so lange wie die Menschheit selbst.

Ganz kurz nach meiner Ankunft im Lager stieß ich auf einen bunten Haufen ziviler Luftschiffleute, Überlebende aus den verschiedensten Wracks. Einige waren versehentlich abgeschossen, andere von japanischen Patrouillen gerettet worden. Einige hatten sich im allgemeinen Chaos einfach verirrt und waren den Japanern in die Hände gelaufen. Ich erfuhr, daß inzwischen alle Handelsschiffe im Konvoi und unter dem Geleitschutz von Militärschiffen reisten.

Etwa eine Woche später hängte sich Harry Birchington an mich. Er war ein schmalgesichtiger, eckiger Kerl mit einer steifen, ungeschickten Art, sich zu bewegen, flacher Stirn und flachen Wangenknochen und einer rötlichen Verfärbung unter den Augen von der Art, wie ich sie häufig bei geistig unausgeglichenen Menschen beobachtet habe. Er trat auf mich zu, als ich aus Olmeijers Schuppen kam. Er betrachtete mich, so sagte er, als Intellektuellen, wie er einer war: »Einen, der ein bißchen mehr Erziehung genossen hat als dieses Gesindel.« Da sich unter den Gefangenen allein in unserem Lagerteil eine Anzahl von Geistlichen und Akademikern sowie auch zwei Journalisten befanden, fand ich seine Bemerkung nicht besonders schmeichelhaft. Er trug ein khakifarbenes Hemd, eine gestreifte Krawatte, graue Flanellhosen und unabhängig von der Temperatur häufig ein Tweedjackett mit Lederflecken auf den Ellbogen. Er war eine Nervensäge. Um genau zu sein: Er war die Lagernervensäge. Jede Armee-Einheit hat eine, jede Luftschiff-Crew, vermutlich jedes Büro und jede Fabrik auf der Welt. Birchington jedoch, das muß ich zugeben, übertraf den Durchschnitt.

Er zerrte mich über das Lagergelände zu der Stacheldrahtecke. Gegen einen der Pfeiler, zwischen denen der Draht gespannt war, lehnte ein mürrischer kleiner Slawe in einem schmutzigen Bauernkittel. Ich war ihm zuvor schon einmal begegnet. Er hieß Makhno und stammte aus der Ukraine. Aus irgendwelchen eigentümlichen, idealistischen Gründen hatte er sich um der Sache der internationalen Brüderlichkeit willen nach Tokio durchgeschlagen. Ich nahm an, er war Anarchist der alten kropotkinschen Schule und würde deshalb wie die meisten Anarchisten lieber reden als alles andere. Er war ein ganz sympathischer Bursche, der, nachdem es ihm nicht geglückt war, das ganze Lager zu bekehren, seine Ansichten für sich behielt. Birchington stellte uns vor. »Der Bursche kommt mit dem Englischen nicht allzugut klar«, sagte er. »Ich spreche ein paar Brocken Russisch, habe aber Schwierigkeiten, mich ihm verständlich zu machen. Wir sprachen über Geld.«

»Wollen Sie denn etwas kaufen?« erkundigte ich mich.

»Nein, nein. *Geld.* Internationale Finanzen und so.«

»Aha.« Ich wechselte Blicke mit dem Ukrainer, der sarkastisch die Augenbraue hob.

»Jetzt bin ich Sozialist«, fuhr Birchington fort. »Bin es mein Leben lang gewesen. Sie können fragen, was wir mit dem Begriff Sozialismus meinen, und damit hätten Sie auch recht, denn Sozialismus hat für die verschiedensten Menschen die verschiedensten Bedeutungen ...« In diesem Stil fuhr er fort und wiederholte sich zweifellos zum x-ten Male wortwörtlich. Einige Leute scheinen nie zu begreifen, bis zu welchem Grad sie dieser Angewohnheit verfallen sind. Ich bin allmählich zu der Überzeugung gelangt, daß diese Wiederholungen auf sie den gleichen Effekt wie ein besänftigendes Wiegenlied haben müssen. Wohingegen es auf jeden anderen, der versucht (oder gezwungen ist), ihnen zuzuhören, genau von gegenteiliger Wirkung ist.

Der Anarchist Makhno machte sich nicht die Mühe

zuzuhören. Es war offensichtlich, daß er viele Wörter verstand, aber instinktiv Birchingtons Typ durchschaute.

»Und *dieser* Bursche hier«, — Birchington stocherte mit ungesundem Finger in Makhnos Richtung —, »will sich auch Sozialist nennen. Ich nehme an, die richtige Bezeichnung wäre ›Anarcho-Sozialist‹. Das heißt, er glaubt an die Brüderlichkeit zwischen den Menschen, die Befreiung der Arbeiterklasse der Welt und so weiter. Er kommt schließlich aus einem sogenannten sozialistischen Land, obgleich ich nicht weiß, was sie dort noch mit einem Kaiser zu schaffen haben, wenn der auch keine reale Macht mehr darstellt. Und er ist gegen seine eigene Regierung.«

»Gegen die russische Regierung«, sagte Makhno. »Ich bin gegen alle Regierungen. Einschließlich der sogenannten Ukrainischen Rada, die nur eine Marionette der Zentralregierung in Petersburg ist.«

»Genau das«, sagte Birchington und hatte das damit abgetan. »Sie sind also Sozialist und gegen Sozialisten. Habe ich recht oder nicht?«

»Kerenskis Duma ist nur dem Namen nach sozialistisch«, entgegnete Makhno mit tiefer slawischer Stimme. »Nur dem Namen nach.«

»Genau das meine ich. Keine richtigen Sozialisten. Nur Tories unter anderem Namen, stimmt's?«

»Politiker«, konstatierte Makhno lakonisch.

»Und darin täuschen Sie sich, alter Kumpel. Daß sie keine richtigen Sozialisten sind, heißt nicht, daß richtige Sozialisten keine guten Politiker sind.«

Ich wollte mich gerade von dieser Debatte zurückziehen, doch Birchington hielt mich am Arm fest. »Bleiben Sie noch eine Minute, mein Alter. Ich möchte, daß Sie hier ein Urteil fällen. Nun, was verstehen Sie denn unter diesem Wort ›Politik‹? Sehen Sie, ich bin von Beruf Ingenieur, und ich glaube, ein ziemlich guter, und für mich bedeutet Politik genau, die Technik richtig in Gang zu bekommen. Wenn Sie eine Maschine haben, die ohne große Wartung einwandfrei funktioniert, dann ist es offensichtlich eine gute Maschine. Und so sollte es mit der Politik auch sein. Und wenn die Maschine einfache Bestandteile hat, wie sie auch jeder Laie verstehen kann, dann ist das, wie das einmal war, Ihre demokratische Maschinerie. Habe ich recht oder nicht?«

»Verrückt«, konstatierte Makhno und kratzte sich an der Nase.

»Was?«

»Sie haben weder recht noch unrecht, Sie haben einen Knall.«

Das erheiterte mich, und Makhno erst recht, aber Birchington war verblüfft.

»Das ist nicht verrückt, sondern einleuchtend«, sagte er. »Durch und durch einleuchtend, würde ich sagen. Wie eine gute Maschine. Das ist doch einleuchtend, oder nicht? Was gibt es Logischeres als eine exakt arbeitende Dampfturbine zum Beispiel?«

»Rationalistischer Unfug«, erklärte Makhno und rollte das R auf jene ironische Weise, wie nur Slawen das können.

»Und was ist mit Ihrem romantischen Geschwätz?« wollte Birchington wissen. »Alles in die Luft sprengen und von vorne anfangen, was?«

»Keine schlechtere Lösung als Ihre. Aber darum geht es mir gar nicht.«

»Aber es läuft darauf hinaus, mein Lieber. Das ist Ihr Anarchismus. *Bumm!*« Und er lachte wie einer, der noch nie wirklichen Humor verstanden hatte.

Obgleich Makhno mir leid tat (wenngleich ich auch seinen politischen Ansichten wenig Sympathie entgegenbrachte), hatte ich nun endgültig genug. Mit entschuldigendem Gemurmel trat ich den Rückzug in die Richtung an, wo einige meiner Bekanntschaften standen, Pfeife rauchten und über Luftschiffe redeten, was mir im Augenblick lieber war als das, was Birchington mir zu bieten hatte.

Birchington hielt mich auf. »Nun warten Sie doch eine Sekunde, Mann! Was ich von Ihnen wissen möchte, ist: Wer trifft die Entscheidungen, wenn ein Land keine Regierung hat?«

»Der einzelne«, erwiderte Makhno.

Ich zuckte mit den Schultern. »Wenn man von dieser Hypothese ausgeht, hat unser ukrainischer Freund ganz recht. Wer sonst sollte eine Entscheidung treffen?«

»Jeder für sich?«

»Per Konsens«, meinte Makhno.

»Ha!« triumphierte Birchington. »Ha! Und was ist das anderes als demokratischer Sozialismus? Genau das ist es, woran ich glaube.«

»Ich dachte, Sie glaubten an Maschinen.« Ich konnte mir diesen Seitenhieb nicht verkneifen.

Birchington entging meine kleine Ironie, wie er Makhnos sarkastische Bemerkungen alle unbeachtet ließ. »Eine demokratische sozialistische Maschine.« Er sagte das wie zu einem Kind.

»Das ist kein Anarchismus«, erklärte Makhno halsstarrig. Doch er versuchte überhaupt nicht, Birchington zu überzeugen. Wenn überhaupt, versuchte er, ihn zu vertreiben.

»Ich sehe, daß einige meiner Kameraden mich zu sprechen wünschen«, sagte ich zu Birchington. Ich blinzelte Makhno zu und machte mich davon. Aber Birchington lief hinter mir her. »Wahrscheinlich sind Sie Luftschiffmann, wie diese Burschen. Glauben Sie denn nicht an den Sinn der besten Technik, an den Gebrauch eines Motors, der einen am wenigsten im Stich läßt, an Kontrollsysteme, die so einfach wie möglich funktionieren ...?«

»Luftschiffe sind keine Länder«, sagte ich. Unglücklicherweise hörte mich ein ahnungsloser Zweiter Offizier der zerstörten *Herzogin von Salford,* ohne Birchington zu bemerken.

»Das können sie durchaus sein«, sagte er. »Wie kleine

Staaten. Ich meine, jeder muß lernen, mit dem anderen auszukommen ...« Ich überließ ihn Birchington. Als er begriff, in was er sich eingelassen hatte, strich ein Ausdruck stillen Unbehagens über sein Gesicht. Ich winkte ihm hinter Birchingtons Rücken zu und lief von dannen.

Das sollte eine meiner leichteren Fluchten vor der Nervensäge von Rishiri gewesen sein. Es war schon schlimm genug, daß ich Gefangener war und wie viele andere allmählich in Wut geriet. Es war das Fegefeuer. Aber Birchington machte es zur Hölle. Es wundert mich heute noch, daß ihm niemand den Hals umdrehte. Es wurde unmöglich, ihm aus dem Weg zu gehen.

Zuerst versuchten wir, ihn aufzuziehen, um ihn loszuwerden, lachten ihn aus und wurden dann eindeutig grob; doch der Versuch, ihn zu kränken oder abzuwimmeln, war zwecklos. Manchmal beleidigten wir ihn, doch entweder lachte er darüber oder kehrte, wenn er getroffen war, nach wenigen Minuten schon wieder zurück. Und ich genoß das Mitgefühl aller, denn was ich auch immer sagte oder tat, er zitierte mich als seinen engsten Freund.

Ich glaube, das muß der Grund gewesen sein, daß ich mich wider alle Vernunft einverstanden erklärte, als Greaves mit seinem halb ausgegorenen Fluchtplan an mich herantrat. Er und die anderen Rugger-Anhänger wollten bei Nacht unter einem der Drahtzäune hindurchkriechen und ein oder zwei der japanischen Motortorpedoboote kapern, die jüngst in Rishiris winzigem Hafen vor Anker gegangen waren. Von dort aus wollten Greaves und Konsorten versuchen, das russische Festland zu erreichen, das den Japanern nicht in die Hände gefallen war.

Natürlich hatte es bereits eine Reihe von Fluchtversuchen gegeben, doch keiner war erfolgreich gewesen. Unsere Wachen waren vorsichtig; zwei kleine Erkundungsluftschiffe überwachten die winzige Insel, außerdem war sie mit Scheinwerfern, Hunden und dem üblichen Zubehör eines Gefängnisses ausgestattet. Darüber hinaus wurde die Insel als Auftankstation für die Überfälle auf Rußland benutzt (deshalb waren wir hier: um eine Bombardierung der Basis zu vereiteln), so daß gewöhnlich mehrere große Luftschiffe in der Nähe des Hafens an den Masten lagen.

Es stimmte, wie Greaves als Argument anführte, daß im Augenblick keine Militärschiffe zu sehen waren, aber ich war nicht überzeugt, daß dies, wie er sagte, ›die beste Gelegenheit, hier abzuhauen, die sich uns jemals bieten wird‹, sei.

Ich war der Ansicht, daß eine kleine Chance zur Flucht bestand, ebenso wie eine gute Möglichkeit, verwundet oder getötet zu werden. Doch ich sagte mir, selbst wenn ich verwundet würde, verbrächte ich einige Zeit im Hospital und damit weit fort von Birchington.

»Wohl denn, Greaves«, sagte ich. »Sie können mit mir rechnen.«

»Feiner Kerl!« Er tätschelte mir die Schulter.

An jenem Abend trafen wir uns in Zweier- und Dreiergruppen in Olmeijers Schuppen. Der Holländer war nirgends zu sehen. Er wäre auch zu beleibt gewesen, um sich in den Tunnel zu zwängen, den Greaves und seine Rugger-Kumpels gegraben hatten. Es war üblich, daß man sich am Abend in dem Schuppen traf, um Tischtennis oder eines der vielen Brettspiele zu spielen, die das Rote Kreuz bereitgestellt hatte. Nur gelegentlich wurden wir von Wachen gestört, die ab und zu willkürlich hereinschauten. Da sie uns nicht abzählten, bestand eine Chance, daß wir alle in den Tunnel tauchen konnten, ehe sie etwas bemerkten. Ein paar der Luftschiffleute hatten beschlossen, zurückzubleiben, um uns zu decken.

Greaves sollte als erster und ich als letzter gehen. Einer nach dem anderen verschwand in der Erde. Gerade sollte ich ihnen folgen, als mir klar wurde, daß das Schicksal tatsächlich mich als Opfer einer besonderen

Bestrafung ausersehen hatte. Birchington trat durch die Tür der Hütte.

Ich war halb unten. Ich glaube mich zu erinnern, daß ich ihm schwach zulächelte.

»Meine Herrn, mein Lieber! Was haben Sie denn vor?« fragte er. Dann strahlte er plötzlich. »Eine Flucht, wie? Nicht schlecht. Ist wohl ein Geheimnis? Ich werde keinen Laut von mir geben. Ich gehe davon aus, daß jedermann sich anschließen kann.«

»Hm«, meinte ich. »Eigentlich hat Greaves ...«

»Mein Kumpel Greaves, was? Das ist seine Idee. Nicht schlecht. Das geht schon klar mit mir, mein Alter. Ich vertraue Greaves vorbehaltlos. Und er hätte mich sicher gern dabei.«

Einer der Luftschiffleute am Fenster zischte, daß zwei Wachen näher kamen.

Ich duckte mich in den Tunnel und begann, ihn entlangzukriechen. Es blieb keine Zeit, sich mit Birchington herumzuschlagen. Ich hörte seine Stimme hinter mir:

»Machen Sie Platz für einen Kleinen!«

Ich wußte, daß er hinter mir im Tunnel steckte, ehe das Licht erlosch, als einer der Luftschiffleute oben die Bodenbretter wieder an ihren Platz legte.

Mir kam es vor, als kröche ich ewig, während Birchington hinter mir Entschuldigungen stammelte, weil er mir ständig gegen die Füße stieß und vor sich hinbrummelte, was für ›klägliche technische Arbeit‹ in dem Tunnel geleistet worden wäre. Er wunderte sich, daß man ihn nicht um seine fachmännische Hilfe gebeten hatte.

Schließlich gelangten wir in süß duftendes Dunkel. Hinter uns lagen die Lichter und der Drahtzaun des Lagers. Wir befanden uns in der Nähe der Straße, die sich zum Hafen hinabschlängelte. Greaves und die Handelsseeleute flüsterten und fuchtelten in der Finsternis, als entschieden sie sich wieder einmal, bei welcher Mannschaft sie spielen wollten.

Birchington sagte in einem Ton, der sogar für ihn unnatürlich laut war: »Was gibt's? Braucht ihr einen Freiwilligen?«

Greaves ging sogleich auf mich los. »Lieber Gott, Mann! Mußten Sie es ihm unbedingt sagen?«

»Das habe ich doch gar nicht getan! Er kam dazu, als die Wachen uns bereits auf den Fersen waren.«

»Ich dachte, Sie könnten einen mehr gut gebrauchen«, erklärte Birchington. »Also habe ich mich bereit erklärt. Vergessen Sie nicht, daß ich ein erfahrener Ingenieur bin.«

Ich hörte, wie einer fluchte und murmelte: »Verpaßt dem Ekel doch eine Kugel.« Birchington beachtete es natürlich gar nicht.

Greaves seufzte. »Wir machen uns jetzt besser auf den Weg zum Hafen. Falls wir getrennt werden ...«

Er wurde durch das unverkennbare Geräusch von Luftschiffmotoren hoch droben unterbrochen. »Verdammt! Das kompliziert die Lage natürlich.«

Der Motorenlärm wurde lauter und lauter, und es war offensichtlich, daß das Schiff tiefer kam. Wir begannen uns zu ducken und schlichen durch die Sträucher und Bäume am Straßenrand in Richtung Hafen.

Dann flammte plötzlich Licht hinter uns auf, und es dröhnten Gewehrfeuer und das ständige Donnern von Artillerie. Dann ein ersterbender Schrei, als eine Bombe in gewisser Entfernung vom Lager niederging. Die Straße herauf kamen nun mehrere Lastwagen mit Soldaten, zwei Panzerwagen und einige Motorräder. Das Feuer hielt an, bis mir klar wurde, daß die Schiffe angriffen. Etwas schwirrte an mir vorbei, ganz knapp über meinem Kopf. Es fühlte sich an wie ein Einmanngleiter. Diese genialen Geräte waren weit besser einzusetzen als Fallschirme, um Soldaten abzusetzen. Es sah so aus, als ginge hier ein Überfall vonstatten und wir säßen mittendrin.

Greaves und seine Burschen beschlossen, nicht vom

ursprünglichen Plan abzuweichen. »Wir werden uns das Durcheinander zunutze machen«, erklärte er.

Birchington rief: »Ich sage, erst mal langsam! Vielleicht sollten wir abwarten und sehen, was ...«

»Keine Zeit!« brüllte Greaves. »Wir wissen nicht, was das alles zu bedeuten hat. Auf zu den Schiffen!«

»Aber angenommen ...«

»Halt's Maul, Birchington!« fuhr ich ihn an. Ich war bereit, mich Greaves' Führung anzuschließen. Ich hatte den Eindruck, daß mir keine große Wahl blieb.

»Wartet!« kreischte der Ingenieur. »Laßt uns doch einen Augenblick nachdenken. Wenn wir einen kühlen Kopf bewahren ...«

»Sie werden Ihren Kopf an ein Samureischwert verlieren!« rief Greaves. »Nun halten Sie um Gottes willen den Mund, Birchington! Entweder Sie bleiben, wo Sie sind, oder Sie kommen schweigend mit.«

»Schweigend? Was wollen Sie eigentlich damit sagen, daß ...«

Seine grölende Stimme erweckte größere Furcht als alle Bomben oder Kugeln. Wir alle legten eine gewaltige Geschwindigkeit vor. Inzwischen ratterten Maschinengewehre, sowohl vom Boden wie von oben. Niemals zuvor habe ich um den Tod eines anderen menschlichen Wesens gebetet, aber in jener Nacht flehte ich inbrünstig, eine Kugel träfe Birchington zwischen die Augen und würde uns erlösen.

Die Japaner waren alle unterwegs zum Lager. Folglich kamen wir ganz gut durch. Noch suchten sie nicht nach entflohenen Häftlingen. Selbst wenn sie uns sähen, würden sie uns für feindliche Soldaten halten. Man würde uns dann zwar beschießen, aber nicht verfolgen.

Wir erreichten die Randbezirke der Stadt. Unbemerkt durch die Straßen zu schleichen, würde nicht so einfach werden.

Wieder hatten wir Glück, indem die Vorgänge hinter uns alle Soldaten und alle Aufmerksamkeit ablenkten.

Birchingtons Aufschrei: »Jungs, wartet auf mich!« brachte uns in die größte Gefahr. Eine kleine Abteilung japanischer Infanterie hörte sein Gebrüll und begann sogleich, in die Allee zu schießen, in die wir eingebogen waren. Greaves sank zusammen mit zwei anderen zu Boden.

Ich kniete neben Greaves. Ich fühlte seinen Puls. Die Kugel hatte ihn in den Hinterkopf getroffen, er war auf der Stelle tot gewesen. Ein weiterer Geflohener war tot, doch der dritte war nur leicht verletzt. Er legte einen Arm über meine Schulter, und wir rannten weiter in Richtung Hafen. Zu diesem Zeitpunkt waren wir schon ziemlich hysterisch und brüllten Birchington heftig an, als japanische Soldaten wieder das Feuer auf uns eröffneten. »Halt's Maul, du blöder Idiot! Greaves ist tot!«

»Tot? Er hätte vorsichtiger sein müssen ...«

»Halt die Klappe, Birchington!«

Wir gelangten an den Kai und gingen schnurstracks wie geplant ins Wasser, um zu dem nächsten Schiff zu schwimmen, das verschwommen rot und weiß in der dunstigen Hafenbeleuchtung zu sehen war. Ich hörte Birchington hinter mir.

»Hört mal, Kumpels! So hört doch! Wußtet ihr denn nicht, daß ich nicht schwimmen kann?«

Diese Erkenntnis schien mir neue Kräfte zu verleihen. Ich stützte den Verletzten und schwamm auf das MTB zu. Einige der Luftschiffleute kletterten schon an den Wanten hinauf. Ich war erleichtert, keine weiteren Schüsse zu hören. Vielleicht war es uns letzten Endes gelungen, die Japaner zu überrumpeln.

Bis ich schließlich zu dem MTB gelangte, hatte man mir schon eine Strickleiter herabgelassen. Ich hob den Verletzten hoch und hielt die Leiter fest, während er hinaufstieg. Ich glaube, ich konnte noch Birchingtons schreckliches Kreischen vom Hafen hören:

»Hört doch, Jungs. Wartet einen Augenblick! Schickt ihr einen mit dem Boot, um mich abzuholen?«

Ich verhärtete mein Herz. In jenem Augenblick, das muß ich gestehen, gab ich keinen Pfifferling für Birchingtons Leben.

Als ich schließlich auf Deck stand, keuchte ich vor Erschöpfung. Ich sah mich um und erwartete, gefangene japanische Seeleute zu sehen. Statt dessen erblickte ich die weißen Uniformen der Russischen Marine. Ein junger Leutnant mit schräg sitzender Mütze, aufgeknöpfter Jacke und Revolver und Säbel in Händen, salutierte mit seinem Schwert. »Willkommen an Bord!« sagte er in fehlerfreiem Englisch. Er strahlte mich mit dem wilden, sorglosen Grinsen an, wie ich es nur von Russen kenne. »Wir haben wohl beide die gleiche Idee gehabt«, sagte er. »Ich bin Leutnant Pjatnitzki, zu Ihren Diensten. Wir haben dieses Schiff zwanzig Minuten vor Ihnen übernommen.«

»Und die Luftschiffe dort hinten?«

»Russische. Wir bergen die Gefangenen. Ich hoffe, daß das gerade in dieser Minute abläuft.«

»Sie riskieren eine Menge für ein paar Gefangene«, sagte ich.

»Solange die Gefangenen auf der Insel sind«, erklärte Pjatnitzki sachlich, »können wir die Treibstofflager nicht bombardieren.«

Einer der englischen Seeleute sagte: »Armer Greaves. Starb für nichts und wieder nichts.«

Ich lehnte an der Reling. Vom Kai konnte ich noch Birchingtons klägliche Stimme hören, wie er heulte und bettelte: das Jammern eines verängstigten Kindes.

— 2 —

Wieder im Dienst

Hätte, bevor ich den Tempel von Teku Benga betrat, mir jemand gesagt, daß ich eines Tages mit Freuden bei den Russen in den Dienst träte, ich hätte ihn nicht nur ausgelacht, sondern ihm, wenn er hartnäckig dabei geblieben wäre, vermutlich eins auf die Nase gegeben. Zu jener Zeit stellten die Russen die größte Bedrohung unserer Grenzen in Indien dar. Häufig bestand die Gefahr eines offenen Krieges, denn es ist allgemein bekannt, daß sie zumindest in Afghanistan Ambitionen hatten. Die Tatsache, daß das Japanische Reich und das Russische Imperium bei der Frage in Streit geraten waren, welche Teile Südostasiens und Chinas unter ihre Herrschaft geraten sollten, war vermutlich das Glück der Briten. Der Krieg hätte einen ganz anderen Verlauf nehmen können, hätten Japaner und Briten sich verbündet und die russischen Bestrebungen von jenen zerfallenden Überresten des Chinesischen Reiches abgelenkt werden können. Ein wesentlicher Grund dafür lag natürlich bei Kerenski selbst. Der alte Präsident Rußlands — und die höchste Macht der sogenannten Union der Slawischen Republiken (im wesentlichen jener Länder, die das kaiserliche Rußland noch vor der sozialistischen Revolution erobert hatte) — sorgte sich beflissen um die Freundschaft mit Europa und Amerika, was bedeutete, daß er sehr darauf achtete, uns nicht vor den Kopf zu stoßen. Rußland mußte noch immer eine Menge Handwerkswaren ausführen und brauchte Märkte für seine landwirtschaftlichen Produkte. Außerdem wünschte es möglichst viele ausländische Investitionen und zeigte besonderes Interesse daran, amerikanisches und britisches Kapital anzuziehen. Seit der erfolgreichen und fast unblutigen Revolution vom Jahr 1905, die zu einer Zeit ausbrach, da ein anderer Krieg zwischen Rußland und Japan schwelte, hatte das Land große Fortschritte gemacht. Der ihm eigene humanistische Sozialismus hatte eine fast universelle Literatur gefördert, und seine medizinischen Geräte zählten zur Weltspitze. Es hatte eine aufstrebende, liberale Mittelklasse hervorgebracht, und man begegnete kaum noch jener Art Armut, für die Rußland in meiner Kindheit berühmt gewesen war. Alles in allem bestand nicht einmal in den konservativsten Kreisen ein Zweifel daran, daß es Rußland und seinen Herrschaftsgebieten dank Kerenski und seinen Sozialisten entschieden besser ging.

Ungeachtet der historischen Gründe bestand nichts Schändliches darin, sich den Russen gegen unseren gemeinsamen Feind anzuschließen. Als wir zuerst per U-Boot nach Wladiwostok und dann per Luftschiff nach Chabarowsk gebracht wurden, fragte ich mich, wie lange es wohl dauern würde, bis ich wieder tätig werden könnte. Allein schon die Gefangenschaft hatte meine Unzufriedenheit geweckt. Als uns die Nachricht erreichte, daß alle britischen Staatsbürger mit Luftschifferfahrung für die Luftwaffe der russischen Freiwilligenflotte gebraucht würden und daß Whitehall uns aktiv ermutigte, uns zu melden, unterzeichnete ich sogleich wie die meisten meiner Begleiter. Die wenigen, die wie ich militärische Erfahrung besaßen, konnten sich aussuchen, ob sie im Konvoi auf bewaffneten Handelsschiffen oder selbst auf Eskortierfregatten und Kreuzern Dienst tun wollten. Ich entschloß mich für die Fregatten. Ich empfand kein besonderes Bedürfnis, meine Mitmenschen umzubringen, doch ein Teil meiner selbst wollte im Rest des Krieges mehr als nur eine passive Rolle spielen. Ich wußte aus Erfahrung, daß die Politiker jedes Landes Haß und Rassengegensätze zu einem anderen Land heraufbeschwören können, so daß ich nicht mehr der Patriot von einst war. Persönlich jedoch und ich weiß heute, daß das eine kindische Position war — hatte ich das Empfinden, daß ich durch die Japaner in eine

Menge Schwierigkeiten geraten war und sie ebensogut wie jeden anderen bekämpfen konnte. Außerdem, so muß ich zugeben, hoffte ich, daß es nicht zu allzu heftigen Kampfhandlungen käme. Ich wollte gute, schnelle Schiffe fliegen. Und hier lag zumindest meine Chance.

Wir hatten ein Zwei-Wochen-Ausbildungsprogramm in und um Samara, in dessen Verlauf wir die Besonderheiten der russischen Schiffe kennenlernten, die hauptsächlich nach den Entwürfen des großen Ingenieurs Sikorski gebaut und ausgestattet waren und zu jener Zeit zu den modernsten der Welt gehörten; dann wurden wir verschiedenen Schiffen zugeteilt, um allgemeine Erfahrungen zu sammeln. Ich kam auf den Luftkreuzer *Wassarion Belinski*. Es war ein feines, leicht zu handhabendes Schiff, das von dem großen Lermontow-Aeropark ein paar Kilometer nördlich von Odessa ablegte. Odessa ist ein prächtiger internationaler Seehafen, die Heimat vieler hervorragender Dichter, Schriftsteller, Maler und Intellektueller. Ich hatte ein paar Tage Landgang in Odessa, bevor wir ablegten, und kostete diese Tage voll aus. Am Schwarzen Meer gelegen, war diese Stadt ziemlich vom Krieg verschont geblieben, und im Hafen lagen mehr Handels- als Kriegsschiffe. In den Straßen wimmelte es von Menschen aller Hautfarben und Nationen. Es roch nach Gewürzen und den Speisen von fünf Kontinenten, und in der Stadt herrschte selbst im Krieg eine fröhliche, sorglose Atmosphäre, die mir ein Beispiel für die beste Seite der slawischen Seele zu geben schien.

Odessa hat einen großen jüdischen Bevölkerungsanteil und gilt außerhalb der Provinz als die Hauptstadt des russischen Judentums (auch wenn die Provinz selbst im Rußland Kerenskis zusammen mit allen antijüdischen Gesetzen aufgehoben wurde) und ist voller Musik, gewitztem Handelsgeschäft und Romantik. Ich habe mich auf Anhieb in diese Stadt verliebt. Ich kenne keine andere Stadt, die ihr gleichkäme, und wünsche oft, ich hätte mehr Zeit damit zubringen können, ihre kleinen gewundenen Gassen, ihre Prachtstraßen und Promenaden, ihre Erholungsgebiete und Wasserläufe zu erkunden. Sie ist streng genommen keine russische Stadt. Sie ist ukrainisch, und die Ukrainer werden unumstößlich behaupten, daß die ›Ziegenbärte‹ (ihr Ausdruck für Großrussen) Eindringlinge sind, daß Kiew, die Hauptstadt der Ukraine, das wahre Zentrum slawischer Kultur darstellt und daß die Moskowiter Emporkömmlinge, Aufsteiger, Tyrannen, Imperialisten, Diebe, Abenteurer und noch Schlimmeres sind. Es ist richtig, daß die Zentralregierung in Moskau die meiste Macht über die Ukraine hat, doch in Odessa herrscht ein überwältigender Geist von Freiheit, der, so meine ich, alle Ergebenheit der Bewohner leugnet.

In Odessa erfuhr ich auch eine Menge über den weiteren Kriegsverlauf. Zu Lande hatten die Japaner anfangs viele Erfolge zu verzeichnen, wurden jedoch dann von britischer und russischer Infanterie zurückgeworfen; tatsächlich beherrschten sie zur Zeit weniger Gebiete als vor dem Krieg. Zu Luft und Wasser waren sie immer noch mächtig und darüber hinaus meisterhafte Strategen. Insgesamt waren wir optimistisch über den Verlauf, den der Konflikt nahm, denn die Holländer und Portugiesen standen ebenfalls auf unserer Seite, und wenngleich ihre Luftstreitkräfte nicht groß waren, waren sie doch erstaunlich schlagkräftig.

Gewiß wäre der Krieg so gut wie vorbei gewesen, hätte es nicht in Rußland innenpolitische Probleme gegeben. Diese erwiesen sich allmählich unter der Bevölkerung von Odessa als wichtigeres Thema als der Krieg selbst. Vielleicht lag es am Krieg selbst, jedenfalls drohte in mehreren Teilen der USSR ein Aufstand. Tatsächlich waren ganze Teile der Ukraine in Händen militärischer Streitkräfte, die sich selbst Freie Kosaken nannten, viele von ihnen Deserteure verschiedener Kavallerie-Regimenter. Ich nahm an, daß es sich um entschiedene Slawophile handelte, die Kerenskis ›Europäisierung‹ ihres Landes ablehnten, und ›Nationalisten‹, da sie die Unabhängigkeit aller Territorien forderten, die nun das Russische Reich bildeten: Böhmen, Mähren, Polen, Finnland, Lettland, Estland, Bulgarien und so weiter. Ihre politischen Hintergründe und Forderungen wirkten eher verschwommen, waren sie auch in sozialistischer Terminologie formuliert, selbst wenn ich sie von allen Seiten erörtert hörte. Wenn sich die Leute auch ewig über die Auslegung ihrer Ideologien stritten, so stimmten doch alle überein in einer gewissen Begeisterung für die Führungspersönlichkeit der Umstürzler, den geheimnisvollen Mann, der allgemein unter dem Namen ›Der Stahlzar‹ bekannt war. Man glaubte, er stamme ursprünglich aus Georgien, und sein richtiger Name lautete Jossif Wissarionowitsch Dschugaschwili, ein Expriester mit messianischer Ausstrahlung. Er war als der Stahlzar bekannt, da er gern einen alten Metallhelm trug, der den größten Teil seines Gesichts verdeckte. Dafür kursierten viele Erklärungen: Einige glaubten, er wäre in einer Schlacht verstümmelt worden, andere meinten, er wäre von Geburt an mißgestaltet. Er sollte einen lahmen Arm oder künstliche Beine oder einen Buckel haben, wenn nicht gar überhaupt kein menschliches Wesen, sondern eine Art Automat sein.

Wegen der Atmosphäre, die Dschugaschwili umgab, wurde ich selbst von ebensolcher Neugier wie die Einheimischen geplagt. Ich verfolgte die Neuigkeiten über die Freien Kosaken so eifrig wie die über britische Luftschlachten über dem Pazifik.

In Odessa traf ich einen der Burschen, die mit mir im Lager gesessen hatten. Er wollte sich gerade auf einem britischen Handelsschiff einschiffen. Er berichtete mir, daß auch Birchington für die Russen arbeitete, wußte jedoch nicht genau, wo. »Vermutlich irgend etwas Technisches.« Olmeijer betrieb auf Jalta ein staatseigenes Hotel. Die schlechteste Nachricht jedoch betraf Dempsey.

»Ich hörte, er wäre abgesprungen, noch ehe wir Japan erreichten. Schien Angst davor zu haben, was sie mit ihm anstellen würden, daß er verwundet, wie er war, es vorzog abzutauchen. Gott weiß, warum sie ihn so haßten. Haben Sie eine Ahnung, Bastable?«

Ich schüttelte den Kopf. Doch wieder empfand ich dieses eigentümliche Frösteln; eine Art Wiedererkennen, als *wüßte* ich irgendwo in meinem Innern, was Dempsey getan hatte.

Meine Beziehung zu Odessa war ebenso intensiv wie kurz, und ich empfand Wehmut, als ich per Zug zum Aeropark abreiste, als hätte ich jahrelang in dieser Stadt gelebt.

Die *Wassarion Belinski* war eine wahre Freude. Sie benutzte Flüssigballast, der ebenso wie ihr Gas erwärmt oder abgekühlt werden konnte, um das Gewicht zu verändern, und ihre Beschleunigung konnte, wenn wir dies brauchten, so raketenhaft sein wie ihr Flugtempo. Sie machte 320 km/h Spitzengeschwindigkeit, ließ sich jedoch mit gutem Wind im Rücken noch weiter beschleunigen. Die ganze Mannschaft bis auf mich bestand aus Russen. Kapitän L. W. Leonow war ein Luftschiffoffizier von großer Erfahrung, der hervorragend Englisch sprach. Mein eigenes Russisch war natürlich begrenzt, genügte jedoch, um Befehle entgegenzunehmen und angemessen zu reagieren. England hatte sich viele Jahre lang in der Luft ebenso erfolgreich gehalten wie auf See, so daß die meisten Luftschiffleute an Bord gern Englisch benutzten.

Als wir an einem kühlen, sonnigen Morgen den Lermontow-Aeropark verließen und in einer gemächlichen, sanften Kurve Höhe gewannen, wobei durch die Bullaugen immer mehr Steppe sichtbar wurde, gab Kapitän Leonow auf dem Steuerdeck seine Befehle aus und informierte, mit dem Rücken zum Steuermann, seine Offiziere über den Auftrag der *Belinski*.

Ich war nicht der einzige, der gleichzeitig überrascht

und enttäuscht war. Es sah so aus, als wären wir Opfer eines typischen Falles Moskauer Bürokratiegemauschels, und ich (der ich mich für mindestens ein Jahr verpflichtet hatte) konnte nicht das geringste dagegen unternehmen.

Leonows ausgeprägt russisches Gesicht war nüchtern und seine Stimme wohlklingend, als er uns unsere Befehle vorlas. Mit typisch russischer Höflichkeit sprach er mir zuliebe englisch.

»Wir sollen so schnell wie möglich nach Jekaterinoslaw fliegen, das augenblicklich unter einem schweren Angriff der aufständischen Streitkräfte steht. Wir schließen uns anderen Schiffen unter dem Oberbefehl von Luftadmiral Krassnow an.« Er zog die Brauen zusammen. Es war offenkundig, daß ein solcher Auftrag nicht nach seinem Geschmack war, da er ihn zwang, Befehle zu erteilen, die unausweichlich zum Tod anderer Russen führen mußten.

Die Neuigkeiten versetzten alle in Aufregung. Sie hatten damit gerechnet, ihr Land gegen die Japaner zu verteidigen. Statt dessen wurden sie zu innenpolitischen Pflichten der Art abkommandiert, wie alle Offiziere sie abscheulich und erniedrigend finden. Mir machte es nichts aus, eine Begegnung mit den Japanern zu versäumen, doch es tat mir von Herzen leid, daß ich kein richtiges Luftgefecht erleben sollte. Ich hatte mich aus einer Mischung von Verzweiflung und Langeweile heraus zur Armee gemeldet. Es sah so aus, als wäre ich zur Fortführung dieses Zustandes verurteilt. Darüber hinaus würde ich früher oder später Blut an den Händen haben, und es wäre das Blut von Menschen, gegen die ich absolut nichts hatte. Ich hatte nicht die geringste Vorstellung, wie das Ganze ausgehen würde. Sozialisten liegen einander immer in den Haaren wegen des stark messianischen Elements ihrer Auffassungen, und ich konnte keinen großen Unterschied zwischen der Einstellung von Kerenski und der von Dschugaschwili feststellen. Mein einziger Trost war, daß ich wenigstens die Gelegenheit hätte, den Stahlzar (oder zumindest seine Taten) aus erster Hand zu beobachten.

Pilniak, ein zweiter Leutnant, ungefähr in meinem Alter mit riesigen braunen Augen und einem ziemlich mädchenhaften Gesicht (obgleich es in keiner Weise verzärtelt war), packte mich am Schulterteil meiner Uniform (wie er trug ich das Hellblau der Russischen Freiwilligen Luftwaffe) und lachte.

»Nun, Mister Bastable, dann werden Sie mal ein paar Kosaken sehen, wie? Ein Stück Wirklichkeit, wie es den meisten Europäern abgeht.« Er sprach leiser und etwas mitfühlend: »Stört es Sie? Daß es nun der Stahlzar ist statt Mikado?«

»Keine Spur«, sagte ich. Schließlich, dachte ich boshaft, war ich ja ursprünglich dazu ausgebildet worden, die Russen zu bekämpfen. Doch es ist mir niemals gelungen, in Zynismen Trost zu finden, und auch jetzt hielt er nur ein paar wenige Sekunden vor. »Vielleicht bekommen wir heraus, ob er ein Mensch ist oder nicht.«

Pilniak wurde ernst. »Er ist ein Mensch. Und er ist grausam. Die ganze Sache ist mit ihren Übertreibungen reichlich altmodisch. Schließlich behaupten alle, Sozialisten und Nationalisten zu sein. Sie wollen die Uhr zurückstellen auf die Zeit Iwans des Schrecklichen. Sie bringen es fertig und vernichten Rußland und die ganzen Errungenschaften der Revolution. In einer oder in zwei der von ihnen eroberten Städte gab es Pogrome, und Gott allein weiß, was in den ländlichen Gegenden passiert. Sie müssen so schnell wie möglich aufgehalten werden. Doch die ganze Zeit über erhalten sie Unterstützung aus der Bevölkerung. Der Krieg fördert diese Urgefühle zutage. Sie sind nicht immer unter Gewalt zu bekommen. Unsere Zeitungen rühren die Trommel für Slawophilie und Nationalismus, um unsere patriotischen Gefühle gegen die Japaner zu wecken — und dann geschieht das.«

»Sie sprechen ja, als wäre dieser Aufstand unvermeidlich gewesen.«

»So schätze ich das auch ein. Vor vielen Jahren versprach Kerenski uns den Himmel auf Erden. Und nun stellen wir fest, daß wir nicht nur den Himmel nicht erreicht haben, sondern uns mit der Hölle in Form einer Invasion konfrontiert sehen. Dieser Krieg wird viele Narben zurücklassen, Mister Bastable. Wenn er vorüber ist, wird unser Land nicht mehr das gleiche sein.«

»Stellt der Stahlzar denn eine echte Bedrohung dar?«

»Was er vertritt, Mister Bastable, ist eine echte Bedrohung.«

— 3 —

Aufständische Kosaken

Bald lag Jekaterinoslaw unter uns, und es war offenkundig, daß in der Stadt gekämpft wurde. Wir sahen überall Rauch und Flammen, kleine Gruppen von Leuten, die in den Vorstädten umherliefen, und vernahmen das Dröhnen von Kanonenfeuer und die leise klackenden Geräusche von Gewehrschüssen.

Jekaterinoslaw war eine Stadt im altrussischen Stil mit vielen Holzhäusern. Hohe Bauten mit üppigen Schnitzereischmuck, die vertrauten Zwiebeltürme der Kirchen, Spitztürme, mehrere Backsteingebäude und Läden in Nähe des Zentrums.

Am nahen Dnjepr-Ufer brannten die Schiffe oder waren gesunken. Gelegentlich strich ein Schiff, dessen Schaufeln das Wasser aufschäumten, an der Stadt vorüber und jagte hin und wieder ein, zwei Geschosse hinein. Offensichtlich handelte es sich hierbei um von Aufständischen befehligte Kriegsschiffe.

Pilniak kannte Jekaterinoslaw ziemlich gut. Er stand neben mir und benannte die Straßen und Plätze. In einiger Entfernung der Stadt, zwischen zerstörten Bauernhäusern und niedergewalzten Feldern, sahen wir das Hauptlager der Kosaken; ein Gewirr von Zelten aller Art und provisorischen Hütten mit mehr als einem Eisenbahnwaggon, denn die Haupteisenbahnlinie nach Jekaterinoslaw und ein Großteil des Lagers waren erobert worden.

»Das ist sie«, erklärte Pilniak ziemlich aufgeregt. »Die Horde der Freien Kosaken. Beeindruckend, das müssen Sie schon zugeben.« Er hob ein Fernglas, an die Augen. »Der Großteil ihrer Artillerie steht weiter unten bei ihren Panzerwagen. Sie haben die Kavallerie für den letzten Angriff aufgehoben. Das da unten müssen zehntausend Pferde sein.«

»Gegen Luftschiffe werden die nicht viel ausrichten können«, wandte ich ein. »Für mich sehen sie wie ein ziemlich undisziplinierter Haufen aus.«

»Warten Sie, bis Sie sie kämpfen sehen. Dann werden Sie erfahren, was es mit der Kavallerietaktik auf sich hat.«

In Wirklichkeit tat es mir in der Seele gut, jemanden derartig reden zu hören. Das letztemal hatte ich Menschen im Chaos meiner eigenen Welt von 1902 über Kavallerietaktik sprechen hören.

»Sie reden, als ständen Sie auf deren Seite«, sagte ich.

Er hielt inne, senkte sein Fernglas und sagte dann ernst: »Alles Freiheitliche im russischen Herzen wird von den Kosaken repräsentiert. Alle unsere Sehnsüchte widerspiegeln sich in ihrer Lebensweise. Sie sind grausam, häufig Analphabeten und nach Petersburger Maßstäben gewiß ungebildet, aber sie sind ... es sind die Kosaken. Die Zentralregierung hätte niemals die Wehrpflicht durchsetzen dürfen. Sie hätten sich freiwillig gemeldet, wenn ihre Zeit reif gewesen wäre. So aber wollten sie zeigen, daß sie Herr ihrer Entscheidungen sind und daß nicht Petersburg es ist.«

»Diese Rebellion ist also eine Folge der Wehrpflicht?« Davon hatte ich in Odessa nichts gehört.

»Sie ist einer der Gründe. Es gibt viele. Die Kosaken genossen traditionell eine gewisse Autonomie. Als die Zaren sie ihnen zu nehmen versuchten, zogen sie sich damit nur Ärger zu. Sie haben große Gemeinschaften; wir nennen sie Horden. Sie wählen ihre eigenen Führer und sind in diesen Dingen sehr empfindlich, Mister Bastable.«

»Offensichtlich«, sagte ich. »Sie haben also das Gefühl, daß Sie in der Zerschlagung dieses Aufstands in gewisser Weise Ihre eigene Vorstellung von Freiheit und Romantik vernichten?«

»Ich glaube schon«, antwortete Pilniak. Er zuckte mit den Schultern. »Aber wir haben unsere Befehle, wie?«

Ich seufzte. Ich beneidete ihn nicht um seinen Konflikt.

Inzwischen hatten die Kosaken das Schiff erspäht. Vom Boden kamen Artilleriefeuer und ein paar Gewehrschüsse, aber glücklicherweise besaßen sie wenige oder keine Flugabwehrgeschütze. Die armen Teufel würden regelrechte Zielscheiben für unsere Bomben abgeben.

Das Schiff drehte langsam in Richtung auf den Aeropark im Süden der Stadt. Hier sollten wir auf die anderen Schiffe der Freiwilligen Flotte treffen.

Pilniak spähte weiter durch sein Fernglas. »Sieht so aus, als ob sie noch nicht da sind«, sagte er. »Die Kosaken wissen, daß sie nun nicht mehr viel Zeit haben.«

»Werden sie versuchen, die Stadt ausschließlich mit Kavallerie zu nehmen?«

»Es wäre nicht das erstemal, daß es ihnen gelingt. Aber sie haben noch eine gewisse Menge Deckungsfeuer und ein paar Panzerwagen.«

»Wer verteidigt Jekaterinoslaw?« erkundigte ich mich.

»Ich glaube, wir haben vor ein paar Tagen Infanterie dort abgesetzt, und sie haben auch, wie Sie sehen können, einige Artillerie. Man hat sie nur geschickt, um bis zu unserer Ankunft auszuhalten, wenn ich mich nicht täusche.«

Nun konnten wir den Aeropark sehen. Am Mast lag bereits ein halbes Dutzend ansehnlicher Schiffe vertäut. »Das sind Truppentransporter«, erklärte Pilniak und deutete auf das größte Schiff. »Nach der Art, wie sie in der Luft hängen, würde ich sagen, daß die meisten Burschen noch an Bord sind.«

Noch während er sprach, kam der Kapitän hinter uns an Deck und begrüßte uns. »Meine Herren, wir haben unsere Funkbefehle.«

Wir traten auf ihn zu. Er wischte sich mit einem großen braunen Taschentuch über die Stirn. Er schien seine eigene Erregung kaum zurückhalten zu können. »Wir nähern uns in Schwadron mit drei anderen Schiffen, angeführt durch die *Afanasi Turchaninow,* und werden dort über dem Rebellenlager unsere Bomben abwerfen, noch bevor sie ihre Pferde wegführen können.« Ihm wurde offensichtlich übel von seiner eigenen Erklärung. Was immer die Kosaken getan hatten, wie grausam sie auch waren, wie irrsinnig ihre Bestrebungen sein mochten, eine solche Art zu sterben verdienten sie nicht.

Seine Erklärung wurde auf dem ganzen Steuerdeck mit Stillschweigen aufgenommen.

Der Kapitän räusperte sich. »Meine Herren, wir befinden uns im Krieg. Diese Soldaten dort unten sind ebensolche Feinde Rußlands wie die Japaner. Man könnte sogar sagen, sie sind schlimmer, denn es sind Verräter, die sich in der Stunde höchster Not gegen ihr eigenes Land kehrten.«

Er sprach ohne wirkliche Überzeugung. Es wäre gleichgültig gewesen, wenn es sich bei einem Großteil der Reiter um Japaner gehandelt hätte; was wir vorhatten, schien in jedem Fall verabscheuungswürdig unsportlich. Ich hatte das Gefühl, das Schicksal hatte mich wieder in eine moralische Situation gelockt, über die ich nicht die geringste Gewalt besaß.

Einige meiner Offizierskollegen blickten finster drein und stimmten ein Gemurmel an. Pilniak salutierte vor Kapitän Leonow. »Sir, müssen wir die Bomben direkt auf die Kosaken werfen?«

»So lauten unsere Befehle.«

»Könnten wir nicht einfach um sie herum bombardieren, Sir?« fragte ein anderer junger Offizier. »Um ihnen Angst einzujagen.«

»Das entspricht nicht unseren Befehlen, Kostomarow.«

»Aber Sir, wir sind Luftschiffleute. Wir ...«

»Wir sind Diener des Staates«, beharrte der Kapitän, »und der Staat verlangt, daß wir die Kosaken bombardieren.« Er kehrte uns den Rücken zu. »Runter auf sechzig Meter, Höhensteuermann!«

»Sechzig Meter, Sir.«

Das Gebrummel hielt an, bis der Kapitän mit zorngerötetem Gesicht herumwirbelte. »Auf Ihre Posten, meine Herren! Bombardiers: Überprüfen Sie Ihre Hebel!«

Grimmig taten wir, wie uns geheißen. Von den Masten, die nun hinter uns lagen, stiegen drei weitere Schiffe auf. Zwei brachten sich auf der Back- und Steuerbordseite in Position, während das Führungsschiff uns überholte. Eine Friedhofsatmosphäre lastete über der ganzen Operation. Der Kapitän erteilte mit leiser, ausdrucksloser Stimme seine Befehle.

Das Funkgerät begann zu summen. Der Funker setzte seine Kopfhörer auf. »Es ist das Flaggschiff, Sir«, meldete er. Der Kapitän trat an die Anlage und lauschte. Er nickte ein- oder zweimal und erteilte dem Steuermann neue Befehle. Er wirkte fast fröhlich. »Meine Herren«, sagte er, »die Kosaken greifen bereits an. Unsere Aufgabe wird nun in dem Versuch bestehen, sie zu spalten.«

Diese Aufgabe begeisterte uns kaum; aber alles andere erschien uns besser, als das Lager zu bombardieren. Zumindest wäre es ein bewegliches Ziel.

— 4 —

Die schwarzen Schiffe

Ich bezweifle sehr, Moorcock, daß Sie jemals das Erlebnis haben werden, sich einem Schlachtenangriff der Kosaken gegenüberzusehen oder auch nur Zeuge dessen vom Steuerdeck eines hochtechnisierten Luftkreuzers aus werden.

Angeführt von Admiral Krassnows Flaggschiff, stürzten wir immer tiefer und tiefer dem Boden entgegen, um unseren Lufttorpedos besondere Treffsicherheit zu verleihen. Als wir näher kamen, befanden wir uns in kaum fünfzehn Meter Höhe, und vor uns erhob sich eine Wolke schwarzen Staubs, in dem die Umrisse von Männern und Pferden zu erkennen waren. Dies sah zumindest mehr nach einem fairen Kampf aus.

Kapitän Leonow stand auf der Brücke, spähte nach vorn und erteilte das Kommando:

»Erste Salve los!«

Hebel wurden gedrückt, und aus den Rohren im Bug der Gondel pfiffen Lufttorpedos auf die grölende Kosakenhorde zu. Die Torpedos verursachten ein schrilles Geräusch, als sie mit ihren kurzen Flügeln die Luft durchpflügten, dann erscholl ein tiefes *Bumm,* als sie in die Reihen der Kosaken einschlugen. Doch obwohl sie zwangsläufig tödliche Wirkung hatten, schienen sie die Wucht des Angriffs nicht im geringsten zu bremsen.

Als nächstes warfen wir, als die Reiter unter uns dahingaloppierten, unsere Bomben ab und stiegen gleichzeitig auf, um dann erneut hinabzuschießen und eine zweite Torpedosalve loszulassen. Das Schiff ächzte beim raschen Drehen und Zurückdrehen des Steuerrades unter der sicheren Hand des Höhensteuermanns. Niemals zuvor hatte ich ein so unbeirrbares Schiff geflogen, und während wir unser blutiges Geschäft verrichteten, betete ich um die Gelegenheit eines richtigen

Postens auf einem Schiff mit solcher Manövrierfähigkeit. Die Kosaken teilten sich, als wir wieder hinabstießen, und zuerst sah es so aus, als wären sie in Panik. Dann wurde mir klar, daß es ein taktisches Aufteilen war, um aus unserer direkten Schußlinie zu kommen. Sie zeigten außerordentlich disziplinierte Reiterei. Nun verstand ich, wovon Pilniak gesprochen hatte. Und voller Bewunderung für soviel Geschick und Mut fühlte ich mich noch unwohler in der Rolle, in die ich geraten war.

Auf einen Funkbefehl vom Flaggschiff hin warfen wir den Rest unserer Bomben ab und stiegen rasch auf. Nun konnten wir die Folgen unseres Angriffes sehen. Überall lagen tote und sterbende Männer und Pferde. Der Boden war von Kratern aufgewühlt und besudelt mit rotem Fleisch und zerschlagenen Knochen. Es war ekelerregend.

Pilniak standen Tränen in den Augen. »Dafür mache ich diesen *Starez* verantwortlich, diesen verrückten Pfaffen Dschugaschwili. Er ist kein Sozialist. Er ist ein wahnsinniger Nihilist, der die Leben dieser armen Burschen verspielt hat.«

Häufig genug überträgt man eigene Schuld auf einen verfügbaren Schurken, doch ich mußte zugeben, daß ich in bezug auf den sogenannten Stahlzar einer Meinung mit ihm war.

Aber ich wünschte mir nun nicht zum erstenmal, das Luftschiff wäre niemals erfunden worden. Seine Vernichtungskapazität war erschreckend.

Kapitän Leonow stand bleich und stumm auf der Brücke. Er erteilte seine Befehle in leisem, knappem Russisch. Wann immer mein Blick den eines Kameraden traf, hatte ich den Eindruck, daß uns die gleichen Gedanken bewegten. Das konnte der Anfang eines Bürgerkriegs sein. Und es gibt keinen schrecklicheren Krieg, keinen, der die Sinnlosigkeit der Tatsache, daß Menschen Menschen töten, drastischer offenbart. Ich bin vom Schicksal aus unbegreiflichen Gründen oder vielleicht auch ganz ohne Grund ausersehen worden, die scheußlichsten Beispiele wahnsinniger Kriegsführung (und mir erscheint alle Kriegsführung wahnsinnig) mitzuerleben und mir von ansonsten durchaus vernünftigen Leuten die lächerlichsten Erklärungen bezüglich ihrer Notwendigkeit anzuhören. Ich bin den Streit längst müde geworden, Moorcock. Wenn ich Ihnen versöhnlicher erscheine als bei meiner ersten Begegnung mit Ihrem Großvater, dann deshalb, weil ich gelernt habe, daß nicht Individuen für Kriege verantwortlich sind — wir alle sind zur gleichen Zeit verantwortlich für die Übel des menschlichen Lebens. Und als ich dies begriffen hatte — und ich bin dabei, Ihnen zu erzählen, wie es dazu kam —, brachte ich auch mir und anderen gegenüber eine gewisse Toleranz auf, wie ich sie zuvor niemals besessen hatte.

Es war uns nicht gelungen, den Angriff der Kosaken aufzuhalten, auch wenn wir ihn geschwächt hatten. Als wir zum Aeropark zurückkehrten, durchschaute ich den zweiten Teil unserer Strategie. In den Randbezirken der Stadt setzten die riesigen Truppentransporter ihre ›Fracht‹ ab.

Jeder Soldat fiel auf seinen eigenen dünnen Flügeln aus den großen Gondeln.

In loser Formation schwebten die abgesprungenen Infanteristen der Erde zu, steuerten ihren Flug mit den seidenen Segeln selbst, stellten sich am Boden neu auf, falteten ihre Flügel in ihr Gepäck und marschierten auf die bereits vorbereiteten Schützengräben zu. Als nächstes wurden an großen Fallschirmen Artillerieteile gelandet und in Aufstellung gebracht. Als die Kosakenhorden sich den Vorstädten näherten, trafen sie auf plötzliches Feuer. Ich hörte Flinten und Maschinengewehre, das Dröhnen von Haubitzen und Feldgeschützen.

Pilniak sagte zu mir: »Ich wünschte, ich wäre da drunten bei ihnen.«

Ich wünschte nur, ich wäre weit fort von Jekaterinoslaw gewesen. »Führt der Stahlzar seine eigenen Angriffe an?« fragte ich. Vielleicht hoffte ich, der Mann wäre endlich für seinen Irrsinn gefallen.

»Man erzählt es sich.« Pilniak schnitt eine Grimasse. »Aber wer will das so genau wissen? Ich nehme an, er ist schon ein recht alter Mann.«

»Ich frage mich, wie ein georgischer Priester zum Kosaken-Ataman werden kann«, sagte ich. »Kommt Ihnen das nicht eigentümlich vor?«

»Er hat hier schon seit Jahren gelebt. Ein Kosak ist ein Typ von Mensch, kein Angehöriger einer Rasse oder so. Sie wählen ihre Anführer, wie ich Ihnen erzählt habe. Er muß Mut und eine starke Persönlichkeit besitzen. Außerdem, vermute ich, hat er den Dreh heraus, an den Stolz des Volkes zu appellieren. Die Zentralregierung hat die Kosaken gedemütigt, die wohl wissen, daß die Revolution ohne ihre Unterstützung gescheitert wäre. Die Revolution nahm ihren Anfang, wo alle unsere früheren Aufstände begannen, hier im Süden, in den ›Grenzgebieten‹ (denn das bedeutet Ukraine). Es hätte in Pogrome und Massenmord ausarten können, aber die Kosaken waren vom Zaren mißhandelt und im Krieg gegen Japan mißbraucht worden, so daß sie sich auf die Seite der Sozialisten stellten und dazu beitrugen, das erste wirksame Parlament, unsere Duma, zu schaffen, worauf Zar Nikolaus abdankte. Die Kosaken waren es, die Kerenski auf den Präsidentenstuhl hoben. Kosaken waren es, die sein Bild anstelle das des Zaren setzten.«

»Ihr und eure Heiligenbilder ...«, hob ich an, aber Pilniak war nicht zu bremsen.

»Natürlich fühlen sich die Kosaken von Kerenski gedemütigt. Sie brachten ihn um den Preis ihrer Selbständigkeit an die Macht. Nun sehen sie, wie er sie verrät und ihre Freiheiten angreift. Als er an jenem Tag im Oktober 1905 vor der Duma und den Kosakenhorden stand, sprach er von ›ewiger Freiheit‹ für die Kosaken.

Nun begeht er anscheinend genau die gleichen Fehler wie Zar Nikolaus — und zahlt dafür den Preis.«

»Sie scheinen recht schwankend in Ihrer Gefolgschaftstreue«, warf ich ein.

»Ich bin unseren sozialistischen Idealen treu. Kerenski ist alt. Vielleicht ist er schlecht beraten, ich weiß es nicht.«

Ich blickte voller Staunen zurück aufs Schlachtfeld. Daß diese wilden, atavistischen Reiter soviel Einfluß auf den Verlauf der modernen Geschichte nehmen konnten! Wenn es stimmte, daß sie nur ihre eigene Freiheit, und nicht politische Macht als solche gefordert hatten, dann war es nicht erstaunlich, daß sie sich von jenen, die sie unterstützt hatten, verraten fühlten. In der Geschichte hatte es viele Völker gegeben, die die gleichen Erfahrungen hatten machen müssen.

»Dschugaschwili verspricht, ihnen ihre alten Freiheiten zurückzugeben«, sagte Pilniak bitter, »doch die einzige Freiheit, die er augenblicklich gewährt, ist die zu sterben. In seinem Herzen ist er immer noch ein Bauernpriester. Durch diese Pfaffen liegt ein Fluch über Rußland. Sie haben etwas an sich, dem das russische Volk schwer widerstehen kann.«

»Hoffnung?« fragte ich trocken.

»Früher einmal, ja. Aber heute? Unser Land hat eine umfassende Bildung, und unser kostenloses Gesundheitswesen erweckt den Neid der ganzen Welt. Unser Lebensstandard ist höher als in den meisten anderen Ländern. Wir sind wohlhabend. Warum sollten sie einen *Starez* brauchen?«

»Sie erwarteten den Himmel. Das sagten Sie selbst. Doch eure sozialistische Duma scheint ihnen nur die Erde geschenkt zu haben. Diese Wirklichkeit ist ihnen, wenn auch verbessert, doch wohlbekannt.«

Pilniak nickte. »Wir Slawen haben immer mehr erhofft. Doch bis zu Kerenski bekamen wir weit weniger. Was könnte der Stahlzar für uns tun?«

»Die persönliche Verantwortung abnehmen«, sagte ich.

Pilniak lachte. »Davon waren wir nie begeistert. Ihr Angelsachsen habt den Löwenanteil daran.«

Ich ging auf seine Spitze nicht ein. Als Pilniak das sah, fügte er freundlich hinzu: »Wir werden in gewisser Weise immer noch von unserer Kirche regiert. Wir sind ein Volk, das stärker unter der Religion, ihren Auswirkungen und Vorspiegelungen zu leiden hat als andere Völker. Vielleicht bietet uns der Stahlzar mit seinem messianischen Sozialismus wieder eine Religion. Ihr Engländer empfandet nie das gleiche Bedürfnis nach Gott. Wir haben Eroberung und Elend zu oft erlebt, um ihn gänzlich zu ignorieren.« Er zuckte mit den Schultern. »Alte Gewohnheiten, Mister Bastable. Religion ist ein Wundermittel. Wir haben eine große Neigung, unser Elend in mystische und utopische Begriffe zu kleiden.«

Ich begann ihn zu verstehen. »Und eure Kosaken sind bereit zu töten, um den Traum zu vollenden, anstatt Kerenskis Philosophie des Kompromisses anzunehmen?«

»Sie sind, um ehrlich zu sein, auch bereit, für den Traum zu sterben«, sagte er. »Sie sind Kinder. In diesem Sinn sind sie echte Gläubige. Es ist noch nicht lange her, daß alle Russen Kinder waren. Wenn es nach Dschugaschwilis Kopf geht, werden sie es bald wieder werden. Kerenskis Fehler ist es immer gewesen, daß er es abgelehnt hat, ein Patriarch zu werden — oder, wie Sie sagten, ein Heiligenbild.« Er lächelte. »Obwohl manchmal nicht viel dazu fehlte. Der Sozialismus von Petersburg erscheint den Kosaken kalt; sie würden lieber Persönlichkeiten verehren als Ideen bejubeln.«

Ich hielt mit seiner Ironie mit. »Sie sprechen über sie, als wären es Amerikaner.«

»Es steckt in uns allen, Mister Bastable; besonders in angespannten Zeiten.«

Die Kreuzer näherten sich nun dem Mast und machten sich bereit zum Ankern. Kapitän Leonow erinnerte uns an unsere Pflichten, und wir nahmen unsere Posten auf der Brücke ein.

Wir sollten niemals anlegen.

Als die Sonne über der Steppe zu sinken begann und die Landschaft mit diesem weichen russischen Zwielicht erfüllte, deutete Pilniak aufgeregt nach Osten.

»Schiffe, Sir!« rief er dem Kapitän zu. »Etwa zehn!« Sie rückten rasch näher: Kriegsschiffe mittlerer Größe, schwarz vom Gipfel bis zur Gondel und ohne alle Hoheitsabzeichen oder Aufschriften, und sie eröffneten im Flug das Feuer.

Uns blieben nur unsere leichten Gewehre; Bomben und Torpedos besaßen wir nicht mehr. Diese Schiffe hatten mit ihrem Angriff offenbar gewartet, bis wir unsere Hauptmunition verschossen hatten.

Einer der anderen Kreuzer war Ziel einer schrecklichen Bombardierung, die so schwer war, daß er just in dem Augenblick seitwärts kippte, als seine Taue mit dem Mast verbunden wurden. Er unternahm einen Versuch, mit der Nase voraus wieder hochzukommen, doch Explosionsgeschosse schlugen mit gewaltiger Kraft in Hülle und Gondel. Ein oder zwei seiner Geschütze gingen los und wurden mit noch heftigerem Sperrfeuer beantwortet. Sie mußten volle Treibstofftanks getroffen haben, denn auf der Steuerbordseite der Gondel brach Feuer aus. Sie wies ebenfalls ein Loch auf und zuckte wie ein harpunierter Wal, als sie auf die Gebäude des Aeroparks zustürzte, gegen einen Mast fiel, hinabsackte und am Boden kraftlos zusammenfiel. Die Bodenmannschaften liefen schnell auf das Schiff zu, um das Feuer zu bekämpfen und wenn möglich seine Besatzung zu retten.

Hastig beorderte Kapitän Leonow unsere Bordschützen auf ihre verschiedenen Posten in der Gondel.

»Wem gehören diese Schiffe?« brüllte ich Pilniak zu.

Er schüttelte den Kopf. »Ich weiß es nicht, aber es

sind offensichtlich keine Japaner. Sie kämpfen für die Kosaken.«

Kapitän Leonow stand am Funkgerät und beriet sich mit Krassnows Flaggschiff, das nun, wie wir sehen konnten, unter starkem Beschuß stand. Die schwarzen Schiffe schienen sich jeweils einen unserer Kreuzer vorzunehmen. Er sprach in schnellem Russisch. *»Da ... da ... ja panimaju ...«* Dann: »Sechshundert Meter, Höhensteuermann! Volle Kraft, Mindestabstand.« Das bedeutete, daß wir uns nun Köpfe und Magen halten mußten, als das Schiff nach oben zu schießen begann.

Wir klammerten uns an die Handläufe. Beim Aufstieg versuchten wir auch, unsere rückstoßfreien Dreißigpfünder auf die schwarzen Schiffe unter uns zu richten. Es war ein prächtiges Stück Luftfahrerkunst und wurde fast auf der Stelle belohnt, als wir zwei gute Treffer bei einem der führenden Feindschiffe landen konnten. Obgleich sich mir der Kopf drehte, empfand ich ein Hochgefühl. Dafür hatte ich mich zur Armee gemeldet!

Zwei Feindschiffe lösten sich aus der Flotte und nahmen Kurs auf uns, jedoch ohne die Geschwindigkeit, die Präzision und die absolute Geschicklichkeit der *Wassarion Belinski*. Wir besaßen zu jenem Zeitpunkt wenig mehr als unsere personelle Überlegenheit, denn sie hatten mehr Waffen und waren uns zahlenmäßig überlegen. Wir stiegen weiter, nun jedoch langsamer, und beschossen immer noch die beiden schwarzen Schiffe, die unerschütterlich und todbringend nach oben schwebten, wie Haie, die sich zum Töten bereitmachten.

Wir erreichten die Wolken.

»Halbe Kraft voraus!« hieß Kapitän Leonow den Steuermann. Er war nun ganz ruhig, ein eigentümliches Lächeln stand auf seinem Gesicht. Offensichtlich zog er diese Art von Kampf, wie gefährlich sie auch sein mochte, jener, an der wir teilzuhaben vorher gezwungen waren, entschieden vor.

»Stoppt die Maschinen!« befahl der Kapitän. Nun ließen wir uns im Schutz der Wolken für unsere Feinde unhörbar treiben.

»Werden wir sie angreifen, Sir?« wollte Pilniak wissen.

Leonow schürzte die Lippen. »Ich glaube, es wird uns nichts anderes übrigbleiben, Leutnant Pilniak. Doch ich möchte uns so viele Vorteile wie möglich verschaffen. Drehen Sie die Hauptpropeller zwei Strich nach Backbord, Steuermann!«

Das Schiff begann sich langsam zu drehen.

»Noch zwei Strich«, sagte der Kapitän. Seine Augen waren kalt und hart, als er in die Wolken spähte.

»Noch einen Strich.« Wir hatten eine fast vollständige Drehung vollzogen.

»Maschinen an!« befahl Leonow. »Volle Kraft voraus.«

Unsere Dieselmotoren sprangen kreischend an, als wir wieder in den offenen Himmel stießen. Er war blaßgrau, die Wolken hingen unter uns, und über uns setzte die Dunkelheit ein. Wir konnten bei Nacht genausogut kämpfen, indem wir unsere Suchscheinwerfer benutzten, um unsere Gegner aufzuspüren. Es würde ein Versteckspiel bis zur Morgendämmerung werden. Kapitän Leonow bereitete sich voll darauf vor und versuchte Zeit zu gewinnen. In der Zwischenzeit hatte unser Schwesterschiff die gleiche Taktik entwickelt. Wir hatten keine große Wahl, denn in jedem direkten Kampf wären wir völlig hilflos.

»Maschinen aus!« Wieder drifteten wir dahin und warteten, daß eines der schwarzen Schiffe in Sicht käme. Ein Wind riß an unseren Kabeln, so daß sie zu singen begannen. Über uns erschienen allmählich Sterne.

Pilniak schauderte. »Es ist, als hätte die Welt aufgehört zu existieren«, murmelte er.

Dann erblickten wir sie unter uns und etwa achthundert Meter vor uns.

Sie hatten uns ebenfalls gesehen und stiegen rasch herauf. »Maschinen an! Volle Kraft!«

Wieder kreischten unsere Dieselmotoren.

»Hart drei Strich Steuerbord, Steuermann!«

Wir schwenkten herum, so daß wir uns den schwarzen Schiffen seitwärts näherten.

»Feuert alle Geschütze!«

Wir boten ihnen eine Breitseite, meiner Ansicht nach ein Meisterstück der Schützenkunst, jagten eine Flut von Geschossen in Richtung beider Schiffe, die dicht nebeneinanderflogen.

Eines trafen wir schwer, beschädigten offenbar seine Motoren, denn es begann sich im Wind zu drehen und war völlig außer Kontrolle. Wir besaßen keine Sprenggeschütze, und die Hülle des Feindes konnte allem außer einem Volltreffer unserer Geschütze aus nächster Nähe standhalten; also konzentrierten wir uns auf ihre Höhenpropeller und Motoren. Das war das einzige, was wir tun konnten.

Das zweite Schiff machte sich daran, in den tieferen Wolken Deckung zu suchen, und nun sahen wir, daß es in Funkverbindung mit seinen Begleitern stand, denn als das beschädigte Schiff sich zurückzog, machten sich zwei neue an den Aufflug. Von unseren eigenen Schwesterschiffen konnten wir nichts sehen und mußten annehmen, daß sie entweder die Flucht ergriffen hatten oder abgeschossen worden waren.

Die Gondel schaukelte heftig, und ich verlor fast meinen Halt, als unsere Hülle schließlich einen direkten Treffer bekam.

»Rascher Abstieg, Höhensteuermann!« befahl unser Kapitän.

Wir fielen wie ein Stein durch den Himmel, bis wir uns unterhalb der feindlichen Flugmaschinen befanden, und wurden langsamer, just ehe wir auf dem Boden aufschlugen, wie mir schien.

»Volle Kraft achteraus!«

Wir schossen rückwärts über die verlassene Steppe. Die Stadt und die Kosaken waren nirgendwo zu sehen.

Kapitän Leonow hatte sich sein Schlachtfeld selbst ausgesucht.

Die schwarzen Schiffe verfolgten uns eifrig und versuchten, unsere Taktik zu imitieren. Eines der Schiffe zog nicht rechtzeitig hoch. Es schlug mit einem gewaltigen Stoß auf den Boden auf. Seine Gondel und alle an Bord mußten in Stücke zerschmettert worden sein. Es begann nach oben zu hüpfen, und wir konnten erkennen, daß es eine große Menge Schrott zurückließ. Es bestand nur noch aus einer dahinschwebenden Hülle.

Leonow ergriff seine Chance. »Wir werden es zur Deckung benutzen. Ziehen Sie dahinter, wenn es geht, Steuermann! Vorwärts mit halber Kraft. Ein Strich nach backbord.«

Gerade als wir neben dem zerstörten Schiff schwebten, setzten die Geschütze seiner Begleitschiffe ein. Sie trafen den Rumpf, und Geschosse prasselten darauf nieder, doch wir bekamen wenig ab. Wir stiegen dahinter auf, feuerten zugleich aus allen Rohren, und es gelang uns, die Propeller und Maschinen des nächsten Kriegsschiffes zu beschädigen.

Es wurde dunkel. Plötzlich flammten Suchscheinwerfer auf und blendeten uns, die wir auf der Brücke standen. Kapitän Leonow erteilte Order, unsere eigene Bordbeleuchtung einzuschalten. So wären wir zwar für den Feind erkennbar, doch zumindest nicht völlig geblendet gewesen.

»Verpaßt ihnen noch eine Breitseite!« sagte Kapitän Leonow ruhig.

Unsere Geschütze suchten die Herkunft der Lichtkegel, und wir sahen, wie sich das letzte schwarze Schiff nach oben zurückzog; vielleicht wollte es uns zu einer Verfolgung einladen.

Kapitän Leonow lächelte ein finsteres, erfahrenes Lächeln und schüttelte den Kopf. »Halbe Kraft nach oben, Maschinen langsam achtern.«

Wir stiegen fort von unserem Feind, wieder hinauf in

die Wolken. Ich war sehr beeindruckt von der hervorragenden Taktik unseres Kapitäns.

Pilniak war unwillkürlich in Hochstimmung. »So zeigt man ihnen, wie ein richtiger Kampf aussieht«, sagte er. Er tätschelte mich auf die Schulter. »Was meinen Sie, Mister Bastable?«

Ich war von Natur aus nicht zu der gleichen Offenheit meiner Gefühle fähig wie der Russe, aber ich drehte mich um, grinste und schüttelte ihm die Hand. »So etwas habe ich noch nie erlebt«, versicherte ich ihm.

Das schwarze Schiff hatte seine Scheinwerfer gelöscht und war verschwunden.

»Ich glaube, wir müssen bis morgen früh warten«, sagte Kapitän Leonow. »Ich danke Ihnen, meine Herren, Sie sind eine ausgezeichnete Crew.«

Nun war der Halbmond zu sehen, der am Himmel ganz riesig wirkte. Wieder erteilte der Kapitän Befehl, alle Maschinen zu stoppen. Die Russen feixten und drückten einander und waren völlig aus dem Häuschen über das, was nur als Sieg gegen eine fast unmögliche Überzahl zu betrachten war.

Es war eine oder zwei Stunden später, als wir uns ausruhten, das Vorgehen vom Morgen besprachen und unser Funker versuchte, Funkinstruktionen von Jekaterinoslaw zu bekommen, und als das nicht glückte, von Charkow. Da wurde das Schiff plötzlich von einem gewaltigen Stoß erschüttert.

Zuerst glaubten wir, wir hätten einen Treffer erhalten, doch das Schiff bewegte sich eigentümlich in der Luft und war um keinen Deut gesunken. Wenn überhaupt, hatten wir höchstens ein wenig an Höhe gewonnen.

Wir fragten uns, was geschehen war, als Kapitän Leonow aus seiner Kabine gestürzt kam und nach oben blickte. Es war, als wüßte er allein, was vorgefallen war.

»Das hätte ich nie gedacht«, sagte er. »Sie sind besser, als ich vermutet hatte.«

»Was ist denn, Sir?« fragte ich.

»Eine alte Taktik, Mister Bastable. Sie sind uns die ganze Zeit gefolgt, haben nur ihre Steuerung benutzt, um an uns dranzubleiben, und ließen sich ansonsten treiben wie wir.«

»Aber was ist geschehen, Sir?«

»Greifer, Mister Bastable. Sie sitzen über uns. Ihre Gondel auf unserer Hülle. Wie ein riesiger verfluchter Parasit.«

»Wir sind gefangen?«

Er schnitt eine Grimasse. »Ich glaube, es hat eher den Charakter einer Zwangsheirat, Mister Bastable.«

Er schüttelte den Kopf, seine Finger strichen über seinen Mund. »Meine Schuld. Es war das einzige Vorgehen, das ich nicht vorausgesehen habe. Wenn sie durch unsere Inspektionsluken steigen ...« Er begann, weitere Befehle auf russisch zu erteilen. Gewehre und Pistolen wurden aus unserem winzigen Arsenal geholt, und jedem wurde eine Waffe in die Hand gedrückt.

»Alle Mann zu den Inspektionsluken!« schrie Pilniak. »Bereitmachen, Enterer abzuwehren.«

Noch nie zuvor hatte ich gehört, daß dieser Satz zum Einsatz gekommen war.

Über uns heulten nun die Motoren des Feindschiffes, als wir vorwärtsgeschleppt wurden.

»Alle Maschinen volle Kraft achtern!« befahl der Kapitän. Er drehte sich zu mir um. »Es könnte uns und sie auseinanderreißen. Aber ich fürchte, wir haben keine andere Wahl.«

Das Schiff begann zu beben, als erlitte es einen gewaltigen Anfall.

Wir rasten über die schwankenden Niedergangstreppen zu den Inspektionsluken, lauschten aufmerksam durch das allgemeine Getöse und vernahmen Geräusche aus dem Innern der Hülle, die nur von Männern stammen konnten, die uns langsam entgegenstiegen. Innerhalb der Inspektionsgänge zu schießen, würde bedeuten, eventuell Gas zu verlieren und von Rauchwolken eingenebelt zu werden. Weniger als die Hälfte unserer Monteure waren mit Sauerstoffgeräten ausgerüstet, denn die *Wassarion Belinski* hatte niemals damit gerechnet, von Enterern gekapert zu werden.

»Wir werden schießen müssen, wenn sie auftauchen«, sagte Pilniak. »Es wird unsere einzige Chance sein.«

Ich hielt meinen Revolver; vier oder fünf mit Gewehren bewaffnete Mechaniker standen direkt hinter mir in dem schmalen Gang, während das Schiff bebte und ächzte in der Bemühung, sich von seinen Kaperern zu befreien.

»Sie gehen genau das gleiche Risiko ein, ihr Schiff zu zerstören wie das unsere«, sagte ich.

Pilniak grinste mich wieder auf die typisch russische Art an. »Genau«, sagte er.

Der Lukendeckel hatte sich zu öffnen begonnen.

Wir entsicherten unsere Waffen.

— 5 —

Eine Frage der Einstellung

Im schummrigen Mondlicht, das von oben durch die offenen Luken fiel, war es unmöglich, die Gestalten zu erkennen, die als erste hereinkletterten. Auf russisch befahl ihnen Pilniak, ihre Waffen niederzulegen, weil wir sonst das Feuer eröffnen würden. Dann bemerkten wir, daß sie an einem Stock ein Stück Bettlaken schwenkten. Ein weiße Fahne. Sie wollten verhandeln.

Pilniak war fassungslos. Er sagte den Eindringlingen, sie sollten an Ort und Stelle verharren, während er neue Anweisungen holen ließ. Einer der Mechaniker rannte den Gang zurück zum Steuerdeck.

Die Männer in den Luken wirkten erheitert und machten ein paar Scherze, die ich nicht verstand und die Pilniak, wie es mir erschien, bewußt überhörte. Für mich war es jedoch ganz offenkundig, daß keiner in dieser Enge kämpfen wollte. Nur wenige kämen mit dem Leben davon.

Ich glaube, Kapitän Leonow war das bewußt, denn er kehrte mit dem Mechaniker zurück. Pilniak erklärte ihm, was vor sich ging. Er nickte und wandte sich dann an den Mann mit der weißen Fahne.

»Sie wissen, daß das für uns beide eine unmögliche Situation ist. Befindet sich Ihr Anführer unter Ihnen?«

Ein untersetzter kleiner Mann schob sich nach vorne und salutierte ironisch vor Kapitän Leonow. »Ich vertrete diese Leute«, erklärte er.

»Sind Sie der Anführer?«

»Wir haben keine Anführer.«

»Dann sind Sie ihr Sprecher.«

»Ich glaube schon.«

»Ich bin Kapitän Leonow, der Kommandant dieses Schiffes.«

»Ich bin Nestor Makhno, Sprecher für die anarchistische Sache.«

Ich war erstaunt. Ehe ich mich fassen konnte, murmelte ich den Namen: »Makhno!« Es war der Mann, mit dem ich in Japan im Lager gefangen gewesen war. Ich hätte nie gedacht, ihn einmal wiederzusehen. Ich hatte nicht die geringste Ahnung, daß er etwas mit Luftschiffen zu tun hatte.

Er erkannte mich und lächelte. »Guten Abend, Mister Bastable. Es sieht so aus, als befänden Sie sich wieder in Gefangenschaft.«

»Sie aber auch«, bemerkte ich.

Er lächelte. Es war ein ironisches, fast sanftes Lächeln.

Er trug einen reich bestickten alten Kosakenmantel mit viel grüner und goldener Litze, einen Astrachanhut schräg auf dem Kopf, ein Bauernhemd mit Gürtel um die Taille, Pluderhosen und hohe Reitstiefel. Er sah aus wie das Bild des romantischen Kosaken aus dem Roman, und ich hatte ein wenig den Eindruck, daß er diese Erscheinung bewußt kultivierte. An der Seite hing ihm sogar ein Kosakensäbel, und mit einer Hand spielte er am Knauf einer Automatikpistole an seinem silberstrotzenden Gürtel.

»Ich nehme an, Sie dienen dem Rebellen Dschugaschwili«, sagte unser Kapitän. »Versuchen Sie, Friedensbedingungen auszuhandeln?«

»Das habe ich aufgegeben«, meinte Makhno. »Es scheint nicht zu funktionieren. Man redet vom Frieden, und jeder versucht, einen niederzuschießen oder ins Gefängnis zu stecken. Zufälligerweise diene ich niemandem als jenen, die mich wählen. Aber wir sind übereingekommen, Dschugaschwili in dieser Auseinandersetzung zur Seite zu stehen. Wir unterstützen nicht seine Ideologie, nur den Geist der Erhebung, den Geist des wahren Kosaken. Wir sind Anarchisten. Wir lehnen es ab, Regierungen oder Despoten jedweder Art anzuerkennen.«

»Würden Sie denn nicht zustimmen, daß der Stahlzar ein Despot ist?« wollte ich wissen.

Makhno beantwortete meine Frage mit einem kurzen Nicken. »Absolut. Wir glauben weder an Herren noch Sklaven, Mister Bastable.«

»Nur ans Chaos«, warf Pilniak höhnisch ein.

»Anarchie bedeutet ›keine Regierung‹, und nicht ›Durcheinander‹«, tat Makhno Pilniaks Bemerkung wie die eines naiven Kindes ab. »Und sie hat nicht das geringste mit Dschugaschwilis sogenanntem Sozialismus zu tun. Wir unterstützen nicht ihn, wie ich Ihnen schon sagte. Wir unterstützen den Geist der Erhebung.«

Kapitän Leonow war von dieser Information außerordentlich verwirrt. »Wie sollen wir dann verhandeln? Was wollen Sie?«

Makhno sagte: »Sie sind unsere Gefangenen. Wir wollen kein Blutvergießen. Wir hätten Ihr Schiff lieber unversehrt.«

Kapitän Leonow wurde finster. »Ich werde mein Schiff nicht übergeben.«

»Sie haben keine große Wahl«, sagte Makhno. Er blickte zu den Bullaugen.

Wir alle folgten seinem Blick. Auf flexiblen Stahlleitern, die von dem schwarzen Schiff herabbaumelten, kletterten bewaffnete Männer zu unseren Maschinenräumen.

»In wenigen Minuten sind Ihre Maschinen stillgelegt, Kapitän.«

Noch während er sprach, verstummte eine unserer Schrauben. Ein Motor nach dem anderen stand still. Von draußen aus dem eisigen Wind ertönte Jubel.

Der Kapitän schob die Hände in die Taschen und stellte sich breitbeinig auf. »Was nun?« fragte er ruhig.

»Sie werden einsehen, daß Sie sich völlig in unserer Gewalt befinden.«

»Ich sehe ein, daß Sie ein erfahrener Pirat sind.«

»Nun kommen Sie, Kapitän! Das ist kein Piratentum.

Wir befinden uns im Krieg. Und diesen Kampf hier haben wir gewonnen.«

»Sie sind ein Bandit und haben ein Schiff gekapert, das die Regierung der Union der Slawischen Republiken repräsentiert. Das stellt einen Akt von Piraterei, Rebellion und Verrat dar. Wir befinden uns tatsächlich im Krieg, Kapitän Makhno. Ich nehme an, Sie erinnern sich, wer der Feind ist. Es ist Japan.«

»Ein Krieg zwischen autoritären Regierungen, kein Krieg zwischen Völkern«, widersprach Makhno hartnäckig. »Was für ein Sozialist sind Sie denn, Kapitän?«

Leonow blickte finster drein. »Ich bin überhaupt kein Sozialist. Ich bin ein loyaler Russe.«

»Nun, ich bin kein loyaler Russe. Ich bin Anarchist und, da meine Herkunft Sie zu interessieren scheint, Ukrainer. Wir sind gegen alle Regierungen und besonders gegen die Zentralregierung in Petersburg. Im Namen des Volkes, Kapitän Leonow, fordern wir sie auf, Ihr Schiff zu übergeben.«

Leonow befand sich in einer fürchterlichen Lage. Er wollte nicht sinnlos das Leben seiner Mannschaft opfern, konnte aber auch nicht guten Gewissens das Kommando abgeben.

»Ich nehme an, Sie sind Demokrat?« fragte Makhno.

»Gewiß!«

»Dann überlassen Sie es doch Ihren Leuten«, schlug der Anarchist einfach vor. »Wollen Sie leben oder sterben?«

»Nun gut«, antwortete Leonow. »Ich werde sie fragen.« Er drehte sich zu uns um. »Meine Herren? Luftschiffleute?«

»Wir werden kämpfen«, erklärte Pilniak. »Wenn sie siegen, so sollen sie unser Blut von den Decks schrubben.«

Keiner von uns widersprach.

Makhno akzeptierte das. Tatsächlich schien er nichts anderes erwartet zu haben. »Ich gebe Ihnen die Gelegenheit, Ihre Situation zu überdenken«, sagte er. Er zog sich zu den Luken zurück. »Sie können nun nicht mehr fliehen. Wir bringen Sie bereits zu unserem Hauptquartier. Wenn einer von Ihnen sich unserer Sache anschließen möchte, werden wir ihn gern als unseren Bruder bei uns aufnehmen.«

Kapitän Leonow gab uns nicht Befehl zu feuern. Wir sahen zu, wie die Anarchisten sich zurückzogen und die Luken hinter sich schlossen. Erst jetzt wurde mir bewußt, daß wir einem Ablenkungsmanöver aufgesessen waren. Während der Verhandlung hatten wir nicht aufgepaßt, was draußen am Schiff vor sich ging. Ich glaube, Leonow begriff das ebenfalls. Es war unübersehbar, als wir zum Steuerdeck zurückgingen, daß er in diesem Augenblick keine gute Meinung von sich hatte. Als Lufttaktiker war er ohnegleichen. Doch als Unterhändler war er in keiner Hinsicht erfolgreich. Es sah so aus, als hätte Makhno (was, wie ich erfahren sollte, seine Gewohnheit war) ein Schachmatt erreicht, ohne auch nur ein Leben auf einer der beiden Seiten zu verlieren.

Hilflos sahen wir zu, wie Sterne und Wolken an uns vorüberzogen, während das Anarchistenschiff uns mit voll arbeitenden Maschinen seiner Basis entgegenführte.

Auf dem Steuerdeck gab Kapitän Leonow einen Funkspruch nach Charkow durch, versuchte Instruktionen zu erhalten und ein Bild von unserer Lage zu geben. Schließlich drehte sich der Funker nach mehreren Versuchen zu ihm um. »Sie haben unsere Antenne gekappt, Sir. Wir können weder senden noch empfangen.«

Leonow nickte. Er schaute Pilniak und mich an. »Nun, meine Herren, haben Sie einen Vorschlag?«

»Makhno hat uns völlig in der Gewalt«, sagte ich. »Wenn wir nicht versuchen, über die Inspektionsluken in sein Schiff einzudringen, haben wir keine Möglichkeit, ihn aufzuhalten.«

Leonow senkte den Kopf, als ob er nachdächte. Als er wieder aufblickte, hatte er sich völlig in der Gewalt. »Ich glaube, wir können alle etwas Schlaf gebrauchen«, meinte er. »Ich bedaure, daß ich dieses besondere Problem nicht vorhergesehen habe, meine Herren, und daß wir keine Befehle für eine solche Situation haben. Ich glaube, ich sollte besser hier und jetzt erklären, daß ich Sie aus meinem Oberbefehl entlasse.«

Derartiges zu sagen, mutete mich eigenartig, fast exotisch an. Doch auch das vermittelte mir eine bessere Einsicht in das russische Wesen, als ich sie noch wenige Monate zuvor gehabt hatte. Nichtsdestotrotz akzeptierte ich Kapitän Leonows Haltung. Er war ein Ehrenmann, der glaubte, seine Pflicht nicht erfüllt zu haben. Er gab uns einen Freifahrtschein, so zu handeln, wie wir es persönlich für am besten hielten.

Auf gewisse Weise hatte mich der Wortwechsel zwischen Makhno und Leonow stark beeindruckt. Beide schienen, obgleich sie einander gegenüberstanden, im gleichen Pflichtgefühl verwurzelt, das sie antrieb. Und sowie sich Leonow in seinen Augen als inkompetent erwiesen hatte, glaubte er nicht mehr das Recht zu haben, über uns zu bestimmen. Ich hatte den Eindruck, daß Makhno und vielleicht viele Kosaken-Atamanen den gleichen Standpunkt bezogen. Im Gegensatz zu so vielen politischen oder militärischen Führern unternahmen sie keinen Versuch, ihre Fehler zu rechtfertigen und an ihren Posten zu kleben. Für sie bedeutete Macht eine enorme Verantwortung und war ihnen nur zeitweise verliehen. Ich begriff, so glaube ich, ein oder zwei grundlegende Dinge von den wesentlichen Fragen russischer Politik: etwas, das normalerweise von keiner der beiden Seiten und von keinem Beobachter in Worte gekleidet wird. Diese Fragen waren zugleich einfacher und komplexer, als ich einst angenommen hatte.

Pilniak salutierte. »Danke, Sir«, sagte er. Ich hatte keine andere Wahl, als ebenfalls zu grüßen. Leonow erwiderte den Gruß und kehrte dann langsam zu seiner Kabine zurück.

Plötzlich schoß mir ein Gedanke durch den Kopf. »Gütiger Gott, Pilniak, er hat doch hoffentlich nicht die Absicht, sich zu erschießen?«

Pilniak blickte dem davongehenden Kapitän nach.

»Das glaube ich nicht, Mister Bastable. Auch das wäre feige. Er wird den Oberbefehl wieder annehmen, wenn wir ihn darum bitten. In der Zwischenzeit entläßt er uns, damit wir unternehmen können, was unserer Ansicht nach zu unserem Nutzen sein könnte, um als Einzelpersonen zu überleben. In gewisser Weise sind wir ein schlichtmütiges Volk, Mister Bastable. Eher so wie Indianer, wie? In gewisser Hinsicht. Wenn unsere Kriegsführer scheitern, treten sie sogleich zurück, sofern wir nicht darauf beharren, daß sie ihr Amt weiterführen. Das ist doch wahrhaft demokratischer Sozialismus oder nicht?«

»Ich bin kein Politiker«, sagte ich zu ihm. »Ich verstehe eigentlich nicht so recht den Unterschied zwischen einem ›Ismus‹ und dem anderen. Ich bin einfacher Soldat, wie ich schon öfter betont habe.«

Ich kehrte mit Pilniak in unsere winzige Kabine mit den beiden übereinanderliegenden Pritschen zurück. Wir schliefen unruhig und hatten beide nur Hose und Jacke abgelegt. Als der Morgen dämmerte, waren wir wieder auf den Beinen und tranken in der Offiziersmesse Kaffee. Kapitän Leonow war nicht anwesend.

Ein paar Minuten später kam er an unseren Tisch. »Es wird Sie gewiß interessieren«, sagte er, »daß wir anscheinend das Banditenlager erreicht haben.«

Wir stürzten alle aus der Messe zu den Beobachtungsluken. Das Schiff schleifte fast am Boden. Anlegeseile hingen von der Hülle herab. Dann sahen wir eine Reiterschar von Kosaken zu den Tauen galoppieren. Jeweils zu sechsen ergriffen sie ein Seil nach dem anderen.

Triumphierend schleppten die Kosaken unser Schiff zu ihrem Hauptquartier, während Makhnos schwarzer Schlachtenkreuzer die Greifklammern löste und ein paar Meter dahinschwebte, um dann neben uns herzufliegen. Wir sahen, wie uns Anarchisten aus ihrer Gondel zuwinkten. ich war fast versucht zurückzuwinken. Makhnos Leistung war unverkennbar. Er war ein sehr kluger Mann und ganz offenkundig kein irrer Großsprecher. Ich konnte mit seinen politischen Auffassungen nichts anfangen, doch hatte ich nach wie vor eine sehr hohe Meinung von seiner Intelligenz.

Langsam und unehrenhaft wurde unser Schiff von den jubelnden Kosaken zu Boden gezerrt. Dies waren anscheinend nicht die gleichen Männer, die Jekaterinoslaw angegriffen hatten, doch es war auch unübersehbar, daß sie wußten, welche Rolle wir während des Kosakenangriffs gespielt hatten. Nun konnte ich sie besser sehen. In der Hauptsache waren es kleinwüchsige beleibte Männer mit üppigen Bärten in der unterschiedlichsten, oft recht zerfetzten Kleidung. Alle waren mit Waffen und Patronengürteln, Dolchen und Säbeln geschmückt; alle konnten großartig reiten. Sie waren eindeutig Gesetzlose, doch in keiner Hinsicht nur Banditen.

Bald schleifte unser Kiel über den Boden, als das Schiff an die Holzstangen gebunden wurde, die eigens für diesen Zweck am Rand eines kleinen, von den Rebellen eroberten Straßendorfes aufgepflanzt worden waren.

Wir standen da und schauten hinab zu den Kosaken, während diese grinsten und wild gestikulierten. Sie schienen uns nicht ans Leben zu wollen. Sie waren überglücklich über die Eroberung eines Schiffes der Zentralregierung und schienen wenig Groll gegen uns zu hegen. Ich machte darüber eine Bemerkung zu Pilniak.

»Ich bin der gleichen Meinung«, sagte er. »Es stimmt, daß sie uns nicht hassen. Aber das ist das letzte, was einen Kosaken daran hindern würde, Sie umzubringen, wenn ihm danach zumute ist.«

Ich begriff, daß wir uns in größerer Gefahr befanden, als ich ursprünglich geglaubt hatte. Die Kosaken erkannten die allgemeinen Konventionen über Kriegsgefangene nicht an, und es war fraglich, ob wir die nächste Morgendämmerung erleben sollten.

Kapitän Leonow blieb in seiner Kabine. Als wir hinausstarrten zu denen, die uns gefangengenommen hatten, wuchs die Spannung in der Gondel merklich. Droben hörten wir Männer über die Hülle kriechen, lachen und mit den Kosaken am Boden scherzen.

Schließlich schaute Pilniak erst mich und dann die anderen Offiziere an und sagte dann: »Bringen wir es hinter uns, was meinen Sie?«

Wir stimmten alle zu.

Pilniak erteilte Befehl, die Gangways hinabzulassen, und sobald die Seitenwand der Gondel aufgeschoben wurde, marschierten wir in Reih und Glied die Treppen zu den Kosaken hinab.

Wir hatten mit allem gerechnet, nur nicht mit dem Jubel, der uns entgegenscholl. Die Kosaken sind die ersten, die Mumm anerkennen, wenn jemand ihn zeigt, und das taten wir. Vielleicht hatte Pilniak das gewußt.

Nur Kapitän Leonow weigerte sich, das Schiff zu verlassen, und wir akzeptierten seinen Entschluß.

Pilniak und ich befanden uns in vorderster Linie. Als wir von der Gangway traten, schritt er auf den nächsten Kosaken zu und salutierte. »Leutnant L. I. Pilniak von der Freiwilligen Luftflotte.«

Der Kosake sagte etwas in seinem Dialekt, dem meine Russischkenntnisse nicht gewachsen waren. Er schob seine Militärmütze auf die Stirn zurück, als er den Gruß erwiderte. Dann lenkte er sein Pferd rückwärts, um uns eine Gasse zu bahnen, und winkte uns in Richtung des Dorfes.

Wir dachten immer noch recht nervös darin, was die

Kosaken auf eine Laune hin beschließen mochten, und begannen uns in Zweierreihen in Marsch aufs Hauptquartier der Rebellen zu setzen. Pilniak lächelte, während er sprach, und ich erwiderte sein Lächeln. »Kopf hoch, mein Alter! Ist es das, wozu die Briten ›Flagge zeigen‹ sagen?«

»Ich weiß nicht so recht«, antwortete ich. »Es ist lange her, daß ich dazu Gelegenheit hatte.«

Die Kosaken, einige beritten, andere zu Fuß, scharten sich dicht um uns. Sie waren ziemlich schmutzig und viele von ihnen offensichtlich betrunken. Nie in meinem Leben habe ich soviel Wodka gerochen. Einige von ihnen schienen sich in dem Zeug gebadet zu haben. Sie riefen uns Beschimpfungen zu, während wir neben ihnen entlangmarschierten, und wir hatten fast das erste Haus des Dorfes erreicht, als das Gedränge so stark wurde, daß wir nicht weiterkamen.

In diesem Augenblick passierte es offensichtlich, daß einer unserer Mechaniker ganz hinten nach einem Kosaken schlug, und die beiden begannen eine Prügelei. Unsere sorgsam gewahrte Front schien jetzt aufzubrechen.

Wahrscheinlich wären wir in Stücke gerissen worden, wenn nicht zu unserer Rechten ein von einem Pferd gezogenes Maschinengewehr plötzlich die Reihen geteilt hätte. Ein Mann fuhr den kleinen Karren, während ein anderer mit einem Revolver in die Luft schoß und den Kosaken befahl, zur Seite zu weichen.

Der Mann mit dem Revolver war Nestor Makhno.

»Zurück, Kerls!« rief er seinen Männern zu. »Wir hegen keinen Groll gegen jene, die irregeleitet wurden, dem Staat zu dienen, nur gegen den Staat selbst.«

Er lächelte zu mir herab. »Guten Morgen, Hauptmann Bastable. Sie haben beschlossen, sich uns anzuschließen, wie?«

Ich erwiderte nichts. »Wir gehen zu Ihrem Lager«, sagte ich. »Wir erkennen uns als Ihre Gefangenen an.«

»Wo steckt der Kommandant?«

»In seiner Kabine.«

»Schmollt zweifellos.« Makhno rief den Kosaken etwas in Dialekt zu, worauf die Reihen sich wieder teilten, so daß wir weiter die Straße entlangziehen konnten, bis Makhnos Karren vor einem großen Schulgebäude anhielt, auf dem die Rebellenfahne flatterte: ein gelbes Kreuz auf rotem Grund. Er forderte mich und Pilniak auf, sich ihm anzuschließen, und sagte unseren übrigen Leuten, sie bekämen in einer nahegelegenen Kirche Lager und Essen.

Wir trennten uns nur ungern von der Mannschaft und den anderen Offizieren, doch wir hatten keine große Wahl.

Makhno sprang von dem Karren und geleitete uns mit leichtem Hinken zum Schulhaus. Hier erwarteten uns im größten Klassenzimmer mehrere Kosakenführer. Sie waren weit prunkvoller gekleidet als ihre Männer, in reich bestickten Hemden und Kaftanen mit einer Menge Gold und Silber an sich und ihren Waffen.

Den merkwürdigsten Anblick jedoch bot der Mann, der vcrne im Klassenzimmer saß, wo normalerweise der Lehrer seinen Platz hat. Er saß weit vornübergebeugt am Pult, und sein Gesicht war völlig von einem Helm verdeckt, der ein schnurrbärtiges Männergesicht darstellte. Nur die Augen waren lebendig, und diese erschienen mir gleichermaßen irre wie bösartig. Der Mann war nicht groß, aber stämmig, und er trug einen einfachen grauen Bauernkittel und graue Pluderhosen, die in schwarze Stiefel gesteckt waren. Er hatte keine Waffen, keine Abzeichen auf seiner Kleidung, und einer seiner Arme schien dünner als der andere. Ich wußte, daß wir dem Stahlzar persönlich gegenüberstehen mußten; es war der Rebellenführer Dschugaschwili.

Die Stimme aus dem Inneren des Helms klang gedämpft und metallen. »Der englische Renegat Bastable. Wir haben von Ihnen gehört.« Die Worte klangen heiser, aggressiv. Der Mann wirkte auf mich gleichermaßen verrückt und betrunken. »Ist das denn ein fairer Sport? Kosaken umzubringen?«

»Ich bin Offizier bei der Freiwilligen Luftflotte«, erklärte ich ihm.

Die Metallmaske wurde angehoben und schaute mich direkt an. »Was sind Sie dann? Eine Art Söldner?«

Ich lehnte es ab, meine Position zu erläutern.

Er lehnte sich schwer auf seinen Stuhl zurück, schwer vom Gefühl der eigenen Macht. »Sie haben sich gemeldet, um gegen die Japaner zu kämpfen, stimmt das?«

»Mehr oder weniger«, antwortete ich.

»Dann werden Sie sicher gern hören, daß die Japaner fast geschlagen sind.«

»Das höre ich gerne. Ich wäre froh, wenn dieser Krieg ein Ende hätte. Alle Kriege.«

»Sie sind ein Pazifist!« Dschugaschwili begann aus seinem Helm heraus zu lachen. Es war ein fürchterliches Geräusch. »Für einen Pazifisten, mein Freund, haben Sie eine Menge Blut an den Händen. Zweitausend meiner Männer kamen in Jekaterinoslaw um. Aber wir haben die Stadt genommen und die Luftflotte vernichtet, die Sie auf uns hetzten. Was sagen Sie dazu?«

»Wenn der Krieg gegen Japan fast zu Ende ist«, erwiderte ich, »dann wird Ihr Triumph von kurzer Dauer sein. Das müssen Sie wissen.«

»Ich weiß nichts dergleichen.« Er machte einem der Männer Zeichen, der zu einer Seitentür ging, sie öffnete und hinausrief. Augenblicke später sah ich Harry Birchington auftauchen. Da stand die Nervensäge vom Lager auf Rishiri wieder in voller Lebensgröße vor mir.

»Hallo, Bastable, alter Kumpel!« rief er. »Ich wußte, daß es in Rußland ein paar anständige Sozialisten geben mußte. Und ich habe die besten gefunden.«

»Sie arbeiten mit diesen Leuten zusammen?«

»Gewiß. Ich bin sehr glücklich, meine Talente in ihren Dienst stellen zu können.«

Das übliche selbstherrliche Gewäsch ging mir schon nach Sekunden auf die Nerven.

»Mister Birchington wartet unsere Luftschiffe«, erklärte der Stahlzar. »Und er stellt auch auf anderen Gebieten eine große Hilfe dar.«

»Nett, daß Sie das sagen, Sir.« Birchington lächelte ein eigentümliches Lächeln, eine Mischung aus Stolz und Verlegenheit.

»Guten Morgen, Mister Bastable.« Sogleich erkannte ich die warme, ironische Stimme wieder. Ich schaute zur Tür und sah dort Mrs. Una Persson stehen. Über ihrem Militärmantel trug sie gekreuzte Patronengurte, auf der Hüfte eine Smith und Wesson und einen Pelzhut über den Kopf gestülpt. Sie war so schön wie immer mit ihrem ovalen Gesicht und den hellgrauen Augen.

Ich verbeugte mich. »Missis Persson.«

Ich hatte sie seit der Zeit nicht gesehen, als wir gemeinsam auf der Welt des Schwarzen Attila gewesen waren*. In ihren Augen stand das besondere Wiedererkennen, das die Reisenden zwischen den verschiedenen Ebenen einander vorbehalten.

»Ich nehme an, daß Sie sich unserer Armee anschließen«, sagte sie vieldeutig.

Ich vertraute ihr vollkommen und ging sogleich auf ihren Hinweis ein. Sehr zu Pilniaks Erstaunen nickte ich. »Das war die ganze Zeit meine Absicht«, erklärte ich.

Dschugaschwili wirkte nicht überrascht. »Viele im Ausland sind uns gut gesonnen. Leute, die wissen, wie sehr wir unter Kerenski gelitten haben. Aber was ist mit Ihrem Begleiter?«

Pilniak richtete sich auf und schlug die Hacken zusammen. »Ich möchte gerne zu meinen Mitgefangenen gebracht werden«, sagte er.

Der Stahlzar zuckte mit den Schultern. Das Metall

---

* Siehe: ›Der Landleviathan‹ (Heyne-Buch Nr. 06/3903).

schimmerte und schien sich in seinen Augen zu spiegeln. »Sehr schön.« Er gab einem seiner Männer Zeichen. »Macht mit ihnen, was ...«

Plötzlich mischte sich Makhno ein. »Machen? Was wollen Sie damit andeuten, Genosse?«

Dschugaschwili winkte ab. »Wir haben nun einmal zu viele Mäuler zu stopfen, Genosse. Wenn wir diese Leute am Leben lassen ...«

»Sie sind rechtmäßig festgenommene Kriegsgefangene. Schicken Sie sie zurück nach Charkow. Ich wollte nicht mehr als ihr Schiff. Lassen Sie sie gehen!«

Pilniak schaute von einem zum anderen. Er hatte niemals erwartet, zum moralischen Zankapfel zwischen zwei Banditen zu werden.

»Ich bin für alle Entscheidungen verantwortlich«, sagte Dschugaschwili. »Ich werde entscheiden, ob ...«

»Ich habe sie gefangengenommen.« Makhno war frostig und wütend. Er senkte die Stimme, doch je leiser er sprach, um so mehr Autorität heischte er. »Und ich werde mich nicht mit dem Mord an ihnen einverstanden erklären!«

»Das ist kein Mord. Wir fegen den Kehricht der Geschichte fort.«

»Sie haben vor, diese aufrichtigen Männer umzubringen.«

»Sie greifen den Sozialismus an.«

»Wir müssen beispielhaft leben und anderen ein Beispiel geben«, erklärte Makhno. »Das ist der einzige Weg.«

»Sie sind ein Narr!« Dschugaschwili stand auf und schlug mit seiner gesunden Hand auf den Schreibtisch. »Warum sollen wir sie denn durchfüttern? Warum sollen wir sie zurückschicken, damit sie wieder gegen uns kämpfen können?«

»Einige werden wieder gegen uns kämpfen — aber andere werden das Wesen unserer Sache begreifen und es ihren Kameraden weitersagen.« Makhno verschränkte die Arme vor der Brust. »Es ist immer so. Wenn wir brutal sind, liefern wir ihnen nur Vorwand für weitere Grausamkeiten. Bei Gott, Dschugaschwili, das sind doch alles ziemlich einfache Argumente. Was wollen Sie denn? Blutopfer? Wie können Sie denn behaupten, Erleuchtung und Freiheit zu repräsentieren? Sie sind schon für den Massenmord an den Juden verantwortlich, für die Zerstörung von Dörfern und die Folterung unschuldiger Bauern. Ich erklärte mich einverstanden, meine Schiffe zur Verfügung zu stellen, weil Sie versicherten, diese Vorkommnisse wären Unfälle, die nun nicht mehr vorkämen. Sie haben aber nicht aufgehört. Und wie Sie da stehen, beweisen Sie mir, daß sie immer wieder vorkommen werden. Sie sind ein Betrüger, ein autoritärer Scheinheiliger!«

Als Makhno verstummte, wurde die Stimme in dem Helm immer lauter.

»Ich werde Sie erschießen lassen, Makhno. Ihre anarchistischen Auffassungen sind bloße Hirngespinste. Menschen sind grausam, gierig und ruchlos. Sie müssen zur Heiligkeit erst erzogen werden. Und sie müssen bestraft werden, wenn sie fehlen!« Er keuchte schwer. »Etwas anderes verstehen die Russen nicht. Und etwas anderes verstehen auch die Kosaken nicht.«

»Sie können nicht für die Kosaken sprechen«, sagte Makhno mit leisem Spott. »Ich ziehe meine Hilfe zurück. Ich werde die Leute, die ich vertrete, informieren und sie fragen, ob sie sich ebenfalls zurückziehen wollen.« Er wandte sich zum Gehen.

Plötzlich schlug der Stahlzar versöhnliche Töne an. »Unfug, Makhno! Wir stehen doch für die gleiche Sache. Schicken Sie die Gefangenen nach Charkow, wenn Sie wollen. Was meinen Sie, Missis Persson?«

»Ich denke, es würde der Zentralregierung zeigen, daß die Kosaken Gnade kennen, daß sie keine Schurken und daß ihre Anliegen gerechtfertigt sind. Es wäre eine gute Sache.«

Sie schien beachtlichen Einfluß auf ihn auszuüben, denn er nickte und stimmte ihr zu.

Makhno wirkte nicht ganz zufriedengestellt, doch er dachte offensichtlich an Pilniaks Sicherheit und die der übrigen. Er atmete tief ein und neigte den Kopf. »Ich werde die Verantwortung für die Gefangenen übernehmen«, sagte er.

Pilniak rief über die Schulter zurück, als er mit Makhno ging: »Ich wünsche ihnen viel Glück bei Ihren neuen Herren, Bastable!«

Ich wußte nur, daß meine einzige Treue Mrs. Persson galt und ich ihrer Urteilskraft vertraute.

Als Makhno verschwunden war, begann Dschugaschwili zu lachen. »Was für ein albernes, kindisches Theater! War das der Streit über das Leben von ein paar Ziegenbärten wert?«

Mrs. Persson und ich wechselten einen Blick. In der Zwischenzeit äffte Harry Birchington das Lachen des Stahlzaren nach. Keiner der beiden schien, wie ich das nennen würde, wirklich Sinn für Humor zu besitzen.

»Stimmt es, daß die Japaner fast geschlagen sind?« fragte ich Mrs. Persson.

»Gewiß«, antwortete sie. »Es ist nur eine Frage von Tagen. Sie haben bereits mit Waffenstillstandsverhandlungen begonnen.«

»Dann sind diese Leute dem Untergang geweiht«, sagte ich. »Die Kosaken können auf keinen Fall der ganzen russischen Luftflotte Widerstand leisten.«

Birchington hatte mich gehört. »Da täuschen Sie sich, mein Alter«, meinte er. »Da täuschen Sie sich wirklich ganz gewaltig!«

Wenn ich mich nicht irre, hörte ich Mrs. Persson seufzen.

— 6 —

Geheimwaffen

Als später die Kosakenführer zu ihren Leuten zurückgekehrt waren, streckte sich der Stahlzar und schlug vor, daß wir alle im oberen Stockwerk zu Abend essen sollten. Ich hatte noch keine Gelegenheit gehabt, mit Mrs. Persson allein zu sprechen, da Birchington mich die ganze Zeit über belagert hatte, um mir zu schildern, wie er bei dem Überfall auf Rishiri aufgegriffen und in Charkow abgeladen worden war (wie er es formulierte), weil er den Fehler begangen hatte, den Leuten zu sagen, daß er Ingenieur war, und sie bei der Eisenbahn in Charkow Ingenieure brauchten. Bald darauf hatte er die Stadt verlassen und befand sich in einem Zug, der von den Rebellen überfallen worden war. Die Aufständischen hatten ihn zu Dschugaschwili geschleppt, und der Revolutionär hatte ihn ins Herz geschlossen.

»Er hat richtig Phantasie, mein Alter. Nicht wie die Dummköpfe in London und Shanghai, die mir keine Chance geben wollten. Ich brauchte nicht mehr als ein bißchen Vertrauen und etwas finanzielle Unterstützung. Sie würden nicht glauben, welche Erfindung ich mir ausgedacht habe. Gewaltige Ideen! Bedeutende Ideen! Ideen, mein Alter, die die Welt erschüttern werden!«

Ich merkte, wie ich fast im Schlaf nickte.

»Der Stahlzar, mein Lieber, gibt mir die große Gelegenheit, Sachen für ihn zu bauen, die zum Sieg der Revolution beitragen werden. Und dann werden wir richtigen Sozialismus haben. Alles wird anständig funktionieren wie eine gutgeölte Maschine. Jeder wird sich pudelwohl fühlen. Sie werden sehen. Und dazu bedarf es nicht mehr als eines Birchington. Ich bin der Schlüsselfaktor, mein Alter. Ich werde in die Geschichte eingehen. Der Chef sagt das.«

»Der Chef?«

Er deutete auf Dschugaschwili.

Wir folgten dem Stahlzar nach oben. Er hatte Mrs. Persson am Arm und ging ziemlich schwerfällig, als ob er betrunken wäre. Er drehte sich zu mir um. »Ich hatte nicht gewußt, daß Sie Freunde sind. Ich hoffe, Sie werden in der Lage sein, Birchington bei seiner Arbeit zu helfen.«

»Gewiß wird er das«, warf Mrs. Persson ein. »Nicht wahr, Mister Bastable?«

»Natürlich.« Ich versuchte, begeistert zu klingen, doch die Aussicht von auch nur fünf weiteren Minuten in Birchingtons Gesellschaft war mehr, als ich mir vorstellen konnte.

Der Raum war weitgehend kahl, nur ein langer Tisch war angerichtet mit gesunden ukrainischen Speisen einschließlich einer Schüssel rotem Borschtsch auf dem Platz eines jeden. Dschugaschwili nahm am Kopfende des Tisches Platz, Mrs. Persson zu seiner Rechten und Birchington zu seiner Linken. Ich saß neben Mrs. Persson. Ein paar Augenblicke später betrat Makhno das Zimmer. Es war unübersehbar, daß er nur widerwillig gekommen war. Er hatte einen weiteren Mann bei sich, den ich auch kannte. Ich begann mich zu fragen, ob Mrs. Persson das Ganze arrangiert hatte.

Der andere Mann war Dempsey, von dem ich angenommen hatte, er wäre auf dem Weg ins japanische Gefangenenlager ums Leben gekommen. Er war bleich und mager und sah krank aus. Möglicherweise hatten die Drogen seinen ganzen Kreislauf vergiftet. Als er mich sah, setzte er ein schiefes Lächeln auf und schwankte auf mich zu, obgleich er nicht betrunken war. »Hallo, Bastable. Sehr schön, Sie wiederzusehen. Sind Sie für die letzte Schlacht gekommen, wie?«

»Was?«

»Das Armageddon, Bastable. Hatten Sie es nicht so genannt?«

Der Stahlzar begann sein eigentümliches Lachen hervorzustoßen. »Unfug! Sie übertreiben, Hauptmann Dempsey. Professor Marek versichert uns, daß heute alles viel sicherer ist. Schließlich hatten Sie Teil an einem Experiment.«

Dempsey setzte sich und starrte in seinen Borschtsch. Er unternahm nicht den geringsten Versuch zu kosten. Nestor Makhno nahm mir gegenüber Platz. Er machte einen erstaunten Eindruck auf mich, vielleicht verblüffte ihn die Leichtfertigkeit, mit welcher ich mich der anderen Seite angeschlossen hatte.

»Eine Häftlingsversammlung, was?« fragte er. »Wußten Sie, Genosse Dschugaschwili, daß vier dieser Leute bei den Japanern gefangen waren?«

»Ich nahm es an.« Der Stahlzar öffnete eine kleine Platte an seinem Helm, um einen von Pockennarben zerfurchten Mund sehen zu lassen.

Nun wollte ich den Gerüchten gern Glauben schenken, daß er diese schreckliche Maske aus Eitelkeit trug. Er begann langsam und vorsichtig das Essen zum Mund zu führen.

Er schaute Makhno an. »Haben Sie die Gefangenen in Charkow abgeliefert?«

»Nicht persönlich. Sie sind unterwegs.«

»Wahrscheinlich in gepolsterten, mit Seide ausgeschlagenen Eisenbahnwaggons.«

»Sie wurden mit beschlagnahmten Viehwaggons abtransportiert.« Makhno wußte, daß der Stahlzar ihn reizte. Er strich sich über seinen säuberlich geschnittenen Schnurrbart und hielt den Blick auf seinen Teller gerichtet.

»Für einen ausgebufften Taktiker sind Sie eine verdammte Mimose«, fuhr Dschugaschwili fort. »Ich möchte fast meinen, Genosse, das könnte eines Tages den Schwachpunkt unserer Unternehmungen darstellen.«

»Wir kämpfen gegen die Zentralisierung«, sagte Makhno dickköpfig. »Wir kämpfen nicht ›für‹ Sie, Genosse, wie ich schon klipp und klar erklärte, als wir unsere Schiffe ins Feld führten.«

»Sie führten Ihre Schiffe ins Feld, weil Sie wissen, daß Sie allein nicht stark genug sind. Ihre lächerlichen Auffassungen über Ehre sind absolut unangebracht zu diesem Zeitpunkt.«

»Unsere Auffassungen sind niemals unangebracht«, widersprach Makhno. »Wir lehnen es einfach ab, Mord zu legitimieren. Wenn wir töten müssen, dann zu unserer Verteidigung. Und wir werden die Dinge weiter beim Namen nennen und sie nicht mit pseudowissenschaftlichen Begriffen verbrämen.«

»Die Menschen mögen solche Begriffe. Sie verleihen ihnen Sicherheit«, sagte Mrs. Persson sarkastisch wie zu einem intimen Freund.

Ich überlegte, ob sie Makhno kannte. Es war sogar möglich, daß es sich bei ihm um einen Kollegen handelte. An dem Anarchisten war etwas Ungewöhnliches. Obwohl mir die Logik seiner politischen Ansichten zu hoch war, beeindruckte mich sein Beharren auf grundlegenden Prinzipien, die so viele Idealisten zu vergessen scheinen, sobald ihre Ideale in der Sprache politischer Glaubensbekenntnisse ihren Niederschlag finden. Er legte eine Art Selbstbeherrschung an den Tag, die Leidenschaft verriet und, so glaubte ich, fast ganz bewußt im Gegensatz zu Dschugaschwili stand, der seine Autorität auf Doktrinen und Masken aufbaute.

Dschugaschwili hörte nicht auf, Makhno zu provozieren. »Ihre Art von Individualismus ist ein selbstherrliches Verbrechen an der Gesellschaft«, sagte er. »Und schlimmer noch, er wird fehlschlagen. Was nutzt eine gescheiterte Revolution?«

Makhno erhob sich vom Tisch. »Es erweist sich als unmöglich, daß ich mir hier mein Essen schmecken lassen kann«, sagte er. Er verbeugte sich vor uns übrigen und entschuldigte sich. »Ich werde auf mein Schiff zurückkehren.«

In den Augen des Stahlzaren leuchtete ein Funke Triumph, als hätte er Makhnos Abgang absichtlich inszeniert und ihn so lange aufgezogen, bis ihm keine Wahl mehr blieb, als zu gehen.

Makhno schaute Dempsey fragend an, der leicht den Kopf schüttelte und nach seinem Wodka griff.

Der Anarchist verließ den Raum. Dschugaschwili schien hinter seiner Maske zu lächeln.

Dempsey runzelte die Stirn, als Makhno hinausging. Birchington begann über ›rationalen Sozialismus‹ oder so etwas zu schwafeln und störte wieder einmal eine angespannte Atmosphäre, die nichtsdestotrotz im Raum verharrte.

Ein paar Augenblicke später hörten wir draußen Pistolenschüsse. Von der Treppe drangen Schritte, dann stand Makhno wieder in der Tür. Sein linker Arm war verwundet, in der Rechten hielt er seinen Revolver. Er wedelte damit in Dschugaschwilis Richtung, ohne ihn jedoch zu bedrohen.

»Umbringen, wie? Sie werden feststellen, daß mindestens zwei Ihrer Leute erschossen sind. Ich kenne Ihre Methoden, Dschugaschwili.« Er machte eine Pause und steckte seine leere Waffe wieder ins Holster. »Heute nacht legen die schwarzen Schiffe von den Masten ab.«

Dann war er weg.

Dschugaschwili hatte sich halb von seinem Platz erhoben, und das Flackern der Öllampen bewirkte den Anschein, als wechselte seine Metallmaske ständig den Gesichtsausdruck. In den kalten Augen stand haßerfüllte Leidenschaft. »Wir brauchen ihn nicht. Er hat unsere Sache von innen heraus bekämpft. Nun steht die Wissenschaft auf unserer Seite. Ich habe die Absicht, morgen unseren Leuten Birchingtons erste Erfindung vorzuführen.«

Birchington schien überrumpelt. »Nun, Chef, Sie werden vielleicht finden, daß sie noch nicht ganz ...«

»Morgen früh wird sie bereit sein«, erklärte der ›Chef‹.

Dempsey schien an diesem Gesprächsverlauf Interesse zu zeigen, obgleich er sich kaum rührte, seit Makhno wieder aufgetaucht war und seine Erklärung abgegeben hatte. Una Persson schaute nur nachdenklich von einem zum anderen.

Dschugaschwili trat zur Tür und rief zur Treppe hinunter: »Bringt den Professor herauf!«

Mrs. Persson und Dempsey schienen beide zu wissen, was nun kommen sollte, doch ich schwamm völlig.

Dschugaschwili wartete an der Tür, bis ein kleiner Mann mit ergrauendem Haar und runden Brillengläsern erschien. Er wirkte fast so ungesund wie Dempsey. Irgend etwas mit seiner Haut schien nicht in Ordnung zu sein, und seine Augen tränten so fürchterlich, daß er sie ständig mit einem roten Taschentuch abtupfte.

»Professor Marek. Hauptmann Dempsey kennen Sie ja schon, Mister Birchington ebenfalls. Kennen Sie Missis Persson? Hauptmann Bastable?«

Der Professor blickte vage in unsere Richtung und winkte zum Gruß mit dem Taschentuch.

»Ihre Bomben sind fertig, wie? Und Birchingtons Erfindung ist soweit.« Dschugaschwili schwankte zu seinem Platz zurück. »Setzen Sie sich, Professor. Trinken Sie einen Wodka. Er ist sehr gut. Polnischer.«

Professor Marek rieb sich die Wange mit dem Taschentuch. Ich hatte den Eindruck, daß seine Haut abblätterte.

»Was für Bomben sind das denn?« fragte ich den Professor mehr aus Höflichkeit als alles andere.

»Die gleichen, wie ich sie über Hiroshima abgeworfen habe«, erklärte Dempsey mit plötzlicher Vehemenz. »Stimmt es nicht, Professor?«

»Die Bomben, die den Krieg ausgelöst haben sollen?« fragte ich verwundert.

»Eine Bombe.« Dempsey hielt den Finger in die Höhe. Mrs. Persson legte ihm sanft die Hand auf den Arm. »Eine Bombe. Nicht wahr, Missis Persson?«

»Sie sollten nicht ...«

»Das war nur ein Experiment«, meinte Professor Marek. »Wir konnten nicht vorhersehen ...«

Plötzlich erfüllte mich das gleiche Schaudern, der gleiche schreckliche Widerhall, den ich bereits in schwächerer Form in Dempseys Gesellschaft erlebt hatte. Ich hatte das Gefühl, in einen Zerrspiegel meiner eigenen Schuld zu starren.

Mit schwacher Stimme fragte ich den Professor: »Was für eine Bombe war es denn, die Sie über Hiroshima abwerfen ließen?«

Marek schnüffelte und betupfte sich die Augen. Er sprach fast wie über eine Nebensächlichkeit. »Eine Atombombe natürlich.«

— 7 —

Ein mechanischer Mensch

Hinterher sass ich stundenlang fassungslos schweigend da, und wir lauschten Dschugaschwilis Prahlereien und Hetzreden. Er veranlaßte uns, mit ihm zu trinken. Er schüttete ein Glas Wodka nach dem anderen durch die kleine Öffnung, die seine Lippen enthüllte, und redete von Eroberung. Er hatte vor, Rußland, die ganze slawische Welt zu erobern, bis schließlich Osten und Westen ›die gerechte Weltrevolution‹ kommen sähen. Diese Revolution schien aus wenig mehr zu bestehen als aus Dschugaschwilis Bestrebungen, soviel wie möglich vom Erdball zu beherrschen. Wie so viele Fanatiker zeichnete er ein Bild von der Welt, das sich stark von dem der meisten unterschied und das gleichermaßen vereinfacht und in der Hinsicht verfälscht war, als es seine eigenen Bedürfnisse und Ängste widerspiegelte. Wir waren vermutlich alle gelangweilt und erschreckt — bis auf Birchington, der jedes Wort des Stahlzars begierig aufsog, und Professor Marek, der kaum etwas verstand.

Sowohl Hauptmann Dempsey wie Mrs. Persson schienen auf etwas zu warten, als kannten sie dies alles schon und hätten den Verlauf des Abends vorhergesehen.

Ich schaute weiter zu Dempsey hinüber, der kaum den Blick vom Tisch zu heben wagte, sondern fortfuhr, einen Wodka nach dem anderen zu trinken.

»Wie viele Bomben sind fertig, Professor?« hörte ich Dschugaschwili fragen. Nun paßte ich besser auf.

»Vier«, antwortete Marek. »Alle von ungefähr gleicher Sprengkraft. Ich weiß nun, wie man sie dosiert.«

»Sind Sie in der Lage, noch mehr herzustellen?«

»Gewiß. Mit Mister Birchingtons Hilfe. In den Laboratorien von Jekaterinoslaw fanden wir alles, was wir brauchten, wie ich ihnen vorhergesagt hatte.«

»Wir hatten Glück, das Zeug zu finden.«

Una Persson sagte: »Ich dachte, Jekaterinoslaw wäre zurückerobert.«

Dschugaschwili tat diese Bemerkung ab. »Das wurde es auch. Aber wir haben bekommen, was wir wollten. Der ganze Angriff wurde nur durchgeführt, um Professor Marek mit den notwendigen Materialien auszustatten. In Jekaterinoslaw verfolgten sie die gleichen Forschungen wie der Professor.«

Ich empfand Übelkeit und Erschöpfung. Ich wäre am liebsten von meinem Stuhl aufgesprungen, um sie anzuflehen, nicht länger so leichtfertig über diese Höllenbomben zu sprechen. Ich war derjenige, der wußte, welche Auswirkungen sie hatten. Sie konnten ganze Städte vernichten, als hätten sie gar nicht existiert. Aber da Mrs. Persson mir einen Blick zuwarf, hielt ich mich zurück. Dempsey sagte trunken: »Sie sollten sich besser beeilen, sie zum Einsatz zu bringen, Dschugaschwili, sonst steht die Zentralregierung bald hier und fordert ihre Materialien zurück. Sie wissen, daß eine große Armee auf dem Weg hierher ist.«

»Sicher werde ich sie bald einsetzen. Schließlich brauchen wir dazu nur ein Schiff. Deshalb konnte ich auch so gut auf Makhno verzichten. Wir haben ein Schiff. Ihr Schiff, Hauptmann Bastable.«

»Die *Wassarion Belinski?*«

»Ja, so heißt sie.«

»Kapitän Leonow ist noch an Bord.«

»Er war an Bord. Da er sich weigerte, das Schiff zu verlassen, waren wir gezwungen, uns seiner zu entledigen. Er ist liquidiert worden.«

»Sie haben ihn umgebracht?«

Dschugaschwili zuckte mit den Schultern. »Wenn Sie so wollen.«

Wieder war es mir völlig unmöglich, mir meine Gefühle nicht anmerken zu lassen, doch ich wußte, Mrs. Persson legte Wert darauf, daß ich den Eindruck erweckte, eins zu sein mit dem Stahlzar; also hielt ich den Mund.

»Sie werden die *Belinski* befehligen«, erklärte mir Dschugaschwili. »Sie sind zum Kapitän befördert. Meinen Glückwunsch.«

Ich ignorierte das. Noch ehe ich antworten konnte, war Dempsey aufgesprungen und lehnte sich schwer auf den Tisch. »Ich verlange dieses Vorrecht«, sagte er. »Ich bin der erfahrenere Flieger. Schließlich war ich es, der die erste Bombe abwarf!« Etwas Drängendes lag in seiner Stimme. »Bastable kann mir helfen.«

»Haben Sie Geschmack an einem Dasein als Massenmörder gefunden?« fragte ich ihn leise.

»Aber ja.« Er wirkte in diesem Augenblick völlig irre, und in seinen Augen blitzte ein böser Funken. »O ja, Bastable. Richtig Geschmack daran. Richtig Geschmack.«

Dschugaschwili sagte: »Wir müssen der Zentralregierung unsere Stärke demonstrieren. Die erste Bombe wird auf Makhnos Lager fallen.«

»Welch glänzender Einfall«, meinte Mrs. Persson.

Sehr viel später beschloß Dschugaschwili, zu Bett zu gehen, nachdem er uns für den nächsten Morgen zum Hauptquartier bestellt hatte. Wir sahen zu, wie er aus dem Raum taumelte, ganz überzeugte Selbstherrlichkeit und skrupellose Macht.

Dempsey war über dem Tisch zusammengesunken. Birchington und Professor Marek waren immer noch ins Gespräch vertieft, über die eine oder andere technische Feinheit. Mrs. Persson bat mich, ihr behilflich zu sein, Dempsey zu dem Haus zurückzuschaffen, wo wir zusammen wohnen sollten. Er war sehr betrunken und murmelte vor sich hin. Als ich ihn unter den Schultern packte, war ich überrascht, wie leicht er war. Er lachte über irgendeinen bitteren Scherz, den er gemacht hatte. Er war dem Wahnsinn sehr nahe. Ich sagte das auch zu Mrs. Persson, nachdem wir Dempsey im Bett hatten und in dem kleinen Salon zusammen Kaffee tranken. Es war ein hübsches Haus. Ich fragte mich, welche wohlhabenden Bauern getötet oder vertrieben worden waren, um uns diesen verhältnismäßigen Komfort zur Verfügung zu stellen.

»Der arme Dempsey ist so gut wie von Sinnen«, stimmte sie mir zu. »Seine Urteilskraft ist dahin, und er hält sich aufrecht mit einer Mischung von Schuldgefühl und Zynismus. Eine recht gängige Kombination. Ich glaube, er meint, er müsse eine Art Preis für das zahlen, was er getan hat. Was denken Sie?«

»Denken?« Ich war sehr müde. »Ich glaube, ich kann selbst nicht mehr denken. Allmählich habe ich den Eindruck, daß Sie diese ganze Sache arrangiert haben — insbesondere das Zusammentreffen mit Dempsey. Wie ist es möglich? Er trägt die gleiche Bürde wie ich. Unter welchen Umständen hat er denn eine Atombombe auf Hiroshima abgeworfen?«

»Unter den gleichen wie Sie. Er ist Sozialist. Durch seine Auffassungen landete er bei den Chinesen, die versuchten, alle Fremden aus ihrem Land zu vertreiben. Zu jener Zeit arbeitete auch Professor Marek für die chinesischen Sozialisten. Sie waren die einzigen, die verzweifelt genug waren, an eine Entwicklung einer solchen Bombe zu glauben. Andere Länder arbeiten auch an der Idee einschließlich der Veredelung von Uran. Und genau damit war man in Jekaterinoslaw beschäftigt. Wie Sie hatten auch die Chinesen keine Vorstellung von der Kraft der unfertigen Bombe, die sie da produziert hatten. Sie wollten sie nur über dem Luftschiffwerk abwerfen ...«

»Das ist zuviel!« Ich schlug mir die Hände an den Kopf. »Das ist doch Wahnsinn! Es ist nicht möglich!«

»Sie warfen sie ab und vernichteten die ganze Stadt.

Das Schiff gehörte Dempsey und war in London registriert. Mehr brauchten die Japaner nicht. Hätte die Bombe jedoch nicht zu spät gezündet, wäre von dem Schiff nichts übriggeblieben. So jedoch fanden sie Wrackteile. Dempsey war schon vorher aufgelesen worden. Die meisten von der Crew waren umgekommen. Doch die Japaner machten zwei Gefangene. Das war ihr Anlaß. Sowieso bereiteten alle den Krieg vor. Die Japaner kamen zu dem Schluß, daß die britische Regierung einen Kriegsakt ... begangen hätte ...«

»Und schlugen deshalb als erste zu. Das erklärt alles, einschließlich ihrer Grausamkeit.«

»Genau.«

»Millionen von Menschen tot!« stöhnte ich. »Dann haben sowohl Dempsey wie ich das auf dem Gewissen. Kein Wunder, daß der arme Kerl in diesem Zustand ist.«

»Ihr wart beide nur Katalysatoren — mehr nicht. Begreifen Sie denn immer noch nicht, was sich vor Ihnen abspielt? Kein Individuum kann soviel persönliche Schuld auf sich laden. Wir sind *alle* verantwortlich, daß wir solche Umstände zulassen, die Selbsttäuschungen, die Fehlurteile, die zum Krieg führen. Jede Lüge, die wir uns erzählen, macht so etwas wie die Zerstörung von Hiroshima wahrscheinlicher. Hiroshima ist in mehr als einer Welt vernichtet worden, von mehr als einem Menschen, immer und immer wieder. Die Umstände sind häufig unterschiedlich, doch die Menschen sterben immer gleich, und einige Männer (oder Frauen) glauben, sie trügen die ganze Last der Verantwortung. Wir sind alle Opfer, Mister Bastable, wie wir in anderer Hinsicht alle Angreifer sind. Im Grunde genommen sind wir Opfer der beruhigenden Lügen, die wir uns einreden, unserer Bereitschaft, uns Führern und Religionen zu unterstellen, und unseres Wunsches, die Verantwortung auf andere abzuschieben, ob es nun Politiker, Götter oder Geschöpfe von einem anderen Planeten sind.«

»Sie reden wie Makhno.«

»Ich habe vieles mit Nestor Makhno gemein.«

»Sind Sie Anarchistin?«

»Ich glaube nicht an Regierungen oder Religionen, wenn Sie das meinen.«

Irgendwie hatten mir Mrs. Perssons Eröffnungen Erleichterung verschafft. Ich hatte Klarheit, wo ich bislang verwirrt gewesen war. Ich fühlte mich nicht mehr als Opfer des Schicksals, obwohl ich es natürlich in gewissem Sinne blieb, ebenso wie, wenn nicht gar mehr als Hauptmann Dempsey.

»Wir sollten uns etwas hinlegen«, sagte Mrs. Persson. »Wir müssen morgen bei Birchingtons Vorführung anwesend sein.«

»Warum machen Sie das alles mit?« fragte ich sie.

Sie legte die Finger auf die Lippen. »Haben Sie Vertrauen zu mir«, sagte sie.

»Das habe ich auch.« Ich lächelte. »Aber ich möchte nicht noch mehr Blut von Unschuldigen an meinen Händen.«

Sie trank ihren Kaffee aus. »Hauptmann Bastable, wenn alles gutgeht, haben wir morgen unsere Aufgabe hier beendet, dann reisen wir beide ab.«

»Abreisen? Wohin?«

»Zu einem Stützpunkt. Sie sind eingeladen, sich der Liga der Zeitabenteurer anzuschließen.«

»Missis Persson, ich versuche, nach Hause zu kommen. Zurück in meine eigene Zeit und meine eigene Welt.«

»Hauptmann Bastable, Sie müssen sich mit der Tatsache abfinden, daß Sie diese besondere Art von Geborgenheit nie mehr erleben werden. Nach dem, was Sie erlebt haben, wird Ihre eigene Zeit Sie einfach nicht mehr auf Dauer aufnehmen. Aber seien Sie versichert, daß die Liga Ihnen eine Art Ersatz bietet. Sie haben dann Ihr Schicksal etwas mehr in der Hand als bislang.«

»Darauf würde ich großen Wert legen«, erklärte ich. »Einstweilen«, fuhr ich fort, »vertrauen Sie sich bitte meiner Führung an. Wir haben hier wirklich eine sehr komplizierte Aufgabe, Hauptmann Bastable. Ein Kreis muß geschlossen, eine Pflicht erfüllt werden.«

Am Morgen versammelten wir uns außerhalb der Schule in dem großen rechteckigen Hinterhof. Überall kamen und gingen Kosaken. Im ganzen Lager klangen die geschäftigen Geräusche von Pferden und Soldaten, Geschützen und Panzerfahrzeugen. In der Ferne fuhr ein mit Männern und Waffen beladener Panzerzug vorüber. Jedermann wußte, daß Jekaterinoslaw zurückerobert war, die Japaner Frieden erbaten und die Truppen der Zentralregierung unterwegs waren zum Hauptquartier der Kosaken.

Dschugaschwili beruhigte seine Atamane. »Diesem Angriff werden wir leicht widerstehen können. Und es wird nicht lange dauern, daß uns Moskau auf Gnade und Verderb ausgeliefert ist.«

Ein prächtig in Schwarz und Silber gekleideter Ataman zupfte an seinem üppigen grauen Bart und brummelte: »Die Luftschiffe werden uns vernichten. Sie sind Feiglinge. Wir können sie nicht erwischen. Gegen sie ist der Kosakenmut wirkungslos.«

»Wir werden unsere eigene Wissenschaft einsetzen — eine viel bessere Wissenschaft, um gegen die Gefahr ihrer Luftschiffe anzukommen«, beruhigte ihn Dschugaschwili. Die Stahlmaske blitzte, als er den Blick zur Sonne hob. »Ihr werdet sehen. Innerhalb einer Woche reiten wir durch die Straßen von Petersburg. Sofern es dann noch existiert.«

Der Ataman wurde nervös. »Bei Gott, Hetman, ich hoffe, du benutzt keinen Teufelszauber. Ich bin ein guter Christ ...«

»Wir streiten für Gott und den Sozialismus«, erwiderte Dschugaschwili und ging nun von einer anderen Seite an das Thema heran. »Und für die Freiheit der Kosakenhorde. Gott hat uns ein Instrument in die Hände gelegt, das uns für alle Zeiten unsere Freiheit sichern und uns als Sozialisten in die Lage versetzen wird, seine Werke zu vollbringen.«

Wieder mußte ich mich zwingen, meine Ungläubigkeit nicht auf meinem Gesicht erscheinen zu lassen. Ich mußte Mrs. Perssons sarkastischem Blick ausweichen.

»Für Gott und den Sozialismus«, sagte sie, »werden wir alle unsere Widersacher vernichten.«

Der Kosak war besänftigt und kehrte zu seinem Pferd zurück. Er ritt davon, um sich zu seinen Männern zu gesellen.

Mrs. Persson murmelte mir auf englisch zu: »Es liegt im Wesen eines jeden guten Despoten, daß er jenen, die er braucht, alles sagt, was sie hören wollen. Nur wenn er sie nicht benötigt, sagt er, was er wirklich denkt. Und manchmal macht er sich nicht einmal dann die Mühe. Das Geheimnis, ein großer Tyrann zu werden, liegt darin, allen alles zu bedeuten.«

»Sie reden, als hätten Sie ihn selbst ausgebildet«, sagte ich.

Sie erwiderte nichts darauf.

Dschugaschwili hatte sie sprechen gehört und wandte ihr seinen intensiven Blick zu. »Wo steckt Dempsey?« fragte er. »Ist er in der Lage, das Kommando des Schiffes zu übernehmen?«

»Natürlich.«

Ich hatte Dempsey an diesem Morgen schon gesehen. Es war ganz offensichtlich, daß er sich mit Drogen in Form hielt. Er schien fest entschlossen, als Kapitän auf der *Wassarion Belinski* zu fungieren. Er hatte uns gebeten vorauszugehen, er würde sogleich nachkommen.

Dschugaschwili drehte uns den Rücken zu und rieb an seinem Stahlhelm, als wäre es ein richtiges Gesicht. Ich fragte mich, ob er damit geschlafen hatte. »Er sollte lieber dafür sorgen, daß er sich in der Gewalt hat«, sagte er drohend. »Ach, Mister Birchington.«

Birchington war aufgetaucht und schritt vor mehreren Kosaken einher, die etwas auf den Schultern trugen. Es war in Baumwolltücher und Sackleinen gehüllt und etwa doppelt so lang wie die Größe eines Menschen.

Birchington wirkte, als fühlte er sich nicht wohl in seiner Haut. »Guten Morgen, Chef. Ich hoffe ...«

»Ich ebenfalls, Mister Birchington. Ist er bereit?«

»Oh, wir haben keine größeren Schwierigkeiten mehr damit ...«

»Schön. Das wird unserer Moral sehr gut tun. Haben sie die letzten Neuigkeiten gehört? Feindliche Erkundungsschiffe sind bereits im Südwesten gesichtet worden.«

»Aber ...«

»Glauben Sie mir, Mister Birchington: Ich weiß, was Kosaken beeindruckt.«

Birchington gab den Männern Anweisung, das Ding am Boden abzustellen. Sie stellten es aufrecht hin. Es sah aus wie ein riesiger Leichnam, der in unsaubere Laken gehüllt war.

»Zeigen Sie es Hauptmann Bastable und Missis Persson. Ich weiß, wie neugierig sie sind.« Dschugaschwilis Jovialität klang bedrohlich.

Birchington begann an den Tüchern zu ziehen. Es war eindeutig, daß das Ding aus Metall bestand. Als er die Verpackung abnahm, sahen wir, daß es sich um die stählerne Gestalt eines Mannes in Kosakentracht handelte.

»Da steht ein Stahlzar, der unseren Feinden Furcht und Schrecken einjagen wird!« kreischte Dschugaschwili. »Was sagen Sie dazu?«

Weder Mrs. Persson noch ich brachten ein Wort heraus.

Das Gesicht stellte ein genaues Abbild von Dschugaschwilis Maske dar. Birchington hatte ein Modell des Kosaken-Hetmans von doppelter Lebensgröße geschaffen. Die ganze Szene wirkte auf mich in zunehmendem Maß bizarr.

»Was meinen Sie?«

»Er ist großartig«, erklärte Mrs. Persson.

Ich nickte begeistert. Es war das äußerste, was ich mir abringen konnte.

»Wir werden ihn gleich unseren Soldaten demonstrieren«, sagte Dschugaschwili. »Er wird sie in die Schlacht führen. Und während unsere Kosaken gegen die Zentralregierung kämpfen, werden Sie das Luftschiff zu Makhnos Lager fliegen und die erste Bombe abwerfen.«

Birchington wirkte ungewöhnlich schweigsam und nicht ganz wie er selbst. Er befahl den Männern, die Figur aufzuheben und zum Hauptlager der Kosaken zu schaffen.

Dschugaschwili war in Hochstimmung. »Kommen Sie mit!« forderte er uns auf.

Nun erschien auch Dempsey. Er hatte sich rasiert und trug die Uniform eines Luftschiffoffiziers. Die Kleider schienen ihm viel zu groß zu sein. Er war abgezehrt, doch er kam festen Schritts daher und schien die verzweifelte Haltung abgelegt zu haben, mit der ich ihn zu identifizieren begonnen hatte. Er zwinkerte mir sogar zu. »Guten Morgen, Bastable. Bereit zum Aufsteigen?«

»Wir sind alle bereit«, sagte Mrs. Persson.

Nun gesellte sich auch Professor Marek zu der Gruppe, als wir hinter dem ›Chef‹ hermarschierten. Marek schüttelte den Kopf. »Zu früh«, brummelte er. »Viel zu früh.«

Keiner von uns hatte eine Ahnung, was er meinte. Er wirkte halb von Sinnen und immer noch sehr krank. Wir ignorierten ihn.

Wir gelangten an den Rand des Dorfes. Die Kosakenhorde strömte zusammen; sie reichte fast bis zum Horizont. Auch Panzerfahrzeuge und Feldgeschütze wurden herangeschleppt. Eine Plattform war errichtet worden und daneben ein Podium. Dschugaschwili bestieg das Podium und begrüßte die Soldaten.

Birchington beaufsichtigte die Männer, als sie die schwere Metallfigur auf die Füße stellten.

»Freie Kosaken!« schrie Dschugaschwili. »Euer Blut wurde für die heilige Sache von Freiheit und Sozialismus vergossen. Die Zentralregierung hat ihre Streitmacht und die ganze Stärke ihrer Wissenschaft gegen uns ins Feld geführt. Nun besitzen wir unsere eigene Wissenschaft — unsere eigenen Wunder. Seht her!« Mit ausholender Geste deutete er auf den Metallmenschen. »Hier ist ein Zar, der wirklich aus Stahl geschaffen ist. Ein unverletzbarer Schlachtenführer, wie die Kosaken ihn verdienen.« Er murmelte Birchington zu: »Setzen Sie ihn in Gang!«

Birchington griff hinauf zur Taille der Figur und drückte einen Hebel. Plötzlich wurde das Stahlwesen lebendig. Mit ungeschickten, ruckartigen Bewegungen faßte es sich an den Gürtel und zog den riesigen Säbel, der ganz offensichtlich dem Maßstab des mechanischen Menschen angepaßt war. Mit kreischendem Geräusch fuhr der Säbel aus der Scheide.

Die Kosaken zeigten sich beeindruckt. Dschugaschwili kannte sie offenbar gut. Als der mechanische Mensch den Säbel über den Kopf schwang, brachen die Kosaken in Jubel aus. Sie zogen ihre eigenen Säbel und schwenkten sie; sie rissen ihre Pferde hoch, bis sie sich aufbäumten. Der Lärm ihrer Begeisterung war ohrenbetäubend.

Langsam drehte das mechanische Ungetüm den Kopf, als ob es lauschte. Es neigte den Blick, um auf Birchington herabzustarren. Es hob den Kopf. Offensichtlich waren alle diese Bewegungen von Birchington geplant. Es tat ein paar Schritte nach vorn, der großen Reiterversammlung entgegen. Mit erhobenem Säbel blieb es stehen. Wieder jubelten die Kosaken.

Mrs. Persson sprach dicht an meinem Ohr. »Sie lieben Heiligenbilder. Sie würden Bilder wirklichen Menschen vorziehen. Das ist seit Jahrhunderten ihr Unglück.«

Dempsey hatte zu lachen begonnen und schwieg erst, als Mrs. Persson ihm Zeichen machte. Ich für meinen Teil fand das ganze Schauspiel alptraumhaft.

Der mechanische Stahlzar begann, den Säbel über dem Kopf zu schwenken, als imitierte er die Kosaken. Wieder tat er ein paar Schritte nach vorn.

Dann beugte er ein Knie. Ich denke, Birchington hatte diese Reihe von Bewegungen ursprünglich geplant, um die Unterwürfigkeit dieses mechanischen Wesens gegenüber seinem Herrn Dschugaschwili zu demonstrieren. Doch er hielt mitten in der Bewegung inne. Das Knie zuckte ein paarmal. Quietschen und metallisches Klappern waren zu hören. Die Figur begann sich umzudrehen, zog jedoch das Bein hinter sich her. Sie schwankte.

Dschugaschwili wahrte die Fassung, doch er war wütend. »Bringen Sie das Ding in Ordnung, Birchington, oder das ist Ihr Ende.«

Birchington rannte auf den mechanischen Mann zu und griff nach dem Hebel an der Taille.

Das Ding schien seine Nähe zu fühlen und vollendete seine Drehung. Rasch sank der Arm mit dem Säbel.

Birchington brüllte: »O nein! Das ist nicht vorgesehen!« Doch dann hatte ihn schon der Säbel vom Scheitel bis zum Brustbein aufgeschlitzt. Überall floß Blut.

Plötzlich schwiegen die Kosaken.

Birchingtons Leichnam fiel auf die schwarze Erde. Mit einem Kreischen von Rädern und Scheiben begann der mechanische Mann umzukippen. Er zermalmte die Leiche seines Schöpfers unter sich.

Ich hörte Professor Marek hinter mir. »Ich sagte doch, daß es zu früh war. Er hat sich nicht genügend Zeit gelassen ...«

Ich konnte hören, wie der Wind über die Steppe heulte.

Dann ertönte das trockene, schreckliche Geräusch von Dschugaschwilis Lachen.

»Ei, ei, Mister Birchington! Welch saubere Arbeit!« Er wandte sich der entsetzten Kosakenhorde zu. »Der Verräter Birchington ist als erster unter dem Racheschwert des stählernen Zaren gestorben. Dieser Spion für die Zentralregierung versuchte, unsere Rüstungsanstrengungen zu sabotieren. Brüder, wir sind gerächt. Freiheit!«

»Armer Birchington«, sagte Mrs. Persson. »Welch schreckliche Lehre!«

»Und welch endgültige!« meinte Dempsey. Er ging davon.

Dschugaschwili wandte sich an uns. »Professor Marek, setzen Sie den mechanischen Mann wieder in Gang, wenn möglich. Schaffen Sie ihn zurück in die Labors.«

»Zu früh«, wiederholte Marek. Er gab den Soldaten Zeichen, die Figur wieder auf die Schultern zu nehmen.

»Hauptmann Dempsey, sind die Bomben an Bord?«

»Sie sind an Bord«, sagte Dempsey.

»Dann voran zu ihrem ersten Ziel! Beeilen Sie sich, Hauptmann Dempsey. Ich möchte keine weiteren Pflichtverletzungen mehr erleben.«

Ich schaute zum Himmel empor. Ich deutete hinauf. »Sie sollten sich lieber mit den dringenden Problemen beschäftigen«, sagte ich.

Truppentransporter waren unterwegs. Während wir sie beobachteten, verließen die ersten Infanteristen das Fahrzeug, schwebten uns entgegen und eröffneten schon das Feuer.

— 8 —
Eine Art Revolution

Gerade als wir ablegen wollten, huschte Professor Marek noch an Bord. Ich stand auf dem vertrauten Steuerdeck der *Wassarion Belinski* zwischen Hauptmann Dempsey und Mrs. Persson und starrte durch die Beobachtungsluke hinaus, während das Schiff rasch in die Luft stieg. Wir hatten eine wild zusammengewürfelte Crew von halbausgebildeten Kosaken, von denen einige Deserteure der Freiwilligen Luftflotte waren. Wie Dempsey zu mir gesagt hatte: »Für diese Art Arbeit sind sie gut genug, Bastable, keine Angst.«

Durch die Luken konnten wir die ersten Gefechte zwischen den Kosaken und Soldaten der Zentralregierung beobachten. Die erfahrenen Steppenschützen schossen die herabgleitenden Infanteristen ab, als diese gerade von ihren Schiffen absprangen. Sie stürzten herunter wie erschlagene Falter.

»Wir lassen sie lieber weitermachen«, meinte Dempsey gleichgültig. »In Ordnung, Höhensteuermann! Bringen Sie uns auf dreihundert Meter hoch: gemäßigter Aufstieg. Richtungssteuermann: Nord-Nordwest, bitte. Halbe Kraft, Mister Bastable.«

Ganz plötzlich war er zum tüchtigen Luftschiffkapitän geworden — all das, was er vor seiner Teilnahme an den schrecklichen Verbrechen eines Massenmordes im Namen idealistischer Prinzipien gewesen war. Aber weshalb hatte er sich einverstanden erklärt, Makhnos Lager zu bombardieren? Hatte der Zynismus ihn wie ein Krebsgeschwür völlig durchwuchert?

Dempseys Hände zitterten so gut wie gar nicht, als er auf der Brücke stand und mit vor der Brust verschränkten Armen zusah, wie die Erde unter uns kleiner wurde. Unser Schiff flog noch unter russischen Farben, so daß wir nicht angegriffen wurden. Vielmehr ließ Dempsey sogar über Funk ein Angebot durchgeben, daß wir uns der Schlacht anschließen könnten. Man erteilte uns jedoch Befehl, nach Odessa zurückzukehren, um neue Munition an Bord zu nehmen und Bericht zu erstatten.

Als letztes sah ich, wie die ersten Lufttorpedos auf die Kosaken hinabpfiffen. Ich kehrte den Luken den Rücken zu.

»Dempsey«, sagte ich, »wollen Sie tatsächlich noch eine dieser Höllenbomben abwerfen? Wollen Sie Makhno und alle seine Männer umbringen?«

Dempsey wandte mir seine traurigen, selbstironischen Augen zu. »Natürlich ...«

»Aber ...«

»Natürlich wird er das«, erklang eine Stimme hinter mir.

Es war Dschugaschwili, flankiert von zwei gut bewaffneten Kosaken. Er hatte keinem von uns getraut.

Der Stahlzar lachte hinter seiner Maske. »Ich möchte Makhnos Ende selbst miterleben.«

»Aber Ihre Leute!« wandte ich ein. »Sie sind führerlos. Es sieht so aus, als zöge die ganze Freiwilligenflotte gegen sie auf.«

»Sie haben Birchingtons Riesen. Er steht irgendwo dort drunten und gibt ihnen Kraft und Hoffnung.«

»Er ist ein sinnloses Abbild!«

»Mehr brauchen sie nicht. Außerdem, Hauptmann Bastable, haben diese Kerle auch weitgehend ihre Schuldigkeit getan. Sie stellen einen Anachronismus dar — ihre Auffassungen behindern den Gang des wissenschaftlichen Sozialismus.«

Ich konnte fühlen, wie mir alles Blut aus dem Gesicht wich. »Sie opfern diese Männer. Sie vertrauten Ihnen völlig. Sie haben Reden gehalten und ihnen Ziele gesetzt, damit sie kämpften. Sie werden nicht aufgeben. Vielleicht kommen sie alle um. Wofür?«

»Für die Geschichte«, antwortete er. Er wirkte mir gegenüber ungeduldig, als ob ich kindisch-naive Fragen stellte. »Für die Zukunft.«

Mrs. Persson unterbrach uns. »Die Vorstellung der Zukunft wird langsam die Vorstellung von Gott ersetzen. Doch beide Konzeptionen werden so gut wie identisch sein in der Art und Weise ihrer immanenten Widersprüche und deshalb gleichermaßen verwirrend für ihre Gläubigen. Und indem die Anhänger verwirrt und dadurch geschwächt bleiben, lassen sie sich um so leichter von Priestern — oder wie jene Leute sich auch nennen mögen — manipulieren. Da diese Priester häufig ebenso verwirrt sind wie jene, die sie führen wollen, geraten sie in Wut, wenn ihre Begründungen irgendwie in Zweifel gezogen werden. Sie werden die Zweifler umbringen. Währenddessen ...«

Sie sprach rasch in englisch. Dschugaschwili schritt auf die Brücke, stellte sich neben Dempsey und hob seinen ausgezehrten Arm, um sie zum Schweigen zu bringen. »Sie werden unser Erster Admiral werden, Hauptmann Dempsey. Sie werden ein Held des Sozialismus. Haben Sie keine Sorge. In Moskau und Petersburg allein leben Hunderte, Tausende unzufriedener Menschen. Sie werden sich erheben, um sich uns anzuschließen, nachdem wir gezeigt haben, wozu der wissenschaftliche Sozialismus imstande ist.«

Dempsey beugte sich nach vorn und überprüfte einige Instrumente. »Dreiviertel Kraft, Mister Bastable.«

»Dreiviertel Kraft.« Ich übermittelte den Befehl dem Maschinisten.

»Sie werden unser Luftschiff nach Petersburg führen«, fuhr Dschugaschwili fort. »Sie sind ein tapferer, feiner Mann, Kapitän Dempsey. Sie werden mit allen Ehren belohnt werden ...«

Wir alle wußten, daß dies seine Art war, sich von Leuten zu erschmeicheln, was er brauchte. Wir alle wußten, sobald Dempsey seinen Dienst getan hätte, würde auch er im Namen der Zukunft liquidiert.

»Danke, Sir«, erwiderte Dempsey. Er sah zu Professor Marek hin, der dasaß und Berechnungen auf ein Blatt Papier kritzelte.

Dschugaschwili tätschelte Dempsey den Rücken. »Ich weiß meine Dankbarkeit zu zeigen, Kapitän.«

»Ja, gewiß, Sir.« Dempsey erteilte dem Steuermann weitere Anweisungen.

Der Himmel war heute grau und weit. Leichter Regen benetzte die Beobachtungsluken. Wir hörten, wie er auf unsere Hülle prasselte. Graues Licht erfüllte die Brücke, unterstrich Dempseys Blässe und betonte die ungesunde, sich schälende Haut von Professor Marek. Dieses Schiff wirkte schon jetzt wie ein Totenschiff auf mich.

Dempsey stellte eine Veränderung beim vorderen Steuerbordmotor fest. Er neigte den Kopf zur Seite. Wie jeder gute Luftschiffkapitän lauschte er die ganze Zeit über. Ein Luftschiff zu führen, erfordert ebenso gute Ohren wie gute Augen. »Irgend etwas stimmt nicht, Mister Bastable. Könnten Sie mal gehen und in der Motorgondel nachsehen?«

»Selbstverständlich.«

Ich verließ die Brücke und stellte überrascht fest, daß Mrs. Persson mir folgte.

»Wie weit noch bis zu Makhnos Lager?« fragte ich sie, als wir die Niedergangstreppe entlanggingen. Rings um uns her waren nun Wolken.

»Etwa eine halbe Stunde. Wir müssen diese Bomben entschärfen, Hauptmann Bastable.«

»Was?«

»Das ist doch der ganze Sinn dieses Manövers. Wir entschärfen sie, und wenn sie fallen, erweisen sie sich als nutzlos. Deshalb haben wir doch solange bei Dschugaschwili mitgespielt. Allerdings hatten wir nicht damit gerechnet, daß er an Bord kommt.«

Ich war hocherfreut. »Ich verstehe sehr wenig von Bomben«, sagte ich, »insbesondere von dieser Art.«

»Ich verstehe eine Menge davon. Kommen Sie. Wir

gehen hier entlang zum Bombenschacht. Er ist nicht bewacht.« Sie öffnete eine Luke und schickte mich ins Halbdunkel. Wir kletterten eine Stahlleiter hinab. Ich konnte das vertraute Ächzen der Bombenhalterungen hören und sah schließlich die groben Umrisse der Behälter, die ungefähr Standardgröße hatten und mit kyrillischen Buchstaben beschriftet und mit einer besonderen Art von Verzierungen bemalt waren, wie ich sie auch auf den Waffen der Kosaken gesehen hatte. Waren das die Bomben, die die Vernichtung der ganzen Welt auslösen konnten?

Mrs. Persson sagte: »Die Sprengsätze befinden sich in den Spitzen. Wir müssen sie abschrauben.« Sie stellte sich rittlings über die Bombenklappen und griff nach einem großen Schraubenschlüssel. »Nehmen Sie den!« bat sie.

Drunten konnte ich ab und zu etwas Tageslicht erkennen, wenn die Klappen wackelten. Ich hatte das Gefühl, wir könnten so leicht hindurchfallen wie die Bomben selbst, und machte mich sehr vorsichtig bei der ersten Bombe ans Werk.

Wir hatten noch keine fünf Minuten gearbeitet, als wir vom Laufgang über uns Geräusche vernahmen.

»Das ist nicht nötig.« Es war Dempsey, und er klang wie Gottes Zorn. »Das ist nicht nötig. Überlassen Sie die Bomben mir!«

»Dempsey!« Una Persson geriet in Aufregung. »Sind Sie denn wirklich verrückt? Wir waren übereingekommen, daß wir ...«

»Das war Ihr Plan, Missis Persson, nicht der meine.«

»Sie werden doch gewiß nicht Dschugaschwili helfen!«

Dempsey richtete einen großen Revolver auf uns. »Weg da!« befahl er.

»Dempsey!« Noch niemals hatte ich Mrs. Persson so sichtbar erschreckt erlebt. »Das können Sie nicht tun. Makhno ...«

»Diese Bomben müssen gezündet werden«, erklärte Dempsey. »Alles andere hätte keinen Sinn.«

»Aber wir wollen doch beweisen, daß sie nicht funktionieren.«

»Nichts wird das beweisen!«

Mrs. Persson machte sich weiter an der Nase der Bombe zu schaffen. Dempsey befahl seine Leute zu uns herüber. Mrs. Persson schien fast zu weinen, als sie sich gegen sie wehrte. Ich muß gestehen, daß ich aufgab. Schweigend reichte ich meinen Schraubenschlüssel dem ersten Kosaken, der auf mich zukam. Er legte mir ein Päckchen in die Hände wie zum Tausch. Ich wußte nicht, worum es sich handelte.

Die Bombenschächte wimmelten nun rings um uns her von Kosaken.

»Sie stören meine Pläne«, erklärte Dempsey kalt. »Und ich habe das Recht, nicht Sie, zu entscheiden, was mit diesen Bomben zu geschehen hat.«

»Sie haben kein Recht. Niemand hat ein Recht. Sie laden zu viel Schuld auf sich, Hauptmann Dempsey.« Mrs. Persson wand sich im Griff der Kosaken, als diese sie brutal zwangen, den Schraubenschlüssel fallen zu lassen.

»Und Sie laden zuviel Verantwortung auf sich«, sagte er. »Ich habe das Recht.«

»Und was ist mit Ihnen, Hauptmann Bastable?« fragte sie. »Haben Sie nicht ein gleiches Recht darauf?«

»Nicht hier«, antwortete ich. Ich blickte zu Dempsey auf. Ich wußte nicht, was er vorhatte, doch ich respektierte seine Entscheidung vollständig. »Und ich stimme mit Hauptmann Dempsey überein, Missis Persson. Er hat zusammen mit Professor Marek das Recht.«

Dempsey verbeugte sich leicht. Meine Worte schienen ihn zu erheitern. Er hob eine Augenbraue. »Missis Persson?«

Sie zuckte mit den Schultern. »Na schön, Hauptmann Dempsey. Aber wenn Sie Makhno umbringen ...«

»Ich denke, das gehört zu meiner Verantwortung.«

»Und zu meiner, wenn ich nicht versucht habe, Sie aufzuhalten.«

Ich unterbrach die beiden. »Ist das der rechte Augenblick für moralische Diskussionen?«

»Jene Päckchen enthalten Gleitflügel«, erklärte Dempsey. Er rieb sich über die eingesunkenen Augen. Seine Stimme wurde plötzlich müde. »Sie werden Sie zur Flucht benutzen.«

»Wo ist der Stahlzar?« fragte Mrs. Persson. »Er hat die eigentliche Macht auf diesem Schiff ...«

»Nicht mehr«, erklärte Dempsey.

»Wo ist er?«

»In Sicherheit.« Dempsey drehte sich um. »Ich will Ihnen beiden Lebewohl sagen. Es ist unwahrscheinlich, daß wir uns jemals wiedersehen.«

»Auf Wiedersehen, Dempsey«, sagte ich und fügte hinzu: »Viel Glück!«

Er lachte, als er die Stahlleiter zum Steuerdeck hinaufkletterte. »Danke, Bastable. Haben Sie vielen Dank.« Man streifte uns die Gleitflügel über, und wir wurden grob durch die Bombenschächte gestoßen. Sekunden später öffneten sich die Flügel, und wir schwebten langsam der öden Steppe entgegen. Nirgendwo unter uns war ein Zeichen menschlichen Lebens zu erkennen. Wir schauten zurück.

Das Luftschiff entfernte sich rasch in nordöstlicher Richtung.

Wir landeten ziemlich unsanft auf dem harten Gras.

Ich verletzte mich ein wenig am Knöchel, es war jedoch nichts Ernsthaftes.

Als ich Mrs. Persson half, ihre Flügel abzunehmen, wurde ich plötzlich von grellem Licht geblendet, als wäre die Sonne unerwartet hinter den Wolken hervorgebrochen. Mrs. Persson warf sich zu Boden, und ich folgte ihrem Beispiel, ohne recht zu wissen warum.

Augenblicke später begann die Erde zu beben, als ein

gewaltiges, widerhallendes Dröhnen durch die Welt zu donnern begann.

Wir begriffen natürlich beide, was das war. Dempsey hatte die Bomben in der Luft über der kahlen Steppe gezündet. Wir sahen eine dicke Rauchsäule aufsteigen, als Asche wie Regen über die Landschaft niederrieselte.

Mrs. Persson sagte: »Der Narr. Ich wußte, daß er es versuchen würde. Ich dachte, ich hätte ihn überzeugt. Aber er hat mich letztlich doch übertölpelt. Seine Schuldgefühle waren zu übermächtig. Aber es war vollkommen unnötig.«

»Ich verstehe schon, warum er es so haben wollte«, meinte ich.

Sie war unduldsam. »Verstehen? Ich auch. Aber was soll das nun? Es bedeutet doch nur einen weiteren Verlust.«

Ich weiß immer noch nicht, was sie damit sagen wollte. Sie weinte.

Ich unternahm ein paar Versuche, sie zu trösten, aber Una Persson ist keine Frau, die leicht zu trösten ist. Sie beruhigte sich und begann festen Schritts, den Rücken dem Bombenpilz zugekehrt, über die Steppe zu gehen. Sie sagte: »Die Bombe, ihr Erfinder, der Despot, der sie einsetzen wollte, und alle seine Untertanen sind nun dahin. Doch solange dieses Syndrom weiter existiert, bleibt der Kreislauf bestehen. Ich hoffte ihn zu durchbrechen. Um einen neuen Kreis aufzubauen.«

»Läßt der Kreis sich denn jemals durchbrechen?« fragte ich sie.

»Das versuche ich ja herauszufinden«, antwortete sie.

Anderthalb Tage später wurden wir von einigen von Makhnos Reitern aufgegriffen. Wir waren erschöpft und deprimiert, und die Neuigkeit, daß Makhno der Zentralregierung Konzessionen und ein Gebiet abgerungen hatte, um sein ›anarchistisches Experiment‹ durchzuführen, konnte uns nur wenig aufheitern.

An jenem Abend betrank ich mich bei einer Feier unter freiem Himmel zwischen den Masten von Makhnos schwarzen Kreuzern und fragte Mrs. Persson: »Ist Dempsey wirklich umsonst gestorben?«

»Wahrscheinlich nicht. Aber wozu ist ein Märtyrer gut, Hauptmann Bastable? Solange Menschen an die magische Kraft der Persönlichkeit glauben anstatt an die menschliche Fehlbarkeit von Individuen, werden sie niemals ganz frei sein.«

»Aber Dempsey wollte doch nur Wiedergutmachung üben. Er sagte, es wäre sein Recht, und es *war* sein Recht.«

Nestor Makhno beugte sich nach vorn. Ich glaube, er war noch betrunkener als ich. »Wir alle tragen Schuld. Wir alle sind unschuldig. Erst wenn wir die Verantwortung über unser eigenes Handeln anerkennen, werden wir frei sein — und erst dann wird die Welt für uns alle sicher sein. Dempsey besaß ein altmodisches Ehrgefühl. Damit hat er sich selbst vernichtet. Es ist wahr, daß er viele Leben gerettet hat, doch mit Missis Perssons Plan hätten vielleicht noch mehr gerettet werden können. Solange wir mit uns selbst im Wettstreit liegen, solange wir mit anderen wetteifern, einander unserer Mißgeschicke beschuldigen, werden immer wieder Konflikte möglich werden wie jener, der nun vorüber ist.«

Makhnos Worte beeindruckten mich. Aber Dempseys Handeln hatte mich ebenfalls beeindruckt. Zumindest war ich von dem schrecklichen Mangel an Selbstvertrauen, von dem fürchterlichen Entsetzen befreit und war, wie Mrs. Persson mir später berichtete, jetzt bereit, ein bewußter Wanderer zwischen den Welten zu werden und der merkwürdigen Gesellschaft beizutreten, die als die Liga der Zeitabenteurer bekannt ist. Ich wußte, was im Tempel von Teku Benga begonnen hatte, war nun vorüber. Es begann eine neue Phase meines Lebens — vielleicht eine positivere Phase.

Die Zeit, so sagt man, wird es erweisen, Moorcock.

Bei meinen Abenteuern habe ich nur eines gelernt: Die Despoten sind überall gleich, doch es gibt viele verschiedene Arten von Opfern.

Ich hoffe, daß Sie dieses Manuskript erhalten und in der Lage sein werden, es zu veröffentlichen. Ich habe so eine Ahnung, daß es das letzte ist, das Sie jemals von mir erhalten werden. Die Zeit der Retrospektive auf meine Vergangenheit ist vorüber. Nun blicke ich nach vorn, sofern das das angemessene Wort ist, um in der ewigen Gegenwart zu leben.

HAUPTMANN OSWALD BASTABLE
Luftschiffahrer,
irgendwo im Unteren Devon